前迹　无界不灭

桐　仪　何满子　著

（徽）中国文联出版社
http://www.clapnet.cn

图书在版编目（CIP）数据

前迹：无界不灭 / 桐仪，何满子著 . -- 北京：中国文联出版社，2018.9（2024.1 重印）

ISBN 978 - 7 - 5190 - 3867 - 0

Ⅰ. ①前… Ⅱ. ①桐…②何… Ⅲ. ①长篇小说—中国—当代 Ⅳ. ①I247.5

中国版本图书馆 CIP 数据核字（2018）第 205775 号

著　　者　桐　仪　何满子
责任编辑　周小丽
责任校对　赵海霞
装帧设计　荆　明

出版发行　中国文联出版社有限公司
地　　址　北京市朝阳区农展馆南里 10 号　　邮编　100125
电　　话　010 - 85923025（发行部）　　85923091（总编室）
经　　销　全国新华书店等
印　　刷　三河市华东印刷有限公司

开　　本　880 毫米×1230 毫米　　1/32
印　　张　16.75
字　　数　374 千字
版　　次　2024 年 1 月第 1 版第 3 次印刷
定　　价　89.80 元

古拳经云：龙有搜骨之法，三折之势；猴有纵山之灵，攀缘之巧；马有疾蹄之功、奔驰之勇；鮀有浮水之精，拨转之妙；鸡有独立之形，欺斗之勇；燕有抄水之精，击水之巧；鹞为猛禽，有束身之捷，入林之巧；蛇有拨草之能，缠绕之巧；鮐有竖尾之能；虎有三绝之技，虎未扑食头早抱；鹰熊合练，起为熊，落为鹰，拗步鹰熊合演，使其俯仰阴阳相合，又使起落钻翻相应，一拳两得。

目　录

引　子……………………………………………………………… 1

上　篇

第一章　龙子入世…………………………………………………… 9

　　第一回　鹿台惊梦兮，从良师以凌飞 …………………………… 9

　　第二回　途有兵而得荫兮，佳人忽其不淹 …………………… 24

　　第三回　遗世寻隐兮，高山可仰兮 …………………………… 36

第二章　盛极而危…………………………………………………… 47

　　第一回　惊异兆而不诠兮，恐太平之不吾与 ………………… 47

　　第二回　何春草之芊蔚兮，适蓬莱而怀伤 …………………… 56

　　第三回　愠之极兮，鍪难平兮 ………………………………… 72

　　第四回　朝溯洄兮从佳期，夕腾驾兮偕往 …………………… 84

第三章　冰潭生死…………………………………………………… 93

　　第一回　大难不死兮，冰潭得师 ……………………………… 93

　　第二回　适春而降兮，连袂不忍割 ………………………… 104

　　第三回　堂之危兮，不我追兮 ……………………………… 115

　　第四回　如炼如狱，唤阴唤阳 ……………………………… 124

● 第四章　昆仑重逢 ·· 135

　　第一回　见如故今，是耶非耶？ ·················· 135

　　第二回　辞师入世今多艰险，暴疾失怙今何仓皇 ······ 141

　　第三回　驭六合今，有苇相馈 ······················ 153

　第五章　再启征途 ·· 165

　　第一回　知言若尽今，来则导夫前路 ·············· 165

　　第二回　悟广陵而识大意今，云雨来今不阻 ········ 173

　　第三回　探及千秋，窥天命矣 ······················ 184

　　第四回　欲与君绝今，岂吾所愿今 ·················· 195

中　篇

　第六章　道阻而长 ·· 207

　　第一回　素未见矣，幽思在怀矣 ·················· 207

　　第二回　今夕何夕今，前事不若梦今 ·············· 218

　　第三回　旧都应犹在，崇而不吾矣 ················ 227

　第七章　狼魂出世 ·· 238

　　第一回　暗涌作今泽宁禁，神迹见今绝云天 ········ 238

　　第二回　密语相传今，不识雪谶 ·················· 253

　　第三回　党人兴心以贪婪今，秽而不可言 ·········· 266

　第八章　陷阱重重 ·· 278

　　第一回　斩白玉而得膤今，故知应遇今他乡 ········ 278

　　第二回　陷阱于青庐今，幽思无语言 ·············· 292

　　第三回　性命之危矣，几在旦夕 ·················· 302

第四回　故人相逢兮，今是而昨非 …………… 307

第五回　任重而道修远兮，心旌胜而难眠 ………… 318

第九章　狼魂遗世 ……………………………………………… 330

第一回　戎戈相见兮，暮而风起 ………………… 330

第二回　玉有瑕兮亲有隙，秋芷殁兮逝不追 ……… 345

第三回　心之远兮，不胜符禹之巅 ……………… 355

第十章　埠丰别传 …………………………………………… 373

第十一章　地宫五行 …………………………………… 383

第一回　太极之隐矣，不辨东西 ………………… 383

第二回　太素之明矣，魂不守舍 ………………… 395

第三回　太始之惧矣，无问前程 ………………… 407

第十二章　埠丰又传 …………………………………… 416

第十三章　相遇不见 …………………………………… 421

第一回　太初之乱矣，今是昨非 ………………… 421

第二回　太极之重回矣，相遇不见 ……………… 436

第三回　太极之围矣，不可阻矣 ………………… 441

第十四章　舐犊情深 …………………………………… 448

第一回　凉河成冰矣，语成谶兮 ………………… 448

第二回　太易之会兮，乍合乍离 ………………… 458

第三回　重回太初兮，隐而生变 ………………… 469

第十五章　大结局 …………………………………………… 484

番　外 …………………………………………………………………… 513

后　记 …………………………………………………………………… 517

引　子

　　乐子扬勉强地睁开眼睛，发现自己站在一片废墟之上。两边是土色泥砖垒起的砖墙，许多砖块已斑驳脱落，而他就立在一米多宽的土路中央，面对着一座高大的拱门。拱门的边缘有几道粗糙的弧形装饰，拱门之上则是夯实而高矮不齐的城墙，在土路上投下厚重的阴影。

　　自己为什么会在这个地方？我是怎么来的？乐子扬在心里问自己。午后发红的太阳炙烤着他的侧脸，不过他此时终于适应了光线，于是将目光眺向远处，那里似乎有一丛丛的绿色，好像是长得旺盛的棕榈树。

　　"因为我吸引着你。你天生就被危险——鲜血和死亡吸引，所以你的一生，总是与鲜血和死亡陪伴。"一个声音从前方冷不丁响起，好像听到了乐子扬心里的疑问。

　　他循声看去，一个身影正站在拱门的阴影里，背着手面对他。他看不清那个人的脸，可是这个声音，却很熟悉——

　　他突然就想起来了。

　　从小剧场的地下隧道里出来，他刚坐上 Abual-Qadi 的车，忽然从后面袭来一只手勒住他的脖子，接着一条毛巾捂住他的口鼻，然后他就迅速地失去了意识。

1

　　直到他在一片漆黑中再次醒来。乐子扬发现自己躺在台阶上，刚睁开眼一不小心往下滚了几级，终于站住脚之后看看左右，只见有微弱的光从台阶的高处照下来。他理所当然地向着光的方向往上走，走上了二十几级台阶就是眼前的景象——荒废的泥砖墙、炽烈的骄阳，还有这条路尽头的拱门。

　　乐子扬向前跨了两步，和拱门保持着一个警惕的距离。"这是什么地方？你带我来这儿要干什么？"他扬声问。

　　"公元前1700年，巴比伦第一个王朝的第六个皇帝汉谟拉比扩张了帝国，修建了这片城市核心。"拱门里的al-Qadi答非所问地说，"1100年之后，尼布甲尼撒二世带领他战无不胜的军队攻陷耶路撒冷，彻底摧毁了异教徒人的城市。不过巴比伦自己也终于缓慢地没落，直到几十年前，这里才被伊拉克的总统重新选中，重建成他自己的行官。"

　　"你说的伊拉克总统，是阿齐兹·哈迈德？"

　　Al-Qadi点头，接着目光看向拱门的高处。"阿齐兹·哈迈德是一个伟人。他是一个卓越的领袖、一个成功的独裁者，但他终究只是一个世俗的领袖，他不是安拉选中的人，所以他的统治才无法长久。他所做的一切，都是在为真正的哈里发奠基。"

　　哈里发是伊斯兰教法里神定的最高统治者。乐子扬冷冷一笑，"那你认为谁是真正的哈里发，是你吗？"

　　"哦不，当然不是，"Abu al-Qadi谦逊地稍稍低头，"我只是哈里发的仆人。真正的哈里发，还在到来的路上。"

　　"我没空和你打哑谜，"乐子扬不愿在口头上继续纠缠，转而单刀直入，"你答应给我看的东西呢？我父亲留给我的东西。"

　　"都在这儿，一切都在这儿呀！"对面的al-Qadi用一种理所当然的语气大笑了一声，接着忽然转身，背向乐子扬就要离开。

"你别走！"乐子扬高声喊时，Abu al-Qadi 已消失在拱门的尽头。他快步跟上，拱门有两三米长，他穿过拱门，却发现面前是个路口，向前、向左、向右三条完全一样的路，曲曲折折的泥砖墙如迷宫一样耸立，而 al-Qadi 已经不见踪影。

该死，他从哪儿走的？事不宜迟，乐子扬随机选了右边的路，他沿着泥砖砌的墙往前走，步子越走越快，砖墙上的浮雕和脚下溅起的尘土在飞快地闪过，他拐一个弯，再拐一个弯，穿过一个拱门，面前还是无休无止的砖墙迷宫。

他的太阳穴开始发出隐隐的疼痛。乐子扬稍微放慢了脚步，忽然瞥见身旁的砖墙上似乎刻着什么图案。他定睛一看，原来是凸起的浮雕，虽然漫漶不清，但大概还能看出一点形状，好像是一匹侧面的马，又像鹿，可是尾巴却高高翘着，头上似乎还立着一只独角。

独角兽？乐子扬眨了眨眼，接着再往前走，发现这一整面墙上其实刻满了浮雕，有的像狮子，有的像驯鹿，还有一种前爪短小、后爪却张大如龙爪，细长的颈，扁头，头顶卷起一路毛发如钩子的动物，想必是几千年前古老的图腾。

可是乐子扬没空仔细欣赏。他匆匆再往前走，前面又是一道高大的拱门，他走进去，空气霎时凉了一截。拱门伸手触不到顶，厚度两米不止，接着乐子扬就发现了一点异样。

拱门里的左手边，露出一道小小的门缝。

他毫不迟疑地伸手去扒门缝处的窄口，砖墙纹丝不动。乐子扬思考片刻，用手摸索着同一侧的砖墙，找到离门缝大约 70 厘米处的一条细缝，轻轻一推，一道门顿时被轻轻打开。

一股腐朽、沉凉、微微发霉的空气在开门的瞬间向他袭来。原来……这就是他们的基地？在一片古巴比伦王朝的废墟之下，藏匿着世界上最臭名昭著的恐怖组织上弦月兄弟会的大本营？

乐子扬想起自己刚睁开眼时深不见底的台阶，不得不承认上弦月聪明而实际。这里确实是一个非常合适的选址，地上是四千年的人类文化遗产，而地下如果打通了地道，曲折相连……

那就是一个谁也动不得的黑暗世界。

他站在那世界的入口，往下的石阶似乎永无止尽。乐子扬摸摸自己上衣和裤子的口袋，没有手机、没有手电，所有的口袋空空，这是他早就预料之中的事。可是他的上衣夹克还穿着，衬衫领口的微缩探头和袖子上的纽扣针孔也还在，乐子扬拉开夹克上的金属拉链，按亮了内置的动能灯。他一手扶着石门，最后回头看了一眼拱门外的亮光，接着义无反顾地跨入石门。

身后的石门吱呀呀缓慢地关闭，乐子扬借着微弱的光线往下走。墙壁上依然浮雕各异，他再走两步，忽然瞥见前面的墙上刻着一朵巨大的张开的花。

一缕缕细而长的花瓣从花根伸出来，卷曲着向上回收，乐子扬略微一怔，紧跟着太阳穴又开始疼起来，额头已经结起小粒的汗珠。

尖声的嘲笑从大脑深处传来。他紧闭的眼前漫上赤色和黑色交织的雾气，接着就是暗红色的潮水，卷成巨浪从远处打来。墙壁上的兽似乎也开始活动，马的嘶叫、狮的怒吼，它们狂奔的身形混入巨浪，好像在和空气里看不见的敌人搏斗。忽然身后一阵轰隆隆的噪音，七八只小型战斗机从他头顶掠过，然后就在和那巨浪相接的一瞬，"嘭"的一声全部炸成了碎片。

幻觉、幻觉，乐子扬使劲摇头警告自己，可是当碎片散去，地上只留下了一具女人的尸体，是杜若秋。就是她，杜若秋、杜若秋！不行，他要救她、他要救她——

　　转瞬间杜若秋好像又活了过来，可是只有半张脸，绝望地面对他直视的双眼，接着面上染上一层灰、更深的灰、接近黑色的灰。她向着黑色的背景迅速消失，乐子扬连忙伸出手要去抓，脚下却踩了一个空，可底下已经没有新的台阶。他跌入深潭的片刻，身旁的石墙忽然裂开一道细缝，细缝里银光一闪，一颗铁色的子弹正直冲他的胸口而来……

引 子

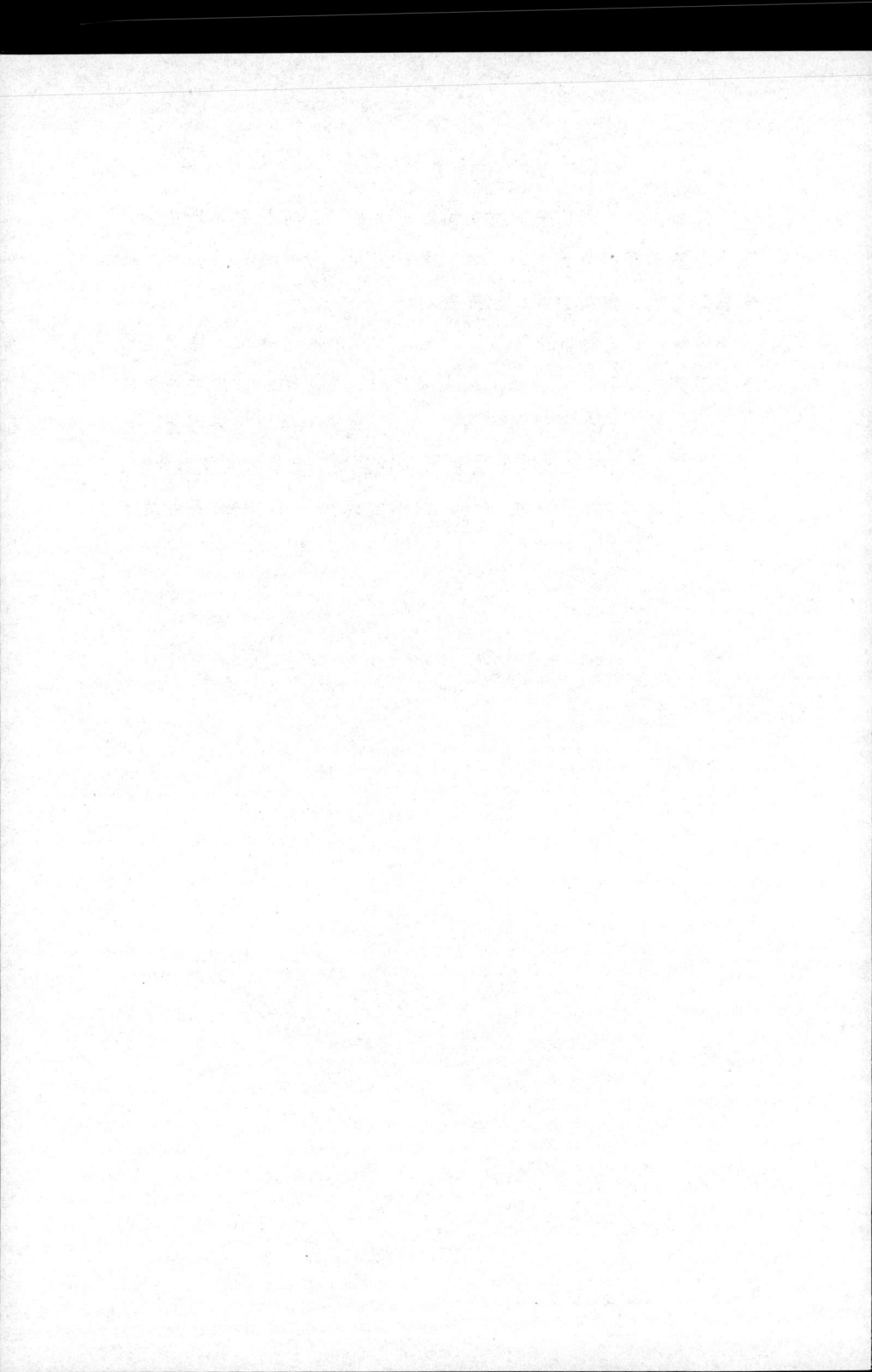

上　篇

第一章　龙子入世

第一回　鹿台惊梦兮，从良师以凌飞

没有月光的死寂黑夜，面前忽然青光一闪。他猛抬头，只听头顶一道风声，待看清时，一把短钩已飞旋而来，快如陀螺，直冲他眉心。他慌忙向左一闪，可躲过了头却没躲过手臂，长钩到他身前忽地转弯、径直向下垂落，倏地在他右手手掌上就是深深一刀。

他大叫一声，手里的长剑咣当坠地。他忙右脚点在地上，左脚贴在剑柄轻轻一纵，长剑复又弹起，他便双腿微曲蹲地，飞身纵起一丈，左手一抓，把剑又牢牢握在自己手里。

待他落地，左手持剑挡在前面再要往前推进时，忽地一道红光闪现，在空中开出一朵暗红色的彼岸花，紧接着眨眼之间，面前漆黑的死墙轰隆一声，彼岸花随之四分五裂，倒塌的墙背后一团烈火如洪潮咆哮、电闪雷鸣。火浪如虎，将他瞬间推远三尺。他欲站稳脚跟再往前看时，忽然从自己身后蹿出一个长衣纱袍、纤纤女子的细瘦身影，张开臂膀挡在他之前，扑向那浓浓烈火。"你——"他声嘶力竭还没喊出她的名字，那女子已化入滚滚浓烟。

"不要!"他大吼一声,从梦里猛然坐起身来,后背一层溽溽的冷汗,这是他第二次做这个梦了。那一场无来由的大火、刀尖劈开空气的寒光,还有最后一刻飞身扑火的背影,每一个画面都和上一次如出一辙。他抬头望一眼窗外悬得正高的月亮,在这寂静的半夜三更里忽然眼睛发酸,很想大哭一场:和上一次一样,最后那个扑向火焰的背影消失得那么突然,甚至都来不及回头,让他看一看她的正脸。

这是梦、这是梦,不是真的,他反反复复地告诉自己,你没有去过那黑色的宫殿,也没有人在爆炸的烈焰里化灰化烟,这一切都是假的,只在你的梦里莫名其妙地出现。

可是这个恐怖凶恶的梦魇,第一次出现的时候,就是他母亲死的那一天。

那之前的事情他记得并不十分清楚。他猜测自己没有生在众生仰望的鹊山上,也没有生在福泽广溢的堂庭山。尽管他的尊贵的母亲、龙王的嫡女,确实值得天下一切的仰望和礼崇。事实上,他对于幼年仅存的记忆,只是跟着破衣垢面的母亲不停地流浪,从一个部落搬到另一个部落,从一面山翻到另一面山,从河的这一岸穿到另一岸。他们不跪拜天帝,不祭祀神祇,也不与山间的野兽说话,只有荒草、乌云、烈日和雨水为伴,在千百个离群索居的日夜遥想这条路的尽头。

他就是在这些偏僻的山岭和水泽之间长大,在杂居的怪木和鸟兽的部族之间流徙。他刚开始学会说话,就问母亲,"我们到底要去哪儿?"

母亲说:"去中土。"

"中土那里有什么？"

"有你的父亲。"

"那我们什么时候才能到中土？"

"等你长大的时候。"

那么，要长多少年，才能算是长大了？他没来得及从母亲口里听到答案。因为长到五岁，母亲就死了。她死得平静而突然。

他们越过泾水，行至一片长着白茅、地下沙里混着银丝的高地，丘陵迭起，之间盘着许多硕大的石。往西是一眼望不尽的山峦，东南面则是郁郁的棕木和竹子林。母亲领着他往林子里去，却没有往深处走，及至一处青石洞，眼见夕阳西下，便停留下来。

两人拨开洞口的小碎石块，往里走才发现石洞初狭窄，其实里面峭壑森森。母亲说，"我们在这儿停一晚吧。"他就点点头躺下来端详石洞上壁的弯曲花纹，纹路繁密如水流，如光缕，他不知不觉恍然入梦。

只是他始终睡得不好，一会儿听听石洞里的滴水，一会儿看看石洞不知深到何处的尽头，心里好像始终悬着一个揭不开的帘幕。到后半夜时从西方袭来片片相接的巨大云团，重重叠叠地肆意翻滚着，没过山顶、碾过光秃的树枝、流过荒芜的草地，然后就在他们的这一片林前扭成一团沉沉的雾气，开始下起雨来。雨一开始并不急，只是缓慢而有序地降落着，然而每一刻又比前一刻下得更大些，像成千上万匹马奔驰在开阔的野地。

很快地，雨滴变成了水串，水串变成了水帘，他睁开眼时已完全看不清外面一丝一毫的景色。他惊惧地转过身想从母亲那里获取一点安慰，才发现母亲跪在洞口，正不停地哭泣。也许是雨下得太大，母亲的哭泣一丝声音也没有。他只见到两行丰沛的泪水，从母亲的眼窝里倾泻而下，漫湿了脸颊，又湿了脖颈，湿了衣衫，眼泪还是源源不绝。

这泪水吓得他不敢出声，更不敢靠近。半夜的雨持续不停，母亲的泪水似乎永无止境。直到第二天凌晨他又一次睁开眼睛，猛然想起昨夜的情景，觉得似梦非梦。他赶快站起身来跑到洞口，看见东方几颗发白的星星，此时雨渐渐沥沥地下着。他对着洞口母亲依然跪着的背影迟疑了一会儿，过了好久才鼓起勇气绕到正面去，才发现母亲的脸已经灰得像一张覆了十年灰尘的旧羊皮。她的脸上还有一丝丝的泪水，但是眼底已经是一片干涸的沙漠。

再过一刻钟，雨彻底停了的时候，母亲也死了。

或者至少，以一个五岁的孩童对于死亡的认知，母亲断绝了一切生命的痕迹，凝固成了一尊如同蜡铸的雕像。他惊慌地跑到石洞之外，但是目光所及，苍天黄土之下，棕木竹林之中，竟连一只路过的蚂蚁都没有。有一刻他甚至怀疑时间和空间是否在那一刻静止了几秒，让整个世界和母亲一样，陷入死亡一般的沉寂。

直到他感到身后一声极微弱的窸窣。母亲在他的背后，头发缠在岩石和焦土之中，强撑起眼皮，说出了最后一句话——

"岳儿，你要做一个真正的人。"

所幸五岁的岳，还不足够能理解死亡，也不懂得悲伤。他孤零零地站在还跪着母亲蜡像的石洞门口，睁着两只大眼直面着竹林、山丘和这个刚刚奇妙地夺取了自己母亲的世界。

后来他的第一个师父凫徯曾经好几次百思不得其解地问他，"你当初真的就那么站了一整天？也不知道哭，也不知道跑路？"

他答说，"我真的就那么站了一整天。到快晚上的时候不就
遇到你了。"

凫傒哈哈大笑。从没见过这么傻、这么憨的小孩。他第一次
见到岳的那一天，也是这么的不着边际和滑稽。那天岳在母亲死
去的石洞口惶惶站了整日，快到晚上的时候终于路过了一只生着
五色羽毛的山鸡。山鸡头上立着一簇赤紫相间的冠毛，脸上的眉
眼倒像人，只是眉毛胡子皆是黄澄澄的一色。它的脖子细长，两
只脚也细长得无比，支撑着圆滚滚的彩虹色的肚子。那山鸡从远
处走近他面前，岳还懵懂懂地不知道开口，倒是山鸡先注意到了
他。确切地说，是注意到了他颀长的脊梁和面上幼小却棱角分明
的五官。

山鸡走近前来，细细端详这男孩，半晌开口说，"你是哪里
来的旁生？叫什么名？"

岳没听懂山鸡所说的话，只答说，"咦，山间的野兽也懂得
讲话吗？"

对方好像受到了莫大的屈辱，顿时变作一个长着五色胡子的
老头，大喝道，"好个目昏耳浊的黄口小儿，难道你白白睁着眼
睛没看出来，我有一副天上仙人的面孔？"说完顿了顿又仔细端
详了一阵，"你……你不是仙，也不是阿修罗，你到底是谁，快
现真身！"

岳想起母亲曾经说过的话，不假思索回答说，"我想，我应
该是一个人

"胡说！大胆妖孽。尘世凡间这三百年里，哪里还有人？"

岳听不懂。仙人、阿修罗，还有尘世间的三百年，对于他来

说，都远得如同地下埋了几百尺的尘土。他不知道怎么面前就出现了这么一个老头，还四顾着去找寻刚刚和他说话的山鸡。除了母亲和梦里的神祇，他还从未认识过任何一个会动的活物，更没有同他们讲过话。

老头见他愣愣的痴样，面上的好笑神色渐渐褪去，疑窦却还在酝酿。他在这五岁的黄毛小孩面前犹豫了一会儿，最终还是伸出手，"要不要跟着我回鹿台山？"

那天夜里，老头告诉他，今天是他的第五百九十二个生辰。岳说："你们鹿台山上，做寿有什么习惯？"

老头说："如今时年不顺，早就不再做什么寿了，"又转过头反问他，"你从哪里来的？你去年生辰都干了些什么？"

岳答不上来。他实在说不上自己从哪里来，只好老老实实地回答说："我的母亲刚刚死在石洞中了。"

那时他还不懂得修饰。凫徯最初将他带回鹿台山，常常谈起最多的，就是他的母亲。她的容貌、她的发冠、她古怪的秉性和言语，就在这些谈话中一层层烙印在岳的脑海之中。

凫徯是一个奇特的离群索居的老头。"你活了五百九十几年，都是怎么过的啊？"岳稍稍过了几个月与老头处得熟了，终于开口问了自己一直想问的问题，"不会有一天觉得无聊吗？"

"小孩子家家，不要随便说无聊，"凫徯接过他的话，"我打打猎，抚抚琴，喝酒吃肉，修炼内力，一整天过去得快得很。"

岳听见"修炼内力"两个眼珠顿时亮起闪闪的向往。老头看起来矮小而不张扬，可岳见过他打猎时的模样，一柄细长的木杆，老头一跃，腾起穿梭在林木之间，一挥手便打落一只猎物，天上的飞禽和地上的兔子，轻而易举地就成了当晚的盘中餐。

有时候晚上凫傒多喝了几杯酒，或者早早睡下的时候，岳就自己从后院捡一根小树枝，模仿他在空中飕飕生风的模样。偶尔也有那么自鸣得意的一刻，可更多的是觉得自己差得太远。迁徙流亡的幼年时光里，他满眼是山间野兽们锋利的牙齿、硕大的翅膀、宽厚的脊背和强壮的四肢。他眼里看着野兽们的强壮、锋利、迅猛、灵敏，再看看自己一天天长大，两条胳膊变长了，却没长出翅膀，牙齿脱了旧的长出新的，却一样软钝无力。他跑不了狮子那么快，耳目没有猫犬望得远，和鹿台山上的所有其他生灵比起来，自己原来是最羸弱不堪的一个。

这个认知让他长久以来心怀羞耻而闷闷不乐。终于有一日在凫傒叫他一起出门打猎的时候，岳仰起头回答说："我不想去

凫傒一愣，似乎没听明白他说的话。"我不想去，"岳重复一遍，"我看看山间奔跑飞翔的野兽，再看看我自己，我是不是一个没用的人？"

对于一个七八岁的小孩来说，最深切的失望，大概也就莫过于此了吧。凫傒闻之叹气般地一声笑，走过来摸摸他的头，"小儿长大了，老头教你武功，早晚有凌绝百兽之上的一天"。

"凌绝百兽"，他听着这四个字，耳边如同忽然炸起一声惊雷——不，比惊雷还更剧烈、更刺激，师父说他有那么一天要凌绝百兽、振翅高飞，他闭上眼睛在心里勾勒着那一天，近乎天籁。

于是他从此给自己起名叫凌飞，而母亲留给他的"岳"字便成了他的姓氏。凫傒答应传授他武功，凌飞喜不自胜，可是当晚师父把他叫进屋里，桌上只摆着一架七弦的琴，长有两尺，通体縣黑素面，光泽柔润。琴面隆起，阴刻弦纹，琴头微昂，腰部下

凹，尾板上翘，下有一足。凫徯先右手轻轻一抹，尾音挑起，说道："此三弦四徽。"接着中指向内勾起，左手推出，说，"此五弦五徽。"凌飞就站在门口侧耳听去，那一只手抹挑勾剔，起初宁静畅远，中途忽地叠音渐起，半轮一摘一剔动如马蹄，涓指则先抹后勾变幻无穷，不觉已愣愣地，听得痴了。

也就是从那一日起，凌飞开始和凫徯学琴。右手轻抹慢挑，左手吟猱绰注，他一指一指地跟着师父，每每学完，自以为声音和师父差不多了，师父却摇摇头，"还要再练"。

终于有一日凌飞忍不住问："还要再练，是练些什么呢？"

凫徯说："你弹一个商调的轮指来听听。"

凌飞举起右手便放在弦上，摘、剔、挑连得三声，弹到第三声未落，凫徯忽然伸出一根指头直插他的肋骨之下，凌飞疼得大叫一声，人仰琴翻。"师父干吗……"他四个字刚刚出口，却自己恍然明白什么，当即掩住了口。

师父伸手将他扶起来，把琴摆正了，坐下身去，右手的两指微屈，先挑了一个徽音，初听极轻极缓，可片刻之间两指嗖地一抬，徵、羽两调震得琴桌战栗，紧接着只听一声裂帛巨响，门口五丈远的榆树树干登时裂开一掌长的口子，撕裂的树皮处流出浓浓的浆液，凌飞早已看呆。

凫徯这才抬头，用左手握住琴弦。"你知道自己的琴为什么弹不好？"

"不知道。"

"你没有坐

没有……坐？凌飞一愣。自己不是好好地坐在蒲团上吗？

"你坐稳，身子折曲。抚琴不要用手指的力，将力含住。腿上、腰上、背上都放松，放轻松沉下去。

凌飞听得似懂非懂。

"你先只管坐，坐稳了再练呼吸，"师父把一只手重重压在凌飞的肩上，拍了拍他，自己走出门去。

"不是我说大话，在这鹿台山乃至重重西山之中，能像我老头这样抚琴者，恐怕是找不出第二个，"师父的声音在门口回荡，"俗世皆晓得用指头抚琴，便只是听得几个音。来日你全身的筋脉活络，血气贯通，便能以通身之气运抚琴，琴音自可快如刀锋，御敌于千里之外，还用你亲自动身？"

一番话凌飞听得哑口无言，心服口服。他依旧生着不能飞的细弱胳膊和不够与狮虎齐驱的腿，可是一天一天过去，他坐得稳了，忽地觉出有一股暖流从丹田升起汇入指尖，一呼一吸连着一勾一挑，他的琴开始音音如有风骤起。转眼他已年有十三，师父依旧让他日日抚琴，不曾动过刀兵一毫。

直到有一天夕阳西下，岳凌飞坐在窗前正盯着自己的琴，忽然耳边一阵风声，吹得窗户沙沙作响。他侧耳细听，却又觉得那风不像是一般的林野之风，竟是一阵接上一阵，盘旋汹涌，好像从远处滚滚而来。

他当即跑出屋去看。院子里只有师父一个，对着一棵歪脖树静静立着不动。师父的双脚左前右后，双膝微屈，左臂向前伸成一个饱满的弧，指尖伸展有力，右臂轻轻地下垂，比在身前。

凌飞静静站在自己的门口不敢打扰，而一眨眼的工夫之下，师父忽然两掌往前劈去，如砍刀伐木，接着双掌变作双拳从怀中掏出，快如闪电，转而右手在半空架住，左臂伸展横推，横推尚未到头，右手已经收回到小腹，"咔"一声直进出击，左拳跟上再补一发，霎时间好像从山中吹来一股劲风，岳凌飞看得蓦地一震。

而他再眨眼时，师父又重新恢复了最初的姿势，膝肘微屈，整个人如一张平静的弓，林间的风声也跟着渐渐消散。

原来师父的功夫是这么举重若轻，他在心里默默地记下这个场面，从此只要一听到动静，便知道是师父在练功，赶紧跑出来偷偷地看。

那一年入秋，天气还懒在夏日的湿热中不肯过渡，凫徯迎来了自己在世间的第六个百年。凌飞早就算着师父的生辰，那天一早先听得窗外一声大笑，是一个老迈而健硕的声音说道："凫徯老弟，我给你送会稽的山貜来啦他坐在床上透过窗户纸偷偷向外望着，只见一个陌生的老头头顶一缕金黄的短毛，肩披一只赤青交杂的长羽毛斗篷，手里提一只巨大的貜，大摇大摆走进屋院。师父不多时迎上去拍着老头的肩膀，"会稽的山貜不是被老哥哥你吃尽了吗，还有闲心给我带来？"

"哈哈哈"二人都朗然大笑，携手走进内室，其亲密厚爱，盲眼的聋人都能感知得到。凌飞翻身下床来，还未出屋先听见师父在院里叫他，"后生仔快来见见你师伯

原来今日来贺寿的老头是师父的同胞哥哥，看样子还是远道而来。这一日三人抚琴谈笑，觥筹交错，兄弟之间说不尽的别来无恙，也有开不尽的玩笑。

"这些年你在这鹿台山，只收了这一个徒儿？"

"才收了没几年。我哪像你，被伏帝选中又封了地宫的护法灵尊，长生不死，自然得徒弟成群。我自由自在逍遥在山郊野岭，

无拘无碍的，没人理我，我也懒得理人。只得他一个人为徒，上山打猎挑水干活也够用了。"

"哪里哪里，你又笑话我。什么灵尊不灵尊，那还不是虚名，不过是替他们仙界的神仙卖力，好让他们快快活活做他们的神仙。长生不死恐怖得很，不管是什么世界、什么时间，对我们来说都没有尽头。没有尽头，又有什么乐趣？"师伯说着，转过头来打量了一眼岳凌飞，"小兄弟今年十几岁了？十二三岁？"

"十三岁。"凌飞赶忙答。

"好年纪呀，十三岁是好年纪。"这老哥哥好像喝醉了一般，自顾自地仰着头，仿佛唱起歌来，"我十三岁的那一年，蜗母娘娘吓得翻了天，翻了天，伸出五个指头谁也看不见，蜗母娘娘……谁也看不见……"

这天晚上凌飞翻来覆去，睡得时沉时浅。他耳边来来回回地好像从远方听到师伯喝醉酒时唱的歌谣，却不是出自一个老头之口，倒仿佛是个年轻的童声在唱。这声音……有些像母亲，又有些像他们曾经经过的一片水泽里的蛙声，也像他昨天一面抚琴一面不由自主地低吟——难道、难道，这是自己的声音？

他被自己的声音唱起的歌谣吓了一跳，登时从床上坐起来，第一时间感到很渴。他用干燥的舌头徒劳无功地舔一舔嘴唇，决定下床去端一杯水喝。走到桌前没找到铜壶，才想起今日落在师父屋里了，夜色已深，总不能去打扰，凌飞只好披了一件薄衣，出门上井中舀一碗给自己。

鹿台山的井水清澈甘冽，他端着碗站在井边一饮而尽。正犹豫着要不要再舀第二碗，忽然左耳听得一点窸窸窣窣的声音，便走出柴门循声探头，未及几步路见得东边树丛里仿佛隐隐一束橘黄的火光，赶忙返回身来到师父门前，犹豫着要不要敲门叫师父知道。

算了，师父活了六百年，见多识广，恐怕只有我才少见多怪，况且今日师伯来访，一下子要打扰到他两个老人家，万一不是什么要紧事，还怪丢脸。凌飞心里如此一想，不如我先远远地观望一眼，若有奇事，再报与师父知道。

于是他悄声退出来，往东面林子里走了不过一里，渐渐看那橘黄的火光清晰了，又听仿佛是两个人坐在那里说话。一人说："你打算就这么留着他，能留多久呢？"一人答："我不管能留多久。他既做了我的徒弟，自己不提要走，我自然是不会赶他走的。"

凌飞再往前几步，原来林子里正是师父和师伯二人对面打坐，气息从头顶而入，绕身而返，在二人中间上方汇聚成一束橘色的火光，如同火把一样向外发散着光和热。

"其实你一早看出，这小孩是人的后裔吧。"师伯闭着眼问道。

"不错。那时岳儿五岁，孤零零一个人在落水前头的石窟洞口站着，刚刚死了母亲，也不知道哭。我走过去一眼看出那母亲是被阿修罗剥离了魂魄而石化了肉身，而这孩童瘦弱聪敏，我想他非仙非兽非旁生，保不齐是中土人族的后裔。兴许是人类命不该绝，三百年后才出了他这么一个人？"

"我看未必。你知道，七八年前地宫刚刚收了一个凉河的罪女，正和你说的岳儿母亲去的时间相当。"

"凉河的罪女？不是说她三百年前就已被押入地宫了吗？"

"是三百年前天兵天将领了命去捉拿，结果三百年间都无功而返，直到最近终于抓到了人，魂魄押入水殿，永生永世不得超生转世，这一段公案才算了结。不过呢，这也都是北边晨星他们父子俩管的，我也只是听说。也说不定此罪女非彼罪女，大家传错了时间，也是有的。"

两人一面说着，都闭着眼各自打坐。凫徯这边沉默了半晌，然后忽然叹了一口气，睁开了眼睛，头顶的橘光也随之消失无踪。

"怎么啦老弟？"对面也睁开了眼。

"岳儿母亲死的时候，我就在一旁。"凫徯低头略一沉吟，"那时刚刚下了一夜的雨，她就跪在洞口，等沥沥的雨终于停了，她也凝成了一尊石化的雕像，我上前看了才知是魂魄让人给捉去。可她到底犯了什么大罪，值得地宫这么大动干戈，还不惜呼风唤雨地来捉她？"

对方摇摇头说，"我只知道凉河的罪女本是仙界龙族，她耗尽自己的灵力保全婴儿三百年，所以新生儿没能继承一丝的龙族血脉，竟然是百分百的人族。"

凫徯听完默默无言，两人的谈话就在沉默里度到了天明。

岳凌飞当时就站在树林的阴翳之下，在深夜的冷风里一直站到天明。他不理解，一点都不。凌飞不知道这一夜是怎么度过，不过到了天明的时候，师伯已走，他起身去井口打水，师父转过身来一见他，脸上先吓了一跳："你这样……黑口黑面的作甚？"

他胸中仿佛有千言万语都涌向嘴边，只是张开嘴又不知道从何说起。"我的母亲……"他一开口，声音已是哑的。

"你别去。"师父早已洞彻了他的心思，甚至在他自己意识到之前，"我劝你别去。"师父说。

"您昨夜里说的、我母亲的魂魄被捉去，还押入中土的地宫，是真的？"

师父点头。

"我不是天界的神仙也不是阿修罗兽，而是三百年前人族的后裔，也是真的？"

师父再点头。

八年前傍晚开始下的淅淅沥沥的雨，迤起的丘陵和沙地，疯狂蔓延的白茅，以及那青色洞口处畸形的石块和瓦砾，一瞬间都回到了他的眼前。越来越大的雨声排山倒海般响彻在耳边，母亲的哭泣、更大的雨、落不停的眼泪和雨水交织到乐章的顶峰，然后忽然安静了，他的眼里只剩下八年前母亲那一张灰了大半的脸，耳边回响母亲给他最后的遗言——

"你要做一个真正的人。"

他没有什么别的选择了，真的。他得亲自到这个中土的地宫去，瞧瞧那些传说里无所不能的神仙们到底为什么要惩罚一个无辜的母亲，他要救她出来。师父也看出他心里所想，自料劝也劝不住。"你再多等一晚，我取一件礼物给你带上。"

凌飞果然再住一夜，第二日看看周身，其实并没有什么可带着的。他一襟一裳都是师父给的，琴是师父给的，一双会抚琴的十个指头也是拜师父所赐。

"喏，你从这里往山下去，向东南，就到了成侯山，山上多櫄树，草皆是秦芁，中杂苍玉，再往前，应该就是中土。"凫傒说道，"我离开中土已几百年，许多地方记不清了，况且过这么久，从前的旧路也许早都成了河泽，中土的地宫更是没有人去过，成侯山再往后，我就实在没有什么可帮你的了。"

凌飞仔细听了师父的话，唯有长拜以谢。凫徯这才从身后拿了薄薄一卷鹿皮纸，卷首写着四个字，"广陵止息"。他接过来，鼻子微微发酸了：一曲《广陵止息》幽深莫测，许多人一辈子听一次就已经是莫大的荣幸和满足；而这《广陵止息》的琴谱，是师父毕生珍藏，他亲眼见过师父半夜起来，一个人举着蜡烛来回翻看，那脸上的得意神情有如神游仙境。

"《广陵止息》是世间绝曲，能奏一曲《广陵止息》，无异乎绝世武功。你功夫尚浅，先随身拿好了，将来遇到有缘人点拨，可以一同拿出来研看。伏帝、蜗母在上，愿他们赐予你绵长的好运。"

第二回　途有兵而得荫兮，佳人忽其不淹

　　总有这么一天的，他闭上眼睛想，他要亲自踏入那旁人口中神秘强大的地宫，那里还困着他的母亲。岳凌飞背靠的高山苍远辽阔，来日方长。他走时带着师父给他的广陵琴谱，胸前挂着两颗发白的珠子，那是母亲留给他的遗物。他在她死去那一日的石洞中将其捡起来，自此从未放手，而长到八九岁，师父用一条细细的黑线将它串起来，从此挂在他的胸前。

　　神仙有法术庇佑，神兽有魔力傍身，而母亲留给他的两颗稍欠光泽的珠子，就是凌飞从小到大眼中属于自己的魔力。珠子并不明亮，甚至有些污浊，白色的底色中混着丝丝的红色划痕和黑色雾气，他洗过很多次洗不掉，慢慢看多了，倒也就不觉得碍眼，反而觉得那雾气、划痕与珠子本来就是一体的。

　　凌飞听师父的话，出了门先往东南下山去，走了一整日还是茫茫山海，临近傍晚时，看见前面模模糊糊的有一片密密的树林。树林中有冷杉、桢楠等，牵枝垂蔓，边上有一片桃子林，远远便见得许多猴子上蹿下跳。他正又饿又渴，那林里的水蜜桃儿甚是诱人，他抬起脚步慌忙走去。

　　及至走近了，才发觉刚刚也许是眼花了，前面树林浓密，并没有什么桃林，虽然远处猿猴攀枝，这里放眼却全是通天的巨木，

枝繁叶茂，遮天蔽日。师父说过，穿过树林就是颍水。岳凌飞于是放眼四周，信步踏入树林。还没走几步，忽然听见不远处骨碌碌的声音，好像是一个老头从东面一个小山坡上滚下来，"哎哟哎哟"地喊着疼。

岳凌飞连忙走近去看。老头显然年纪很大：头顶光秃秃的，只有两侧的耳朵附近还拖着几缕银色的头发，倒是鹤发童颜，一双青色的眼睛虽然眯着，却目光灼灼，不同凡响。

"老人家，没摔伤吧？"岳凌飞好心走上来问。谁知自己刚刚靠近些，那老头忽然伸出一只手来猛一按他的肩膀，自己顿时蹿起丈余，向西边飞去。凌飞仰头去望，忽然听得东边传来高声一喝，"老妖休想逃走！看我今日不撕烂你的头！"

随那声音一并而至的是一道紫光，瞬息破空而来，顶端更聚成尖利无比的一只浓黑的枪头，直冲那刚刚飞起的老头脖颈而去。老头回转过身，面目已和刚刚的和善模样全然不同——青灰色的一张脸上，咧开的嘴唇露出两颗深红色、直抵下巴的尖牙，张开的两只手臂生出无数小爪，挡开紫色的剑光。

紫色的利刃刚刚从左肩口划过，老头重重跌在地上还要跑，追他的人就丝毫没有给他喘息的机会。岳凌飞转过头去瞄一眼那紫光射来的方向，见是一个年轻的公子，身长肩削，通身玄袍。那公子手里的长枪有一人半高，头顶盘旋着一只白羽黄喙的秃鹰。"看枪！"他一声厉喝，树林里蓦地刮起一阵大风，飞沙走石迷人眼，又听得风中夹杂着一阵沉沉的脚步，连着脚下的土地一同颤动，好像一群庞然大物汹汹来袭。老妖转身往深林里跑，黑袍公子又怎肯罢休，大叫一声"追"带头跨步如风，紧追老妖而去。

　　而跟在他的身后，果然出现了一队八九只长毛的棕熊，冲进林子。他们在密密的林中横冲直撞，脚跟牢牢扎地，肩膀一晃，可怜那不知道几千年的古树"喀"一声从中间折断，如大厦倾倒。树与树之间飞窜的猴子、惊惶的飞鸟登时四散奔逃，凡有碍眼的便伸出熊掌横空一抓，顿时捏成一摊模糊的肉酱。猴子们纵然轻巧，却还是不如棕熊长手长脚，况且覆巢之下焉有完卵，树干树枝成片地栽倒之下，有的猴子被压在枝干之下生死不知，有的则随着折断的枝丫坠落在地，瞬间成一团红艳艳的血泊。

　　伴着颤动的土地、猿猴的惨叫和遮天蔽日的长毛熊，岳凌飞刚入树林，正惊叹怖惧，不料面前一棵粗壮高大的桫椤，眼看被一只熊抢起胳膊一砍，顿时擎天柱断，极速向他站的方向倒过来。

　　他眼前一个黑影愈来愈近愈来愈大，向他随之放大的瞳孔袭来。说时迟那时快，树干即将碰到他肩膀的一刹那，忽然从一旁伸出一只手来，猛然一拖他的脚，他往右脚底一滑，躲过了栽倒的树，翻滚几圈躺倒在一旁。刚刚拖他脚的人也趴在那儿，将他往里拉扯，竟在一棵半斜的树干下面，形成了小小的掩体。他二人躲在树干的荫蔽之下听着外面继续噼里啪啦的响声，屏着呼吸，而头顶上面掉下的枝干，反而给他两人搭起一个小小的屋檐，不容易被发现。

　　岳凌飞从掩体枝叶的缝隙中偷偷向外看着。树都倒了，刀兵打斗之声已经远得有些听不清，进入林子的几只熊也不再打斗，开始垂下头，在林子各处挖地上的土，挖得也不深，这里找找，那里挖挖，找了半个时辰，忽地只听头顶扑簌簌的一阵响，不远处降下一只大鸟，原来正是方才追随黑袍公子的秃鹰。此刻比刚刚离得近些了，只见它雪白发亮的一身羽毛，衬得一双灼灼的眼睛和嫩黄的长喙锐利无比。秃鹰盘旋着缓缓降下，到落地时"咻"地变作一个瘦削男子，白衣黄履，手中一把灰红浅黄相间的羽毛扇。棕熊们陆陆续续地起身，到他面前行一个礼，其中为首的一头熊说："此处地下皆是赤铜，没有找到丹腴石。"

男子略一沉默，"那就先与我返回幡冢，改日再寻"。

话音未落，男子已转身又化作一只秃鹰，扑棱棱的扇扇翅膀一头扎进天空里。棕熊们也聚成群，慢慢往北走去。再等片刻，等那撼得地动山摇的脚步终于远得听不见了，岳凌飞仰起头，小心翼翼地用手试探着推开头顶一块木头，见四周无人，便探出头来，又搬开附近的木枝碎石，伸手把和他一同困在地下的人也拉出来。

凌乱的树干枝丫搬开了，人也拉起来，两人各自抖落头上衣间的灰土和树叶，岳凌飞转过身想问问对方有没有受伤，抬起头的那一瞬却眼睛嘴巴都顿时僵住：

她是一个女孩儿。

比自己稍微高了小半头，干净的脸上一双眼睛似深似浅，眼底如同秋天清晨的露水，清澈得没有一点尘埃，两弯眉毛细长如柳叶，又如青烟散入风中。他因为惊讶而盯着她一动不动，女孩儿忽然在这毫不掩饰的凝视之中脸颊染上一抹深藏海底的珊瑚，抿一抿嘴巴微微低头。

坦白说，他从没见过这么美的女孩儿，真的。鹿台山有人形的飞禽山妖不少，女子的婀娜娇媚也寻常见之。可是她……岳凌飞心里忽然有点空落落的，想不出合适的词来形容。她站在他面前，站在一片狼藉的倒塌的树林、站在午后将没的残阳之下，映衬出一种出离的美。她的面色衣衫清丽得几近透明，眼角眉梢都柔软得不太真实。他想起鹿台山北的山涧，秋日的晚风吹过青青的湖水，一定是上天取了那最动人的一丝微皱的波澜，放进她深碧色的眼眸之中。

“刚刚，要谢谢你从大树底下救我。哦、从大树倒的时候，把我拖到树底下……嗯不是那棵树的树底下、是树底下、树……”他笨拙得语无伦次，女孩儿却“扑哧”一声笑了出来。

“你有名字吗？我叫北沐瑶。”她声音清脆。

“我叫岳凌飞，”他赶忙答说，“我是从鹿台山来，刚刚下山。”

“哦，”女孩儿听了若有所思，“我是昆仑山上浇花的侍女，今日仙姑姐姐中午去瀛洲赴宴多喝了两杯，昏昏睡着了，我便得一个空偷偷下山来，看看世界。”

她说“看看世界”充满了世外桃源里一个纤尘不染的女子对于凡间的天真与好奇。可惜这个世界让她失望了，他想，也许她和他一样，刚下山就懵然遇见这样一场旋风般无来由的屠戮。“呃，”他想为这个世界扳回一城，“我也不知道这群棕熊是怎么回事，我活了十几年，从未见过这样暴风雨一般毫无理由的血腥。他们一定是疯了。”

“你没听见吗？他们在找丹雘石。”

“是哦，丹雘石？我都没听说过。他们又找它做什么用呢？”

“丹雘是一种少见的血玉，”北沐瑶一边想一边说，“我听父亲说过，十里青碧才能见得一方丹雘。丹雘是西方灵鹞啼血注入青雘而生，据说有引信之能，可以引人到那灵鹞出生的地方。他们若是这么大动干戈地找一块丹雘石，想必是想找那灵鹞的所在吧。”

凌飞愣愣听着，也不知自己听懂没有。

"你刚刚说，你从鹿台山来，那你下山来做什么？"

明明是个顺水推舟、再普通不过的寒暄，可是岳凌飞却站在那当口不知所措——师父、母亲、八九年前彻夜不停的雨和遥远的中土地宫，此中乱纷纷自己还理不清的千头万绪，他一时不知从何说起。况且他想，这仙女一般的女孩儿也未必有兴趣听他那些语无伦次的麻烦和困惑。他想起临行前师父告诉他的话，开口说："是我师父让我下山来找一种檽树，采刚刚发芽的嫩叶回去给他。"

"你师父是谁？"

"他……我师父叫凫傒，我五岁起就跟着师父了。"明明说的都是真话，岳凌飞讲得却带着些微的忐忑，"他原先一早答应了教我功夫，可我只是一直在跟着他学琴，还有一点蹩脚的轻功。"

"琴也不错，"北沐瑶倒不觉得这是个什么遗憾的回答，"那他让你找檽树芽做什么？"

"入、入药吧，"岳凌飞慌忙答说，"我师父奇得很，有许多古怪玄虚的功夫，更有好多稀奇古怪的药具。"他话出口，自己想了想，最终鬼使神差地又补上一句，"不过……我找完了檽树，就要离开这儿去中土的一座地宫了。我才刚知道我的母亲在那儿，我得去救她出来。"

北沐瑶一听，顿时面上陷入了沉思。"你……"她迟疑地开口，只讲了一个字，忽然又噤了声，歪起头往地下侧耳听去。"诶，你听，"她冲他指一指脚下，凌飞也跟着听那地下的声音，果然从脚下传来细微的一声哀啼，北沐瑶循声往右走两步，不时蹲下来听听那废墟缝隙间的声响。

"是在这儿吗？"她朝一处树干下面轻轻喊，继而招招手叫凌飞也来帮忙，"应该是有一只猴子被压在这下面了，我们抬起树干来瞧瞧。"

两根树干彼此叠搭着，上面那一根粗壮无比。岳凌飞赶忙挽起袖子，双手抱住树干的一端，北沐瑶则抱另一端，"一、二、三"奋力一托，树干骨碌碌滚地向一边。岳凌飞又弯下腰去挪第二根，沐瑶先叫他"且慢"自己低下头往缝隙里瞧了瞧，说，"轻点"二人方合力去抬第二根。

高大密实的冷杉主干很是不轻，岳凌飞的两只胳膊都微微发抖，额上散出一层细细的汗，沐瑶却四两拨千斤似的轻而巧，仿佛是用两个指头拨开的树干。岳凌飞正在纳闷，一只瘦瘦的猴子从废墟下面钻出来，拖着一只受伤的腿，鲜血淋淋。岳凌飞和北沐瑶刚要围上来看看它的伤，那猴子却转了转微凸的亮银色大眼珠，看都没看他们一眼，也没发一声，只管扭过头跑了。它拖着一条伤腿，一瘸一拐地在废墟般的树干和木枝中间时窜时跃，眨眼之间就已经远得没影了。

猴子跑远了，这里两人相视，岳凌飞挑挑眉毛。"它倒是古怪，"他的目光顺着猴子消失的方向望去，"不如，我们先离开这儿，免得那棕熊再返回来。"

北沐瑶点头，二人便绕过凌乱的杂木往前走。山前一片开阔的平地，迎面有一片窄窄的湖水，想必就是颖水了。"哎，我看看脸上是不是蒙了一层灰？"她在湖边蹲下来往水里照了照，湖水清澈见底。

岳凌飞环顾左右，见原野上只有草色苍苍，没有什么不合时宜的鸟兽和危险接近，才放开步子也往溪边走去。"我想那些熊是不会回来了。"北沐瑶举头望了望天上，没有云，也没有飞鸟，这一刻寂寂的如同时空里多余的一刻，天不开地不转，只让世间的所有光芒都凝在一个人的眼里，惊鸿一瞥。

他远远地看北沐瑶，北沐瑶则瞥一眼沉沉西坠的太阳，然后转过来站起身。"你找的檽树我看方圆几百里恐怕是没有的。你要找中土的地宫，我本可以陪你再往东南去寻一寻，只是今日实在晚了，我再不回，爹爹、仙姑都要拿我问罪，"她嘴角翘起，露出一丝若有还无的笑容，"祝你好运，找到你想要的东西。"

听说她要走，他"哦"了一声，心里顿时一阵酸酸麻麻，喉咙却好似被勒得紧紧，一时竟说不出话来。她的告别这样突然，他来不及反应。眼看她轻轻点头，抿嘴一笑就要回头走了，他慌不迭地急忙开口，"哎——"他说，往前快走几步到她的面前，匆匆从脖子上扯下一颗母亲留给他的珠子，"我……我什么也没有，"他连忙把浅白的珠子塞进她手心里，"实在不知道该送你什么。"

北沐瑶低头看一眼珠子，又看一眼他。"你的珠子……你真要把它送给我？"她握着珠子的手松开又握紧，岳凌飞还愣着不知道她为什么这么问，她再端详那珠子片刻便收下了，然后背过身去，取下斗篷上的一颗扣子，转身拿给凌飞。"我也没有什么好东西，"她说，"只好拿一颗扣子给你。今后若是你师父允许，可别忘了到昆仑山上来找我玩。"

岳凌飞连忙点头，昆仑山……他听师父说过，那是最接近仙界的地方，是伏帝与蜗母最靠近人间的寝宫。怪不得，一个昆仑山上浇花的女孩，早已远胜无数人间公主。北沐瑶再点点头，已转身去了。"我想你的家乡也许不是鹿台山,"随着她渐行渐远的背影传来声音,"我想你的家乡应该在中土,也许那里还有最后的人族。"

最后的人族？！岳凌飞愣愣地望着北沐瑶倏忽远去的背影,缓慢地消化着她留给他的这一丝轻描淡写的线索。那遥远的地宫里押着母亲,可难道、原来……遥远的中土还有——人族、他的同伴？孤独而漫长的童年、那些无法和飞禽野兽作伴的迷茫和惭愧,是否还在不知名的地方有另外的一群人分享？他们是否经历着同样的困惑和怀疑,是否承受着同一种探索和挣扎？岳凌飞赶快抬头还想找北沐瑶问个清楚,对方却早已不见踪影。

尚未从这一场龙卷风般无头无绪的对话里回过神来,他闭上眼睛,然后叫了一声"母亲""我不管我是谁,也不管您为什么被捉进地宫里去,我都一定要去中土,一定亲眼见到您再问个清楚。"他自言自语了片刻,然后睁开眼睛,也走到溪边蹲下身,喝了几口清甜的冷水,接着伸出手,轻轻地抚在安静的水面上。

一圈一圈的涟漪卷起水面的边沿,他痴痴地望着,再定睛时竟发现水里蓦然是一双北沐瑶那似深似浅的眼眸。他登时全身的每一根筋脉尽数僵住,盯着那水面甚至不敢眨眼——他以为自己只是遇见一个神仙般无所不知的姐姐,可这一刻他听见自己心里"咚"的一声,然后毫无防备地极速下沉,像被什么突如其来的东西击中。

接下来的一刻,他的手心忽然凉凉的,展开一看,是北沐瑶刚刚送给她的那颗扣子,竟在他手心里化成了一滴水珠。难道她真的是仙女……岳凌飞惊奇地几乎叫出声来。

水珠莹莹，岳凌飞的手一抖，一不小心将水珠滚落，只留下一道极浅极淡的痕迹，随时要蒸发。

他的心很乱。她的影子在他的眼前这么清晰却又这么脆弱得仿佛不能碰，好像空气里水雾聚成的一团幻影，又像梦里飘然而去的一片羽毛。羽毛轻抚过他的面颊，是洁白的、轻得几乎没有重量、几近透明的羽毛，只要他眨一眨眼，随时都可能消失无踪。

随时有可能消失无踪。他突然猛一回头，可是身后稷麦青青，放眼望去空无一人。他低头自嘲般地笑笑，站起身来理理衣袖，正思忖着自己要往哪里去，忽然不远处草丛里"咕咚"一声，像是有人跌倒。岳凌飞走到草丛那里去看，才发现竟然就是刚刚怒发冲冠的黑袍公子，正艰难地支撑上半身，用小小一瓶药水去擦腿上的伤口。

"你没事吧？"岳凌飞本能地伸出手想扶他一把，手伸了一半又僵在半空、想起半个时辰之前他要"撕碎你的头"的那逼人的寒气和凶光。

黑袍公子抬起头，稍有迟疑便认出了他。"你就是刚刚在榉木林的那个？"他的声音很沉。

岳凌飞点头，隔了半晌又轻轻开口，"那个老头……他是个妖怪？"

"青庐观老妖的一个弟子，原本是只黑鸦。其余的都收拾干净了，偏该死让他给跑了！"黑袍公子咬牙切齿，"可他跑得了初一跑不过十五，我早晚要把他收拾干净。"说着站起身，拍拍身上的黄土，然后转过头来微微向岳凌飞一点头，"不管怎么样，刚刚谢谢你。"

他一边说，一边站起身来。十七八岁的模样，比岳凌飞约莫高了一个头，通身罩一袭玄袍，唯有缎制的腰带上镶着层层金线，在夕阳之下若隐若现，好不倜傥。他的黑袍里头还是黑，左右交领的一身黑布衫，腰间短剑，背上长剑，左右肩上各垂着三道深紫的穗子，面色雪白，紧咬的嘴唇薄如一条线。

他比自己的师父看起来还更像一个大侠，自己要是有朝一日也像他这样武功高强就好了。岳凌飞这么想着，趁对方还没走开，赶忙又开口问他"从哪里来的"，转念还补一句，"我叫岳凌飞，鹿台山上有我的师父。"

对方倒是没露出什么惊讶或兴趣。"我流浪乡野惯了，"他说，"我的师父可能在中土呢吧。"

"你是……从中土来的？"

"我是从崇吾来的。我生在崇吾长在崇吾，可长到九岁，一天夜里被一只狼叼走，醒来时离家已千里之远。我从此就云游四方，想找一条路回中土去。"

"回、中、土、去？"岳凌飞惊喜得几乎叫出声来——他才刚刚要往中土走正愁找不着方向，现在竟然碰见一个哥哥也要往那里去？更甚的是，他说他要"回中土"，原来那里是他的家，岳凌飞喜上眉梢，一时如同久违的思绪找到了主体，又像是荒废的时光都获得了陪伴。他一时还不知道怎么和面前这个陌生的哥哥解释自己的身世和向往，可是他想，反正他们从此要同路一道往中土去，他有的是时间慢慢解释，或许他们同病相怜——

所以他此刻只是欣欣然地望着面前这个黑袍的哥哥，只见他露出来握着剑的手腕内侧有一个墨写的"获"字。深绿近黑的墨色，收敛而不张扬的字体，深深刻在他青筋微凸的手腕上。

"好漂亮的一个字。"岳凌飞不禁赞叹,指了指他的右手腕,"是一个'获'字。是你的名字?"

　　"不,那不过是无关紧要的一笔,"对方收回了手腕背在身后,"我的名字叫冷火。

第三回　遗世寻隐兮，高山可仰兮

"你刚刚的招式，真是好棍法。"冷火公子走到水边拭净脸上的尘土，又去擦拭手臂和肩膀的伤口，而岳凌飞站在他的身后，止不住地由衷称赞。等他洗好了脸，又走上去问，"后来林子里的一群黑熊，也是你的？我听他们说，在找一种叫丹膑的石头？"

冷火听说，猛然回过头，警惕地看了岳凌飞一眼。岳凌飞赶忙摆摆手补充一句，"我……我没想听的，就是不小心刚刚被埋在树底下，听一只熊对一只秃鹰说的，也不知道是不是野兽们胡说的，当不得真。"

冷火眼里的警惕逐渐消散，却没直接回答，"刚刚我们追杀青庐老妖的虾兵蟹将，吓着你了吧。在树干底下伤着了没有？"

"没、没有。岳凌飞说完顿一顿，隐去了遇见北沐瑶的片段，"那刚刚被你追的那些妖怪，还有他们的头领、那个老妖……你还追不追了？"

冷火淡淡冷笑一声，"我与他，是不共戴天的血海深仇。我早在母亲面前发过誓，今生今世必要一枪刺穿他的喉咙，把他的脑袋割下来、以祭慰她老人家的亡灵"。

"她——你——原来……"岳凌飞听懂了其中的道理。

"我母亲是死在青庐老妖的手里，我兄弟是死在青庐老妖的手里，我全家被他几乎赶尽杀绝了，而今只剩我一人，我是拼了命，也要为他们报仇。"冷火讲得更明白了些，然后一转念，问向岳凌飞，"你刚刚说，你要往中土去？"

"是的。我也是……为了我的母亲。"不知怎么，也许是因为刚刚冷火也提到为母亲报仇，岳凌飞一下子觉得他们的距离拉近了，忽然对这个刚认识的黑袍公子生出了一种无来由的信任，"我的母亲，在我五岁的时候，也去了。她没有死——我一直以为她死了——可是后来听我的师伯说她其实没死，她是被抓去了中土的地宫、永生永世关在那里。可她什么罪都没有，我确定、她是我见过的最纯良的一个人，连猫、狗、小虫都不舍得伤害的，怎么可能犯下那么重的罪过，还被押去地宫？她也只有我一个儿子，只能我去救她了。"

"你的母亲——是个什么样的人？"

"她、她、她也许不属于人族。"岳凌飞的声音渐弱，仿佛讲得话连自己也不确定是不是真的，"我师父说她原本是天界龙族的公主……是龙的女儿，而我……我是三百年间第一个完整的人。我只有人形，没有兽形。"

"你知道，在中土，曾经是有人族的。还不止一个，他们曾经庞大而众多，甚至还建立过自己的王国。"冷火自己仿佛也陷入沉思。

"真的？我也听人这么说过！你是从中土来的——那里的人都什么样？有没有长得高、跑得快、同野兽一样迅猛健壮？"

冷火勉强挤出一丝近乎怜悯的笑容，径直望着面前年轻的男孩，"我也不知道，我是听人说的，我们熊族很少和人类接触"。

岳凌飞听着，眨眨眼睛若有所思。"我是非去中土不可了，"他抬起头，用一种期盼的眼神望着面前的冷火，"你还追刚刚的妖怪吗？"

"那妖怪之前被我一个横枪伤了脾脏，遁为青烟跑了。我自然要去青庐观寻他报仇。就在这里往北去两座山，你去中土，也是跨过颍水往北走。这小小一段路，我们不妨同行。"

此话一出，正合岳凌飞的心意，不禁面露喜色，深以为宜。初出茅庐的好奇心和路遇大侠的奇遇感互相交织，给他的中土之行增添了许多自以为的小小得意和满足。

"我们先过颍水，前面便是射孤山，绕过射孤，就是青庐观。你就不要往那里去了，过了射孤就往东，沿着洛水一直走，总有到崇吾城的一天。"

"崇吾城？"凌飞一愣。

"唉，是我糊涂了。没有崇吾城，是你找的中土之地，就在那儿了。"

岳凌飞点头，背起行囊跟着冷火一步步往射孤山去。脚底下厚厚的野草密实而柔软，每踩一步都好像能听到草茎嘎一声裂开，将那嫩芽的清香散入空气之中。

"你刚刚说，你在鹿台山上拜了师父？"走不远，冷火转过头来，有意无意地问他。

"嗯，我师父名叫凫徯，我从五岁起就跟着他了。"

"凫徯？我倒是没听过他的名字。这些年来想必凫徯师父肯定教了你不少功夫吧。"

"其实……也说不上。他一直只是在教我抚琴识字，还有一点蹩脚的、学了一半的轻功。"岳凌飞说完，又有点自惭形秽似的，"很不好意思地说实话，师父从来没教过我什么其他武功，他自己也不动刀动枪。"

冷火闻言，反而仔仔细细打量他一番，"你今年十几岁了？"

"十三岁。"

"其实呢，你的骨骼生得算是好的，脚步也轻巧。说不定是练武的好材料。你试过吗？"

在屋后的空地上、趁没人的时候拿一根树枝在空中乱耍算不算？偷看师父在林间纵跃捕猎算不算？又或者、在梦里……在梦里变作全知全能的大侠，打遍天下虎虎生威，又算不算"试过"？岳凌飞心里默默想着，沉默了好一阵，然后回答说，"没有练过。我也不知道自己能走多远，可是中土……也许、说不定、总会有办法的吧。

一种缺乏依据的想象，一种毫无逻辑的天真。他得承认，自己离开鹿台山、离开师父的时候是冲动的。要知道，自己若是在师父身边再待上十年，保不齐也就学会了师父那些华丽迅猛的轻功和腿功。可是自己已经下山，没有再回去的道理，况且知道母亲没死以及中土还有其他人族的那一刻，立即启程就已经成为他非做不可的事，刻不容缓。好像有一种魔力、一种无头无尾的吸引力，推着他一步一步接近着自己想要寻找的真相。

这些纠缠而复杂的个中情绪，一时也难对冷火说明白。不过岳凌飞觉得也许他会懂的，他想，这个满口复仇的小哥哥是个充满故事的人，他一定会懂得自己的心情。

"喏，这就是射孤山，"冷火在前面指给他看，一座不高的山，但见山上郁郁葱葱、茂密异常，交杂的树丛之间清流潺潺，有如世外桃源。"我们走小路上山二十里，就有一条斜径可以直通山下，比绕路要快三五天。"冷火如此说，凌飞点点头紧随他身后。

射孤山与他所熟悉的鹿台山颇有不同。鹿台山上的树排列稀疏，却皆是参天巨木，秋天的时候，一只飞鸟扑过就能惊起一番落叶成雨。射孤山则是成片成片的矮树，厚厚的长草、短粗的树干，枝条搭着枝条，树叶压着树叶，密密麻麻只能从缝隙里看见天空的颜色。

"你以前来过这儿？"他边走进山边问前面的冷火，"你看起来对这里很熟。"

"只来过一次，"冷火说，"但我肯定不会记错。"冷火一面说一面接着往山上去，走了十五里时天已完全黑了，于是就在此地扎营准备明日再走。

"明日能走出射孤山吗？"岳凌飞问。

"你肯定能。只不过再走个三五里路，你就沿一条小径下山去就好。下山之后跟着苍龙星一直往东，就是你要找的中土。"

岳凌飞点点头，对这个同路仅仅一日的伙伴生出许多感激，几乎还有不舍。他甚至就要开口提议陪冷火同去青庐观找那妖怪算账，只是未及开口，又想起自己身无武功，帮不上什么忙，去了又能有什么用呢？

"你要保重。"临睡前岳凌飞告诉冷火。

"你也是。"

翌日清晨，东方刚刚发白，岳凌飞睁开眼时，冷火已坐在不远处，手中用披风托着几个野果。见他醒来，冷火拿起两个果子一掷，凌飞忙举起双臂去接，刚好一手一个。

"天气不错，我们迟些就上路。"

岳凌飞咬了一口野果，酸甜清脆。

十五里往上的山路，草木渐渐稀疏，土路也陡峭起来。两人渐走渐慢，凌飞毕竟身形尚未成年，腿短手短，额头不知不觉已冒出一层细细的汗珠。不过他还咬着牙不肯落后，直到看见前面一片梅树林，空气里的湿气和雾气散开了大半。进了树林，他手攀着一棵梅树稳一稳脚步，前面的冷火也停下来等他。

岳凌飞往上蹿了两三步，站在冷火一边。"歇一会儿吗？"冷火问。

他刚要答话，忽然脚下一滑，手里握着的梅枝喀一声断成两截，脚踩的草丛和土壤登时纷纷裂开——冷火还伸出手来想拉他一把，却也重心不稳，反而被他带着，直直跌下丈余的土坡。

二人骨碌碌地连滚带爬滚下土坡，等落地站稳了，睁开眼睛，发现他们跌落了一处暗道，眼前竟然是一处山谷，宁静而颇不寻常。

山谷里的空气很凉。迎面没有路，只有杂草丛生、高低不平的一片草地，中间被一条窄窄的山溪割成两半。远处山坡上好像有些梧桐，近的还有梨花和海棠树，交交错错，倒是显出一种古怪的美。

两人拍拍身上的土还未站起身来，岳凌飞便"啊呀"一声，"我的腿……我的腿好像断了。"他说。

冷火连忙赶上来，"怎么了？来，我先扶你下坡，到树下坐下看看。"

"这是哪儿？"

"我们应该还是在射孤山，按理说翻过去就是成侯之地了。我们刚刚跌了一跤，掉下来少说也有二三十丈——"

他的腿很痛。岳凌飞勉强扶着土坡坐下来，抬头一望，忽然看到临近山溪一棵硕大的冷杉之下，似乎背身坐着一个人。"哎，你看那树下，是不是有人？"他往冷杉的方向指给冷火看。

"嗯，你先坐着别动，我过去看看。"

冷火的脚步声近，走到三尺之隔的时候，冷杉树下的人忽然稍稍上扬了脑袋，高声问，"年轻人，有何贵干？"

冷火不敢怠慢，忙上前报说，"我们、我们稀里糊涂跌下山坡，不知怎么到这里就迷了路，我的同伴可能还摔伤了腿。请问这里……"他抱拳先行了一礼，又抬头看看荒无人烟的四周，"请问……我们怎么才能出去，往南边成侯山去？"

冷火回答他的时候，岳凌飞就在不远处望着那冷杉树下的背影。青麻色的长袖宽袍，花白的头发松松地用一支短木枝随意地绾着，还有几缕垂发在肩，望之便知是一位不食人间烟火的旷世高人。于是他也艰难地扶着一棵梨树的树干站起来，小步地往前挪动。

冷火见他走来，自然走来扶他，二人一瘸一拐绕过冷杉，向那闭眼的老者拜了一拜。只见那老者眉尖清散，面上沉宁，真正是鹤发童颜。

"打扰了老先生，真是抱歉。这里有没有艾草、柴胡树？我抓一把敷上就好了。"岳凌飞说着，还因为脚上的疼痛喘着气。

老头沉吟半晌，刚刚睁开眼睛看了二人一眼，不料忽然天上乌云乍起，转眼就下起雨来。他这才站起来，回过头斜睨了他二人一番，然后才说："我的寒舍就在前头，还是先避避雨吧。"

于是他两人搀着岳凌飞，稍行两步，跨过一丛低矮的栅栏，进了屋子。屋子内外皆是石头搭建，迎面一块大大的石雕如大鹏展翅，墙上挂着和摆着许多宝剑、长枪，还有些好不常见的铜钩和画戟。

老者将他二人请进屋内，自己面对着门坐下，侧身给桌上的香炉点了一炷香。岳凌飞坐下，又自报家门，将自己如何在鹿台山待到十三岁，又如何听说了中土、地宫、母亲和自己的族人，可至于母亲为什么给押去了地宫却说不清，父亲是谁也不知道，唯有鹿台山上师父告诉了他几处地名和路引，然后路过射孤山，不知怎的就跌了下来云云，都报知给了请他们进屋的老者。

　　到末了，岳凌飞觉得将自己的来龙去脉说清楚了，便双手一抱拳，问那老翁，"还未请教大侠高姓？"

　　"呵，我不过是乡野一个老头，免贵姓隐。"

　　"敢问隐大侠，此处又是什么地方？"

　　"你们刚刚不是上了射孤山？此处是遗世谷。你们来得也巧，这之前，这遗世谷里已经几十年没有人闯进过来啦。"

　　几十年？对于年纪轻轻的岳凌飞来说，那时候说"几十年"已经长得如同时光的尽头。他呆呆地环视着屋内，不料一仰头、却抻动了刚刚受伤的腿，不由得"哎哟"一声。

　　隐大侠听闻，拉过一把椅子叫岳凌飞把伤了的左腿抬上去，伸出右手在他小腿骨附近抓了抓，问："疼吗？"

　　岳凌飞如实回答，隐大侠最后轻敲两下腿骨说："是伤着腿骨内筋了，又在山阴，所以入了一寸寒气，不过万幸是未伤着骨头。不要紧，你闭上眼头脑放空，我先替你把那寒气逼出来，再正你的腿筋。"

　　他听话地闭上眼，隐大侠双臂架在一起，左右反向用力一推，接着双掌冲天，顿时升起一股淡淡的青色雾气。他自己猛然站起，两掌从高处带着那青气往下使劲压入凌飞的腿内，然后抬起左腿，脚腕一抖，已将他凌空抛起，抛到半空伸出手，握住他的小腿一扭，岳凌飞大叫一声，落回椅子上，额间顿时汗珠淋淋。

"你再躺个三五日，每日辰时、申时各进一碗白露汤，五日之后再下地，就好全啦。"他最后拍拍两手，大摇大摆走出门去，袖子一挥，便从袖口中飞出几瓣白色的细长花瓣，飘过空中落在岳凌飞的身前。

"这是遗世谷中天下独绝的白芹花，每天以清晨的露水煎服送下，可别忘啦

到了第三日，隐大侠又走来探视，岳凌飞坐起身来赶忙谢说，"已好多了，多谢老先生相救"云云，他不置一词地摇摇手，然后徐徐地和两人攀谈起来。

"你们往成侯山去干吗？"

冷火犹豫，凌飞倒是直接，答说："我们要往中土地宫去，成侯山是必经之路。"

"呵，两个小娃娃，口气倒不小哇，地宫是什么你们知道吗，就要往那里去？"

二人面面相觑。原来岳凌飞知道地宫、知道中土，可中土到底长什么样没见过，地宫里又有什么也一概不知，唯独是一腔年轻气盛，死活认定了自己要救母亲出来，不达目的誓不罢休。

岳凌飞讲不出地宫是什么，却显然被这屋里的陈设吸引了目光。"这些、都是您的收藏吗？"他指着墙上架上的刀剑和柜子里一摞摞的拳谱。

"喏，这些可不是收藏，"隐大侠连连摇头摆手，"收藏那是摆设用的，这些都是我每日练功之器，天天要用、时时要读、刻刻要钻研，都是日常用物，没什么金贵到值得收藏的。"

"可我看您左墙上正中挂的那一把赤铜的方天画戟，远远看都觉得杀气逼人，威风凛凛，绝不是寻常所见的打打杀杀的小玩具。"冷火直起身子盯着对面墙上的那只戟，凌飞也顺着他的目光好奇地望过去。

"这有什么了不得的，"隐大侠一笑，回身去取了那画戟下来，抬起胳膊一扔到冷火面前，他"哎呀"一声如被重物砸到，画戟抱在怀里，差点摔了一跤，"哎呀，好重！"

岳凌飞起身也想试试，刚拿在手里顿时也叫了一声"好重"又说，"您好大力气！"

"你这冷火兄弟还算好的，一般人接此画戟，不是被砸倒，就是根本接不住。你们还算稍有灵窍的，"隐大侠走过来一把拿起画戟，向空中一抛，等它嗖嗖地转了四五圈再重拿回手里，使劲一掷，戟便乖乖飞回架上，岳凌飞不觉看呆了。

"你们只用手臂这一点力气去拿，怎么拿得动？"他转过身来说道，"可若是能将自己腹中的一半气息推至手腕，就是三五把这样重的戟，也自然易如反掌了。"

这隐大侠随口一说，对面两人只呆呆听着，如遇惊雷，一点方醒，只是脑筋一时却还没从那启发中回转过来。

"算了，你们就当这几日倒霉，滚下山谷、遇上下雨，又遇见一个疯疯癫癫的怪老头，等雨停了，我自送你们出谷往北边去。"

冷火愣愣地好像在点头，岳凌飞歪着脑袋若有所思。门外的雨势还没停，凌飞先小心翼翼地抬起头来，缓缓地对着隐大侠开口，"我不知道自己是不是太冒失，您……您有徒弟吗？"

隐大侠思索片刻。"以前有一个。认真说起来，也不止一个，有那么两三个得过我的一点点武功吧，不过我这样逍遥世外一人独绝的，从不为收徒弟啊传授功业啊这些琐事发愁。或许我死了几百年，再有有缘人到此，从这已塌的石屋里意外得了我那几章笔记，也是有可能的。"

"那、那您看我……我们俩怎么样？"

隐大侠疑惑地转过头来，凌飞和冷火二人已跪在他面前。"我们要往中土地宫去，一路上想必不知道有多少艰难险阻，我鹿台山上的师父都和我讲过不要去，可我是非去不可的。"

"我们往中土，都是非去不可，"冷火也插话说道，"我想这真是天意，让我们误打误撞遇到您这样的隐士高手，您若教我们几招，兴许我们还不至于早早就葬身荒野、给山间的野兽果腹。"

他低头不说话，背过身去看看窗外的雨。"拜托了。"只听身后传来岳凌飞的一声恳求，他快步走到墙边拿了一把长剑，猛地一抛，刚好不偏不倚，直落进对面喜不自胜的少年手里。

岳凌飞跃跃欲试，赶快长拜，一声"隐师父"。气练功也许会辛苦，也许会寂寞，可是他却有一种刚刚启航的感觉，离那个自己心目中要成为的英雄又近了一步。

第二章　盛极而危

第一回　惊异兆而不诠兮，恐太平之不吾与

昆仑山上三千尺，齐物轩。六合长老走出内室，临窗往外看了一看。这一扇窗是俯瞰六合全族最好的位置——山脚下的草木繁茂，上到三千尺便是六合人的居所，五千尺以上便是荒无人烟了。"沐瑶呢？"六合长老反身坐在大屋的一侧，右手抚着桌上细碎的纹路。

"公主……公主应该是下午练剑乏了，正在寇室小睡一会儿。"

"哦，原来如此。"长老没有立刻戳穿这透明的掩饰之词，"等她醒了，叫她到齐物轩来见我。"他挥退了回话的卫士，关上了门，轩室里骤然暗了大半截。六合长老在这隔窗的昏暗日光和四壁上影影绰绰的阴影里，站起身来缓缓踱着步子。他今日到内室去，原本不过是拿前日忘在那里的一只婴垣玉坠子，谁知拿了坠子，却见那梁上的幼鲐翅膀哆嗦，神态焦灼，便对着明渊镜扫了一眼。

明渊镜是梵界佛祖送给伏帝的礼物，后来被存于昆仑山上。一面澄澈净透的明镜，正面立在仙界里天母的寝殿，背面就存于昆仑山上的明渊阁。不论哪一面，观者往镜前一站，便可遍览仙、

人两界，偶尔还能回溯古今。天时祥乐，四海安宁。他仔细地搜索着画面里的每一丝每一寸，然后目光移到了最右下的边缘。沿着明渊镜的右边、由下往上、轻轻地凸起一条条极微弱的细纹，好像一股浪潮暗流涌动。

当时他上前探身去看，伸出手似乎要抚平边角涌动的暗流，快触到镜面的时候却忽然弹开了手：

——一只受伤垂死的幼狼滚落山崖，虽拼命躲闪，最终还是迎面撞上一块巨石。"砰"一声巨响、血雾漫天。

——一排高而严密的黑铁栅栏，里面一头硕大的黑色母熊，两掌紧紧抓着两根栏柱，胸中发出一声扭曲而嘶哑的嚎叫。母熊的瞳孔因为痛苦而放大，牙齿上全是淋淋的血痕。

——泓冰寒刺骨的潭水，一个年轻女子跪在岸边不住地啜泣，远处风云变色，天空霎时由蓝变灰再变作深深的黑色，女子伴着最后的一丝光亮消失在破碎的冰面之下。

——一只两翼伸开上百尺的大鹏翱翔野空，忽然从下窜上一支燃烧着紫色火苗的利箭，直中它的眼瞳，紧接着又是一箭，插中左翼翅膀的根部。大鹏"嗷"一声惨叫，垂直跌落万里空。

一页页断片的画面在他眼前瞬息闪过，最后都汇成一团熊熊的烈火，吞噬那一切惨叫、悲伤、生命和死亡。六合长老站在明渊镜前挪不动步子，闭上眼仔细搜寻那自己刚刚看到的画面。他在哪里见过吗？他问自己。还是、难道……

"父亲，您找我？"身后的大门被轻轻推开了一条缝，北沐瑶正往里小心翼翼地探头探脑，打断了长老的思绪。

"进来吧。"他收回方才的神态，转过身来看着自己的女儿，"今天去哪儿玩了？又遇上了什么稀奇的怪人怪事、学了什么习钻古怪的淘气？"

北沐瑶不禁含羞一笑。"今日没有嘛，真的没有，"她走到父亲身边，话里带着只有女儿向父亲撒娇时才派得上用场的亲昵口吻，"昨天常工做了一只木筏子给我，我想试试真的能不能顺着昆仑溪顺流而下嘛。没想到真的可以，唯有到汨山时一个没留意，撞在河中央的礁石上，差点湿了裙子。"说到最后似乎还有点被木筏子辜负的委屈，降低了声音嘟囔着。

"木筏子翻了？"

"随河水卷走了。"

"给我看看你手腕上的珠子。"

北沐瑶一惊，手腕下意识地往后一缩，不过早已被他尽收眼底。岳凌飞给她的一颗呆滞的白珠子，其实是很不起眼的，她却拿了一条潇湘大士亲手编的金线红绳串起来系在手上，长老一眼就瞧见了。

她只得将珠子褪下来拿给父亲。

"这也是你在河里撞到礁石上的时候捡的？"

女儿心虚地点点头，半晌抬起头来偷偷观察着他将那白色珠子托在手心里看右瞧。"你不要小瞧它。这珠子的主人将来也许不得了呢。"长老手里捏着红绳，扫了一眼女儿懵懂好奇的面容，"你随我到内室来。"

这应该是他第一次带北沐瑶进入齐物轩的内室。从十五年前的春天这个女婴呱呱坠地，他就知道一定有一日要带她来见识齐物轩里的秘密和责任——这是伏帝与蜗母降于昆仑山的使命，也是昆仑山降于六合族的使命，守护世间和平，滋润大地万物勃勃生气的职责，总有一日要他年轻的女儿来继承。他本想晚一点再晚一点告诉她，可是今日北沐瑶带回来那一颗浑浊的白色珠子，激起了他心里的另外一个声音。

应该早点告诉她、让她知道，他告诉自己，别让她被玫瑰色的迷雾蒙了眼，别让她成为全世界最后一个知道的人。

"沐瑶，你往前来，站到石案子正前面。"

她安安分分地跟着走来，面前是一面六七尺见方、青铜铸的镜子，"这是什么？"她指指镜子问。

"你不是一直念叨着要看明渊镜什么样吗？"长老袖子在空中画了半个圆，铜镜里渐渐漫上了涌动的水纹。沐瑶惊奇得倒抽一口冷气，睁大眼睛看看父亲，又盯着铜镜，几乎眼都不眨一下。

紧接着，镜子颜色愈来愈淡，好像一幅画卷从北面铺开一片山脉，山前有湍急的长河，长河再往南，似乎是一片城墙。长老伸出食指，对着那铜镜的中央一弹，城墙迅速被放大，原来那城墙早已年久失修，零落的断砖碎瓦，斑驳的墙面和随处可见的塌陷和裂缝，就在凛凛的北风之中被风干。

再仔细看来，镜面上还不只是一片断井颓垣。在那城墙的缝隙里、土地上随处可见的石洞中，仿佛还有几条灰色的蠕虫，拖着羸弱的身躯在地上爬。

"那是什么虫子？"北沐瑶不自禁地问。

"你再仔细一点看看。"长老没有动，只是注视着自己的女儿。生命不是一首诗，他想，每一个人都会有一天被生活的某一刻教会这个道理。

沐瑶身子向前微倾，再仔细看了几分，忽然惊叫了一声，捂住自己的嘴：那些蠕动的灰色的肉体，并不是虫子——他们有胳膊、有腿、有头、有脚，却蜷曲在地上只能缓慢地爬行。零零星星的几个人，每一个都瘦得如同一支骨架，两片肩胛骨凸起在后背，中间脊梁则深深地凹下去。其中有一个癫狂般地用烧焦似的五指指向天空，整个身体剧烈地发着颤，另一个正虚弱地靠在断墙边，徒劳地用双手一遍遍扑向空气，好像在挖前面看不见的宝藏。他一颗光秃秃的脑袋没有头发、两只深陷的眼眶里没有眼睛，只有两个大大的黑洞，仿佛一伸手就可以直接伸进头颅。

"他们……他们……为什么没有眼睛？"沐瑶几乎害怕得要哭，"他们怎么了？"

"他们是被夺走了智灵的人类。"

沐瑶的眼里还满是疑惑，六合长老接着说，"智灵浓缩了人类全部的智慧、灵魂和记忆，自从三百年前人类的智灵被收走，他们便是这副模样，只有老死、没有新生、没有心智、没有感官，甚至于……不辨生死。"

"好可怜。"北沐瑶脱口而出。她从前只听过"行尸走肉"这个词，今天却一瞬间就见到了比那可怕一万倍的景象，"这就是……人类？他们到底怎么了，为什么……会变成这个样子？"

长老没有立刻回答。他袖子一挥，镜子里的影像一闪而失，然后将女儿从明渊镜前带离。北沐瑶还在惊诧，并连连说"太可怜"呆呆地挪动着步子，出了内室，返回齐物轩内坐下。

"他们为什么被天帝禁锢了智灵？"北沐瑶沉默片刻，最终还是问了他，"还有……复原的希望吗？"

长老看了自己的女儿一眼，没有立刻开口。"你知道，人类和我们的差别在哪里吗？"片刻之后他问。

"这……我们六合族，当然和普通人族不同，我们是被天母选中的仙族，负责守护梵界众生滋润大地万物的仙族。"北沐瑶想了想说。

"但天母为什么要选我们？我们哪一点比人族强了？"长老不依不饶。

沐瑶皱起眉头答不上来。"我们……活得比人族长？"她小声嘟囔。

"你说对了，但你知道我们为什么比人活得久？"

"我……不知道。"

"因为我们没有情。"六合长老的声音平铺直叙，"这是我们相比人类优越的原因。"

沐瑶似懂非懂，她仍旧愣愣地望着自己的父亲，似乎并没有意识到这话里的分量。

"总有一天你会知道，人类一族命中注定最大的缺陷，是情感、欲望。"

"那他们就是因为这个而覆灭的？我们能帮什么吗？"……北沐瑶的心思还在刚刚亲眼所见、失去了智灵的人族身上。

"我不希望你这么想，沐瑶。"长老内心里的胶着似乎在那一刻渐渐浮上了表面，"三百年前的那一场灭顶之灾，从永无止境的杀戮、贪婪和嫉妒而来、最终换作持续百年的天寒地冻和灵魂的丧失殆尽，这都是无可挽回的事，没有什么复原不复原可言。"

"就连我们、在昆仑山也不能挽回？我们……"沐瑶犹豫了一瞬，最终还是说出了口，"不是有妙行灵草吗？"

"不、不。妙行灵草是蜗母藏于昆仑山的种苗，你怎么会想到它去？"

"可是，我今天下山，我遇见的一个人……至少我想他应该是个人。"沐瑶低下头若有所思，无意地说顺了嘴，连忙神色一慌抬起头来解释，"我就是今天刚好、刚刚好碰见了一个人，他也是恰好莫名其妙地送我一颗珠子。"她转过头瞥了一眼父亲的手里，小声嘟囔，"就是您现在拿着的那一颗。"

"我想……他的确是人，也是这三百年间唯一出生的真正的人的后代。"长老说，"人类被收走智灵后丧失了一切思想和行动，不能耕种、不能繁衍。而他的母亲……一定是拼尽所有、费尽心思，甚至牺牲了自己，才让他奇迹般地活了下来。"

"是吗？那他母亲是谁？"

"我并不知道。明渊镜只会告诉我们它想告诉我们的，但我想，她恐怕已不在这个世上。"

长老说完，平静地转过身来看着自己的女儿。今天她亲眼所见的这一切，原本从来就不属于她的世界。冰雪洁白的昆仑山和安宁祥和的六合族人，曾经就是她所理解的全部。那一瞬间他甚至有些怀疑自己该不该带北沐瑶进内室、该不该让她看见那蠕虫般扭曲着的、可怖的惨状。

可是他宁愿北沐瑶此时从明渊镜里看见，他想，也决不愿她有一日要亲自踏上那阴森萧疏的中土，亲自面对那一个个注定的腐朽和死亡。

"我今天遇到的那个人……他也要往中土去的，他还以为自己的族人在那儿、他说自己的母亲被关在中土的地宫之下。"北沐瑶还没放弃，怀着希冀又不解地望着父亲，然后放低了声音，小心翼翼地又添了一声，"或许他可以做些什么，等他去到中土。他……还能走到吗？"

长老合上眼帘，不知道该怎么回答。天地不仁，以万物为刍狗，是开天辟地以来恒久的法则，而他们昆仑山上的六合族人，最需要的也是不仁，不仁是他们守护天地的道，唯有这样才能守住昆仑、守得天下太平无事。这是他多少年观复天地才修得的领悟，又该如何说给年轻的女儿听？

"沐瑶，你要知道，我今天叫你来看看中土的景象，就是教你不要帮谁。他能否到达中土、能否寻回母亲和族人，都要凭他自己的运气和本事。人类的去留，是受制于他们自己的命运。哪怕是仙是神，也没有权力改变这天地之间原本的道理和规则。任凭谁再高明、再力大无边，都只有顺法自然而为，断断不能触及那些高于我们之上的因与果。"他最后说。

"那……这么说，就连伏帝、蜗母也帮不了他？"

"我们虽然看得远，却远不过道，我们虽然有高明的功法，却也高明不过道。天帝纵使浩瀚无穷，到头来也不能左右命运的因果。在这一点上，最高的帝王和最低贱的草芥是一样的，他们的头上都有一个命运的转轮，有道居上，因果不虚，所以真正伟大的力量，才能如不灭源镜，不生不灭，无始无终。"

"可我一点也听不懂你说的道，我不喜欢你的道。"北沐瑶这一句话出口，生硬而倔强。

"我不指望你明白，"长老决定不再长篇大论，"只要你不忘了自己是谁，不忘了我们六合族为什么在昆仑山生生世世。"

"花莲居士就没有你这些虚无缥缈的大道理，"沐瑶的脸上流露出少许的扫兴、少许的不甘心，"早知道我就去莲花池找他听故事去了。"

"花莲居士有自己的修道止息，你不要动不动总去打搅他。"

"知道啦！可潇湘大士独处寡居，警幻仙人每日太多公案等着他了结忙得抬不起头，菩提居士又是那么一个只可远观的超脱红尘的大神一般，也就只有花莲居士，时常理一理我了。"

六合长老捋捋胡须，望了望窗外的天色，然后抬起手，将红绳串着的白色珠子交还到北沐瑶手里。"这珠子你自己拿回去，好好收着吧。如果有机会就还给他。这也许是他和过去的最后一点牵连，兴许能冥冥中帮助他想想清楚，看看过去和未来。"

沐瑶点头答应着，把那珠子紧握在手掌心。

"但别去忧心那些超出自己范围的事，不要质疑天地的往复和因果之理。"

"这一点……也许……"沐瑶退出齐物轩的时候嘴里轻轻嘟囔，"我不能答应。"

第二回　何春草之芊蔚兮，适蓬莱而怀伤

"你一个人在这儿想什么呢？"夜是漆黑的夜，冷火从屋里走出来，忽然见到不远处烧得旺盛的火堆，便走过来坐在岳凌飞的身边。

"没想什么。"他回答。

"难道是在想姑娘？"冷火望着面前的火炉一笑，不加修饰地揶揄他。

"要果真是呢？"岳凌飞坦白大方地转过脸来。

"哎，不会还真的是吧，"冷火挑起眉梢来一脸惊异，"这三年你我都在遗世谷跟随隐大侠练功，哪有姑娘可以遇到？"

"是……若是我们进山之前遇到的呢？"

冷火这时才觉出他不是开玩笑，因而也转过头来，饶有兴趣地问道，"哪家的姑娘？是仙是妖？从哪里来？"

"三年前我第一次见到她的时候，她美得如同仙人。其他的……不知道了。"

冷火静静地还想接着听，岳凌飞倒是显得不愿意再多说什么，自己站起身来，先站了一个金鸡独立桩在炉火边。冷火见之也上来同练，先半蹲下身，前后脚速移了三步，迎面一个挑领，一只立掌从膝盖猛地蹿上头顶，直逼岳凌飞的下巴。岳凌飞侧身一闪先让过那一掌，紧接着就是一个劈拳。冷火的立掌胜在迅捷精巧，

出其不意，岳凌飞则是直行直进，胜在沉着稳重，出手毫不犹豫。劈拳一进，到对方心间之时又忽地一转，直拳的五指先张开片刻又指尖聚拢，变为鹰捉，手臂内旋，小指外翻，如雄鹰捉兔，凶狠更添一分。

鹰捉既来，冷火向左一跳，以熊掌接了鹰爪，化解空中。岳凌飞此时手臂伸出太远收不回来，身体再平衡时已难再出招，被冷火一掌盖在身下。

"不错，"片刻，冷火扶起凌飞，向他深深点头，"我差点就中了你的鹰捉。"

"哪里，还是你的挑领轻巧，四两拨千斤。"

"大半夜里，互相恭维个什么呢？"隐师父不知不觉也走到两人近前，"你们那，拳脚都不错，呼吸吐纳还要再练。来，站一个独立桩来看看。"

两人都照做。隐大侠站在凌飞的身后，手中也默默地鼓起一团青紫色的气息，随着他一呼一吸缓缓移动，无影无声，从头顶的百会穴一丝丝徐徐灌入岳凌飞的体内。

岳凌飞似乎感到了这股力量的加持，所以并不拒绝，只是自己更放松了筋骨，将全身心的神思都放在清空自己的意识上。

"没错，清空意识，排空一切，什么都不要想，才能升入天之境界。"

凌飞双目紧闭，煞是努力。青紫色的气团依旧酝酿回旋，伴着他的呼吸左右轻摆。"真气既已贯通任督二脉，阴阳弥合，是为'一阳生'。"师父念念有词，岳凌飞全神贯注，倾力而为。冷火在一旁观看，发现岳凌飞从眉峰到肩胛、到脊骨、到四肢，只觉得比起三年前二人初入遗世谷时的那一副散骨，真是整齐了太多。

俄而师父收了功，岳凌飞后背已全被汗水湿透。"你的骨骼原就生得极好，而今有了一阳生，又是一个大长进。"师父言语目光透露出赞许满意，岳凌飞亦面露欣喜。

说来也奇，当年在鹿台山上，除了一点琴艺和轻功，岳凌飞一直以为凫猱没有教过自己什么武功。可三年来遗世谷中修行，跟着隐师父学会了运功使力，便觉周身充斥着一股奇特的真气贯通五行血脉，这种感觉似是只有听凫猱师父抚琴之时才能感觉得到。

怪不得当年凫猱师父轻轻拨两根线，门外两人合抱的树干就裂开一个大口子。原来内功是这么回事，岳凌飞深夜偶尔拿出那本《广陵止息》的琴谱来看，好像已经能察觉那其中隐藏着深厚的功夫。

"近日眼看天气冷了，你们明日往南边出谷去，到山上寻些山茱萸的叶子来给我。"师父临走时候说。两人便领命，准备明日出谷。

"射孤山上有茱萸吗？"师父走远了，岳凌飞扭过头悄悄地问冷火。

"我不记得见过，"他诚实地回答，"但也说不定，我来射孤山，统共也没有几次。师父既让我们去南边找，我们去便是了。实在不行空手而归，师父应该也不会怪罪的。"

翌日清早，两人早早起了身，天一亮便往南去了。入遗世谷已有三载，他们出谷屈指可数。先一次是冷火和师父二人过招，气息对冲，将冷火手里的醉翁剑逼出好远，冷火一人遍寻不着，最后还是出了山谷才找到。

"你上一次出谷去寻剑，走的也是这条路？"两人走不远，岳凌飞开口问道。

"不是，上次是从西边爬上去的，山坡陡峭。不过还是南边好走些，不用爬那么远便是暗道。"

"暗道？"岳凌飞没想到。

"傻小子，遗世谷又不是随随便便一个小山洞，哪里是爬上爬下就能出入的。这里西方和南方各有一条暗道，连着射孤山，想当年我们应该就是从西边掉进来的。"

岳凌飞这才豁然明白，重重点了点头。

果然，他们一面说着，一面已到了暗道的入口。"跟着我，谁叫你也不能回头，不能往别处看，只能往前走，知道吗？"冷火说道。

岳凌飞于是紧紧跟着他。这一条暗道冷火也是第一次走，他们一进去，顿觉冷飕飕的。青灰色的雾气悬在头顶，两侧的石头拱墙好像相互折射着远方传来的叫声。那些声音混杂了癫狂的笑声，诱惑迷离的呼唤，似乎还有低低的哭泣，隔着重重的迷雾传来。

两人一前一后地走着，暗道狭长而昏暗。忽然间只听"嗖"的一声，好像有一支利箭从左肩膀擦肩而过，岳凌飞慌忙侧身去躲。"这是暗道里经年累月吸附的山间戾气。听说几十年前发过一次洪水，水退了之后，暗道中的戾气便时常聚成一股光束袭人而来。"冷火给凌飞解释完，接着又有点后悔自己多嘴了，张一张嘴没再发出声音。

也没过太久，在暗道的尽头终于看见了些微的光亮。冷火加紧了脚步，岳凌飞也紧跟在后面随他一同走出来。

走出暗道的那一刻，冷火深深地吸了一口山间的清新味道，然后怀念地仰起头，仔细巡视着这外面的世界。岳凌飞站在他旁边，看得出同样的念想。"你打算在谷里待多久？"冷火问道。

岳凌飞被这么一问，却没有立刻作答。他在思考，小心翼翼地、斟酌着合适的答案。"大约……我也不知道吧，也许、也许……其实呢，我也知道自己的功夫还没有练得精进，可是一想起母亲，我就迫不及待要出发。"岳凌飞说，"奇怪了，在谷里的时候，脑子就没有想过这么多。可能是到了外面的世界，那些念头忽地又全都回来了吧。"

三百年前。

崇吾城。

"天母、昆仑神在上，愿他们赐予大玦新王绵长的好运、持久的福寿和强健的人民。百胜之王，必将万寿无疆，百胜王治下的中土，必将丰裕辽阔，天清地朗。"

大玦建国以来最盛大的一场加冕礼，发生在正月的崇吾城。北漠的牛马、东洋的丝绸、西域的金器、南疆的象牙如海水一般涌入崇吾，重新翻修的伯牙殿前的九十九级台阶，每一层都用大理的白玉铺好了，几百个工匠夜以继日雕刻出磅礴的花纹。

而他穿着金线绣玉的宽大黑袍，一级一级向那石阶顶峰的王座走去。这条路走得曲折而意外，原以为永远走不到头了，没想到最后一个转弯却柳暗花明。大玦几代纵横沙场，破敌无数，八十年前一统中土。可是他们风光的日子远远还没有结束，开疆扩土的步伐一年胜似一年，而今从崇吾向西到华山一千六百里，往南到南禺七百二十里，皆是王土。鼓自己在北漠与比罕人斗了十几年，如今战事消停，比罕归附，向北翻过鹿台山，又收取了六百里。

提起叱罕人来，鼓快走到伯牙殿上的时候忽然转过身来问身后捧着祭祀的小喽啰："叱罕人的使者来了没有，在哪儿呢？"

小喽啰向西一指，"叱罕人不仅遣了使团，他们自己的大世子、二世子也亲自举家前来，恭贺百胜王登基呢。"

他嘴角扯出一丝略带嘲讽的得意笑容，"一会儿给他们每人发一副碗筷、一只鼎，宴会的时候放在外面偏殿吧"。

鼓即位的春天，作为大玥的新王照祖例率领着宗亲和四大家族到扬南春围。去年打了一年苦仗，从将军到兵士都颇经离乱，所以今次围猎只带了身边的侍从两队，并没有从军中征挑兵将。可即使仅仅是随从，排出来也有浩浩荡荡的几百人。

几百人里多数是步兵，穿着生铁的铠甲，步兵保卫着八架黑红的车辇，分别载着女眷和老臣。车辇之前便是鼓率领的两队、二十四骑兵，清一水的赤金铠甲、黑色的腰带和头缨。鼓也穿着同样的赤金铠甲，只是他的铠甲里面是一袭蚕丝织的白袍，在领口处微微露一点清俊的光泽。

盛春四月，百兽出没，鼓刚到扬南便喜上心头，刚刚安顿下，即刻便要出猎。侍卫官说："大王行马极快，只是后面的车辇、随从众多还没赶上，且看今日天色已过半，不如我们先行设宴休息，明日清晨再整顿人马，一举入林？"

鼓习惯了唯我独尊，从来只有别人等他，哪有他等别人的道理？更何况林壑深邃，数不尽的野味珍禽已近在咫尺等着人去捕捉，哪里还能耐得住性子再等一日？鼓于是大手一挥，一声令下，让侍卫官们搭建营帐，等待后续人马，自己则带了几个贴身随从，纵马往山中去了。

　　他好几年没来春围，不多时只觉得山间的麋鹿仿佛比以前迟钝了好多，只要被他看见的，十有八九挣不脱他的弓箭和长矛。他打了几只肥硕的兔子、几只斑驳的鹿，渐渐对那笨拙的、毫无挑战的飞禽走兽失去了兴致。鼓扬起马头，举目四顾，东面山峦叠起，不远处的山脚下流过一条淙淙的河泽，远远望去只觉得波光粼粼，他再一细看，顿觉其中一道翻飞腾跃的光束，在水中肆意嬉戏。

　　——这不是一条普通的鱼，他琢磨着，远远观之都能觉得比河里的鱼要大很多，更不用提那一潜一跃压起的水花，绝非寻常所见。鼓不知不觉被这猎物撩动心头，想，莫非这就是传言中的水中神兽、修炼千年的神鼍？我今日必要将它捉住一见。

　　正想着，他顷刻调转马头就往东奔去，也不招呼手下。那几个随从醒过神儿来只见他驱驰已远，他们才慌手忙脚地也往东追赶，一面追一面高呼着请他们的大王慢点骑。

　　近了、近了，鼓行至河边，那大鱼果真就在，顺着河水逆流而上。事不宜迟，他搭上弓朝水里连放两箭都没中，反而怕是惊动了它，更加激流勇进往深山里游去。

　　鼓自然不肯罢休，一路沿着河岸纵深，不知不觉已行了几十里，才蓦然发觉已经走到了山溪的源头，大鱼却不见踪影。那源头是一块硕大的青黑色石头，底下裂开一个小缝，源源不绝地冒着湍急清澈的流水。大石背靠青山，鼓转过去也没看出有什么逃走的路径，不仅骂了一声"该死"，不死心地抬起头来环视四周。

　　这是深林之中的一个浅浅的山涧，一块小小的开阔平地，高树如棒，枝丫上偶尔看得见一两朵简单纤细的梨花。鼓骑着马慢慢地往前溜达，没走多远却又往回退了几步，立住了马。空谷里柳陌怡人，而前方似乎是一个女子的背影，手里拿着一棵叶短茎长、花色绛红的植物正往土里埋。

鼓居高临下，从背后问那女子："叶色青青，花香馥郁，你为何要把它埋了？"

女子仍旧半跪在地上，转过身来答说："这是熏华草，朝生而夕死，此时夕阳西下，它已没有几刻可活，我可怜它就要独自枯萎成灰、吹堕风中，故将它埋葬于此，归于芳土。"

她的声音柔软，带着南风的悠长和盛春的烂漫。夕阳给她粉色的衣袍镀了一层浅金，鼓迎着那金色的光泽命令她："你抬起头来。"

夕阳婉转，春色旖旎。扬南深林里的那一刻不知怎的，没有随从，也没有出没的野兽，单单留了这一个完整的时空给他们两人相逢。他皱着双眉审视面前的人，她的头发被微风轻轻地浮起，带着少女的青涩体香，融化在周身的每一寸空气和每一粒尘埃。

这风吹得他心里不禁一阵痒，好像一只花猫的细碎毛发轻擦过脖颈，他欲驱之却无可奈何。鼓因而点了点头，犹豫着自己要不要翻身下马。

好在他的随从们过不多时终于赶到，煞有介事地担心着他的安危，请他速速打道回府，他终于顺水推舟地再往前行了几步靠近她，然后跳下了马，走到她跟前弯下腰来直直盯着她的眼睛，如同欣赏、如同挑逗。"我还没问你，你叫什么名字？家住哪里？"

"我……我的名字叫润下。"她说。

原本五日的春围，从那日起似乎永无止境地拖延下去。回程遥遥无期，而扬南的山林成了幽深隐秘的天堂。林壑丛丛，鼓开始打心眼里喜欢那一条当时引领着他、逆流而上而遇见她的山溪，它的丰沛沉静正像极了他喜欢的女人。

"这条溪有没有名字？"清晨的雾还没散，他翻身把玩着她的头发问。

"我不知道，"她面对着东面的柔软阳光，眼睛还没睁开，"没人知道这里有一条山溪吧。"

"这条溪就应该叫润溪，"他走个三两步，蹲在溪边洗了一把脸，然后甩一甩水珠，回身过来抱她，"它很像你。"

崇吾还不知道发生了什么，鼓已经拟好了一纸文书，打算昭告天下让他们俯首迎接新王后。他有时半开玩笑半认真地要润下做他的王后，她总是面上露出一丝羞怯的为难。只不过鼓看不出来那为难，也看不出危险已不知不觉漫过了河岸边，只等天一亮就随时上岸。

紧接着，天亮了。未出五月，那一日鼓刚刚返回行宫，只见闵济、闵黎都在，并一群平日里都没见过的喽啰、小厮、宫女、阿娘们，一众人乱纷纷围在行宫的阶前。"你们都在这儿干吗？"他问。

"大王息怒，"闵济走上去深深地抱拳行了一个礼，"大王先入室，息怒，容臣慢慢禀告。"

"不用绕圈子，"鼓解下身后背的长剑交给随从，边大步走入行宫边说，"发生什么事？"

"润姑娘……"闵济刚一开口，旁边的三朝老臣介子南公先走上来跪下高声说道，"后宫的润姑娘不是凡人，而人神殊途，大王千万、千万不要一念之差啊。"

"她怎么了？"鼓一时还没明白。

"刚刚过了晌午，忽然来了一大波兵将，吵吵嚷嚷要将他们的神女请回蓬莱洲，又说我大玥目无天条王道，拘禁神女于我行宫，"闵济开口说，"为首的是龙王手下的大将敖孪，一阵呼风唤雨将我等吹得不知方向，雨中降下无数持刀秉枪的虾兵蟹将，等我们醒过神来，润姑娘已不知踪迹了。"

"龙王？虾兵蟹将？"鼓一听勃然大怒，头发都被那心底一阵火气烧得竖起。"他来管什么闲事？"

"润下姑娘是龙王任下守护蓬莱洲的神女，可千千万万碰不得啊，"介公一路跟着鼓进了行宫，还要再说什么时，鼓蓦地转过身来大手一挥，尽量压住火气和不耐烦，"您先回去吧，我自有定夺。"

待鼓遣散了众人返身回内室，他愈想心里愈不能平。想当年他在西边大杀四方、在北漠平定叱罕，什么野兽、山神、奇形怪状的飞禽走兽没有见过，如今来了一个龙王，带着五湖四海的虾兵蟹将，便自以为了不得，想从他手中夺走润下？

哼，他从鼻子里冷笑一声，这一辈子，还没有人从他手里夺走过任何东西——他不想要的，旁人尽可以拿去，可他不给的，旁人就断断不可以抢。他做了多少年百胜侯，南征北战，绸缪斡旋，降服了四夷夺取了王位，天下才刚刚太平，就又跑出一个龙王来坏他的兴致？况且他这样一个旷世豪杰，不容易看上、喜欢什么人，好不容易才喜欢了润下，现在要他乖乖放手，拱手让人，岂不是要受天下耻笑、被自己的子民不齿？

当夜四更刚过，鼓愤然起身时，主意已定。他速速召了左右侍卫长闵济、闵黎，要他们清点来春围狩猎的队伍，一人挑出一支五十人的精干之师，再由两位术士淇楠、廖冉带领，明日吃过早饭，便一举往东边讨个说法。

那二位术士报说："我等夜观天象、日测山海，润姑娘应是被捉回去，送至东海岸前的蓬莱仙山。此山终日云雾弥漫，三面是海，一面连接扬南密林，只有一条极细小难走的栈道可至。不如我二人中由淇楠带路，廖冉居后方作法，遣散山雾，大王之军必无阻挡。"

鼓大喜，又忙派人去催闵济、闵黎挑人挑得如何。正在这当口，介子南徐徐走上殿来，长拜不起。鼓见了他便不悦，又碍于他三朝老臣的面子和威望，只能压着性子说："介公快快请起。清早前来，想必介公又是有所指教？"

介子南这才慢慢站起来，"昨日龙王扰动王宫，老臣忧心忡忡、夜不能寐。想那润下姑娘，大王知道竟是何人？她是天界龙族的公主、蓬莱仙子！蓬莱仙子每逢春季巡视蓬莱洲之山海，是受天帝圣母派遣，此天纲赫赫，如何能撼动？大王今日气势汹汹带兵而往，激怒天地，恐是亡国、亡天下的大忌啊！请大王务必、务必三思。"

鼓最不爱听这话，亦最烦旁人叫他"三思"。大玥是波澜壮阔的国，而他是顶天立地的中土之王，他做了决定，必须得一锤定音。"闵济和闵黎回来了没有，"他转头催促着军中信使去瞧瞧他们，然后站起身来说，"我意已决。倘若再需要讨教，我会亲自派人去请您的。"说着招了招手，身边几个小侍卫立时走上来连拖带拽将介公请出大殿，"在我凯旋回来之前，别让我再见到这老头。"他说。

翌日两支五十人的精壮骑兵已成，由术士淇楠带着，排成一小纵队深入山林，鼓自骑马领在最前面。入蓬莱的山势陡峭，层峦叠嶂，淡蓝紫色的浓雾倒是散开了一些些。栈道高高低低地彼此连接，时常一边是山崖，另一边就是峭壁，中间散开一股奇异而悚人的陌生香气。

"喏，此处便是蓬莱山了。"淇楠说着，眼前瞬间开阔起来。原来他们绕过了山的北侧，转过来面前就是一片浩浩荡荡的汪洋，激荡着水花和太阳的光点。鼓意气满腹，拔出长剑指向远方，先喊了一声"润下"，而四周空寂寂的，初听还没有回声，等了一刻却从后面传来一阵滚滚而至的雷声，远远有一花白胡子的老头飘然而至。

"中土的人族，啧啧，真是稀客。该不会是来找老头我的？"花白胡子到他们的阵前落了地，看不出什么表情。

鼓出于礼节翻身下马，走到老头面前仗剑抱拳行了一礼。"在下率领大玥一百壮士，来迎蓬莱洲的润下姑娘回宫。"

"回什么宫？"

"回崇吾城慎行宫。"

"去那里作甚？"

"做我的王后。"

对方看起来慈眉善目，鼓也恭敬有余，只是话中寸步不让。老头听了他的回答，忽然低头沉寂了一会儿，然后摇摇头叹了一口气，"我奉蜗母娘娘之命、殚精竭虑辅佐龙王已有千年，飞禽走兽、人魔鬼怪都见过，你可真是愈来愈不知天高地厚。润下生来便是蓬莱主神，千金珠玉之身，是断断不会离开蓬莱半步的，你还是不要痴心妄想了"。

前面的话还不算，唯"痴心妄想"那四个字，狠狠激怒了鼓。

叱罕人要南进是痴心妄想，周后要扶自己的儿子当王是痴心妄想，那介子南阻止他来蓬莱是痴心妄想，可这世上还没有人说过他痴心妄想。"就因为这样，你就把她藏在这儿、拘禁在这岛上？"鼓上前一步，"我要见她，让我亲眼见见她。"

"假如你见了，又如何呢？"

"我要亲口告诉她，带她回崇吾。"

"她若是不要呢？"

鼓一时沉默，似乎这是个自己不曾想到的问题。"那我至少也要亲耳听她说不要。"他最后说。

蓬莱洲的瞭青阁高耸入云，鼓踏进殿里第一步，只觉得自己的脚步回响空阔，仿佛下面就枕着腾空的云彩。瞭青阁里一束沉香缓释，又兼空气清凉如带一点薄荷，他眨眨眼睛警觉地望着周围：两排铜柱皆绣龙纹，左侧站着的一排头盔铠甲俱全，显然是兵将，右面就是刚刚同他对话的老头，身旁的另一人帽檐宽宽，看不清脸，而正前的座椅上端坐的，想必就是龙王了。

鼓还是行礼在先。"你就是中土玥人的王？"龙王发了问。

"是。"

"我龙族与你又无瓜葛，你为何要不远万里，来诱走我的女儿？"

"我与润下，是……"鼓开口，原本想说"两情相悦"还未及出口自己却也觉得"两情相悦"四个字的分量太轻，因而改口说，"我与润下，早有盟誓在先，今生今世，不离不弃。我不是诱走她，是风风光光带她回崇吾，做我的王后、我大玥继承人的母亲。"

他话音刚落，瞭青阁里列队两旁的众人一阵骚动，混杂着低低的笑声。"中土王好大的口气，"龙王看着他，忽然问，"你们一统中土，为王多少年了？"

"已近百年。"鼓回答，尽管这问题问得好不相关。"你管我多少年，我在位一日，就一定要见到润下。"他上前一步，毫不退让。

"双澄，你带人去底下，奉我的命把润下带上来。"龙王叹一口气，拿了一支令箭给身旁站着的侍童，然后转过身对着独立殿中的鼓，"你想好了？我可以让你见她，可你见过了她，就回中土去吧，好好一个大玥，不要辜负了天帝昆仑神的钟情。"

鼓只是等着，心里一股无名怒火找不到出口。这个居高临下却故作一番姿态礼贤下士、体恤众生的龙王，还有刚刚他第一个遇到的、那心无旁骛、俯视天下的白胡子老头，都令他心头涌起一阵屈辱的愤怒。不多时润下果真款款而来，一袭素缟，面容委屈，身后跟着四名卫士。她上殿先跪下，深深拜一拜正中的父亲，然后侧过面来就看见了站在那里的鼓。

鼓站在那儿身子往前倾，好像随时要飞奔去扶她，却只挪了一步，就被她一声轻轻的惊呼冻结在当下。润下轻轻倒抽一口气，转过脸去问龙王，"你们已经把我带回来了，为什么还不放过他？他什么都不知道，也要被捉过来审判？"

"不是、不是这样。没有人捉我，是我自己要来的，"鼓急切地打断了她，"是我自己要来找你，我要带你回中土、回崇吾。"

润下双眉紧锁，仿佛有一点感动、有一点吃惊，又有一点不理解。她咬着下唇望着鼓，转而又哀求地望着父亲，半天吞吞吐吐说不出一句完整的话。

"喏，现在你看到她了，润儿自己会告诉你，她是属于蓬莱的，之前的五百年是如此，不会因一个稍纵即逝的人类而改变。"

"你已经活了五百年？"鼓大惊，眼前这个面若少女的润下，竟然……

"父亲……"而她小声地嗫嚅，"为什么就非这样不可？我已经在这儿……您还有什么不满意？"

"你自己说吧。"龙王没有回答女儿的问题，也没有转移话题的方向。

"我、我是已经守护蓬莱洲五百年。我不是十七岁，而是五百零七岁，我……我骗了你。"她幽幽地开口，讲到一半却转为止不住的哭泣，"父亲、父亲……你从来都只是这样告诉我，我却从来没真的明白过。我的命运，它为什么，又到底有什么用？蜗母娘娘为什么就这么决定了，为什么偏偏要我做一个受人仰望的、蓬莱洲的龙的女儿？"

润下小声地啜泣，鼓已怒火中烧，一把长剑顿时拔出鞘，狠狠扎在地上，发出一声琉璃碎裂的声响。

他过激的举动先惊动了位列两旁的众神仙，也激怒了为首的将军。"我敖孪上天入地，你一个中土来的黄毛小儿也敢在瞭青阁班门弄斧？让你尝尝我方天画戟的厉害。"他说着双目圆瞪、迸发出两道幽深的蓝色光柱，迈腿就要向大殿中央的鼓冲过去，若不是旁边的年轻兵士拦了一把，恐怕二人早已短兵相接。

"你先退一步，别冲动，"龙王转过头又向鼓，把手往下按了按，"你还不快把剑收起来，我最烦人一来二去便剑拔弩张的。"鼓这才松了松手，两只眼睛依旧盯着龙王身旁的润下，她颗颗眼泪凝结在睫毛上，低着头甚至不肯看他一眼。

"润儿，你不用怕。只要你说，我就必定带你回扬南、回崇吾。我答应你的一切，都是你的，只要你说，只要你说你想要。"他急切地、毫不掩饰自己的热烈，只等对面的润下答应。她甚至都不用答应，只要轻轻一点头，他就做好了准备赴汤蹈火也要娶她回家。

鼓一面在心里暗下娶她回家的决心，一面谨慎地眯起眼睛暗暗巡视着自己身处的大殿：他从正门而入，要走一道长长的走廊才至跟前，他若劫润下走正门，必将留给他们充足的时间拦截。不过大殿侧面还有偏殿，刚刚那个去唤润下的小童双澄，就是从左而出，自右而返，刚刚入殿时他已瞄到左面高高一串天阶，上垂藤条，下入山涧，虽当时分辨不清是往哪里去，可出了这重兵埋伏的瞭青阁，肯定有办法回扬南的行宫。

鼓心里已盘算清楚，目不转睛地盯着他的女人、他的爱情、他的战利和他的荣耀，她此刻如安静而柔软的木槿。他畅想在并不遥远的扬南，春围已毕，天朗气清，林间的飞禽走兽收获满满，可他连一眼都不看，回崇吾的路走得缓缓停停，而百胜王的车辇里有埋熏华草的女子润下和他共乘。管他什么蓬莱洲，管他什么神女，她在他的眼里就只有一个身份——他的王后。

总有这么一天的，他闭上眼睛想，总有一天。

第三回　愠之极兮，壑难平兮

"我想，我不能答应你。"

润下一声轻言，高大空阔的瞭青阁内如死一般沉寂。她这一句话是侧着身、背过脸去讲的，鼓看不见她那一刻的表情。

龙王高居在上，垂下眼帘看了看自己的女儿，几许放心几许心疼，末了挥手叫身边立着的一个穿铠甲的八尺大将，"你先走吧，我让赤海将军送你下去。"

润下点头起身，目光顺着前方，赤海做了一个"请"的姿势，她恍惚中抬起头，给了他一个雾蒙蒙的眼神。一双和以前一样的杏核眼，却大而无神，重重的睫毛似乎挡住了来往的光亮，她失焦的双眸看在鼓的眼里，分明写着"诀别"二字。

她不得已如此委屈，他怎么能忍？鼓猛地上前一步，右手背到身后就要拔剑。

"为什么？"他开口吼说。

可他得不到润下的回答。那三个字刚刚出口，忽然一众卫士从两侧齐齐上来，三五个沉沉按住他的肩膀，口里发出一声警告的哼声。瞭青阁空阔而少障碍，鼓虽然愤怒，却不愚蠢：除了几根石柱，此处一丝屏障也没有，自然利于人多势众的围攻而不利于灵巧的单打独斗，利于捉捕而不利于脱身。润下眼看着在重重保护中已被带下去，自己离她少说也有三五丈远，他既已错过了她开口讲话时那劫走她最佳的第一刻，现在要两三步蹿到她身边，再带她走，就难于登天了。

可扬南还有几百勇士，崇吾更有十几万大军，鼓一想，这回已看清了蓬莱的来路和这瞭青阁的所处，彼时再来，可就……他双目还是圆瞪着润下最后离去背影的位置，然而背后握着剑柄的手还是先松了，一把推开围上来的虾兵蟹将们，草草一抱拳，转身就要先走。

"大王，老臣看此人背有反骨、目无诚心，此时若放走他，恐怕、也许，日后要成为一患哪。"他刚迈出两步，就听背后的白胡子老头上前两步这么说，倒是不禁笑了，转过脸来看着对方。你们要拿下我，也是得费一番功夫、搭上几条人命的，不信就试试，他用眼神告诉老头。

可是龙王合上眼，摇了摇手。"让他走吧，"他说，"我们与中土井水不犯河水，从此老死不相往来最好。"

老、死，自然不必相往来。鼓飞身从瞭青阁快步而出，一径下来找到自己的一百随从，只下了一句简短的命令，"走，回崇吾。"

他的身后空空如也，润下没有被他带出来，随从们当然看在眼里、心知肚明。鼓一股气翻身上马先向西疾驰去了，后面人也只得匆匆跟上，一队人过不了半日两手空空，原路而返。

马群铿锵的蹄声、耳边啸啸的风声，还有身后那些不知所以的侍从们压低的议论声，一个接一个反复在鼓的耳边回响着。要回扬南还得半个时辰，可是那一刻鼓的心思，早就飞回了崇吾。你在瞭青阁没把我杀了，真是个愚蠢透顶的错误，他想，你很快就会发现这一点，在我的三十万大军兵临城下的时候。

从崇吾出发来春围的路上走了三天三夜，而回去时骑兵先行，日夜兼程，只走了一天半就到了。第二日伯牙殿的太阳刚从东窗升了一半，鼓已然坐入殿上，身后的闵济搬出了虎贲玉符，堂上众人都当下哗然。

"你们记不记得，几年前叱罕人来势汹汹，到燕山一战，全被我们大玥勇士推下火焰谷，才有今日大玥的盛世太平？"鼓先开口问，众臣自然赶紧喏喏称是。

"还有十几年前西边的戎族霸占颍水源头，拒不开闸，我哥哥亲率十二勇士孤闯敌营，生擒那蛮人首领和他儿子，从此将他们驱逐于钟山之外，而中原永享春霖水泽？"

众臣又连忙点头称是。

"而今又有一件恼人的麻烦摆在我们大玥面前。那东海蓬莱洲自诩龙王的，自视甚高，而囚禁了蓬莱的神女、你们的王后。"鼓立直了身子，微微前倾，扫视着底下站着的每一个臣子，"我堂堂中土天国，岂能咽下这等羞辱？"

"这……"下面似乎一时哗然。众人彼此相看、交头接耳，窸窸窣窣却无人大声应答。

"怎么？"鼓不耐烦，"你们谁来说说，我们兵分几路、如何破他的蓬莱洲、迎回王后？"

"淇楠以为，大王勇武无双，冠绝天下，辅以三万马匹、十万勇士，再兼小人以术法引路护驾，一日之间深入蓬莱救走王后，绝不成问题。"左术士淇楠先第一个答话。

"国师言之有理，"另一个术士廖冉也立即附和，"天下之战，无坚不摧，唯快不破。我等先韬光养晦、将大军行至扬南老林，再一鼓作气、突击蓬莱，必定能攻其不意，杀入瞭青阁如探囊取物。"

鼓微微颔首，眉眼里露出阵阵得意之色。"三万马匹就够了吗？"他问道，又转过身来问自己身边的闵黎，"我们现在能征调的马匹有多少？"

"报告大王，中原各军共储有良马一万，加上刚刚俘获的叱罕降军……应该至少超过两万

"好。"鼓从王位上一举站起，袍子在空中甩出一道锋利的弧。

"大王、大王，老臣跪请大王，万万不可莽撞行事啊。"一个不受欢迎的声音不合时宜地响起来，鼓转过脸去冲着声音传来的方向怒目而视，果然是那个老不死的介子南。

"先王讨伐西戎，大王决战叱罕，一个是为了捍卫水源，一个是为了守卫国土，此二者都是国计民生息息相关的天大之事，大王倾全国之力为之而不惜，是英明君王之所为，是上天赐予我大玦的福祉，天下黎民无不称颂崇拜、无不感激大王的广阔恩泽。"介子南徐徐说道，"然而今日所议、有关乎蓬莱洲之润下姑娘一事，以至于要动用三军，遣良马万匹、士卒数万人，则恐怕……颇欠妥当。"

介公刚开口时，因为他被贬了级，站在群臣的最后。可他讲着讲着，自己往前跨了一步，而周围的众人竟也一面听着、一面给他让了路。

"倾举国之力，而求天界龙女，恐怕是事倍功半、徒然劳碌众将士而已。大王说要迎她入崇吾、入慎行宫，可您又真正了解她几分？试想天、仙、人界壁垒森严，大王所遇的润下姑娘，虽与人间女子样貌相同，实则差之千里。龙族从天地之始便奉蜗母娘娘之命镇守四海，是任谁也不可逆转、不可改变的命运。大王

又何必忧其力所不及、思其所不能呢？"

介子南不知不觉已走到众臣的最前面，然后就在鼓的眼皮底下缓屈膝盖，左腿连着右腿跪倒，"臣得先王恩宠，陪伴在侧二十年，时时殚精竭虑，不敢忘记自己的责任。而今日老臣无以报答先王厚泽，唯有秉持良心、劝诫大王悬崖勒马、回心转意。请大王三思、三思啊！"

如果还有什么能比这番话更令他生气的事情的话，那一定是介老头讲话时那一众公卿的表情。老头絮絮地讲着话，列位不仅不知不觉地让道给他，讲到最后竟然还悄悄点头，甚至于暗中附和的不在少数，仿佛倒要被他给折服。

鼓强压火气，看着跪在地上的介子南说，"你仗着自己的年纪和资历，以为自己智慧无双，那是不是大玥的每一个君王，都得按你说的办、非听你的不可？"

"老臣……这个、没办法回答。大王年轻气盛，原是在所难免——"

"这个没办法回答，"鼓哼一声打断他，"那我就问您另一个。您说，像您这样，老迈年高、昏庸老朽却能随意指摘自己的君王的人，您说，我敢不敢杀您呢？"

介子南虽然跪着，闻听此言全然面不改色，只答道，"赏罚之事，当然全由大王做主。可是直言相谏，却是唯有老臣自己做主。"

鼓听他这么说，又面无惧色，更加怒不可遏。自己最烦人质疑自己的决定，他竟偏要屡次来质疑。他既然不怕死，我就让他死一回试试好了，他玩味地想着，然后大喝一声，"来人！"

左右卫士列队而出，团团围住中间的介公。"把他拖出去，就在那门外太阳底下，让我看着、让大家也看着，即刻斩了把头送过来。"

卫士们当下提起介公的领子，将他徐徐往后拖去。慢、太慢——"快点！"他站在高高的台阶上大叫，"再慢把你们一个个全都斩了！"

上午的阳光直白而惨烈，介子南被拖出去的时候还口里嚷着："不可、不可，大王这么做，一定人神共愤、天地不容。然而刽子手还是扬起了弯刀。

鼓屏住呼吸，全心全身都已被那一刻牢牢地攫住。"等等！"他忽然转念，高声喝住行刑的刽子手。正当满朝文武觉得事情有缓，鼓回身，从自己的王座背后拿出平日用的一把弯弓，搭上了白羽的长箭。

"杀人的时候，要亲自动手；动手的时候，要看着他们的眼睛。让他们知道自己为什么死，给死人他们应得的尊重。"这是他小时候父亲教他的话，此刻过了几十年依旧萦绕在他的耳朵里不曾忘过。

"直起上身来。"他于是不由分说地命令，眯起眼睛顺着长箭的方向盯着前方。

介子南哆哆嗦嗦来不及反应，早有两个卫士上来扳起他的上身，直直跪在伯牙殿口，面朝那个要杀他的君王。此刻只见鼓拉起满满的弓，轻微上挑，然后"嗖"一声，正中介子南的眉心。

殿外的人眼睛瞪得恁大，停留在愤怒而不可置信的一刻。鲜血从他的眉心迫不及待地溢出来，鼓远远看着他缓慢倒下的身躯和溅上门框的血痕，一股酸酸麻麻的感觉从心底猛地冲上他的脊梁，然后在充斥全身的兴奋之中微微战栗。每一次杀人的感觉，都带着不可阻挡的、令人眩晕的奇妙刺激，鼓放下弓箭，缓慢地蜷缩着充血的五指，"把头送过来。"他说。

俄而介子南的脑袋端上来，伯牙殿里鸦雀无声。站在中间的那几个人小步蹭着地面让开一条路，脑袋径直送上几级台阶、端到高坐的鼓面前。

可是他却连看也没看一眼。杀人的那一刻已过，狂喜的战栗之后是漫长的失措和空虚，就像他每一次打了胜仗、大酒大肉庆祝一场，然后独自骑着马去检视那尸横遍野的疆场时一样。现在的他，已对于这个屡屡和他作对的头颅完全丧失了欣赏的兴趣，只挥了挥手叫人拿下去，又说："将尸首放在一处，叫他的儿子们来收吧。"

他厚葬了这个烦人的介子南，准许介家的儿孙们将他葬入家墓，又维持了他介公的一等官位。杀他的理由人所周知，厚葬他的原因则不需要有，鼓只是从心底里讨厌他，却并不恨他。

他心里的恨，都放到了整顿军马，一举攻下蓬莱上。他杀介子南当日下午就去了马场。马场建在崇吾城的西北，出了内城六七里就是，旁边就是崇吾的护城军。鼓没进军营，而是直接进了马厩，去看看他现有的马匹和粮草。

多数马皆膘肥体壮，鬃毛油亮，不禁心内好生满意，一直往马厩深处走，快走到尽头却见到另一种马，身形比之前的更加高大，虽然身子看起来瘦骨嶙峋，两只前蹄却尤为健壮。

鼓转过身问饲马的官员，"这是什么品种？"

"回大王，这是缴获的叱罕人的马。"

叱罕人与中原相比，果真有他粗野务实的一套，鼓心内盘算着，这样的马，在战场上撩起前蹄，要是踏在敌人的脚板、腿骨、腰骨、脊背乃至是头顶上，势必非死即伤。他想，要是能向他们再借此良马五千，辅以淇楠已研究数月的龙蛇八卦阵，管他是龙王还是狮王、虎王，谁也挡不住他夺取润下。

"大王，有客人来了。"不知何时闵黎走进马厩，他一回头，就看见身后跟着一个身材高大的壮士。此人头戴黑羽，面上一双咄咄逼人的浓眉大眼，底下衬着一脸络腮的灰色胡子。他身上未着长衫长袍，却只穿着一件棕色羊皮裹的马甲和裤子，脚下踩一双同样羊皮只是颜色乌黑的靴子，腰间无刀无剑，也不见随从。

鼓走上来，二人彼此打量一番。"这一位，是……是昆仑山来的信使，烈羽族葆江。"

"昆仑山？"这事可真愈发有意思了。他说，"那可是远道而来。只是恕我提前也没得知会，未能远迎。请问昆仑山又出了什么新的高见和指教，值得葆兄不远万里亲自光临？"鼓说着，走出马厩，又做了一个"请"的姿势，二人一同到外面，鼓自己牵了一匹马，闵黎又牵了一匹给客人。

"不必麻烦了。"葆江一副身板挺得直直，正说着只见他伸开双臂，忽然间生出层层黑灰相间的羽毛，变作一只大鸟，扑棱棱一扇翅膀，直窜青云，往崇吾内城的方向飞走了。鼓亦即刻拍马疾驰，等走到城门口的时候，恰好见到葆江恢复了人身，正立在城门口，看着面前来来往往的百姓如织。

二人于是入城，回了宫，左右侍卫见有客人，忙往内阁里去迎。鼓向来不惯这些烦琐的轩室宫馆的接见，因而说："去南书房就行。"事实上，自他即位以来，内阁的春、夏、秋、冬四轩室，连同后面的豫园、锦园，大概一次也没去过，凡是私下里会见臣子或者客人的，通通都在伯牙殿南边一个小小偏殿中，架了一张桌子，并且叫作南书房。

鼓自己在北面坐下，叫闵黎先下去到外面守着。

葆江入室，却兀自立着。"葆江不过是天帝身边的小差，不必受此礼遇，"他站在南书房的中央，不卑不亢地开门见山，"我今日来，只是从昆仑传一句天帝的口信给中土王。"

鼓甚至都已大概觉出这口信该是怎么样，可他只是把头往前探了探，没有打断。

"龙王独女，五百年前已封了蓬莱仙子，此后守护蓬莱洲、与天地日月同寿。大王英明孔武，想必知道人不必去逆转天地的转轮。"

鼓听完，蓦地发出一阵不可遏制的朗声大笑。"我没见过天帝，也不知道他是谁，"他笑够了，从座位上走下来，"可他未免闲得无聊、管得也太多了。泱泱宇宙，每一分每一秒都有那么多人和事发生，他都不管，然而偏偏现在我要娶一个女人，竟然就不得了了！原来这样我就冲撞了这个、唐突了那个，还得听你们一个个轮番着来告诉我这些屁话。你们还不如就直冲我来，我们拉开架势比试一番，倒还痛快。"

鼓朝葆江走过来，而葆江一步也没移动，只是低声说，"中土战乱多年，大王的祖祖辈辈的所历、所为，大王再清楚不过。而今眼见大玥一统中土，四方安宁是时势所趋。大王若一意孤行，恐怕……"

"怎么？"

"拧不过天地伦常。"

鼓听见"天地伦常"这四个字，从牙缝里轻蔑地挤出一声嗤笑。他已不愿多说，高声喊了一句"闵黎"就要送客。葆江依旧不惊不忙，跟着闵黎往外走去。走到门口仰起头看了看天，又瞬间变作大鸟，扑棱翅膀飞走了。

鼓就站在南书房中央，午后的斜阳晒得面前的一片大理石亮晶晶的晃人眼，然后心内忽地烧起一股无名邪火。这邪火从脾胃窜出，沿着经脉往上愈烧愈烈，直冲胸口烧得刺啦作响，急火攻心。鼓突然之间奋然而起，大步跨到左边门框上取了自己的长弓，冲闵黎大喊，"拿我的紫火飞箭来"。

闵黎小跑着送来两支，每一支都有三尺余长，有常人手腕那么粗，分明不是箭，而是两支锋利无比的长枪了，而枪头更是与凡人的箭大有不同。所谓"紫火飞箭"即是那箭在锻铸时便在紫玉膏中浸了七天七夜，然后取出烧炼，炼好之后又将石灰、青铝混合磨成的细粉反反复复在箭头涂上三遍，再浸入紫玉膏中，由法师作法将那火之精魂通达箭身、紫之灵气注入箭镞。

此时鼓右手举起强弓，左手搭箭，直直往天空一瞄，旋即上身后仰，朝天拉满了弓。

一前一后、两支有力的长箭划破天空，带着刺啦啦的紫色火苗和比火苗更加炽烈的愤怒，直奔天上那灰黑的大鸟而去。

箭发得如此飞快，那紫色火苗刚刚升起，就听着接连嘭嘭两声，第一支利箭直穿葆江的左眼，第二支则直插其右翼的腋下。葆江连受两击，嗷地长长惨叫了一声，旋即径直跌落，从万丈高空里坠得像一块冥顽的破石头。

"快去拿住它！"鼓高喊，"它掉在西边了，你们快去，将它拖回来！"

寻鸟的队伍散出去了，七八十人找了三天，先内城后外城都一无所获，到最后终于在城外十五里的荒草地里见到了垂死的葆江。寻找的军士刚来回报，鼓即刻牵了马，疾驰出城。

果然走了没有太久，远远地只见到一个大坑，周围围了十几人，在边上牵绳索的牵绳索，挖土的挖土，忙忙碌碌。鼓纵马到坑边上一看，自己也不觉惊异几分。葆江的人身与常人无异，可这是鼓第一次离他的本身这么近，原来昆仑山上的神鸟葆江，竟有这么大：它倒在那里，脊背长如蟒蛇，头如车轮，两只翅膀如屏风，而翅上每一根羽毛都密如一把羽扇。

大鸟坠地，在四周无人的荒地里砸出了一个深深的坑，又经几日的风沙卷土，已将它埋了一半。发现它的士兵们找来了绳索和石头，想撬动它、把它拉上来，鼓忽然一摆手说："停。你看它虽然动弹不得，但是鼻孔和喙尖还微微起伏，恐怕尚有一丝气息。"

周围的士兵们一阵压低的恐慌。面对这庞然大物，即使是垂死，普通人都免不了立起一身鸡皮疙瘩。

"你若没死，就睁开眼睛。"鼓跳下土坑，走到匍匐的葆江跟前。

葆江不应声，更不愿意睁眼，仿佛死到临头了依旧看不上这发生的一切。鼓盯着自己的一支紫火长箭还正插在他的眼睛，忽然整身蹿起，奋力将那长箭一拔，登时血溅四围，那箭头连着葆江的眼珠一同被拔了出来。

"你不要看是吗？"他冷冷的如同一堵冰砖砌的墙，"那我只好拿你的眼珠子，来替你看看了。"鼓说着，从背后拔出长剑，挑开葆江右眼的眼皮，用力往里一剜，那另一颗沾血的白色目珠登时也骨碌碌地滚出来，停在他的脚边。

鲜血迸裂的一瞬，周围激起一阵惊呼和恐惧。鼓回头瞪一眼吓得白了脸的手下，喝道，"怕什么？都说羽仙是天界骄子，而今看来不过是纸老虎，根本弱得不堪一击。你们看看——"

鼓说着，徐徐弯下腰去捡葆江的眼珠。不大不小、一颗沉甸甸的珠子，沉沉地握在掌心里刚刚合适。他把眼珠递给旁边的兵士，兵士一个个连连后退，谁也不敢接，更有一个年迈的护卫吓得最重，只喃喃地念叨："天地的秩序，不在于朝夕……天地的力量，不在于武力……"

　　鼓没听见老头的话，他把另一颗眼珠也从箭头上拔了下来，接着看看自己双手上葆江的眼目、黏稠的红血，还有丝丝连着眼目的细嫩经脉，忽然仰天咆哮了一声。

　　"你既这样捉弄我，我岂能不将它尽数奉还？"

　　然后他回转过头，望着远在天涯、看也看不见的蓬莱，脸上露出了一丝奇幻诡异的微笑。"闵黎，你过来。"他招来自己的侍卫，向他小声耳语了两句，"龙王恼我，原来是因为我这个做女婿的忘了下聘礼。我这就给我那岳父大人，送一份重重的礼去……"

第四回　朝溯洄兮从佳期，夕腾驾兮偕往

　　永远赶不走、推不开的记忆，是她永远不会忘记的、那些玫瑰色的时刻，在那些时刻里他曾经是如此的英武而深情。润下的心里被回忆里的甜蜜和此刻的恐惧反复拉扯着，实在一刻也不能再等了。

　　那天正午刚过，父亲叫她上瞭青阁，话还未讲几句，忽然急匆匆走进一个信使，呈上一方宝匣。匣子不大，硬朗的黑檀上雕着金色的漆纹。

　　"润儿，你去。"父王开口，她起身去接那匣子，然后转身抱上来拿给父亲看。

　　"你帮我打开。"

　　润下照做。然而她翻开盖子的那一瞬，忽然一声惊叫，连人带匣跌在地上，两颗大大的还沾着鲜血和皮肉的白色眼珠滚落出来，掉在她的身旁。

　　"啊，啊——"她惊惶得拎起裙子往后躲，躲得愈远愈好——远到看不见、远到从来就不存在最好。

　　连父亲都惊得瞪起一双眼睛。"这是从中土送来的？"

　　"是。"

　　"就这一个匣子？"

　　"还、还有一封信。"

"在哪儿？"

"其、其实就是一张短短的布条。"信使战战兢兢将那布条送上来，龙王低沉的声音念得波澜不惊，"我想这世上应该没有比天帝的宠物、飞翔的大鹏葆江更贵重的聘礼了。亲爱的岳父，请收下他的两只眼目。"

"这、他、他……他连葆江……"龙王一时急得说不出话来，而她站在一旁目瞪口呆，两行眼泪毫无知觉地横穿了脸颊。

"他、他不是这样的，父亲，"润下心中还存着一点点念想，连忙急急跪在父亲身旁，"这其中肯定有什么误会，他一定不知道这是天帝的神鸟！父亲——请让我去往崇吾一趟，亲自弄明白这来龙去脉。"她强作镇定，"这真的不可能！"

"你自己看看这布条上写的，"父王把夹在匣子中的信递给她，她扫了一眼，可内容她早已听到，父王没有骗她的必要。

"这真的……这里头一定有什么谬误，或许……或许别人陷害他也有可能，一定是有人伪造来陷害他、污蔑他的名声。"她讲到这里，仿佛忽然给了自己一点信心，"我所认识的鼓，是一个虔诚而英明的君主……请让我去一探究竟吧。"

"你怎么确定？倘若这真的是他所为呢？"

"那么我会劝服他重新回到正路上，他会向神明虔诚地忏悔，而我想仁慈的神明会原谅他的。这不仅仅是一个中土的王，父亲！这是整个中土的安宁、整个天下的安宁啊，我们不能预感到这危险，却袖手旁观、什么都不做任由它发生！"

"你就这么确定他会忏悔？你怎么知道他会听你的？"

"因为……因为他爱我。"润下小声说。

"嗯？你说什么？大点声。"

"因为、因为他爱我。"她勇敢地抬起头告诉自己的父亲，"我也爱他。我相信他。"

父王垂下眼帘思忖半晌，接着忽然右手一挥，叫道："萧羽、双澄！把龙女送回她的玲珑阁，日夜四人看守，没我的命令谁也不准接近！"

"父亲……父亲！您不能……"她话未说完，两个卫士已经站在面前，步步紧逼将她请出。

不行，她得想办法出去。闺阁的门关上的那一瞬间她想。

门只有一扇，至少有两个人在看着，窗子倒是有，可翻身出去就是父王的前花园，平地开阔，日夜有精灵仙子在巡视。她一面琢磨着一面走到窗边一看——这下好了，窗子已被箍咒封住了，要打开非得动用瞭青阁上高悬的铜镜，可是，她哪有办法去拿那铜镜呢？

她寻思几番，无奈之下，似乎也只有一条路可走了。于是她当晚躺下，却时刻警醒着，终于挨到天亮，侧耳听着门外的脚步。果然卯时刚过，一串细碎的脚步由远而近，渐渐向她的门口靠近了，来人站住脚步向执守的双澄说，"我们来给神女洗漱梳妆。"

双澄小声地哼了一声，侧身一步，让开了房门。

那两个婢女进来，前后左右扭了扭头。"咦，神女呢？"

双澄听见这一声，知道不好，赶忙带着他的两个人冲进来：床上被褥散乱，窗子完好无损，可四顾望去，就是没有她的影子。

"不好！你们两个快去前后花园，看看她是否走远，我去瞭青阁看看铜镜还在不在？"他抬腿要走又返身看看那两个吓得支支吾吾的婢女，"还愣着干吗，你们俩赶快去报告大王，快去！"

这一切，她攀在窗纱后面的房梁上，看得清清楚楚。这几个人一时都走远了，润下才轻轻跳下来，蹑手蹑脚出了玲珑阁，奔下台阶，跃过明溪，然后躲在了溪边密密的草丛里。

天已大亮，她这时候要凭自己一个人逃，肯定是逃不出去的。只能先在此躲一日，到了夜幕降临再跑到东海，逆流往北去成侯，离崇吾就不远了。

果然，过不多时，寻她的兵将多了起来，她躲在草丛里闭上了眼睛。不要过来、不要过来，她祈祷着，然后就听见了一个稚嫩的童声的惊呼。

"啊——"那童声只叫了半声，就被她一把拉过来捂住了嘴。

原来是一个年方八九岁的小孩，两条小腿朝天蹬着。她渐渐放开了手，冲他做了一个"嘘"的手势。她蹲下身悄悄问那小孩，"你叫什么名字？"

小孩说，"双澄哥哥他们都管我叫小燕子。"

"小燕子，那你知不知道我是谁？"

"嗯，你、你就是他们要找的走丢的公主，对不对？"

润下犹豫一刻，还是点了点头。"不过，"她接着说，"我不是走丢，我是自己的一只指环丢在东海了，想趁他们大人看不见的时候，自己偷偷过去找回来。要是让我父亲知道弄丢了指环，就又要挨骂了。"

小燕子似懂非懂点点头，润下伸出小指朝他笑笑，"那你可要替我保密——我们拉钩为定。"

小燕子的小指头也伸出来了，二指相钩相连。"你能不能再帮我一个忙？"润下最后问他。

小燕子愣愣的，没点头也没摇头，她就接着说，"你要是能做得来，就到瞭青阁，那里有一只小小的、黑檀木镶金漆的匣子，你帮我把它衔来，到亥时在海边等我好不好？"

小燕子还是痴痴点头。她扶他站起来，拍拍他的腿和衣裳，最后又做了一个"嘘"的手势，然后说，"快回去吧。谢谢你，小燕子。"

小孩走了几步，走出草丛后背忽然闪了闪金光，直飞而去。"那边有人吗？"远处一人对他喊道。

"没有。"小燕子回答。

这一天入夜，润下匆匆往海边，果然那小燕子已老老实实站在一块礁石上等着她。她接过木匣子打开，里面两颗手腕那么粗的饱满的珠子，在晦暗的夜里发出不能瞑目的凄厉绿光。

她将两颗葆江的眼目含在口中，纵身一跃跳进东海里，逆流往北而去。

润下潜得很深，避开水面上如织的藻网和鱼群。水是她的天地，百里瞬息即至，可上了岸离崇吾还有五十里，她自己偷跑出来，不敢召唤天马，腾云过去只怕会惊动东海的守卫，只能一步一步地走。好在走了不远，天蒙蒙亮时地里的农户都一个个起床，她路过一户人家，用自己长袍上的一条缎带换了一匹马。

她没去过崇吾，只能凭方才农户指给她的方向，一路往西，到正午时分终于进了城。她从乡下借的马很高，在熙熙攘攘的崇吾城里颇为惹眼。从上一个清晨逃出玲珑阁，在草垛里藏了一天，游了几百里，再行路骑马，这一天一夜过去，恐怕连蜗母都要面容憔悴，衣冠不整。不时有挑担子的小贩抬起头来不怀好意地冲她笑，露出一嘴焦黄的牙齿，还有行走的乞丐，故意走几步撞上她的马。她赶紧勒紧缰绳，两手抱在胸前。她是私自逃出来，龙族的神力却不能在异族百姓间轻易显露，不然犯了大忌，甚至要连累自己的父兄亲戚。可润下越小心翼翼，乡民便越大胆，她低着头想赶快穿过集市，大胆的散民却靠近她的马，伸手去扯她垂下的、长长的裙摆。

她慌忙用腿去夹马的肚子，马往前一纵，底下的裙摆登时被唰地撕开一片，露出一截光滑的小腿。

周围的乞丐、游民和看客爆发出一阵旋风般的笑声，开始逐渐向她围过来。她的马头回转已经来不及，前面后面都重重围了一圈没路可走，她——

"润下姑娘？"

谢天谢地，危急时刻从右边远远传来一声大喝，原来是鼓的右侍卫闵黎挥着鞭子赶到。他快接近时拔出一柄长剑，双目一瞪，驱退了不怀好意的刁民，然后收起了剑，停在了她面前。

"闵黎不知润下姑娘亲临，有失护送。"闵黎低头，双手抱拳在胸前。

她赶快伸出手扶起他，"快别这样。是你来得及时，救了我呢。"

闵黎这才抬起头。"请跟我入内城吧，大王正在伯牙殿南书房。"

润下说"好"随即提起缰绳，缓缓往前走去。临入内城城门时她有意无意抬头一瞥，忽然视线定格在空中——八丈高的城墙之上，鼓就站在内城的城楼上，他就站在那里，微微低沉的下巴，一双眼睛往下俯瞰。

从瞭青阁一别数十天，她以为已经是诀别。他会娶一个美丽的人间女子做他的王后，子嗣绵绵，而她将生生世世守着蓬莱，在他死后的无数个交替的帝王中用心怀念他们其中的一个。

可是现在，他们不是又见面了吗？隔得太远，她泪光莹莹，看不清鼓的表情。他似乎没有笑，但不管他在烦心些什么，她都会陪着他，她会抚平他心里的伤痕和怨恨，而他还是原来那个虔诚而有情有义的中土之王。

崇吾城在他的描述里，喧哗而澎湃。那些他曾讲给她听的，坚实的暗红砖墙、高耸的入城拱顶、粗糙平坦的石板路以及两旁偶尔一队队低头走过的侍从和婢女，如今都纷纷落进她的眼里。闵黎引她入城，她缓缓地走了一步，身后一阵匆匆的脚步声——正是鼓从城墙上下来，立在她面前。

相见时刻不如想象中那么惊喜。他相比扬南的时候多了几许凛然的威严，可到底他们又见面了。她垂下头，微微屈膝，像普通女子对待君王那样行一个礼，他径直走过来，伸出了右手。

润下稍稍迟疑一刻，也把自己的手放在他的手腕——两只手相接的那一刻他突然旋风般拉她的手，她径直落进他的怀里。一个结实、完整的拥抱，她闭上眼拼命地沉浸在这一刻，直到下一秒鼓忽然将她环腰抱起，裙摆在空气里转着圈跳起张扬的舞，她的眼角唇边一定笑得流出了蜜。

伯牙殿空阔沉静，比外面暗了几度。润下挽着他走进伯牙殿的时候，一进门先听见一个小孩的声音向他们飞奔而来，"大叔叔！"

鼓蹲下身，迎面抱一抱那飞奔来的小男孩，然后转过头来告诉她，"这是小黑。"

小黑的皮肤透着健康的麦色，一双眼睛大而机灵，叫人看着喜欢。她蹲下身来也和他打个招呼，问："小黑今年几岁了？"

"五岁，"小黑抢着答说，"五岁零三个月零十一天。"

她低头看着小黑，又看看自己身边的男人，无法不注意到，鼓望小黑的神情，露出一种出离而极为少见的疼爱和怜惜，即使是常人看自己的小孩都不常有的、只有对着最最心爱的儿子或是什么世间罕见的珍宝才会露出的神情。

他的心因为那一刻的疼惜也变得柔软起来。"小黑穿得这么严实，可是要练剑去？"鼓问道。

"不是，小黑今日要跟着淇楠师父学射箭。"

"好、好。小黑慢慢学，等过一个月，我与你比试一番。"

小黑点点头，一溜烟地跑了。鼓目送他远去，接着收回了目光，带着润下往内室走去。

"很可爱的小男孩，润下边走边说，"是你的……侄子？"

鼓"嗯"了一句，点了点头，"他是我远房表兄的儿子。表兄不幸早逝，我看他孤儿一个怪可怜，就把他接过来到宫中住。"

"他不是。"她在心里小声回答说，"他肯定不是你的表兄的儿子。"

这是润下生平第一次来伯牙殿。当然，也是她第一次来除去东海以外的地方。伯牙殿名不虚传，润下一面往里走一面抬起头来四方瞻仰：它不比东海的宫宇高耸入云，可是有一种只属于中土的厚实和坚韧。两人才能环抱的黑檀柱子，上面雕着林间百兽，从南面窗子照进来的阳光铺在光滑厚重的大理石地上，连石头和石头间的裂缝都深藏着古远不屈的秘密。

他们二人一步步走到伯牙殿最尽头，鼓的王座面前。十几级汉白玉台阶之上，就是他每天安坐的王位。"来，"鼓依然拉着她的手，带着她走上台阶。

不过他没有像往常一样直奔王座——那身旁暂时还没有王后的位置，而是快走到顶端的时候拉着她一起坐在了石阶上，她比他坐得矮了一截，可一样可以和他一起俯瞰下面空荡荡的殿堂。

"你就是我的王后。"鼓转过头来，不容置疑的口气。

她微笑着点点头，然后转过身子面向他，缓缓开口，"你……不想知道我是怎么从东海来到中土的吗？我的父亲和族人——"她话到一半又咽下，抬起头来看着他。他不是一个目无天地、残忍暴虐的人，他不是一个暴君。只要他肯这么说她就会相信，润下在心里反反复复地想着，只要他亲口告诉她，葆江还有东海的一切她就再也不会提。

"重点是你来了，"可鼓轻蔑地望了望远方，"这就行了，这是我唯一关心的事他说完略一停顿，"除非……你受委屈了，那就好办，你说怎么处置他们就怎么处置，我都听你的。"

润下低下头不知道怎么回答。"羽仙葆江，他、他……我的父亲和兄弟们因为这件事，对你很不谅解。"

鼓听完挑一挑眉毛，"我需要他们的谅解？我是大玥的王、我是中土的王、唯一的王！"

润下拖过他的手来放在自己柔软的小腹上，用低低的哀求的声音说，"求求你了，为了将来，别再恨谁、别再杀人，好吗？"

鼓的手罩在她的小腹上登时僵住，两片嘴唇在她恳求的目光之下微微颤抖了："真的吗？"他不可置信地捧起她的脸，狂热地亲一口她的额头、脸颊，再到嘴唇，"天啊，"他仰起头喃喃地念叨着，"这是你赐予我的珍宝、我的儿子、我的未来……"

第三章　冰潭生死

第一回　大难不死兮，冰潭得师

　　岳凌飞说起自己对遗世谷外的向往，冷火听闻，心下暗喜。"你这么想……其实也说到我的心坎上了。"原来岳凌飞和自己想得差不多，但他话也就说到这里，没再继续下去暗示什么具体的行动。

　　射孤山上的山茱萸都是小小的一棵，很容易埋藏在枝繁叶茂的高大木丛之间。冷火一眼望去没有见到，只得慢慢往前走着，细细搜寻。可惜现在已是秋天，要是春天的时候，山茱萸的嫩叶嫩芽和黄色小花，开起来很是好看。当年三四月份的崇吾城里，真不知道有多么……

　　三百年前。

　　从符禺山顶滚下万丈深渊，他就没想过还能再睁开眼睛。天下大乱是必不可免的了，而他失去的、他失去的……获还没来得及算清楚他失去了什么，符禺山顶已天崩地裂，碎石如雨，裹着通天的火光和巨焰往深渊里滚滚而去。

　　然后不知道过了多久，他再次感知到自己的存在的时候，耳边已经无比的宁静。他没有聋——头顶树叶交杂的沙沙声、泥土里嫩芽缓慢滋长的鼓点，还有远处一汪水流似乎被风吹皱的呢喃都在他的耳朵里，可他周围的一切都宁静得令人不适应。

　　他渐渐找回自己的呼吸，三口气之后睁开了双眼。

　　很亮。他眯着眼睛，略侧过头去让瞳孔适应着光线，眼前从模糊变得清晰的时候，最先看见的是远处一面巨大的潭水，上面厚厚地结了一层灰色的冰，而离自己不远处有一个面色黝黑的老妇人，正坐在一棵孤零零的小树之下，面对着他的方向，凝神屏息，闭目静坐。

　　"水……"他费力地开口，那沙哑微弱的声音顿时都吓了自己一跳。

　　老妇人睁开眼，走到井边舀一瓢水，端过来放在了他的嘴边。

　　荻张口就要大喝，老妇人连忙退了一步，制止他，"你昏迷了七天七夜，五脏六腑还没复苏，哪能立刻进水？你蘸一点，先润润嘴唇罢。"

　　他只好听话，润湿了嘴唇，挣扎着想起身，却即刻又被老妇人给按住。"你先别着急起身，"她手扶着他的肩膀让他慢慢躺倒，拿一只羊皮垫在他脑袋之下，然后就盘腿坐在了他身旁，右手手掌覆在他的前胸，左手伸到后背，接着长长吸了一口气。

　　荻闭眼躺着，顿时只觉得后背上脊椎一震，一股真气已从后神道穴推入，下经至阳过脊中，又从命门穴下入丹田；而前胸则前起鸠尾、历中脘、水分而下阴交、气海，前后两股真气交融于下丹田，鼓噪不安地冲撞在他的体内。

　　——你还真以为自己是大玥的王了？我还没死，你想得美！——

——杀！不要死的要活的，一定给我留下活口……

——"嘭"一声玉碎般的炸裂，它每一寸发肤皮毛、每一滴鲜血眼泪眼如焰火般飞散在空气里，飞旋的暴风、彻骨的惨叫，还有远处浓浓欲燃的火烧云……

"冷——冷——"他不知不觉地呻吟，最后全身一搐，大叫一声，上身忽地跳起，如噩梦惊醒。

再回过神来时，他的后背上已经被汗水湿了整片。给他输真气的老妇人见状，收了功，复又扶他躺下。"你现在真气满聚于丹田，只是保一时的命。你不要动，等半个时辰，若是真气返于四肢百骸，那就算是你的福气

老妇人说完站起身来，仍旧走回不远处的树下闭目打坐，一坐又是一个时辰。

那天晚上，获刚刚能动，老妇人就把他安顿在冰潭边上的茅草屋。屋里的火堆烧得啪啪响，老妇人自己在门口架起一口大锅，放了几条鱼，不一会儿鱼香四溢。获就在这满室的香气里恢复了一点对于人间的想念，目不转睛地盯着老妇人煮鱼汤的背影。

过不多时，她端了两碗，一碗放在屋里桌上，一碗拿近前来，一勺一勺喂他喝了。刚喝第一口，他便登时咳嗽不止，喘了好一会儿才平复过来。

"老婆婆，你该不会救我的命，就是为了要熬一碗鱼汤再把我害死？"鱼汤进了两三口，他已吞咽如常，终于空出一点闲情来开玩笑。

老妇人垂着眉头看他一眼，没有答话，只是仍好脾气地将鱼汤喂他喝下，自己又回桌上把另一碗也一饮而尽。"夜里风大而

冷，我已给你添好了柴火，羊皮都在你脚边，你自己盖就好了。"
她说着，拿起两人用过的空碗，往门口走去。

快走出门的时候，他终于在背后忍不住开口，问她："你知
道我是谁吗，就来救我？"

老妇人回答："不知道。也许明日你可以亲口告诉我。"

"那为什么救我？"他满腹疑问不肯罢休，"你又是谁？"

老妇人没再出声，径直出了门，屋里随着门"嘭"的一声关
上而暗下了一大半。荻躺在床上，虽然有真气撑着，可毕竟五脏
大损，也支撑不了几刻的精神，不久就翻了个身，在茅屋里沉沉
睡去。

到第二日东方既白，他起身醒来，两只手尝试着握了握拳头，
顿觉自己的肢体已恢复了三五分。力气还是全无，可能够自如地
控制自己的四肢和身体，这已经让他喜出望外。荻连忙起身披衣，
及至屋外，才发现昨日救自己的老妇人仍旧坐在那棵矮矮的小树
下面打着坐。

他这时终于得了机会，细细地打量一番此地：西北有高坡，
高不见顶，矮处有些稀疏的青黄树苗，往高则落着厚厚白雪，寸
草不见。迎面则是一面巨大的结冰的湖，湖岸蜿蜒伸展，一眼望
不到边界，冰面厚实粗糙，凌乱地反射着清早的太阳光线。冰潭
岸边有几块大石、几个石洞，他们的草屋就搭在石洞边上，屋前
也有宽阔的一片空地，只有一棵矮矮的小树苗，而那幼嫩零散的
枝叶之下坐着的便是昨日救他的老妇人。

他正迟疑着要不要打扰她，老妇人已睁开了眼。"你倒是活
过来了，"她扫了他一眼，"吃饭吗？"

获摇头，在门前也找了一方藤椅坐下，面对着老妇人。他并不饿——相比于他对这个面容苍老、却好似功夫高深又深藏不露的老人的好奇，口腹的饥饱都算不上什么。他知道，自己受的伤，不是被打飞或者从山上摔下来的那么简单，甚至都不是被高手用内功重击那么简单。丢了一半的魂魄，竟然能让面前这个老妇人用一己真气给补上去，实在闻所未闻。

他这么想着，正要开口问些什么，忽然旁边的冰潭里一动，老妇人亦眼珠一转，霎时间变作一道黑色的闪电蹿了过去，获再眨眼时，只见一只高大丰满的黑熊从冰潭游上岸来，左手拎着两条青鱼，右手一只蛙。黑熊上了岸，甩一甩身上的冰碴和水珠，一面向获走过来，一面又变回了老妇人的慈祥模样。

获暗暗倒抽一口冷气。人面神兽或是兽面人，他不是没听说过，传说叱罕人的军队里也有不少亦人亦兽的兵士，可是第一回亲眼见到，他还是在心里忍不住惊叹。很奇怪，刚刚黑熊向他走过来的那一刻，他有惊异、有好奇，唯独没有觉得害怕，老妇人也似乎没有把这秘密当回事，恢复了人形，倒是自顾自又去生火烤鱼了。

"你、你就是传说中修行千年、无所不能的黑熊精？"

老妇人转过身来，倒是微微一笑，"你不害怕？"

他"扑哧"一笑，"我见过的、比这可怕的多了去了。"他说的这话没有丝毫夸张的成分，如果你见过我见过的那些……他不愿在回忆里逗留太久，生生掐断了自己的思绪。

"你一直就在这里待着——呃——我是说、在这里修行？敢问老婆婆你尊姓大名？这又是什么地方？"他问。

"我没有尊姓，只有'尔朱'二字为名。这里是冰潭谷。"

"冰潭谷。"获左右四顾一番，"不过这里除了冰潭，还真的没有什么其他可认得出的了。不过、你肯定知道这里怎么出去对吧？"

"你要走？"

"我、我，"获低头看看自己尚且羸弱不堪的身子，"现在当然是走不了。但是等我好些了，肯定要——"他说到这里，声音忽然低沉了几分，断断续续有点讲不下去，"我是肯定要、要回崇吾城去的，你知道，我还没死、还没完，他们是不会罢休的。我总不能将他们引到你的冰潭谷里吧。"

尔朱只是听着，获讲完了，最后又补上一句，"我大概什么时候能好？"

"你现在的一体一肤，全是靠着一点真气顶着，"她徐徐地开口，"你也知道，你滚下来的时候，己魂飞魄散了一大半。是我心里好奇，想试试能不能用我一点上丹之气凝住那剩下的一点点魂魄，先保住你的命，日后再做打算。获愣愣地听着，不知不觉中点点头。"不过这都不是长久之计。以你现在的身子和身子里的内功，只恐怕架不住那真气，你走出冰潭谷不出几天，要是没先被野兽叼走的话，也维持不到崇吾。"

"除非，"获理解着尔朱的话，慢慢地边想边说，"除非、这真气是我的，我能自己源源不断地用真气维持着自己？"说完歪过头对着尔朱，似问非问，"不过，我也不该妄想你会把这么多年潜心修炼的内功心法教给我一个半死的人。"

尔朱当即一笑。

获早猜到，忙接过话来说，"你有什么要求？"

"我当然有一个要求。"

"什么要求？只要是我能做到的、我能给的……"

"不用，你什么都不用给我。我的要求很简单：想做我的徒弟，就必须答应我，忘记你的名字、忘记你的过去。从今天起，你就不再是你，你的过去也不再属于你。永远地，忘记过去、忘记你是谁、忘记你的亲人、你的敌人和你的一切。你能做到吗？"

短暂的犹豫。尔朱提出的要求，仿佛给他划定了一条新的路，一条他以前甚至想都没想过、绝对不曾存在过的路。他生来即是大玥的王子，那属于崇吾、属于伯牙殿和泽宁宫涌动的危机和凶险的暗流，都是他与生俱来的一部分。可现在，面前这个慈眉善目的母熊尔朱竟然告诉他，他可以忘记，他可以不属于那彻夜不停的梦魇，不属于那无路可走的宿命。

"我想我能做到，"他沉思片刻，然后答应了尔朱。为什么不呢？那一刻他想，也许这是他现在能做的、最好的决定了，也许过去的所有回忆，正是他想忘记的——那些充满了争斗、杀戮、死亡和不甘心的一幕幕画面，记忆对于他来说，只是痛苦的源泉。

"好，"尔朱点点头，"那我问你，小兄弟，你叫什么名字？"

"我叫……我叫冷火。"获下意识地看了一眼自己的左手腕，选了其中的一个"火"字。

"你是哪里人，到冰潭谷来做什么？"

"我家是……崇吾的一个农户，我替爸爸放羊，结果遇到了狼，羊群疯跑，我一着急追着追着就滚下山谷，不知道怎么就掉到这儿来了。"

"你有什么仇人没有？"

——那个人头戴高高的羽毛，骄横跋扈地骑着马在伯牙殿前颐指气使——

——抓住他！抓活的，回去领赏！……

——符禺山上天崩地裂，空气中炸开的鲜血如同女娲娘娘的哭泣……

他只犹豫了一眨眼的工夫，尔朱已走上来重重按住他的肩膀，圆瞪双目又问了一遍"你有什么仇家吗？"

"没有，"他抬起头来直视尔朱，"我一个放羊仔，哪儿会有人和我结怨。"

尔朱这才松开手臂，回身去看她正烤着的鱼，拿下一条来递给他。

"不过，你确定、没有人会找到这儿来吗？他们也许……也许有人看见了我摔下山，往这方向追来了也未可知。"

"不会，你放心。"短短五个字，尔朱就已然给这个话题画上了永久结束的句号。

也就是从那一天起，冷火开始如同初学走路的娃娃，拜了尔朱为师，正正经经地开始和师父一起练功。

及至三载之后的冬至，尔朱把冷火叫到冰潭岸边，手指远方，"你看那冰潭中央，是不是有一团雾气？"

冷火使劲瞪大了眼睛观望，只觉得冰面上茫茫一片皆是雾气，哪里分得清冰潭中央是不是还有特殊的一团浓雾？

"你随我同去。"尔朱不容置疑地发令，一面说着，一面自己先轻轻一跳，没等他回答，双脚离开冰面一两寸，两手持剑往前滑去。

他的轻功和平衡术远远比不上师父，冷火伸开两手，冰面滑而起伏，他勉强东倒西晃地跟在师父后面，倒是殊途同归，也到了冰潭的中央。

尔朱抬头观了观天，又望望四周，目不见人是肯定的，那一刻甚至连一泓水流、一只小虫，以至于一丝风都没有，然后选了一处地方，让冷火坐下了身。

"你只管自己运息，心中默想寒冰雪魄诀，不要管听到什么声音，眼前有什么光，不要说话，不要睁眼。"她说完，自己便往回退了几步。

冷火虽然不明就理，但还是按师父说的一一去做。毕竟修炼了整三年，未过多时便已入定。正当意识渐渐拂去、心中正空阔起来时，眼前却忽然从远处冒出一丝火光。

这火光起初远而微弱，不过看起来是一人举的火把，可转眼之间近了些，变成城头的明灯，明灯还不及一刻，又瞬间变作了城墙上的烽火，甚至比烽火又浓烈上千倍百倍。冷火牢牢记着师父说的"不要睁眼"的告诫，纵然那火烧得再近再旺，自己只是笃定了一颗心坐在那里岿然不动。火苗变作火球、火球再变作火团，径直扑向他而来。就在那烈火要一口将它吞噬的时候，一阵奇异的感觉却从自己的体内升起。

原来那火不是从远方来。他刚刚看见的、一点一点聚集的火焰，其实是从自己的体内燃起来。从头顶的百会穴往下灌去，瞬时就打通了关节筋骨，溢满到每个指尖。

知道这团阳气是自己身体由内而发的，冷火便就大胆了起来——他先以双臂上云门穴为基，从指尖之少商穴处将那阳气往回收起，再一并往下，汇于膻中穴，再往下推入气海，乃至曲骨，只觉得筋骨通畅无比，运气不论推出还是收起都游刃自如。

练功练了三年，终于到了气息伸缩自如的一天，冷火惊喜异常。一旁的尔朱也赞许地点了点头，淡淡地告诉他："你学会了'一阳生'从今往后随时随处、不需外力也能靠自身的牵引将体内的气力串联周身，哪里伤了就输送至哪里，不时就可自愈了。"

自愈？冷火当时还没明白，只是觉得全身贯通、身轻若无，岂知自己已将隔年的许多旧伤深痕痊愈了不少。后来师父给他解释，原来冬至这一天是阴阳转换的节点，而冰潭中央上乘苍天白日，下浮潮汐迁徙，阴阳对调、由阴转阳的那一刻坐于冰潭之上运气，就远远不止是凡人所修的任督二脉和小周天。那天地之间的阴阳转轮一旦作起，自然挟着练功人的周天，自小周天而至大周天，置内外、黑白、生死、真假于浑然一体，便可以在无物无我中打通大周天。

而一旦打通了大周天，以后即使不是冬至之时，不用借天地交汇之力，自身也已习得了大周天之机理，时时处处可将自己体内的气脉掌握自如，凡人所遇的筋骨之伤，肌肤之病，自然不在话下了。

"一阳生可能够补我魂魄之中的缺？"原来这一阳生神功这么厉害，他从心中升起莫名的希望。

"不要太贪心尔朱坐在树下，手中轻抚着树上垂下的一条细枝。春天的新芽嫩叶已经初露峥嵘，他的心却如同寒冬里泼一盆冷水冻成了冰。

"一阳生是巧功，只能用你自身已有的气力，以微妙的巧劲去掌握、去伸缩，但不是无中生有。"师父说完，也许是觉得自己的话太狠了些，便话锋一转又反过来说，"不过你能这么快打通大小周天，练就一阳生，远超常人之所能及，是我都没想到的。你再假以时日，说不定还能有所得，也未可知。"

冷火领了师父一番话，自己去细细琢磨。师父的很多话，甚至很多时刻的一举一动，他都常常会细细琢磨的。有些是功法、有些是心法、有些是拳脚步法，还有的就纯粹是些看似不着边际的闲话，可他都——收藏，想得通的和想不通的纷纷乱乱，最后总能理出一点头绪来，实在想不通，还可以再去问师父。

　　可是他最想不通的，师父却没给过一个满意的回答。他问过尔朱无数次了，从第一天见到她到现在，早上起来、练功前后、吃饭的时候、尔朱出山去觅食或者采药回来，他都执着地问一个自己百思不解的问题——

　　"你到底为什么收留我，还教我武功？"

　　尔朱的答案每次林林总总略有不同，但总是如出一辙的简单：

　　"我好奇。"

　　"我可怜你一个小娃娃。"

　　"你睡得太沉，我总想把你叫醒。"

　　"要是你一个人在这谷底下修炼了千年，就不会觉得寂寞？"

　　直到很久很久以后，有一次她停下正运在空中的一阳之气，十分缓慢、无比谨慎地看着他看了大半天才开口。她说："我想也许……你是我命中修行的一部分。"尔朱的声音平缓如慈母，"你知道，数千年来，从没有任何人掉下过我这冰潭。所以你掉下来、昏睡不醒的那几天里，我时时刻刻问着自己、问着天地，也许你半死半活着闯进来，是为了什么。而我把你留下、教你武功，也许也是有原因的。我现在不知道这都是为了什么，可是我想，也许这并不是平白无故而来的一场巧合，他们也许有一天是要通向一点什么的。"

第二回　适春而降兮，连袖不忍割

　　他入冰潭谷的第三十个年头，冰潭迎来了百年以来的第一个夏天。冰潭地处幽深，和外界的气候大相径庭：别处分春、夏、秋、冬四季，冰潭里却往往只有春、秋、冬三个季节。每年春分日起渐渐有春意，却不足以融化潭冰，三月之后便是秋天之始，天意转凉，接着便是大半年的漫长冬天，尔朱此时便进洞闭门长修，直到下一年的春分。

　　可到了第三十年的春分，尔朱醒来第一眼看到外面的天空，忽然说："这是一个懒春。"

　　他问："什么叫懒春？"

　　尔朱答："今年的春天有五个月长。"

　　有个长长的春天可以压缩凄凉萧肃的冬日，他觉得是件好事，可师父说这话时的神情却半是严肃半是不安。于是他又问："懒春有什么不好吗？"

　　"没有什么不好，"尔朱匆匆忙忙抬起头，皱起的眉头还没舒展开，"但今年也许不仅是懒春，还可能有夏。"

　　师父谈论春夏的忧心忡忡令他困惑。不过他多年以来已然习惯讲话常常只讲一半的师父，等师父想告诉他的时候，自然会全盘托出，他想。不过那一年懒春还没有来，冰潭倒是先来了一个不速之客。

话说那一日晚冬的下午，太阳已沉沉西斜了，冷火正坐在屋前的矮树之下练寒冰掌。这寒冰掌他练了也有一年半载，师父隔着丈余可以霎时冻住一炉旺火，可他即使走到近前来，还是拿那火炉毫无办法。

这一天他不甘心地对着潭水旁的一炉篝火运满足足一股气力，奋力一掌，火势如同被微风吹过，瞬间有所减灭，下一刻却立即又恢复如常。他极懊恼，双手捏拳，狠狠一咬牙跺脚，忽然听得背后重重的几下咚咚响声，仿佛一块大石跌跌撞撞、滚下谷底。

冷火连忙转身去看。只见从不名坡上跌下来落在冰潭岸边的不是石块，却是一个人：此人白袍紫裤，身形消瘦，年纪轻轻，面上惨白无色，跌落潭边后就再没动弹。

冷火警觉心起，先回身拔剑巡视四周，巡回几圈见并没有其他的声音动作，方收回长剑，又见那跌落的人还是一动不动，于是小心翼翼地走到他身边来查看。

他从不名坡的高崖跌落，伤及筋骨，昏厥一阵也是正常。冷火伸出一根指头放在他颈下三寸轻轻一触，才发现，此人面如白纸，双目紧闭，脉搏时缓时急，气若游丝，五脏六腑紊乱不均，绝不像是跌落高崖那么简单。

再检查其双臂和腿脚，倒是没有任何筋骨之硬伤，转念回想起方才他跌落潭边的情景，心中不禁又啧啧称奇：此人虽受重伤，却依旧能靠着所剩的一点轻功保命，想必未受伤时一定内功了得。

他的手放在少年的脉上，这年轻人恐怕是凶多吉少。若是一个时辰内没有真气输给，就是再深厚的武功恐怕也难扛得过去。

冷火抽回手指，起身踱步到一边，未走两步却又转头去看看那昏迷的人，犹豫再三，终究还是难以作罢不管。

于是他将那人扶到树下盘坐好，自己也随即坐下，将双手叠于丹田，静心调气片刻后，依照尔朱当年为自己治疗的样子，默运真气于双手，缓缓伸出与对方的四掌相对，通过劳宫穴将内气注入对方体内。

他知道自己的内功深浅，本来自觉只需五成功力就可将那少年唤醒。可半盏茶工夫过去了，少年仍是昏迷不醒，冷火自己也感觉体内的真气一送出去便如泥牛入海，不禁心下诧异，难道此人受伤比看起来还要深？如此想来，伤他之人的功力，真不知道要高强到哪去了。

于是冷火稍定心神，后退两步，将两足置于冰潭之中，默念"冰潭雪魄诀"全身与冰潭亿年的玄冰极冻黏合一体，接着大喝一声，运足十成功力全贯而出。顿时冰潭谷里，一股寒流自他的丹田喷涌盘旋而上，如排山倒海之势，自劳宫穴灌入少年体内。少年昏迷之中似乎发出一声轻叹，可他还没来得及听清就又沉入一片死寂。此时此刻，阴阳博弈，正是救人之关键，冷火丝毫不敢分心，暗中再次催送内气。

如此三番，冷火丹田里的真气已快消耗殆尽，豆大的汗珠不支而落，那受伤的少年人仍是昏迷不醒。可他已经为了这个无端闯入的陌生人做到了这一步，冷火还是不想放弃。他正要重新在冰潭站稳脚跟，提升丹田之时，忽然脚下"咔嚓"一声，几尺的冰面竟裂开几道缝隙，纵横延伸，瞬时就裂开几丈余。

须知冰潭谷中虽也有春秋之分，可寒冷却是永恒的主题。冷火在冰潭三十年也没见过冰裂，更不知道是吉是凶，只是还要再运功，但见冰潭之内的寒力涌起反催，两人的眉毛上都不知不觉已蒙了一层蔚蓝之气。

他这才知道势头不好，连忙拔足上岸，再晚一刻，只怕自己都要折损在这反催的寒气之中了。他拖着那少年远离了冰潭，背靠他平日练功的矮树之下。"小兄弟，你要相信，我是真心想救你的。"他喃喃地对着昏迷的少年自言自语，"可我只练过三十年，估计是内功还不够吧，你别怨我。"

他实在没法子，只能和这个自己救不活的小兄弟一同坐在树底下。师父今日又出山去，估计要两三日才能回来，恐怕这人是坚持不到那时候了。然而，接下来的一幕，却是他想也没想到、亲眼见到都不敢相信的：就在冷火心灰意冷之时，他们头顶的矮树忽然从内里发出一阵喀喀声。冷火仰头一望，那小小的树干竟拔节而起，随之升起的还有一股巨大的玄灵之力，从那恣意生长的枝枝叶叶中喷薄而出，排山倒海般涌向他二人，从百会、劳宫二穴注入，冷火只觉得自身升腾，近乎物我两忘。

想他刚刚落入谷中，师父就曾告诉过他，这谷中唯一的一棵树苗，是一株千年的菩提树。"你不要小看它，"师父说，"这菩提树看起来矮而枝叶稀疏，却是千年长成，吸日月之精华，采大地之灵气，亘古未见凋零。它的枝干不粗壮、茎叶不繁茂，扎根却入地百尺，方圆百里，没有它所不能及之处。"

冷火一直似懂非懂。他偶尔打坐调息，也在这菩提树下，倒也没觉得有什么特殊的气场。可今日不知怎的，或许是裂开的冰潭之中窜出的寒气催动了这千年不变的老树，它竟节节攀升，不出两刻便已顶天立地、荫蔽四方。菩提的神奇还不止于此，当时冷火真气已尽，然而不出片刻，竟觉得一股灵力注满丹田，比清晨时有过之而无不及，乃至周身通透，浑身毛孔皆开与外界真气交换，顿感如沐春风，几欲腾空。

当然，树灵的精气不止注入于他一人。树下一片濛濛白雾之中，刚才还双目紧闭，毫无生息的少年也全身颤颤，如梦将醒。冷火见状，赶快坐起身来，两只手掌夹住他的上身以引导他体内刚刚收取的真气，汇入五脏六腑，再至四肢七窍。

也不知过了多久，重伤的小兄弟终于醒来时，天色已全黑了。冷火望望头顶，那菩提树已经开枝散叶，冠如穹庐，笼盖一方。初醒过来的少年刚睁开眼，还无法出声，冷火便从井口舀了小半瓢水给他润口，又和尔朱当年救自己的时候一样，"嘘"一声，叫他不要急着说话。

此时菩提树下的白雾已散，小兄弟的脸色虽然还是苍白如纸，气息却逐渐均匀，眼睛也不似刚刚呆滞无神，估计暂且是从鬼门关里走了回来。冷火收回双手，缓缓举过头顶，慢慢收功于丹田，然后就见他所救的小兄弟睁开了双眼。

一个不过十八九岁的少年，头发乌黑，鼻梁挺直，一双浓灰色的眼睛，露出一点与他年轻面庞所不相称的老成和谨慎。

"先别乱动。你受的伤实在太重，我刚才给你输入了些真气，不过你最应该感谢的还是这一棵菩提树的精气，是它救的你。"冷火不知道还要再说些什么，自顾自地站起身，想趁着这千年菩提的气场未散尽时，再练一次寒冰掌，试试自己经此一事有没有点提升。

沉、起、运气、推掌——冷火大喝一声向那不远处的篝火发力。

篝火晃了几晃，依旧毫无预势。冷火收回右手，无奈地摇了摇头。今日发生的变数实在太多，只好改日平心静气下来再练了。

"你的气太直。"后面忽然传出一个虚弱却无比肯定的声音，冷火惊讶地回头。

刚刚身受重伤、昏迷不醒的这个小兄弟，此时已经在树下坐起身来，虽然脸色还是苍白，却目光灼灼，"你的气太直，"他又重复了一遍，"没有给掌内的冰力以回转和发挥的余地。"

"你怎么知道我练的什么功？"

"这寒冰掌，我之前在遗世谷里，师父去世之前，给我看过一次。"

早就知道这人的来头不凡，可是刚刚从冥府里拉回来的一个奄奄一息的人，竟然这么快恢复过来，还脱口就指点出他寒冰掌的不当之处，冷火惊喜是一方面，稍稍的懊恼又是另一面：原来自己救了一个小师父回来。他非但没有什么感激之辞，还毫不客气地指摘起自己的功夫来了。

于是他赌气撇一撇嘴，答说："我明日再练了。"接着走到篝火旁坐下了身，"我师父上山去了，隔两日才回来。"说完，末了又补上一句，"不过我看你好得倒奇快。"

对方没有答话，也走上来，到火边坐下，两只眼直直地望着火里。

"我有同意你过来烤火吗？"冷火侧身问。

"你又救我的命，又给我水喝，还没把我手脚绑起来，我自当你是邀请我也来烤火了。"

"你还没说你叫什么，又为什么在这里跌下山谷？"冷火又问。

"我叫淳于，"对方开口，犹豫了半晌接下去说，"青庐观那老妖与我师父素有积怨，我师父死了，他便要灭我全门。只有我一个从遗世谷里逃出来，被他一击，浑浑噩噩跌到这儿来。这是什么地方？"

"这是冰潭谷。不过……"冷火一笑，"我也不是那么清楚，我才来了三十年。"

淳于这个人看起来，冷面冷心，并不健谈。那夜再没有什么话，除了冷火把他安置在自己的外屋，自己也转身回房的时候，忽然背后传来的一句简短的问话——

"你……你为什么救我？"这个叫淳于的小兄弟问道。

与三十年前的自己如出一辙的问题。冷火听闻，嘴角似乎泛起笑意。"你这么说，我们也许会成为朋友呢。"

淳于于是就在冰潭谷中暂且住下，二人一同等他师父回来。原以为还要再等几日，想不到第二天清晨冷火刚刚起身，推门一看，师父正站在冰潭岸边上，口中念念有词。

"师父，您已经回来了？"冷火赶忙走上去，而此时淳于也从屋内走了出来。冷火慌忙介绍，"这是淳于兄弟，昨天身受重伤跌落山谷，我先将他安置在外屋了。"

淳于上来，浅浅地行了一个礼，尔朱淡淡点头，二人都在用目光同时打量着彼此。

"新来的这只叫淳于的秃鹰，天黑之前必须走。"当日，尔朱就把冷火叫进自己屋里，开门见山。

"秃鹰？他说他师父是遗世谷的谷主。"

"他是遗世谷里没修够年头的秃鹰，估摸也就修了几百年吧，不知怎么给放出来了。"

"那就不能留他在谷里修行？"

"不，他不能。"

师父罕见的决绝口气惊诧了他，可他不明白。"我当年不也是这样误打误撞掉下山谷的，师父就救了我的命，收留了我还教我练功。而今这位淳于小兄弟，不是和我当年如出一辙吗？"

"他是他，你是你，不要轻易这样比较。"

"那我就真的不懂了，"也许是自己救了淳于的命，他的未来里就好似也有了自己的一份功劳和责任似的，冷火真不想就这样赶他走，"您看出什么来了吗？他为什么不能留在这儿？"

尔朱只是沉吟，最后摇摇头。"现在还说不清楚，可是突如其来从天而降，总想着有些蹊跷，不是吉兆。"

不是吉兆？冷火无法明白，也没法同意。"可要是我信任他呢？"他还固执地不肯退让，"他和我很像，我觉得我们很相近。再说，当年您说过，我跌下谷来被您所救，也许是冥冥之中有所原因。难道他不也是吗？也许他三十年后来到冰潭谷，也是为了通向一点什么？"

尔朱终于不再作声。她盯着冷火看了看，而窗子外面，淳于正独立在冰潭上，闭目屏气，调息修法。"既然如此，为师就不难为你了。"尔朱长叹一口气，总算默认。

第二天是个晴天。

"你今年多少岁了？"

"你猜呢？"

"二十一二岁？"

冷火哈哈哈几声大笑，连连摇头摆手。"我三十年前跌落冰潭，那时候就有二十一岁了。过了几十年还是二十一，就神奇得出格啦。"

"这也怪不得，"淳于指了指一望无际的冰潭，"冰潭本身是极深极寒，此地偏隅极地净土，时光缓滞。人修得雪魄冰肌，自然长生不老。"

"有这回事？"冷火正站冰潭上金鸡独立，双手合十，"那你呢？你今年多少岁？"

"我？我二十一岁。"

冷火忽然放下了抬起的右腿，声音低沉了一度，"我师父说，你少说也修炼了几百年。"

淳于听闻面上一惊，随即也收了功，和冷火一同走下冰潭。"你师父说得不假，"他跟随在冷火后面，低声说，"这是我在世间的第三百零七个年头。"

冷火转过头，继续听他细细说来。原来他确实是遗世谷里的一只秃鹰，一百年前修得人形。"本来谷主是绝不让我们出遗世谷的，"淳于说，"可我已在那里三百年，总是忍不住心痒痒，想飞去外面瞧瞧看。谁知刚出山谷，便撞上一只自封是天母宠臣的老妖，专捉修成人形的百兽和幼子，所到之处，血流成河。"

"我没告诉你，是怕你……旧我。"淳于沉默半晌，最后说，"我不想让你知道我虽有人形，却不是一个人。"

冷火"扑哧"一笑。"我的师父，你见过吧？她也不是。她是在这冰潭修行了千年的黑熊精呢。我刚掉下来，第一天就亲眼见她化回熊形，跳入冰潭去捉鱼。"

"——所以我不怕你。在我见过的一切里，比牲畜凶悍、比野兽残忍、比这千年的冰潭还要冷血的，都是人。"他说。

淳于的眼睛里似乎闪着理解，冷火便声音一转，问他说，"你伤可好了，还能飞吗？给我看看你的秃鹰之身好不好？"

淳于稍一点头，转眼双腿一蹬，从地上忽地蹿起，两只手臂生出密密匝匝的银色羽毛，两脚则变作一双棕黄的鹰爪。只见他双目圆睁，头上雪白，长喙金黄锐利，展翅宽如大鹏，在空气稀薄的冰潭上空高高盘旋，长啸所过之处，惊起一股旋风，吹荡着千年谷底的尘埃。

冷火仰着脖子，不禁看得目瞪口呆。秃鹰在空中并未飞远，反而徐徐降下，就在他周身环绕。冷火目不转睛，跃跃欲试。一、二、三——他心中默数了三声，然后脚跟发力蹿起几尺，秃鹰将头一低，正好将他稳稳接住，然后一声长啸，直入天际。

飞上天空那一刻，几乎令人眩晕。他牢牢地抓着秃鹰宽阔的后背，在空气里高声地长呼。疾风在鼓动，草木在脚下，云雾在怀中，他仰望的天空如此触手可及，怎样的快活形容都不为过。

及至秃鹰缓缓降下、淳于又恢复了人形，冷火回到地上的第一件事，便是笑逐颜开地重重拍了拍他的肩膀。"真是奇观，"他啧啧惊叹，"伏帝造物之时也太不公平了，怎么山间百兽都各有绝招，唯独人却没有？可就是这样，你们都还一个个潜心修炼上百上千年，想要修得一个人身。真不知道你们是怎么想的。"

淳于却说，"鸟兽之中，不过是有攀高之巧，奔走之疾，但我师父说过，最高深最致命的功夫，却是只有人才能习得。"

冷火似懂非懂。不过和淳于在一起的许多时候，对方的很多话，他都是似懂非懂。淳于活了三百年，世面见得比他多，脑筋也比他机灵。冷火跟着他，总是时不时有意想不到的惊喜。

那日师父又出山去，冷火独自正在冰潭舞弄木枪。

"这是你的长枪？"淳于问他。

"这不过是根细木杆，"他答，"师父说了，等我练好了横枪钻枪，就取对面山坡上的九道木，给我做一杆旷世独绝的枪。"

淳于眯起眼睛往西北面的山坡远远一望，点头赞叹说，"嗯，是好木头。我们管他叫作降龙木。"

"你离得这么远也看得清？鹰眼果然就比人眼厉害多了。"

淳于微微一笑，转眼变作鹰形，扇扇翅膀。冷火会意，横跨其背上，鹰奋起而飞，直向北坡的半山腰。其中高树矮草都不少，二人寻了一小会儿，冷火先看见了一株极高耸极挺拔的九道木。

九道木的木质坚韧，触感脱滑，以周身有九条纵纹而得名。"你来看，"他叫了淳于过来，"这一棵怎么样？"淳于喜而点头。

降龙木的木杆去掉灰皮后，露出里面的木质白色微黄，木面光滑细密，坚韧有力又不易折。若强力折之，则斜茬似刀，锋利如刃，反而攻击力更增一筹。二人将九道木杆取中段，劈成两截，外围用岩火仔仔细细烤了三遍，锻造得不惧水火，刀剑不入。枪头则先在紫玉膏里浸了三日，取出来再以一阳掌锁住玉膏，锋利如电，穿金石如黄土。

到第五日清晨两柄长枪都完工，淳于将枪头各拴了一只小环，一金一银。冷火取了金的，淳于取了银的，两杆三尺来长的长枪，抖起快如闪电。二人当即依着新枪小小练了一番手，约定以后如若分离，不论音容相貌、身形体态如何变幻，再见时必当以此为见面信物。

第三回　堂之危兮，不我追兮

冷火出枪平直，去如飞箭，淳于头往左边一闪，欲伸手去拿他的枪头，他却忽地手臂一缩，如猛虎入洞，双脚跳回一丈远。淳于赶上，却是临门一挑，直勾勾挑起他的枪缨子来，冷火便顺着他的势去拦。左挡枪头，右挡枪尾，使淳于始终近不了他的身。

淳于正要反手过来再去抖枪，冷火这边却速移脚步，切近前来就是一个下扎枪，出手凶狠、角度刁钻，淳于想要俯身去拦，却已经失了平衡，突然跌倒在地上。

冷火也赶忙收了枪。

"你的长进很惊人。"淳于理一理自己微皱的白色袍子，郑重其事地说。

冷火不置可否地笑笑。"这枪很不错，"他望着自己手里的九道木，目光从底端爬上枪头，"不知道为什么，这枪用起来比其他刀剑都顺手，又轻又好使力。"说到这里，想起这枪是当日淳于带着自己到不名坡的半腰亲自选的木头，又是两人一同运功锻制，不由得转向淳于，"多亏了有你。"他停一停，转而又拿起长枪握在背后，"再来！"

于是二人你来我往，各不相让，转眼之间又是十几回合，再停下来时，西方的天已接近全黑了。淳于先收了枪，望望天说：

"尔朱师父这一去有三日了，怎么还没回来？"

冷火心里也奇。三日之前师父出谷上山顶祭祀，往年不过一两日就回了，天气热的年头，当日去当日返也是有的，从未去过这么久。想来想去，师父走时也并没有什么多余的吩咐，一切都平静如常，所以虽然心里暗暗纳罕，倒不至于担忧什么。

"这倒也是。师父上山从没有超过三日，此次也是奇了。"他答说。

可能是他无意中话语透露出了些许的担忧，淳于一旁宽解道："尔朱师父乃千年黑熊所化，功夫不凡，谁能阻挡她一分一毫呢？我想多半是让其他的事情给耽搁了，晚些会回来的。不如我们少安毋躁，再等一天再说。若是明日天亮师父还是没回，你我再上山顶一探究竟。"

眼看着天色已晚，冷火点头赞同。这天晚上他走到冰潭的岸边，直视着冻得厚厚的冰面。师父原先说，这是一个懒春，懒春之后还有短夏，果然今年的天气温暖了小一个月，屋前的菩提也已经长得繁盛无比，独木成林。他看看菩提树，又看看冻结的冰潭，冰面上倒映着天上的风云变幻，只觉得风声萧瑟，似乎是秋天要来的意思。

第二日天还未亮，冷火与淳于二人都睡不着，纷纷起身。山谷里依然毫无动静，没有师父返回的痕迹。冷火去敲一敲师父房门的窗子，犹豫再三推开了门自己走进去一看，屋里只是寂然无声。

他心里顿时沉沉的，说不出什么，自己低头走出来。淳于也在一旁，问他："我们出山去寻一寻尔朱师父？"

冷火点头，回身拿了他的长枪，稍一迟疑，又放下改取了一把短剑别在身上。淳于也同样取了一把弯刀裹在怀里，二人便出发往不名坡上去了。

走了不出半个时辰，两人出冰潭谷。冷火站在山顶上，面前荒草萋萋，深深地呼吸了一口谷外的空气。外面的空气悬浮晃动，和冰潭谷里的纯净安宁截然不同。他几乎忘了这空气的滋味，几乎忘了活在这个世上是怎样一种感受。入谷三十年，他从未离开过那一方冰潭，时间不觉得漫长，每次师父出去祭祀或是狩猎，他也从未动过要出去的念头。

说不上怀念，可是而今出了山谷，他还是觉得有点想哭。

淳于在一旁也看出了他心里的意思，俯过身来低低地对他说："想不到，我们出山这么轻易。"

出山容易，可出去了，面前皆是连成片的荒野，连方向都辨不清，更不用说找人了。他们毫无头绪地走了两三个时辰，终于觉得这样不是办法。

"尔朱师父这么多年也没提过，她祭祀是去哪里？"淳于问。

冷火摇摇头。"外面的事情，她很少提的。可能是怕勾起我的什么念想。"他低头沉思，忽然又想起了什么，"但她说过，昆仑山山高万仞，祭祀的人都要到最高处，那才是最接近昆仑山的地方。"

淳于说："有道理"，两人便沿着视线可及的高处走去。没走过十里，忽然见得前方有两个小童，不过八九岁的模样，边走边说笑着，朝他们的方向走过来。

"诶，前面有人，不如我们问问……"冷火见之先说。

淳于稍稍侧耳用心听了片刻，然后伸手拦住冷火。"我们小心一点，"他说，"来者还不知道是什么人，我们不如先躲起来，听听他们说什么。"

到底是淳于心思缜密。两人于是连忙绕到一个不大的土丘后面蹲下身去，侧耳听那两个小孩说什么。

"师哥，你说师父每天花这么大力气炼的丹，真能起死回生，使人长生不老吗？"

"我想肯定是能的吧，不然师父费这么多工夫和精力，哪能没用呢。

不知怎的，一提到"炼丹"两字，冷火的心里忽然"突突"跳了两下，下意识里已觉不妙。

"诶，你听说了么，我们前天夜里见到的那只黑熊，捉回去之后发现，可不是普通的熊，而是一只修炼千年的熊精呢。"

"真的假的，那也有我们的功劳啊，要不是我们先来诱她到那阴阳迷魂阵中，师父也没有那么容易就降服它吧？"

两个小童说到此，都嘻嘻笑着，一路说要去师父面前领赏。

冷火此时躲在土丘后面，惊怒万分却不能立刻发作，只气得脸上颜色大变，浑身发抖。淳于与他耳语道："他们说的阴阳迷魂阵，还有师父，就是那青庐观的老妖戾天。当日他也是施展法术，把我困在那阵中，若不是我自己咬断了翅膀之内的筋骨，先废了自己的功夫，是绝对逃不出来的。"

两个小童笑嘻嘻、毫无知觉地从土丘旁边走过去，冷火的两排牙齿已快咬碎。他正要伸手向腰间拔刀，淳于却按住他的手，使个眼色摇摇头。接着自己从土丘后面走出来，迎面上前去找那两个小童。

"二位小师父可是青庐观的弟子？"他上去先作了一个揖。

"你有何事？"其中高一点的小孩问。

"是这样，"淳于低头一笑，"家父得了重病，听说青庐观主有仙药可医，不知是否可以赐教？我与家兄此行带足了金子，就为求观主仙药一救。"

"你家兄人呢？"

"就在后面，您瞧，他来了。"冷火此时也走出来抱拳行礼，淳于从怀中拿出了一片金箔叶子，拱手奉上给两小童。"请问这青庐观如何去？"他最后问。

小童收下了金箔叶子，捏在两个指头之间轻轻转把玩着，面露喜色。"喏，就沿着这山溪往上，每到溪水分岔的路口都沿着左边走，半个时辰就走到了。"

这小童的话音未落，冷火和淳于早已暗地交换了一个眼色，两人同时出手，"啪啪"两个劈拳，将那两个小童击昏过去。接着淳于捡起他们的灰色帽子，和冷火一人一顶戴上，加快脚步，逆着溪流往山上去了。

二人来到了青庐观前的时候，正是正午。观内安静无人，人便小心翼翼走了进去，趁着无人注意，仔细寻觅气味，立刻就摸到了观内左面的一处暗门。

暗门十分隐蔽，藏在几方香炉后面，淳于上前把炉香一口气全吹灭了，后面的墙壁便裂开了一条缝。二人从门缝缓缓推开暗门，果然里面便是熊房。

这一路上，冷火也想象过青庐观的观主活捉黑熊、取胆炼丹的场面，可是自己如今亲身踏入，还是不由得震惊了。熊房里阴暗潮湿，腐烂气味弥漫，有大大小小数个铁笼。有的铁笼里是垂垂老矣的母熊，旁边还有未足月的小熊，铁笼狭窄，成年的熊在里面根本动弹不得，胸口和肚子上插满刑具，便是为了抽取胆汁。

二人进了熊房，一步步往前寻找尔朱，只听得耳边惨叫声、嘶哑的呼声和啜泣声此起彼伏，其中还有几只小熊尚且年幼、发育未全，一经插管便身心俱损，伤口溃烂，腹腔感染，不断有黄褐色的脓水从溃烂的皮肤渗出。再往前面，便是一只已经死去还没来得及处理的熊，肚子裂开，引流管已烂在肚里，和脏器紧紧粘连在一起。

尽管他从不觉得自己是一个多愁善感的人，冷火在熊房里，还是不可抑制地闭上了眼睛，不忍再看。

他们找到尔朱的时候，已经走到了这牢狱的尽头，尔朱被关在最里面一个单独的区域，在一个狭小的连转身都没法转的青铁笼里，笼子的四壁上密密地立着青铁色的条窗，每一根铁条散发出微微的青色雾气，估摸着是戾天老妖加的锁人的封印。

冷火不小心，上去就想要穿过铁条去握师父的手，可双手一碰到封了印的笼壁，便顿时被烫得痛苦不堪，"啊"地轻轻惊叫一声，将手缩回。

也就是他的这一声低低的惊叫，被已然晕厥的尔朱听到，才缓缓睁开了眼睛。

几日之前，尔朱走时，还是慈眉善目、内功深厚的老黑熊精；几日不见，尔朱已奄奄一息，毛发脱落，身上伤痕累累，开口气喘吁吁。

她勉强地挤出一丝笑容给冷火和淳于，开口先说："你们千万不要中他的迷魂阵。"冷火终于"扑通"一声跪倒在地，叫了一声"师父"。

尔朱摆摆手叫他别哭，然后努力忍着疼痛继续说道："我本以为是坚持不到见你们最后一面了。我不想在死之前让你看到我如此的不堪，可又怕不提醒你，让你也中那老妖的圈套，所以才非见你一面不可。你今天能来，我受的苦便值了。"

冷火只觉得心里碎成了沙子，抹了抹眼泪，愤然道，"师父，我一定要救你出来，我现在就去把那个没人性的恶魔戾天杀掉，放你出来！"

尔朱使劲摇了摇头，拍打着笼底，费力地说："孩子且慢，你听我说句话"她喘了片刻，接下去说道，"你还记不记得，五十年前你跌落冰潭谷，我收你为徒的时候，要你答应我的话？"

"记得，你叫我把以前的一切都忘了。"

尔朱点点头。"现在也一样。你要还当我是你师父，就答应我，把今日的事也忘了。"

冷火听罢，登时双目圆瞪，直起身来，"怎么可能？"他话里的愤怒已不可抑制，"这老妖如此禽兽不如，您竟然叫我把这些都忘了，怎么可能？"

"你必须忘！"尔朱忽然抬高了声音，嗓子嘶哑着在空中苦苦挣扎，"不要寻他，不要替我报仇。"

"为什么？"

"我与这青庐观观主交过手，知道他的武功，尤其是那迷魂阵，深不可测，绝非凡人可及。我不知道他是什么来头，可他不仅武功极高，心思也毒辣缜密，异于常人。他先遣两个八九岁的小孩做诱饵，以其哭声引我到他早已布下机关的阵中，等我气力耗尽，就挑断了我的手足筋脉，现在我即使能逃出去，也已然是个废人了。"

"师父为何不用一阳生？待我运一阳之气来给您——"冷火

急忙忙站定了，就要运气。

"别费力了，"尔朱强撑着摆摆手，"这铁笼被那老妖加了十几层封印，又注了青庐之气，连一根小小的银针都插不进，更别提运功、送气了，况且他已捣碎了我的心和腹，现在能挨一刻是一刻。"

冷火不肯相信，他不顾一切地忍着巨大的疼痛双手握住笼子的铁壁，语无伦次，"不可能，绝不可能的，您怎么会……我要救您出来，我今生今世、拼了命也要救您出来的。"

"你有此心，我已经说不出有多快慰。"尔朱闭了一会儿眼，冷火刚要开口回答，又被师父止住，她断断续续地说，"你先听我说完，我的话也只得这个机会告诉你，你一定牢牢记住。庚天将我捉来，不只是要取我的胆汁为他炼制丹药，更是为了我守护五行地宫的秘密……我每一百年出谷一趟，原本是到伏帝前去报告，而今我要死了，中土的人族已经覆灭殆尽，我来的路上遇见的两个小童，都是庚天使的法术，将两只蟑螂变出人形来。"

"中土的人族怎么了？"冷火被师父的话击中，不能相信自己的耳朵。

"我来不及了……"尔朱大口地喘气，闭着眼低声说道，"中土的人族已被夺走了智灵，只能浑浑噩噩、不生不死地走向灭亡。你躲在冰潭，兴许能躲过一劫，只是庚天既已得知了地宫，天下大乱就已不远……"尔朱说到这里，再次睁开眼睛，似乎露出一丝往日的慈爱安详，"我知自己这样下去也是时日无多。既然如此，我决意把我修炼千年的内丹送予你，免得落于他人之手，这件事从你下冰潭谷我就在考虑，却时时未能下决心。直到前日被老妖捉住，我怕再也见不着你了，才后悔没有早点把内丹给你。

你天资超群，别枉费了天狼之魂……"

内丹？冷火惊觉不对，内丹是战界阿修罗青熊一族的全部精气所在，连着一体一肤，一思一想，相当于人的整个灵魂。要吐出内丹，无异于身心俱亡。师父怎么能……

"你受过重伤，魂魄散了一半，你自己也知道。"尔朱继续说了下去，"而今要完完整整地把你救回来，便只有我这内丹才能。它日后兴许不能助你修炼成仙，但至少也能补全你魂魄中的缺，不会轻易被他人伤害……"

尔朱说完，不等冷火回答，已将自己的内丹吐出，强行推入他体内。冷火顿觉一股热流进入到身体里，强劲地流动开来，很快与自己原有的真气融为一体。耗尽功力的尔朱身如棉软，体力不支，倒在一旁，轻声道："现在内丹已入你体内，是该我谢幕的时候了。"

"不、您不能！"冷火、淳于二人已在笼前齐齐跪下。

尔朱的眼神渐微，嘴巴一张一翕，断断续续地念叨着，"不要寻仇、不要……"她的两只前爪空空如也，悬在壁上如将停的摆钟，僵硬的脖颈斜戳在左面的墙上，凝着唾液、脓汁和血的嘴巴已渐渐张不开，紧接着，就如同落入深井的石块，"扑通"一声，倒在一旁，彻底死了。

第四回　如炼如狱，唤阴唤阳

　　冷火仰起头朝天一吼，直贯云霄的哀嚎如帛裂，如弦绷。只见冷火双目赤红，嘴唇青紫，霎时间从死去的尔朱身旁冲出熊房，迎面见到两个刚刚午睡睡醒的青庐观弟子就是一劈，那两人受了如此重拳，脖子向前一晃，直挺挺地倒在地上，从口里和眼里缓缓地洇出血来。血色暗红，黏着胸腔里咳出的点点气泡，源源不绝地漫过两个弟子因狰狞而爆裂的眼眶。

　　尔朱之于冷火，半是严师，半是慈母，陪伴了他在冰潭幽谷中的三十年。而今尔朱死在他面前，他又得了尔朱修炼千年的内丹，功力大长，一时形如熊膀摇山晃海，脚踏如黑熊出洞，分明成了一头怒火冠天的黑熊。

　　冷火左冲右突，在青庐观里如入无人之境。其短剑、拳脚所及之处，尸横遍野，血肉狼藉。而他本就有高明的剑术，又加之得了尔朱的内功，速度比从前更快了一倍，因而所到之处，对方还来不及反应过来死期将至，就已经被他的剑锋划破了脖颈，因而青庐观里众弟子的死相，皆是栩栩如生，将醒未醒打哈欠的，睁一只眼偷瞄的，张着嘴巴说话的，还有目露惊悸、抬腿要跑的，尽数定在了剑光闪过的一刻，活活一副百态众生相。

　　如此不到半个时辰，有上百弟子的青庐观，已是尸横遍野，血流成河。"你们观主人呢？"杀到最后一个，冷火留了他的命，提起那小人的领子喝问。

"请……请大人饶我一条命……我才刚刚入观三日，他们做了什么，跟我一点关系都没有啊……"那人哆哆嗦嗦。

"快说！你们观主呢？"冷火打断他，大喝。

"观主……观主入南海采丹朦石去了，三日之后回来——"他的声音还留在最后一个颤抖的"来"字，冷火拎着他衣领的右手轻轻一推，将那弟子摔在了店内的石柱上，脑壳登时碎成七八块。

杀也杀了，问也问了，青庐观的主殿里在那一刻出奇安静。除了还有几个人的血一滴滴地滴在地板上的声音之外，只剩下冷火自己的气喘。淳于此时也从熊房里走出，与冷火相视一望。

"那观主老妖三天以后才回来，我们就埋伏于此，等他一来，杀他个措手不及，将他碎尸万段！"

淳于倒是比他冷静。也没说是，也没说不是，淳于先仔仔细细地环视了一遍大殿，然后开口说，"那老妖捉如此多的熊，刚刚好像尔朱师父说，是为了炼什么丹？不如我们先趁此几日，先探探虚实，看他到底在搞什么鬼，或许还能悟出什么方法，破他的武功也未可知。"

冷火此时杀性渐渐尽了，方回转过来，厌恶地扫了一眼横七竖八的尸体，然后冲淳于点了点头。"就照你说的办。"

于是冷火与淳于二人在青庐正殿环顾巡视一番，淳于沿着右墙走到接近尽头之处，用手敲一敲，听听声音方觉出异样，连忙呼叫冷火，"这墙是空的，必有暗道密室"。

两人伸手用力推一推，那墙纹丝不动。淳于摸着墙上漆的花纹，然后脚下轻轻一踏，一块石砖微微松动。两人搬开了石砖，地上果然有一个机关，冷火蹲下身向左转动扳手，紧接着只听"咔嗒"一声，右墙弹开了一条缝。淳于用手一推，墙壁如摆针旋动，两人便先后跨入。

一进去，只觉得比方才的大殿冷一截，扑面一阵阴阴的寒气。这密室入口狭窄昏暗，没走几步便豁然开朗，只见不大不小的一方龛室，烛火高照，中间摆着一个四脚青铜丹炉。这丹炉初看似乎与前殿的香炉大同小异，可走近了，才感到炉内仿佛有气力汇聚运转，气场壮阔不凡。

"你看，炉壁上有字！"冷火忽然叫道。

两人于是蹲下身来仔细阅读，只见最右是一列大篆，曰"无界创世神遁诀"然后便是密密麻麻的小篆，写的是：

所谓天覆地载，人生于其中。人之所责，在于含灵。五脏各有所藏，使心藏神，肝藏魂，脾藏意，肺藏魄，肾藏志，心为之主，神为其帅。五神气涵于内而不外泄，日渐滋长，心肾交通，水火既济，而意为媒介，魂魄为佐使，混而为一。以此而主宰四肢，驱使形体，可以纵横飞腾，无往而不利方可称霸天下。

"天覆地载，人生于其中……"冷火逐字逐句地念着，然后忽然想起了什么，"难道这老妖炼的丹药是阴阳摄魂散？"

他接着说，"我原来在泽宁宫后院的旧书房里看过一本书，书名叫《天启》，被人说是巫术，要烧的，我无意中拿起来，记得上面有写这一段，到'纵横飞腾，无往而不利，称霸天下'正是阴阳大法的符语。据说只要有了阴阳摄魂散，便能速练成阴阳大法，自由出入阴阳两界摄人魂魄，还能驱使中阴殿堂的游魂呼唤恶鬼与地狱恶灵为他所用。可炼制这丹药需得用天母行宫前的圣水点引，辅佐以地狱弱水河畔的水源，加之十八层地狱冤魂恶鬼的魂魄，人世间得道生灵的内丹调配，同时用天母的丹炉淬炼七七四十九天而成。可就只圣水这第一关，世人就无法接近，因而也从没有人炼成过，所以这阴阳摄魂散的真假，从未得验证，久而久之便成了以讹传讹的巫术。"

"我听我师父说，六百年前，天母的行宫前曾经莫名其妙起过一场大火，烧死了行宫前看守圣水的玄鸟，但是烧得太厉害，也没见完整的尸首……"淳于这样说着，两人彼此对视，都明白对方的话指向到何处。

如果是这样，那必然是看守圣水的玄鸟先偷喝了天母的圣水、沾了灵气化为青庐老妖的人身，又自己造火假死，其实早已挟着圣水逃入人间，收徒炼丹，先炼出阴阳摄魂散，再以此收集五行灵气，直指无界遁诀。

两人边思索，边踱到丹炉的另一侧，只见炉壁的背面写的是："天地本生于无，无极而太极，太极而分两仪，两仪即阴阳。及阴阳相判，则至阴为鬼，至阳为仙，阴阳调和为人。世间至法，以至阴之气调和至阳之气，日修夜炼，炼成阴阳相合、混元之气。此气圆通变化，可以入金石无碍，步日月无影，入水不溺，遇火不焚，无所不至。乃至调动阴阳两界之兵，为己所用，砥砺披靡，无往不利。"

炉壁写到阴阳大法可以调用阴界的众恶鬼为自己所用，果然与冷火之前读过的书上说得一模一样。两人此时将这些一横一点串联起来，不觉都冒出一身冷汗。

"如此说来，这阴阳大法，确实威力巨大，非常人修炼个几百年所能抗衡。"淳于细细思量一番，"怪不得，尔朱师父临终前苦口婆心，说老妖武功极高，死劝我们不要寻仇。"

冷火淡淡点个头，目光移动两寸，落在还微微散着热气的丹炉上，好像盯着失而复得的宝物。"怪不得，几十年前那个叫居奇的疯癫术士说得没错，这挪移乾坤，雄霸天下之功原该就是我的。"紧接着，冷火伸出手，插入丹炉两寸，夹起了一颗眼珠大小的褐色仙丹，薄薄的嘴唇翘起一丝凶狠决绝的弧度，"师父叫我们不要寻仇，是因为我们打不过那老妖。除非——我们也有阴阳大法。"

一不做，二不休，冷火看了淳于一眼，淳于点了点头。反正他们大闹青庐观一场，那老妖回来之后，也不会放过他们。横竖是一死，不如奋起一搏。于是两人一人一半，将丹药服下，片刻之后，便头晕目眩，浑身滚烫无比，血脉偾张，脸上血色尽失，左右脸颊瞬间扭曲而比例失调，左边是黑色，右边是白色。

淳于低头望去，自己的身体也变得黑白相间，左黑右白，冒着丝丝黑气和白气，二气互相顶撞，各不相让。随着二气相争越来越激烈，"轰"的一声，仿佛天地在脑海中炸开，他便倒地失去了知觉。

难道此处便是阴界？再睁开眼时，面前已全变了样，淳于环顾四周，片刻之后冷火也至，两人对一对眼神，都觉得此处便是阴界不假。

"这也许就是《天启》上说的烈焰地狱。"

淳于放眼望去，四周皆是灼热的钢铁砂，没有一滴水。远处山上烧着熊熊烈火，山前悬崖坎坷，河里流淌着浓浓的铜铅之液，一人被一只看守的小鬼一挥胳膊扔下河里，只见惨叫一声，瞬间就融化得无影无踪。

铜铅河之前是一片热铁荆棘的树林，林子里漫游着野鸟、猛兽，只是全没有毛发，光秃秃的皮肤被烧得通红，脸上狰狞不堪，唯见一副凌厉的獠牙，彼此窥视。

"这里的檀香之火比普通柴火温度高七倍，等活地狱的温度比檀香之火的温度高七倍，就这样，热地狱相互之间，按上下层次，下层温度比上层温度高七倍，往下层的温度亦复如是。"冷火说，"地狱众生，意志敏感脆弱，身体极柔嫩，所以其身心忍受痛苦的承受能力很弱，所以地狱的痛苦非常强大而难忍。地狱中的所有有情众生互相见了面都和见了凶手一样的敌视，互相嗔恨，随手拿到的任何东西都刹那间变成利刃互相残杀。"

果然，地狱里不论飞禽鸟兽还是人，个个眼目充血，手持利刃，身体被砍得血肉模糊。在血泊中昏死时，当空中刮起微风或发出"愿你们复活"的声音，便苏醒复活，身体复原后，又如从前一样重新厮杀，这样反复残杀，永无终止。

"怪不得多少人万死不辞想要练阴阳大法，一只地狱里杀红眼的恶鬼，真抵得上十几个人间的武士。"淳于叹道。

冷火直视着面前的惨状，嘴角也泛起一丝微笑，"我们既已游走阴阳两界，便是练成阴阳大法的绝佳时候了"。

淳于心领，两人于是都拿出各自的九道木长枪，冷火低声念起丹炉上的口诀，"天覆地载，人生于其中。人之所贵，在于含灵。五脏各有所藏，使心藏神，肝藏魂……"淳于念时感到两手两脚发麻，心内一片雪白，忽地身体腾空，同冷火并着肩就往那地狱火山直冲去。

离得愈近便愈热，二人虽有刚刚灵丹的庇护，但毕竟初入地狱，阴阳甲胄未全，烈火灼烧之气扑面而来，虽不能完全阻止他二人前行的方向，却也消耗了他们不少体力。

"无生天地，无极生太极，至阴至阳，阴阳归一！"冷火大喊一声，以九道木在空中尽力一展，瞬间只见那些原本在火山、火海、火林里的人鬼禽兽，顿时如同掉入旋涡，都嘶叫着被冷火手里的九道木吸入，那些半透明的嘶哑的鬼魂如同一道浓雾一般鱼贯而入，冷火双目紧闭，用尽通身气力去吸取地狱里的恶鬼之魂。

不多时，恶鬼皆尽吸入了冷火的长枪，他顿时跌坐在地上，豆大的汗珠从额头滚下。淳于正欲上前，眼前却忽地风云变幻，刚刚的火山、火海霎时不见，只觉得一阵刺骨的寒气袭来，再定睛一看时，面前的火山已变成了雪山，火海也已化作了厚厚冰川，除了冰雪反射出的丝丝寒光，整个世界一片漆黑。哆嗦的牙颤声，微弱的啼哭声和呻吟声，还有骨头的碎裂声纷纷灌进淳于的耳朵，不用冷火再说，他也知道此处是冰川地狱了。

他拔出九道木枪，也在空中一展。"无生天地，无极生太极，至阴至阳，阴阳归一！"淳于默念，可当下除了一阵冷风吹动，并没起一丝摄魂的迹象。

"无生天地，无极生太极，至阴至阳，阴阳归一！"他再次默念。喊到第三次，终于感到全身涌起一股彻骨彻心、黑洞般的巨大引力，那引力随之全部汇聚于擎着九道木的右手，接着就听一片小鬼的尖声嘶吼，由远及近，不断灌入自己的枪体。

他们飞来的尖声迅猛，不间断地冲击着他心烦意乱的心魂。坚持、坚持住，淳于告诉自己，你们双枪合璧，催动阴界之力的大法就要达成，切不可懈怠一丝一毫。

他咬着牙苦苦在心里默念阴阳大法的咒语，忽然从身后涌起一阵暖流，支撑着他，一下子周身一振，想必是冷火也已赶到。于是二人彼此相对，以冰汇火，以暖裹寒，两杆九道木再次相撞、连成一线的时候，从连接处催发的巨大能量，刚刚在冰火地狱驯服的恶鬼，从两人身后的影子里成群地蹿出，如同一窝饿了七日的野狼。这些恶鬼以一生二，二再生四、生八乃至千百，带着通彻天地的咆哮声和尖叫声，横冲直撞杀向前方，锋利的猿牙和五爪人挡杀人，神挡杀神。

淳于和冷火彼此对视一眼，倒映出对方眼里的惊讶和惊喜。原来这就是江湖上传说的阴阳摄魂术，可以带人下至地狱、驱使恶鬼为己所用。

"我们怎么回去呢？"两人站在地狱因为恶鬼流窜而卷起的飓风之中，淳于大声问。

冷火的头发已经被风吹得散乱，紧盯了他片刻，好像也没给出回答。"再这样下去，恶鬼是归我们了，可是我们也会被这地狱之火吞没的呀！"淳于又说。

"我们退出去！"冷火走上来拉住淳于的手，"先回我们刚刚来时落地的地方。"

于是两人携手飞步，返回烈焰地狱，只觉得比初来的时候更热一倍。他们四下环顾，周围皆是燃得正欢的烈焰和烤得发烫的火石，哪有什么通向别处的出口。就在这时，不远处一座矮火山内部响起低沉而滚动的轰鸣之声，冷火说："不好，要爆炸了！"淳于再抬眼看时，只见那火山的山顶霎时被一阵火浪冲开，黏稠的暗红色岩浆随即流出来，接着震耳欲聋的"轰隆"一声，整座山被炸得四分五裂，一团巨大的火球极速膨胀，向他们袭来——

爆炸声轰鸣在耳边，淳于抱紧了脑袋眩晕不止。"哎、哎呀……"四周忽然寂静下来，他听到自己一个人的呼声，睁开眼时，只见周遭四壁徒然，不远处是一只青铜做的四脚丹炉，炉里死灰成堆。

他刚刚坐起上身，忽然转头看见一旁冷火平躺在地，却依旧在昏迷不醒中，手里拿了一块大石，张开手臂就要往自己的心口砸去。"住手！"淳于大叫一声，扑上去死死握住冷火手里的大石，冷火方才"啊呀"一声，惊醒过来。

淳于一只手打掉冷火手里的大石，冷火朝石块滚落的方向看去。"多亏了你。"喘了几口气，大概是渐渐明白过来，他扭过头来说道。

淳于摇摇头，表示不算什么，两人便起身捡起各自的长枪，起身走出密室。这一出去不要紧，那原本的青庐正殿此刻到处断壁残垣，尸骨遍野。他们顿时目瞪口呆。大殿里的柱子一根已经全倒，另一根从中间折断，突兀地立着，头顶直直见天，只能看出一点点原本大殿顶盖的残迹。地上黄土满布，黄土之下露着森森的骨头和骷髅，一看就是太久没人来过了。

淳于迟疑地伸手轻触着地上的灰土，声音难以置信地发颤，"我们……我们往阴间一趟，去了多久？"

冷火也深深迟疑好一阵。"少说也有两三百年了吧，你看这些尸骨。"他蹲下去，拿起一只地上的骨头看了看，然后搓搓手，鼓起勇气说出了自己的猜想。

"原来在阴间不过两三刻的光景，世上已经百年？"

"是我们的功力不够。"冷火徐徐直起身子说道，"阴阳摄魂散练得炉火纯青的，不仅在阳间轻而易举地摄人魂魄，还能自由穿梭阴曹地府召唤恶鬼，不费吹灰工夫，即刻来回。像我们这样穿梭一回就要花上几百年的，对手早已逃走修炼，功力翻了几十倍，且不要说打败，就连再找见对手都难了。"

冷火说得句句在理，淳于叹息一声。想不到历尽险阻和机缘，到最后好不容易吞了摄魂散，炼成了召唤阴魂的法术，可世上已经过了几百年，连老妖的影子都不知道哪里去找，炼成摄魂的高招又有何用？两人想到此处都有些惘惘然，彼此无话，过半晌往青庐观外走，心里还不知外面又换了什么世界。

当即走出，耳朵灵敏的淳于忽然听见地下似乎传来一阵微弱的呼声，那声音细嫩殷切，如同在叫救命。淳于停下脚步仔细侧耳听去，冷火见之，稍加注意，似乎也听到了那声音。"好像有只小雀儿在喊救命，"他说，"我们找找看。"

原来那小雀儿压在刚出青庐正殿的石阶地下。也许这几百年间发生过地震，要么就是极为凶狠的打斗，石阶一级级的全都震碎，裂开几道深深的缝隙。这小雀儿正被夹在一处缝隙里，旁边还压着殿上震下来的半段大梁，因而凭着一己之力，怎么也飞不出身了。

二人见状，阴阳大法虽炼得欠好，可随便搬开个梁柱石块，还是轻而易举的。那小雀儿被救了出来，没受什么大伤，扑扇扑扇翅膀，飞到与他们同高，一叠声地道谢不尽。

"你是怎么被压到这台阶的石缝里的啊？"冷火问它。

"我……"小雀儿稍有犹豫，但是看了冷火与淳于一眼，还是继续说了下去，"实不相瞒，我本是中土地宫太极殿神兽填星的小侍，因为蜗母传旨，说人间冒出了一个青庐老妖，觊觎地宫贮藏的五行灵力，使者阿吉又刚好按每年年例飞去昆仑山了，所以就派我来查看。谁知我一到，只见那老妖不知为什么在这里大发雷霆，自己发功震碎了大殿的石柱栋梁，宫宇尽毁。我躲在石缝中偷看，结果躲闪不及，就被砸下来的大梁压在此处了。老妖走后，这里荒山野岭，三百年了都没人经过，直到今日才遇见了你们。"小雀儿说到这里，还颇愤愤不平，"我回去定要问问，怎么师父主人竟然不来救我。"

"老妖大发雷霆，自己震碎了自己的道观？这也是奇了。"淳于说道。

"也是。不过这老妖道行高深，我们两个都吃过他的不少苦头，"冷火接过这话说道，"听说他炼了阴阳摄魂散，能下阴曹地府去捉鬼？"

小雀儿却一笑，摇了摇头，"在阳间摄人魂魄还有可能，他靠捉的这些山间的灵兽丹胆可以维持个一时片刻；可要是想去阴间引鬼杀来，地狱里一刻，便是地上百年，他没有地宫的五行灵力，少说来去也要两百年。等回来了，世间都已换了天下，捉鬼又有什么用？"

也许……这青庐老妖追寻的，就是这地宫的五行灵力？淳于细细思忖，觉得只有这一种可能。那日辞别了小雀儿，两人慢慢从青庐观下山走着，冷火冷不丁地忽然开口，"你知道，要是那自称是地宫飞来的小雀儿说的是真的，那世间的高深大法，可就不止是这一个阴阳大法了。"

淳于点点头。

第四章　昆仑重逢

第一回　见如故兮，是耶非耶？

"诶呀，"冷火出了山谷正四下张望着茱萸，却没看清脚下，秋天山里的落叶虚虚实实，一不小心差点就跌了一跤。幸好他反应极快，腾开双臂稳住平衡，长出了一口气抬起头，竟然就见到不远处一棵细细的树干——正是他们要找的山茱萸。

他拔腿往前迈去。到了茱萸树前，刚要伸手去摘果子，却忽然听得脚下有翕忽一声微弱的动静。低头一看，发现原来是一条小蛇，青色的外皮，正蜷缩在树下，头下七寸有一道深深的伤口，应该是被什么割裂了，暗红的脓水充斥着翻卷开的蛇皮。

冷火不由得蹲下身。他双目在那蛇身一晃，便知这小蛇不是普通的山野之蛇。

那是一条小蛇精，少说也修炼了三五百年。他忍不住伸出手去轻轻放在小蛇身上，指尖碰到它的那一刻，脑子里不知为什么，竟然忽地突兀而控制不住地放起回闪，短暂但是清晰得就像是昨天。

——季姐姐，给我系腰带嘛。他撒娇，她就顺从地接过使女递过来的黑色腰带，环上他的腰，脸上浮起纵容的浅笑——

我都在想些什么啊。冷火甩一甩头，将回闪消散得无影无踪。他抱起这受伤的小蛇，四周望望，正好凌飞在不远处，目光也向他这边投来。

"怎么，你手里抱的是什么？"凌飞边向他走来边问。

"一条小蛇，应该是被山间的什么野兽咬伤了。"

岳凌飞已走近前来也低下头看，冷火忽地想起了什么。"不如你先运真气帮它保全片刻，我记得这山下不远有一片血山草，嚼碎了最利止血。我速去速来。"他说。

岳凌飞点头，冷火已飞出去下山去采血山草。离得不远，他脚下生风，寻觅片刻，便已抓了一大把拿在手里。

转身回来的路上，冷火看着手里的血山草，草色青绿，随风微动。他随手拣去几片已经枯萎的叶子，接着猛一抬头，看见凌飞正背对着自己盘腿运功，而岳凌飞的对面却是一个小姑娘，缓缓坐起了身子，睁开双眼。

他脚下好像顿时被什么绊了一跤似的，一个踉跄，跑到一棵冷杉后面，眯起眼睛观察着前方。

她像她，怎么看都像。两行弯月初升般的眉毛像她，一双亮如星辰的杏眼也像。可她不是，冷火站在树后提醒自己，她不是那个人，她只是一条素昧平生的蛇，一个蛇精变作的女孩的容貌。

女孩睁开眼睛，先自顾自地露齿一笑，不经意的眨眼间露出天真的好奇，盯着自己面前还在运功的岳凌飞。岳凌飞显然还闭着眼睛不知道面前发生了什么，直到对面的女孩"扑哧"笑出声来。

"咦，你……"岳凌飞的身子向后一倾，"你是那条小蛇？"女孩假装转头四处瞧瞧。"好像是哦。蛇呢，好像是我变的，又或者我是蛇变的？"

"你刚刚受伤了。是谁伤了你？"岳凌飞似乎没有被女孩的玩笑给逗乐，声音里仍是一派严肃。

"是我出来玩，被一只狼给咬了肩膀，现今早不知道跑哪里去了。"女孩说着，自己拨开左肩上的衣裳检查着伤痕，露出半边雪白的肩膀。

岳凌飞尴尬地扭过头去。

"好在没什么大事，多亏你刚刚的一阳生。"女孩重新扶正了衣衫，"你呢？你在这做什么？你看起来可不是射孤山的人。"

"我……我怎么不是，我在这儿三年了。"

"你该不会是跟着这山里传说中神出鬼没的怪老头在这儿吧？"

"隐大侠武功那么高强，怎么是怪老头。我是跟着他在此修身学武的。"

"你学武干吗？"

"去中土，去地宫救母亲。"

"中土地宫？"女孩夸张地挑起眉毛，"你母亲被关在地宫里了？你知道地宫在哪儿吗？你就这样直愣愣不管不顾闯进去？"

"我也不知道母亲犯了什么罪，可她绝对是被冤枉的……"岳凌飞背对着她，断断续续地讲着自己的母亲。冷火正在想要不要走出来，那蛇精先叹了一口气，打断了岳凌飞的话。

"对于地宫，你是非去不可吗？"她问。

岳凌飞点点头。

她于是抿了抿嘴唇，半是支持半是可怜地看着他，"看来你的主意早就定了。

"是。"

"那你拿到妙行灵草了吗？"

"妙行灵草？"

妙行灵草？躲在冷杉后面的冷火也有此一问。三百年来，他沉寂冰潭、追杀老妖、四处奔走，见多识广。可现在竟然又冒出一个什么妙行灵草，竟然还是和那中土的地宫有关。妙行灵草是什么草？那随口说出这话的女孩，又到底是哪里的蛇精？

岳凌飞一反问，那女孩似乎也觉得自己失言。她一愣，然后说："就是昆仑山上的一棵灵草呀，需得它来做引子，才能洞开中土地宫的门。"紧接着又补上一句，"我告诉你了，你不要随便和人说去啊。"

岳凌飞说："那是自然——"

女子一时好像又想起什么来，匆忙打断了他的话，"不过……也说不准，传说青庐观的人也在觊觎妙行灵草，只是还未动手。你们再不赶快，说不定他们就捷足先登，把灵草拿走了。"

青庐观？岳凌飞也许对这个名字还不熟悉，冷火在一旁早已窜起一股怒火，烧上心来。他早知道那老妖这么多年以来也在找地宫，要是那仙草被他先夺去了……

"那你知道妙行灵草在哪儿吗？"

"在昆仑山啊，"女孩说这几个字时的表情就好像在解释一加一等于二那么简单，"在昆仑山，被六合人用圣水浇灌。"

"昆仑……"岳凌飞默默地念着这两个字。

"不过，恐怕那六合长老未必会把灵草给你。他那一个偏老头，谁也不理的，十有八九不会管你，哪怕是有天大的理由。"女孩一五一十地给岳凌飞泼了半盆冷水，末了却话锋一转，"不过呢，你也不一定非要问他拿啦，自己偷偷上山，偷偷拿走，也是可以哎。"说完调皮一笑，自以为出了一个好主意。

岳凌飞依旧呆呆的，没有说是也没说不是，半晌问，"你怎么知道那么多？"

"我嘛，"女孩仰起头好像在思索着该怎么回答，"我当然知道，去不去由你咯。"

"多谢姑娘。我今日便返回山谷和师父告辞，往昆仑山去。"岳凌飞站起身来，向对面拱手抱拳行了一个礼，"今日遇见你，真是大幸。你的伤还好吗？我还有一个同伴，去找血山草了，应该过不多时就回来了。你再等片刻……"

女孩嫣然一笑，咧开嘴摆摆手，"不用啦，血山草我自己也有。你既要上昆仑山，我先告辞啦，祝你好运。"说完一转身，又化作一条青蛇，遁入山林中去。

"你记住啦，我的名字叫茹青，住在太始殿，不要忘记啊。"她的声音随着背影飘远，留下丝丝的清脆嗓音悬在树林的空气里，久久不散。

冷火这才从冷杉的后面一步步走出来，心里的一根弦在空气里不自觉地微微颤动，抖起上面落了百年的灰尘。她的名字叫茹青……他细细地在脑海里再回想一遍她的音容，和自己记忆里的那个人重叠成同一个发光的模样。

茹青走了，不过那棵她曾依偎过的茱萸树还在。淡褐色的树皮薄薄地裂开，枝头挂着一串串绛红色的果实，好像随时要开口发声，讲一个绛色的故事。

　　"再见，小青蛇。"他淡淡地向那空气开口，目光被阴翳的森林阳光拉得很长。

第二回　辞师入世兮多艰险，暴疾失怙兮何仓皇

"你们决定了？"师父闭着眼睛，盘腿坐在北面。

"决定了。"岳凌飞自从昨日遇到了那青蛇，心里便已经打定了主意。

"也许这样做对不起师父，可是……"

他话说了一半，隐大侠猛地睁开惚大的双眼，蓦然间如一道电光闪过。"没有什么对不起谁的。"师父打断了他，"我从师于遗世谷，你们过了几百年来到遗世谷，都是各自修行的缘分。到今日缘分尽了，也是和春夏秋冬的四季更替一样，是再自然不过的一件事，不用为此道歉。"

岳凌飞与冷火默不作声好一阵，各自收拾了行囊，到临走，岳凌飞忽然觉得很是舍不得。三年前离开鹿台山的时候他年纪还小，只是听说了中土、听说了地宫的一个名，也不知道天高地厚就贸然出来，好像只是去隔壁山头借一支火烛暖暖身那么简单，所以不觉得沉重。可到如今，师从隐大侠，又从冷火那里听说了青庐老妖，还有昆仑山的林林总总，才知道前路漫漫，不是一望到头的平坦大道，不是直去直来的一场旅行。

十六岁的少年初识人间的艰险，心里下着一帘雾蒙蒙的黄梅雨。他临走，忽然走到师父面前拜了再拜，请求说，"能不能去看看师爷的坟头？"

隐大侠领着他们往谷里走了十几里，到了一处小小的荒冢。除了一个黄土堆的坟头，剩下的早已和山野里疯长的荒草混为一体，不知道的人，随便走过根本注意不到。

"四十年前这儿发过一次洪水，水退了之后冲上来不少新奇特异的种子，第二年都散漫不羁地生根发芽。"隐师父在冢前低头浅浅一拜，"遗世谷是我师父出生之地，后来也是在此练就了绝世的鹰爪劈。不过师父两百年前修成出世，经由昆仑，早已化羽登入穹湾。这里不过就是个小小的土坡，寄托我一个人的怀念罢了。"

"隐大侠有一日也要登入穹湾？"凌飞问。

"哦，不，我也许不会，"师父忽然眉眼一动，余光似乎对着一旁的冷火淡淡一笑，"我不想去穹湾。我在这世上还没待够。"

岳凌飞和冷火都无言，拜了师爷，又拜了师父，携手往南边出谷而去。就在他们转过头迈步的时候，只听身后"咻"的一声，隐大侠转身快如一团云，蓦地化作一只大鸟，展开宽大的银色两翼，高昂着金色的长喙，直入北方的云霄里去了。

及至二人出山，已近酉时。昆仑山在西，他们恰好迎着那沉沉的夕阳走着，两个人谁也没说话。师父说，昆仑山不远，不过是快则七八日，慢则不过十日的路程。昆仑山……岳凌飞看着西边的火烧云，想起三年前鹿台山下的棒木林里，他遇见的，那个叫北沐瑶的女孩。

昆仑山上浇花的灵巧女子，行走如风的缥缈仙人。

"我们天黑之前赶到路俞，八日之内便一定能至昆仑脚下。"冷火在一旁，冷不丁地说。

凌飞痴痴点头。

"说也奇怪了，我们听了一只小蛇精说的话，昆仑山啊妙行灵草啊的那一些，竟然也就信了她那一张嘴。"冷火也不知是自言自语，还是说给岳凌飞听。

　　"我想她不是一般的蛇，"岳凌飞还是接过了冷火的话，"我们刚刚发现她的时候，她的伤疤还很深，我也不过是用一般的功夫给了她一点真气保持，可到她走的时候，全身已经完好无损，瞬息之间遁入山林里去了。我不知道她是什么功夫，可她的武功看似轻巧而不露，实则深厚无比，也是很可能的。

　　"所以你就不怕她骗我们？"

　　岳凌飞口中动动，答不上来。这条来无影去无踪、莫名受伤又莫名好了、伶牙俐齿、无所不知无所不晓的青蛇，是他十几年的人生里遇到的一个最奇异的过客。"我不觉得她在骗人，"于是他说，"她骗我们做什么用？她自己已经是个神仙一般的人了。"

　　果然如冷火第一日所说的，他们行至第八天，终于远远地看见了高耸入云的一座仙山。早听说昆仑仙山，方圆五百里，高有十万仞，耸立于世，纤尘不染。岳凌飞站在它脚下尽力地抬着头向上望着，说不出多远是五百里，只觉得举目之处，无处不是昆仑，望向哪里，哪里都没有尽头。离他最近处是矮矮的木丛，认不出来是什么树，每一棵都有半人高，叶子细长青嫩，飘飘忽忽的在风里轻摆，如同空中有一股引力在往上吸着。矮木丛再往上，便是石林，杂缝处生了点点的草，石头中间混着忽闪的金和玉。金玉石林再往上，便是云雾缭绕的一片，分辨不出哪里是山，哪里是云。

　　于是二人自下而上，他们都在遗世谷里习了轻功，行动倒也敏捷。不出一日，便上了两千尺，到第二日正午，正在行路，忽然听得前方一阵乒乓作响，和着几个人的喊杀之声。

两人赶忙迈开步子，飞速奔过去，及至近处定睛一看，是一个白眉长牙的老妖怪。

"我早知你有灵草。六合老头，你要是识相，就赶快把灵草交出给我，我们各走各的，从此各不相干。可你要是糊涂不识相，阻我的好事，就别怪我青庐观的三百弟子不客气！"

老头面上的横纹密密麻麻，两只长牙透着惨白的荧光。

"区区三年，他竟又聚集了三百弟子？"岳凌飞听说"三百弟子"甚是惊奇。

"山野间的虾兵蟹将，鸟兽蠕虫，哪个不想成人。心里有所想有所求，就最能被他的仙丹迷惑，替他卖命。"冷火答说。

正说着，那一边缓缓降下一个长身而立的白衣长老，面容瘦长，仙雾裹身。他远远地站定了，连同身后所携的一群青年人高居于不远处一块凸出的大石之上，声音隆隆而至，"庆天老妖！你还敢来昆仑？妙行灵草乃上古仙物，催生五行，润化万物，我族奉蜗母之命，浇灌守护灵草于此地，没有蜗母的圣御，谁也不能把它带离昆仑一步！五十年前我饶你不死，你今日是忘了当初，还是吃了熊心豹子胆，还敢来我昆仑，妄图夺取蜗母的珍藏？"

老妖怪闻之，向空中大笑一声，"北埠凝，再过一刻，就是你后悔自己当年心慈手软的时候了。五十年河东，五十年河西，看我今日不杀你个片甲不留！"

"你有本事，就自己放马过来。不过可怜了你身后的那群乌合之众，糊里糊涂上了你的贼船。"那六合长老扬头一望，"不过就凭你在世间的这五十年，怎么会蠢到以为凭这五十年，就能来对付昆仑山上冠绝天地之灵力？真是可叹可笑。我只好今日便在这稻谷峰断绝了你的念想。"

"废话少说，"这边老妖怪已经等得不耐烦，霎时腾空三丈
而起，直奔六合长老所站的大石，"杀——"

六合人那边也早已布好阵势，远远看去正是一个规规矩矩的
六角形：每个角各有一人执旗，分别是赤、橙、黄、绿、蓝、紫
六色，从每个角至阵形的中央，都是密密麻麻由六合族人排成的
一条鱼骨状的长队，每个人左手持剑，右手持盾，眼睛底下涂了
两块黑色的墨迹。而长老本人不在阵的中央，却在蓝旗那一角的
附近，高声喊了一个"合"字，顿时宽大衣袖里鼓起一股旋风，
旋转着向外推开去。

这边的老妖怪见之丝毫不惧，凌空蹿出，身后的虾兵蟹将也
一拥而上，冲那六合阵法而去。岳凌飞与冷火刚刚登上山来，站
在一旁看着两方交手，不出几招，便觉出那六合阵法、功法、心
法都是一等一的高明。只见那六角之阵，既中正坚韧，却又应对
灵活：相邻的两角之间，敌击则收缩成凹状，诱敌深入，再由两
翼包夹，不少青庐弟子便是这样被一口吃掉。吃掉敌人之后，那
包夹的两翼后方转前方，欲乘胜追击便可追击，欲保全则重又并
入原先的鱼骨之中，阵形不乱分毫。

如此，六合阵的六个角，此处凹陷、彼处凸起，里应外合，
如湖面波光，随时随地变幻无穷。青庐观的弟子们一拥而上莽撞
地强突，不是被阵中的强大场力击回，就是被包夹碾压，零零落
落败下阵来。

庚天眼看六合阵不破，北长老稳居阵里自若如常，心头勃然
大怒，龇牙咧嘴朝天一声大吼，毛孔张开，头发飞散，"看我阴
阳大法——"他蹿起七八尺高，居空飞转，然后两掌分开，从中

升起一团浓黑的烟雾,向前一送,黑烟先奔六合阵的绿色角旗而去。

那黑烟左右飘忽,所到之处,卷起刺骨之寒。六合人不知所来何物,不禁停下攻击,阵形后退,黑烟见了他们却猛扑其颈,如豺狼撕咬羚羊的脖颈。

转瞬之间,黑烟袭过之处,六合族人人眼珠浑浊,四肢无力,纷纷丢盔卸甲,如断线木偶瘫倒如泥。"你竟然从哪里学来了如此邪功,"六合长老见此阴阳大法,便也脚底一蹬,飞上空中与戾天平视,虽赤手空拳,接近时却从两袖中忽然鼓起大风,长老抬起右手袖子朝前一甩,袖中的大风登时化作一股无形的剑气,向戾天两掌间的黑云斩去。戾天左臂一收挡住来剑,右臂挟着摄魂黑云已再击出去,然而北埠凝侧身一闪,先闪过戾天的摄魂功,接着猛一转身,直奔远处登风而走。

那戾天老妖哪肯罢休,只见他紧随六合长老,一前一后,瞬息飞入稻谷峰之后一片山林,皆尽消失在岳凌飞的视野里。

"我们要不要……"眼见青庐老妖与六合长老缠斗而去,面前青庐弟子又与六合人厮杀得难解难分,岳凌飞偷偷向冷火使个眼色。

"保护灵草要紧,"冷火说,"我想六合人以为自己的六角阵坚如磐石,灵草一定藏在阵中,"

也对。于是岳凌飞随冷火一起,从旁穿过小路,一路包抄至六合阵,但见六合族人中了青庐老妖的摄魂烟,已东倒西歪,不省人事的居多。

"先去中央,看看有没有灵草,"冷火提议,而那时守护在神坛周围的六合人,大多已中了摄魂烟,躺倒一片毫无回击之力。冷火与岳凌飞二人一面穿过戾天老妖留下的摄魂黑烟,一面以长枪和长剑砍杀多如牛毛的青庐弟子，每砍一人便使其显露出原形，一时蜈蚣、蚂蚱、仓鼠、麻雀等，散落六合阵中，哀号声不绝。

神坛上保护仙草的，就只剩了一个人。岳凌飞定睛看去：一个浅衣蓝带的纤细女子，杏核双目紧瞪前方，手持着一把极细的银色冷剑，长发迎风，不是三年前鹿台山下的北沐瑶，又是哪个？可是他没来得及站起身来、没来得及走向她，甚至还没来得及开口，只听远处一阵狂风袭来，正是北长老与戾天冲杀而来。飞在前的戾天看准了神坛中央，双眼圆瞪，从右眼眼角喷出一股浓烟就往神坛中央的北沐瑶袭来。岳凌飞远远看着她一剑在空中向上一挑，挑开了老妖推来的第一波黑烟，而自己与她尚隔着层层的青庐众妖与六合人，想飞也飞不过去。

戾天也许是见自己与六合长老大战许久未曾沾到半点便宜，便忽然调转了目标，没有再与北埠凝纠缠，反而脚下生风，全力扑向那守护神坛的北沐瑶。

"沐瑶！"岳凌飞情急之下叫出了声音。他顾不得危急，只身就要上前替她挡，唯冷火死死压住他，"你别冲动，先看看他如何出招。"他说。

说时迟那时快，正在对峙的六合长老瞥见戾天向北沐瑶扑过去，赶忙脱离本位去阻挡，上前一步就是一招擒拿"按头喝水"不料戾天背部大筋有如翼龙一般，强劲有力。长老不仅未将其制服，反被戾天一招翼龙翻身，顺势一个冲天炮直指下颌。北埠凝赶紧侧闪，又碍于北沐瑶离得太近，投鼠忌器，不敢用力发功，正要护住北沐瑶旋走，一不留神，被戾天一肘突入中门，顿时一口血涌上来，喷在阵中的神坛。

"父亲！"北沐瑶失声尖叫，岳凌飞也从藏身的石头底下蹿出，一个箭步闪到戾天的背后，举起长剑就是狠狠一劈，戾天顿时嘶叫一声，整个背上划开的衣衫之下，露出一道深深的口子，向外翻着皮与血肉。

岳凌飞还再要劈，不料戾天后背的那道口子忽然自己动了起来，露出的血肉一丝接一丝地绽开了，紧接着从里面钻出两排坚硬的针刺。戾天再仰天长啸时，那针刺越来越长，密密麻麻彼此交叉着，竟从后背长成了两片交织如铁网的翅膀，随着一声震天的怒吼，挺立张扬在圣坛之上。

"不好，他有金刚之身！"冷火也从石底下跳出来，一把揪住岳凌飞，随他滚到一旁的草地里栖身。

六合长老受了戾天一掌，性命不保，北沐瑶一个人要守护灵草，还要保全自身，几乎已是不可能。戾天扭身见刚刚劈他的凌飞跑了，便返回来看了看北沐瑶，咧嘴一笑，双掌轻擦，而凌飞眼看离得太远，鞭长莫及——

就在他的阴阳大法将从两掌喷出的一瞬，忽然从东北飞来一只巨大的秃鹰，宽阔丰满的银白色翅膀将云气搅个翻天，一只金黄色的长喙划破空气、穿过飞散的灰烟和颤抖的碎片，直戳青庐老妖的右眼，其动作迅捷，连看也看不清，只觉得是天空降下一团云雾，而云团迫近时从中裂开一道闪电，霎时就击中了那老妖的眼睛。岳凌飞第一眼看见那秃鹰便觉得眼熟，忽然想起这曾是三年前冷杉林偶遇的那只大鸟，时隔几年又长大羽翼丰满了不少。

戾天老妖惨叫一声，使出浑身力气推向秃鹰，顿时将它扇走几丈远。秃鹰在空中翻滚几圈，停下来时已变作一个白衣的青年男子，从后背掏出一支三尺长的细细的银枪，快步再向老妖冲来。

庆天本以为自己打伤了六合长老，此役已是赢定，谁料中间还杀出程咬金，况且这白衣裳的青年男子功夫轻奇诡诈，不在自己之下，故两人交了几下手，反而小心翼翼对阵起来，不敢先发制人怕显出马脚，都在相互敌对游走中寻找对方的破绽。

只见庆天一步闪电般踏出，长臂直通，好像长枪一样扎向白衣男子的面门，衣袖子抖动，发出一连串"啪啪"响声，好像波浪拍击船舷。青年则左手单臂持枪，以枪做梁横架一挡，立刻格在庆天的小臂上，一下就将这凶猛无比的一拳荡开，两人手臂相击，发出真实的肉搏大响。庆天如猿猴般跳开，脚步一移，居然到了那青年的背面，一拳打向他的脊椎骨，青年也不中招，他抬步横踏，走出八卦方位，一下抢到了庆天侧面，形体垫起，整个身子如雄雉展翅扑击，又如老虎跳山涧，威猛无比，刚烈无俦，拳风笼罩庆天。庆天赶紧一个懒驴打滚，躲过一击，一个鲤鱼打挺，复又站了起来。

他二人一时左击右应，难解难分缠在那里，岳凌飞看着看着，忽然眼光一转，惊呼道："沐瑶和北长老呢？"

冷火与他眼色一对，两人立刻起身，来到前面的圣坛。"刚刚北沐瑶还在这儿，北长老受了伤，也在这儿的啊。"凌飞低头盯着小小一块圣坛。

"诶，你看，"冷火走到圣坛侧面，蹲下身，侧过脸，"你看这里，有一个暗道入口。"

果然如此。岳凌飞看到了，两人挖开地上几尺的沙子，顺着暗道滑了进去，跌落到底，才发现北沐瑶正背对着他们跪坐于地，六合长老躺在她的面前，气息奄奄。原来她不是昆仑山浇花的小婢女，她是六合族长官、统领昆仑的长老的女儿。

"父亲……你会好起来的，你相信我。"她的声音嘶哑，但是眼中没有眼泪。

"你过来，沐瑶，别伤心，六合人是不会哭、不会难过的。"长老拉住女儿的手，"妙行灵草呢？"

北沐瑶将一棵细细长长、顶端带着雪白花苞的仙草递到六合长老的另一只手中。

"你要听话、永远守护着我们六合族，永远不许离开昆仑山，知道吗？"

"我不离开、我不离开！"北沐瑶的声音脆而颤抖，"我永远守着六合族、守着您。"

六合长老听罢轻轻一点头，接着忽然全身用力，左手将那妙行灵草轻轻浮起，灵草通身散发出微弱的金光。接着他两掌蓄力，猛然一推，便将那凝在空中的灵草之精魂，尽数推进了北沐瑶的体内。

北沐瑶小小惊呼一声，接着仿佛神光笼罩，她一动不动地沐浴在周身的金色光线里，直到灵草化在空中的金色粉末全部融进了她的身子，六合长老方收了手，头上汗如雨下。

"那戾天老妖用了阴阳大法，功力大增，我又受此重伤不久于人世，他要抢灵草，你断断是保不住的，所以我已将那灵草注入你体内，从今日起，北沐瑶就是妙行灵草，妙行灵草就是北沐瑶。此事，你切不可轻易告诉他人，瞒得越久就越安全。除非有一天有人威胁你性命，你便以灵草之身，使人不敢伤你分毫，保全自己，懂吗？"六合长老气息已接不上，讲到最后断断续续，不忍卒听。

　　"还有在齐物轩的内室，我三年前带你去过一次的那地方，"长老继续说道，"内室里明渊镜头顶的梁上，拴着一对宝剑，本来是想下个秋天，你二九生辰的时候再交给你的，现在来不及了，你明日便速速取下。那是原来天山寒铁所铸的辟天剑，蜗母娘娘不用了，交给你的高祖，高祖将它熔了，用那一把巨剑铸成了两把六合宝剑。你取青色修长的一支，将来遇见有缘人，将深色厚重的一支相赠，你二人可对着六合剑谱，自己练吧。"

　　沐瑶使劲点点头，喃喃念着"父亲"，还要再讲话时，六合长老忽然紧紧握住女儿，上身僵硬地想要坐起却已不能。"不要和戾天交手，不要……不要！"他大吼一声好像已用尽了全身的力气，接着手上渐渐松懈了，闭上眼溘然而去。

　　"父亲、父——"她握着父亲的手，心力交瘁倒在他身旁。岳凌飞忍不住往前迈步，尽管他自己也不知道应该怎么安慰她。他知道，北沐瑶失去的不仅是昆仑山上安守乾坤的六合长老，也是她的慈父和良师，是她的信仰，是保护她安全的围障。

　　"我母亲死的时候，只有一场彻夜不停的大雨陪伴我。"他思忖再三，轻轻地开口告诉她，"但你不会这么孤单。我不会让你一个人，不会让你一个人承受失去亲人的悲伤，沐瑶。"

　　她依旧背着身低着头，岳凌飞走到离她还有三五步距离的时候停下了脚步。"别着急，不用故作坚强，也不用着急转身。我就在这儿等着，等你需要的时候……"

　　北沐瑶伏在六合长老的身上，好像要哭，但仅仅是沉默了好一会儿。凌飞说出这番话的时候，她渐渐直起了上身。她用袖子抹一抹额头和脸，将父亲的双手，安安稳稳放在小腹上叠好，然后从地上站了起来。

只见六合长老双目紧闭，头顶上方逐渐亮起一阵光芒，投向他安稳躺着的地面。不一会儿那光芒笼罩了长老的全身，愈来愈亮，晃得人睁不开眼。接着暗道里轰隆一震，众人再看时，地上已空无一人，而长老随着刚才的光束，都收进了顶篷的一颗金色的星星里。

北沐瑶抬头，岳凌飞和冷火两个人也走上前去。"每一个六合人死后，灵魂都归入一颗星星里。六合族的每一任长老，都在圣坛暗室的穹顶，以他们的最后一点光亮守护昆仑。"她颤声说着，抬头仰望天花的时候一颗水滴从头顶滴落，划过她的脸颊。北沐瑶用袖子轻轻拭去。

"沐瑶……"他实在不知道该说些什么。

"六合人的寿命有两百岁，而爹爹凭着守护大地的信念，如今已陪伴了昆仑五百四十载。"北沐瑶抹一抹眼底。"我没事，父亲的灵魂就在那儿，他不会走，我也不会，六合人无悲无喜，无欲无争，我们不善于伤心。"她说完转过身来直视着岳凌飞轻轻行了一个礼，她还是三年前的那个她，清丽婉静，唯有眉心那一寸，多了一簇他解不开的忧愁。

第三回　驭六合兮，有苇相馈

扑棱棱一阵翅膀的呼扇，暗道之中降下一只金黄色的鹞子，身子小小，翅膀的羽毛层层叠叠，外面一层是莹莹的金黄，里面则是灰黑。鹞子落了地，变身一个短衣束发的英俊青年，三步两步从岳凌飞的后面走出来，快步走到北沐瑶身边。

"我来得晚了一步，长老怎么就……"他的话未说完，北沐瑶抬起头来，先看见了与自己对面而立的岳凌飞。

短衣的青年也随之偏过头来，看着凌飞与冷火两个，"他们是谁？你认识他们？"

北沐瑶神情凝固地望着岳凌飞，淡淡点头，"当年在鹿台山下……"

岳凌飞见这青年显然与北沐瑶熟识，以为他也是六合族人，忙一抱拳，自报家门，"师兄冷火，师弟岳凌飞，从射孤山遗世谷来。请教小兄弟大名？"

那青年淡淡地说："遗世谷……没听过。"又转身去问北沐瑶，"你认识他们两个？"

北沐瑶这才答说："三年前在鹿台山下，一面之缘说完又转向岳凌飞二人，"这是阿吉，是中土与昆仑的信使。"

四人彼此照 一个面，北沐瑶回过头，望了一眼穹顶上那颗新添的星辰。忽然只听得暗道的棚顶一阵震动，暗道外面轰轰隆隆，想是青庐老妖还在和那忽然飞来的巨鹰斗法。冷火听闻第一个跑出暗道去，凌飞、北沐瑶与阿吉紧随其后，可他们一出来，就只见一阵青烟闪过，青庐老妖已无影无踪。

六合阵中还跌落挣扎着不少族人和青庐弟子，阿吉拎起一个已经现了原形的墨色螃蟹问道，"那青庐老妖庹天呢？"

那螃蟹答说："没看清。许是刚刚巨鹰的那一掌，推得他飞远了十几丈余，现在跑了。"

"那巨鹰呢？"阿吉又问。

"巨鹰……更没看清，许是追那老妖去了吧。两个一动一追都太快，没看清楚。"

"这些青庐观来的虾兵蟹将，怎么处置？"走上来一个身披蓝旗六合族人，向北沐瑶一拜。地上横倒的一片哀号声中，不少青庐弟子都已开始显露原形。

北沐瑶低头环视，眉宇间透出一丝隐恻。"让他们走吧，走得越远越好，永远不要回昆仑。"

手下领命去办了，北沐瑶款款走到岳凌飞与冷火二人跟前，深深一拜。"刚刚老妖施展法术，六合人猝不及防，多谢两位出手相助。"

冷火回礼说"不敢当"岳凌飞问："你打算怎么办？"

"什么怎么办？"

凌飞说："那青庐观老妖，不知还会不会卷土重来。"

北沐瑶说："一时半刻应该是不会了，况且他想要的灵草……"北沐瑶低下头看看自己，"也是夺不走了。"

当夜二人暂且留在了昆仑，岳凌飞心里百感交集。三年以来他不是没有想过重逢，可是真的相见了，却怎么也想不到是这样一番光景。

初上昆仑山，岳凌飞又喜又悲，又惊又惧。喜的自然是和北沐瑶重逢，不仅时隔了三年再次与她相见，更是时隔三载，眼前的沐瑶竟然和自己记忆里，甚至是想象中她三年后的模样如出一辙。她清澈、雪白，和自己每每梦中思念的身影重叠成了一个人。然而刚刚重逢，却遭青庐老妖公然横夺妙行灵草，北长老也死于他的手下，岳凌飞自然以沐瑶之悲而悲。悲喜之外，岳凌飞初到昆仑山，终于亲眼见到传说中的六合族人，只见六合人皆身材高大，肤色雪白，眉眼柔和，不论男女老少都俊逸不凡，实乃一惊。惊诧之外，又觉六合人的秉性和善，虽天资美貌却不善争斗，而北长老如此仙风道骨，还被庚天所杀，而今妙行灵草到了沐瑶体内，此事一旦被那老妖得知，她又如何能抵挡得住那老妖的功夫？心念至此，又不由得一阵深深的恐惧，萦绕于心。

北沐瑶还在圣坛的暗室里守夜。这是六合人的习惯，一个人去世，前三个夜晚要儿女守夜，守护死去人的灵魂慢慢升天。岳凌飞百味杂陈，闷闷不乐，一个人走出轩室，不知不觉脚步已带着他走到圣坛的暗室之前。

昆仑的空气稀薄，苍穹近了，星月比以往明亮，也比以往沉默。岳凌飞站在那里好一会儿，迈开步子穿过暗道走了进去。

暗室里四边烛火摇曳，北沐瑶背身盘腿坐在穹顶底下，听到脚步声转过身来，手里还抱着父亲留下的一支翠色的笛。

"我、我是来……"四目相对，岳凌飞语塞，目光却定格在她抱着玉笛的右手腕。"你还戴着它？"他用目光指了指北沐瑶的右手，手腕上细细的一丝红绳，中间串着一颗白色的珠子，是三年前鹿台山下，他情急之下送给她的礼物。

　　沐瑶低头看见自己的手腕，轻轻一抿嘴，答说："那红绳倒怪好看的。她边说边要把红绳解下来还他，岳凌飞上前一步握住她的手腕制止了她。

　　"我就想要你一直戴着它，"他说，"我做梦都想看见这一天。"

　　沉沉的夜里，火烛烧得高而旺盛。几粒大颗的蜡从烛台上滚下来，滴在地上凝成一个个通红的圆点。

　　"我不记得和你说没说过，我生下来，只有爹爹把我养大。我没有娘。"北沐瑶抽出自己的手，侧过身子对他说。

　　"你娘……她、出了什么事？"

　　"不是，不是。她不是出了什么事，是我没有娘，好像从来都没有的那种。"

　　"怎么会？"岳凌飞百思不解。

　　"我也不知道，"沐瑶低头看看自己手里的笛，"爹爹就是这么说的。他说我是他在影川上掉了一缕头发，隔天从水里浮起的婴儿。"

　　真的……这个中一定还有别的曲折，这是岳凌飞当下的反应。可是长老才刚刚仙去，倘若他说出什么有丝毫冒犯的话……他忽然又谨慎起来，心里兼又心疼着沐瑶，只觉得有千言万语涌到心口，却找不出一个开头让他启齿。

　　红烛依旧烧得旺盛，他们头顶一颗颗代表了六合先人的星星亮得晃人眼睛。"你还没告诉我，你来昆仑干什么？"北沐瑶忽然改变了话题。

　　岳凌飞迟疑片刻。这是个她必须要问、他也必须得回答的问题，他不想骗她。欺骗她是他最不想做的事，可是……他与冷火上昆仑求妙行灵草、要开启地宫，会不会和那刚刚伤了无数六合族人、杀死了她父亲的青庐老妖听起来一模一样？青庐老妖是生抢抢不来，而今六合长老尸骨未寒，他亲自走到她面前管她要，她听了，又会作何感想？

"你这样迟疑不说，我只好自己猜一猜了。"沐瑶说。

"你知道，我的母亲、在我五岁的时候，死在泾水旁边的一个石洞口了。可是她没死，她只是身体石化成了一尊雕塑，魂魄却被吸走，自此被压在中土的地宫里。岳凌飞开口，只好从故事的最开始讲起，"我在鹿台山跟着师父跟了七八年，后来遇到你，也遇到冷火兄弟，一起在射孤山误打误撞、练就了一阳生的功夫才出山。"

北沐瑶听着，岳凌飞想她不会听不明白。"不过，"他的话锋一转，"我们不知道青庐老妖在这儿，现在先保全昆仑、保全六合和你是要紧。"

北沐瑶顺从地点了点头，没有继续问下去。"父亲的一副六合剑，已经十几年没用过了，我只有很小的时候见他使过一次，好不潇洒。"

"我看长老不用剑，空空两只袖子，气力所至，无风无影，就胜过任何利剑。"岳凌飞想起北长老对着戾天所施的摄魂术的那一击，其迅猛无声，刚烈无影，都历历在目。北长老武功无双，若不是顾及沐瑶，也不会露出中门受老妖那一掌而丧命。都说关心则乱，岳凌飞想起北长老临死时候还使出全身力气将灵草注入沐瑶体内、保她周全，自己忍不住喟叹一声，长老爱女心切，心思缜密。

"爹爹研习六合剑谱十几年，近些年来反而不用剑了。"北沐瑶说，"他把剑谱留给我，是想让我走他的路，也不知道我有没有这个造化。"

北沐瑶从身后拿出薄薄的一卷羊皮，岳凌飞只见头篇写着"六合为尊九天剑法"，打开之后见得两行楔子，第一行说的是"手与足合，肘与膝合，肩与胯合"，第二行是"神与意合、意与气合、气与力合"。再往下翻，便是剑法招式，图文并茂，共有九式，每一式皆有八个字做注，譬如第一式"行龙"，画的是一人单腿独立，右手持剑斜指青天，左手臂裹在身前、手肘外突，注曰"蛟龙惜羽，斜立纵天"。

北沐瑶自己手持剑谱的一头，岳凌飞拿另一头，徐徐展开，两人秉烛研习，不觉便是彻夜。

翌日，岳凌飞早起，昆仑山的雾气还没散，盖在薄薄的一层青草地上，渺如仙境。远处树林子里似乎有一只长角的鹿出没，他刚一看见，却又马上看不见了。

岳凌飞趁着众人未起，回想起昨夜看的六合剑法的招式，就在林子前的空地上自己比画起来。遗世谷里学的轻功，不知怎的，出了谷就好似不太好用了，抑或是昆仑山上的气运奇异，自己的轻功驾驭不了。不过鹰爪番子倒是一样顺手，凌飞先在空中做了一套鹰捉的套路，紧接着比画起那第一招"行龙"来。

太阳不知不觉升上来，林间的雾开始散了。岳凌飞步步生风，招招得力，不一会儿只觉得自己的手指脚趾都微微发热，停下来拿出手绢擦一擦汗。

"你原先说，你是昆仑山上浇花的婢女。可我上了昆仑山，一个婢女也没见到。"看见北沐瑶远远走过来，他忽然想起当年她逗他的话来。

"昆仑山上的花都长在南面五千尺，自己从日光月光里吸取萃华而长，哪里用得人浇花？"沐瑶走来说。

"真的？"岳凌飞抬头望望山上。昆仑山的仙境和仙气四溢的北沐瑶，在她有关于五千尺的野花的表述里都显得如梦如幻般模糊。

"不过，你得先和我去齐物轩里取那一双六合剑，然后我就带你上山去看花。"沐瑶说着，自己以轻功稍稍离地两寸，转过头来冲他一笑，"走吗？"

这是他在昆仑山第一次看见她笑。岳凌飞的心头一荡，好像有一种颤动的血液正往胸口涌上来。可北沐瑶还在前头等他，岳凌飞连忙甩甩头，跟在北沐瑶身后也运起轻功，随她飞步往山上去了。

齐物轩坐落在昆仑的一块苍青的大石上，有深色木质的屋檐和小窗。从外面看起来小小的一间陋室，走入里面却顿觉敞亮幽深，仿佛四周围摸不到边际。

岳凌飞站在轩室的中间抬起头看着挑高的顶梁，弧顶高耸漆黑，不禁顿生敬畏之心。

"六合剑在内室里，你随我来。"北沐瑶在一旁叫他，岳凌飞跟着走进去，小小的一间内室，四周墙壁皆是大理石，不规则的纹路曲折蔓延到天花。

"那是澄观台，台后面就是明渊镜。"北沐瑶说着，绕到内室大梁的另外一侧，目光落在屋檐内一处闪着微弱光芒的角落。

岳凌飞站在澄观台前，只见台子上仿佛波澜涌动，明渊镜里颜色万千，忍不住伸出手去想触碰那如水的镜面。"诶，别碰。"一旁的北沐瑶忽然叫了一声，仿佛有点焦急又有点担忧，"别碰它。"她低下头，小声重复了一遍。

"哦，对不起，"岳凌飞赶快收回了手。看得出来，这轩室不是随便什么人都可以进，六合族人的圣地，他本来就不该生发好奇心。

"找到了！"沐瑶一面说，一面双脚腾空飞到房梁上，"嗖"的一下，取了两柄长剑握在手里，稳稳落地。果然如六合长老临死时所言，两柄剑里一柄细而浅的，上面镌刻着蟠龙双凤花纹，沐瑶自己留在手里，把另一柄扔给了岳凌飞。

他张开右手接住，先觉得比别的剑都重些，剑鞘刻着一只虎，沿着剑往上似乎还有一只立着角的梅花鹿，还有些奇形怪状的稀禽异兽，一只长毛的獾，一个人面独角的马，不一而足。

岳凌飞细细地看一遍剑身上的花纹，暗暗蓄了一口气，锵的一声，长剑脱鞘而出，凌飞心里惊喜交加。

从齐物轩出来，迎面是刚刚经过的、奇石嶙峋的小山峰。岳凌飞迫不及待，心中默一遍昨夜研读过的六合剑谱九式，一臂向天、一足拱立地练起其中的第一招来。

"力发于脚、撑于腿、冲于胯、拧于腰、送于肩、开于手。年轻人可不要太拘谨了呀。"岳凌飞的"行龙"一式刚觉得颇有模样，忽然冷不丁从迎面立着的山峰背后传来一个远而洪亮的老者声音。

岳凌飞当下赶忙收剑入鞘，四方寻找声音的来源。他狐疑地看了一眼一旁的北沐瑶。北沐瑶走上来，面对着山峰喊道："请问是哪位前辈不吝赐教，可否现身受我二人一拜？"

山峰背后只有风声呼啸，却没传回一丝回音。

岳凌飞与沐瑶二人交换一个眼神，心中仔细哑摸一番那老头的忠告，再飞起上身作"行龙"式时，有意无意地留神着自己的力使在何处，又渐渐从脚至腿再至腰至肩去引导，果然两三刻下来，只觉得浑身贯通，一股热气喷而欲出。

沐瑶见之，也一鼓作气带剑飞身到他旁边，两人双臂齐划，双肘齐顶，好不自如。两人如是练了三五天，已将六合剑谱上的九式反复练了一二十遍。有一日傍晚夕阳西下，山峰后面忽然又传出那个老头的声音。

这回他说："你的起、落、进、退都有大长进，然则反、侧、收、纵还欠缺得远。反身顾后，侧身顾左右，收如伏猫，纵如放虎，需得肘之垂劲与膝之纵力相合，肩之沉劲与胯之抱力相合，肩之开劲与裆之圆劲一致，才是六合剑法的妙处。"

二人这次既已知道是一个不愿意露面的高人，便相视一笑，抱拳向齐物峰上双双行一个礼，又照着那老头所指去练。果然受他点拨之后，将肘与膝、肩与胯之间稍加留意，便立时比之前轻巧许多，回转悬腾仿佛不费吹灰之力，用剑比以前更快了三倍，与嗖嗖的风声不相上下。

"我们的六合剑，可算是练成了？"这一日，岳凌飞与北沐瑶温习过一整套招式，自言自语般思忖着。

北沐瑶好像并没有听见他的话。她回头盯着背后嶙峋的山峰，忽然开口问："咦，这里从前有瀑布吗？我怎么不记得。"

果然，岳凌飞也转身望去，只见一直伫立在齐物轩对面的山峰，从高处正灌出充沛的流水来，飞流直下，远观如一排银练，他们越接近便只觉得水势越奔腾湍急，落在半山腰的碣石地里，飞溅起茫茫一片水雾。

两人都举头凝视着瀑布，北沐瑶若有所悟，但是未来得及开口，忽见瀑布中腾起一道白影，好像双腿微曲，一掌在前，要降落在水帘之前的一块碣石上，却似降非降，反而与背后的瀑布浑然一体了。

岳凌飞看着那白色的影子，忽然觉得那姿势有些熟悉。

对了！当年的鹿台山上，凫僕师父站的不就是一模一样的姿势？

白影接着从水帘中蹿出，伴着声如洪钟般的念词，"心想意到，以意运气，力非僵力，气带力出。头悬住神，神内敛，以心控意。拳走意随，意随气至"。

前两次老头说的话，岳凌飞听得明白，听过之后也照着其中的指点去练，进展神速。可是这次所说的什么心呀意呀，岳凌飞倒是听得蒙了。

白影却不等他多想。岳凌飞尚且懵懵懂懂，就只见那团白影忽然上下一展，他们两人刚刚从齐物轩中取的六合双剑便腾空而起，向他飞去。只见他轻轻松松擒住剑柄，轻轻一抖，剑鞘登时弹开落地，而白影霎时间则从一团化为双身，各持一剑，在白茫茫一片瀑布水雾中相对挥洒，剑光飞闪如电，汇入身后的湍急水流。

岳凌飞坐在地上，神魂好似已升到空中，竟是与那正在舞剑的人合而为一了：一股真气由上而下包裹全身，从百汇穴灌到丹田，气运周天，一时如仙如幻，冥冥中不知自己身在何处。

如醍醐灌顶，如晓梦初醒。岳凌飞早已佩服得五体投地，忘乎所以地径自向前一步，对那白影大声问道，"敢问高人是何方神圣？可否下来一见？"

"同是天地轮中人，相逢何必曾相识？"那白影答罢，忽地又从青白的影子变成一炷香，好像一个透明的神仙轻吹了一口气，化作一缕玉色的青烟袅袅而升。

洪钟一般的老声再次穿越瀑布在头顶响起："至刚至柔者水，至真至幻者道，道法自然，则远取诸物，近取诸身。"

话音落时，那白影高人已消失在瀑布之中，岳凌飞再回过神来，发现自己右手里拿着六合剑，北沐瑶手里是另一把，两人彼此面面相觑，虽然还不大想得明白，却只觉得自身已如脱胎换骨，昨夜读的剑谱在胸中翻滚，瞬间体内灵气升腾，眼前一道灵光乍现。

"原来六合剑法如此高深莫测，我们而今也才学了个皮毛而已。"岳凌飞顺着刚刚的姿势，身转半圈，当头直劈，劈到底之后手腕一震，剑锋翻上来又是一招逆水，轻盈顺遂，毫不费力。沐瑶见之也飞起来加入，两人一时重演了刚刚白影分身而行的招招式式，愈来愈快，旋舞腾飞，好不过瘾。

这剑是北长老的，可岳凌飞却愈来愈觉得，这剑就像是自己的一般，使起来就如同已经陪伴了自己许多年。而剑光之外的北沐瑶，每一刻稍纵即逝的影像，也如同在他的记忆里已经铭刻了许多年。北沐瑶轻盈得如燕如风，一把细长的银剑上下飞舞，挑落空气里的水珠无数，脸颊泛上一片红光，额间眉头也浮起一层小汗，在昆仑威严的背景之下开成一朵独绝于世的花。

"你的剑有名字没有？"北沐瑶转身眨一眨眼，送出一记长挑，"我的剑已起了名字，叫银针。"

银针飞旋在空气里，细细地扎在他的皮肤上，有一点痒痒的疼。岳凌飞心里摇曳，一时答不上来。再没有什么好名字能配得上惟妙惟肖的"银针"二字的，他想着，然后忽然说："那还不容易，我的剑就叫妙北。"

"讨厌，哪有这样戏弄人的。"

"我哪敢戏弄你，"岳凌飞用剑挑起北沐瑶的银针，在空中画了一个饱满的圆弧，"北指这剑是北长老所授，妙则是说它锻造出群、精妙无双。你说有什么不对？"

北沐瑶瞥一瞥他，这才不出声。而他们一路剑光相交，三五个回合战罢，再落脚于地的时候，发现已经身在昆仑南面的花丛之中。

"你看，我没骗你吧，"北沐瑶俯下身随便摘了一株白色的芦苇，"你喜欢昆仑山吗？"她侧过头，手里来回捻着那一枝随风的白茅。

岳凌飞的眼睛好像被那画面融化了，如同仲夏夜的第一滴雨水滴落湖心的涟漪，他冒冒失失地回答她："我不仅喜欢昆仑，也喜欢你。"

第五章　再启征途

第一回　知言若尽兮，来则导夫前路

昆仑山，稻谷峰。

阿吉清晨往圣坛去时，北沐瑶已不在那里。他问守卫的小兵，小兵说："北公主一早往青林去了。"阿吉再往青林去时，果然远远看见北沐瑶，正歪着头和昨天同在圣坛里的那个年轻人说话，言笑晏晏，不一会儿二人携手而去，背影消失在昆仑的暧昧晨光里。

阿吉转身就走，迎面却几乎撞上一个穿黑袍的人影。他抬头一看，是昨日同在圣坛里的另一个青年。和面目舒朗俊秀的岳凌飞不同，这个青年高大瘦削，一双刀眉冷眼，侧着身立在他面前。

"你也喜欢她。"这黑袍的人兀自看着青色的树林说。

"你想说什么？"阿吉觉得来者不善。

"我说你也喜欢北沐瑶。"

"你是谁？你认识我吗，还是你认识她？"

"我是冰潭谷尔朱的关门弟子冷火，现在是我第一次和你说话，昨天是第一次见到北沐瑶。不过——"他斜眼看了一眼阿吉，

"不用我告诉你你自己也知道，你是没希望了，在北沐瑶这儿。"

"不关你的事。你凭什么……"阿吉一阵怒意直窜心头，"你又是谁？来昆仑山干吗？"

"我是来带岳凌飞下山。这么说来，你说不定还得感谢我呢，把岳凌飞从昆仑山带走。"

"带走？我看不是那么简单吧，"阿吉一早觉得这两人出现得莫名其妙，此刻则更添了几分戒心，"那你们来昆仑做什么？"

"如果我告诉你，我们是来取妙行灵草的呢？"

"妙……你休想！你们俩也是为了妙行灵草而来的？你们——"阿吉心里一急，几乎就要拔剑相向，但是转念一想，此刻沐瑶并不在此，沐瑶是和那岳凌飞在一块。岳凌飞来昆仑山是为了取灵草、那沐瑶岂不是危险？因而面色一变，转身就要往林间去寻沐瑶。

"你用不着担心，"这边冷火倒是看穿了他的心思，"岳凌飞被北沐瑶迷得不是一天两天，现在只怕是为了她，魂飞魄散都愿意。她安全得很呢，你白操什么心。"

"哼，这你又知道了？"

"我与岳凌飞拜过同一个师父，我当然心知肚明。倒是你……你叫什么来着……阿吉，对吧？你看起来也不像这里的人。看得出来，你和北沐瑶认识很久了吧？也许是一起长大的青梅竹马？要不是我先与凌飞拜为师兄弟，还真要替你鸣一声不平。"

阿吉撇撇嘴。这话好像一时是说到自己的心坎上了，却又好像是不想面对的窘境。当年他归入地宫的太素偏殿，正与沐瑶出生的年月大概相当。他从此成为信使，每年在地宫和昆仑间往返一回，一年年看着她长高长大，从六七岁到十七八岁亭亭玉立，自己不可抑制地也生出一颗渺小的私心来。可是现在倒好，半路上不知哪里冒出一个岳凌飞，轻而易举地就登上昆仑，做了沐瑶身边形影不离的人。要说自己没有一点怨怼，肯定是说谎。

不过自己与地宫、与昆仑山的这一层关系，他一时还不想告诉面前这个人。于是他扭转话题，"你们为什么要妙行灵草？"阿吉不得不问。沐瑶如今与灵草双身归一，他要把徘徊在她身边的危险一一排开。

"是凌飞要救他的母亲去。"冷火说到这儿，叹了一口气，坐在了旁边的一块大石上，双臂撑在分开的膝盖上，目视着前方。

"说起来，凌飞是出生的时年不济、命途多舛。五岁时候母亲就去了，但是没死，却比死还糟糕。她据说是让天将雨神给抓走，抓去了中土地宫的水殿里押着，生生世世、不得脱身。他知道自己的母亲温和良善，不信她会犯这么重的罪，所以一心一意要以妙行灵草为引，打开地宫救她出来。"

这是一个任谁都无法反驳的理由。从冷火口中讲得凄凉，阿吉没办法辩驳。他想起十几年前，好像北边的水殿确实收了一个女子，在他们地宫的小道消息里被称作"凉河的罪女"不过镇守水殿的晨星秉性乖张、少与人言辞，而地宫五殿又各自分治管辖、井水不犯河水，所以谁也没从他那里得太多消息，这传闻就这么不了了之。但是这个被收走的罪女……据说是和三百年前中土大劫有关系的人，阿吉想，这三百年间，到底发生了什么？还有她的儿子，又是谁的儿子？

"你知道，若要寻着地宫，不一定非要妙行灵草不可。"阿吉不知是动了一点恻隐之心，还是一厢情愿地只想保护沐瑶，"我穿梭人世与地宫十几年，靠的是一双眼睛。"他边说边眨一眨眼，一边是碧玉无瑕，一边是绛石晦深。"一颗青色的青腰石、一颗赤色的丹腰石。两相对应，就能引路往地宫去。"他说。

"真的？"冷火依旧坐着，仰起的面上挑了挑眉毛，掩盖住眼睛里闪出的一丝光，"可去什么地方才有青腰和丹腰石？又不是每个人都生了你这样一副好眼睛。"

阿吉不语地看着冷火。自己不能信任他，阿吉清楚得很。可是鬼使神差，他盯着面前的黑袍盯了许久，然后开口说，"中土三百年前一座孤城名曰崇吾的，你可知道？"

"听说过。"冷火答。

"从崇吾往西北四百二十里，有一大山曰密山，南山坡皆是白玉、丹木。沿着往上走到七百尺，白玉劈开可见青腰，丹木结果便是丹腰。"

"此话当真？"

"当然，我从不骗人。"阿吉不忘补充一句，"我一点想帮你的意思都没有，我就是想你、你们离沐瑶远一点。"

冷火聪明地一笑。"我当然知道，请你放心。你要担心的不是我们，是青庐观的老妖戾天。将来若有一人得妙行灵草，大杀四方，必定是他。昨日的情形，你自己也看到了。"

"那老妖我自会找他算账，不用你管。"阿吉甩一甩袖子，说完径直走了。他察觉到冷火转过身来目送着自己的背影，心内突地仿佛有一丝不安。

他得赶快回地宫。阿吉想着，回去之后，要如何禀报呢？青庐老妖来夺灵草的稻谷峰一战，虽然老妖遁逃，可他练就了摄魂术，恢复奇快，说不准什么时候就卷土重来，这是重中之重。岳凌飞呢？他一时有些拿不准。凉河的罪女是最近才抓的，说是之前已经逃了三百年，不知是哪里的仙族。现在中土的人族早已覆灭多年，她却还有个儿子非要闯地宫救她，这前前后后的账，说不清是谁欠谁。

　　说不清也罢，阿吉想，索性先去看看沐瑶，确定她安好周全再说，便走了几步转个弯，瞬息之间化作一只灰鹊，直入青林中去。这青林是他与沐瑶小时候时常嬉戏的地方，一草一木都了如指掌。阿吉转了一个圈，忽然听得林子对面有嗖嗖的风声和人声，便飞过去一瞧，果然是沐瑶与岳凌飞两人，正在青湖前面对剑。

　　他们手里拿的，竟是六合剑。阿吉躲在落羽杉的枝叶后面悄悄偷看，只见沐瑶正走去湖边尝一口水，岳凌飞立在一旁，手中的剑还没停。这次藏身于林中，阿吉仔细端详一遍，只见岳凌飞天庭饱满，眉如小山，面色如玉，一双大眼顾盼有神，竟比女孩子还要标致。他生了这么一张漂亮的脸孔，剑法却快如飞针：指剑向天，手在空中越抖越快。阿吉不禁暗暗吃惊：才过了几日，这小子的剑法竟然长进得这么快，而且用起六合剑来毫无违和感。

　　正想着，忽然听得一声轰鸣，岳凌飞自己转如陀螺，飞快得只看得见一团灰色的影子，接着六合剑脱手而出，径直往树林里去，剑锋如刀，顿时割落枝叶纷纷，还有几只正路过的松鼠和黄鸟，也被削成了两半，横尸在落叶中。紧接着岳凌飞自己也重重地摔在地上，口中狂呼"头好疼！"然后口中喷出一口鲜血，整个人仰在地上。

　　北沐瑶闻声赶快来问。这是短时间里忽然得了高深的功法，自己的身体的巨大能量被激发，却没有足够的力量支持才会有的情形。北沐瑶跑来跪在凌飞身边，刚要伸手去摸他的额头，岳凌飞忽然仰天大叫一声"不要碰我"双掌将北沐瑶推出几丈远。沐瑶猝不及防，"哎哟"一声吃痛，跌在湖边。

阿吉顿时从林间飞出，化为人形落在北沐瑶身边，先将她扶起来问"受伤了没"转而伸出右手径直锁在岳凌飞的喉咙，双眼斜睨，眼看就要发力。

"别这样，阿吉哥哥，"北沐瑶拦住他的胳膊，"他刚刚得了六合剑法，剑气从刀锋出，又倒灌入他的云门、中府二穴，才会一时蒙住胸肺，不知所以。"

此刻岳凌飞也如梦初醒，见北沐瑶跌在地上，仿佛才想起自己做了什么，然后用一种不可置信的眼睛看了看自己的双手。

"别这么伪君子，不管什么时候，你都休想动她一根毫毛！"

"我……"岳凌飞走上来，吃惊和彷徨的眼神盯着沐瑶。"我……"他嘴巴张得很大，却说不出话来。

"没事，我没事的。"北沐瑶从地上爬起来，反而来安慰他，"你刚刚是被自己新得的剑法失了控，你没事吧？很快就会好的。"

凌飞一半迷惘又一半气恼，他走去捡起剑收进腰间的剑鞘，闷闷不乐地回视着阿吉。

当晚，众人吃过饭，阿吉走去和北沐瑶告辞。"稻谷峰一战，青庐老妖大杀大灭，欲取灵草、震动地宫，我得赶快回去禀报，让地宫诸殿早作打算他说。

北沐瑶听了抬起头，似有不舍之意，只说，"这么快走？"

阿吉点点头。

北沐瑶说："稻谷峰一战事发紧急，我也知道没办法再留你。不过有一个不情之请，你能不能答应我？"

"你说。"

"青庐老妖的事，你尽管禀报。可是有关妙行灵草和我，还有岳凌飞他们上昆仑的事，你能不能，能不能先不说？"

阿吉眉毛一皱。"为什么？"

北沐瑶深深吸了一口气，然后徐徐开口说："原本也没什么。灵草也是暂时交由我保管，我不想多生是非。岳凌飞也一样，原本没什么相干的，我不想牵扯那么多。"

"你知道吗，这就是我担心你的原因。"北沐瑶越要替那人隐瞒，阿吉就越替她担忧。"这几日在昆仑，我也不是一点消息都没听说。可岳凌飞是什么人，他的母亲又是怎么被晨星的人给捉走的，我们虽然不知道，可也总能猜到一点。况且我这几日想，他的样子，不像是神兽妖怪，倒像是三百年前覆灭了的人族的后裔！"

北沐瑶眼里闪过一丝惊讶，随后淡然点点头。"既然你已猜到，那我也不用瞒你了。"她说，"早先我爹爹就说过，他就是三百年前人族的后裔。"

"但这怎么可能呢？人族不是早就给夺去了智灵——"

"嘘，小点声，别让人听到。他自己现在还不知道，不过早晚有一天，他会知道，受难的，不止是他的母亲。我不知道他能不能扭转这一切，不过，要是有一个人可以的话，也就只有他了。"

阿吉莫名惊诧。既然沐瑶知道岳凌飞要闯地宫寻母，甚至要夺回人类的智灵，一路上艰险重重、九死一生，为什么还与他亲近？"那你该知道，他是不可能留在昆仑山上一直陪着你的。"

北沐瑶听后，低下头半天不说话。阿吉自己也觉得唐突了，赶忙把话岔开，"我明日要走了，不过你放心，我虽然心存疑虑，可你不让我说的，我一定守口如瓶。"

北沐瑶这才露出一丝笑容。"一路小心，阿吉哥哥。"她说。

阿吉第二天才下昆仑山，不承想却正逢经久未见的小雀儿倪玲飞上山来。倪玲是太极殿守护神猴填星的小徒，阿吉半路截住她，一问才知原来她也误打误撞，在青庐观被那老妖戾天所害。

"你去过青庐观？"阿吉问。

倪玲点头。

"带我也去一趟吧。"阿吉说。

倪玲先是不肯，直到阿吉给他讲了昆仑山上的一战，晓以利害，方点头答应。只是他们穿山越岭，到了倪玲所说的地方，只见那里已是荒草遍野，看不出从前道观一丝一毫的痕迹。

"这青庐观，是老妖自己毁的，我亲眼所见。"

他自己毁的？这一句倒是引起了阿吉的警觉，他仔仔细细地浏览着地上，寻找蛛丝马迹，直到捡起一块青铜色的瓦，抹掉厚厚的土，见到那上面的一行字，才大呼一声"不好"。

"怎么啦？"

"青庐老妖不仅要闯地宫，他还知道了五行的秘密，要吸五行灵力，修炼无界遁诀！"

第二回　悟广陵而识大意兮，云雨来兮不阻

昆仑山有多高？比站在云顶的想象还高。昆仑山有多大？比面朝大海的尽头还大。北沐瑶有多远？和昆仑山……一样远。这是她出生和长大的地方，就好像是昆仑最亲最亲的女儿，她行至何处，一草一木都和顺包容，欣欣垂青。下雨天有海棠树忽然开枝散叶为她遮雨，晚上有萤火虫主动飞来围在她身边。

"你简直就是它们的神。"岳凌飞在昆仑待到第六天，多多少少游历了昆仑的几处险峰几处河谷，在越女崖上由衷地向北沐瑶感叹，"它们都那么温顺地听着你的话，你甚至都不用开口说话。"

"这是六合族人世代相传的一种天赋，"北沐瑶淡淡一笑，"这昆仑山上除了我们六合人，也没有其他什么人，连访客都很少，所以我们成日里只和这些草草木木作伴，相亲相通是必然的。况且，它们也不全是在照应我，妙行灵草受昆仑山上圣水浇灌，已是汇聚了天地日月的精魂，林木都崇拜和照应它，偶尔感识人心都不算新鲜。"

岳凌飞点点头，依旧拿起自己的六合剑操练起来。六合剑谱上的十八招式他早已牢记于心，又经过那神神秘秘的潇湘大士老头点拨，岳凌飞的身影招式又比前日灵活自如了不少。

他正自沉醉，耳边长剑舞起的飕飕风声之中，忽然冷不丁响起一声琴音。一声低沉、稳实的徵音，仿佛从不远处的雪杉树林

里飘来，不偏不倚在他的头顶颤动。

岳凌飞手中的剑没有停，还心中默念要自己集中注意力的时候，头顶那一声琴音又响了起来。"噔噔"然后他就听见了凫僳师父似乎趴在自己的左耳旁悄声说："此三弦四徽。"

紧接着又是一声琴响在右耳边，师父说："此五弦五徽。"

他的耳边眼前不受控制，冥冥中看见师父穿越记忆飘然而至，就在远处安坐抚琴，抹、摘、剔、挑成一个饱满的大轮指，接着忽然醍醐灌顶，在空中大叫一声"原来如此"飞过来拉住沐瑶的手，就往自己所住的内阁而去。

"你找什么？"北沐瑶一面随他匆匆而去一面问。

"你看、你看，"岳凌飞的声音因欣喜得意而颤抖着，从自己贴身的包裹底下翻出薄薄的一卷羊皮，开头是四个字"广陵止息"。

"《广陵止息》？这就是传说里早已失传的《广陵止息》的曲谱？"

"失传？"岳凌飞反问，"没听说过失传啊，这是我在鹿台山上凫僳师父的珍藏，我下山的时候他送给我的。"

北沐瑶走过来和岳凌飞一同看着那曲谱。"你怎么忽然想起它来了？"她问。

"六合剑，"岳凌飞答说，"我刚刚在温习六合剑谱上的九式，忽然就想起这琴谱上的十八段，其实很是相近。"他说着，展开曲谱指给她，"我刚刚练到第五式'云鹤'的时候，生生就听到师父弹'冲冠'那一段了！"

"你师父教的你《广陵止息》？"

岳凌飞点头。"我听师父说过，这曲子的十八声，说的是远古时期一个名叫郑的勇士。有一个姓仲的将军，重金请他去刺杀一个叫巫言的奸臣。郑武士以自己家有老母为由，推辞了两次，他躬亲侍奉年迈的母亲，直到母亲去世了，才答应将军。后来这个姓郑的刺客果然刺杀成功，他成功之后还自剐双目、划破脸颊，让人没办法认出来，不连累自己的恩人。但是后人还是暗地听说了这件事，虽然也不敢声张，但是谱了一首《广陵止息》来纪念他。"

"是吗？我听说的，可不是这样。"北沐瑶若有所思。

"嗯？"

"我听说的故事……是这么讲的。郑武士刺杀的不是巫言，是当时中土的王。王死了，仲将军就取而代之做了新王，刺客虽然自剐双目毁了容，可后来运出城的时候，还是被自己的姐姐给认出来了。姐姐没想明白弟弟为什么要毁容，她想让弟弟留名千古，所以大肆宣扬自己弟弟为新王肝脑涂地的事。新王听说，于是邀姐姐进宫，当天晚上就杀了她。"北沐瑶说完又补上一句，"从此天下太平。"

岳凌飞只觉得脊背骤起一层涔涔的冷汗，北沐瑶看着他手里的曲谱，说："后人为这件事的来龙去脉谱了曲，可这个刺客的故事波折起伏，所以《广陵止息》也不是一般的古质凄艳曲子。它带刺，甚至还带着杀机，原来它不止是曲子，兴许里面还藏着当年郑武士所用的武功？"

二人于是拿了《广陵止息》，细细从头看起，从"取韩"第一到"投剑"第十八，统共十八声。其中第一、第二声的"取韩"与"呼幽"多捻声，气势贯通。第三、第四声"亡身"和"作气"则全是勾、易叭摘、指，凶狠全出。依次声声看下来，手上依着琴谱上的指法千变万化，再合上六合剑谱里的招式，果然自成一套武功。

"你小时候师父教你抚琴，抹捻摘剔之中说不定已开了你的筋骨和精神，只等你的功力增长到汇通十指，自己悟出抚琴与舞剑的诀窍。"

岳凌飞点头称是，心下终于对师父七八年里看似枯燥无味的匠心恍然大悟，不禁喜不自胜，转身拿了长剑在空中抚起琴来。北沐瑶虽是第一次见"广陵"曲谱，对音韵指法却甚是聪慧，其中的诀窍也得了几分，忍不住也拿起银针剑与凌飞同舞。

"行龙""卧虎""狡兔""灵猴"再加上"广陵散"中的崩、架、围、拿，岳凌飞与北沐瑶一带一挑，剑锋情意都相合一处，不知不觉中已琴剑合璧，人剑如一。他的一呼一吸，一吐一纳跟着广陵的律动，再没有什么能比得上这一刻淋漓的自由和畅快。广陵的古韵和着萧萧剑气，岳凌飞倒挂半空，迎着北沐瑶一双明眸，忽然感觉内里升起一股燥热。

不是夕阳下的拂光，也不是林间的青草香气，甚至都不是穿过层层云雾的散漫光线，他望着如梦如幻的北沐瑶，只清晰地觉得自己的身子在不知名的燥热里不由自主地要向她靠近，像一团刚刚燃起的火苗，顺着血管和经脉一路烧来，欲望在肌肤的一丝一寸从呢喃变成不可抑制的呐喊。

说不清是因为越女崖上的浓雾，还是肌肤上一层薄薄的香汗，北沐瑶的白色衣衫贴着身子。岳凌飞一双手穿过她微湿的长发，抚过她的脖子和肩膀，低低呼唤一声她的名，唇齿之间自己先醉了一大半。他的手指如抚琴一般在她的肌肤里游走，风中云雾凝聚，下起绵密的银丝细雨。天地交合，云雨初生，春涧甜软露华浓，他在湿润丰沛的河水里彻底变作了一条渴望的鱼。

接下来的一刻，岳凌飞感到自己全部的重量又回到了这个世界。他第一次体会到那从地心发出的、致命般的引力，恍然明白何谓人世是夹在天堂和地狱之间。

　　人为什么要为人？人又为什么……活着？他额头的汗珠顺着脸颊落下，和着彼此交织的喘息，滴在她颈间一起一伏的锁骨上，好似由空气里滴落的一个光点，照亮了他迷惘曲折的成长之路，又好像逆着潮水的方向游向大海，他沉没、沉没、沉到没有底的海底，每一寸毛孔浸淫在洋流的涌动之中。睁开眼睛的那一刻，就看见了尽头的一缕光。

　　他低下头来深深地亲吻她的心口。北沐瑶左边的心口印着一朵绛色的花，含苞欲放。"这一朵绛色的花只有我看见过，"他痴迷地凝视着她，把她搂在臂弯里，"这是你一直就有的胎记吗？"

　　北沐瑶摇头，答说："不是，是那日……父亲将妙行灵草打入我体内才有的。"她的声音小而娇弱，还带着飓风过后的轻喘。岳凌飞只觉得自己的心已融化，忽然不知怎么胸中一颤，口里腥甜，扭头咳了两声，竟然咳出一摊血来。

　　"怎么了？"北沐瑶支起上身探过头来。

　　岳凌飞顿时面红耳赤，千百个不好意思，连忙扯过自己扔在一边的袍子去掩饰。"不碍事，"他开口。北沐瑶却直直盯着他，好像有笑意，接着拿出自己的手绢去擦一擦他的嘴角，忽然看见自己的绢子上点点红色。

　　"你……这是怎么……"她有点害羞、有点惊慌，岳凌飞心中懊恼窘迫，连忙扯谎说："是我不小心咬破了自己的嘴唇。"这话北沐瑶貌似相信了。她这才放下心来，又躺在他的肩膀上，睫毛一动一动轻擦他的脸颊。

"或者是你咬破的，"岳凌飞转过脸去戏谑道，"我得报仇。"说着低下头，用牙齿轻轻咬住她的嘴唇。

"唉呀，我讨厌你了，"北沐瑶好像要躲却又没躲，也反过去攻击对方，岳凌飞心疼又喜欢得不行，右手搂过来摩挲她柔软的头发。

"说真的，我和你，我们已经是一个人。"他离她远了一点，认认真真地看着她的眼睛说，"我爱你。"

那天晚上，他们对着蔻室里摇曳闪动的烛火重温越女崖上的《广陵止息》，北沐瑶半夜里枕在他肩上半梦半醒，忽然说，"日后你要是需要，妙行灵草无论如何一定来助你，不管是什么时候，不管是为了什么。"

他听闻，鼻子一酸，几乎就要掉下泪来。可是当他沉沉睡去，多年以前那个折磨过他的噩梦，再一次铺展在他的梦中。还是一股巨浪般的热气，一团烈火如洪潮咆哮、电闪雷鸣。火浪如虎，从那火焰中似乎还开出一朵巨大妖娆的花，每一片花瓣都张扬着旺盛地向空中延伸。他站稳脚跟，火浪已向他扑来，躲无可躲，忽然从自己身后蹿出一个长衣纱袍、纤纤女子般的细瘦身影，张开臂膀挡在他之前，扑向那浓浓烈火。

"嘭！"梦中四分五裂的爆炸声将岳凌飞彻底惊醒，他霎时睁开双眼，额头上全是汗珠。他惊魂未定，连忙转身去看北沐瑶，她仍在甜睡，岳凌飞这才定了定神，可他注视北沐瑶的目光，一直持续到东方发白。

这是母亲离去当晚他做过的梦。岳凌飞不知道梦中到底发生了什么，也不知道自己做的这个梦是什么意思。可是不管它是在暗示着什么——他盯着甜美安睡的北沐瑶暗暗发誓，他不会让她有任何危险。

昆仑山如画如梦，岳凌飞与北沐瑶沉醉其中，不知不觉已是半月有余。他们二人两情缱绻如胶似漆，唯独岳凌飞每每肌肤之亲，到了后半夜总是忽然醒来，像第一天晚上那样心口如绞，偶尔咳出痰血来。岳凌飞心想这恐怕是自己的暗疾，当然瞒着北沐瑶不让她知道，然而暗暗已升起一种引诱，却又无从探究到底是怎么回事。

"那个和你同来的小兄弟，在山下也不知道走了没走？"北沐瑶有一天提起来，岳凌飞顿觉白驹过隙，不知道冷火一连数日都在干吗。

"三天之后是夏至，就是昆仑山的天祀日了。"北沐瑶又说。

"天祀日？祭祀天吗？"

北沐瑶点头。"是昆仑山上每年最重要的七天，六合的族人要登上昆仑山顶、奉献祭品，祈求神界的智慧和勇气，预知风险和对策，以保佑世间一整年的平安和顺。"

"昆仑山顶？望都望不见的山顶，你们怎么上去？"

"傻瓜，"北沐瑶一笑，"昆仑山顶是天神以云雾终年锁住，用眼睛看当然是看不见的。只有每年夏至的日出时分，云雾才会散去一刻。这时候从齐物轩往上，过灵通门，然后顺着当初潇湘大士的瀑布，便登上山顶了。"

"这么容易？你每年都去？"

"以往是跟着父亲去的，"北沐瑶说起父亲，神情里到底余着一点哀思，"我跟着父亲，还有抬送祭品的三十六武士，穿过瀑布上山去。"

"昆仑山顶都有什么？"

"有天神的行宫啊，祭祀的神坛就在行宫之前。"

"嚯，"岳凌飞惊讶地感叹一声，"原来伏帝和蜗母也有行宫在昆仑山。那你这次见到他们，替我请个安。"他半开玩笑地说。

"快别胡说了，"沐瑶蹙一蹙眉，拍了拍岳凌飞的手背，"没有人见过伏帝和蜗母，每次只要能一瞥行宫，就已经算是莫大的福气。天神是从不露面的呀。"

"原来如此。岳凌飞站起身来，走到北沐瑶面前，"天祀是要去七天吗？"

北沐瑶点头。两人彼此相视一眼，岳凌飞说，"希望冷火不会因在昆仑山无聊太久，自己下山去追青庐老妖了。"

"他与那老妖有什么过节？"

"说是有血海深仇。"

"话说，你这个冷火兄弟，到底是何许人也？他和你一同来昆仑山做什么？"

"我们……"岳凌飞低头想了想，忽然想起他们第一次见面，和自己遇见沐瑶正是同一天，因说道，"说起来还是一个缘分。你记不记得，三年前在鹿台山下我们第一次见面？就是那一天，你走了没过多久，我就遇上他了。我们一块经过射孤山，掉进遗世谷里，拜了谷里的隐大侠为师，从此师兄弟三载有余。"

"所以他上昆仑，是为了追杀那老妖？"

岳凌飞点点头。

"可老妖庚天不知从哪里得了阴阳摄魂法，你的师兄恐怕不是他的对手啊。"

"他应该也在寻法子。"岳凌飞想想说，"不过我们原本不知道那老妖也在这儿。从这往后，真正是新仇旧恨叠在一起，不报不行了。"

北沐瑶坐起身来靠在凌飞身边，牵住他的一只手放在自己手里。"其实我很怕'报仇'这个词。"她说，"庾天作恶不是一朝一夕，肯定会有他的报应。我只怕你们为了报仇，又造出新的因和新的果，从此往复下去，冤冤相报永无尽头。"

岳凌飞听了北沐瑶这一番话，不甚理解。"我不明白，"他回答道，"你说的报应，是所有人都不作为，报应就会自己来吗？还是有人要提刀报仇，以自己的行动践行因果报应？"

"我也不知道。"北沐瑶老老实实地回答，"我想就算什么都不做，上天也会公平地以因牵果，均匀地回报世间万物吧。"

"我就不明白了，他杀了你的父亲，你就真能无动于衷？要是我，恨不得将他撕成两截。"

北沐瑶被他说起自己的父亲，先噤了声，面色黯淡，眼露哀情。她低下头不知该说什么好，岳凌飞这才意识到自己不该直戳她的伤心事，"刚刚是我不该这么说，是我错了，我一着急就口不择言。"他赶忙安慰她说，"不过你放心。交给我、所有事都交给我。庾天作恶多端，他的报应很快就该到了。等我练成了六合广陵剑，再见到他，就是他领取果报之时。"

那一夜岳凌飞搂着北沐瑶沉沉入睡，脑子里却动荡不安得很，古怪的梦一个接着一个。最先出现的是他的母亲，比他童年的记忆里还要年轻的模样，骑着马在昆仑山的林间奔驰撒欢。母亲一脸阳光，她走下马来，不一会儿席地而卧，和青草野花躺在一起。

转眼间，母亲躺处的青草变成了一条山间的河流，母亲依旧趴着身子，被河水冲到下游却一动不动。河水湍急，能听到水花拍打河岸礁石的声音，母亲僵硬的身体依旧一动不动，顺流而下。

到了下游，河两岸排满了许多老迈的士兵，他们拿着硕大的盾和奇长的铁矛，那武器沉得几乎举不起来。命令士兵前进的战鼓声传来，士兵们开始整齐地迈步，步子迈得震天响，仔细一看才发觉他们不过是在原地踏着步子。

可是士兵的步子踏得震天，天果然就塌下一个豁口。巨大的云川瀑布般倾泻而下，土地顷刻间就变成了一片汪洋。西风夹着冰片和雪花刮来，冻住澎湃的汪洋，又堆起一座座矮矮的雪山，在冰河上漂浮，相互碰撞时有的沉没，有的拔起。

紧接着，一座冰山开始迅猛地加速，直愣愣地向岳凌飞眼前扑过来。他连忙高举起手中的长剑狠狠一劈，冰山被劈开两截，露出里面燃得炽烈的火，浓浓的热浪伴着海水的腥味和土地的焦味向他咆哮着袭来。

然后就是那不止一次出现在他梦里的一幕：火浪的前梢已经挨着他的鼻尖，他以为自己马上就要被卷走的那一刻，忽然从身后蹿出一个长衣纱袍、纤纤女子般的细瘦身影，张开臂膀挡在他之前，扑向那浓浓烈火，转瞬便化入滚滚浓烟，飞升在空气里不见。

"不要！"岳凌飞大吼一声，气喘吁吁地从床上坐起身来。此时天刚刚亮，他转头看身边空空如也，急忙穿起夹衣匆匆推门跑出去。

蔻室的围廊之下，不知何时多了许多六合的小卒。"沐……北公主呢？"他刚刚想说沐瑶，却想这样直呼她的名字不大好，连忙咽下去改了口。

"公主已返入圣坛，三日之后主持天祀。"离他最近的一个小卒回答他，面上带着一种好笑又别扭的古怪表情。

他点点头，围廊之下小卒们一个跟着一个闷声调头离去，仿佛眼里看不到岳凌飞这个人。他一个人还呆呆地站在当下，一半明白一半糊涂，目送着那八九个小卒远去的身影。

"正好去看看冷火兄弟，"岳凌飞自言自语地望望外面，"好不容易上昆仑来，希望他别自顾自走了。还有好多事要同他商量呢。"

第三回　探及千秋，窥天命矣

来昆仑山的第三日，送走了呆子阿吉，冷火每日很清闲。他是客，还是不速之客，除了几个六合人日日给他送茶送水、照料起居之外，其他人其实也不知道该拿这个陌生的客人怎么办。

不过冷火倒没有觉得被冷落。冷落对于他来说，甚至是一种绝佳的状态，没人注目、没有在暗地窥视、没人给他指路，可至少有的是自由，当然，他还有一双锐利的眼目和爪牙。淳于化作一只掌上鹰，陪伴在他的左右，同入同出。

淳于在昆仑山，不出几日，已将山中六合人所居之处打探出三五分。原来昆仑广袤无垠，而只有三千尺左右山腰上，从稻谷峰脚下沿着汩河的几百里有六合人聚居。六合人虽然人口稀少，却个个寿命绵长，鹤发童颜，二百岁，甚至二百四五十岁的老翁并不少见，从相貌上完全看不出世事和风霜。

"这些六合人，每天都干些什么？"冷火有一日问起淳于。

淳于歪着头想了片刻，摇摇头，说："我也说不清楚。他们从西面的天山引流采水，到四千尺上的密林捕猎为食，昆仑山上日月天气如此和顺，每日人人各取所需，邻里间毫无冲突和怨恨，他们几乎什么也不用干。"

六合族是净化过后的人族。这是父亲曾经告诉他的，冷火现今忽然想起这句话，也想起父亲还说过，六合人无情无欲，冷面冷心。因为无情，所以不会贪婪，因为无欲，所以不争。他们只有爱，没有邪念，只有满足，没有空虚。

"不过，他们还在研究自己的六合阵是怎么被戾天老妖破的，我听说他们反复演算了好几日，又衍生出一种三层的阵法，牡丹开花一样变幻无穷，起名为三十六阵。"

冷火哈哈一笑。"六合族与世无争，可他们也只能在昆仑山上孤立独绝。然而现在妙行灵草已经现世，他们就是不想争，也有人要来和他们争。六合人的安宁日子，马上就到头了。"

淳于点点头，深以为然。"还有，稻谷峰半山上的七十里，藏着一处千秋阁，是六合人收藏典籍和器物的地方，我没进去过，不过看起来藏品累累，说不定能寻到什么蛛丝马迹。"

冷火点点头，记在了心里。第二天清早天刚微亮，他先静悄悄地摸出了居室的门，走了十几步看看四下无人，招来淳于变作自己的掌上小鹰，然后蓦地双脚腾空，迈开大步往稻谷峰去。

"就是这儿了。"淳于悄声在耳边说。

冷火的双脚稳稳落地，树林浓郁茂密，直到那千秋阁近在眼前了，才终于从繁盛的枝叶中看到了一个角。

"此处可有人把守？"他回头问。

"没有。"淳于答说，"我怀疑此处都没人知道，当然……除了六合族里举足轻重的大佬们之外。"

冷火倒是不改谨慎，先趴在千秋阁的窗子外面听了半晌，只觉得屋里一丝动静都无，才蹑手蹑脚走到门前，轻轻一推，带起一阵浮尘扑面。

有浮尘，说明这里许久没有人来过。冷火迅速跨进门内，背身关上两扇门，肩上的淳于"噗"一声飞落地上变回人形，二人一面往里走，一面上上下下打量着。初入的厅堂狭窄，尽头的门里还有一道门，用铁链牢牢锁着。冷火轻轻吹一口凉气，一层厚厚的冰霜瞬间冻在铁锁的周围，再拿出随身的短刀用力一劈，铁锁脆生生断成了两截。

伯牙殿后面有藏书阁，崇吾的角楼里还有一个更大的，泽宁宫也有，可它们每一个都至少有十几层的书册，环绕在书阁的四壁，景象壮观得让人走进去便移不开眼睛。可是同样壁垒重重的千秋阁，打开了一道门又一道门，到最后出现在二人面前的，还是一间小小的暗室，只有墙上两支孤独的蜡烛，燃烧出两点弱不禁风的光。

两人借着烛火的微光检查了一番藏书的小屋，可四壁空空，天然石洞的粗糙纹理讲不出话，他们连一个可以读懂的字也没找到。

"不对啊，我明明听那个六合祭司说的，千秋阁是六合人藏书之所，千百年的历史秘密都在这儿。难不成他们是故意说来诳我的？"

"等等，"冷火环视四周说道，"我们进来的时候，看千秋阁建得那么大，不可能里面只有这么几间屋。"

"那么——有暗门？"

"一定有。"冷火用手均匀平缓地抚摸着四周的石墙，忽然眼睛盯着墙上的烛台。"跟我来。"他说着，一口气吹灭了两支蜡烛，紧接着就听到"咔嚓咔嚓"石头缓慢移动的声响。

石门洞开时的光亮一点点移入冷火与淳于的眼中，二人不禁下意识地用手挡住些光亮，小心翼翼地一步一步往深处走去。

等走过了石门，真的站在藏书室里的时候，他们眼前终于铺展开从未见过的一幕：十几人高的阁楼里，上万匹羊皮、牛皮、龟壳和绢纱，立在空气里，微微卷动的模样，好像一张巨大的水网张开在清澈的浅滩。

"简直不可思议，"冷火暗自赞叹一声，淳于已变作一只白鹰，驮着冷火，在高大明亮的藏书阁里盘旋穿梭。

他随手取来一张羊皮，拿在手里看看，是一张从东海寄来的书信，上面佶屈聱牙地说着许多文绉绉的话，看到最后才看懂，原来是祝贺一位叫易凝的公子诞生的大喜，顺便讨一笔十七年前借的账。

冷火看完松手放在一边，忽然觉出右边一晃，晃过一道亮亮的金光，连忙扭头去寻。"你看，那有一只金铜匣子，"冷火一眼望见，淳于霎时呼扇翅膀，飞到匣子旁边去。到了近前，发现匣子没有上锁，两人掀开盖子一看，里面放着一卷旧牛皮，打开时露出最上头的四个字，冷火一见惊呼一声，倒抽一口冷气。

这四个字写得飘逸飞扬，淳于不认得这字体，问："这是什么？"

"'洗髓新启'，"冷火一面说一面指给他，"是传说中伏帝的儿子帝喾从西方而来，横跨中土，至东海前的大荒山脚下，忽然心中有感而悟，随手在东海的沙滩上写下来的。不过第二天潮一涨，沙滩上被抹得一干二净，后人从此也无从知道他的所悟，所以传下来只有'洗髓经'的名字，内容却没有人知道。"

"那这'洗髓新启'呢？"

"这肯定不是帝喾所悟的洗髓经，估计是这里的六合人多年也在试图寻找和还原'洗髓经'，一路上将自己所知的神迹和功法记录下来，然后冠以一个和洗髓有关的名字罢了。"

"但这也是六合人多年来搜罗的秘藏，说不定会有和妙行灵草有关的内容？"

冷火点头说"也是"转而又说，"不过灵草已和北沐瑶合二为一，此时的灵草已不同彼时"，最终对自己说，"但看看也无妨"，一页页仔细将"洗髓新启"看下去。

果然，到太极一卷，开篇便说，"天地并作，日月无界。无界遁走，五行重生。故得无界遁诀者，比肩上神，天地无双。无始无终，不生不灭。"隔了几行又说，"两仪生发，阴阳缘起。五星连珠，界转缘开。"

"你可记得，我们从青庐观的暗室出来，救下的一只小雀儿说的话？"

"它说没有五行灵力，修不成真正的阴阳大法。"

"还有比阴阳大法更高深的，也藏在那五行灵力里边。你看这里说的这个'无界遁诀'大法，可不知比摄魂法高明到哪里去了。"冷火说完，指了指手里"洗髓新启"上的图，"他们的诀窍都在这个五行地宫里。"

"果然。咱们当年在青庐观中窥得庚天的手记，其中记录说他一直在寻找丹腾石，而今这个怪人阿吉也说寻地宫可以不用妙行灵草，一颗青腾一颗丹腾也能带人到地宫，这样两相印证，应该没错。"淳于因说。

"我看阿吉当时面上的神色，也不像是说谎，"冷火点头道，"不过也不排除，他为了保护带着妙行灵草的北沐瑶，而故意扯谎，骗我们不要去找她的麻烦。"

"也对。无论如何，我先把这两颗石头找着再说，到时候如果不成，就再取那北沐瑶。"淳于说道。

冷火点点头，"那两颗石头恐怕也不是那么好找。咱们当年追着戾天一路也没见到，而密山上全是荒野无路，七百尺才有白玉，你可有办法上得去？"

淳于从怀里拿出一串清脆的银铃，微微一笑，"当日我们救下的那只小雀儿，对我们心存感恩，临走的时候给我留下一串铃铛，许诺我日后若陷入困境需要帮忙，便以四指轻拨铃铛上的银丝，它自即刻飞来助我。"

"它知道青朦和丹朦是指向地宫的灵物，会帮你取那石头？"

"它虽然知道，却不知道我们知道。"淳于说道，"我只说咱们师父在遗世谷有难，不怕说不动它。"

冷火"嗯"一声，又说，"况且那北沐瑶和岳凌飞正相好，只要岳凌飞还要去地宫，妙行灵草迟早肯定得出手相助，而我们坐在一旁渔翁得利就好。不论如何，你先速去和那小雀儿碰面，我今晚查阅星历，看看这书中说要等的'五星连珠'到底是什么时候。"

淳于应声而退，冷火将《洗髓新启》放进自己怀中收好了，留在千秋阁里继续阅览着里面的林林总总。地宫之门就在离自己不远的中土，他告诉自己，那是他的故土、他的家乡，是命里注定要属于他的土地。

千秋阁成千上万的卷册环绕着长身独立的冷火，他下意识地摸了摸自己手臂内侧烫写下的"荻"字。

"五星连珠要等数月之后，算来要整整一百二十日，"淳于去了三日，夜里回来，冷火第一句话说的就是五星连珠。

"真的？四个月之后就有五星连珠？"淳于惊喜地叫了一声，"通常可是数百年才能赶上一次的呀。"

"所以说是上天助我们，取我命中应得。"冷火边说边望着窗外，天阴沉沉的，一颗星也看不见。

"喏，"淳于闻言，低下头从怀里取出一只布袋，还未打开便见得里面莹莹有光。"给你。"他简短地说，把布袋拿到冷火的面前。

很小的两颗，只有绿豆那么大、并不圆润的小粒，偏小的一颗是青腠，碧釉青翠小巧，稍微大点的一颗是丹腠，朱砂明艳动人。冷火和淳于二人将两颗石头捧在手心，眨眼间便见之轻轻浮起在空中，青色的高悬头顶，和赤色的一前一后，指向东方。

"这是我从那小雀儿手中所得，当初从青腠与丹腠上切下来的碎片。这两个碎片只要聚于一起，便会指引方向、去寻他们的本体。这样看来，有此二石之事，应该是确切的。"

"太棒了！"冷火不禁叫道，"那呆子的话果然不假。我们上来昆仑，既得知了妙行灵草的去处，又得了指路的灵石，真是天助我也。"

提起妙行灵草，冷火又想起岳凌飞来，因说："不知道岳凌飞还在山上作甚？"

"我回来的一路，看六合人的村落忙忙碌碌，原来是在准备他们的天祀，北沐瑶做主祭，要去个七八日，正是我们领岳凌飞下山的好时机。"

"嗯。不过强要他离开昆仑，一声不响就走，他一定是不肯的。"冷火沉吟。

"除非、除非，"淳于走近前来在冷火耳边悄声说，"是他自己的良心要他非下山不可……"

第二天他们还没盘算好如何找回岳凌飞，岳凌飞就径自送上门来。"冒失地带你一起来昆仑山这么久，真不好意思，"他敲开冷火的门说，"我……也不知道昆仑是这样。"

"看来你的收获不小，"冷火迎他进了门，"不过我得感谢你带我来这儿，我也见到不少从未见过的东西。"

"你见到……什么了？"

冷火把门关起来，坐在桌旁轻蹙双眉，喉咙发紧。"我看到一些不寻常的，不寻常的人，或者动物，在中土。"

"中土？你去中土了？"

"你记不记得，我们刚来昆仑第一日撞上老妖戾天来夺灵草，危难关头冲出来一只硕大的秃鹰，才救了所有人？"

"当然。"

"原来那只秃鹰，也是从遗世谷出来的，是修炼了五百年的神鸟。它两百年前就到过中土，不过此时的中土，和以往已经不是一个模样。"

"什么意思？"

"你可愿意亲眼看看？"

岳凌飞毫不迟疑点点头，来不及思索自己到底会看见些什么。只要是中土，还有和中土、和过去、和离自己而去的母亲有关的一切，他都想第一个看见。

冷火两只手指放在嘴唇边吹一声口哨，不一会儿，窗外传来一阵风声由远及近，一双巨大的翅膀的影子透过窗纸，横扫在两个人的脸上。岳凌飞推开门跑出去，迎面一只巨鹰低低盘旋在不远处，紧接着，迎着冷火一个手势向两人俯冲去，在最接近地面的一刻忽地收起翅膀，滑行了几尺，在地上站稳的同时，变成一身白衣的青年人。

岳凌飞目露惊奇。这就是那只在稻谷峰上从戾天老妖手里救了他、救了沐瑶和众多六合人的秃鹰没错。岳凌飞连忙上前向他道谢，又赶紧自报家门，接着问"这位大侠怎么称呼？"

"淳于。"白衣年轻人淡淡地回答，接着扭头回望身后一座山峰，简短地开口说，"请随我来吧。"

上山的路云雾稀薄，岳凌飞却越走越觉得熟悉。一条人踩出的曲折土径他好像走过，两边的青草树木他也曾路过，就连目光尽头一块苍青色的大石头，他也觉得自己在哪里见过。

想起来了，这不是齐物轩吗？三人绕过最后一个弯，面前出现一间小小的轩室，坐落在一块大石之上，岳凌飞忽然记起了这是哪里。当日北长老离世，他跟着北沐瑶来取长老留下的六合剑，不就是在这里？

记起当初上来齐物轩的小心翼翼，岳凌飞不禁收住了脚步。冷火在前面走了几步忽然发现岳凌飞没有跟上来，回转头问他，"怎么了？"

岳凌飞说，"这里……是六合族北长老的轩室，是六合族人的禁地。我们就这样进去好吗？"

"你到底想不想看看现在的中土？"冷火问他。

岳凌飞听完犹豫片刻，又跟了上来。

"你来过这儿？"跨进轩室的门，冷火问。

岳凌飞轻轻点头。"是北沐瑶带我来的，里面内室的梁上收着北长老的一双六合剑，她把其中一柄送给了我，"他指一指自己的剑鞘，接着说道，"一会儿出去了拿给你看。"

"那你想必已经见过明渊镜了，"淳于在前头，向一侧让开自己的身子，身后露出一方大理石台，台上是一面六七尺见方的青铜镜。

"我是见过，可……六合人不让我碰，也不让我看。"

"那是理所当然，"冷火带着岳凌飞走到镜前，伸出手向镜面一点，接着展开手臂在空中画了一个半圆，那污浊的镜面顿时变得清亮起来，好像粼粼的波纹。

岳凌飞盯着镜中眼睛都不眨，镜子里的波纹逐渐散开，变成稀薄的云层，云层下就是绵延不绝的山川。

"这是哪里？"岳凌飞问。

"再近点你就看到了，"冷火继续轻点镜面，镜中的景象被迅速地放大、拉近，"三百年前的中土之都——崇吾城，这就是它此刻的模样。"

三百年前的中土之都，两尺厚的红砖城墙，九尺宽的白玉大道，铺向崇吾的禁宫。而今的城墙只剩下几处颓垣墙根，伯牙殿里曾豪迈无比的十二根顶天立地的铜柱，在一片荒野之上光秃秃地兀自独立。

"怎么是这样？"岳凌飞显然也看见了那几根光秃秃的破败的柱子，这不是它们本来的模样。

冷火没有回答，只是继续面对着镜子。再细看去，岳凌飞能看见几个倒在铜柱边，仿佛还在缓缓蠕动的物体。

岳凌飞把脸靠近明渊镜，几乎贴在它面前。"这些爬在地上，没有手没有脚的……怪物，是哪里来的？他们是……是什么？"直到清清楚楚看见那蜷曲地上干瘦的骨节和空洞的眼眶，他才转过头问身后的冷火，"他们、他们是人吗？他们中了什么咒还是什么蛊，他们是人吗？"

"他们曾经是人,现在是被夺走了智灵的行尸。你在鹿台山上的师父说你是三百年间出生的唯——个真正的人,他说的应该是对的。"冷火此时终于徐徐开口,"他们本该是你的同胞,但是被夺取了智灵镇压于中土的地宫,从此无知无觉,只有死亡没有新生,浑浑噩噩地走向终点。"

岳凌飞再抬起头时,一双眼眶里夹着不解的愤怒和晶莹。"到底发生了什么?!"他一直以来所渴望的中土、和人族的重逢,到头来竟是这副模样。他以为自己够迷惘、够坎坷的了,谁知今日才见到和自己分享着同一样人类血液的他最后的伙伴,不生不死、无知无觉,比最低级的蛆虫还卑微地瘫倒在他们曾经辉煌的城池边缘。

"你的母亲也被关在地宫,所以我想,这两件事,也许是一件事。地宫押走你母亲,也夺走人类的智灵,从此人族走向覆灭,不留痕迹地缓慢消失。"

"不可能!绝不可能,只要我还活着!我不知道他们到底犯了什么罪,要遭受这么狠毒的惩罚,可我是一定不会放过他们的,我的母亲要救,其余这些被夺走智灵的人也要救,一个也不能少。"岳凌飞说完,回头看坐在后面的冷火兄弟,四目相对,一种默契就在他们交汇的目光里露出了峥嵘。

第四回　欲与君绝兮，岂吾所愿兮

"我有一件事要问你。"

"我也有一件事要问你。"

天祀日已过，北沐瑶从绝云顶下来，穿过灵通门，眼里透着欣欣之意，等在那里的岳凌飞却忐忑难安。"我、我先说吧。他抢先说。

"不，我先说，"她走上来拉住他的一只手，附在岳凌飞的耳边悄声道，"你知道我今次去祭祀，得了一个什么启示？"

"启示？天神的启示吗？"

"对呀，是到第五日，蜗母派龙王托梦给我的。"

"他说什么？"

"他说，让你留在昆仑山，和我一起，"到底有一点点含羞，北沐瑶脸颊微红，看看四周无人，用更小的声音说，"你得传六合的剑法，便是归入六合的起始，但是六合的功夫还宽广得很，将来我们一同研习功法，求师于菩提、潇湘、警幻、花莲四居士，共同守护昆仑，好不好？"

本该是他朝思暮想、做梦也想听到的话，此时此刻终于成了真，岳凌飞却有如心里灌了千斤的铁石，压得他喘不过气来。北沐瑶是他眼里心头最爱最珍惜的人，可是前日从明渊镜中看到的中土那恐怖画面历历在目，停驻在脑海里，睡着醒着、无时无刻不折磨着他。

"我曾说过爱你，沐瑶，"岳凌飞反握住她两只纤细的手腕，好像要把全部的感情都握在手里，"这是我第一次知道爱，也是最后一次。你要知道，你是我唯一的、永恒的，到哪一天也不会变的爱。"

手心里北沐瑶的手腕微微颤抖，两颗葡萄珠一般的眼睛莹莹亮亮，好像已经感受到不祥的临近。可北沐瑶没有立刻回答，只是瞪着两眼望着面前的岳凌飞，等着他继续讲下去。

她是六合长老的女儿，这高贵的仙界身份使她对于爱情，乃至于这世间的一切都充满了一种天真的想象。昆仑山是她的、昆仑山上的奴仆也是她的、山间的野兽和江湖里的虾鱼全是她的，这一切是那么自然。尽管她并不骄纵，却习惯了站在世界的顶端；她不索取，因为她所能看见、能感知的一切，全都早已匍匐着将自己献给了她，仙界的女儿。

而她此刻热烈地邀请自己心爱的男子，留在她的昆仑，和她一起守护人间最神圣的居所，统治人间最强大却也最善良的族群。这是任何一个凡人终其一生，所能想象到的最幸运、最不可企及的邀请，任何人都会飞奔着拥抱这个梦想，可岳凌飞不能。他的血液里还流淌着沉重的问号，中土即将灭绝的生灵等待他的拯救，他所能做的决定，其实早已经没有选择。

"沐瑶，"他以前所未有的严肃目光直视着她的眼睛，"我真想留下来，和你一起在昆仑山直到白发苍苍。"

"——可是我和你不一样。你从生下来那一天起，命运就给了你尊贵的父亲和圆满的归宿，可我不是。我生下来，带着的只有命运给我的困惑和枷锁。我随着母亲永无休止地迁徙和奔逃，在鹿台山上看着野兽的矫健衬托我的羸弱，现在还有在中土、快要消亡殆尽的、我的族人。我已经花了人生里的前十几年一步步朝我的使命接近，所以我真的不能理所应当地抛弃我的枷锁，轻飘飘地和你共享快乐和宝藏。我无法允许自己堂而皇之地登上属于别人的山顶，做一个舶来的王。"

"可你没有妙行灵草，怎么去地宫？"

"除了灵草，传说还有青䐝、丹䐝两种石头，可以追寻到地宫。我只要到了地宫，以我在遗世谷练就的鹰爪劈和长老所传的六合剑法，未必打不开那地宫的机关。"

最后这一句，岳凌飞本来是不想说的。他要用她爹爹教给他的剑法闯地宫、他要带着她给他的武功离开她，任是谁听，都太过残忍，更何况是一个爱他的人。可是他想来想去、实在找不到不残忍的说法，索性一口气吐露完全，然后急忙忙地转过身，低着头不敢看天，不敢看前方，更不敢看她。他盯着地面上自己的左脚和右脚，每一秒都如同一个世纪般漫长难挨。

"你决定了？真的要去闯地宫？"北沐瑶的声音从背后传来，孤独得如同风里一只折断的风筝。

岳凌飞轻轻点头。

"那、那我陪你一同去，我陪你一起，好吗？"她带着哭腔冲向岳凌飞，从后面抱住他的脊背，近乎哀求地拖住他，"带我一起去，带我一起去吧。"

岳凌飞一犹豫，空白一片的眼前忽然冒出那做过好几次的梦里的画面。一个纤纤女子的背影将他挡在身后，扑向通天的火焰，在熊熊的烈火里化成空气里的尘埃。除了沐瑶，还会是谁？岳凌飞如梦骤醒，低下头看着沐瑶的手臂还环在自己的腰上，从嘴边挤出两个生硬的发音，"不、不行。"

北沐瑶抱着他的双手瞬间松了，"为什么？"

岳凌飞张开嘴巴，原因无论如何说不出口。因为我做了一个梦，梦见你在地宫被烧死了。这是什么无来头的鬼话，说出来有人会相信吗？他的梦里那种令人恐怖的真实感没有办法向别人形容，他心里强烈预感着那梦要成真的不安更没办法向他人说明，说出口，更像是一个糟糕透顶的托词，一个拙劣不堪的谎话。

"我实在没办法向你解释，沐瑶。"于是他长吸了一口气，对着面前的空气说。

"你……不想我跟你一起去？"难以置信的、夹杂着抽泣的声音，"你……不想和我一起？"

"不，我不能。"多说多错，越说越乱，岳凌飞说完了"不能"二字就闭上了嘴巴，喉咙干得像要立刻爆炸。走，快走，他告诉自己，真想时间在那一刻静止，让他瞬息飘走，就不会让沐瑶看见自己的难堪。

可时间一刻也没有静止。"你站住！"他背后传来一声娇喝，带了三分怒意，七分委屈，此种之外还有迷惘惶惑。没有人拒绝过昆仑山上的北沐瑶，也许她甚至都从来没看过别人的背影。她一边说，一边从手腕解下那串红绳，径直打在他的后背。那是第一次见面他送给她的明珠，这么多年她一直戴在手上，现在发光的白色珠子掉在他的右脚边，半颗埋在土里，艳红的细绳染上一层污灰。

"你站住！"她又重复一遍，声音颤抖，他想她一定是哭了。刚刚认识她的那一天，岳凌飞在心里暗暗发誓，绝不让她受任何一点委屈。哪怕是她的一刻伤心、一滴眼泪，他都愿意拼了命去维护。可是现在，这是他第一次见她伤心、见她哭，自己不仅不能替她报仇，还要一步步地远离她，将她一个人留在那迷惘和伤心里。

他们就在这悄声而短暂的呜咽里彼此僵持。他蹲下身捡起那穿着明珠的红绳，抖掉上面的尘土，然后用拳头攥紧了，告诉自己不要转身。你再看她一眼，就不一定走得成。他告诉自己。可是每停留一秒，他的心就极速地往下沉一秒，前一刻觉得自己已经到了那煎熬深渊的底线，后一刻瞬间就跌破了那底线，向更无尽的灼心的疼痛里奔去。

"你走吧。"身后的呜咽已经听不见，取而代之的是一个溢满了哭腔、尖锐得快要折断的喊声。

"是我错了。我怎么会向一个愚蠢的凡人祈求爱情？"

这是北沐瑶留给他的最后一句话。在后来的许许多多个孤独的日子里，他脑海里一遍遍地放映着自己早逝的母亲、从未谋面的父亲、在遥远中土不知道是不是还活着的同族，还有自己不是草木、不是野兽，也不是神仙的荒谬身份，一幕幕场景轮番浮现到最后，全都变成北沐瑶的这一句凄声。

"你临走的时候，没许诺她一定回昆仑山找她吗？"下山的那一天，冷火问岳凌飞。

岳凌飞痴痴摇头。"没有。母亲临死叫我不要替她报仇、师父临走叫我不要离开鹿台山，他们都知道中土的地宫是个多危险的去处，说不好就有去无回。我自己都没把握的事，怎能答应别人？"

"你此刻答应了她，先不管来日怎样，她此刻便心里宽慰些，不好吗？"

冷火说得当然有道理，可岳凌飞答不上来自己为什么就是说不出口。"我若能活着从地宫出来，当然不顾一切要再回昆仑山来找她。我若是出不来——"他看一眼身旁的伙伴，"就拜托你，替我向她说明一切，祈求她的原谅了。"

"嘿，兄弟，"冷火走上来重重地拍了拍岳凌飞的肩膀，"我们是一条路上的兄弟，不能同年同月同日生，只求同年同月同日死，谁也不会看着谁坐视不管的。"

"当然，这我当然知道。但是……我有母亲、族人要救，有昆仑山上的北沐瑶，你有青庐观的仇要报，可见都是凶多吉少。不如我们今日约定，我们之中不管谁死了，活着的那个，就替死了的那个完成他该做的事，好不好？"

"一言为定。"冷火的声音铿锵有力，两只手掌握在一起，算是结下了盟约。

"洗髓新启"先是指向东方，他们便从昆仑的东坡下山。和来时走的南边陡峭山路不同，昆仑之东平坦辽阔，二人以轻功加身，如脚踏青云，一路凌波微步飞下山来，而他们的背影之上，一只硕大的秃鹰盘旋迂回，宽阔的两翼掠过浅蓝的天空，像两片翻滚的云一样，在昆仑山的草原上投下如风的影子。

下山的第一个晚上，淳于与冷火二人劈开木柴，岳凌飞生起火来，暗黑一片的四野顿时映起彤彤的红光。

"你就没有爱上过一个人？"和冷火并肩席地而坐，岳凌飞一面漫无目的地往火堆里扔几块石子，一面小声问。

"没有。至少我想不起来有。"

"喜欢也没有？恨一个人呢？恨一个人离开你、恨她不能像空气一样永远待在你身边？"

"恨倒是有的，"冷火若有所思，"恨比较容易。"

"那你就是有喜欢的人呀！是她离开你了？"

"她……算是吧，她死了。"

"哦，对不起，"这是个岳凌飞没有想到的答案，赶忙掩住口尴尬地咳了一声，"我原先并不知道。不过如果有一天我死了，北沐瑶应该也是用同样的这一种恨来恨我的吧。"

"别说傻话，我不会让你去送死的。"

岳凌飞沉默一阵，好半晌才又开口说，"我能问，那个人……她是怎么死的吗？"

"她……被埋了死的。"冷火每一个回答都惜字如金，"很久以前的事了，她死得很惨。"

冷火的声带绷得紧紧的，岳凌飞就此按下没有再问。早感觉他是一个有故事的人，只是没想到这么凄凉的一个转折。淳于这时也从近处走来坐在冷火的另一边，看着神情呆滞的两人。

"在昆仑山上稻谷峰，戾天老妖使出阴阳大法，亏了淳于兄出手相救，真好功夫。"岳凌飞见到他说。

淳于浅浅一笑。"戾天的阴阳大法，看起来威力无双，势不可当，其实不过是金玉其外。摄魂之术并算不上高明，也不难学，只是施用之时所耗的气力甚大，远远超出常人的身重。所以世间少有人能练就此法，并不是因为缺少诀窍，而是调不动气力去顶住。那青庐老妖靠着从山野猎来的熊胆、蛇丹来维持，我却最善操纵熊的精魂，所以抽去了他一大半的气，他的阴阳大法自然顿时消散无踪了，简单得很。"

淳于说得轻巧，岳凌飞听了觉得句句在理，不禁心里生出许多佩服。淳于一身白衣，面色也不过二三十岁的模样，可说起话来却有一种老成和稳练，不似这个年纪该有的深沉。据说武功练得高深者，性格都会随之而变，看来果然不错。岳凌飞心里这样想着，反身回帐篷里点起灯，拿了师父留给他的《广陵止息》又细细地研读起来。一面读，一面在心中默默比画着手劲和剑法，只是想着想着，又想到和北沐瑶在昆仑山上同出同入、同作同息的日子，只觉得都恍如梦般飞奔着离自己远去了，因而长叹一声，手里握着沐瑶丢还给他的白色珠子，闷闷睡下。

待到第二日早上睁开眼，岳凌飞起先愣了一刻，只觉得周围有些不对劲，紧接着才意识到大事不好：他环顾四周，满眼皆灰茫茫的一片浓雾，日光、方向全都辨不出来。而这雾又不是山间普通的大雾，那灰色层层包裹浓密黏稠得闻所未闻，里中更有一种腥膻之气，不知从何处而来，却有如一阵瓢泼大雨，从头顶直直灌下，迷得人头痛欲裂。

"冷火！淳于！这是一阵什么妖雾？！你们在哪里？你们可都还好？"

另外两人还没回音，那雾中先传来一阵丧心病狂的冷笑。那笑一时像是人声，一时又像是风声，片刻之间又像山中野兽的嚎叫，尾音如无数个爬虫和蚂蚁的喘息。

"是蚁族的锁山雾！"冷火的声音从不远处断断续续地传来，"他们成百上千地散布开雾气，估计是来捉前面岩洞里的麒麟兽的。"

"这里有麒麟兽？那我们呢？我们也被裹进这雾里来了。"

"我们得赶快想办法出去，这雾只会越聚越浓，先把人迷晕，再断人喉咙、取人性命！"

"我们往哪儿走？我什么也看不见呀。什么？我听不见。"对方的声音被雾里的风声和无数重叠的小虫的叫声盖过去，岳凌飞什么也听不见。情急之中只知道营帐的门口在自己的左手边，抬起腿来就要出去，结果刚走一步踢在一个圆滚滚的东西上，原来是自己平日背的水壶。水壶被他一脚踢飞，裂成两半，里面的半壶水全都流了出来，顿时如在弥漫的大雾中开了一盏灯，水流之处，雾散烟消。岳凌飞见之，赶紧双手捧起一捧水奋力抛向空中，眼前顿时一亮，找到营帐的出口。可惜他那一捧水实在太少，片刻的晴朗之后，又被铺天盖地的雾气吞噬。

不过他总算找到了克雾的法子，"我发现了，这雾怕水！"他扬声大喊，但是没收到回音，也不知道另两个人听没听到，或者是否也已出了帐篷。岳凌飞又喊了两声还是无人应答，便寻思着还是自己先出去寻水，再回来救人为妙。

事不宜迟，他携起自己的水壶出帐而走，迈步时忽然想起北沐瑶曾说，"昆仑山东面有一大湖，曰千鸟湖，就在下山二百里，穿过岩洞土丘就是，向东归入洛水。原来花莲居士给我做了一只木筏子，我就去那里玩水"。他心想若能将那千鸟湖水引来，岂不是万事皆全，故而一步步洒着水摸向湖去。

及至终于脱开浓雾，看到湖水，只觉得眼前碧色泱泱，水波深沉，虽然叫作千鸟湖，却一只鸟也没有。岳凌飞噔噔两步踱到湖边，心中想着六合剑谱上的蛟龙一式，身体腾空三尺，从下丹田运气，提至心口，再向四肢，霎时提剑劈向湖心。千鸟湖受他一劈，湖水从中间截断分为两流，各自向岸边如浪涛翻滚。岳凌飞的长剑劈到底，又转瞬换作穿燕式，以首带肩、横剑抄水，瞬间带起五丈余高的一堵水墙在自己身前，他飞身绕到水墙之东，运开两掌奋力一推，可水墙还未移动，瞬时间已崩塌四溅，没能碰到雾区分毫。

一试不成，岳凌飞不死心，又长吸一口气再以剑挑水，运开两掌，正要再用力，忽然从湖中飞出一抹青色，如同嵌在涌起的水墙之中，似乎将那水珠与水珠串起，拧成一体。岳凌飞冥冥中觉得那助他的人好生熟悉，便一鼓作气，趁势聚起全身之力，奋勇一推，千鸟湖的湖水顿时如蛟龙出海，又如海啸袭人，翻滚成巨浪高高叠起，拍向西面的层层迷雾。

昆仑山下浪袭千里，一泻汪洋。灰蒙蒙的黏稠雾气经不住千鸟湖的大水，顷刻间消散殆尽，从天而降的骤雨还了地上一片清凉。岳凌飞赶快四下里寻刚刚助了自己一臂之力的人。转过头，只见在大劫过后湿漉漉的草地、山丘和石洞中间，远远露出一只五彩的鹿角，正向自己靠近。

鹿角颀长多结，光泽幽深亮泽，绚美绝伦。岳凌飞正愣痴痴地看着它靠近而不知做何反应，忽地身后又响起一个女子的呼唤，听在耳中更觉得熟悉，一时却又想不起是谁。他连忙回头，可目光所及，只有一片高高低低的草丛，一个身影也寻不见。

中　篇

第六章　道阻而长

第一回　素未见矣，幽思在怀矣

千鸟湖的水墙高有三五丈，重量少说也有千余斤。她刚刚拼尽全力去推水墙驱雾，此时还是一只半湿的青蛇，个把时辰之内变不回人身。

好在草丛浓密繁杂，茹青三蹿五蹿，先往野草深处走去，趴在地下、隔着密密的草叶偷看远处的岳凌飞。他也扬着头在草丛里四下寻找，不觉中已让野草没过膝盖，"冷火兄！淳于兄！"岳凌飞边喊边四下里寻着他们的身影，"有人吗？雾散了，你们在哪里，快出来吧。"

可是一个人影也没找见，背后先传来一声低沉而厚重的叫声，伴随着轧草而来的野兽的脚步。岳凌飞转过身，茹青看见对面也一愣：一只骨骼高大，肌肤瘦削的独角兽，原来此地真的有麒麟兽！只见它四脚着地，身上的鳞片现着五彩颜色，也许是被刚刚驱雾的巨浪打湿的缘故，色泽看起来很是黯淡无光。

麒麟兽显然也看到了岳凌飞。它小步趋向前来，到他的面前轻轻低垂下头，好似在行礼。

岳凌飞正站着不知如何回应，对方却忽地先开了口。"请问大侠尊名？"

他显然吓一跳，虽然不是没见过山兽开口说话，但是面对这一只高大罕见的麒麟，还需稍稍按住自己的敬畏惊奇之心，半晌才开口答说，"不敢当，在下岳凌飞，昨天才与两个小兄弟路过此地，不知怎的在头先的大雾里失散了。请问……麒麟君是一直住在此地吗？"

"麒麟君……"那麒麟听之仿佛若有所思，低下头低鸣了一声，"我不是麒麟君，我不过是山野之兽罢了。方才遭遇千蚁的大雾，多谢小兄弟的搭救之恩。"

岳凌飞忙说，"哪里是我，方才我在湖边，暗中忽然得了一位高人帮忙，才将水墙垒起，推到这里来，不过当时情势危急混乱，我竟连那位大侠的影子都没看清。你要谢，该谢那位高人才是。"

茹青匍匐在草丛里听他满口的"那位高人"不禁被他的迂腐笨拙逗得"扑哧"一笑。

"话说回来，我听我的兄弟说，蚁族的浓雾，是专门来对付你的。他们为什么要抓你？"岳凌飞又问。

"唉，这些事……"麒麟又低一低头，仿佛不知道从哪里说起，"提起来，只怪我们自己，三百年前看错了世界。"

"看错了什么？"

"看错了……世界的命运。"

"什么、什么意思？"

草丛里的茹青渐渐回过神来，这才想起来，师父曾经说过，地宫里的一个什么箱里，压着一只银麒麟角。公麒麟为银色，母为五彩，收了那一只银角之后，世上就再无公麒麟了。

"你知道，天下之大，自有五方。东有蓬莱，西有琼林，北有北漠，南有青丘，而昆仑居中。麒麟兽一直以来，都在为天母守护琼林，调风归雨。"

"原来如此。可是这里是昆仑山下，并不是琼林。"岳凌飞回答。

"麒麟族驻守琼林，是几百年以前的事了。自从三百年前的那件事起，公麒麟失去麒麟角，无法长活，纷纷在琼林边上殒命。母麒麟从此失去庇佑，和普通鸟兽无异。那些昔日被我们震慑又怀恨于心的草莽、蝼蚁于是伺机而动，而我孤身一人，已使不出任何功夫招式，唯一能做的便是躲，一路躲到昆仑山。"

"那你为何不上昆仑去求六合族人帮忙？他们与你们麒麟族一样，应该也是天界仙族，奉蜗母命来镇守一方的，将心比心，肯定会帮你的。"

"他们不能留我。"那母麒麟却幽声开口答说，"失去本族的至宝，是我们自己的错。六合人当然不能，也不敢留我。而今他们容我在昆仑脚下栖息匍匐，已经是他们所能给的最大的善意。这是我自己的过错。"

"三百年前……到底发生了什么？"岳凌飞好像再也按捺不住，往前走了一大步，直站到麒麟兽的面前去，"你们为什么被夺取了麒麟角，要被这么惩罚？都这么长时间过去了，是不是也太冷面冷心？"

岳凌飞的冒失言辞脱口而出，自己不觉得什么，对面的麒麟兽早已频频摇动身体，请他"别再多说"三百年前……茹青陷入思索中，她也不知道麒麟族到底犯了什么大罪，一不小心尾巴甩到一块半大的石头上，"砰"的一声把石头甩开几尺远。

麒麟听见石子声，惊得赶快四下巡视，往草丛深处走几步，忽然大叫一声"有蛇！"岳凌飞也赶上来看。茹青赶紧摇动身子，奋力在他们赶来之前变回人形，但一条没有完全收起来的尾巴埋坐在草丛里，假装正闭目打坐。

麒麟兽当然一眼就识破了她，只见那麒麟离她还有七八步远，先全身蓦然挺立，通身的鳞羽竖起，双目圆瞪，好像临着一场决斗。

"咦？是你？"岳凌飞此时从后面赶上来，一眼就认出了她，因此快步走到麒麟前边，面对着青蛇。

"诶，是你？"茹青好像在学他说话，同时偷偷把尾巴完全收了回去，从地上站起来，拍拍身上和手上的土。

"你不是中土地宫的蛇精？你来昆仑作甚？"麒麟还是全身戒备，一板一眼地问她。

"我师父叫我漂一百根针在太始殿的铜缸，我完不成，师父罚我逐出地宫一百日，闭门思过，我不就上这来了。"茹青赶快有模有样地给麒麟行了一个完完整整的礼，"没有通报到你，失礼了，麒麟君。请你原谅，我可真一点恶意都没有。"

岳凌飞说道："难道刚刚在千鸟湖助我一臂之力的人是你？果真像你。"转头又对麒麟解释一通，三人才彼此修好起来。

"小兄弟，你离开昆仑，要往哪里去？"麒麟先开了口。

"我的两个兄弟刚与我失散，我先把他们俩寻回来，再结伴一同往成侯山。"

"千蚁的大雾这次是散了，你往后又怎么打算？"茹青问麒麟。

"千蚁族的毒雾九十九天才能发动一次，我在此处歇歇脚，日后接着往北去罢了。"

"这……"凌飞显得犹豫不已。他还没来得及再说什么，只见那麒麟兽先背过身去，头往地面垂下，接着就听咕咚一声，一个硬邦邦的东西滚落地上。麒麟用嘴将它掀起，再转过身来，竟是一只五彩的麒麟角。

"你、这是……"岳凌飞与茹青一同惊呆了。

麒麟走到岳凌飞面前，把自己的五彩独角放到他的脚边。"我内力尽失，能维持自身已是极限。我的这只角对于我，已经没有什么用处。送给你，或许你还有用得着的地方。"

"可这是你唯一的武器啊。"

麒麟摇摇头。"非也。留着这角，我非但无力去驱动它，反而因它引来窥探、觊觎，招致杀身之祸，它对我已是百害而无一利。然而小兄弟你不同，你内功已成，麒麟角无坚不摧，胜过世上刀剑无数，你拿着正可以大有作为。"

茹青看麒麟瘦骨嶙峋、羽翼无光，心里知道她已命不久矣。又听她将麒麟角交给岳凌飞，句句有理，故将那五彩的独角捡起来，放在岳凌飞的手中。

"等等！我还有一个问题。"眼见麒麟将独角褪下，自己转身要离去，茹青忽然想起来什么，追上去将它拦下。

"我听说，麒麟角除了无坚不摧，无刃不破，还有一个功效——"

话还没说完，麒麟先打断了她，点点头，"你听说的没错。不过，这机会只有一次。一次以后，麒麟角灰飞烟灭，化入风烟。"

茹青点点头，目送那瘦削孤傲的母麒麟的身影，消失在疯长的杂草之中。

"你、怎么又遇见你了，你上次的伤好了吗？"她转身，岳凌飞已经追上来。

"早就好了，"茹青答说，"我刚刚说了，我被师父贬出地宫一百日，不过地宫一日，世上一年。我在这乡野随便晃荡个一百天，也不过是地宫里一个下午的工夫。"

"等等、你说——你被师父从地宫贬出来？你知道中土地宫？"

"中土地宫大得很，五行各殿井水不犯河水，我是太始殿的，至于其他的，我可不知道。"

"太好了，"岳凌飞喜极之下重重地握住她的肩膀，茹青被他拍得东摇西晃，"我们正苦寻通往地宫之路，你愿不愿意……给我们指一条路？"

茹青瞪着眼睛，好像还得思考一阵。"说实话，我师父罚我一百天过后，自然就会遣仓鼠来找我，我倒没试过自己去找。再说，地宫幽深机密，你确定是这么找来找去能找到的吗？"

"我们在昆仑山上看到千秋阁里的一本书，上面给通往地宫指了路。后来一个也是地宫里出来的鹞子，左眼碧右眼丹的，也告诉我们先去寻一对引路石，再沿着引路石的指示，就能找到地宫。"此时，不远处先走来一个长身黑衣的年轻人，边走来边有条不紊地说着，后面还跟着一位一袭白袍的公子。

"冷火！你们在这儿啊。"

走在前面的人一身黑衣，面色青白，脚下生风。他的目光冷峻，带一点审视又带一点玩味，从她脸上扫视过去。跟在后面的那个白袍则身材稍矮些，身形略文弱，目光却狡猾锐利，老远就盯在岳凌飞左手拿的那只麒麟角上。

茹青初见，便觉那白袍公子并非善类。

"这是我兄弟冷火、淳于。"岳凌飞走上来，"这是茹青。刚刚的蚁雾……多亏了有她帮忙。"

"不过你们来迟了一步，刚刚一只母麒麟还在这儿。"茹青说。

"我们见着她往北边林子里去了。"淳于点点头，说着眼睛还锁在岳凌飞的左手上。

凌飞于是将手里的麒麟角递给二人看。冷火拿在手里来回看了两下，摸摸上面赤橙的花纹，转而递给淳于。淳于捧在手中掂了掂重量，如看一把短刀一样从手柄到刀刃、刀尖仔仔细细浏览一遍，然后说："真是一件宝物。"方还给岳凌飞。

"开路吗？"冷火第一个发了言。

岳凌飞转过头去看茹青。于是她上前走一步，自告奋勇说，"不如我们同行往地宫去。"

淳于颇有疑虑地转过身来看着她，冷火还是冷冷的，看不出什么想法和表情。

"我自己就是五行地宫里太始殿的婢女和学徒，我师父岁星掌管着一方太始殿，我在那里待了几年，对地宫略知一二。而今是因为资质愚钝被师父贬出来，在世上一百日方能回去。岳凌飞刚刚又将诸位取道成侯山寻地宫之路的事告诉于我，我想我们正好……顺路。"

淳于回头向冷火耳语了几句，茹青只听见他说的最后一句是"要是花上一百日，倒也无妨，不耽误赶上五星连珠"。

他们接纳了她，不仅接纳，甚至还有点欣欣然。岳凌飞仔细观察了地势，说道："我们现在出发，天黑之前就能到成侯山脚下，明日一早就可以上山了。众人便各自拾起自己的包袱和手器，预备出发。

他们一路上果然行得很快。淳于对冷火如侍奉主子一般忠心耿耿，冷火依旧是一身高冷，让人觉得城府深，猜不透他正想什么。唯有岳凌飞不时与她相伴玩笑，茹青偷偷问他，"你怎么受得了和这两个苦瓜脸一路同行？"

岳凌飞答："冷火兄弟看起来一副铁面，可我与他在射孤山上做了三年的师兄弟，最后结拜为异姓兄弟，他救过我的命，可不简单。"茹青方回过头去瞥一眼他。她看他时，他刚好也正用一种前所未有的严肃目光注视着她，茹青不禁打一个冷战，摸一摸自己胳膊上的鸡皮疙瘩。

是夜，四人如期到了成侯山下，生火安营。夜已深了，茹青偷偷走出来，在他们刚刚坐过的火堆前坐下。火还未完全熄灭，尚存一点余温，她伸出手去给自己暖一暖。不远处，岳凌飞帐子里的烛火已灭，她想起方才他说："真的好巧，今天你也在这里。"忍不住"扑哧"一笑。

看来他还真傻呢，这个叫岳凌飞的小子。她自言自语，回忆起当初第一次听说他的名字，那时她心里想象他的模样，和现在的几乎一模一样，在她的脑海里重叠起来——

师父岁星说去给自己的亲生胞弟贺六百年的寿，走了有一个时辰，太始殿成了小青蛇自由自在的天下。交给她的在铜缸水面上漂一百根针的任务不算什么，她狐假虎威去让偏殿的仓鼠兄弟替她代劳。

"改日我将师父的一弦琴偷偷拿给你们玩。"她说。

直到酉时过了二刻，师父岁星终于返回。地宫一日，世上一年，师父走了有一个半时辰，相当于世上一个半月，不短了。

"你的针漂了吗？"师父见了她，仍旧板着脸。

"报告师父，都在铜缸里漂着，就等您去看。"

岁星走到大殿中央的铜缸旁边伸头一看，果然有许多极细的银针，密密麻麻漂在铜缸上，一时数不清。

"这是你漂的针？"

"是。"稍微缺乏底气的回答。

岁星瞟了自己的小徒一眼，没好气地问："仓鼠兄弟去哪儿了？你又答应了人家什么好处，要人家来替你漂针？"

"没、没有啊，都是我自己漂的，整整一个时辰都没休息。我手都酸了，师父好不领情。"

"喏，那你再漂一根来。"师父伸出两个指头，从缸里的水面上飞快地拈出一根银针，交到茹青手里。

她只好接过来，把脸贴在水平面上，把针尽量放平，小心翼翼地靠近水面。千万千万不能失败呀，失败就糗了，她想。

"哎呀！"谁知银针刚刚碰到水面，细的那一端先朝下跌去，她要扶已经来不及，反而将手伸进水里打破了平静，铜缸上本来漂着的那些银针十有七八也跟着飘飘荡荡地落入了缸底。

"失误、失误了。"茹青知道自己瞒不下去，虽然还嘴硬，声音先失了一大半底气。

"你呀，让你漂针是练你的定力。定力不够，内力一无是处，哪天才能修道成人？"

"可我说不定不想成人呢，我就想在这太始殿里做一条青蛇，天天围着师父转，多快活！"

师父看着她，长叹一口气没再说什么。

"不过，师父您的一弦琴能不能借给我一天？"茹青见师父没有生气，又撒娇着跑上前去。

"你要它作甚？"

"我、仓鼠兄弟替我漂了针，我答应借过去给他们开开眼。师父……这是彰显您高风亮节、礼贤下士的绝妙时机呀。"

"哼。拿你没辙。"岁星甩一甩袖子，撇一撇嘴，茹青自知师父是答应了，欢天喜地地跟着师父一同走去藏琴室了。

"鹿台山上终于收了一个弟子，不知是福是祸。"当天晚上，师父抚了半刻琴，忽然停下手，自言自语道。

"真的假的，凫傒师叔收弟子了？他不是说不再收徒，要自己轻轻闲闲一千岁吗？"这个凫傒师叔，茹青一百五十年前见过一次。当时也是太始殿，她从没见过师父饮那么多酒，兄弟两人开开心心饮了三天三夜，临别的时候师叔说"永不再见啦"师父说"明年春天再见"。

"可是他这个徒弟实在古怪得很，出生无父，五岁又死了母亲，长到十三岁也甚是不易了。只恐怕……他骨格清奇，神采丰俊，不是一般的山野走兽之流可以比的。等他再长大些，一定耐不住好奇要探个究竟，到那时，就保不住命途叵测，实在叫人扼腕呀。"

"这是个什么小徒弟，师父这样记挂担心着他？"茹青听师父心事重重，倒是勾起了自己的好奇心。

"凫傒收了岳凌飞为徒，也不知道对还是不对。不过凌飞这孩子不学武功还好，一旦学了，就收不了手，更走不出三百年前那桩葫芦案了。可惜了这么一个顶天立地的好骨架好人才。"

"三百年前……师父说的、是覆盖中土的那场大风雪吗？"

岁星没肯定也没否定。他答非所问："人族本是从那时起就断了命数，从此绝迹了的。也许这个小娃娃，只是天地间小小的杂音。"

"可师父刚刚才说他是出类拔萃、顶天立地的好人才来着。"

"当然没错，可他是人。你忘了？人族三百年前就已经覆灭殆尽。"

原来他是人族的后裔。还有师父说的"骨格清奇""神采丰俊"还有"顶天立地的好人才"到底是什么样？小青蛇的人生窄小，从织禁山到太始殿，她没去过人间，更没见过人间的男子和女子。她没喜欢过人，也不知道喜欢是什么，可她听着师父断断续续地念叨那一刻，心里忽然升起一团藕荷色的雾。他叫岳凌飞……她默默在心里种下这个名字，顺便诞生了一个简单又纯粹的小希望。

她想和他相遇。

第六章 道阻而长

第二回　今夕何夕兮，前事不若梦兮

茹青在半路上问岳凌飞："你怎么受得了和这一黑一白两个苦瓜脸同行？"

他这才告诉她冷火与自己是射孤山上的师兄弟，淳于还在昆仑山上的稻谷峰一战里救过他们所有人的命。

"你知道我怎么想吗？"茹青却说，"我看那个白衣裳的淳于，第一眼就觉得他并非善类。"

岳凌飞听她这么说，不自觉地暗暗吞了一口口水，悠悠地说，"这我不能同意。我不想还没到地宫，先怀疑和自己同路的人。前头的艰难险阻多了去，而同路的就我们四个了。你、我、冷火和淳于兄弟。"

茹青只好点点头，显然并不信服，只是不得不闭上嘴不再说而已。

"喏，你知道，在我很小的时候，我的母亲就死了。我是鹿台山上的凫徯师父养大的。可我十三岁第一次走出鹿台山去看看外面的世界，就遇见了冷火。我觉得我们是命中注定的兄弟。"

"你们怎么遇见的？"

"我下了山，先是一片棒木林，就在那儿亲眼看见他和青庐观的老妖戾天大战。老妖当时明明已经受了伤，但还是遁入山林中跑了，冷火兄弟也受了轻伤，我们才相识的。"

事实上，他人生里最重要的两个人，都是在同一天与他相逢。只不过昆仑山已远，岳凌飞略过了和北沐瑶相遇的片段。

"后来我们结伴往中土去。他说他是中土人士，九岁那年被一只狼叼走，自此就一直在寻回家的路。我——"

"等等，"茹青打断了他，"他说他九岁离开的中土？"

岳凌飞点头时，四人已翻跃成侯山，过了成侯山，再跨过凉河，就是三百年前崇吾城的所在。

"你们要寻丹䏜石做什么？"冷火与淳于两个人走在前，茹青拖在后面问岳凌飞。

"寻地宫的入口。"他说。

"可是妙行灵草……你不是去了昆仑山？"

岳凌飞一愣。昆仑山上稻谷峰一战，北长老临死将妙行灵草注入北沐瑶体内，北沐瑶又无法离开……他心中隐痛，犹豫片刻。

"妙行灵草还在昆仑。"他只说。

茹青好像会意，点了点头。"说起来也是。听说那妙行灵草在大梵天，受菩提圣露浇灌数万年才破土，长成幼苗移至昆仑山，而今又是几百年，我想那山上的北氏老怪物也不会轻易给你。"

"别那么说，北长老已在昆仑山上仙逝了。"

"真的假的？"

"当然是真的。我们上山时正遇上青庐的庚天老妖也上山来要灵草，他们就在稻谷峰上厮杀大战了一场，北长老就是那时……那时中了庚天一掌。"

"那妙行灵草岂不是……传给了他女儿？"茹青当然知道昆仑山上的北沐瑶，众人仰望的仙女，冰肌玉骨、世间罕见的绝世美人，以及……岳凌飞的心上人。可是北沐瑶也爱他吗？

"北长老的女儿……不能把仙草给我。岳凌飞说。

茹青继续怀疑地盯着他。"为什么？"

"因为……我不能管她要，她也不会给我。"他笼统地回答，接着就转移了话题，"不过我们上昆仑山虽然没拿到灵草，却幸得高人指点，告诉我们只要同穿梭地宫和人世间的灵鹬一样拿到丹膝和青膝两块石，一样可以引路至地宫。"

可妙行灵草之用，却不仅仅是向地宫引路那么简单。茹青仰头看一眼岳凌飞僵硬的肩膀和脊背，没有说出口。

"凉河是传说中中土凡界与昆仑仙境之界，宽处将近十里，我们顺流往下，寻窄处再过。"不多时，冷火转过头对两人喊道。

两人于是紧赶两步赶上，刚走到凉河边，愈顺流而下，岳凌飞觉得脚步愈沉重异常。冷火等人的脚步不曾加快，凌飞的双脚如同灌了铅，奋力跟在后面，不知不觉额上冒出颗颗汗珠，趁人不注意时频频拭去。

"你热吗？"还是女孩子眼尖心细。

岳凌飞挤出一丝满不在乎的笑，"是走得有些热了。我本来就爱出汗"。说完把自己的上衫的衣襟口拉开一点。

可这凉河好像跟他作对似的，一步步拖着他的双脚不让他走。好不容易到地势狭窄的河边，四人远近看看，决定就在此过河。然而水边风高水冷，贸然强渡行不通，幸而水边杉木成林，搭浮木过河成了顺理成章的方案。

岳凌飞自告奋勇去伐木。离开了凉河边，果然脚步轻巧，他不禁心生疑虑，回头看看另外那三人，却在水边行动自如，一时很是想不通。这条凉河……他以前来过吗？他眯起眼睛搜索着，将回忆锁定在幼年同母亲的迁徙之路。

母亲带着他，翻过山、越过水、穿过野草疯长的高原、行过干涸枯黄的沙漠。他们在烈日下寻找荫蔽，在荒土里寻找食物，然后在一个又冷又累的地方昏昏睡下，第二天天亮时再被母亲叫起。

他们所越过的那么多溪水与河流之中，有这条凉河吗？凉河和他到底有什么过节、什么仇，乃至于他到底还能不能渡过这条河，又将如何与同路的那三个人解释？

两个时辰之后，所有的浮木都已备好。"太阳还有不到三刻落山，我们要么趁现在赶快过河，要么就明天一早再走。"淳于说。

四人彼此面面相对，茹青担心地看了一眼岳凌飞，说："要不然等明日——"

岳凌飞却说："那就今日一鼓作气，速速过河。"

想一鼓作气是真的，除此之外，也是他实在不愿在这凉河边再多待一晚。倘若在这里住一晚，明日自己还走不走得动难说，岳凌飞想趁着自己还有力气赶快渡河。

"凉河的寒气深重，你怎么样，当真没问题？"冷火第一个过河，临走前回过头来问岳凌飞。

"当然，放心吧。"两人击掌而握。

冷火、淳于二人都过去后，茹青忽然说："你先走吧。"

岳凌飞当然不让，茹青才偷偷趴在他耳边说："我有师父教给我的青云功，这么窄窄一条水，化作蛇身腾空跨过去，容易得很。不过你过去了，先将他们俩带远一点，我不想这么早……"

她不想暴露自己的青蛇之身。岳凌飞点点头说："我知道。"又想起昨日她在千鸟湖的水墙里旋转穿梭，想她说的青云功应该不假，所以便同意了自己先过。

　　杉木的树干不算宽，可浮桥搭得还算稳的。岳凌飞眼睛一动不动平视前方，站在岸边踏上第一步。

　　浮桥没晃，岳凌飞却觉得自己脚下好像开了一个风孔，脚背如同钉在浮木上，凉河里卷起一阵冷风从脚下的风孔里抽气。豆大的汗珠很快掉下来，前面雾茫茫一片看不到尽头，他奋力拔起脚跟往前迈去，耳边又传来一阵冰面撕裂的声响。

　　他的头开始痛起来。"痛，叫你痛！痛死你、痛死你！"岳凌飞两只手紧紧压着脑袋，咒骂着疼痛。他的双眉因为疼痛而皱紧，眼睛也挤成了一条缝，忽然头顶就如同被一只巨大的铜锤猛然重击，他身子一歪，彻底扎进了深邃的凉河之水。

　　咕咚咚咕咚咚仿佛是自己在往下沉，岳凌飞在水下睁开眼睛，反而比在浮桥上头脑更清晰了十分，身体也在那一刻轻如浮云，再也没有困扰了他一整天的沉重难移。水纹和天上的云纹重叠着，水底下一股寒流一股暖流在他的身体里相互乱撞，而他在飞快的下沉之中，眼前忽然出现另一个衣袂飘飘的女人，也正以同样的速度向河底沉去。

　　等等。那个向河底沉落的女人的侧脸、紧闭的眼和鬓角眉梢——年轻的，甚至还称得上美貌的女人，不是他的母亲，还能是谁？她的衣裳在水中摇摆飞扬，甚是华丽，神情却无比的悲伤。那悲伤中还有一种坚决的神色，好像抱定了一个决心，不达目的誓不罢休的悲怆表情。

　　岳凌飞知道那是幻觉，母亲被关在地宫中，是不可能出现在这里的，可他还是抑制不住地伸出手去抓母亲的衣袖——抓不住、差一点，还差一点点——他的手还远远地伸着，忽然就想起了自己上一次到凉河的时候。

那是他出生的一刻。母亲是在凉河边生下了他，他一出生，眼里收进的第一张画面，就是夕阳下凛凛流过的凉河。

　　原来是这样……我记起来了！岳凌飞张开嘴想要大喊一声，可是徒劳地吞了一口冰冷的河水。好凉、真的好凉……他这样想着，瞬间眼前一黑，彻底晕倒在了水中。

　　再睁开眼的时候，面前是模模糊糊的，好像是北沐瑶焦急地握着他的手来回摇晃，他自己也不相信，眨眨眼再看，原来是茹青。

　　她的两只眼睛红着，一只手紧紧抓着他的手轻轻摇动，脸色青白。天色已经很暗，十步之外的炉火照得她焦急的神色忽明忽暗，而冷火正围在炉火另一边，淳于在一旁的烤火堆取下一件黑袍，给冷火重新披上。

　　岳凌飞的眼皮不听使唤，昏昏沉沉似醒非醒，半晌终于开口，说："你怎么眼圈底下都青了？"

　　茹青的眼睛里泪水还未褪去，听见他的话破涕一笑，眼泪也不自觉地淌下来，很是滑稽。她还愣愣地等着他说话，伸出手来抚一抚他的额头和眉毛，岳凌飞才发现自己的眉毛——不仅是眉毛——就连头发上也结了一层冰。

　　"我、我怎么上来的？"

　　冷火这才开口，"你明明就快走到岸边却忽然一头扎进水里，我们找了好一阵都没找着，过了片刻你自己却浮上来了——可真吓了我们一跳。不过你虽然全身冰凉，气息却平稳得很，我说你烤一烤火自然会醒，淳于给你输了一点真气，你自己稍作休息之后再试试一阳生，放宽心情，有助于你的恢复。"

　　炉火堆的暖意渐渐向岳凌飞身上靠近。他知道淳于修炼为人，真气是最根本的底子。他肯以真气来救自己？岳凌飞只觉得自己身上的冰一寸一寸地融化，手脚又恢复了知觉，心内有些感激，又有一丝愧疚，默默中五味陈杂，于是静静盘腿，用一阳生给自己疗愈。

茹青低头看一眼岳凌飞，说道："你醒了就好。"她想站起身来，谁知半蹲半跪的时候太久，两条腿都麻得失去了知觉，一时几乎动不了。她只得把手抽开，对岳凌飞说道："你再闭上眼歇一会儿吧。"

当晚没有再行路，就地安营扎了寨，到第二天四人重新启程。行了两个时辰，快到正午，冷火对岳凌飞说："我们过了凉河，崇吾就在眼前了。"说着用手指一指他们的正前方，"你看见了没有？那就是崇吾。"

岳凌飞睁着眼使劲地望，可是前面灰土茫茫，完全看不出有什么不同，但又不好意思接着问，只得自己更加努力地去分辨。他这厢还在费力，冷火倒是把手一收，低头一笑说："也罢，这前面什么也看不见呢。"

"你刚刚在凉河中跌得真悬，就像后面有人推了你一把似的。到底怎么了？"茹青一直跟在他身后，这时见另外两个人走得远一点了，方悄悄开口问他。

"我……其实我们走到凉河边上的时候，我身上就莫名其妙地发热，脚下觉得很重。不是走累了的重，是那种、好像粘在地上、又像地上有人伸出手来抓着你的脚，每一步都愈拖愈重。后来我上了桥，不知怎么就咕咚一下掉下去了，但我可以肯定，不是人推我、好像是……空气。"

"然后呢？你掉下去之后没挣扎？"

"我……我忘了。凉河底下……并不是那么的……凶险。"

岳凌飞回答。

但是当天晚上他睡得并不好，一点也不好。那个以母亲的死为开始的梦又向他袭来了。

母亲离得很近，容颜清晰得好像从未离去。她流着眼泪抚摸岳凌飞的脸颊，好像在审视自己身体的一部分。

她脖颈上挂的两颗白色的珠子在夜色之下闪着幽幽泛绿的光泽，母亲把两颗珠子放在他手心里，重重地帮他握好，站起身来转身离去。

"啊、不要走！母亲、不要走……"岳凌飞在梦里大呼，转眼间好像自己已经置身于地宫，刚刚离去的母亲就关在咫尺之外的铁栅栏里。他奋力向前冲，可是每往前一步，母亲就往后一步，他怎么努力也走不到母亲跟前。

地宫里开始下起雨来。莫名的雨，就像母亲离去的那晚一样。远处似乎有雷声，母亲跪在铁栅栏里无声地哭泣。地转星移，他又回到一个人的荒野，手里还攥着母亲留给他的、唯一的礼物。

他张开手掌去看那两颗明珠，却一不小心手一抖，它们从手里滚落地上，一眨眼就混进土里再也寻不着。

"哎呀、我的珠子呢！"岳凌飞在梦里又一喊，喊出声时就睁开了眼睛。

岳凌飞从自己的帐篷里醒来，第一件事先一骨碌翻身去翻自己衬衣的口袋。左边没有、右边也没有，他一下子全醒透了坐起身来，呆呆环视着小小的帐篷。

直到他低下头从左脚看到右脚，发现了右脚边两颗亮闪闪的小光点，岳凌飞在黑暗里小心翼翼地俯下身用手去摸，果然是母亲给他的两颗明珠，其中一颗还串着细细一根红绳，是他从前送给北沐瑶、最后他下山的时候她又丢还给他的。

"沐瑶、沐瑶……"他看着红红的串绳，想这珠子当日戴在她纤细白嫩的手腕上，真不知有多好看。岳凌飞痴痴地盯着两颗珠子，一时间又觉得刚刚是关在地宫的母亲给他托梦。

一左一右，两颗明珠发着幽幽的光，里面好像暗流涌动，却看不清到底是什么。这是他的宝贝、他的记忆、他唯一的遗产、他凝视过去的眼睛。

第三回　旧都应犹在，崇而不吾矣

　　他从冰凉的凉河里浮上来，他们着急忙慌地将他拉上来时，岳凌飞的双目紧闭，一动也不动。他从手到脚都冷透了，茹青走过来看他从头发到眉毛到衣领袖口上结了一层冰，忍不住把他的手握进自己的手心里，可怎么握，就是不见他暖和过来。

　　这和她以前所见过的所有伤、所有病都不一样。内功输不进去、真气也递不入；更蹊跷的是把两只手指伸到他鼻子底下，一呼一吸却平稳安详，像是一个睡着了叫不醒的孩童一般。

　　他掉河也掉得颇为奇怪。不要说岳凌飞的功夫已经趋于上乘，就连乡野间没有习过武的小童，走那一段浮木桥也很少有摔倒的。他肯定是受伤了，要么就是凉河中有阴魂，百般阻挠不让他过。

　　过了小半个时辰，岳凌飞终于在昏迷中说了他上岸以来的第一个字。他说："冷。"

　　她的一颗心终于往下沉了沉：知道冷就好。知道了冷，就表示他还活着，能感知就能动作，能动十有八九就能活过来了。茹青坐在他的身旁，念了一声"谢天谢地"，松了一口气，把他拖得离烤火炉再近一点，注视着岳凌飞一点一点暖和过来。

　　冷火一直坐在火堆的另一面，目光始终没有离开他们的周围。岳凌飞从水中浮起来，是他第一个发现的，跑到水中把他拖上来。

岳凌飞昏睡不醒，茹青试着将自己的真气推给他，冷火先她一步走过来说"没有用的"。

茹青反问说"你怎知没用"冷火低头看了她一眼，走开到一旁，拔出短刀练起功来。

结果如他所说，她的真气一丝也给不进去。倒是淳于走来，说"让我试试"茹青半信半疑地让开身子。淳于在岳凌飞背后坐定了，两掌相接，中间聚起一团淡紫色的空气，只见他忽然睁开双眼，双掌高举到岳凌飞的头顶，把紫色的真气一丝一丝全部压入岳凌飞的体内。

茹青问他，"这紫色的是何种真气？"

淳于站起身来走开之前说："他过一会儿应该就醒了。"

果然不到半个时辰，岳凌飞终于喊了一声"冷"冷火走过来看他一眼，脱下自己的长袍，对茹青说："你也冷了吧。"

茹青默默地摇头，他于是把自己的长袍盖在岳凌飞身上。

也许他是个好人，茹青看着冷火走开的背影想，只是他注视人的目光实在太冷。他就这么讨厌所有人吗？

"放心，他没死。"半晌，冷火在火堆另一边开口对她说。

茹青抬起头看着他，眼睛眨了好几眨，才肯定他是在跟自己说话。"哦，"她迟钝地回答，"我想也是。他的气息是平稳的，只是不知道什么时候能醒来。"接着加上一句，"这条凉河不是一条普通的河，对不对？"

"凉河是中土与西方的界河。在中土还兴盛的年头，一般都说，过了凉河，就算出了中土，从此风沙严寒，性命安危，就全在自己身上了。"冷火的侧脸隔着旺盛的火苗对着她，她看不清他的表情。

"你知道得倒清楚。你也是中土的人？"

冷火没点头也没摇头，反而努嘴指一指岳凌飞，"我想凉河应该认得他"。

"你也察觉出……他在凉河边的异样了吗？"

"他到水边就受不得寒，走路也步履维艰，还有走浮木过河，我和他在射孤山上学武的时候他明明轻功了得，即使木头翻了也能轻松跃到下一块木板上去，根本不可能摔下浮桥。"

茹青没有立刻接话，只是回头望了望仍旧紧闭双目的岳凌飞。他倒是泰然得很，安安稳稳睡饱一个大觉，丝毫不管别人是什么心情。她不知从哪里冒出一种愤愤不平的情绪。

紧接着，她听见他在困顿中，梦呓一般的声音。

他说："沐瑶。"

从他们越过凉河、踏进中土之地的那一刻起，他们行进的速度仿佛无限地慢了下来。愈往崇吾走愈冷、风愈大，而冷火似乎对路上出现的一草一木、一动一静都充满了无限的兴趣，一反前几天的常态，走得拖拖沓沓，迟迟地跟在岳凌飞他们后面。

"我在鹿台山上听师伯和师父谈论起母亲，知道她没死，而是被捉走关在地宫的时候，就下决心一定要找到这个人人称畏的地宫，把母亲救出来。她是这世上最纯良、最无恶念的人，打死我也不相信她会犯什么所谓的罪。"岳凌飞和她讲了许多自己小时候的见闻，最后归结到自己要入地宫的原因，又说，"也许是老天帮我，我一路上遇到冷火和淳于两位兄弟、遇到隐大侠、遇到北沐瑶、遇到你。我觉得你们是我一路上必不可少的人，让我觉得真的有命运这回事。"

这是他第一次主动开口提到北沐瑶，之前不是避而不提，就是匆匆略过也不说。茹青于是问他，"北沐瑶……她到底是什么样的？我在地宫只听说过昆仑山的仙女，传说雪肤花貌，五百年里没有人比得上。"

"就是千年万年也没有人比得上她。"岳凌飞毫不犹豫又坦诚得出离。他说这话时的目光伸向远处，视线里带着微笑的怀念，"她是真正的美人，不只是容貌，她身上的每一寸都发着光。"

岳凌飞沉浸在自己的想念中没有回过神来，茹青下意识地低头看了看自己，露出一种自嘲般的讪笑。她想起自己第一次看见月亮的时候。她还是一条短短的小蛇，趴在草丛里费力地仰头看向天空，那么明亮又那么远。现在，她觉得自己又看了一次月亮。

"你不问，我为什么没留在她身边，反而离开昆仑山吗？"岳凌飞的声音打断了她的思绪。

"为什么？"她机械地问。

"为了地宫，为了崇吾，为了我所不知道的真相。"岳凌飞说这话时脸上好像涂上了一层浓稠的石灰，变得坚毅而生硬。"我在昆仑山时，瞥过一眼崇吾。我知道我们面前的是什么，可我就想走近了亲眼看看，他们到底是什么，他们是不是人，是不是……和我一样。"

原来他知道自己是人族的后裔。

"我从小到大看着山里的飞禽走兽个个比我跑得快、飞得高，我真想亲眼看看第二人，看看其他的人族……都在哪里。"

"我觉得，"茹青这时说出了自己这几日以来的怀疑，"你身边就有其他人族。"

岳凌飞惊讶地看着她，她使个眼色用头暗指自己的身后。冷火正蹲下身，仔细查看着当地的土壤。

岳凌飞摇摇头。"他不是。他有熊身，我亲眼见过。"

"好吧，既然如此。"茹青点头算是同意，内心中依然有一丝疑虑尚存。看来他要身闯地宫的心是不会变的了，茹青想着，心里忽然有一丝丝乱：倘若将来有一日他们进了太始殿——即使只是假如——该如何面对师父？师父难道会谅解他、放他一马？师父会谅解自己吗？

这种不安的气氛在遥远的地平线上晃动着，虽然还离得远，但是她觉得自己正在接近那矛盾的一刻。

越过凉河的第八天，他们终于来到了传说中曾经繁盛一时的旧都崇吾。

"这里曾是你的家。"岳凌飞走到冷火身边，显然是想安慰他，"虽然面目全非了，但请别太伤心。个中的缘由，我们到了地宫，一并弄个水落石出。"

冷火倒是异常冷静。崇吾的城墙已断裂残缺得不成模样，他们从一处缺口进去，站在一人多高的残存的墙体，往里眺望着这座城。"他们是被地宫释出的五毒咒夺去了智灵的人类，"他说了在昆仑山上说过一遍的话，"我爷爷当年就在北边的密林，他亲眼看着一阵巨大的北风刮起，所到之处，活人瞬间被吸走了魂魄，脸色灰白、指骨发软，一个个如同蠕虫倒在地上，随处可见。"

岳凌飞的目光发直，双脚不听使唤地走下城墙往城内而去，茹青跟在他身后，小心巡视着崇吾城整齐而荒凉的街巷。当年的格局是看得出来的，崇吾北面是山，所以坐北朝南，周围除了有城墙，西南还有一个巨大的水塘，连通着环绕城墙的护城河。城里的街巷窄而密，有几处还略微遗留着门庭户院的痕迹，看得出当年的崇吾是经精心设计而建造的一座城。

他们沿着一条南北向、稍宽的路走了大约五十步，岳凌飞先蓦地站住了脚步。茹青顺着他呆滞的目光看去，不禁惊叫出声来——

就在他们左边不远的一个小小土坡底下躺着一个五尺长的躯体，骨瘦如柴。岳凌飞紧咬嘴唇走到近处去看，茹青跟在他身后。虽然对三百年前那一场大劫早有听闻，真正走过去细看，她还是不由得倒抽一口凉气：一个全身裹着黄土的身躯，瘫软在土坡脚下。脑壳还在，两只眼眶却空空如也，没有耳朵，鼻子和嘴里都塞满了黄土。这躯壳似乎是仰面躺着，腿却像没了骨头一样依着土坡的形状弯曲着，脚底已经发烂，只有一只胳膊还在轻微地蠕动，发出一种极为低沉、必须很小心才能听到的、断断续续的干号。

茹青背过头去，一瞬间先看到冷火。他还站在一片碎瓦和土块上，比其他人高出一截，稍稍低头向下俯视着他们。显然他也看到那个土坡上的人了——如果那人还能称之为人的话。但是冷火那一瞬间的表情，着实吓到了她。虽然他立即也看见了茹青，面容也顿时缓和，微微颔首和她打了一个招呼，但是她绝不会忘记看见他的第一刻，他脸上的表情。

那是一种她从未见过的杀气。愤怒的泪水和复仇的火焰在他的眼里澎湃欲出，好像身上的每根毛发都竖起来，呐喊着不能浇熄的怒火。他苍白的脸上暴起青色的筋和赤红的血丝，拳头握得不能再紧，好像随时要把眼前的一切捏碎成粉末。

"他们是人。"岳凌飞忽然开口说道，"他们是人！"他大步走向冷火和淳于，"真的，错不了。"然后斩钉截铁地说，"我也是人。我不知道他们是因为什么变成这个样子，可我要把他们救回来，我们一定得把他们救回来。"

"从崇吾往西北四百二十里，就是灵鹬阿吉所说的密山。密山是中土凡间与青丘仙境的分界地，据传青腴与丹腴是天狐一族领地里特有的灵石，专门为各仙族引路传信。我们一定得速战速决拿到灵石，若遇到天狐一族因为灵石起了正面冲突也是件麻烦的事情。待取了青腴与丹腴，立刻就能找到地宫的方向。"淳于接过他的话，重重地拍了两下岳凌飞的肩膀，"地宫我们陪你闯到底。"

岳凌飞闭上眼睛深深点头，与淳于击掌而握。

他们之间藏着秘密。茹青几乎能肯定，冷火和淳于二人之间藏着她所不知道的秘密。未必是坏事，但他们暂时还不想让别人知道。

茹青忽然想起一件事。她问岳凌飞："你们怎么知道青腴和丹腴可以引路去往地宫？"

岳凌飞答说："当时昆仑山上有一只灵鹬名叫阿吉的，与北长老、沐瑶都熟识。他似乎是穿梭于地宫与昆仑山的信使，是他告诉我们不用妙行灵草，只要得了密山上的青腴和丹腴，一样能寻到地宫。"

阿吉会告诉他们如何找寻地宫？茹青粗粗一想，难以相信。阿吉是西边太白大神座下小官，她与他没怎么见过面，更谈不上认识。可是他却给这几个要闯地宫、营救囚徒的人指路——如果他说的是真的。

"阿吉亲口告诉你的？"

"他亲口告诉的冷火。"

"是这样啊。"茹青因而转过头去，看了一眼冷火，他也冲她点点头表示肯定，她一时倒不知道该怎么问了。冷火……是个难以接近、让人捉摸不定又有点让人害怕的人。他肯定不怎么喜欢她，她看得出来，也许是觉得她是他们路途上的累赘。当然，以他那一副冷面冷心，这世上他不喜欢的人、事物恐怕实在不少。

于是她"哦"了一声，结束了这个话题。反正密山并不远，两三天内即见分晓。

"走吗？"

四人从城中往外走的时候，茹青低着头，忽然看见自己脚边有一只移动的、圆滚滚的东西，好像一块石头。一开始她以为是被谁踢到随意滚落的石头，并没在意，继续走了几步之后才发现石头竟然跟随着她的脚步往前移动，一跳一跳地，和她的速度相当一致。茹青不禁好奇，弯下腰去想捡起石头看一看，胳膊刚刚伸出去一半，忽然感到一股强烈的引力，不容抗拒地将她拉向石块，眼看她就要摔倒——

冷火突然不知从哪里冲出来，一掌推在她的后心，将她推开老远，茹青"哎哟"一声跌在地上，只见他抽出自己随身的短剑，狠狠将石块一劈，又隔着空气攥紧五指攥成拳头，石块方化灰化烟，散入风中去了。

茹青摔在地上看着冷火将那石头捏碎，不知道发生了什么，呆呆地发愣。

"别随便碰什么东西，除非你不要命了，"不出预料的责备语气从冷火的口里传来，"那是因为丧失智灵而死去的死人的结死石，永远饥饿想吮吸活人的魂魄。"

"哦，"冷火的话里一个接一个的"死"字让她有点眩晕，这实在不是一个她经常接触的话语环境，自己被推开的瞬间快如闪电，致使她一时竟没回过神来。

那天晚上，冷火一个人在火堆旁边盘坐的时候，她才终于走到他身边坐下，说："今天忘了说，谢谢你了。"

冷火答："没死就好。"

"你就这么喜欢用死字吗？"茹青尽量放轻松地吐一吐舌头，"不过我以为你当时离我很远，忽然之间就出现在我身后，好像是飞过来的一样。"

冷火说："飞我倒是不能。"

每一句话都是天然的结语，还真没见过如此会聊天的人呢。

"你对崇吾好像很熟悉，非常熟悉，我看你看那里每一条街、每一面墙的样子，好像都充满回忆。"

"我……我听过许多故事。崇吾在中土是很有名的一座城。"

恐怕不止是听说这么简单呢，茹青在心里说。"你刚刚在城内四处寻觅，是在寻找什么东西吗？"于是她问。

冷火一愣。茹青向他使个眼色，表示对自己的观察和判断有绝对的自信，他这才叹了一声，"你真想知道？"

"当然。"

"恐怕不是你想的有趣的事。"

"无所谓，我洗耳恭听。"

"我在找的不是一件东西，是一个人。三百年前中土的王子。"

这倒是一个令她意想不到的回答。

　　"传说中三百年前的崇吾，是世间最富有的城池、最坚固的堡垒。粮仓的稻谷多得从门缝底下溢出来，四夷的珍宝都要第一时间运到大玥王的宫中进贡，可是贡品多得看也看不过来，于是就增添了一个鉴官的职衔，专门负责为王鉴定珍宝和贡品。"

　　茹青听得津津有味。

　　"可是后来，有一个心肠歹毒的鉴官在呈给大王的一对麋鹿角里下了毒。而送这麋鹿角的人，却是大玥王的亲生儿子。"

　　"有这等事？然后呢？"

　　"玥王宫中和朝中的文臣武将分成两派，相争不休，最后乃至于要兵戎相见。而受人陷害的王子，则主动请缨去北漠戍守抗敌，那时北漠的叱罕人，是大玥唯一的对手了。他想离开崇吾城这个是非的旋涡。"

　　"但结果是——"

　　"结果朝中风云突变，有人弑君篡位，又里通叱罕人，让王子在北漠腹背受敌，最后在符禺山顶，单枪匹马独战叱罕人的十二灵兽，元气大伤，跳下山崖，从此不知所终。"

　　"你觉得……这个王子会在崇吾留下什么痕迹吗？"

　　"我相信会的。"

　　"可是后来大劫难——整个崇吾都夷为平地了。"茹青说着，忽然想到什么，"中土的大劫和这个王子有关吗？"

　　"我想是有关的，不然也太巧合了。也许他死的时候，惊动了这个世界一种最黑暗的力量。只有他，才能将崇吾带回往昔的盛世。"

　　冷火的最后一句话说完，茹青心里蓦然一震，有一种她不敢探究的设想，隐隐约约出现在思绪的尽头。当天夜里她辗转反侧，无论如何就是睡不着，索性爬起来钻出帐外，却刚好见到淳于在守夜。

这一晚的夜色很美。天上的星星比往日显得近很多，淳于守着炉火，盘腿而坐一动不动。

他们虽然同行了数日，可是她和凌飞最熟，今日与冷火也说上了几句话，唯独淳于，他们没有交换过一句言谈。少言寡语、城府极深就是他在她心目中的印象。

大概是听到她掀开帐子的声音，淳于转过头来看了她一眼，茹青索性走出来靠近火炉，在离他三尺的地方坐下。

"你觉得密山真有青腆石和丹腆石吗？"她先开了口。

淳于一直在用余光看着她，他挑挑眉毛，"不知道。有可能吧，过几天就知道了。"

"万一阿吉说得不对，你们岂不是前功尽弃？"

淳于却好像并不担心。"总会有办法的，"他回答，"不管走哪一条路。"他语气里的笃定和确信都不是假的，茹青却不知道他是从哪里来的信心。

"你好像一点也不担心，就这么确定你们能走到终点吗？"她语气质疑，却尽量平缓。

"不确定的事，会尽一百分的决心和努力去做吗？"他反问。

茹青无言以对。"你是为了冷火，才走上这一趟征途，对不对？"她最后问。

淳于摇摇头。他向炉火中又扔了几根细小的木柴，"不要妄下结论，"淳于说，"他不是一个你们轻易能理解的人。因为他是这天下最伟大、志向最高远卓绝的人，他是这个世界的希望。"

第七章　狼魂出世

第一回　暗涌作兮泽宁禁，神迹见兮绝云天

人族覆灭前最后的辉煌时代，大玥七十年，崇吾城。

"神圣而不可窥探的昆仑神，请收下鲜嫩的羔羊、腥寒的马血和甘甜的处子。"

我们匍匐在您伟岸的足下，不敢祈求一瞥垂顾。然而如果您将破例地屈尊，或是已对欣赏人类的愚蠢产生了兴趣，请倾听您的大玥子民们最虔诚的心愿：大玥愿意奉上所有的明珠、琥珀、羽毛和兽角，尽管我们深知，这一切宝藏，都必然在您无所不见的眼里不值一提。"

"将他们献给您，只是为了表达大玥子民对您毫无保留的敬爱和仰赖。我们祈求着您的怜悯，驱散笼罩在大玥王宫之上的不速之魔，让获王子琥珀般的双眼重现光芒，让获王子的生命如颍水般康泰绵长。"

女祭司的祷歌唱了三遍，绝云顶上陷入了比天上乌云更苍白的沉寂。和鲜嫩的祭祀们一起躺在神坛中央的，才刚刚目睹了九个夏天的获，依旧双目紧闭，呼吸轻得几乎听不见，如一缕随时

要被风吹散的游丝。

点起了神坛周围的四百九十根蜡烛，女祭司又一番天颂之歌唱毕，七个童男依次熄灭了所有的火烛，一同反身跪在王驾之前。

"尊贵的王和王后：我能说的一切祈祷都已说完，能贡献的一切祭祀都已奉上。接下来，只能等待昆仑神的答案。我们所有人都先行下山，昆仑神会展示他的仁慈和能量。"

大玥的国王长叹一声，年轻的周后流着眼泪死活不肯走。三天之后起驾回崇吾，绝云顶还是一丝生息都无。玥王临走偷偷召来自己最亲近的右侍从闵黎，拿给他一条白绸，看得出是从内袖里扯出来的一片，里面写了字，又从外面粗糙地勉强缝起。玥王将白绸团好交给闵黎，简短地吩咐他，"吾弟鼓正戍不周山，你快马加鞭地去，务必将这白绸亲自交到他手里"。

"亲自、私下里给他，他的副官、随从、妻子和丫鬟都不能知道，明白吗？"玥王不厌其烦地叮嘱，直到闵黎叩头领命，当夜就纵马下山往西去了。

"新立储的事，暂且放一放再议吧。"及至返都，玥王于内阁中告诉自己的四位政官，"急也不在这一时，获这个孩子自小俊逸英武，说不定昆仑神很快就会将他还给大玥。"

四位政官之一的周彦当夜进宫，将这原话转告给自己的姐姐。当时的天色已经晚了，泽宁宫里的蜡烛只点了一半，周彦不遗余力地回忆着大玥王的一切举动和细枝末节，周后侧着身子，软绵绵地倚在榻上听。她脸上的皮肤白而薄，脖子上早晨扑的香粉还没有洗去，底下隐隐透着血管的青色，眼睛一眨一眨迷迷糊糊地听。

及至听见弟弟说"大王不愿意现在就议储，是件好事，表示他并未看上樊。"周后忽地猛从榻上撑起身子来，劈头就问，"闵黎呢？这两日怎么没见他跟着大王左右？"

彦答说，"闵黎似乎就没从昆仑山回来。去的时候是闵黎、闵济护卫左右，回来的时候就闵济一个人。难道是大王特意把他留在昆仑山上，一旦王子醒来，好做接应？"

周后冷笑一声，轻轻摇头，心里将玥王的打算已猜出了七八分。

"夫人，我回来了——"正巧这时一个长脸、脸上涂得青白的年轻女官快步走上门口的几级台阶，口里正说着话，直到走进来忽然看见周后有客人，连忙住了口。

"没事，榆孟，你过来。周后向她招招手，转而对自己的弟弟说，"这是我的榆孟，你应该见过一两次。

榆孟是周后的长侍女。她在周后身边的三个女官里年纪最长，秉性也最老练，所以最受器重。周彦模模糊糊地记得好像曾在泽宁宫里有过几次照面，当然话是从没说过。

"你说吧。"周后拉过榆孟，叫她不用避开自己的弟弟。

"今天我见了炊班管事的霖娘，她说自从获王子出事，严华宫的饮食已翻了两番。樊公子宫里的赏钱也突然给得出奇的阔绰。我觉得夫人上次的猜测不假。"

周后满意地微微抿嘴。"这就对了，"她的目光在榆孟和弟弟之间换来换去，"我们再帮他一把。"

周彦心领神会地点头，榆孟又向周后的耳边说了一句什么，"唔。'周后听了，身子倒回去重新卧向了轻榻。

王日益忧心忡忡，后的心思诡不可探。闵黎挥鞭奔马在途，鼓则在遥远的不周山堡一无所知。这几日，崇吾城内人人存了几分担忧善变，而日日从昆仑的书信，依旧如出一辙：获王子四目安合，静待昆仑神力。

"公子，周先生来了严华宫的日头刚攀上屋檐，前头的使者进来传话。

"快请进来吧，阿桃已经进去通报了。"

周彦跨进大殿之内，又稍等了片刻，里头出来一个年纪尚小的丫头，怯生生地说："公子请先生进内室说。"

周彦是大玥王身旁最倚重的文官，严华宫不敢怠慢，个个极尽恭敬。只不过他来了这么一会儿，已经通报第三次了，周彦一面跟着那小丫头往里走，一面抬头看看严华宫顶上的柱子。

"舅舅！"他走进来时，樊正面北而坐，看见他来连忙起身快步迎上来。他跟樊快有一年没见，今年算算他应该已十五岁了，个头蹿得很猛，已经和他差不多高。

"樊公子又长高了，"他说，"看这臂膀，骑射也练了吧？"

樊听了一脸得意，连忙叫旁边人拿了弓弩，对着内室门口的木头柱子，"嗖"就是一箭，箭头扎在柱子上，稍稍向左偏了一点。

四下里一片鼓掌叫好。周彦也大方拍手，说："樊公子的箭法愈发好了。今年有十五岁了吧？"

"下个月就十六岁了。"旁边的一个小官替樊回答。

"十六岁是好年纪，"周彦不急不缓地继续说道，"你母亲十六岁的时候，已经许配给你父王，做他未来的王后了。"

樊公子听了一愣，面色有些欣喜有些茫然，直直地看着他的舅舅。

"哎呀，不过那都是些不相干的，提它作甚。不过今日到这儿来，倒令我想起一桩奇事。我膝下有一个小女儿，年方十一岁，上日她母亲去书房看她，这小丫头不知道什么时候从她兄弟那里偷得一副弓箭，竟然自己偷偷对着书房里的柱子射箭玩呢。"

樊这边还没反应过来，他身旁的年纪最大的赵公先上前一步，握住周彦的胳膊，彦下意识地往后稍撤一步。"周先生的千金果然智勇不凡，不是一般闺秀能比的，"赵公说着看一眼樊，声音放轻了几分，"先生若有意成此良配，这是樊公子的福气。"

樊脸上这才浮上笑容，又有一点不好意思似的抿一抿嘴，念了一声"舅舅……"走上去握了握周彦的手。

周彦露出笑容。"我这一个女儿，从小娇生惯了，她母亲尤其当她是宝贝。不过再怎么宝贝的女儿，到了十四五岁，母亲也不能再留她了。这几年的光景，快得很哪。"

当天彦前脚跨出严华宫，樊已喜不自胜，得意地在内室里招呼赵公和自己的老师们，立马写信，当天送出宫去。"想不到他也有巴结我的一天，"他转头问赵公，"咱们是答应他，还是先灭一灭他的风头？"

赵公慌忙答说："周先生现在亲自来提这件事，是我们天大的好消息，答应是肯定要答应的。"说完略微一顿，思考半晌，接着又说，"不过以我之见，周先生释出一点好意，也未必不是试探，引着我们去巴结他，好探听我们到底有几分底气。"

"嗯？"樊把这话听进了心里，挑一挑眉毛。

"所以我们才得拿出十二分的底气，表示这是一场你情我愿的平等结盟。往后的日子还长着呢，我们若不先定好这个基调，以后往好了说是被他们牵着鼻子走，坏了说，便可至于有名无实，被他们玩弄于鼓掌之间脱不了身。"

"我看现在是他们求您，"樊身边一个年纪轻轻的小官儿斗胆低声说，"他们是想锁定一个未来王后的位子，看来您的位子……是八九不离十了。"

樊面带喜色，瞥一眼说话的人，下意识地点了点头。

"说也奇怪，把获王子送上昆仑山，回崇吾还没有几日，周家的人怎么这么快就赶着找到咱们这儿来了，按说他们寄希望于获王子还能回来，那才是人之常情。赵公犹豫半晌，最后还是开口把自己的疑虑道出。

"莫非是这些人已经得到了什么消息？要是隔壁的彻底不行了，他们再上门来，那时岂不是巴结得太明显了，让全天下人都看见了。"

"听说大王带着大拨人马回宫，却单独留了一个闵黎没回来，专门留在昆仑山方便接应。最近两天听说闵黎有什么动静吗？我想大王和王后都不至于这么快放弃昆仑山。"

赵公的疑虑颇有道理，樊歪着头，却没大听进去。"闵黎留在昆仑山又能怎么样，不管是什么原因，周后那边都跑到咱们这儿来了，咱们若不正好趁着有他们的帮衬支持，放手一搏，就太傻了。"

一直到了第七天入夜，泽宁宫的周后刚刚被女婢和奶妈们哄睡，迷迷糊糊中忽然听得一阵嘈杂，急匆匆的脚步声，重重大门开启的吱呀，还有小宫女们压低的叽喳议论声，登时从床上坐起。

进来的人，正是那日绝云顶的女祭司。她说，"获王子……"原来这夜是七月朔旦，不见月影。谁知子时刚过，从东方划过一颗飞星，直奔苍穹之顶。飞星至天顶不仅不落，竟光芒渐增，有如一轮满月高悬，而满月的四方正是太易、太初、太始、太素四星。此番四星绕月，而使金、木、水、火、土五行之力交汇贯通，其瑰丽绝伦，几乎与天地人之初始无异。

"此等异象，恐是万力之神给获王子的上上吉兆。"女祭司走到周后的床边，一把拉开了垂地的窗帘。周后还仰头望着天空目瞪口呆，而远处漆黑的地平线上，正渐渐走来一个俊美而矫健的少年，身后跟着一只毛色灰白、长手长脚的幼狼。他们背靠着死寂的暗夜，一点点地迫近了，两双几乎一模一样的浅灰色眸子，带着通彻远方的宁谧微光。

七月朔旦，原应是平淡无奇的月沉之夜。月亮看不见，星空便比以往更繁密得很。都说昆仑是伏帝亲自所选的居所，此时夜色却隐去了它本来的高贵风姿，而平添了几分肃杀萧索。昆仑山上三千尺的白玉田由天母亲选的六合族人守护，此时皆已沉沉睡去，五千尺的通灵门往上已无草木飞禽，到了七千尺的绝云顶，就连空气里的尘埃都稀绝无踪了。

可这一夜到底注定了不是个平庸的初一。子时过了半刻，从东方忽然起了一颗飞星，从心宿窜出，一直朝着苍穹扶摇升起，其迅猛耀目，几胜明月。就是这飞星闪耀的正当口，从绝云顶的阴面绕上来一只硕大的母狼，三两步就蹿上了祭坛。

祭祀的马血尚且鲜浓，处子和羔羊冰冻得肌肤通透，雪白如生。母狼似乎毫不顾忌祭坛上的整齐端庄，只顾踏着四只爪子横冲直撞，撕开一只羔羊幼嫩的肚皮，漫不经心地舔食了半只心肝，然后就在这狼藉的血肉中卧了下来，好像一只安睡着、等待天明的驯服的兽。

而此时天空之上，东之苍龙、西之白虎、南之朱雀、北之玄武四宿，各吐出一颗珠丹，渐渐地向那满月一般的飞星聚拢了。不多时四星齐聚绕月，将金、木、水、火四方之气汇于中央之土，须知这五力初次合一，便由混沌之中分了天地；第二次五力合聚，则于天地中造了万物众生；第三次于众生中施以魂魄；第四次又于人的魂魄之中附以一颗人心。前四次的五力合一已经没有年代可考，而这第五次，也是近千年之中唯一的一次，将绝云顶上匍匐的一切轻轻地浮起了，每一根毛发、每一滴血液、每一度光和热与每一寸灵魂都裹在霎时的雾气之中。雾中东方汇一股曲直之气，西方从革之力，南方升腾炎上之神，北方润下之露，至阴至阳交纵弥合，收敛于中，旋为一柱通天之光，贯绝日月。

只不过，这一次的五行交汇只维持了一眨眼的工夫，片刻之后四宿回位，飞星消隐，而昆仑山顶传出了一声贯彻云霄的长啸。这长啸的起点带着天地日月的肃穆，中间夹着一个君王的庄严和天真，收尾则纯粹是一只狼的果决。及至云雾散去，祭坛仍是祭坛，而坛上的母狼依旧卧着，唯有身旁多了一只刚刚诞下的、四寸大小而毛色青白的小狼崽。

在狼崽的身后，大玥国聪慧俊美的储君、中土王冠唯一的继承人缓缓睁开了双眼。他慢慢撑起上身，稍微动了动脖子左右一顾，然后毫不费力地、稳稳站了起来。刚生下来的小狼如通神意，立刻小步蹿到获的身旁，用初生的柔软耳朵摩挲着他的右脚。这是他半月以来第一次睁开眼睛：四目相对，两双如出一辙的灰色眸子，雪白的面孔，和幼小而挺拔的身姿，获看着面前的小狼，恍惚中就好比看着镜子里的自己。

　　四星绕月给了大玥第二次机会，而眼前的幼小狼崽给了大玥的王子第二次生命。狼崽降生的那一刻五行聚合为一，瞬间的力量浮起的不只是昆仑山的神坛，更是那一刻新生的灵魂。从此以后，他们被无所不在的命运捆绑成生命的共同体，中土世界最后的王子和绝云顶上七月出生的白狼，将终其一生共享同一个灵魂。

　　"这事儿谁也不许说，"榆孟厉声说道，"从谁那里走漏一点风声，把你们全轰出去自谋生路。"

　　众人于是都噤声。获王子当夜回到泽宁宫来，直接被带进内室偷偷安顿下，除了周后和大丫头榆孟，只有几个洗澡更衣的奶妈知道。等他人都各自散了，榆孟自己出了宫门，径直往后头炊班去。她穿过初秋的清晨里跃跃欲试的野菊花蕾，跨过横在地上还没劈过的木柴，绕过粗使匠人的卧房，然后走到最里面的一排北屋，轻敲了三声靠东的窗。

　　霖娘当时正在煎茶，手忙脚乱地来开门。榆孟坐定了，笑说："还是霖娘的差事是美差，新进来的好东西，全都要先往这里送，这几天看来灶上又添了新人手是不是？"

　　"姑姑可太抬举我们啦。送给我们，还不是送给姑姑和周后的？我们不过是粗使的厨子。泽宁宫您们这些天吃得还可口？"

　　"可口，"榆孟斜着眼看看炉上快要烧滚的茶，自己起身去端了，又从左面小柜里拿了两只青玉斗，摆在两人间的小桌上自己倒了茶。霖娘见状忙要伸手去接，榆孟却说，"不要紧，不给你添麻烦。"

　　少顷两人都抿了一口茶，榆孟先说，"今年新下来的秋茶吗？

吃着不错。"

霖娘赶紧说，"我也觉得不错，已经包了几包，天亮了就叫
人送去泽宁宫。"

榆孟一笑。"严华宫也送了没有？"

霖娘面上一愣。"严华宫的茶……还没有送。"她斟酌着自
己的修辞，"近来樊公子那里没有来要茶。"

"严华宫的饭食还是和以往一样送的？多了少了没有？"

"樊公子年轻力壮，吃得多些。"

"这么说，是胃口又比往日更大了？"

"也不是这个意思，"霖娘赶紧扶着榆孟的膝盖摆手，"严
华宫里的走动早就比以往多了——"

"饭多吃，你们这里多做给他就是了，这没什么大不了的——
樊公子再多吃，总不会抢了别人碗里的。"榆孟轻轻地接了她的
话，一个字一个字吐得缓慢而稳健，"可如果他要吃的是别人宫
里的家雀儿，就得掂量掂量自己吃下了之后，是不是消受得了。"

此话一出，霖娘当然听得明白。她虽然屡屡周旋于玥王周后
和几位公子之间，未曾行差踏错，却依旧秉持着生性的谨慎，
因而低下头摆弄着茶具，最后轻声在榆孟耳边悄悄说，"严华
宫里……近来饭食没有多要，听说车马倒忙碌得很。有人见着
当今周后的弟弟彦大人去过一趟，彦大人去的第二天，徐大人
也去了。"

霖娘说完稍一停顿，凑得更近了些，又问："听说今天晚上，
泽宁宫里倒是出了一点动静？"她问完小心翼翼地看了榆孟一眼，
对方稍微一点头，便再接着说，"获王子出生时就天星高照，室
有红光，将来肯定是福寿绵长万世的一位君王。"

"再怎么样的好福气，也架不住小人在暗地里算计，"榆孟答，"成日不知道有多少乌蝇、蚂蚱、仓鼠、蛆虫背地里一刻不休地诋毁荻王子，哪个不是存着极坏的歪心思。他这一次病得这么离奇，咱们不用脑子，也知道周后心里的着急吧？"

"这是……"

"当然是周后的意思。你跟着这么多年，手下那些个小丫头小营役还是有数的，之前送去严华宫里那个叫筱小的丫头，到底靠不靠得住？周后器重你，你别辜负她一番心意。"

桌上的两只青玉斗，一深一浅的茶水映着房顶横梁上陈旧的灰色，隔院的炊工来往喧哗，灶上的火苗噼里啪啦燃得旺盛。话已说完，她们二人依旧对面坐着，俄而远处有钟声，已是卯时。

鼓楼的钟声也传到东边的泽宁宫。"王子已经沐浴好了，正在更衣二丫头榆季踏着钟声走进泽宁宫的外殿，守在门口的宫女告诉她。

"外面是谁来了？"里面高声传出一句清脆的男声。

"是二丫头榆季来了，准备请您更衣去前头伯牙殿呢。"

"榆季来了？让她进来。"

榆季于是走进来。荻正背对着她，张开双臂等两个侍女替他擦干，从镜子里看见她进来，便挥了挥手，左右替他披上白纱衬衣，又去拿玄衣。荻转过身来，衬衣尚且敞着怀，榆季不好意思地半扭过脸去。

荻装作没看见，只管走过来拉住她的手，"季姐姐你等我一阵，"转而又歪嘴一笑，"季姐姐好不容易来一次，你帮我穿衣嘛，其他这些人总是笨手笨脚的。"

榆季只好从奶妈手里接过赤黑的玄衣给他从后面套上，再转到前面将左右交领压好了，拍一拍两只袖子，然后拿过一条青黑镶玉的腰带围在腰间，背后打了一个简正端芳的如意结。一条缎制的宽厚革带，摸起来很滑，榆季的手还迟疑着搭在腰带上没松开，腿边不知不觉地蹭过一团茸毛，直到她低下头定睛一看，惊叫了一声，往后连退三步——"呀！有狼！"

"缇昙第一次见你，都有好奇心的嘛获转过身来，伸出右手松开拳头，引着毛色灰白的小狼乖乖扎进自己身边。他半蹲在缇昙身边，左手轻轻捐着它的脊背，然后扭过头来招呼榆季，"你站那么远做什么，还不快过来看看它摸摸它。"

榆季一时还是迈不动步，获就走过去生生把她拖过来，一面走一面歪着头朝她一挑眉，"你将来是要跟着我的人，不先认认你的朋友怎么行。"

榆季被获王子的狼吓到，他却拉着她前来近距离接触他的狼。她只得怯怯地来，缇昙一动也不动，一双圆滚滚的眼，一眨一眨地注视面前的女官。"你知道，我这回没死，才不是靠什么昆仑山、什么圣母天神，是它把我救回来的获仍旧抚着狼崽的茸毛。

"至高无上的昆仑山……我的小祖儿……这要是被人听到还了得！"她赶快捂他的嘴。获不耐烦地一摆手，"神的居所怎么了，那护山的六合族的仙女，不是还得嫁给我？等我娶了她，再见识见识那昆仑山到底有什么神奇。"

榆季语塞，正愣着不知道该作何反应的空当，获话锋一转，又凑过脸去捏了捏季儿的手，"季姐姐，等我与六合族的公主成了亲，我和母亲说说，让你来谨华宫服侍我们俩好不好？"

　　她听了，委曲求全地抿了抿嘴唇，然后伸出手摸了摸他的头。

　　"殿下……"她以一丝只有自己听得见的微弱声音喃喃地念着，脸上泛起一点莹莹的橘光。荻王子的头发乌黑里闪着一点赤金的光泽，柔软蜷曲地伏在幼嫩的头皮上。榆季的目光有些涣散地在他身上移动，一切都一如往日，王子依旧是那个王子，未来的大玥依旧是他的国，而她依旧是匍匐于他的臣民。

　　唯一的不同，是原本一双继承自他母亲的琥珀色眼睛，变成了一面纯净的灰色湖泊。静默的灰色如谜语，而谜底是瞳孔里的黑，他眯起眼睛正对着阳光，如同给时间铺了一条悠长的隧道，远方可达。

　　"君王是大玥的国本，国不可一日无君，而储君是大玥兴盛世代相传的根基。而今荻王子于昆仑山多日，恐怕是……凶多吉少，我等为人臣子，不得不替社稷思量啊！老臣思量再三，不得不冒天下之大不韪，恳请大王在立储之事上，切莫拖延。"

　　"依徐大人这意思，是要在荻王子的昆仑之行未见分晓之时，就另立储君？倘若他日——"

　　周彦在朝堂上接过徐大人的话，然而周大人一句话未说完，玥王忽地"哧"一声笑打断了他，转而去问先开口的徐大人，"依徐大人的高见，是该立哪位王子为储呢？"

　　徐大人大概是没想到玥王如此直接，自己反而先一愣，俄而讷讷开口说，"立储之事，最难在服众。服众之本，或在于嫡，或在于长。嫡子不至，则应立长，方能国祚绵长……"

　　"父亲！"徐大人颤颤巍巍的声音还未完全散去，忽然一声清亮的叫喊，从外头传来。伯牙殿的众人纷纷扭过头去，随着门口的朝阳，同时跨入伯牙殿的，竟是获王子。

满朝文武，顿时发出一阵压低的惊呼。获的声音朗朗，目光明彻，丝毫没有大病初愈后的样子。他一身紫中带金的长袍，袖口乌黑，发髻高绾，双手垂拱，英姿尽现。

玥王从高高的宽椅上激动地向前欠身，伸出手来连忙招呼他，"获，你走近点，让父亲好好看看"。

"咦！有只狼！"获走上殿来，绝云顶上的小狼尾随着他。大殿两侧公卿的双眼，又瞬间从他们的王子转到了这只初生的白狼身上：它的眼睛闪着机敏而狡黠的光，嘴巴微微张着，缓慢地随着步子摆动身子，偶尔露出一截鲜红的舌头。

"缇昙是我的猎手和宠物。"获大声回答那些窸窣的议论和沉默的质疑，"是我让它跟我来的。"

"这是你给它取的名字？"

"是的。"

父亲坐在高榻上，不置可否地眯起眼睛向下望去。他从身后的侍童手里接过毛扇扇着，目光在儿子和儿子的白狼之间往复。"你大病初愈，身子是否已好全了？谨华宫里安顿好了没，有什么想要的吗？"他问。

"获没有什么想要的，只有一件想知道的事。"

玥王手里的扇子停摆在空中。片刻他徐徐垂下手，身子立直正坐在榻上，两只指头来来回回地摩挲着，向自己的儿子抬了抬眉毛，闪避地说，"你才刚回来，叫韦娘、楚娘帮你沐浴吧。"

获抬起头来，灰色的眼睛蒙上了一层薄薄的雾气。他努力地收敛着眼里的雾气和水珠，如同用空气去安抚一面起皱的灰色湖泊，又以一只手去覆遮整张空白无字的羊皮纸。他再拜、顿首、小步子退出去，正跨过大殿的内门，父亲的声音从头顶再次传来。

这一次，他说："儿子，欢迎你回来。"

第二回　密语相传兮，不识雪讖

荻王子携白狼上殿谒父的消息不胫而走，崇吾的宫里宫外一时私语纷纷。

"荻王子真的就带了一只狼进殿——也没有人拦？"

"荻王子初回来，谁不得极尽避让，哪敢拦呢？"

"谁知道荻王子竟然这么突然就回来了，听说当时在朝堂上，徐大人正极力地游说立樊公子为储呢，这下可有他好受的了。"

"诶，别说樊公子了，你看远处，那为首骑着马的是谁？"

两个崇吾城墙上的小兵有一搭没一搭地聊着闲话，忽然其中一个站在墙头伸长脖子，向对方往远处一指。

"你看见了没？那不是百胜侯吗？"

沿着他指头所向的远方，有不可窥探的神、有难以名状的野兽，也有戍边的士卒，以及不可一世的常胜将军。荻王子回归之后没过几天，崇吾城外的枳树丛林迎风哗哗作响，而城的南门缓缓开启，一队十二只马匹疾奔内城。不多时，伯牙殿外一声骏马骄啼，翻身跳下一个二十五岁上下的青年大将，赤铜的铠甲还带着北方荒漠的沙砾和尘土，头上一支高高耸立的金色羽毛，仿佛正环视众生。

"今日没有大朝，大王不在伯牙殿。"殿外守门的小喽啰急趋上来报说，"请让我带百胜侯去后面内阁觐见吧。"

手下策马回来将原话给鼓形容了一遍，鼓"哼"了一声，"那就带我去，"行了几步又问那小喽啰，"这就是他的内阁？"

小喽啰回说："还没到。这是豫园，给将士公卿们休憩用的，旁边是克礼堂，大王有紧急事项的时候也去，免了传唤召见的烦琐。后面才是大王内阁，分了涣春、九夏、蘼秋、静冬四轩室，大王召公子们都在涣春堂，九夏就是给宗亲和同胞兄弟们的了。"小喽啰讲得起兴，"蘼秋有女官出入，静冬则不见客人，只是大王半日里小憩。"

"这园子修得倒是费心思，"鼓随着小喽啰一同边走边看，"你看得出这涣春堂的房梁是哪里的木材？"

小喽啰赶紧答："是北边长白山的木头。"

"你看外面帐帘上绣的金线是哪里的金？"

"是西北夷夏的贡金。"

"那这里头的丝绸屏风又是什么人绣的？"

"是西域战利得来的绣娘。"

鼓的意思说得直白，小喽啰并不是听不见。大兴土木的宫宇，木头是北边长白山的木头，金是北夷上贡的金，丝绸的绣娘是西域得来的战利品，而宝座上安坐的是碌碌无为的王。

"你倒机灵，一样样说得不错。"正说着，九夏轩已至，鼓翻身下马，缰绳交给自己的随从，理了理佩玉、佩剑，昂首登阶。他跨过门槛的时候王还没来，他自己上了殿，向跟随他的小喽啰一挥手，"你出去吧，我自己在这儿等等大王"。

小喽啰面露为难，鼓再一挥手，他只得慢慢往后退去。幸好当下玥王的车辇已缓缓而来，鼓便也随着他一同出迎。

"行礼都快免了，"玥王的辇降下，自己走出来先上来重重拍了拍弟弟的肩膀，兄弟携手走进轩室。

"百胜侯还是那么不羁又鲁莽，大王却照旧宽容成这样。"守在门外的小侍女转过头和自己的同伴嘟囔。

"你懂什么，这宽容可不是白来的，"刚刚迎来送往的小喽啰凑上脸去答说，"这些年在西边在北边，叱罕人嚣张了几十年，要是没有百胜侯镇着他们，能有你今日安安稳稳站在九夏轩外头晒太阳？"

"八九年没回来，想不到宫殿楼阁竟然修得这么漂亮了，真是不少下功夫。"鼓跨进门坎，先开口说道，"这些年你也忙得很啊。"

玥王了解自己的弟弟，他无非是看不惯温室里的绘画绣花。他们兄弟二人相差了十几岁，自己立为王储、跟着能征善战的先王征讨四方的时候，鼓还是襁褓中不更事的婴儿。直到他们取了堂庭山、渡了颍水，再取不周山，一统中土，父亲在庆功的筵席上酩酊大醉，隔日暴亡，坐上了王座的他终于有空一个人独处，低下头想想他们祖祖辈辈的战绩功勋，究竟有什么意义。

他们磨牙吮血，杀人如麻，百兽仰止，所向披靡……究竟是为了什么？为了一场豪华而盛大的丧礼？

玥王的疑问不曾解开，却使得他在三十岁这一年，终于勒住了奔跑的马蹄，带领这个奔袭了百年的家族，在崇吾停了下来。

一旦留了下来，就再难重回路上——玥王比任何人都清楚地体会过这一点。他建了一座寝宫，就想在前面加一个厅堂，建了一座厅堂，就想要一处庭院，一处庭院围了起来，就需要臣子们的偏殿和女人们的后宫，他的心已经被自己建立的亭台楼阁深深地扎进了地里，无论如何飞不起来了。

他一天天看着自己的弟弟长大，也一天天觉得鼓比自己，更像他们的父亲。他骨子里对于征服的渴望，超出了对生命本身的热情。而将来的获儿……不知道会长成什么样。他无法按捺地猜想着，获儿这一次病得离奇，好得也离奇，还有那一只忽然出现的白狼，又将把这天下带去何方？

他的思绪忽远忽近，直到鼓走近前来，伸手重重地拍了拍他的背。"哥哥宫宇恢宏，车辇精美，不知还骑不骑马了？"

轩室里一片沉默。"当然骑，怎能不骑马呢，"玥王小声答道，"明日我让闵黎将铠甲送来，你我兄弟二人，一同出城猎一围。"

"好、好，"鼓朗声大笑，"哥哥有此心，就是我的好哥哥、天下大玥人的王，不枉我在北边和叱罕人拼死沙场。"

"说起你在北边，"玥王扭过头，声音放低了一度，"我这一次让你回来，原因你在绢子上也都看到了，"他停顿半晌，又接着踱起步子，"我是怕获儿万一不好，其他人呢，你也知道，难堪大任，况且王后也不会任凭他们走上来。"

"我急忙忙叫你回来，只是获儿回得更早了。"玥王的话说完，自己又转念想想，"不过你也先别急着走，慎行宫好几天前就收拾出来了，你先住着，多住几个月，住个一年半载的都好。"

鼓应声。玥王再次走近了，加了一句嘱咐，"你就这么长长久久地住着也可以，获儿这一次回来，我总觉得……和以前颇有不同。你有空多去看看他，时不时地教他些读书和用武的本事也好。"

鼓抱拳领命。

"获王子在后院看匠人摘葡萄呢，您稍候片刻，我这就先去禀报。"

鼓听见门口的小侍从这么说，先乐了一声。"想不到王子如此有闲情逸致。这天下兴许就只有你这谨华宫的葡萄是王子的最爱了吧。"

话音刚落，殿里出来一个年纪小小的女侍，怯生生行了一礼，身后便是她们的王子，腰上拴着佩剑，匆匆走下台阶伸出双臂，"王叔来得迅即，我竟然都未听说，不然一定上下远迎。"

"不碍事，"鼓搂过获的肩膀，"上一次见你，还是婴儿呢，一转眼已经这么高了，将来一定比你父亲长得高！"

"王叔返回崇吾多日，按道理我是应该先去拜见的，只是母亲……"获略一顿首，"母亲这几日有小恙，我每日大半时间都待在泽宁宫了，其余的地方也去不了。"二人说着，转身往屋里走去的时候地下窸窸窣窣的一阵脚步，原来是缇昙小步奔出门外，离得还有三五步远的时候停在了一旁，立直身子，望着叔侄二人。

"这是那日从昆仑山一路跟你回来的小狼崽？"鼓也站定，端详了片刻，然后伸出一只胳膊，向那狼招了招手。

缇昙一时没动，两只眼睛转而盯着自己的主人。获于是走过去，揉了揉他脖子上细碎的毛发，然后把它领到了叔叔的跟前。"它的名字叫缇昙。王叔听得没错，缇昙才刚刚从昆仑跟我回来，对宫里的一切尚且不熟。"

鼓并不在意。他饶有兴趣地走上来，蹲下身子仔细查看着缇昙的一体一肤。"他有一双和获儿一样的灰色眼睛，"他半晌说道，"也有和获儿一样的少年面容。"

获不作声了。王叔鼓是他回来之后，第一个发自内心地对缇昙感兴趣的人。其余的人，要么怕它，要么不肯接近，要么看着自己的面子摆出一副宠爱的模样，用以掩藏自己的狐疑和不安。

缇�被看重，获应该觉得自豪——然而那一刻的自豪里却藏着阵阵的不安，如同一个深刻的秘密面对窥视的眼神。"缇昷和你太像，"鼓还在自顾自地品头论足，"实在太像。你看它那盯着人目不转睛的小模样，分明就是一个八九岁的小孩。"

获还是沉着气不说什么。"缇昷是贵族。天狼守护日月，缇昷的面相有受人仰赖的君子气，"鼓说到这里方停顿了一声，转过头来重新看着自己的侄儿，"我们也是贵族。"

他说，"获儿，我们是贵族。普普通通的人活着，仅仅是为了吃饭织衣，是为了愉快而饱足地活着而活。而我们，是为了人类无上的光荣而活，为了自己的姓氏和子孙。我们得证明自己，这是我们生在王侯之家的责任。"

获还是第一次听到这样的话。他手里还捏着方才使女在后院给他摘的葡萄，紫色的果汁顺着他的指尖往下流着，他呆呆说不出话。幸好这时楚娘从殿里走来，见他们二人在门口站着不动，招呼说："你们都站在那儿做什么呢？七月的天还是热，快进屋来饮茶说话吧。"

鼓走在前，获领着缇昷跟在后面。端上来的是从天目湖运来的茶尖，沏到第三泡才出颜色的，鼓正口渴，一饮而尽。缇昷依旧围着大殿的柱子左右乱窜，左右侍从行必绕之。

"你可知道，你父亲为什么叫我回崇吾？"再一杯茶进，鼓又开了口。

"我不知道。"

"那你总知道，我们祖辈征战百年，打下来的天下，将来有一日都是要传给你的？"

获当然知道。可他不好直愣愣地点头，又不能推托，只好支支吾吾不置可否。这别扭尴尬的一刻比他想象中持续得更久，不远处的缇昙躲在柱子后面如坐针毡。

幸亏不多时外面来人送晚饭，领头的正是霖娘本人。还是如往常一样五道菜，一味肉羹，两样点心，唯独酒送得比往日翻了两倍。"知道百胜侯今天来这里，特意加了百日菊花酒，是新摘的还未开花的骨朵儿，泡进隔年的酒里酿的，获王子的心头好。侯爷难得来，也尝尝好不好？"

鼓抿了一口。"不如我们北漠黑黍酿的浊酒，"他一侧身，望了望门外，转念说道，"今日是十五，不如到你王叔殿里，带上缇昙，我那儿有正宗的黑黍醇酿，一块儿喝酒赏月，岂不痛快！"

获嗫嚅不言。今日是十五，鼓貌似无意地提起日子，他如同被点中了不愿人知的心事。"看来是你没空，"鼓草草一挥手，"那也没关系的，叔自斟自饮，正好自得其乐。"说着便告辞，自己两三步跨下台阶，径直牵马走了。

他不喜欢这个叔叔。获和他的缇昙一起望着鼓远去的背影，打心里生出深深的隔阂。这隔阂里有三分厌恶，七分恐惧，他不喜欢鼓问的问题，也不喜欢他话里话外不屑一顾的语气。我才是中土的王……获心里默默地念叨着，我将来才是那个继承王位、在万民敬仰之下走上王座、受人跪拜的那个人。到时候，这个王叔，他又算得了什么呢？他不过是被发配去北边和叱罕人打仗的一介莽夫。

叱罕人刚猛暴烈，听说他们生剥兽皮、饮人血而不眨眼。获低下头抚摸着缇昙的脑袋，手指微微颤抖着，露出了一丝会心的轻笑，"我早晚把他送回北边，替我们在疆场拼命，你说好不好？"

缇昙不会说话，也很少和自己的同类一般仰起脖子长啸。不过他此时仰着小小的脑袋，以十万分的殷切目光投注在获的身上。他们体内翻滚着相同颜色的血液，倾听着彼此激荡的回响。

七月十五的子时过了三刻，谨华宫的西门极轻的一声颤，连接着窸窣的几声脚步。初出宫门的几步走得蹑手蹑脚，所幸宫女匠人们都睡得如同死气沉沉的牲口，他们趁着寂静的天色离了宫，往前愈走愈快。

然后缇昙终于放开了步伐：谨华宫外荒凉的土地成了它渴望的天堂。它短促有力的前腿深重地踏着脚下的土地，脸上的毛发因为迎面奔跑的疾风而张开，像一大朵盛放的牡丹；它咧开嘴伸着舌头发出富有节奏的气喘，身体伸展跳跃如一袭永无休止的波浪。荒地里杂乱的野草、耳边沙沙的夏风，还有广袤辽阔的天庭，都成了这一刻自由奔驰的背景。

而年幼的获紧紧跟在它的身后。缇昙奔得飞快，获也弓着身子，跨步如飞。他像一只真正的狼一样俯下上身，眯起眼睛，两只脚轻盈得几乎沾不着地面。他们几乎并排地奔跑着，脚下碾碎的野草化成风里的尘埃，尘埃在夏夜的热气里弥漫上升，在空气里留下瞬间的泡影。

可尘埃的影子赶不上他们，只有饱满的月光能与他们同在。崇吾城往西三十里，一座小小的山丘，传说百年之前获的祖辈在此捕了一只张狂不羁的玃，后人便把它称为搏兽丘。他们蹿上小山顶，恰好不偏不倚正子时。

搏兽丘的月圆之夜，放眼望去没有一个人影，脚下的广袤土地和头顶的浩瀚长空全数留给了大玥国的王子和昆仑山的白狼。

缇昙四肢微弓，缩起脑袋向左转小半圈，获则右臂如抱巨木，紧闭双眼直面那月亮的所在。如此左右之力彼此相接，一阵狂风从中间地里升起，缇昙左面顿时金沙汇聚，旋转成通天一柱，获的右侧则忽地裂开一道地缝，拔起一株细小却刚劲的矮矮树苗，枝上迎风独叶一片。接着缇昙忽地睁开一双怒目，奋力往前一跃，那金沙柱顿时横着喷出一股水柱向获王子身上倾泻而来，可水还未落、获身旁的独木之叶忽地燃起烈火，火苗也直奔那水柱而去。

如此金沙推水、独木助火，只差中土之上的一点气，将那四者聚合为一。说时迟那时快，遥远的月华之中迸出一丝浅雾，轻飘飘、柔柔嫩嫩地点在那大开大合的水火之上，获转身勾拳，缇昙翻身长啸，一个灵魂的阴面与阳面，终于在那包裹着月银、水雾和火光的小小丘顶相撞在一起。

获迎风的黑发和缇昙背风的雪白背毛渐渐将颜色散入风中，拧成一个巨大的太极，而黑白交叉的最核心，便是那裹着五行层层之力之中、闪动的狼魂。这是属于获王子和缇昙最强大的瞬间、最深刻的隐秘。他们所共享的灵魂在这一刻重新合为珍贵的一体，在月亮足以改变潮汐的巨大引力之中圆满地跳动、起舞，以太阴弥合太阳、以烈火交融水花、以木石砥砺金玉。

他不能没有缇昙，缇昙也不能没有他。他们彼此依存、滋养，相互影响彼此的意志和能量，像一场永无休止的拔河。而每一场角力，都要等着在满月之夜达成一瞬间的和解：这一刻提醒着他们是如此需要彼此，需像绳子的一端紧紧拖拽着对方，他们是唯一能在地狱的悬崖边上拯救彼此的救星。

那电石火光般的相撞持续了几滴水的时间，俄而风停，万籁俱寂，投注的月光如碎银渐渐洒落在搏兽丘顶，五行层层散开，世界又恢复了原本的平静。丘顶上的获和缇昙一个朝南、一个朝北仰面并排躺着，心内仍旧烧得发烫。他的身子微微颤抖，头发半湿着，指尖还弥散着丝丝的余温。

获深深地呼吸了一口凌晨的稀薄空气，侧过头望着他的狼，没有说话——因为此时说什么都不恰当，什么语言都不足以概括他们的亲密与特殊关系。半个月来，父亲的城府如看不透的千年古井、母亲对于这场莫名大病真凶的怀疑和追查令人窒息、鼓的嚣张跋扈让他心里憋闷却说不出一句话，更不要提整个崇吾城因为缇昙而暴露出浅薄无知的议论纷纷。可是这一刻，一切的一切都不重要了：就好像干涸的灵魂遇上了春天的甘霖、心内的七八十个窍都找到了久违的主体，他最终含了一股笑意，把脸贴在缇昙的脖子上蹭了蹭，将自己生命中的一切阴霾一扫而空。

又过了两刻钟，两人起身、掉转头走下小丘返回崇吾。这一路他们走得缓慢安稳。没有来时风驰电掣般的焦急和兴奋，他们像两只圆满而饱足的熊，一前一后走在安安分分的路上。

获的生命，从此有了四季般规律整齐的活力与节奏。崇吾也有自己的节奏——夏日天长，秋天萧瑟，冬天落雪，春日起风。风带领着天文官邸的日历哗哗地翻着页，翻到下一个春天，泽宁宫传来了震惊四座的喜讯。

周后怀孕了。

这消息偏偏传到人尽皆知、连城门口守卫的士兵的父母都听说了，才终于传到谨华宫。获那时午睡刚刚起来，眼睛似睁未睁，楚娘上来给他穿衣，穿到第二只袖子的时候忽然念叨说："王后有这么大的喜事，各宫里都祝贺送礼去了，咱们倒还没什么动静。"

他闭着眼睛问："什么喜事？"

"还能是哪一件，王后有孕的喜事呗。"

这一句话传到春困正浓的获耳朵里，几乎没能听懂她的意思。"嗯。那也——什么？"等他反应过来，一把握住楚娘的两只肩膀，"什么时候的事？为什么没人来告诉我？"

原来是泽宁宫来报的时候讲得啰啰唆唆，获王子刚洗完澡，迷迷糊糊地听到一半睡着了。结果是将通报的人打了五十杖送出城外埋了，当时在场的一个掀帘子的小童和两个端茶的侍女一并被绑了，发配去南泽。

那都是无关紧要的插曲，获并不关心——唯一重要的，是大玥国的嫡后他的母亲，竟然再度怀孕了。在从楚娘的口里听说那句话之前，获甚至从未想象过这个可能。可是仔细想想，又有什么不可能的呢？母亲能生下他，就能生下另一个婴孩；母亲能把他养育长大，就能再养育另一个王子。他太过于专注自己，忘了世界本来的规律：生儿育女对于母亲来说，并不是一件多么难的事。

天降福兆，周后有孕，中土震动。人们络绎涌向崇吾，自我标榜的能人异士来为她卜卦谋福。获王子下午赶去泽宁宫的时候，还没进宫，先见着门外排在两边的各色奇装异服，叽叽咕咕地交谈着天、命、生发与荣华。

"儿子原本早该来了，只因有人传错了消息，才迟了这么久。"获跨进门，顿首，"听闻此等大事，天降福运与我大玥，儿子真是惊喜得不能言。母亲贵体尚且安康？"

"来了就好，"周后手里有意无意地抚着自己尚显平坦的小腹，"外面这么乱，是吵什么呢？"

榆孟赶紧上来说，"玥王昭告天下，远近的异人术士见此机会，都打破了头来贡献自己的本事。就是没想到来了这么多，闵济正带着人挨个讯问，挑几个好的进来。"

"唔，"周后漫不经心地答了一声，坐起身子眯着眼睛向右窗外看去，然后伸手一指，"你看那一个，戴一个土灰色四方帽子的，让他进来吧。"转而又补上一句，"其余的先让闵济带着散了吧，吵得人耳乱心烦。"

四方帽子不多时跟着榆孟上殿，拜了两拜，后面还随着一个提箱子的小童。

"长留山智叟上个月夜观天象，见到周后近日必有大喜，故而星夜兼程，赶来卜卦，愿小王子康健智勇，周后平安顺遂。"

"那你说说，星辰有什么兆，我又要生一个什么样的儿子？"

"智叟十几年夜夜观星，唯至上月，见诸星黯淡，意有退却，正自纳闷。及至立春，当夜忽见昴宿七星骤作，艳贯天彻，才明白诸宿是早知天时将厚赐于西方之昴，自己先藏愚守拙起来，不与它争夺锋芒。"

周后扶着榆孟，听他讲得尚有道理，微微点头。

"它可不同一般星辰，昴宿是历来高人王族所必祭，乃是西方白虎之首领，老叟当夜便知这婴儿必当非同凡响。今日蒙恩入宫得周后一见，又顿悟一因：周后面色宁正，双颊饱满如夏至牡丹，而崇吾日光盈满，泽宁紫气升腾，便知小王子将来必定刚柔并济，大器早成……"

四方帽子继续喋喋不休地说着，获的耳边还跟着那声音震动，思绪却已飘出门框。早春的枝叶幼嫩而脆弱，土地被躁动的蚯蚓翻得松软丰沃：初生的这一刻，一切都那么平和美丽。嫩芽不会知道整日的大风和彻夜的梅雨，蚯蚓也早已忘记上一个冬天的严酷。可是不要紧，荻回过头，目光扫过缇昌、泽宁宫里的使女和家臣，自己的母亲和讨好谄媚的术士，时间会告诉他们。他想，时间会均匀地带给他们各自的公平人生。

"好了好了，我听明白了。"周后终于摇了摇手，叫停了四方帽子，"那你说说，这小儿子取一个什么样名字合适？"

"取名字……当然是最重要的大事，王子生得这样天时地利，自然只有最尽最极的名字才衬得上。"四方帽子端着肩膀，摇头晃脑状地思忖揣度，"老叟斟酌阴阳，权衡五方，以为最好的名字莫若一个'象'字。象有天地之贞观，又有中土之厚正，将来必定是大玥的良将和领袖。"

周后哼笑了一声，不置可否地眨了眨眼，然后说，"行了，你走吧。"榆季这时候从后头绕出来扶着周后半躺下，榆孟打点了一篮子点心、两匹蓝绸给了智叟身后领着的小童，送他们出去。

四方帽子领了赏赐，得意扬扬地先往前去了，小童收好箱子也退出去，走到一半路过荻的面前，口里含糊地嘟囔了几个字。

小童这近乎自言自语的轻声，却把荻放空的脑袋顿时拉回了当下。他清清楚楚地听见了小童的话，在高挑空阔的厅堂之中，在纷杂思绪的藤蔓之下，分毫不差地，一个字一个字地灌进他的耳根——

"雪季就要来了。下雪、下雪、下一整个冬天。"

第三回　党人兴心以贪婪兮，秽而不可言

象的五岁生辰，占了一年中的大半年风光。

两年前开始大兴土木建的明觉宫，虽已竣工，可因周后总归舍不得，一直还留他跟着自己在泽宁宫住，也就不知道什么时候才能用上。生辰日还差五个月，玥王和周后已遣使四方，搜罗珍禽宝贝来给她的小儿子。远方的珍宝还迟迟在途，崇吾城内的文武官吏早已上行下效，都希冀着逮到机会进献珍宝，博取欢心。

然而悠悠数年，成长的不只是象一人。没有人给缇昙庆贺过生辰，可它照样一天接着一天地从小小一只狼崽长成一只五尺的狼，时间给了获日渐强大的灵魂，也给了缇昙丰满的身躯、有力的脖颈、健硕的四肢和寒光凛凛的眼睛。在宫里的时间久了，惊悚也变成常理，恐惧也变成习惯，崇吾早已对这一只和获王子形影不离的狼习以为常。

唯有泽宁宫，缇昙还是很少、很少去。周后在这六年里对于这只随意出入前殿后宫的白狼以及它和获王子之间异乎寻常的亲密关系，表现出了与日俱增的担忧和不满。她甚至在自己的庶子樊来请安的时候都要表现得比面对缇昙时随和些，宫中府中自然而然就流传起了居心叵测的换储闲言。

象听话乖巧，惹人怜爱几乎是必然。玥王虽然不常到泽宁宫里来，每来却必要去看象，大半时间花在他屋里。周后见之也乐

意，自己时常有意无意地避开了，留他父子两个相对。旁人站在门槛外只能听得一点声音，可每听得一点，也足够他们津津乐道好一阵。

及至入了腊月，离生辰还有十来天的时候，久未回城的鼓带着几个亲信，远来祝贺，还有一马车的金银铜器正在路上，都是从西夷缴来的战利品。他夸下海口，那为首的一只三足烧铜盘龙鼎，其用料足实，雕工精美，保准掀翻中土也找不出第二个。

不过后来小兵来报，西边忽地起了一阵骤风，遮天蔽日，战利品要耽搁几日，幸好转眼到腊月二十五，寿辰的前一天晚上，贡品终于风尘仆仆地给端上了伯牙殿。

"象弟的生辰，咱们送了什么？"象做生日的当天早上，获正穿衣，忽然想起这一档子事来。

"不是青丘那边今年刚上贡的一双麋鹿角吗，"韦娘一面替他梳头一面回答，"您上个月就准备好了。"

"有这回事？现在还在吗，给我瞧一眼？"

"小祖宗，一早天还没亮就送走了，哪能等到现在。待会儿在伯牙殿上您就见着了。"

获不置可否地点点头，半个时辰之后终于出了谨华宫。给王子做生日的规矩是中午家宴，晚上再大宴群臣，所以他先往泽宁宫去。正好去看看季姐姐也不错，他边走边想。

他到时，泽宁宫里已热闹异常，唯独季儿不在。他转头四面环顾，却撞见了许久未见的樊。

樊也看见了他，先小步快走过来，迎面向他作个揖。获也淡淡回礼，樊还是比他高出一头，却谨慎小心地低着头，获看在眼里，说不出是什么滋味。

自打获九岁那年从昆仑山回来，樊当即就被撂在了一边，后来被遣去做了崇吾城监工，管着城里大小建筑、沟渠的兴建和修缮，就这样被撵出了宫。他几年前娶了自己的表妹做妻子，获在喜宴上见过他的新娘，长得温柔纯良，那应该是获最后一次见到樊。

当时的樊尚且年轻，之后好几年远离王宫、灰头土脸的日子，开始在樊的外表上刻下深深的痕迹。他的脸上已经过早地爬上了困顿的浅纹，眼里的神色涣散，早已没有之前的机灵和神气。

谁让他不自量力，获在心里想。早知今日、何必当初，说的不就是这种人？樊这种人，没什么可怜的。

于是他也敷衍地作个揖，转身走开，刚跨出一步，身后的樊却忽然出声。"王子殿下，我有一句话，无论如何也要当面对你说清。"

"嗯？"获回头。

"七年前你在昆仑山昏睡不醒之时，我确实听信了奸佞小人的谗言，动过我不该动的心思，这我承认、我现在正为此付出代价，我不埋怨。可你一开始中巫蛊而昏睡，却真不关我的事。我做过的我都承认、我做错的都要还，可是我没做过的，必须也得清清白白地告诉你知道。"

樊的话说到最后，声音朗朗，神色终于有了一点大玥王子的坦然，获这才第一次发现原来樊有一双和父王一样的、平直刚正的深色眉毛。他当时站在泽宁宫的门口，相信了樊的话，再一思量，又半信半疑。

"我现在这个样子，已经没什么可争的了，"樊有些自嘲地挤出一丝暗淡的微笑，"我就是图一个心安。"

他说完，深重地给获作了一个告辞揖，小步往后退去，退了好几步才转身走开。

获没有太多时间思考，可是樊这个时候再来找他有什么动机，重新把多年以前的旧事翻出来向他辩白，除非真的像他说的那样，为了自己的一点清白？

如果下蛊的事不是他做的，又能有谁？获多年以来心中的定论至此有了动摇，再看四周，忽地觉得好像世界又变了一个样。

就这样混过了中午，及至黄昏时分到了伯牙殿，才发现中午的那点冗长根本算不上冗长。只见伯牙殿里灯火通明，裘皮、貂绒、鹿角、兽皮在偏殿里堆积如山，早分不清谁是谁的礼。伯牙殿在印象里从没有如此灯火高悬，也没有过这么多不相干的人。玥王心中欢喜，大宴天下，俄而端上了去年新酿的五花马，不知又有多少人在干杯里撞碎了鼎。

饮过六七杯，获眼里的生日宴终于有了点起色：击鼓吹箫的班子声音调和了些，倒酒上菜的侍女们也减了拘谨。与他隔两个人坐的樊已经喝得微醺，提了一壶酒，摇晃到象的桌前与他碰杯，又问："你可知我是谁？"

玥王心情正好，也不怪罪，只招呼人来接着倒酒。闵济走上前去将樊搀回去，获就刚好得空从席间带着缇昙溜出来，从厅堂绕到后面，穿过一条曲曲折折的廊子，到后面花园里去透透气。他方才看见榆季先一步从廊子后面过去，因而故意绕小路在尽头的长亭里等着截她。果不其然，他刚转过身来，便见着她提了一只浅黄色八棱灯笼迈着碎步往外去。腊月天正寒，她的衣裳裹得一层又一层，小腹尤其箍得紧。

她转过来看见获，小声地倒吸一口气，转身就要走，获连上两三步拦住了她。"季姐姐，这些天你怎么都不理我？"

她只得站住了说"没有"说完把头撇去一边。"我还急着要给周后取灯蜡去……"她小声说。

荻走上前去，心里眼里都是不解，"咱们原来那么好，怎么忽然就没话？"他讲着讲着自己也有点委屈，但又有点天真、有点不管不顾，"我不管。你还像原来似的，从泽宁宫给我送吃的、送衣裳、偷偷过来找我玩，好不好？"

季儿恍恍惚惚抬起头，对着廊子外面的天空，答非所问地告诉荻，"今夜天上的云好重，好像就要掉下来了"。

荻听了，拉着她的手从长亭里走下来。毕竟是腊月，而今日仿佛比往日又更凉些。他迈出第一步，一股寒意从天而降，不由得自己收了收领子。举头仰望，才发现今夜的繁星式微，月亮还勉强维持着光泽，而左右的星星，如同隔了一层黑色的纱。他仰望着天，不知不觉已站在庭院正中；眼见着西边浮来一袭浓重的云，然后伸出了右手，接到了第一片雪花。

他惊喜地叫了一声。雪花细而微弱，落在手上顷刻化成一滴玲珑的水珠，毕竟是一片真正的雪、七年来第一片真正的雪花。在没有下过雪的这七年，每一个干燥的冬天，都像是一幅丑陋的壁画，一幅掀开窗帘就躲也躲不开、无处不在的壁画。没有雪的冬天，最难过的是缇昙，可喜欢下雪的荻也不好过。等前等后，终于等来了七年来的第一次雪，荻伸出双臂，张开在寒冷的空气里，等着那雪片无数的兄弟姊妹落下，脑海里忽然放映出七年以前，那个陪着术士给怀孕的周后算命的小童讲的最后一句、谶语一般的嘟囔：

"下雪、下雪、下一整个冬天。"

于是获深深呼吸了一口空气里迅速凝结的雪的滋味，低下头来把手插进身旁缇昙厚实的毛发之中，"醒醒、醒醒。雪季就要来了，缇昙。"他说。

"王子殿下，请快回伯牙殿吧，生日宴上……出事了。"获在廊子外头刚感受了片刻的雪意，忽然身后冒出一个小侍，鞠躬哈腰，哆哆嗦嗦地说。

获见状不对，连忙转身急走。伯牙殿里还是灯火通明，缇昙跟着他小步走上殿，众人纷纷回头注视的模样，让他想起第一次带缇昙上殿的情形。

上一次是打破成规，这一次又有什么新的规矩、新的妥当不妥当、合宜不合宜？

获撇撇嘴角。可是他一副狂狷的表情还没收回来，大厅中央的情景已经映入眼帘。

偌大伯牙殿的正中央，横着一个人，青衫乌帽，倒在血泊里。小官儿的两眼睁得怎大，口鼻还在持续不停地涌出血来。获再看第二眼时，想起来这个人是象身边的人。

青衫的官职在紫衫、黄衫、红衫之下，在蓝衫之上，算是个小官儿，可要是跟象弟亲近……获再次撇撇嘴，接着就看见了那件丑陋而不祥的摆件，滚落在死去的小官儿一旁，心里瞬时咯噔一声，呼吸凝成一团冰。

一对精心雕饰过的麋鹿角掉在地上，一只已经摔断成三截，凡是它所砸到的地上，都染上一层恶毒的黑色。

"他不过是个跑腿的小官，在地上绊了一跤，用手去抓那麋鹿角，霎时便已毙命。你们说说看，这是什么毒？"父王开口，看着自己的群臣。可是底下的人一个个哆哆嗦嗦，谁也不敢回答，倒是齐刷刷地盯着刚进门的荻王子。

那是他送给象弟的生日礼。

是谁要害他？荻转头四顾，刚刚慷慨陈词的樊站在自己的坐席之后，自己的父亲、母亲高居在上，当朝的周彦、介子南一众官员，还有自己宫里的大官小官婆婆丫鬟，到底是谁要害他？

七年前用巫蛊诅咒他的人，今朝用麋鹿角陷害他的人……荻突然认定他们就是一个人。

"摆明了是有人要陷害荻王子……"周彦大夫第一个上前开口，"借荻王子之手加害于象公子，一石二鸟，真是其心可诛啊！彦恳请大王现在就下旨严查，凡是靠近过荻王子和这一双麋鹿角的人，一个都不能放过。"

玥王不置可否，一边的介大夫却说，"一双麋鹿角从琼林送来，千里之远，风尘仆仆，先入谨华宫，又送到泽宁宫给王后过目，又送到伯牙殿，一路上染手的少说也有几百人，更别提这途中若奸人有心、见缝插针偷偷下毒。几百号人，怎么一个一个盘查？"

"那你说怎么查？"

介子南迟疑半晌，转向坐在一侧的象。"老臣以为，而今当务之急，是确保象公子的周全。这双麋鹿角是蹊跷，幸而未能得逞，而背后的元凶是否还有动作都未可知。"说完眼神飘飘荡荡，迟迟停在荻身上，停了好一会儿才转回身。

玥王听了，沉吟片刻。"荻，你看看这一双麋鹿角，是你送给象的礼物吗？"他的声音隔着几丈的空气和伯牙殿上精雕细琢的石板地，干涩而浸满了石头般浔浔的凉。

获往前一步低头看看，转而扭头望着自己的幕僚们。

获王子没有直接回答玥王，伯牙殿里一时间死气沉沉。谨华宫一个家臣小步跑过来，获趁机对父亲答说，"我让他来看看。给象弟的礼物送去得很急，我自己还没见过礼物是什么样。"

获一语出口，四座不禁哗然。他的回答不怎么合适，获自己也知道。兄弟不睦这种事，是崇吾最容易被嚼舌根的谈资，果然周后面子上顿时挂不住，脸上瞬间僵硬几度。

"你仔细看看，是不是这双麋鹿角？"玥王指指前来的家臣，家臣一个趔趄跪倒在地上，口中哆哆嗦嗦的已说不清话，头倒是点了一点。

"是不是这双麋鹿角？"玥王又问了一遍。

"是、应该是。但小人送去泽宁宫的时候还是完璧一双，大王明察秋毫……获王子……"

玥王两只放在的膝盖上的手不知何时已叠在一起，听谨华宫的家臣说到一半，忽地抬起头来，向左右一使眼色，"先把这小官儿带下去，等宴会结束了再审"。

闵黎立刻带了一队四名卫士，上前钳住那小官儿往后拖。小官儿顿时慌了，两条腿木偶般地胡乱蹬着地，眼睛看着获王子，口里先叫大王，又叫王子殿下，最后又叫周大夫，拖他的人毫不理会，如此一路号叫着被拖出去了。

"这些污糟还晾在这儿作甚，还不赶紧打扫了。"周后一声令下，左右连忙上来十几个人，搬尸体的搬尸体，清扫的清扫，摆花的摆花，一眨眼的工夫，伯牙殿里又洁净明亮如新，唯独获仍站在中央，年幼的象坐在一旁，惊魂未定。

"象，你过来，"周后招呼自己的小儿子过来，拉住他的手，又搂他进自己的怀里，摩挲摩挲他的头发和肩膀，心疼不已地小声说，"吓着了吧，好孩子，"一面转头对玥王说道，"今天出了这样的事，象尚且年幼，吓得不轻，不如今晚就到这儿吧。我先带他回泽宁宫了。"

玥王点头首肯，周后忙急匆匆地领着象离席，径直往泽宁宫去了。

"获，你也先坐下吧，一顿饭的工夫，我看你大半天都不在席上，还没吃什么东西吧。"玥王目送周后和象离开后对获说道。

获点点头，刚返回席间，门口忽然又发起一声惊呼。"看看，下雪了，好大的雪！"靠门口的几个人一边站起身来向外张望，一边扬声惊叹，"好大的雪！"

屋里的其他人也聚到窗边来看。只见伯牙殿外漫天大雪横飞，密密匝匝如整齐的士兵，裹着通身的白袍和旋风从天而降。空气里一半是雪，另一半是雪里厚重不凡的影子，绰绰交织成一片模糊，向伯牙殿里的王子公卿们靠近。

那就是获印象中生日宴的最后一个画面。后半夜回到谨华宫，他仰头看着鹅毛大雪，然后蹲下身来摸了摸缇县后背的毛。

"去吧，"他指一指远处辽阔的雪地，"去玩、去闹、去跑一跑、撒个欢，过了今天，就不知道是什么光景了。"

生日宴之后的第二天，却异常平静。刑讯房里没有立刻传出消息，雪下到正午似乎缓了，下午却又急匆匆地落了更多。第三日也是如此，第四日、第五日……不知不觉已过去了十几天，崇吾的术士们日夜兴奋地解读这绵延不绝的征兆。直到二月初的一个清晨，生日宴上的公案还没解出一个所以然来，忐忑不平的崇吾城又被另一个消息砸醒了。

隔着漫天的雪雾，在离崇吾一百五十里的鹿台，有人看见了叱罕人的身影。

第一个看见叱罕大军的是鹿台山的一个樵夫。雪下了一个月，家里的木柴已用得精光，樵夫不得已只好踏着厚厚的积雪进山去砍柴。不知为什么，接连的大雪竟令林间比以往更健硕丰满起来，樵夫不知不觉就往山上走去。他走了大半个时辰，听得耳边有霍霍之声，起初以为是自己伐木的回音，停下手来仔细侧耳一听，才觉出是山的另一侧喧闹异常。樵夫那时离山顶已不远，因而好奇走上去瞧瞧，以为是隔山的鸟兽迁徙，心想还能捕两只鸡鸭兔子，回家做成肉羹。

樵夫于是往那山上走去。越走却越觉得另一边的声音似乎渐渐退了，心急怕鸟兽已散，加紧了步伐往前。鹿台山不算高，没过多久就到了山顶，樵夫在那一刻彻底地目瞪口呆：他的双眼忘了眨眼，下巴几乎脱臼，双腿因恐惧而止不住地颤抖，最终"扑通"一声跌在地上。

"叱罕人……"樵夫连滚带爬地滚下山，一路星夜兼程进了崇吾，而今跪在克礼堂的石岩地上哆哆嗦嗦，"叱罕人成千上万，他们牵着马，扛着刀，踏得鹿台的山谷阵阵巨响，卷起的烟尘有小树苗那么高。"玥王和身旁的周彦、介子南二位大公都不作声，樵夫又想起了什么，断断续续地接着说，"他们不仅有人，还有……营帐外还有许多驯好的野兽，有蛇、有熊、有狮子，上面还飞着鹰。那景象真恐怖得……"

玥王和他的公卿们听着，第一时间只觉得难以相信。叱罕在遥远的北漠偶尔骚扰，却一直有百胜侯的数万大军镇着，怎么可能忽然来犯，竟然离崇吾只剩一百五十里的距离？然而叱罕人没给他们太多思考和印证的时间，二月走到了第九日，叱罕人翻过了鹿台山。过了鹿台山，到崇吾城几乎一马平川，最近的诸毗驻兵因多年无战事，完全不堪一击，叱罕的先锋刚至，大军还没启动，诸毗已丢盔卸甲，溃不成军。

诸毗丢了的消息刚报回崇吾，冢绥失守的口讯也到了。五天之内两战两胜、连得两城，叱罕人在中土如巨大的车轮般碾压四方，如入无人之境。到了第六天，没听得叱罕人再攻的战报，而是来了一封书信，径直呈报到伯牙殿。

"百胜侯在象王子的寿宴上喝得酩酊大醉，昏睡连月，无法出战，恐怕我大玥中土，一时再无良将。如此境况，又如何抵挡那风餐露宿的叱罕蛮人？彦几番彻夜难眠，忧惧难当，而今只有……"

书信来的消息打断了彦的滔滔不绝，闵黎接过信卷，小跑着送上来给玥王亲看。小小一卷羊皮，玥王翻开来扫过去，忽然又将信凑近、仔细阅读了几行，脸上霎时结了一层透明的霜。

"大王……"王长久地不作声，周彦上前一步试探地刚想问，玥王顿时勃然大怒，把羊皮卷摔在地上，"叱罕、叱罕……他们想也别想，做梦！"他低声深吼。

四座猜不透信上到底说了什么，也不敢妄加评论，唯报以恭敬的无言，等着他们的王继续说点什么。闵济上去把那书信捡起来，回呈给玥王，正要请示是否要传下去给公卿和王子们看，玥王抬起头来，环视了一圈，然后说，"算了，今日都散了吧。"

众人只得起身再拜，一出门便压低了声音议论纷纷。叱罕人写给王的羊皮书，他们"想也别想，做梦"般的要求，到底是什么样，达不达得成？崇吾岌岌可危的态势，现在只有宫里的几个人知道，要是哪一天流传出去……叱罕人不来，自己的百姓先不知要乱成什么样了。公卿们交头接耳地慢慢往外去，闵黎从后面尾随着，绕过豫园西北的角楼，拦下了正并肩同行的周彦和介子南二人。"国舅和介公请留步，大王在静冬轩内室有请。"他上前一步抱了抱拳。

两人相视一愣，眼睛照映着彼此眼底的沉重和犹疑，忙跟着闵黎快步往内阁去。走到静冬轩的门口，小侍卫向闵黎摆摆手示意，说："大王上北城楼去了。"

闵黎于是又带着两位大人往北登上城楼，走到一半的时候，蓦然见得一个人影从上面走下来，竟是获王子。

周、介二人都按规矩行礼作揖，获也略一行礼，转身离开。

"大王召见呢，两位大人请过来吧。"登上最后一级台阶，旁边走来的小侍卫给他们带路。

周、介跟着小侍卫，穿过城墙上一条通道，登上了北墙的箭楼。玥王正站在箭楼最外，双手扶在城墙上。他回头目视两人走来，不及他们行礼，开门见山地说，"你们过来。"

两人连忙上前，走到墙边往下一望，顿时一阵战栗。只见北边树林里一片尘土飞扬，甚至已能听见马蹄和人声的喧嚣。

介子南下意识地看了看身旁的日晷。

"不用看，天黑之前，他们必到城下。"玥王对他说着，接着侧过身看着自己最倚重的两位臣子的眼睛，"你们来的时候遇见获了吧。"

二人点头。

"获王子主动请缨，要带崇吾的五千精兵上阵迎敌，你们怎么想？"

第八章 陷阱重重

第一回 斩白玉而得腾兮，故知应遇兮他乡

从崇吾往西北四百二十里，就是传说中的密山。密山以丛林沼泽之险闻名于世，众人接近密山，便放慢脚步，愈前进便愈谨慎起来。

岳凌飞一行人到了密山的南山坡，举头一望，满坡皆是树芽，树根处似乎混着星星点点的白色。"那应该就是白玉。"淳于说。白玉劈开取青腾、丹木结果则生丹腾，这是阿吉告诉他们的诀窍。

"那就去看看，"冷火领头，往山上走去，岳凌飞紧跟在他的后面。上了山，果然见得树底下、杂草丛中许多大小不一的石头，挖出来便是白玉。

"真的是白玉！只不过，这么小块玉，里面会有青腾石吗？"岳凌飞见那玉甚小，不过是两个手指肚那么大，难道里面还藏着一层不同的石头？

冷火不说话，把白玉托在左手手心，右手高高举起，在空气中迅速划过，用力一劈，白玉登时裂成两半。

另外三个人都走上来探头去瞧。可是白玉劈开了还是白玉，除了玉石本身所有纹路之外，什么也没有。

"我想凌飞说得很有道理。这里的白玉体型太小，是挖不出青膘的。愈往山上走就应该愈大些，我们再走走看。"冷火说。

于是四人再往密山上去，果然，沿途所挖出的玉愈发大起来。尽管还是没见到青膘，岳凌飞心里却愈来愈觉得有望。

走上山有六七百尺高，他刚攀上一个陡坡，正在一片相对开阔的平地上喘口气时，发现自己左前方一棵矮矮的树。

那树与周围的所有树木不同，矮了一大截，位置也自成一体。它的树干是深沉的绛色，树枝颜色越往上越鲜艳，叶子老的是浓烈的黑紫，嫩芽则是淡淡的藕荷色。树上没有开花，却因为老幼枝叶的颜色不同，远观起来像极了一棵开花的树。

难不成……这就是鹞子阿吉所说的丹木？

岳凌飞对着绛紫色的树发呆的时候，冷火也发觉了这棵树的不一般。"丹木结果便是丹膘。"他走上去仔细观察着树上的一枝一叶。

"可是这树一个果也没有结，只有叶子。"岳凌飞说。

"嗯，但是每棵树的果子不一定都结在枝头。"冷火回答。

"如果真是内藏珍宝的树，一定会把最珍贵的果实藏在外人轻易看不到的地方。"茹青也表示赞同，"我知道有的树，果实是结在树干里的。这样子树不死就不能继续繁衍，只有死后树干烂了，才能生根发芽，但也能保证自己最珍贵的遗产不会随便被偷去。"

所以，是要劈开丹木的树干？以六合剑法的劈式正合适，可是……岳凌飞看着眼前生意盎然的绛红色的树，握在剑柄上的手忽然变得有些重。

"喀！喀喀——"他还在犹豫，冷火已抽出背上长剑，凌空一跃，一株丹木瞬间裂成三半，众人往那树干中一看，接近树根的地方晃晃似有反光，难道就是他们千里迢迢找寻多日的丹腠石？

冷火跳入树干中取出丹腠，把它递到岳凌飞的手里，"你拿着吧。"他说。

不知道是不是自己心里有愧，岳凌飞总觉得他看自己的眼神意味深长。有种照顾体贴的意思，又有点鄙夷他不忍心去砍那棵矮树。"你现在看见了，不劈开树干，怎么能得丹腠石？妇人之仁就是这么可笑。"他总觉得冷火是在这么说。

岳凌飞心里沉沉，把丹腠拿给淳于和茹青同看，茹青拿在手里赞叹一回，淳于看一眼手里的丹腠，又扭头去看那劈开的树干根处。岳凌飞再瞥一眼那颗丹腠，忽然脑子一转，想起第一次遇见北沐瑶的那天，冷杉林子里，他们大动干戈地在找丹腠石。

难道冷火……早就知道丹腠？为什么？岳凌飞心里升起一种淡淡的疑问。

"丹腠、青腠本为一体，丹腠既在此，青腠想必也不远了。我们要找的白玉肯定就在这附近。"淳于这时说，"或者就埋在这树底下。"

岳凌飞收回思绪。暂时想不通的多想也无益，还是找到丹腠和青腠要紧。树干已经劈成三爿，几人必然先要顺着树根的方向去找。挖了一刻钟，冷火忽然直起上身说，"等等，你们都躲开些。"只见他从背后抽出九道木长枪，嘴里默念几个字，刚刚丹木的树根处炸裂成一股灰烟，空气中瞬间漫开一股浓重的焦味。

就在那冒烟的焦土之下，露出了一片鲜嫩的白色。众人上前稍加探察，只见地下埋的大小不一、色泽均匀的白玉石块，渐渐从焦土之中冒出头来，果然比他们之前在山下所见的大许多。

白玉石块圆润饱满，数量众多，只在那丹木之下埋着的、少说就有近百件。可青腴石却只有一颗，将白玉一块一块劈开，也不知道何时才能碰到内有青腴的那一块。

冷火率先从地上挖起一块玉，拿在手里来回看，说，"只是外观的话，完全看不出里面有没有青腴石。要确认，唯有一个个劈开来看。"

六合为尊九天剑法之第五式虎劈，力聚上田，急收而纵。岳凌飞低头盯着地上数不尽的白玉，脑子里忽然冒出六合剑谱里的话。

他下意识地咬住下唇，右手握在背后的剑柄上，密山上七百尺的凛冽空气进入他的胸腔，迅速在上丹田里凝聚升温。岳凌飞微闭双眼，逐渐关闭了呼吸，将丹田里已经开始燃烧的空气努力再含一刻，然后忽地双脚蹬地、窜起两丈高，呼气的同时长剑已从背后拔出，在空中翻腾半圈、头顶斜下直奔那丹木的树坑而去。

白玉圆润坚硬，岳凌飞用六合剑的剑尖挑起一个，凌空击碎，再挑一个，又下一个。击碎三五白玉之后劈式剑法的气场已成，他便将自己立于树坑中央，左右抱剑凌空旋转九圈，深埋地下的白玉已一一挑起，围在他周身飞旋。

霎时树林里冷风萧萧，岳凌飞的双目涨红，待到白玉聚满了周身，只听他仰天大喝一声，手中的六合长剑快如闪电，左右劈杀，不出半刻，白玉已尽数碎而在地。只见裂成碎片、裂成粉末、裂成灰烬化灰化烟的白玉如花瓣满地，而那一片狼藉之中，缓缓浮起一颗闪烁的光点。

正午当头，树林里的阳光荫荫翳翳。四个人中数淳于的眼睛最尖，他一双鹰眼扫过树林，然后大步径直走上前去，用右手捧起了浮在空中的一颗青碧色的、明珠般亮闪闪的宝石。

青腾石比丹腾小一圈，却明亮更甚。淳于浮起青腾石，又将丹腾拿得近了，两颗宝石一相遇，当即悬在空中，丹在前，青在后，如轮盘指针一样指向西北。

"他指的是西北方！原来地宫还在北边。"岳凌飞满是兴奋。转头看一看其他人，冷火却正和淳于交换了一个疑虑的眼神。

"有……有什么不对吗？"岳凌飞问。

两人一时没有答话。冷火走去将两颗宝石捧在手中、又松开，再捧在手里，再松开，如是几次，所指的方向依然是西北方，分毫不差。

"你往西北远处看，那儿是什么？"淳于往远处山上指一指。

岳凌飞定睛看去，好像有一座青色的屋顶，藏在山间的杂树丛中，灰色的屋脊两头伸出两只角，如同两弯钩子立在空中。

"那屋顶是？"于是他问。

"像是青庐观。"淳于答道。

青、庐、观？

淳于略一沉思，说道："你记不记得，我们第一次见面，在鹿台山脚下。当时那庚天老妖误食了密山的毒果，内功尽失，想逃回青庐观养伤。我就是为了打探他的老巢，一路跟踪他，直到青庐观前。我将他的青庐观翻个底朝天，可他从中逃脱，我才一路又追下山，就到了鹿台。"

"那这个青庐观，不是你当年去的那个？"岳凌飞一边想一边说，"或许是青庐老妖逃脱之后新建的……可竟然离这么近，他与地宫有什么关系？"

"要不然就是那个叫阿吉的鹞子在骗我们，故意将我们引向庆天老妖的所在。"淳于开口说，"再或许，就是那老妖也觊觎地宫很久，故意将自己的青庐观建在地宫附近，伺机而动。"

"我觉得是后者，"岳凌飞忽然想起来，"昆仑山上稻谷峰一战，不就是他气势汹汹来夺妙行灵草——原来是为了地宫。"

茹青倒也点点头，似乎觉得有理，可是仍旧面带疑惑，问道："青庐老妖要入地宫做什么？他与凌飞的母亲一丝瓜葛都没有吧。"

四人一时面面相觑，彼此无语，淳于再三看了看冷火，冷火使一个眼色，又略微颔首，淳于方开口说道："凌飞的母亲确实与他没有什么瓜葛。"

"可是地宫里有其他的东西。"淳于说着，从怀里掏出一块手绢，递给岳凌飞与茹青看。

两人同拿着手绢，凑过头去，只见上面写的是："天地并作，日月无界。无界遁走，五行重生。故得无界遁诀者，比肩上神，天地无双。"

再往下又写着："两仪生发，阴阳相隔。五星连珠，界转天开。"

岳凌飞边看边在口里默念这几句话，念到最后若有所悟，说，"青庐老妖最终的目标，是这个无界遁诀？"

冷火点点头。"没错。庆天在昆仑山上所施的是阴阳大法，既能让他自己进入中阴的殿堂，又引着饿鬼与地狱两道的鬼畜替他卖命。可阴阳大法还不是最厉害的，"他说，"修成无界遁诀者，可以彻底颠倒阴阳，颠覆死生。青庐老妖遁逃在人间，血债累累，唯独修成无界遁诀能将这一切一笔勾销。"

岳凌飞的手里还拿着绢子，头脑忽然渐渐地清醒过来。中土地宫、母亲、无界遁诀，还有生灵涂炭、种族灭绝的崇吾城，忽然都在他的心里连上了线。有些关联他暂时还没想明白，可大致的图案是有了。他好像模模糊糊地看见了一个故事，一个真相，还有一个……可能的结局。

所以那一刻，他第一个想到的，是北沐瑶。

从妙行灵草与她成为一体的那一刻起，灵草的潜能就是她的潜能，灵草的危险就是她的危险。如果她真的有这么重要的用处又被别人知道了去……后果简直不堪设想。

"两颗宝石既然已指了方向，不如我们就往西北走，会一会那青庐观的老妖？"

几个人或点头或默许，岳凌飞走在第一个，照着丹腠所指跟着下山去了。他们一路走一路狩猎，今日轮到淳于与岳凌飞各自带上弓箭往山林中去，冷火和茹青留在原地生火添柴。

淳于向山下，岳凌飞便往山上去，见这里丛林茂密，就知道可猎的目标肯定不少。果不其然，刚开始寻觅，便见两只灰兔，一前一后在草丛中蹿动。

岳凌飞脚下生风去追，灰兔虽然幼小，跑得却不慢，他不知不觉追出好几里，再抬眼四顾时，却发觉自己正置身一个小小山谷，谷底一个小水塘，塘对岸有一个老人的背影，银发飘荡，正弯腰跪在地上，面前飘起一缕青烟。

这个老人在祭奠着什么人。虽是老人，他的背影倒是刚劲从容，有几分不凡之态。岳凌飞一时看这个老人失了神，再想起那两只灰兔时，哪里还有他们的踪影？他站在老头身后，想开口又怕唐突了，所以只屏声站着，没有发一点声音。

不久青烟散完了，老头站起来转过身，大大方方地直视着岳凌飞。原来世上真有这样仙风道骨、超凡脱俗的人在！他心里忍不住赞叹，又似乎为今天的偶遇一阵激动，如同喉咙里卡住一个音节，不知道第一句话怎么开口。

"小兄弟。"老头冲他客客气气一点头，"别来无恙吗？"

岳凌飞当下一愣，他们……认识吗？他在记忆里搜索几回，仙风道骨的老头中，就只有一个北长老——但肯定不是他，北长老已经死了。

"您是……这是哪里？"他问，尽量显得客气一些。

"这是骊山。中土之内，这么幽静秀美的地方已不多了，所幸老朽还找着这一个。"

"我刚刚看到您……好像在为什么人烧纸钱，"岳凌飞实在想不出什么好说的，但提起烧纸又觉得冒犯了，因而赶快又拱手作揖说，"对不起。"

"哪儿有什么对不起，"老头乐呵呵，仔细将岳凌飞打量一番，"好久不见，看你的样子是别来无恙。"

"我们……认识吗？"岳凌飞经他一说，觉得老头的声音有点熟悉似的，却想不起来到底是在哪里见过。

"见倒是没见过，"老头见他疑惑，继续说道，"或者说，我见过你，你却没见过我。"

"我想起来了！"昆仑山上、齐物轩迎面的小山峰下，他与北沐瑶日日研习六合剑法之时，峰峦背后有一位居高临下的山中高士，不吝惜地给他们指点过几回，语语中的，他们二人方不出一个月就练成了六合剑法。

此时，岳凌飞心里不禁感激，连忙就要一拜，老头却飞身来搭住了他的胳膊。

"敢问前辈如何称呼？"岳凌飞站起身来，拱手问道。

老头伸开胳膊，在空气中挥写了两个字，正是"潇湘。"

"潇湘大士、警幻仙姑、花莲居士和菩提仙人，是昆仑山上的四大高人。"北沐瑶曾经说过的话在岳凌飞耳边回响，他不禁大惊，不敢相信自己的好运，他有点结巴道，"您、您、原然是……昆仑山上的潇湘大士？"

"大士不大士的不要紧，"老头说，"时隔多日，你的武功又长进了？"

潇湘大士如此一问，反而点到了岳凌飞心中的一块隐忧。也许是从跌落凉河开始，又也许是从辞别沐瑶、离开昆仑开始，他的心神不宁，原本以为已经炉火纯青的六合剑法，只觉得愈来愈沉重，仿佛内功赶不上招式之勇，未能将六合剑法的攻击力发挥到极致。

"离开昆仑山……近日来心神难安，功夫，恐怕稍稍受此影响，偶尔觉得力难从心。我必定好好地勤加练习。"

潇湘大士听闻，在岳凌飞面前站定了，双臂前伸，手掌直立，体会片刻，随即收手说道，"小兄弟，你胸中阴阳不顺，气滞血结，与六合剑法相抵，恐怕不能发挥到极致。自我上回见你之日，你是否中了什么毒，还是先天不足？"

岳凌飞心下暗暗一惊。可是一路上有冷火与茹青他们作伴，他怎么可能中毒？"十有八九是我从娘胎里带的病根，"他想想回答道，"我的母亲……也许受了很重的伤害。"

"你若知道自己的结症还好，"潇湘大士看着岳凌飞，语气中露出一点疑惑，"不过你今日还能有这等武功，已经不错啦，"潇湘大士没再多解释，转移了话题，"我闭关五十年，世间竟是一点没变。"

岳凌飞听到这里，却低下头，娓娓说道："也许您还有所不知，几个月前有一个自封青庐观观主的老妖怪，气势汹汹上了昆仑稻谷峰，伤了六合族人甚众，连北长老也仙去了。我不知道五十年前的世间是什么样，可我知道，从那一天起，昆仑就已经全变了样。"

"我当然知道。不然我方才的纸钱是烧给谁的？"

岳凌飞一惊。潇湘大士接着说道，"北埠凝死在此地，也算是有始有终了。"

"北长老……不是在稻谷峰与戾天老妖一战受了伤，才在六合圣坛底下的暗道里仙逝的？怎么是在这里？"

"埠凝与戾天大战一场，你可亲眼见到？"

岳凌飞细细回想一番，当日戾天老妖带着虾兵蟹将冲上山来，北长老长身玉立与他对峙，先闪过戾天的摄魂手，接着长老飞身在前、戾天追击在后，没入稻谷峰顶浓密的树林中去，再现身时，北长老就在神坛上被戾天一肘突入，二刻之后就咽了气。"我只见到长老被戾天从中门突袭，但是二人在稻谷峰顶的一番大战，没有人见到……"他说着，忽然惊醒般地吸了一口气，"还是……他们二人根本没有在稻谷峰？"

"他们兄弟两人，确实是回到此地，一举了断了多少年的明争暗斗。"

"什、什么？兄弟二人？"

"当年蜗母宫中的花扫侍童顽小弃仙下凡，一去不归，用圣水浇灌后庭花花草草的活没了人，王母便在顽小离去当日，从诸天界仙族降生的男婴之中选了两个，带入宫中，赐姓为北，一曰埠凝，一曰埠丰，就是你所知道北长老和庚天老妖。"

岳凌飞着实没想到这两人背后竟然还有这么深的一段渊源，听着不觉已愣痴痴地，忘了给三个同伴打猎的事。

"二人同年同月同日生，在天母宫中一同长大，五岁结拜为兄弟。成年之后蜗母告知了他二人侍童顽小的职责，结果庚天选择了花扫侍童，北埠凝则下至六合，为蜗母镇守昆仑与妙行灵草。"

"那他二人井水不犯河水，何来争斗之说？"

"留在蜗母身边，看似是肥差，可是日子久了，哪里如北埠凝在六合统霸一方来得自由自在。庚天因此日渐不满，常在蜗母跟前进谗言，蜗母不理他，他最终步了上一个花扫侍童的后尘。"

"——庚天盗取圣水，又杀死看守圣水的玄鸟、吞下玄鸟内丹，从此化作一只青羽玄鸟，下凡于人间自立青庐观，当然也比常人多知道许多秘密。昆仑山上最宝贵独绝的妙行灵草，就是其中的一个。庚天刚刚下凡，埠凝来劝他不要违背蜗母，二人长谈，进而转至交锋一场，就是在这言虚坞。蜗母所传的功夫不可为外人所见，故而两人相斗，一直隐于言虚坞。"

"所以北长老当时在言虚坞，就已经被庚天打伤？"岳凌飞回过神来。

"啧啧。北长老当时已元气大伤，被庚天一掌拍死在坞中那块青色的大石上。他不过是从阴间摄魂、借了法，给埠凝续了一口气，操纵着他离开言虚坞，回到昆仑山让人以为他是死在昆仑山罢了。"

"所以……北长老随后在昆仑山上所做的一切，其实都是庚天老妖在暗中操控？"

"可以这么说，北长老奄奄一息到最后一刻，被戾天从阴间所借的死魂拎起，也许在昆仑山的稻谷峰，他还撑了好一阵。"

岳凌飞点头说是，心里却被潇湘大士所说的话震惊了：都知道戾天老妖的摄魂法厉害，谁知还有向阴界借死魂灵这样邪恶的功法，听都没听说过……等等！北长老……如果将妙行灵草打入沐瑶体内，不是北长老的意思，而是——

如果戾天老妖算准了北沐瑶会随他一同下山……那他坚决独自离开不带她走，就是千幸万幸的决定。

他还陷在深思之中，对面的潇湘大士回头看看快烧到尽头的坟前纸，忽地转身随手用树枝一掷，打下一只肥硕的灰鸽，拎起来拿给岳凌飞道："小兄弟，我刚刚拦了你捉兔子，这鸽子你拿去凑个数吧。"

岳凌飞只好接过野鸽子，问："潇湘大士，你是这言虚坞的坞主？"

"说坞主就过分啦，"潇湘大士乐呵呵地拍拍两手，"我不过是游客。再有一炷香的时间，就要归去。"

岳凌飞听了，犹豫半晌，最终还是前行一步，拱了拱手，说："那小生还有一事，要向大士请教。"

"什么事？"

"我想知道，大士既然如此熟识昆仑山上的事……大士最近可有回过昆仑吗？"

"我昨天才离开昆仑。"

"既然如此……大士在昆仑，想必一定会去见六合族的新首领、北长老的女儿吧。她……她好吗？"

潇湘大士没有立刻回答，一双冷眼盯着他看了几看。岳凌飞连忙补上，"我就是想知道她好不好。我曾经狠心惹她生气，而现在，她原谅我了吗？"

"那你可知道，你欲取灵草入地宫，六合长老为什么不帮你？"半晌，潇湘大士还是不回答，反而开口去问岳凌飞。

他犹豫一阵。"北长老境界高远，物我两忘，可能心里从来不理会人间的愿望和喜怒吧。"

"非也。北埠凝才没有那么清高，他心中所装的是非、因果和愿望，不比你少。可是他也比所有人都明白庚天老妖的阴阳摄魂法究竟厉害到什么程度，只有他知道庚天的终极目标——他也是奔着五行地宫去的。"

"地宫的五行殿内藏的巨大能量，也许可以助你救出母亲，甚至有机会复活被五毒侵蚀了智灵的人类，可这巨力一旦为恶人所用，世间所有一切都要受灭顶之灾。正是因为知道，正是因为关心，北埠凝才能心安理得地不帮你——他宁愿牺牲人类这一个种族，来保全天地伦常。"

"牺牲……一个种族？"岳凌飞听来，只觉得每个字都十分刺耳。天与地这样抽象的存在对于年轻气盛的他来说，远不如崇吾城墙上蛆虫般的活死人来得震撼。"为了一个看不见摸不着的天地伦常，却要牺牲一群无知无觉、无辜的普通人，公平吗？"他忍不住替他们抱不平。

潇湘大士默默不语。

"怪不得茹青也说北长老冷面冷心，人不是草芥，他若是知道中土生灵涂炭却不为所动，未免实在太无情了。"岳凌飞接着说道。

“是很冷，是无情没错。”潇湘大士神色深沉，让过身子向前面的坟头一指，只见那上面没有姓氏人名，生平事迹，只有两列小字，写着“天地不仁，以万物为刍狗”。

“以万物为刍狗……就是北长老的座右铭？”

“看似无情，看似不仁，看似视众生万物为草芥为刍狗，却是对天地万物有情，对自然之道有义，唯此才能不被一个人的生死和一刻的喜怒哀乐所左右。”潇湘大士背着手，长身玉立，十分磊落地说道，“所以他执掌六合数百年，无作为，无功绩，无名声，垂拱而治，但天下太平。”

话音已落，岳凌飞头脑空空，若有所失。潇湘大士抬头看看天色和身后已经满是灰烬的小冢，说道：“唉呀，一炷香已尽，我该走了。小兄弟自己保重！”

岳凌飞忙问：“潇湘大士还要归去何处？”

对方说：“三千年已至，我得再反骨洗髓一趟。

话音未落，背影已如一缕风烟，在岳凌飞的眼前迅速地消失。他忙在后头喊说：“今日相遇，感激不尽，望与前辈后会有期！”

一个洪亮的声音从浓密的树林和湿重的空气中传来：“后会就不必啦，相濡以沫，还不如相忘于江湖。”

第二回　陷阱于青庐兮，幽思无语言

如果冷火是三百年前中土人族的后人，那岳凌飞又是谁？

如果岳凌飞跋山涉水深入地宫是为了营救生母，那冷火又是为了什么？

茹青心里升起一种说不清道不明的担忧，她觉出地宫对于岳凌飞的艰险，很可能不仅仅是五行殿里镇守的兽面灵尊。他的武功底子是扎实的，心却太实、脑子又慢，走到最后、拼到最后，也许拼的不再是武功，竟是谁看得准、看得明白了。

可是连她自己也未必真说得清，偶尔还怀疑是自己想得太多。难道冷火真的是为了岳凌飞两肋插刀，赴汤蹈火在所不惜？可是他登上崇吾的城墙、俯瞰那一片断井颓垣时的目光，分明像极了一个蛰伏多年的困兽。

茹青一路上心事重重，随着众人跟着两颗朦石的指引来到青庐观的时候，只见此地已是一片废墟。她没来过，更没见过所谓的青庐到底是何物，在她面前的，只不过是一片荒无人烟、长了野草的青色瓦墙。

"原来这就是青庐观，"岳凌飞站在观前扬起脖子驻足，有些惊奇，又有点困惑，"这就是那老妖的青庐观。那些青庐弟子一个也没从昆仑山上回来？"

"都是些乡野招来的虾兵蟹将，召之即来，老妖一走，自然都一盘散沙地散了。"冷火说着，第一个迈步往青庐观里走去。

岳凌飞和淳于忙跟在他身后，茹青四顾一番看看周围无人，也跟着进了青庐观。观内两重门，走进第二重方见正殿，虽然破了，可是殿中的石柱高有三丈余，可见当日之盛。殿中央架着一只巨大的青炉，里面只有厚厚的炉灰，淳于用手翻一翻，什么也分辨不出来。

青庐观内的侧壁皆是石垒，斑驳不均。冷火率先走到右墙边，沿着墙根慢慢走着，用手抚过墙壁，脚底下小心地去踏一块块的石砖，好像是在打探什么。

茹青时不时地观察起冷火。果然，没过多久，只见他踏在一块松动的石头上，觉出不对，连忙翻开那石头，接着惊呼一声。"这里有暗道！"

另外三人都赶来同看。地下埋的是一个指针式的机关，而冷火胆大，蹲在地上看了片刻，接着转动指针，只听见旁边的墙壁内部发出"砰"的一声，随即最靠里的一扇墙从上到下探出一条缝。

四人彼此相对，交换个眼色，都来到墙中的缝隙面前，伸手一推，一面墙果然如摆针转动，四人鱼贯而入。

穿过暗墙，眼前的景致却令四个人都纷纷愣住了：一片整整齐齐的长草的原野，同青庐观外的草地毫无二致。

"我们……这就出去了？"

"没有这么简单，"冷火第一个蹲在地上，手指捻了一撮地上的泥土闻一闻，"这是没怎么见过阳光的土，一定是最近才露出的。"

可是地上一方青野，四周一点建筑的痕迹都无。

"这里有三个小坑！原来一定是放过什么东西的。"岳凌飞走出十余步，忽然看见地上有三个拳头大小的坑，彼此围成一个倒三角，连忙叫来另外三人。

"这儿原先应该是一只三足的鼎，"茹青也看一眼地下，"三个坑不浅，土里还有一点黄铜留下的印记，应该是青庐老妖用来炼丹、或者炼什么药的一种炉子。"

茹青从开口起，冷火一直目视着她，末了若有所思地点一点头。"我们既然来了，就把这青庐观里里外外探个明白，"他说，"先回正殿去。"

转开的那面墙还保持着开启的位置，留了一条缝隙。众人推墙而入，却赫然发现墙的这一边，竟然也是一片野草地。

不好！众人又从墙口翻回去，如此两三次，也记不得当初哪里是入，哪里是出，只有一面墙，一扇门，两处野草，连天上的云都是彼此对称开来，一丝不差。

"糟了，这一定是青庐老妖的陷阱。"冷火说道，"他在墙中设下机关，把我们引入歧途。上回被我们轻易给瓦解，哼，看来这老妖怪的脑子有点长进。"

岳凌飞把目光锁定在他们背后的那一堵墙上，众人也都向那墙看去。可以想见，既然墙内墙外的天地都不是真的，那将他们带入这个境地的，就只有那面一尺厚的石头墙了。

把手慢慢向青色石头垒起的墙面贴上去，茹青用五个指头和温热的手掌体察着墙里的动静。早先在太始殿，她曾躲在椅子下面，偷听师父和人提起过一种乾坤掌，可以一掌生出一块天地幻境，唯有连接手臂的腕处无法隐藏，所以那幻境总会留下一个出入口，是乾坤掌无法更改的硬伤。

"乾坤掌虽然听着玄妙，可是手腕的接缝是硬伤，用处不大，你不要花心思在这些华而不实的功夫上。后来师父果然察觉，把她从椅子底下揪出来，语重心长地训了她一场。

"真有乾坤掌这样的功法吗？把手腕的接缝用气、或者随便什么灵物封住，不就好了？"

"乾坤掌本身已是灵力的极致，没有什么能封住它。世上只有疯子才会用它。"

"疯子？为什么？"

"因为唯一的用法，是得在运出掌力的一瞬间，同时切断自己的手腕，才能不留痕迹地，将对手永远地困在掌中幻境里。"

她清楚地记得师父不咸不淡地讲出这话时自己的震惊。"所以乾坤掌本身就是最极端、最不祥的功法。它是用自己的死亡来实现对对手永恒的囚禁。师父最后这样说。

然而青庐老妖却找到了能让自己不伤分毫而施展乾坤掌的方式。眼前的草地原野、回不去的墙内墙外，分明是一个乾坤掌所施的幻境——而墙体就是手腕。可是戾天竟然将原本的弱点改成了诱饵，又通过一条接缝再制出一个幻境的镜像，茹青这样细一思忖，方领略这个青庐老妖的功力何等巨大，可以杀人于无形，不禁一时间不寒而栗。

于是她站在石墙的门内，左右轻推，石门的分量沉甸甸，用手敲一敲却听得中间空空的响声。她接着再去敲敲连着门口的墙体，同样也是中间空空。

难道、难道——茹青刚想开口大呼，转身的时候却一不留神让自己别在身后的短刀在墙面上划了一道。墙体顿时裂开如皮开肉绽，墙面上汇成一个庞大的风口，茹青却不愿放弃这机会。

"小心！"远处大概是冷火喊了一声，而离她最近的岳凌飞一个箭步蹿上来，拔出背后的六合剑。

"这是庚天老妖使的乾坤掌幻境，这面墙是唯一的出口。我们必须把墙彻底砍断才能出去！"她大声说道。

此时冷火、淳于二人也来到墙边，"那就来吧。"冷火一声怒喝，反手拔剑，高高跃起，一剑刺在石墙中，却死死嵌入石头缝里，拔不出来。

"我来助你。"淳于也猛地一跃，却没往高升，而是将双臂收紧在身侧，整个人化作一支离弦的箭，向那石门的侧面门框冲去。

喀喀两声，天摇地震，而石门纹丝不动。"有暗咒！"茹青忽然发现写在石墙缝里的一行凹字。每一个字像字又不是字，倒更像是嵌进墙缝里的一行水纹。

"用火攻！"她反应过来，事不宜迟，脚下嗖嗖两声离地七尺，右手放出长鞭从石墙上扫过，石头中立刻冒起噼里啪啦的火花，茹青又从空中撒下两方绢子点燃，以长鞭拴住，纵臂一甩，点着火的长鞭便直冲石门而去。

"小心！"身后岳凌飞一声大叫，石门被燃着的长鞭冲开，霍然开裂出一个黑不见底的深洞，洞口刮起黑洞般的旋风，岳凌飞站得最近，连着炸裂的碎石尘埃一并被卷入洞中，唯茹青眼疾手快，使出长鞭给岳凌飞抓住，想把他拉上来。

"这样不行！"岳凌飞的声音从裂开的石洞中传出来，"石墙中裂出一条通道或者缝隙没有？你赶快去看怎么出去。"

话正说时，冷火的长剑终于从墙体拔出，他顺着刚刚用火烧开的洞口，用尽全身之力，跳向空中狠命一劈，一尺厚的石墙果真从中劈成两截，中央露出一条窄缝。

"我找到出口了，快！"

茹青听讯下意识一回头走神，忽地脚下不稳，连着自己的长鞭被暴躁的旋风同卷入无底洞中。

乾坤挪移，惊涛翻转。茹青和岳凌飞跌入石洞之底，忽地只觉周身一丝风都没了，安静至极。

"你怎么了、你怎么样？"岳凌飞第一个爬起来。

"这是哪儿？"茹青揉揉脚踝，坐起身来。四周好像一个涵洞，地上和四周红黄交织，墙面上似乎忽明忽暗，像是涂了一层闪烁的露水。

两人惊魂未定之时，那红黄相间、忽明忽暗的墙突然动了起来。原来那不是岩洞的墙，竟是一只大鸟的一侧羽翼！

大鸟的头颅原本十分低垂，但明显被坠落的二人惊醒，逐渐仰起脖子，回转身来。它的脖子长而金黄，长喙锋利刚猛，羽毛厚重瑰丽，在火红与金色之间来回变换，尾巴处乌黑的羽毛拖在身后，一双亮而瞪大的碧色瞳孔圆瞪，瞳孔里燃着熊熊的火苗。

这只大鸟……是否就是庚天的真身？早就听说他是一只玄鸟，如今亲眼见到，比描述中似乎更锋芒毕露，两人同时后退几步。"你看清它身上的羽毛了吗，"茹青定睛看了片刻，不寒而栗，转头小声向岳凌飞说道。

"什么？"岳凌飞毕竟是人，眼力不如在地宫修行多年的灵蛇，他稍微探出前半身想去看，不料正逢大鸟的头也转过来，登时把它激怒。

只见大鸟高声一鸣，羽翼张开，一排金橘相间的羽毛顿时刷地一声如离弦之箭——等等，那不是羽毛，正是羽毛箭！岳凌飞和茹青两人也不是全无准备，纷纷拔剑、祭出长鞭，左右转身打落第一批射来的羽毛箭，接着接连腾空，岳凌飞直冲那鸟的头部，茹青则潜入其腹部，寻找它的致命弱点。

两人左冲右突，时而相互配合，时而兵分两路，"不好！大鸟有的箭上有火，过不了多久，这里就会烧成一片火海的！"眼尖的茹青大喊。

"那我在这里引住它，你去找出口！"

茹青听见凌飞的话，从鸟腹底下穿过去寻找此地的出口。岩洞的空间很窄，狭窄的出口肯定就隐藏在凹凸不平的墙面之中。茹青在空中贴着墙壁挨个搜寻，忽然仰头看见斜上方一块突兀的大石悬在头顶，头上隐约透出一种与洞中有别的光线，忽然脑中灵光一闪，急忙回头去叫岳凌飞。

然而她一直全神贯注寻找出口，回头时分才惊觉大鸟的一侧羽翼已转向自己，而射得最快的一路羽毛箭，箭头带着火苗直奔自己而来，发现的时候离自己的眼睛只有不到三尺的距离，已经来不及作任何反应了。

她瞪大眼睛盯着飞来的火箭，不敢相信这一刻来得这样快。

才这么短短几个月……自己就要死了吗？岳凌飞从远处大吼一声，正往自己的方向奔来，可是距离太远，他怎么赶也赶不上的。

岳凌飞、岳凌飞，既然如此，在我死之前，我要告诉你，其实我一直、我一直……

喀！岳凌飞来不及奔过来了，可手中的六合剑却如有神速，从她的脑袋右侧划过，直直对着朝她射来的箭。六合人所铸的剑坚硬无比，与对方的箭头一相遇，毫不费力地将对方劈成两半，接着又穿过整支箭，毫无疲软态势，笔直地直冲箭鸟的右眼而去。

片刻之后，大鸟发出一阵剧烈而尖声的嘶鸣，脖颈僵硬地竖直朝天，转而又化作痛苦的扭动。茹青见之，赶忙腾出手甩动长鞭，岳凌飞这时也已赶到，两人方才上下配合，迅速了结了箭鸟。

箭鸟最后一声哀嚎，全身的羽毛尽数脱落，带着火光和坚硬的铁箭射向四方，在小小岩洞里激起剧烈的爆炸。

"快走！"爆炸的空气向上升腾，岳凌飞在关键时刻死死拉住茹青，二人一起被抛向空中，踏上刚刚她所认出的突兀的大石，这才终于抬头见到蓝色的天。

两人气喘吁吁爬出洞口，蓦然见到外面的蓝天、草地，还有不远处的青庐观和通向观中的小路，正是半日之前他们曾经走过的那条，路上还有两个小童，一摇一摆地相互追逐着下山去，一时间忽地如释重负。

岳凌飞还拉着她的手，没有要放开的意思。

她低声说："我们出来了。"刚刚在岩洞里差点丧命的一刻还环绕在她的眼前久久不散，茹青忽然鼻子一酸，热烈地张开两只手臂，拥抱了自己的同伴、知己……她一直以来心心念念的人。

也许是死里逃生的冲击太过巨大，岳凌飞也重重地拥抱了她。"下次别这么傻，"他悄声在她耳边说道，"保护自己是第一位的。"

"不是、不是……"茹青想说，"在你身边才是第一位"，可是话未出口先带了哭腔，仿佛一腔心事无处诉说。内心忽然想到自己在岩洞里面对箭鸟的火箭、以为自己要死的时候就快要开口所说的话，一阵害羞一阵着急，自己多少个日夜难以言说的殷切心意、一直以来羞于启齿的玫瑰色的秘密，眼看就要守不住了。

"不，不不，你才是第一位。"她冒冒失失地，几乎不知道自己说了什么。

耳边的风好像忽然停了。

空气在她句末的最后一个音节处骤然凝固，天地间仿佛就只剩下一双她望着他的眼睛。岳凌飞到底是惊讶的，他僵硬的眉毛和忘记了如何眨眼的双眸都证明了这一点，他的嘴唇好像有些颤抖，胸口如轻微缺氧般一起一伏。

"喏，你知道，"许久，岳凌飞终于放开了她的肩膀，用一种前所未有的、严肃又恳切的语气，淡淡向她再次开口，"我已经爱了昆仑山上的北沐瑶，不能再爱你了"。

果然，早知道是这样的答案……

"——可是我跟你保证，"他犹豫地靠近，面朝着矮半头的她低下头去，然后郑重地把她的手握进自己右手的手心，"只要你愿意，只要你不离开，我今生今世都不会丢下你先走。"

"我不离开，我不离开！"她开始无法抑制地哭出泪来。多少个清晨和深夜里最甜最美的梦，也比不上这一刻他说的"今生今世都不丢下你"吧？

"已经足够了，"于是她喃喃地放开岳凌飞的手，"足够了。"

岳凌飞的目光投注在她的眼睛，似乎想要微笑，可是茹青再一眨眼的当口，他忽然喉咙里咕噜一声，往前打了一个趔趄，身子毫无预警地向左倒了下去。

"哎，岳凌飞！"茹青惊叫一声，赶紧去扶，却止不住他的倒地。她慌忙地抱起他的上身，岳凌飞的眼神开始涣散，他似乎张开嘴巴想说话，嘴角却殷殷地涌出血来，堵住了他的一切声音。

　　"你怎么了，岳凌飞？"茹青瞬间心慌至极，左右看看也没有冷火和淳于的人影，几乎要哭出声来，"到底怎么回事？"

第三回　性命之危矣，几在旦夕

岳凌飞携着茹青从乾坤掌中逃脱，刚喘息片刻，忽地只觉五脏六腑一阵翻腾，一股热而腥膻的液体从脾胃冲上喉咙，当即一个趔趄，仿佛手脚都不再属于自己了。

很疼。酸酸麻麻的疼，从脾胃、胸口蔓延，一直烧到心上。"岳凌飞！"茹青惊叫一声，赶忙来扶时，他已双膝跪地，趺在一旁。

"怎么回事？"

他张开嘴巴想说话，却只有殷殷的血流出来。

茹青用自己的袖子去擦他嘴上的血，愈擦愈多，直到岳凌飞自己躺在地上，向她摆摆手说："我不难受，你去看看冷火兄弟他们去哪儿了。"

"没想到戾天竟这么毒，不但在青庐观中布下乾坤掌，在乾坤掌中还设下剧毒，"茹青蹲坐在岳凌飞身旁，一只手撑着他的肩膀，左右看看，四野一个人也没有，唯独竹林深处好像有马蹄声，连忙轻搂住岳凌飞，"有马蹄声，你再忍片刻，我带你去师父那儿，他能救你。"

可是马蹄声并没有向他们靠近。等了有小半个时辰，太阳已渐西斜，茹青只得把岳凌飞安顿在一片横七竖八的竹竿竹叶之间，挖了几棵三七的根，并上自己所带的一点丹药捣碎了，熬成药汤给岳凌飞灌进去。

岳凌飞喝了药，当即似乎胸中通畅些，只是药效只有片刻，五脏六腑中燃烧的疼，一碗药过之后依然如故。

"我歇一会儿，"岳凌飞说着，闭上眼睛，强撑起胳膊摆了摆手，"过一晚上兴许就好了。"

茹青抓住他的掌心，放在眼前看了又看。

"我怎么没想到！"她一拍脑袋，"刚刚青庐老妖的乾坤掌移天换地，他不能把你置于死地，却能将出口放在这片林子。我刚上来就觉得这里眼熟，一时竟没想起来，这里是织禁山。"

"织禁山是哪里？"

茹青没有回答他的问题，只是指着他的掌心接着说道，"从你掌心上的黑斑来看，分明是褐尾蛇的毒斑。"

"什么褐尾蛇？"

"织禁山是褐尾蛇的天下。你看远处竹子上的斑斑污迹，都是褐尾蛇留下的毒斑。战界褐尾蛇与人族积怨上百年，所以他们所到之处皆留下蛇毒，只要有人与旁生道的生灵碰到，必定染毒。"

岳凌飞也吃力地瞧瞧自己的手掌，果然从掌心处漫上一股浓黑的褐色，顺着掌心的纹路往手腕，顺着小臂的内侧流向大臂。他的右手比左手严重，沿着上臂拉开衣襟一看，只见从右肩膀到胸口，已经隐隐见得一片青褐。

茹青这厢盯着岳凌飞中毒之躯，眼里浮上泪光点点。岳凌飞反倒安慰她说："我从小跟着师父在鹿台山上，又慢又笨，不知道让山里的鸟兽蚊蝇咬过多少回了，这次也不见得是最严重。"

"一般山里的蚊蝇，哪能跟褐尾蛇比得了。"茹青依旧替他穿好衣裳，望望四周的地势，然后将岳凌飞拖到一处小土坡背面，地势低洼之处安顿好。

"你等我，我一天之内，保准回来。"

"你去哪儿？"岳凌飞明知故问，"你不会是要亲自去找那褐尾蛇吧？"

"我入地宫前，在织禁山里住了七十年。今日我虽未必认得伤你的这条蛇，却认识织禁山上的阿姊，总能和他们牵上些渊源。再说，我也有他们想要的东西，他们未必不会卖我这个人情。"

"你……肯定？"

"哪有百分百肯定的事，"茹青轻轻一笑，给岳凌飞架好木柴，"不过你放心，一条路走不通就换另一条，解药就包在我身上。"

事到如今，岳凌飞没有其他办法，只好点点头。"万事小心，速去速回。"于是他最后叮嘱她，接着又转念露出一丝苦笑，"我死就死了，至少临死前有你作伴，老天也算待我不薄。"

"瞎说什么，你才不会死。"茹青鼻子一酸，安顿好他，走出好几步远，又回头给了他一个机灵又信心满满的微笑，然后飞快地消失在夜色的尽头。

岳凌飞将头靠在土坡上，用左手去轻按右手的合谷穴，却只觉脉中突然一阵血涌，登时头晕眼花，金星四冒。他知道是自己的用力不对，连忙去找手腕掌侧的神门、太陵两穴，轻轻捻搓，额上的汗珠这才一涌而下。

他深深喘一口气，打了一个激灵，身子向下滑半截，想稍微闭闭眼。闭眼之前的最后一刻忽然看见视线的远处有一个高大的阴影，开始以为是木桩，可那阴影却在移动，而且是向自己的方向而来。

岳凌飞连忙起身，虽然头仍晕涨不已，却不由警觉，坐起身来。

那黑影比常人高大许多，走路时左右摇晃似有不稳，行动缓慢，步履沉重。岳凌飞盯着他走近，每走一步轮廓更清晰些，下意识地握住了怀里母亲留给他的两颗珠子。

他中了蛇毒，四肢无力，连一枝树枝也举不起来，这时候只有冥冥中寄望于那两颗不知来由的白色珠子。对方摇摇晃晃越走越近，他几乎能听到土地里传来的脚步的震颤之声了——

"凌飞？"

黑影率先叫出了声，岳凌飞一听，竟然是冷火。他连忙撑起身子，想起身去迎，却只勉强歪歪地扶墙站着。出声的是冷火，而冷火肩上背着淳于，淳于睁着双目，口中似乎还在说着什么，但唇色青白，两条胳膊垂在前方，摇摇晃晃像两缕随风的柳条。

"他受了奇怪的伤，半个时辰之前还能走路，结果走到半路上，手、腿便渐渐没力，接着就像现在这样了。"冷火将淳于放下来，拖到土坡背面的炉火前躺好，脱下自己的披肩给他盖上。

"你看看他的掌心，是否有褐色的斑，一直沿着手臂往上？"

冷火翻起淳于的手腕，随即回头向岳凌飞说，"你怎么知道？"

"淳于兄弟和我是一样的伤岳凌飞抬起自己的右手给冷火看，"这是褐尾蛇的毒。"

冷火打量下四周。

"褐尾蛇的毒……是茹青看出来的。她去找阿姊了。"

"阿姊是谁？"

"她……"岳凌飞犹豫了。刚刚千不该万不该，不该说阿姊两个字。"茹青似乎和褐尾蛇有些渊源，她救过褐尾蛇的命，她说能取得解药给我们。"

冷火倒似乎没注意他的失语。他往快要熄灭的火炉里添了几根柴，将手掌放在淳于额头上，先用半分真气去试一试，随后一股淡雾般的真气从手掌升起，注入淳于的额顶。

"真气对这毒没什么用，"淳于不耐烦地偏过头去，不肯接受冷火的真气，不过到底受伤太重，动弹不得，冷火就静静地，什么也不说，将三分真气输给淳于。

淳于昏昏睡去，冷火又如法炮制，把掌心对准岳凌飞的额头，轻轻试探片刻，却蓦然一震，弹开了手。

岳凌飞的手里还紧握着母亲给他的两颗灵珠，半夜里迷迷糊糊醒来，见淳于躺在一旁安然睡着，冷火不知去向，茹青又尚未回来，他低头瞄了一眼自己的手心。

他的手攥的时间长了，渗出点点的汗，可是母亲的两颗灵珠带着一层他的汗，对着午夜昏暗的月色星光，竟然发出了纯白刺眼的光。

以前的多少个日日夜夜里，他目不转睛地盯着看的两颗普通得不能再普通的珠子，是从什么时候变成了这副剔透的模样？

第四回　故人相逢兮，今是而昨非

"好妹妹，真是稀客。多少年了？我以为你做了神仙，早把姐姐们忘了。"

"姐姐，我今天是来求你一件事。"茹青开门见山，"请姐姐把蛇毒的解药借我一用。"

茹青说话时，对面的女人坐在藤蔓编织的躺椅上，裹一身浅褐色的皮衫，听见她的话反而被激发了好奇和兴趣似的，"你真是来要解药的？这些年来从我这里要解药的人不少，真没想到今日竟是你来了。"

茹青挤出半分笑容。"我早该来看姐姐，只是地宫的规矩森严——"

不等她说完，藤椅上的女人即已站起身来，走过来亲亲昵昵地挽过她的胳膊，"这么久没见，姐姐和妹妹可要好好聊聊。来，你随我进屋去"。

茹青只得跟着。她们姐妹自二百年前分别，茹青拜了岁星为师，入地宫而去，这是第一次重逢。阿姊的模样和二百年前一样娇媚可人，声音里倒是多了一分世故。

她从来时起，心里就一直忐忑着。二百年对于地宫不过是二百个日夜，地上却是漫长的时光，她不知道阿姊会怎么看她。

幸好，阿姊还记得她。茹青稍稍松一口气，要解药的事至少还有得商量。

阿姊在她前面婀娜走着，经过一片低洼的小沼泽，顺手从浅滩中一捞，捞出一条寸长的黄鳝，扔进嘴里，鲜味四溅。沼泽的水很浅，泥里随处可见钻来钻去的蚯蚓和黄鳝，茹青跟在阿姊后面，努力不去看地上的鱼虫。

她们走进阿姊的洞中，洞口不过三尺，要低头弯腰才能进入，走进去之后却别有洞天——里面灯火辉煌，顶高丈余，洞中有来来去去的人身女子和蛇身经过，见到茹青跟在阿姊身旁，暗地里眼色频频，窃窃私语。

"小宛、小青，普陀原的鹌鹑蛋可还有？"

"有呢。"从旁边掀帘子走出两个十二三岁模样的小姑娘，为首的掀着帘子，后面的捧着一个竹篮，篮子里垒着一二十颗鹌鹑蛋，个个圆润饱满，色泽光鲜。

阿姊抓起两颗蛋，在手边的石头上轻轻一磕，抬起手来对准自己的嘴，蛋壳裂成两半，蛋液直接进了肚。她自然而然地又抓了一把，伸出胳膊要分给茹青。茹青犹豫片刻，正要去接，阿姊倒是笑着收回了手，"原本不该拿这些勾引你的，你是要做神仙的，怎么能吃这些"。

"姐姐又笑我。茹青是做不成神仙的。"茹青自己低下头，淡淡地回答。

俄而端上酒肉饭菜，众姊妹们吃饭、饮酒、跳舞、聊天，觥筹银铃之声响彻，阿姊显得很是高兴，似乎又有些得意，挨个把自己的妹妹指给茹青看。

茹青一个个同她们问好。这些妹妹们，便都是阿姊的丫鬟和手下，她几乎都没见过。妹妹们见茹青一直跟着阿姊，便也对她敬重几分，一个个也把她称作"姐姐。"

"你们还真说对了，小青还真是我的亲妹妹。"阿姊转身对茹青说，"你走之后，我又收了一个小青。小青！你过来，看看，和你长得像不像？"

茹青点点头说："嗯，有些像。"阿姊一挥手把那小青撵走了，又左右招呼，唯独绝口不提解药的事。

"姐姐，"茹青忍不住，牵住阿姊一只袖子，几乎要跪在她脚下，"以前的事，都是茹青不对，这一次，你可一定得帮我的忙。我除了你，真没有别的法子了。"

"你这是做什么，"阿姊瞪着眼睛，十分惊奇，"你要解药做什么？"

"我……行过此处，我的同伴中了姐姐的毒，此刻已危在旦夕了。"

"这又奇了，"阿姊冷笑一声，"妹妹在地宫苦修人身，为何又跑到这乡野里来了？你的同伴是个什么人？是不是男人？"她笑眯眯地打量着茹青。

"这件事……说来话长。请阿姊先把解药给我，我再和姐姐仔细解释。"

阿姊听了，脸上骤然色变。"你要从我的脚下救别人出来？"

"姐姐、我——"

"你不记得自己是谁，要学这些救人修善的可笑玩意，本来跟我没关系，这我二百年前早已说过。可你别忘了，你有你的阳关道，我有我的独木桥，我们井水不犯河水，你想来我这里救人？"

"他……他不是普通的人。姐姐深居简出也许还不知道、中土的凡人早已消亡殆尽，他现在是这世间唯一的人族了……"

"哈、哈哈、中土的人族都绝迹了？"阿姊大笑两声，"他们早都该死！真是报应。想当初人族自以为了不得，打压四方，我们才要永生永世匍匐在地上吃土。今日竟有这等事，哈，我真是吃一千年一万年的土也值得了。"

茹青听阿姊一番话，心内一时焦急、懊悔不已。当年人族与蛇为敌，将蛇和其他三种兽族定为妖族，赶尽杀绝，蛇族虽有毒液，奋起反击，也伤人无数，可是人族当时运势如日中天，她们只得且战且退，一直逃到织禁山，方才躲过一劫。

"当年的事，姐姐也杀人无数。况且若不是人族将我们几乎赶尽杀绝，姐姐也做不成织禁山的姐姐，是不是？我们可说与人族两讫了。"

"两讫？"阿姊一声怒喝，转而瞪着茹青，"你别以为人族会和你两讫。你现在帮着他们，等他们活过来，第一个要杀的就是我们！你别忘了，当年你咬断的几百只脚踝，你我一起吃过的人肉喝过的人血，你以为在地宫里待了几百年，他们就能和你两讫？人与蛇为天敌，天生如此，这话原原本本是你当年说的，你自己忘了？"

茹青一时说不出话，阿姊的每个字敲在她的心上，都像一次次的刀割。

因为她知道，阿姊说得没错。

"姐姐，我都知道、我都明白茹青。"实在着急，"扑通"一声跪在阿姊面前，"就求你帮我这一回，让我救他不死，从今往后，你要什么，哪怕是地宫的东西，我都帮你取来，万死不辞。我就求你帮我这一回。"

"你说的是真的？我有什么想要的东西，你真能从地宫给我偷回来？"

茹青站起身来，郑重地点点头。这是她随口扯的一个谎，现在必须坚持说下去了。岳凌飞入地宫的艰难险阻重重，她是地宫的仆人却帮着凌飞，茹青自知是再出不去的。

对不起了，姐姐。她心里小声地祷告，让我下一世再跟着你，姐妹永不分离。

"嗯……"阿姊低头思忖一番，然后袖子一甩，转向茹青道，"你要的解药我可以给你，不过这解药还差一味药，你得自己去取。"

"还差一味什么？"

"蓝蛙。"

蓝蛙？茹青心里咯噔一声。"姐姐的解药里用得着蓝蛙？"

"确切地说，是蓝蛙的皮。"

茹青默不作声。

"我知道你怎么想，我也从不瞒你。我就是想要那蓝蛙腹中的蓝若太清丹。"

茹青不再质疑什么，只说："那蓝蛙现在何处？"

阿姊说："从这里出去，往南十五里，姚泽边上。"

茹青转身而出。

印象中，蓝蛙她只见过一次，确切地说，是蓝蛙精。蓝蛙精曾是天帝的侍读，因为天性喜爱珠宝而对王母的百宝箱动了歪心思，才被贬谪地宫，受罚一千三百年。

可是蓝蛙刚到地宫没多久，自己又逃出来并来到中土，一至中土，立刻成了蛇族的目标。它的个头只有一寸，全身湛蓝，色泽明亮，双目炯炯。自从这蓝蛙精降世，不少蛇类都吃了苦头。

只因蓝蛙个头虽小，却力大无比，又兼灵活迅速，茹青亲眼见过它吐出长舌头，一条蛇刚刚接近，立刻被它的长舌粘住卷起，活活将蛇勒死。

也正是因为蓝蛙机敏异常，舌头又长又有力，所以数百年来，竟没有蛇能近它的身，更不能伤它分毫了。

茹青走出洞口，急急忙忙往南去，不多时看见前面一片低洼的沼泽，想必便是姚泽。那时已是申时三刻，夕阳西下，过不多久就要天黑。茹青遥想岳凌飞中毒至深，还在生死挣扎，恐怕也不过是这两三日，因而下定决心事不宜迟，今日就将蓝蛙捉来入药。

于是茹青先化作蛇身，匍匐前进，一面侧耳仔细听着草丛里的声响。蓝蛙身小而体重，茹青感觉一阵动静往水边去，自己也悄声跟上，果然见到那蓝蛙精正蹲在一个小水洼旁，一动不动，两只眼睛却睁得怎大，不时眨一眨眼。

她耐心地继续向它靠近。离得越紧，发起攻击的成功几率就越大。她的移动从缓慢变成更加缓慢的龟速，视线的目标始终盯在那湛蓝发亮的后背。

她在草丛里发出极轻微的簌簌，毫无察觉的蓝蛙仍在发呆。忽然，蓝蛙的脖子伸长，猛然向茹青的方向一扭，茹青侧身一滚，动静却更大了。

被发现了。

早就想到有这一刻，茹青沉住气，上半身化作人身从草丛中立起，下半身仍是蛇尾，分离抽地，整个人向空中弹起。

蓝蛙也毫不心软，一条长舌头登时飞出，向着茹青所在的位置，幸而茹青极快躲过。她躲过蓝蛙的第一招，抽出身来，手握长鞭，身子往远处跳，长鞭却在空中右旋八圈，聚起十分力径直甩向蓝蛙。

眼看长鞭就要触到蓝蛙，那蛙却就势一滚，茹青先扑了个空，反过手来再要去追，未碰到又被弹开。茹青索性往回收，换个身位，却在间隙被蓝蛙精突然咬住长鞭不放，双方就这么一高一低、一远一近僵持起来。

蓝蛙叼着她的长鞭步步逼近，可那是她最宝贵的武器，又岂能轻易脱手让人？茹青催动青云功，"嗖嗖"两步往上冲去，奈何那蓝蛙竟纹丝不动。

她心里吃惊，小小蓝蛙精竟有这等定力？茹青用空出来的一只手运功去推它，第一推被挡，再要运功时，蓝蛙离她只有一尺的距离了。

她甚至能看见它背上鲜艳又诡异的奇特花纹，有一点凸，像暴起的青筋，又像龟裂的土地，像被刀割过之后重新缝合的口子，又像久未喷发的火山，里面藏着无法平息的杀气。

蓝蛙的头在向她转动，似乎已经张开了血盆大口，茹青下意识地连忙松开自己的长鞭，不知道现在躲还来不来得及——

一个斑点般飞快的影子闪过，蓝蛙突然也松开了长鞭，落到地上警觉地睁大了眼睛。

"看枪！"是冷火。只见他从一棵矮树后面蹿出，先以一个石子弹中蓝蛙的囟门，接着拔出长枪，向蓝蛙直扑过来。

"小心！"茹青捡起自己的长鞭，忙不迭地提醒。冷火没有见过蓝蛙同别人交手，哪里知道蓝蛙的厉害之处和软肋，她只怕他会吃亏。

冷火的枪头刺破空气，正对夕阳，枪头一晃，直从蓝蛙下颚斜插。蛙向后一蹲，往前猛扑伸长舌头，从冷火右侧脸边滑过。他转身时，茹青从侧面突进，缠住蓝蛙，迫使蓝蛙落地招架。

茹青、冷火对视一眼，彼此明白，一正一侧，一攻一守，战势渐渐占了上风。

"它要跑，不能让它跑了！"茹青忽然看见蓝蛙精眼珠一闪，脚下的步子生变，目眺西边，一眼看穿了它的打算。

于是她先发制人，从后方甩动长鞭，危急时刻眼看蓝蛙就要逃脱她所能伸之处，茹青情急之下将自己十指交缠，抵向胸口，双眼再一睁时，两只手骤然分开，中间划出一道红光，身体貌似还留在远处，却又忽然出现在蓝蛙精的面前。

同一个影子，在两处同时出现片刻，蓝蛙伸出舌头扑向旧处的茹青，一扑扑个空，还未及转身，被斜刺里蹿出的冷火一枪从喉咙插入，顿时蓝血飞溅，当场毙命。

蓝色的血溅了冷火一脸，也溅上茹青的身。冷火抹一把脸，将自己的枪从蛙身上拔出来，回头问她，"没受伤吧？"

茹青摇头，说："你怎么来这儿的？"

"凌飞和淳于都中了同样的毒，凌飞兄弟说你往这个方向来了。我想我们三个男人，总不能都等着一个弱女子替我们冲锋陷阵吧。"

茹青抿嘴一笑。

"你刚刚的功夫……可是众人口中传的双身联影诀？"

"是分身掠影诀，"也许是冷火刚刚救过自己，也许是他们曾并肩作战，茹青对冷火升起一种信任与亲昵之感，"江湖上传的全错了。这是我师父岁星的绝学。"

"怪不得，江湖口传久矣，但是只有耳闻，见所未见。"

茹青见蓝蛙精已死，连忙将它仰面平躺，从下颚沿中线往下剖开肚子，将一颗深蓝的椭圆形丹丸取出，又将蛙倒转过来，剥下它的皮。

"你这是作甚？"冷火看着茹青好生熟练，身子不觉一颤。

"蓝蛙的皮入药，能解岳凌飞和淳于的毒。"茹青将一片完整的蓝蛙皮卷起来，说道，"蓝若太清丹是我阿姊要的，我得用它去换解药。"

于是冷火跟随茹青，匆匆返回阿姊的洞口，却远远听得震天响的刀兵喊杀之声，洞前的草地上杀得一片混乱。

"是赤马族的荧惑杀来了！"茹青眼见对方为首的一匹高头大马，通身棕黑，赤鬃白腹，被十几条蛇团团围在中央，左冲右突，不相上下。赤马族与褐尾蛇原本共享织禁山，蓝蛙精贬入地宫之后收归荧惑所管，然而蓝若太清丹被留在蓝蛙体内，蛇族更不可能放蓝蛙走，因而蛇与马两个阿修罗族便因此打打杀杀，永无宁日。

"不好，阿姊伤了！"茹青眼睛瞥见洞口处一个躺倒的身影，冷火一见那高大骏马，忙说："我去对付那马，你去救你阿姊，拿解药！"

茹青点头答应，奔至阿姊身旁，原来阿姊被那赤马的马蹄踢伤，已气息微弱，奄奄一息。

"阿姊！"茹青失声叫道。

"不要紧，"阿姊的眼睛眯成一条缝，斜睨着她，"想不到，你真回来了。"

"阿姊，来，"茹青摸一摸阿姊的五脏六腑，全都受伤至深，连忙从怀里去掏刚刚挖出的蓝若太清丹。

　　"你真要把蓝若太清丹给我？"

　　"当然、当然，它能救你的命。"

　　阿姊忽然仰面向天，眼角簌簌流下泪来，"多少年了，你不让我得到它，说它是杀戮争抢的根源。我曾经也是这么想的，可好妹妹，你看看，没了蓝若太清丹，织禁山又何曾有一刻清静平安？杀心只能是因心而起，怪罪不到这些宝贝物件上。我只是想不到，最终把蓝若太清丹取来给我的，竟然是你。"

　　"阿姊，快吞下吧。"茹青看着阿姊的脸渐灰，忍不住哭出声来。她们在织禁山相处不睦，相互使坏都是常事，直到岁星平了织禁山，带走了茹青，茹紫从此成了众蛇姐妹们的阿姊。

　　"你跟这死老头走，去也是白去。我们干的坏事太多，是修不成神仙的。"这是她临走，阿姊留给她的最后一句话。

　　她恨阿姊，也诅咒过她，可是到头来，茹青发现自己不想她死。她死了，天地间就再没有第二个阿姊，她会感到孤独。

　　"阿姊，是我错了。快吃了蓝若丹，蓝若丹能救你的命。"

　　"你错了，蓝若丹救不了我的身子。它只能让我的魂魄长生不死，可我的五脏六腑都烂了，要一个长生不死的魂灵有什么用？还是留给妹妹吧。你替我好好活着，兴许、兴许它还能助你修炼成人。"

　　阿姊说着，从怀中又掏出一个小囊，送到茹青手里，里面有两三片叶子，"把蓝蛙皮剁碎，和这叶子一同煎了，午夜正子时服下，一个月可好"。

　　茹青接过阿姊的锦囊，眼见阿姊的眼神涣散，大哭一声，不容分说用左手托着蓝若丹，强行按进了阿姊口中。

　　阿姊的身子渐凉，服下蓝若丹，悠悠中灵魂脱壳，快要飘走的时候最后问茹青，"你杀蓝蛙取蓝若丹，到底是为了我，还是为了解药？"

茹青没有回答。

第五回　任重而道修远兮，心旌胜而难眠

"解药我已拿到，快走！"冷火这里正难解难分，相持不下时，忽然听得不远处茹青之言，连忙虚晃一枪，转身使出轻功，向原路飞回。

他与这匹马无冤无仇，马没有紧追他，自去横扫失去头领的剩下的蛇。

"她们群蛇无首，怕是凶多吉少了。"回去的路上，茹青低着头说。

"这不怪你，"冷火正视着她，好像是在安慰她，"你已经救了你姐姐，这是你力所能及的极限了。"

茹青瞥他一眼，"这算什么安慰"。

"你从那蓝蛙腹中取的蓝若丹，能让你姐姐长生不老吗？"冷火问她。

"蓝若太清丹是蛇族的续命丹，谁吃下，便可长命不衰。因此千百年来，蛇族里为了一颗蓝若丹，厮杀不休，你杀我我杀你，几乎就要全族灭绝。所以三百年前，一只刚刚两岁大的幼蛇靠着自己身窄体轻，将蓝若丹偷出来，悄悄扔进了一只蓝蛙口中。她本意是让蓝若丹从此消失，蛇族内部便从此安宁，谁知又挑起了蛇蛙之间的战争。"

"不用说，那小蛇是你吧？"

"不是，茹青摇摇头，"是阿姊。"

这个答案出人意料。"阿姊？今日费尽心机要得到它的阿姊？"茹青缓慢地点点头。"没错。当年我才一岁，我亲眼看着阿姊把蓝若丹偷走的。也许时间，真的有改变一颗心的力量，也就因为蓝若丹是阿姊当年放进蓝蛙精体内的，她一直觉得只有自己才有资格重新得到它。"

原来如此。冷火听懂了来龙去脉，把这个故事放在心里思忖片刻……诶？！等等、等等——

"你刚刚说，你姐姐偷走蓝若丹，是三百年前的事？"

"没错。"

"当时你两岁？"

"姐姐两岁，我只有一岁，其实是刚刚出生没多久吧。"

三百年前，在北风里鼓起的白菱纱，尚未出世的无辜的冤魂和心爱的姑娘……冷火眼前铺开记忆的画面，衬着远处沉沉下坠的红霞，一切都忽然变得如梦如幻，分不清真不真实。

"怎、怎么了？"茹青还不明白发生了什么。

他……说不出来。说不清、也不能说，冷火只是转过头看看身边的茹青，心里无法克制地泛起微微的疼。当年母后身怀象弟，四方异士都来觐见的时候，他曾经无心听到他们说，未出世就死去的冤魂不会消散，反而会拼尽全力重新找到可以承载自己的宿主。如果那些异士们说的是真的……他心疼她，这条可怜的小青蛇。

于是冷火摇摇头没说话，用手背擦了擦她眼睛底下、脸颊上的一抹灰，茹青本能地一颤，躲开他的时候被最后一点橘色的天光染上两抹颜色。

"哎呀，现在被你看到蛇身了。茹青自顾自地一皱眉头，"本来想多瞒一阵的。"

"我一早就知道你是谁，"冷火回答，"当年在射孤山上，我就见过一条小青蛇。"

"你……射孤山你也在？"茹青吃惊，"你当时就和岳凌飞一起吗？"

是我先看见的你。他在心里说。

"没错，凌飞兄弟发现你的时候，我正在替师父采药。后来我回去，正看见你变回蛇身，一个离开的背影。"

"凭一个背影也能认出来，你也太好眼力了吧。"

冷火淡淡一笑。

他们又走了约莫两刻，远远见到凌飞和淳于二人所在的小土坡，两个人都歪在土坡下。淳于半靠半躺着，岳凌飞双目闭着——

在他身边，一个藕荷色长衫的年轻女子，眼中含泪，紧紧握着岳凌飞的手。藕荷女子身后还站着一个白眉老翁，鹤发童颜，注视着睡着的岳凌飞。

茹青远远见到那年轻女子雪肤黑发，楚楚动人，心中恍然明白原来这就是昆仑山上的六合仙女北沐瑶。她的脚步不自觉地放慢，冷火察觉她的犹豫不前，连忙开口冲对面高喊，"解药到手了！"

北沐瑶和白眉老翁都抬起头来。接下来自不消说，众人赶忙将二人扶起，拾柴生火，茹青将蓝蛙的皮剁碎了，混入冷杉树皮、山楂叶、独活和阿姊给她的锦囊里的黄叶，等到子时亲自喂两人喝下。

"我能……帮什么忙吗？"北沐瑶站在一旁，还没有人跟她解释发生了什么，也没有人说明他们又在干吗，她显出一点手足无措，低声开口问正在煎药的茹青。

茹青看一眼时睡时醒的岳凌飞，淡淡答说："我想你能陪着他，已经是最大的帮忙。"

子时的药喝了，起初一个时辰并无大反应，后来星月渐渐西斜，淳于忽然睁开眼睛。"有什么感觉？"冷火走上去问他。

淳于的回应迟缓，可是他眼珠完完整整地扫视了自己周身一遍，然后答说，"好像又找回手和脚了。"

"我们中的是什么毒？"淳于把目光投向茹青。

"是织禁山上褐尾蛇用来保护自己领地的毒斑，戾天将乾坤掌的出口放在这里，是故意引着我们，借刀杀人。"

"那岳凌飞也是一样的毒？"北沐瑶这时开口。

茹青被问到这里，忽然有些犹豫。刚刚逃出乾坤掌的那一刻还在眼前，她的心瞬间咚咚跳得飞快，呼吸也好像跟不上自己血液的流动。"我……不知道，"她定了定神，接着才对北沐瑶说，"岳凌飞也中了蛇毒，可我想他还有别的伤，我们刚从青庐观中杀出来，他吐了几口紫色的血就不行了。"

茹青的话音刚落，岳凌飞那里忽然发出两声轻咳，好像是要醒来的动静，众人忙都围过去，而岳凌飞睁开眼时，一身藕荷长衫的北沐瑶就在他身边。

他一时呆呆傻傻，好像失去了反应。"我中毒已经这么深、要死了吗？"他迷迷糊糊地看着北沐瑶。

北沐瑶呜一声哭出来，抱起岳凌飞的头，说不出话，只有眼泪簌簌地流，沾湿了岳凌飞的脸庞。

"是你？"他不可置信地摸摸自己脸颊上的泪水，又抬起手来替她擦掉眼泪，忽然瞪大眼睛，艰难地扬起头。

她拼命点点头。"是我、是我。我就想见你一面——"

北沐瑶的一句话还噎在喉咙，岳凌飞忽然双腿向后蜷住，头略微扭到一边去。"你来干吗？"他的语气平直，好像顿时抽离了所有的情绪。

北沐瑶却被这一步之遥的疏离顿时僵住。她咬咬嘴唇好像要开口，但是终究没有发声，她只将两只手抱在胸前，而站在沐瑶身后的白眉老头面无表情。他和北埠凝长老一样，长衫玉立，眉眼中间确实有几分相似。"早知有今日的场面，我是绝不会带公主离开昆仑山的。"

"这位长老……"冷火开口不知道如何称呼这位仙风道骨的老人，北沐瑶这才接上他的话说，"他是我的叔父北埠丰，我父亲唯一的弟弟。是叔父一路上保护我，带我找到你们的。"

岳凌飞这厢听到"北埠丰"登时又直起身子，略微一皱眉头。"你来地宫干吗，昆仑山不才是六合族应该待的地方吗？"

北沐瑶听见岳凌飞如此一说，一股委屈不平涌上心头，可她面上仍自镇定，反过来安慰岳凌飞，"我知道你不想我靠近地宫，可是我、也有我的原因。我就陪你走到地宫的入口，况且妙行灵草能帮你——"

"我们已经找到一对青腾和丹腾石，用不上你了，"岳凌飞不等北沐瑶说完，急急忙忙打断她道，"你回昆仑去吧。"他话一出口，自己也觉得唐突，难免有些心软、有些悔意，于是放低了声音又补上一句，"这里有冷火、淳于、茹青和我四人，我们已做好打算，等到五星连珠就入地宫，救出我母亲，夺回人族智灵，重归中土。

　　岳凌飞说完，勉强地喘一口气。呼吸中的每一寸空气好像都连着他的筋与肉，一呼一吸都让他浑身撕裂般地疼。不知何时嗓子和舌尖漫上恼人的腥甜，岳凌飞不敢让沐瑶知道，拼命咽几口口水。自己的内伤不仅仅是一点蛇毒那么简单，他心里清楚。如果说当初在昆仑山上偶尔吐血时他还只是怀疑，此时的岳凌飞经过潇湘大士的提醒，还有他这一路上愈来愈严重的情形，早已确定自己身体里有难以解释的内伤，说不定哪一刻就要了自己的命。

　　就算自己暂时不死，五行地宫又是何等凶险的地方，此番岳凌飞再见北沐瑶，只觉得她丰腴灵秀，更胜当初，这样美好的、一点灰尘都染不得的北沐瑶，他怎么忍心让她跟着自己走到那险恶、黑暗的所在？何况自己尚且不知道能不能活着回来，再想起噩梦里那个飞蛾扑火的背影……岳凌飞心里一阵痉挛，恨不得北沐瑶离自己越远越好。昆仑山才是她应该在的地方，她值得那么完美又无忧无虑的一生，即使那一生里不再有他的出现。

　　岳凌飞欲言又止，实在不知道该如何再开口让她离开，而北沐瑶看着自己紧绷绷的小腹，虽然未出怀，但已随时能感受它的存在。正因为如此，北沐瑶才更是不顾一切地要和他一起。然而岳凌飞最后一句说出口，更加戳中北沐瑶的心事。当日自己祭天归来，他硬生生撇下自己要独自下山去找中土地宫，虽然当时伤心生气，可细想之下，终是归于岳凌飞不愿自己跟着他一同受苦、遭遇危险。况且昆仑山虽然十全十美，可毕竟不是他的家，他有志要闯荡自己的天地，她通通都能理解。从那以后她已决意要追随他，迢迢赶来见他一面，可是没说几句话岳凌飞却像变了一个人似的，每一句话每一个音节都要拒她于千里之外。

她下意识地抚摸自己的小腹，恨不得马上就告诉他，可是理智禁锢着她，决不能让岳凌飞知道实情。他离开昆仑山不到半个月，北沐瑶发现自己怀了身孕。可是五星连珠的日子迫在眉睫，她怎能此刻以腹中的胎儿分他的心？

他是个笨蛋。就算他看不出自己的变化，她毕竟千里迢迢走了这么远，他就不问问她有没有遇到危险、哪怕几句体贴的话都不肯说？岳凌飞与冷火亲如手足，与茹青默契深厚，那种亲密厚爱落在北沐瑶眼里，越发反衬着岳凌飞对自己的迟钝和冷淡。她的心里无法抑制地钻出一种隐隐的痛。

明明很想信任他、相信他是为自己的安危才要她离开，可是那个叫茹青的小蛇出现在他身边，让她从心底里觉得不安。一只未修炼全、道行尚浅的旁生界的小蛇，为什么堂而皇之地在他的左右，照顾他、关心他、收获他的感激和信任？

是因为她聪明体贴，是因为她纤腰细身，还是因为……岳凌飞喜欢她的陪伴？

为什么她就可以陪他下地宫？她可传给过他六合剑法？她可曾陪他在昆仑的百草丛中双剑合璧？

不对，他没变。他们在昆仑山的海誓山盟、日夜缱绻都不是假的，北沐瑶告诉自己不会看错人、岳凌飞也不会轻易变心。可是她的心又实在不能平静，当晚一夜无眠。夜至四更半，柴堆上的火苗几乎要烧尽了。茹青这时走来，往篝火里添了两把柴，收起阿姊留下的锦囊，面向东边等着太阳，北沐瑶赌气翻个身，不再看她灵巧纤细的背影。

第二日太阳升起，岳凌飞和淳于便都已恢复手脚知觉，第三日就可以自行走动，到了第五日，凌飞试着站桩运一运功，却只站了半刻，头上豆大的汗珠滚落，支持不住，倒下身来。

"你的毒斑之毒刚解，阿姊说了，待这毒完全散去、你们完全恢复，要一个月的光景呢。"茹青在一旁说。

"一个月……可二十二日之后，就是五星连珠之夜了。"淳于掐指一算，忽然说道。

众人面面相觑。

"茹青阿姊说的一个月，可能也只是虚数。我们离地宫入口已经不远，先过去等着，再视你们二人的情况，见机行事吧。"冷火出个主意。

岳凌飞立刻答说"好"接着转头看一眼北沐瑶，好像是要和她道别。

北沐瑶也注视着他。

"你放心，"此时她不再害怕，也不再纠结于他和她说过的话，笃定地开口，"我和叔叔就陪你们走到地宫入口。妙行灵草不只是路引，还是打开地宫入口的不二法门。你们需要我。"

"——你们下了地宫，我就回我的昆仑山。我想通了，你有你的使命，我也有我的使命，守护昆仑山。"

北沐瑶有点赌气地将自己的话说完，岳凌飞被她惊得脸色一震，他眼中一闪而过的——是愧疚，还是伤心？她不再那么在乎的一刻，原来他也会有一点难过？

"自从父亲忽然去了，我要掌管六合，才懂得了许多事。父亲的位子不容易坐，我们两个，都是背负了太多的人。"她接着说，"天下越大，自己就越小。"

岳凌飞默然无言，只有点点头答应了她。接下来的几天充满了不安和尴尬的沉默，直到他们跟随青腾、丹腾两颗宝石，翻过织禁山，越走天气越冷起来，从上弦月到满月，来到一方冰土。

冰土四方宽阔，天低地寒，四周是岸，中间一方结冰的潭水，冰面中央独立一棵树苗，两颗腾石飘飘荡荡，最终聚于树苗之上，定格于此。

"那冰面中央有树的岛，一定就是地宫的入口！"岳凌飞远远望见，大声说道，说完看着茹青，像是想从她那里得到一点肯定和启示。

茹青答道，"想必是了，不过这不是师父当初带我进去时的入口。想来地宫之大，不止一个入口，也是很可能的。"

冷火打量冰土，停下脚步，满腹狐疑地和淳于交换了一个眼色。

淳于也是同样地，满是疑惑地回看着他。两个人的眼神里融汇着同样惊异的念头：这地宫入口的冰雪世界，不正是他们二人当初师从尔朱时的幽谷冰潭？那冰土中央、暗示着地宫大门的树苗，不正是当年救了淳于性命的树苗、一丝一寸变化都无？

难道他们兜兜转转、找寻多年的五行地宫的神秘入口，始终就安然躺在离他们最近的地方，而他们竟是毫无知觉？

生命带给他的讽刺，已经不算少，可是站上冰土、遥望树苗的那一刻，冷火还是感到铺天盖地的、命运的嘲讽。

但是他没输。冷火远望着冰潭上悬浮的一青一红两颗石头，信心满怀。就算命运给他再多波折、再多苦痛、再多失去，他终将等到这一日，将他失去的全部收回——不，翻倍收回。

当夜众人在冰土安营扎寨，淳于轻车熟路砍来木柴，起炉生火。那一夜离五星连珠，还有整整五天。

"今天好些了吗？"茹青拍拍两手上的浮土，行过岳凌飞身旁的时候问他一声。岳凌飞扬起头来，对茹青抛以一个安心的眼神，一手握着自己的六合剑说："我早好了，恨不得今夜就是五星连珠，我们杀入地宫，瞧瞧到底是怎么回事。"

茹青抿嘴一笑说："你倒什么也不怕。"接着探上来仔细瞧一瞧岳凌飞脸上的气色，是比前两天好了不少，于是在他旁边蹲下身，悄悄问他，"你到底有什么伤？阿姊的毒虽然厉害，中毒的反应却是从内部噬人的骨头，不会出血。在青庐观里那只大火鸟击中你了？"

岳凌飞摇头。他也说不清自己到底怎么了，明明平日里都好好的，偶尔忽然心中一动，五脏六腑就如同揉碎了似的疼起来，一股腥甜涌上口中。北沐瑶此时头也不抬坐在远处，岳凌飞看看身旁的茹青，安慰她说："没事，你放心。"

她喜欢他。尽管他已经有了昆仑山上的仙女，她还是这么喜欢他。冷火隔着篝火，离那两人坐得颇远，却正是一个最好的观察角度。

昆仑山是离天最近的地方，六合族是仙族最接近人间的部落。他小时也听说过，六合族人不论男女，个个皮肤雪白，身材高大，俊美异常，等上了昆仑山一见，果然比传说中的更胜十分。现在他们眼前，这个昆仑山长老的女儿，聪慧和高贵，地位和美貌，几乎集了万千宠爱于一身，这样一个女子，岳凌飞怎么可能不爱？

仙女一样的北沐瑶，一条织禁山上的小青蛇，怎么比得上？

"我知道你在想什么呢，"不知何时，茹青来到冷火身边，不等他邀请就自己坐下身来，"你在嘲笑我。你觉得我怎么追怎么赶，也赶不上昆仑山上的仙女。"

在自我贬低这一点上，她确实坦白得令人吃惊。冷火不愿意她继续自轻自贱，没有接着她的话讲下去。"你知道我怎么长大的吗？"隔了半晌，他转移了话题。

"嗯？"

"我生在中土的北方，也在北方长大。九岁的时候被一只狼叼走，九死一生。最后迷迷糊糊中坠入了一个冷寂的山谷，就像我们现在待着的这个地方一样的、又冷又静的地方，被一只老母熊救起来收留了。"冷火讲话的语气波澜不惊，"后来母熊被庾天老妖捉去取熊胆、筋脉俱裂，惨死在青庐观里，临死留给我一颗内丹。我吞下内丹，才有了今天的武功。"

这是真话。不完全真，但大多数是真的。冷火望着面前漆黑一片，好像看到当初尔朱站在潭水岸边教自己练功，自己站桩站了好久，尔朱往水中猛地一扎，上来时手中就提着两条鲜活的扁头鱼。

还有在那之前，他年轻气盛登上符禺山顶，面对十二只凶煞狼毒的兽……

叱罕人的战马锣鼓声响彻云霄，他在北漠的漫长暗夜里夜夜无眠……

父亲盛大的寿辰日，他捧着精心准备的大礼，正准备一惊四座，丝毫不知哗变的丧钟已经临近……

还有……母亲宫中琉璃珠串起的帘子，斜阳底下帘子对面亮晶晶的脸，那曾是他唯一的期盼、唯一在乎的珍宝和爱，就在自己的面前化成灰烟……

"喂、喂，茹青轻拍他的肩膀，冷火忽然脑中嗡的一下，回到了当下。他迫不及待地扭身端详她的五官，拼命压抑着内心难以置信的呼喊。

她真像极了她。比孪生的胞胎还像，甚至比他记忆中的人还像……"季儿……"他忘乎所以地失口叫出声，"我——"

"季儿是谁？"茹青一挑眉毛，一只巴掌伸展开，在他的眼前左右晃一晃。

他瞬间清醒，窘迫从身体的每一个毛孔浮起。

"季儿是女子吗？是你的心上人？"茹青一半好奇、一半揶揄地轻笑起来，不依不饶。冷火的心中如同被针扎了一下，很久没有这种感觉了。随之一种闷气代替了针扎的疼痛，记忆太过残忍，于是他假意别过头去，不再理她。

"其实，我很担心。"身后茹青又幽幽地开口，他无法不听她纤细的声音，"再过几天就是五星连珠了，凌飞和淳于都还没恢复，可是以他的性子，是不会因此而耽误入地宫的机会的。"

"五星连珠确实千载难逢，冷火没有回头，"这不是还有你我二人吗？你放心，我会保护他们。"

茹青坐在他背后。她抱着双膝，久久盯着冷火的背影，眼中露出一种犹豫不安的神情。在刚刚的某一瞬间，她几乎就相信他说的话了，她几乎就要相信冷火说的一切都是真的。

至少她心里的某一部分想要相信他。

第九章　狼魂遗世

第一回　戎戈相见兮，暮而风起

"荻王子真的要去？"

当夜，崇吾城外四十里，驻扎着王城最亲信的一支骑兵。荻甲胄严正，提着一把青月钳龙长剑，铿锵踏步入室，身后紧紧随着闵济、闵黎。他的铠甲是青铜所铸，头盔则是上佳的生铁，这是荻生平第一次全副戎装裹身，原来全套盔甲是这么重的，好似一股森森寒气压在头顶。

大玥的嫡长子、王国的继承人亲自出马领兵，这等事在营寨里不胫而走，几乎瞬时就传遍了每个人的耳朵。第二天清晨天还未亮，各个营帐里已灯火通明，磨刀霍霍，随即传令各个营帐的军官和兵卒们集合，五千步兵列队整齐，盾牌手、长矛手在前，一千骑兵和两百战车分列两侧。

晨间的雾气还未散去，中土的雪仍旧在下，荻走出帐子，凛风、黄土、篝火、岩石、整装列队的数千士兵，他的眼睛不知何时变得湿润，心跳一突一突地剧烈起来。

铁骑大将军牵来了他的马，荻定了定呼吸，翻身上马，直奔自己的军队。

"你们是大玦最精英、最骁勇的一批战士，他在队伍的第一排前收缰勒马，调转过身从左到右巡视着他的军队，俯视着他的每一个士兵，然后张开喉咙大声说道："你们每个人的肩上，都标记着赫赫的战功。你们之中，有的人是继承了父辈的荣耀，有的则是靠着自己的浴血杀敌而取得功绩。"

"——如果你们世袭了爵，那是因为你们的父亲曾和我的父亲、你们的祖父曾和我的祖父并肩奋战。你们之中的其他人，有人在崇吾随身保护着我的父亲、你们的王和崇吾的百姓，也有人跟着我的叔叔百胜侯在北漠将叱罕人杀个精光。"

"昆仑神在几百年前选择了大玦，又在几十年前为大玦选择了崇吾、选择了你们此刻脚下的土地。现在你们效忠大玦、效忠昆仑神的时候来了——我们等这一刻已经等得太久，现在，终于到了让血管沸腾、让勇气爆裂的时刻！"

"就是现在！将士们，不管你是贵族还是农民，是国王还是奴隶，这一刻我们都是昆仑神的子民。为了自己的家园，更为了神的尊严和荣光，战斗、战斗、战斗到底！"

空气里飘浮的雪花被获的嗓音激起阵阵颤抖，获一边呐喊，一边瞥见大半的士兵和随从眼眶也湿了，心中升起一种异样的尊严。

一直以来，生活优渥的他对于打仗、对于保卫城池没有什么太大的憧憬，他的王座是生而应得的——他的敌人仅仅是父王摇摆不定的心思、宫内宫外居心叵测的小人及同一个家族的哥哥和弟弟们。然而今日忽然蹿出的叱罕人、伴着此刻军营里呼啦啦的风声和篝火的燃烧，似乎将自己的灵魂里嗜血的那一面点燃了：他骤然渴望起那平坦草原上的冲锋和短刀相接——他用剑挑开敌人的脖子，那从脖颈喷出的鲜血飞溅入他的眼睛，像一场酣畅淋漓的红雨。

这玫瑰色的红雨蒙上他的眼帘，获突然十分想念他的伙伴，他最忠诚、最贴心的缇昙。

这次父王把崇吾城的禁卫官兵全数交给他，但前提是缇昙留在宫中，做了人质。这是他答应也得答应，不答应也得答应的条件，况且"你母亲并不十分喜欢那狼"的话，不用父王说他也知道。

但是在寒风凛冽的崇吾城外，面对近在咫尺的、来势汹汹的敌人，获不可抑制地渴望缇昙能回到自己身边。

它对于他来说，是一种支撑，一种独特的、源源不绝的助推力。它是一种……力量。

"王子殿下，您听见了吗？"大将军这时催马来到获的身边，两人一起侧耳去听。

"那是什么声音？"

一袭磅礴的、混杂了无数声音的共鸣，有奔跑的铁蹄声，有比马蹄更沉重缓慢的踏步声，有摩擦在黄土地上的嚓嚓声，有鸟禽的嘶吼，有翅膀的呼扇，还有他连听都没听过、完全辨认不出的声音……尘土弥漫的尽头，叱咤的人马终于露出了面目。

这是中土的每个人见也没见过、做梦也不会梦到的景象——上千的骑兵俯冲，骑兵前头奔着两排猛虎，中间夹着数只硕大的熊，有两三人高，向空中挥着拳头，头上几十只鹰，地下几十条巨蟒，浩浩荡荡蜂拥而至。

震撼、惊悚，前所未有的场面，获明显感受到了身后将士们的颤抖。就连他自己……

"保持阵形！盾牌手预备、弓箭手预备——听我的口令！"获硬着头皮，将自己的勇气硬逼出来，回头对着全军发号，眼睛一眨不眨地盯着叱罕人的方向。

"必须抵抗住第一波冲击！"铁骑大将军向获一再示意，自己策马驰向左翼，与自己的骑兵会合。

叱罕人先以一小队骑兵为先锋，后面跟着的不是步兵，却是一群凶狠巨大的野兽。狮子后面跟着熊，天上飞鹰，地下走蟒。中土的官兵，哪里见过这样的阵势，叱罕人还未接近，自己先纷纷不寒而栗起来。

"听我的口令，弓箭手！预备——拉弓——放！"获高声大喊。一时间箭如雨下，戳向叱罕大军的头顶，阵中有几匹马和骑兵被射中，应声栽倒在地下，而后面跟着的野兽们虽然也有中箭者，却因为兽皮粗厚，普通的箭难以穿透皮肤，所以几乎毫发无损。

"盾牌手预备，长矛手就位，保持阵形！"获再次大喊，接着自己奔至右翼，与另一半的骑兵会合，登上自己的四驹战车，准备以骑兵两面夹击。

须臾之间，两路大军正面相撞。叱罕最善骑射，骑兵快速一冲，大玥的阵形已散了一半，后面跟着的雄狮养得毛发苍劲，血盆大口直插兵士的腰间，地下一条条长蟒蜿蜒速进，而中土人皆穿的草履，脚踝一丝保护都无，被那长蟒盯准了咬下去，当时躺倒，过半个时辰便伤口糜烂，无药可医。蟒阵既临，天上霎时飞来一队硕大的鹰，排成剑一般整齐直扑过来。及至近了方看出那鹰只有一翼一目，通身彻黑，上下翻腾如乌云一般遮天蔽日，光是听那拍打翅膀的啪啪声就足以令人心神凌乱，而熊得了众鹰的掩护，直起身子推进更加迅猛，一个个路障顿时形同虚设，转眼之间已是短兵相接，只留肉搏的余地。

而这一边崇吾的士兵，马儿梳着油亮的马鬃，却跑不快又跑不远；盾牌镶着远道而来的玛瑙和宝石，却不能保护自己；他们的战车坚固但缓慢笨拙；他们的铠甲镀着一层柔和的浅金，长剑坠着玲珑的玉佩，在野蛮嗜血的叱罕人面前却如同一件件奢侈的玩具，一碰便脆生生断成两截。

获两旁的骑兵零零散散，一碰来势汹汹的叱罕人便不击自溃，而后面的步兵慢慢吞吞，毫无斗志。眼看着车前的轭被劈成两半，车轮滚滚扭扭已再走不动，车顶的伞架摇摇欲坠，获顿时如同第一次举起伯牙殿前的储立鼎一般，手心微微发潮了：当时也是一个下着雪的朗朗晨光，那时他不敢相信自己这么快已经长大、举起了储立鼎、可以被正式封为储君了。幸福来得……太快了吗？他的眼里闪着泪水。

至于现在……他也这么快、就要死了吗？获的瞳孔极速地放大，明晃晃的长枪奔着他的眼前而来。本能驱使着他从战车冲出来，跳上前面一匹拉车的战马，狠命勒紧辔头试图控制惊慌失措的马驹。这是他生平第一次上战场，刚刚还在所有将士面前慷慨激昂、大义凛然，难道就要这么不声不响地死在乱剑之下？

不行，绝对不行，获一声娇喝，拔出肩上的屠奢长剑握在右手，左手扔掉盾牌揽起缰绳。屠奢剑是获的祖父当年在不周山与灵蛇阵大战七天七夜，最终砍下四千年蛇精的脑颅、提了它的毒汁铸成此剑。可战场之上与深宫习武差得十万八千里，更何况此时的叱罕人已将他重重围住，刀锋剑影之下使不出文武师父交给他的擒贼擒王九十九式。

敌人迫在眉睫的那一刻，获一片空白的脑海里蓦然浮现的，是七年前、他在昆仑山顶睁开眼睛的那一刻。四周沉寂如黑夜，获举高长剑斜着划破面前的空气。疾风裂开火辣辣的口子，他右手持剑顺着如炬的目光朝东方一抖，沿着剑锋先窜出一条青龙气贯原野，剑锋再在空中一翻指向西方，便霎时跃起一只白虎声震四方。屠奢剑嗖嗖凌风，气息里一龙一虎飞跃纵横，重生那一刻的风沙、星月，冥冥中从四方汇聚的冲撞的力量，此时此刻在获的心里缓缓拧成一团火球，那围上来的叱罕步兵哪里想到有此异象，一时停住了脚步不敢贸然再进。

叱罕人的气势短了一截，获的威势便增了十分。他单枪匹马杀入敌阵，直奔叱罕大军的领旗所在。

那是一军作战的核心，听说这次带兵的是叱罕的二世子，是叱罕大汗弟弟的儿子。叱罕人与中原人的继承规则不同，他们不论嫡不论长，谁最能打，就推举谁为王。二世子年方十五，却已发育得剽悍异常，是叱罕最有希望的未来的大汗。

哼，先活下来再说吧。获心里冷笑一声，趁着自己神力所助，策马扬鞭长驱直入，眼看就要接近叱罕人的大旗，还有不远处抢着两柄圆斧的二世子，获牢牢握住长剑，剑锋一抖就要出招。

说时迟那时快，获的身子前倾，几乎要从马上站起身来，剑锋离叱罕二世子的身后还有几寸——忽地只听一声巨响，屠奢剑在空中脆生生断成两截，获哇地大吐一口鲜血，坠下马来。此时叱罕骑兵已赶上，"要活的不要死的！"二世子一声令下，顿时十几匹马将他团团围住，几十名士兵手持着短刀绳索，争先来擒那落马昏死的荻王子。

远处的大玥军团早已溃不成军，四散奔逃，荻刚刚亲乘的车辇也让叱罕人团团围住。想搬救兵已是不可能了，除非、除非昆仑震动，天神下凡保他们不死。可天神没有来，叱罕人无比接近他们最珍贵的战利品的时候蓦然听见一声冠绝天地的长啸，斜刺里猛然蹿出一只硕大的灰白毛色的公狼。

缇昙寒光凛凛的瞳孔睁得怔大，怒气冲得浑身的毛发微张，它先稍稍往后蜷曲四肢，缩一缩脖子，顷刻大吼一声直跃出几丈远，冲散了叱罕人在荻身边层层的包围。士兵们还想用那短刀绳索去对付这一只不知道从哪里跳出来的野狼，缇昙早已血口一张，一圈的士兵不是咬死便是撞飞。它奔来荻身边轻轻地叼起他的身躯，左冲右突，飞奔到荻王子的车架前，将荻放在拉车的马背上，又跳起来叼住缰绳，狠狠一抽，马匹嘶叫一声，拔腿往后方的营地奔去。

叱罕人的刀枪近在咫尺，缇昙冲在马前，时潜时跃，替荻和他的马挡回来袭的长枪短剑，一时纷乱歃血的战场之上竟生出一个飞速移动的几尺见方的小小保护圈，及至奔回营帐时毫发无损，唯荻还是双目紧阖。

"传太医、快传太医、术士、法师来！"大将军此时亦已赶来，忙传急令。不出半个时辰，周后带着榆孟、榆季、榆仲三个最先来了，很快屋里就密密麻麻站了一片，从崇吾城赶来的，从国舅公卿到小厮侍女都有，有端茶奉水拿食取药的，也有站着压低声音议论纷纷的，还有的里屋进不去，站在营帐外头翘首窥视的，一时黑压压的一片，压抑着空气里的惶恐不安。

太医没看出所以然，后来的一个钟山术士自称居奇的便自告奋勇走上前来，将手轻轻往荻王子的额头一放，又握了握他的手腕脚腕，自言自语说："了不得呀！"

那术士身长八尺，容貌甚伟，肩上落着一只年幼的秃鹰，长长的喙在高耸的梁柱之下蓦然闪着凛凛寒光。

"什么意思？"周后问这话时，只听外头一阵马蹄，榆孟走出去看时，见到营帐外远远驰来一队人马，为首的是闵黎——后面跟着的正是玥王的车辇。

"他怎么了？"玥王匆匆走进营帐，径直走到儿子的床前。"荻儿什么时候能醒过来？"

居奇当时正站在床边，听到玥王的话缓缓退下，"大王请自己看，荻王子已醒"。

"荻王子并无大碍，请玥王宽心。"他的话语不紧不慢，甚至还带着一点惊奇和畅想，"荻王子天资禀赋，骨格清奇，胸中神通四达，腹中孔武生发。方才战场之兵戎将王子的五行潜能逼出，自然托起一条苍龙纵上，又生一只白虎旋驰，白虎属金，苍龙却为木，白虎一出，若无其余行力制衡，必要强克苍龙之木，故而两股强力于王子体内直面相撞，令其不支。然则东之苍龙、西之白虎、南之朱雀、北之玄武四兽，皆是天机，凡人断无法接近分毫的，王子轻易便能召唤四者之二，稍加研习，必能将四方之气汇于胸中为己所用，将来恐有挪移乾坤、雄霸天下之功。"

"恭喜玥王、恭喜周后，荻王子日后必将英武如神，此乃天降洪福于我大玥。"居奇自己跪在王、后面前拜了一拜，屋里大大小小的公卿们也都跟着长拜起来。

而躺在床上的荻，前一刻睁开了眼睛，后一刻忽地猛然起身，伸手拿过长剑就要往外冲。旁边的小厮们赶快拦住抱住他。

"该死！他跑哪儿去了？"荻恶狠狠地咆哮。

"你刚刚醒过来，再躺一会儿吧。"周后走上来，用自己的手背去擦荻头上的汗粒。

"我不要躺！我不能躺！"荻急急地伸腿下床，左顾右盼，发现自己的父亲就坐在身旁。

"你先暂时安心吧，你刚刚孤军深入，又遁入遁出，叱罕的世子被吓得不轻，方才已鸣金收兵了。现在外头都在清点损失，叱罕人的营往北退了十里，至少到晚上之前，可以喘口气了。"

荻听父亲说完，呆呆地往后一坐，接着环视营帐之内，香炉、盔甲、桌案、高高矮矮的人，唯独没有他心中所盼的那个影子。

"你们先出去吧，我和荻说两句话。"玥王对下面人说。

众人开始作揖鞠躬、挪动脚步，缓慢而浩荡地往外撤。周后还坐在荻的床边，看了一眼玥王，也站起身来，带着使女往外走去。榆孟跟得最近，榆仲在身后提着手炉，榆季走在最后，俄而忽地回过头来，目光从荻身上扫过，却没有停留。

她的视线恍惚遮掩，神色有点惊恐、有点凄凉。荻连忙冲她笑笑，隔空安慰她自己不要紧，季儿方匆匆回转过身，跟着周后一并走了。

"他们要缇昙？"荻一听到父亲这话，简直不可置信。他的眼睛登时漫上无法抑制的潮水，脸颊烧起遮掩不住的火光，"他们要缇昙？要缇昙作甚？"

"缇昙不能去，父亲，我求求您，真的。"他说完，又把因焦急而尖锐的声音放缓了一度。"缇昙刚刚保护过我，若不是他，此刻我早已葬身在叱罕人的刀尖矛下了！"

"刚刚？你又胡说了。缇昙这几日一直在我宫中，怎么可能到战场上去。你是过于习惯它的存在了。"

"我没胡说！真的，真的是它救的我——"获的声音开始剧烈地颤抖，"我亲眼看见的。我们有什么资格、有什么资格把缇昙送给叱罕人？缇昙救了我的命，这就是我们对它的报答？把它装在镶金的匣子里，当作一件衣裳送给它刚狠狠咬过的敌人？这是人干的事吗？"

他的眼泪顺着颤抖的眼角，大颗大颗浸出，顷刻浸湿了整个脸颊。他听说叱罕给父亲传过一封密信，而这就是信里的内容？他无论如何也想不到，父亲真的在认真考虑要把缇昙送去为质，整颗心如同扎在一把生寒的尖刀上，疼得没了影子。"缇昙不能走，真的，我需要它，您也需要它。它很可能是我们最后的希望了。"他放低了声音，沉沉地恳求他的父王，带着最后的、几近绝望的请求，"我求你了。"

玥王脊背僵直地坐在高椅上，几乎一动不动——除了目光。他垂下眼帘注视着自己的儿子，以一双前所未有的严肃眼神。他说："叱罕人提的条件，要不送缇昙为质，要不就送你为质。你自己带兵看见了，我们中原基本是步兵，叱罕人却都是骑兵。他们的一万铁骑冲下来，就是十万人也挡不住。戍在北漠的军队被虚晃了一招，驰援到都城还得小半月。我们撑不了半个月，这是一场打不赢的战争。缇昙要是不去，去的就是你了。"

——缇昙要是不去，去的就是你了。

获王子满脸的眼泪在句末的那一刻，彻底冻成了深海底下的寒冰。叱罕人……要自己过去为质？难道他们这么聪明，已经洞彻了他生命的秘密……如同卡了一根生硬的鱼鲠在喉，获的一切声音瞬时全数噎住。缇昙是他的守卫、他的伴侣、他的灵魂和生命，可……又不是他的生命。

"你还有什么缇昙不能离开的原因吗？"父王再问。

获低着头杵在营帐的地上，哑口无言。缇昙还在崇吾的某个地方等着他，他能想象，自己一点头，就将亲手把缇昙装进笼子、送给对面。脑海里的画面是这么清晰，可他依旧一句话也说不出。难道他能告诉父亲，自己的灵魂是缇昙的？告诉大玥的国王，自己的继承人所有的心力和智慧都是来自一只狼？

他想起深受父亲信赖的叔叔，想起多年谨小慎微、毫无差错的庶出的樊，想起自己从出生起就被捧在手心里、而今年方六岁却已得尽天下赞美的弟弟象，心里唯一的声音，就是告诉自己不能出错、不能输，一步也不能。

"我能再见见它吗？"获的最后一个请求。

玥王的回答缓慢，但是坚决，他摇了摇头，"有害而无益的事，就不要做了"。

父亲说的都对，获回答不上来。

他转身往帐外小步缓慢地走着。迎着门口的暮色，好像绘成一张缇昙的面孔，两只不甘的灰色眼睛，一排紧咬的牙。"你究竟是为了什么打这场仗……你到底是为了什么？"获努力地将眼泪往回收，吞进空落落的肚子里去。

当天夜里，马车轮子的滚滚之声已去，获踱出自己的帐子吹吹风。一个懦弱的王子、一个不忠的朋友、一个手无缚鸡之力的小人，他狠狠地在心里咒骂着，总有一天他要将这一切推翻——就算掀翻世界也在所不惜。

今夜无战事。荒草安安分分地蔓延飘荡，军中的士兵们劳碌多日，几乎没有人走动。获一径往黑的地方走，终于来到一片空旷的阔地——它是否能填平自己那抑郁难平的心？没有灯火的夜晚暗无边际，他看不见缇昙远去的背影。雪还是照旧密密地下着，像一群无依无靠的垂死的精魂。

荻漫无目的地走着，俄而前方远处似乎见着有一团火光，走近一看才知是一个守夜的营帐，大营里的人都睡了，八个方向各有一个小营守着。他原本想躲开，无意中侧耳听到一两句悄悄的议论，因而戴起帽兜，走过去也坐在了他们微弱的篝火旁。

围坐的几个人正一面用火取暖一面烤兔子，见到多来了人，天又黑，便以为也是一个小兵。他们问他，"你是犯了什么错，给发配到这儿来了？"

犯错？荻飞快地脑子一转，回答说："我今日鞘中忘了带刀。"

众人轰然一阵大笑。其中一个年纪稍长的瘦老头边笑边指着他说，"你也真够可以的，"他转身指着边上一个胖子，"他是起床晚了，"又指另一个戴破帽子的，"他是在双数夜里偷偷喝酒，"最后转回身，"我是压根儿就不想打仗。"

荻微微挑了挑眉，转头问讲话的瘦老头："你为什么不想打仗？大玥难道不是你的国？你捍卫的难道不是自己脚下的土地？"

瘦老头眯着眼睛一笑，"小兄弟，我不过是姚泽边上的渔夫。冬天凿冰钓鱼，夏日撒网捕鱼，涨潮的时候鱼儿泛滥，退潮的时候收工回家。这天下不管是玥的天下，还是屺罕的天下，我不是还得照样捕我的鱼？我捕的是大玥国的鱼，还是屺罕国的鱼，和鱼、和我，有什么关系吗？"

"不过改换了一个姓氏，可鱼还是鱼，我还是我，何必拼得头破血流。"

"可不是么。再说，当初带我们打仗的是百胜侯，我们是为报他的恩，拼死拼活也不惜。如今百胜侯进了崇吾城，怎么就不见人影了呢？"在座的那个戴破帽子的人搭了话。

"你以为这么凑巧，百胜侯说病就病了？"捕鱼老头接过他的话，"象王子过生日，那么多人进城去贺寿去赴宴，其他人都好好的，偏百胜侯一醉不起，还偏是他一醉不起的时候叱罕人大举来攻——他们若不是早就知道，那这时机选得也太好了点。"

"你们听说了吗，"一直沉默的胖子忽然悄悄地压低声音开了口，"据说叱罕人攻过来，不要地也不要银钱，点名要咱们的获王子送过去做人质。"

一时陷入了冷涔涔的沉默。天上云雾稀薄，隐隐的月光里散布着阴谋的气味。鼓再聪明，恐怕还是失算了一招，获心里想，他一定没料到新出生的象如此深得宠爱。即使除掉了自己，大玥的王座恐怕依然轮不到他。

"若有一日百胜侯做了大玥的王，也是蛮不错的。"破帽子开始坐在地上痴心妄想。

"有一日叱罕人做了大玥的王，说不定照样是蛮不错的。"瘦老头也加入进来，对着另外三人不肯相信的眼神说，"别觉得不可能。叱罕人现在是要王子为质，王子送去了之后呢？这群蛮荒之地未开化的野蛮人，懂什么仁义，保不齐不会就此收手。依我看，他们既已打到了崇吾边上，说不准就一鼓作气，整个中土从此就是他们的了"。

获听着几个兵士的你一言我一语，始终没有说话。鼓离奇的病、叱罕人先要自己后来又要缇昙的奇怪请求，他一早该想到。可他此刻几乎连一丝生气也没有。

"九岁那一年，我上山采药撞上了一只大熊，以为自己要死了。获忽然开口，讲了一个不相关的开头，"可是后来我没死，我从此不再相信神和命运。

其余三人一时都不解，也不知道怎么接话。获就拍拍屁股站了起来，向三人告辞，"多谢各位的烧兔子。"他说。

真的，他并不感到怎么生气。鼓要自己做王，母亲中意象，父亲在他们之间摇摇摆摆，只想歌舞升平，和气安康。可上天偏偏不给他安康，上天偏偏要给他一个至高无上的位子，和一个无法左右的命运。获是王子、他的父亲是一整个中土的王，可是他们再大、大得过平民百姓，却大不过命运和天。这没什么可惊讶的，况且九岁那一年之后，也很少有什么事能再惊吓到他了。获回到自己的营帐翻来覆去，心里眼前全是战场上的缇昙一跃而出，以及傍晚的缇昙伴着沉闷重复的轮辙离他远去。它如此拼死拼活想救玥人，玥人却做好了准备效忠新的叱罕王，到底有什么意义？

月已西斜。东方的星星衬着微微发白的天际，他透过帐篷的天窗遥遥望着，就是睡不着。到五更天终于渐渐眼皮发沉，刚一合眼，又被一阵声响惊醒过来。

他的小腿很痒，睁眼一看，缇昙歪着头，正在不断地摩挲着自己。

获不可抑制地热泪盈眶。不舍、委屈、愧疚和无可奈何的诸多情绪涌上心头，他冲上去抱紧了他的狼。

缇昙伸着脖子，张了张嘴巴，从口中滚落一个玉色的小球。

获这才警惕起来。营帐之内四寂无人，他光脚从床上走下来，拿了一盏烛台，小心地点燃了。

玉色的小球内果然有机关，是个小匣子。获用手轻轻一扭，小球上下两半分开，露出一张窄窄的字条。

他的嘴唇微微张开，脸色因为愤怒而涨得发红。字条上的笔迹他辨认不出，至少不是母亲、不是舅舅，也不是他的几位师父和家臣。是谁——是谁在帮他，还是谁在害他——荻克制住胸口的起伏，低下头再一次飞快地扫过那行潦草的字，忽然想起来自己在哪儿见过这笔迹。

是他当日从战场上晕厥，那个叫居奇的南方术士给自己开的药方。那日他刚刚睁开眼，只见那术士的肩膀上立着一只目光灼灼的秃鹰，他告诉父王和母后自己英武如神，日后统领中土，必成明君。

荻握成拳头的手微微发颤，每一眨眼都是一道思绪闪过。远处打更的人开始工作了，当当的钟声隔着一片片营帐传来，每一声都催着他决断。他已没有那么多时间去想了。要做的话，现在就得行动。

没错，就是现在。难道他等这一天不是等很久了？决斗的瞬间马上将至，而大玥的王子是一个真正的男人和君王。荻狠狠一捶自己的腿，把手里的字条撕个粉碎，扔进火炉的余烬中，然后抬起头来，摸了摸缇昙的脑袋。

"我知道了，回去吧，快去，从后面走，趁别人还没发现你之前。"

缇昙听话地从荻的腿边站起来，往帐子后面离去的时候似乎动作有点迟缓。快消失的时候，它回过头来看着自己的主人，目光茫然，近乎已经懂事的小孩。然而荻已打定主意，他坚定地冲自己的狼挥挥手，他已经做出了对他们最好的选择。

天马上就亮了。

第二回　玉有瑕兮亲有隙，秋芷殁兮逝不追

一滴滴水从漏壶底部侧面的一个小孔滴出，浮在水面上的漏箭随着水面的下降而缓慢地、平静地下降。这种微小的下降用肉眼是看不出来的，但是荻清楚地听见自己的血液跟着漏壶里的水的节奏在身体中的涌动，那是一种只属于一个人的潮汐，一遍遍拍打着自己的头脑，让每一刻都比前一刻更加清醒。

卯时。卯时一刻。卯时一刻一分、卯时一刻两分、卯时一刻三分。

漏壶开始变得透明，荻将脸贴得很近，屏住呼吸凝视着里面的水。水里有微小的气泡和搅动的杂质，他的双眼盯着那些杂质，耳边几乎听到微弱的咔嚓咔嚓的声响。

卯时二刻。

他开始穿衣。掀开帘子，值事的小厮看见他已起身，连忙去叫韦娘，荻"嘘"了一声，招呼小厮过来。

"今天别叫韦娘了，你来替我穿衣洗脸。"

小厮惊恐万分，荻匆匆洗漱。

卯时三刻。

"行了，你走吧，还站在外头等着，别人若问，就说我还没起床，谁也不让进来，懂吗？"

卯时四刻。

昨夜的雪下得格外大，一夜之间抹平了战场的痕迹。晨光熹微，太阳已经多日未见，平静的崇吾城还未从昨夜醒来。唯有厨房已经生起火来磨刀霍霍，霖娘起来给自己打了一壶水，入厨房扫了一眼，一切如常，便返回自己屋里煮起茶来。

卯时五刻。

玥王昨夜哪儿也没去，就在克礼堂的内室休息了。战事吃紧，他探望过自己的嫡长子，还有数不清的事要办。王不是那么容易当，不管谁今后继承了这个位子——获、象、鼓，甚至是樊或者一个和自己完全没关的篡夺者——他们都得硬着头皮坐下去，眼看着事情朝自己不想要的方向发展，却还得做那些不想做的烦人事。

不过那是后来人的麻烦了。他现在最大的麻烦，是那只狼。玥王怀着这个挥之不去的难题，过了三更才沉沉睡去。希望今夜能多睡点，他失去知觉的前一刻想。

卯时六刻。

泽宁宫的榆孟总是第一个起床，她进来的时候象还在呼呼大睡，周后半倚半坐地搂着他，眼神木讷而空洞。昨夜的粉还有一些些留在脸上，可两只眼睛底下已经青得发黑，她垂下眼皮看看自己怀中酣睡甜美的小儿子，忽然皱了皱眉毛，那模样近乎于想哭。

"夫人，这么早起了吗？"榆孟被周后的表情略微惊到了，转而又问，"梳头吗？"

周后点点头，把象的头缓缓搁在床上，盖上被子，然后让榆孟扶着走下来，在梳妆台前坐下。

卯时七刻。

闵黎在克礼堂外已站了有一会儿。"还没动静吗？"他向门前的小厮使个眼色，悄悄问道。

小厮摇摇头，闵黎再一努嘴，小厮只好颇不情愿地悄悄推门，蹑手蹑脚地走进去。

闵黎站在刚刚推开的门缝处向里望着。一个畏首畏尾的小厮走进偌大的殿宇，显得更加矮小而滑稽。他战战兢兢地绕到后面的内室，映入眼帘的先是巨大的床幔，如同海啸的波浪般，层层叠叠地铺满了整张大床。克礼堂玥王不常住，下人们对这里也并不熟，所以愣了几秒，小厮才忽然意识到床幔有什么不对。

"哎呀！"

小厮魂不守舍，拔腿就往外跑。"闵大人、闵大人……"他边跑边高声喊起来，闵黎在外头听见，立刻推门走进来。

"怎么了？"

"小人、小人不知道呀，闵大人快去看看吧，闵大人快去——"

闵黎拨开自己跟前挡路的小厮，一个箭步冲进内室。

床幔的骨架全断了。灰白色的床幔一层盖着一层，几乎看不见里面躺的人。可是从那里发出的血腥味——新鲜的血液和微弱的腐烂的臭味——却是无论如何也掩盖不住。

"你快去叫人，派人把百胜侯、当朝的周公、介公，还有各个宫的王子公子们，全都叫来，快！"闵黎大声喝令那小厮，自己一手将床上的布幔扯下来，扯了三五番，终于露出了那床本来的面目。

大玥国英俊倜傥、正值盛年的王，只穿着一条短裤，仰面躺在花梨大床上。他的双眼仍因为震惊而瞪得硕大，胸、腹、脖颈都中了数刀，内脏混着黏稠的血污，暴露在空气中。

即使是跟随切王十几年、见惯了世间凶险的闵黎也不禁倒抽一口冷气，惊得倒退几步，站在远处定了定神。就这工夫，刚刚的小厮不知何时又返回了他身边。

"人都叫来了吗？"闵黎见他回来得这么快，有些惊讶。

"都、都来了，"小厮说完，自己往后退去。从内室门口的屏风后头走上来一个人，背着手，冷冷看了闵黎一眼。

"你要叫的人还没来，但他们很快就会来的。"

闵黎一见，来不及惊惧，即刻拜倒在地上。"获、获王子殿下……"

获的眼神越过闵黎，飘向了躺在床上、已经死掉而发冷、流血、开始发臭的父亲。他走上去，仔细而缓慢地审视着父亲开裂的伤口和皮肤，眨了眨因彻夜未眠而酸痛的眼睛，此时好像应该要哭，眼里却干涸得如同北方的沙漠。

他的脸上没有一丝表情，开口对面前的人说，"现在，你有什么想告诉我的吗？"

闵黎还跪着不肯起身，只是解开上衣的左右交领，从怀中取出一方玉符，正是虎贲符。白玉皎皎，得虎贲符者则王天下，这是大玥流传数代的王之象征。

"先王数月之前，已先将虎贲符交与闵黎，又言获王子天资禀赋、骁勇爱民，是上苍钦赐，没有二选。黎不敢怠慢，今日必将虎贲交予王子，请王子即刻传令三军、昭告新王登基、威慑天下。"

获弯腰，接过玉符。那时天刚刚亮，他看见自己模糊的影子铺在克礼堂的地上和墙上，掂了掂手中的玉符。很沉，但是他并不讨厌这感觉。

先王的葬礼，安排在三日之后的静园。崇吾城北面十五里的荒地，荻站在高处一板一眼地念着周彦大夫给起草的悼文，然后坐下身来看底下的人在繁复的仪式里忙活不迭。父亲棺木上的花纹是他亲自选的，一只生着浓重花纹的盘龙，像极了他堂皇安稳的一生。

"禀报大王，此刻正是吉时，可以请先王上路了。"

荻挥挥手作为许可，八个匠人牵起绳索。棺木盖上的时候荻出乎意料地、眼睛微微湿润了：他不是没有怨过父亲，可是十几年的人生里，父亲也不是没有给过他关切和爱，以父亲自己理解爱的方式。况且父亲最终选择的人是他——他已经懒得再去思考这一切的真实性和可疑点——不管他情愿或不情愿，他已经继承了父亲全部的遗产。

除了还有一件悬而未决的公案。

鼓消失了。

从他三天前的早上奔回崇吾城，在克礼堂召集公卿王子开始，鼓就没出现。他当时就察觉不对，直遣近卫军包围了慎行宫，可里面丫鬟、家臣、用具一应俱全，只有鼓消失得不留痕迹。

和鼓一同消失的，还有缇昙。

缇昙是一直囚在克礼堂的，荻赶到那里的时候却只有躺在自己血液里的父亲，而缇昙连同装它的笼子，一并踪影全无，好像就没存在过。

此时此刻的荻将目光飘向远处，心里对鼓、对缇昙的去向有了大概的猜测。缇昙、象、鼓、自己的父亲、母亲，连同这一场叱罕人突然发动的战争，原来都有一个共同的来龙去脉。至少此刻事情的走向，大部分在按照自己的预期发展，他说不上满意，也没什么可抱怨。还没完全解开的，接下来他都会一点点解开。

或者，能解开的就解开，能解决的就解决。获在心里想。

父亲随着硕大而丰盛的陪葬入了土，获回去的时候同母亲乘了一辆车。"象长大了，让他搬去自己的明觉宫吧。"母亲先开了口。

获忽然听到这话，觉得有点凄凉。"父王驾鹤，您又一向喜欢象弟，您要是愿意的话，就留他在身边，陪伴解闷，我倒觉得这最合适不过了。"他说。

葬礼过去第五天，宫内哀期已过，公卿们来来往往又恢复了往日的模样。那一日日头将落了，获从内阁出来，信步走至豫园里踏雪而行，走着走着忽然转过头来问身边的丫鬟们，"我回崇吾这么些天，怎么也没见着季姐姐？"又说，"你们快去泽宁宫把她叫来，就说我有事找她、求她帮忙。"

身后两个年轻的卫士、四个婢女，一时都齐齐站在雪地里，低着头，彼此偷偷相看，谁也不出声。

"怎么了？"获先是生气，转而好奇，"怎么了，都不出声？到底怎么了？"

他问到这最后一声，心里忽然没来由地升起一阵恐惧。这些喽啰们越不出声他越觉得不祥，随即抓过最近一个小卒的脖子按住了，"你说，季儿去哪儿了？"

小卒哆哆嗦嗦地说："季……榆季姑娘病了。"

"病了？"获一把松开手将他摔在一旁，转身大步往泽宁宫走去，"我去看看她。"

"大王！"他未走两步，身后几人众口一词地哀求，转过身来才发现他们都齐齐地跪了一片，其中个子最矮的婢女开了口。她说，"榆季姑娘她、她已跟随先王去了。"

什么？开什么玩笑？！她……"你再说一遍。"他走近前来居高临下地命令那婢女。

"大王，"婢女已经害怕得满脸是泪，"榆季姑娘已做了先王的陪葬，五日之前入的土，大王自己也在场啊。"

怎么可能……他抬起头、眯着眼睛回想记忆里的画面。葬礼上整齐地排成一排的尸体，因为晌午阳光的暴晒而散发出微弱的尸臭。他们用发黄的麻衣裹好了，脸上盖着一层稠密的白纱。假如、假如那时能有一丝风、假如那风吹动了浮在脸上的白纱，也许他就能在那一排尸体之中一眼认出季姐姐来。可是风没有来，他也没有注意，在他们相望的最后一刻他厌恶地别过头去，待她如同任何一个令人作呕、即将腐烂的躯体。

获抬起腿来就往泽宁宫跑。他脚下踩着厚厚的积雪、穿过豫园干枯的树林、绕过内阁的围墙、再行过长长的厘巷，如同一头迷茫而愤怒的狮子，闯进午后半睡半醒的泽宁宫。

"我找母亲，她人呢？"来者不善，可门外的宫女们拦也拦不住，只能拖着他的袖子一径跟着他跑到内室去，周后正卧在榻上闭眼养神。

"季姐姐呢？"他一开口，声音已裂成几瓣。

"你先别着急，"周后懒懒从榻上撑起身子，"做了王，还是这么急急躁躁，这毛病该改改了。"

"母亲！您怎么能……母亲答应过获，等我与六合族的公主成了亲，就把季姐姐送到我这里来。您答应过我，怎么能、怎么能……"他已气得岔了声音，到这里忽然说不下去，只将满腔的委屈和不甘心化作一串串的眼泪，任其在脸颊上恣意蔓延。

他自己也知道，眼泪换不回已经入土的人，怒吼也于事无补。母亲是答应过他，可就算答应了，又能怎么样？季儿已经死了。

"您答应过我、要把她送给我的。"他一遍遍重复着哭腔，自己实在不知道还要说什么，只肩膀一颤一颤地看着半卧在轻榻上的周后。气也气了、哭也哭了，泽宁宫正殿上四根高柱，都好像低着头嘲笑他无用的眼泪。获扯起袖子抹了抹脸，多说无益，扭过头往右边偏殿里去了。季儿原本就住在这后边，他每来泽宁宫必去。

"你以为我为了什么日日往泽宁宫里来？"他悄悄伸手捏一捏她的手腕，她眼睛眯成两条弯弯的弦月牙。

"今日的书好长，你再念一段给我。你念的，我就记得格外清楚些他跷着腿躺在她的榻上，她在一旁扇着扇子低眉顺目。

最后一次见她，在崇吾的城楼上，他已穿了满身甲胄，她跟在自己的母亲身后，眼里第一次转着莹莹泪光，上午的阳光打在睫毛上，细小的水珠带着反光在空气里跳动。等赶走了叱罕人，一定把你要过来，获心里想着，只是出征的时间赶、乱哄哄人又多，他就没得空告诉她这一句。那就等回来再说，他出了城，骑在马背上回头往城楼上远远扫一眼，一个个人都小得如蚂蚁一般立在城头，他踌躇满志纵马而行。

谁知这一等，就等去了永恒。他想等自己凯旋而归，却只等到她蒙着头纱送去了冥府，等到她再也睁不开眼睛和他说一句话。

获掀帘子走到后面她的卧室去。她前几日才走，东西都还没搬。一只浅黄的绸缎枕头歪在床头、边上放着发绳、铜镜，不禁想起昔日他来，她坐在床边梳头、嫌他捣乱又无可奈何不能赶他走。一颦一笑犹如昨日，获愣愣看着床沿四壁，斯人已逝，遗迹犹存，不知不觉滚下两行滚烫的泪来。

"是季儿自己愿意随先王走的。母亲没有逼她。"母亲不知什么时候悄声走进来，站在身后对着他的背影说道。

他不愿转过身去。倔强地昂首立在那里，已经是他能做到的最深重的抗议。"季儿犯了错，你以为再过几个月、她还能瞒得下去？"母亲的声音波澜不惊，如同在谈论窗外一成不变的天气，"她借这机会去殉先王，是唯一的出路，非如此不能保全她的名节、保全你父王的体面，甚至保全你现在坐着的、镶金的位子！她不傻，可你怎么这么糊涂？"

什、什么？

什么体面，什么名节？他不能相信刚刚听见的每一个字。真相如同一道伤口骤然撕裂在面前，十六岁的获猝不及防。榆季是他从小就视为己有的，好像一件大人穿的衣裳，不贵重，可他笃定了有一日自己长成大人，肯定就能穿上身，如同河水终将归向大海。他是大玥的继承人，很快就是中土最大的王，谁也夺不走他想要的宝贝，哪怕是一根丝线。

可是他如愿继承了大玥，如愿做了中土最大的王，却把自己的一根根丝线全弄丢了。缇昙送去了叱罕，季儿归入阴曹地府，也不知他们临去的时候，恨不恨他？他们恨他之余，有没有一刻哪怕一点点理解他的委屈？

俄而门外使者来报，说，"六合族长老的回信到了"周后说"送进来"获当即抬脚掀帘子出去，周后想喊他回来都喊不住。

　　连日的雪缓缓垂落在崇吾的每一寸土地和屋檐，祭奠着不被知道的芳名。他闷声一路走出泽宁宫，一点也不想知道昆仑山上的六合人说了什么。他的王位来得太迟了，他想，实在太迟了。他已来不及拯救任何事、任何人。

第三回　心之远兮，不胜符禺之巅

"这狼身长五尺，毛色浅灰有白，身手敏捷如电，目中聪慧狡黠，定不是普通的山野之狼，据小人来看，应是修炼六百九十年的狼魂出世。"

叱罕人虽然偃旗息鼓，但是撤回诸毗之后就没再往北走，反而在诸毗驻扎下来，俨然如同建了新都。叱罕人不比中土等级有序，他们惯与林间百兽杂居，那日战场上缇昙以一己之力从数百兵士手里生生抢回了大玥的王子，他们便对这骁勇异常的白狼念念不忘。隔了一夜，晨光熹微之时，一驾马车驶进他们的营帐，第二日便众人迎入，尊崇有如神祇。

大帐内坐北面南的一排四只高椅，坐着可汗、二可汗、世子、二世子，共同执掌叱罕的将士和财产。今日四人聚齐，看魔师一步步带着那白狼上殿，又听魔师称缇昙是修炼六百九十年的狼魂出世，更加深以为然，不敢怠慢。

"传说盘古开天地、女蜗娘娘造万物，先依着天地五位、五行造了十二形动物，其中龙、鼍居北，主水泽江川；马、虎居南，主烽火热焰；鸡、蛇居东，主林木荣枯；鲐、鹳居西，主金玉瓦石；猴、燕居正中，统领厚土载物，又有鹰、熊二物可飞可降，斡旋其中，永保四方安宁。原本世间已五行齐聚，女蜗娘娘大功已成，然而她似乎还未满意，便试着将五行之力各酌取一分合塑为一，试验几次、增删几番，终塑成人。魔师娓娓道来，大可汗听到这里忍不住打断他，"讲这么多，和那狼有什么关系？"

魔师稍稍停顿。"当然有关系。伏帝与蜗母创世，绝非一蹴而就。先有仙界，六合、烈羽、麒麟、天狐、天狼与龙族，此六族纯净无尘，与世无争，六合人更是伏帝与蜗母的嫡传后代。而后战界八部，则凶恶善妒，至于人族——是蜗母娘娘钻研上百年，试想五行之力彼此牵引、相生相克，哪是那么容易磨合为一体的？就是我们人也苦苦挣扎修炼三百六十年、方得成今日，那造出人之前因水火不容、金木相克而烧死、暴毙、蒸发的，数不胜数。而今据我看，这狼乃是天狼之裔，只是出生便有不足，需得修炼七百年，方可成形出世。然而此狼只修炼到六百九十年……"魔师讲到这里自己也狐疑不决，"这我一时还没想明白。"

"传说这狼魂出世，救了玥国嫡长子的命呢。二世子插话说，"听说七年前，那小王子九岁时中了巫蛊剧毒，送到昆仑山，连六合长老都束手无策，就放在绝云顶以为没救了。谁知道七日之后竟然活蹦乱跳地下山回了崇吾，带着这只狼。"

叱罕人和中土的玥人一样，围绕着他们的战利品观察、挑逗，带着崇拜和恐惧。可他们没有玥人的自以为是，只把缇昙当作神力神能的化身。然而随着他们一日日的照料和观察——缇昙日日吃喝玩睡，仿似痴傻混沌，毫无灵气。魔师召见了好几次，也说不出个所以然，只能多看一日是一日。直到正月十五那一晚，夜深人静，后帐一个小卒忽然匆匆跑进来和魔师报说，"白狼不见了"，魔师惊然坐起，眼前迷迷糊糊仿佛看见一个深刻的秘密快要被揭开的帷幕。

诸毗原是大玥的北方小城，若无战事几无人烟。缇昙溜出了诸毗，越过一道窄窄的颖水，再往西南五十里，搏兽丘便出现在眼前，和过去一样蔚然不动声色。缇昙来时月已高升，转到小丘正面来，只见获已背着手在那里等候。

四目相对，藏住一刻委屈无言。获走过来，蹲下身子搂住缇昙的颈，像抱着一个随时会消失的婴儿。"你怎么跑出来的？"他知道自己问了，缇昙也没法回答，只有一双眼睛殷勤而焦灼，如两颗宝石镶嵌在暗夜的广袤背景中。正月十五的雪还稀稀疏疏地下，一轮明月却迫不及待地挣脱乌云的帘幕。缇昙照旧弓下身子向左转小半圈，获也紧闭双眼将全数意志放于右臂，霎时狂风飞卷，飞沙离地。

获正屏息凝神之时，忽然想起当日在战场上昏死、一眼看出自己体内水火二气相撞的南方术士居奇。居奇跟着他已有月余，对他的武功亦指点过一二。今夜获临出崇吾，这术士忽然自己跑来，留下一句简短的话。"我想那搏兽丘拔起的树苗，或许正是九道木。"

他没听过九道木，因为有居奇如此一说，今日便更用力拔起那树苗，拔到半截睁开眼、仔细往那地上的裂缝里看去。果不其然，树苗恣自生长之下，地里渐渐露出一个木质的圆形。获赶忙去挖，拍散了土，才看出是一个圆形的大钵。

这大钵虽然是木头做的，可木质坚硬沉重不输金属。获两手环抱着逐渐发热的钵身，低下头目不转睛盯着那钵里暗流涌动，如同一泓水面倒映他与缇昙合而为一的太极气团，又好似比那外部的太极更加强大、以一股旋涡吸引着天上月华的光彩。阴阳弥合、电石火光，从此不再是他与缇昙的一刻。九道木钵仿佛记录了这一瞬，保存了这一瞬的力量，然后在风停的时刻渐渐往平静里恢复，慢慢又变成一只普通的盛水的钵。

可他们都知道九道木钵不普通。获放走了往北去的缇昙，纵使不舍还是得继续让它留在叱罕为质，然后携着钵回到了自己的寝宫。第二天清早居奇又来拜见，作了一番无谓的寒暄，获便把他召进内室，取出了昨夜从搏兽丘得来的木钵。

"果然是九道木！"居奇用手捧着那钵，手指肚小心仔细地轻抚那钵上的木纹。"九道木乃是杀器之王，风火雷电都不及它一劈。"居奇把钵置在一铜台上放定了，自己退后两步，双手二指合拢、默念几声，再使出力时，只见那古树一般粗细的大钵竟然缩小成一只小小的茶杯，拿在手里轻巧玲珑。"大王且莫小看这小小木钵，习得门道，可使之犹如吸盘，纳尽天下强敌于鼓掌之间。九道木钵可吸物、吸人，更可吸纳精气魂灵为己所用，大王得此钵，一人便可天下无敌，哪还用得着禁军三千？"

大玥国新王即位的第一个正月十五，自得九道木钵的那一刻起，获好像忽然开了窍。九道木的奇趣妙不可言，而点他开窍的术士居奇第二日就被封了国师，统领崇吾禁军。叱罕人似乎消停了不少，整月没听到战报，边陲安静得令人毛孔发慌。

——"据说叱罕人过了冬天，就撤回北边去啦。"

——"等冬天过了、雪一停，叱罕人自然回他们的老家去了。"

——"他们不过是嫌北漠的严冬太冷，等开了春便回去放马放羊。"

——"百胜侯怎么近来老没见着了？大王的加冕、先王的葬礼好像都没看见他的影子。"

崇吾城里的议论似乎说得颇有道理，可眼见着正月过了是二月，二月过了是三月，转眼已是四月初，人们期盼的那第一丝吹皱池水、吹散雪花的东南风，就是迟迟不来。雪还一直下、江河上的浮冰纹丝不融。

"臣夜观星象，北方斗、牛二宿……"朝堂之上一群庸碌之辈反反复复说不出什么所以然，获已经听得不胜其烦。这个冬天……也许会很长很长呢，他站在伯牙殿朝南的窗子跟前往外望去。风中微小的雪花飞得凌乱，有的一不小心撞在窗棂，有的落在薄薄的窗纸上，缓慢地融化成一颗精致的水珠。每一片雪花，不管多么苍白弱小，是否都有自己的归宿？他们是否和北风一早达成了协议，带他们去各自朝圣的天堂？

这话朝臣们答不上来，国师术士们也答不了。然而只要雪一日不停，叱罕人就不退，叱罕人只要留在中土，哪怕在诸毗也是令人头痛的威胁。而他的缇昙落在叱罕人手里，还有鼓，他是不会眼见事情败露，逃入深山老林里隐居终老的。获心里感到暗藏的隐忧。可是，假如叱罕人真的退了，就意味着他们要带着缇昙迁回北漠，那他们的月圆之约该如何实现，更甚的是，他亲手把缇昙奉于叱罕，长此以往，缇昙若是恨他怨他，又会变成什么样？他不敢再往下推测。

四月不散的乌云和看不清轮廓的太阳带着他们走到了月中。十五日的搏兽丘，获比以往都早来了，一个人站在山坡下背对着月光。不一会儿一阵有力蹬地声伴着溅起的尘土，缇昙如约而来。获站起身照旧摸摸它的脑袋，它好像比上月瘦了，脊背还是笔挺刚直。缇昙走上来用脸贴着他的左腿，获弯下身拍拍它，忽然听到土地里传来一股极轻微的嘶嘶声，如有蛇滑动。获顿时警觉，低声一句"有蛇"话音还未落，空中飞扑来几只鹞子，忽闪着翅膀在月光下迫近。

"糟了，荻心里暗暗叫苦一声。听那嘶嘶声密而低沉，应该是训练有素的蛇十余只，况且搏兽丘这么多年连飞鸟都很少，哪有忽然无缘无故白白飞来一群鹞子的道理。一定是有人跟踪，而自己只身而来，连一个侍从都没带，可怎么脱身？况且来者不善——他嗅到空气里跃跃欲试的绸缪和埋伏，他们等这一刻，一定等很久了。

不过既已到了搏兽丘这一步，叱罕人倒没有让玥国的新王再等。不出一会儿，地下匍匐行进的声音近了，是十几条如腿粗的蟒，皮色或深紫或深蓝，围住了小小的土丘，空中的鹞子来来回回通风报信，不一会儿一队先锋纵马赶到，距离几丈余停了下来。

叱罕人虽多，却没有急着攻上来夺取二人，想必是还等着后面的援兵。荻的心里飞快地盘算着，要脱身必事不宜迟，对方不过是十几条蟒、几只鹞子、几十匹马和骑兵，他奋力突围尚可一试。缇昙那时还立在山丘顶上不知看个什么，荻已拔起丘顶的九道木苗当作长枪一杆，三步并作两步蹿下山去。山脚的众蟒先盘旋着身子向他袭来，荻手持长枪左右各一挑，挑落为首的一条巨蟒再紧跟着打其七寸。他心知恋战太久无益，便寻着路一步步往山下走，还差两三步时长枪狠狠往地下一撑，身子腾空跃起。

腾空跃起的还有身后的缇昙。它纵深往前飞扑，越过蟒阵、三步并作两步冲在荻的身前。那叱罕骑兵也非等闲之辈，拔剑围上来要将他二人擒拿。一时间刀锋密如雪片，眼看下一刻就要刺破荻的喉咙，时间不偏不倚正子时。林丘喧闹、杀声喊声不绝，而缇昙仍旧居左，荻往右狠狠一挥九道木长枪，俄而太极升起，竟于叱罕人马中化作一个小小保护圈。外面骑兵还要强攻、离得最近的小兵已隐隐感受到一股他们不曾知晓的魔力慢慢沸腾，随着他们心底的不安逐渐升高。

"要活的、不要死的！"同样的一声诏令，叱罕人围攻的中圈还未来得及反应，只听炸雷般一声巨响，从中心冲出一股气浪，向八方迅速推开。滚烫的空气卷起风中的雪花和尘土，风力之大有如重拳。叱罕人一个接一个地被撞，轻则摔倒在地，重则血肉模糊昏死不起，一时哀号遍野。

只是获与缇昙伤敌一千，自损也有七八分，所以趁乱连忙往崇吾狂奔，穿过通着王宫的暗门稍稍停下喘口气，彼此相对才发现伤痕累累。他看缇昙腹部的毛色已被烧得焦黑，背上绽开几道刀痕，一只耳朵滴滴答答滴着血，知道自己也好不到哪里去。好在是回到崇吾了———一个打更的小卒走过来发现他俩，以为是盗贼，惊叫了一声要告诉长官去，获提起他的衣领只说了一句话，"叫国师居奇来。"

当然，来的不只是居奇。太医、药师、文臣武将、母亲哥哥弟弟一众围着谨华宫，然而宫门口的卫士就是死守着不让他们进去，内室只有居奇和他的两个药童。一人、一狼、几个医生术士，偌大的寝宫平静而血腥。"皮外伤该包的包好了，只因大王的任督二脉还未通，五行之气聚于心肝五脏，彼此砥砺消磨而不能内化为一，所以内力损耗极快。偏几日来两场硬仗，逼出许多暴戾之气在大王体内流窜。此时不能立刻动气，只得慢慢自己消解才好。"居奇说完看看一边的缇昙，又说，"缇昙有小伤，但内伤不深，容我稍后理疗便是。"

获躺在平日里自己睡的床上，却像躺在一片碎石子路。不仅后背，他的五脏六腑和脑壳皆如同翻江倒海一般拧碎了，一颗颗地好生扎人。他勉强往外侧过脸，耳朵里还听得见窗外众人压低的脚步和议论之声，即使有心想管也使不出力气。他伸手招呼守卫门口的闵济过来，耳语了两句，闵济出门，不一会儿听着众人应该是渐渐散了。

他把目光从窗口收回内室。缇昙时隔几个月再回到谨华宫，屋子还和以前一样，人事却已大变。它能不能理解新王接班旧王的更迭、会不会怀念那些曾陪伴过它、然后中途离去的人？获目不转睛地盯着还绕着柱子转圈的缇昙，眼前闪过往日的画面。那时他没长大、叱罕人也没打来、季儿秀色可餐地端着点心来看他、而父亲以他为最深的自豪。

"居奇没有什么事，就先告退了，"国师说了一半转头看了看身后的狼，犹豫说，"至于缇昙，要不然我先带它……"

"它就留在这儿。"获打断了他的话，也打断了自己的回忆。

"我就看着它在这儿正说着闵济从门口进来，背着手悄悄靠近，然后眼疾手快，顿时就把缇昙扣进了一只笼子。

"叱罕人如何得知我的行踪尚且成谜，"他沉吟。谨华宫已不是原来的谨华宫，谨华宫里的小继承人也不复是原来温室里的娇嫩花朵。时光的转轮之下，获以可怕的速度在成长，这成长是失去、是获得、是一日比一日眼睛更明、目光更洞彻，是一日比一日变得聪明而狠毒。

"缇昙好不容易回来，怎么又给关起来了呢？"门口一个送饭的小宫女自顾自地嘀咕。做了国师的居奇刚巧走出来听见了宫女的话，一时停下了脚步。等宫女走远了，才低低地给出了回答。

他说，"缇昙也许生了狼的皮毛和牙齿，但获王，获王才是真正的狼。

第二日上朝。

"闵黎，你上来，给大家念来听听。"获展开叱罕使者送来的羊皮纸看了两眼，从鼻子里重重地呼了一口气，合起羊皮递给身旁的卫士。

闵黎接过羊皮纸，心里和底下洗耳恭听的文臣武将一样忐忑。他清了清嗓子开始念：

"天母昆仑神在上，叱罕世子书于玥王：

"我闻前日玥国新君即位，与之同喜，故四月派遣使者、鸟兽至搏兽丘贺喜。不料信息有纸，恰逢玥王行猎，不免稍有误会摩擦，甚以遗憾。今日传书，意在重修两国旧好，及玥王之宠狼原本叱罕为质，而私行逃窜，我亦不愿追究。"

闵黎的声音不缓不急，一个字一个字地往下念。底下的朝臣低头彼此相看，一时还没听明白叱罕人来的信到底是什么意思。

"夫唯四月春暖，我叱罕驯兽不少，而为贺新君即位之喜，特盛邀玥王遣其白狼为使，与我叱罕众兽在符禺山围猎。叱罕蒙天恩，得十二上古神兽，以龙马为首、鸟台鸡居左翼、猴蛇居右翼、虎巡视断后、上则鹬燕旋还、入水则巨鼋翻浪，更有鹰熊合演，令人称奇。

"既得驯此十二兽，我叱罕不敢独乐，必要遣出与大玥天子共赏。围猎不同战场，君与我皆抛弃雄兵，只带五十护卫上山，不为争斗，只为观众兽博弈之乐耳。君之白狼骁勇异常，若勇胜群兽，则叱罕退出中土返回北漠，永不再至。若不能胜，则恐白狼之勇武未能尽数施展，我便隔日领几万叱罕男儿，重回诸毗、冢绥，乃至崇吾，再与获君猎一围。"

闵黎念完最后一个字，脸上没有一丝表情，如同一个冻僵的骷髅。"你们说说，叱罕人这样说了，怎么办？"获坐在高处问。

伯牙殿顿时鸦雀无声，刚刚交头接耳的小声议论没有了，连衣带摩擦袖口、鞋履轻踏地面的声音都听不见。观星的低头锁眉、驯马的漫顾左右，平日里遇到一点小事都振振有词、上引天文下通地理的文官武将，在叱罕人的一纸羊皮面前全噤了声。

"舅舅，您说呢？"他把手肘撑在膝盖上，下巴枕在指尖环视左右，最后目光放在了从小看着他长大，而今依旧位高权重的周彦身上。

"我、我想……"彦被点到，慌忙往前迈了一小步，颤颤巍巍地开口，"叱罕人……五十年前高祖征伐北漠，传说两军对垒、相持不下近三年，到第三年开春从东边吹来一阵大风刮向叱罕大营，他们顿时别说辨别方向，就是连自己身边人都看不清楚，这才自乱阵脚，被高祖一举击溃，从此十几年间远走北漠，再也不敢来骚扰。后来先王定都崇吾，叱罕人眼见着大玥人丁兴旺、五谷丰登，看着眼红，才屡屡秋天进犯，企图也从中分一杯羹。又兼叱罕人天生虎背熊腰、骑马放牧，每每攻势汹涌，必以银钱、土地、奴隶和女人安抚之。然而今日提出要与王之宠狼缇罍一较高下，实乃臣闻所未闻。不过虽然臣孤陋寡闻，却听说缇罍尖牙利齿、飞跑如风，与叱罕猛兽相较……呃……必定也不落下风。而……"国舅爷自顾自讲得入神，若是没人打断，恐怕他再引经据典地讲一个时辰也是可能的。只是获平日里实在听得太多，早已没那些耐心。"那么依你看，是十分有信心把缇罍送去和众兽决斗的了？"他问得直截了当。

"呃……这、这……"彦张开嘴巴喉咙却像打结，说不出一句完整的话来，"想当年太、太祖时代，确是有一些百兽相斗的案例，待老臣翻出典籍仔细阅览，必定详查具奏……"

那一刻荻坐在高高的伯牙殿上，忍不住咧开嘴笑了。舅舅的迂腐和胆小在这一刻赤裸裸地摆在高耸威严的伯牙正殿，傻乎乎的如同一只雪白的肥鹅。而满朝的文武看见大王笑了，也都一个个龇牙咧嘴地嗤嗤笑起来，露出一个个愚蠢而无知的牙齿和舌头。满朝的肥鹅嘲笑着他们之中最大最肥的那一只，好像那丑出得与他们自己无关。

荻的心里早有打算，眼尖的人也许看得出，可是真要把好不容易拿回来的缇昙再送去符禺山做一场凶多吉少的对决，这话究竟是需要一个人先讲出口的。刚巧不偏不倚，荻的母亲却走进了殿堂，众人心知肚明而不敢说的话毫不吝惜地说了出来。她做了一个请求的姿势，"既然国舅这么说，我恳请大王就这么定了吧。我将先王的一副金铜盔甲献上，若时间来得及，兴许还能给狼做一副十全的武装"。

周后说得清淡，遣缇昙上符禺山围猎的事就如此一锤定音。临行前一晚缇昙卧在荻身边好似昏昏睡着，荻翻个身面朝它，手背去蹭蹭它的尾巴。安睡的缇昙在那一刻是那么温顺那么乖，好像回到三五年前的安稳良夜。"你不要埋怨我狠心，"他轻轻诉说，"我只想亲眼看你怎么咬死叱罕人的野兽，亲眼见证你还是从前的忠心的缇昙。"

翌日从崇吾浩浩荡荡往符禺，荻率领亲信和禁军的侍卫亲自上山督战，离山顶尚余三五十里，缇昙忽然接连地高声长啸，随后有力的四肢奔腾起来往山上奔去。它嗫嗫的奔跑短促有力，不多时从山岩缝中蓦地又跃出几只狼，毛色均是深深浅浅的灰色，一只只跟着缇昙奔去。

叱罕人的众兽早已在山顶等待，获看着它们的阵势惊人，一字排开共有十一个，另外还有一只庞然大罴，蜷在山崖之下的沼泽里，等着掉下山崖的食物。"闵黎，你来看看，最左边那个庞然大物是什么？"获回过头去招呼他的侍卫。

闵黎还遥望着，倒是那术士居奇走上来禀报，"是一只熊。中原腹地的长毛黑熊，不知怎的竟然让叱罕人拿去。别看他庞然大物，虽有拔山之力，却反应迟缓，未必是缇昙的对手。倒是与熊作伴合力的那黑鹰，性狠而烈，目视微物，有搜获之精。倘若鹰熊合体，二者取长补短，就难办了"。居奇俯身答说："臣也有一鹰，随臣出入四方，忠心可鉴。不如臣令它去诱那黑鹰，黑鹰一走，熊即孤立无援，必要惨败。"获转身看一眼居奇肩上落着的那白羽黄喙的秃鹰，点头答应。

十二兽各具形态摩拳擦掌，缇昙这一边不慌不忙。九匹狼的阵势分为三股，左右两翼在侧面前突，而缇昙带着另外两只居中，摆出一个坚硬的倒三角。狼群的身子往地上沉，重心悄悄挪后，九双眼睛冒出决杀的冷光，蓄力待发。

且待阵势铺开，叱罕人志得意满，获手心发潮。两军对垒，十二神兽尚在静观，岂料狼群先发制人，右侧的三只狼猛然启动，直插对面最靠边的白虎的肋部。那白虎往前猛地一跃，先腾空三丈余高，再向前扑时伸开两爪冲破空气就是一劈，直冲为首的那一只狼去了。狼亦警觉，虎扑得丈余远，狼群反而往前一蹿，就把白虎留在身后了。白虎第一扑是铆足全力、势大力沉，势必要一击必杀的，而收尾却是短板，等它刹住步子，再要转身的时候，三只狼已将它团团围住，一时如三弩齐发，对着喉咙、小腹和脚踝狠狠下口，虎当场躺倒在血泊里，虽还有挣扎之心却已无反扑之力。

然而虎尚未了结，一条细长的毒蟒已嘶嘶顺着地面袭来，接近狼群时上半截忽然蹿起，直咬住一只狼的后背。狼狠命跳起却甩不掉那蟒，举头还有一对燕鹱凌空俯冲。三只狼只得不断旋转躲避，而蟒的晃动扑咬何其灵活，一时竟没有一只狼能靠近它，更别说伤它一分一毫。

右面诸兽还在焦灼，左翼三只狼也已出击。果然它们先奔那黑熊而去，熊竖项、毛发微张，两只健硕的手臂朝狼群抢过去，第一扑没有扑到，站定了还要扑第二次，三只狼已有两只跳起直冲熊的腰腹。黑熊虽高大，却不能前屈，也不能后仰，迟迟挪不开脚步，竟在夹击之下轰然倒下。

幸亏那时猴子从树上牵着一根藤已飞至，两爪顺势从耳前钻出，迎面抓花一只狼的面孔，留下四条殷殷的血痕。猴子灵巧纵跃，比猴子聪明的还有鸡。抖翎之威倒不足挂齿，可那鸡一会儿起足跟之劲上升，一会儿又收天顶之气下降，唯是它左右蹦跳，看似轻巧，暗中却如细针划水，伤人皮下三寸不止，狼初被划伤还不觉，仍旧左冲右突上下翻腾，却不知已将伤口撕裂，愈动便愈开裂，愈急就愈止不住鲜血横流。

十二兽同狼群苦苦僵持，相互厮咬到命绝者有之，彼此挟持着掉下山崖者更不在少数。战到第七日入夜，一轮圆月悄然背衬着符禺山的尘埃和飞雪，露出了一丝悠长而隐忍的光。十五日、十五日，终于等来这一天这一夜，狼群已消耗殆尽，叱罕的十二神兽也只剩下龙、马，虽和缇昙一样伤痕累累却谁也不退步。

重伤之下的片刻稍息，是它们给对方最后的喘息机会。

漆黑的夜色中，咆哮的凛风里，从远处传来一阵嗒嗒的鼓点。那鼓点不是一个，而是一群成千上万的踏在土地上的声音，一个越过一个，后面掩盖前面。

那是千军万马呼啸而来的声音。

缇昙立在山崖边，登时立直了身子，支起耳朵去听——获的心里顿时"噔"一声如砸重锤，他已知道大事不妙。

可是符禺山上，只有他和他的五十禁卫将士。获听着耳边愈来愈近的马蹄，迅速从自己的席位上站起身，拉过自己的马，翻身而上。

他谨慎地勒着缰绳，原地打了个转，探视四周。另一边的叱罕人几乎和他一样惊慌，也纷纷翘首往远处张望，窃窃私语。

"看叱罕人的样子，不像是他们使诈。"闵济在获耳边说道。

获犹豫着摇摇头，嘴角浮起一丝会意的冷笑。"不像是叱罕人使诈，但也不是我们的人。是我那百战百胜的叔叔来了。"

自己一直以来的忧心和恐惧，终于来了。等待比失去更加磨人，一切终于来到要见分晓的时刻，获从心底里竟生出丝丝的兴奋。果然，隆隆的马蹄声愈来愈接近符禺山下，他已经能看见骑马奔在第一个、骁勇善战、从未在战场上吃过亏的叔叔。

鼓，他的叔叔、他习武的启蒙导师、他王位的觊觎者。鼓带着北漠的八千守军迢迢奔袭而来，而他只有区区五十人。以他的五十人，再加上缇昙之力，拼出一条血路，有没有可能？获低头看看受伤的缇昙、自己身后战战兢兢的小兵，知道自己这回完了。

他彻底完了。

意识到这一点的获，反而升起一种接近命运尽头的快感来。原来如此，他戏谑地自言自语，原来自己是这样死的。快哉快哉！

相比自己的祖父、父亲，自己有一种最不窝囊的死法，难道不是一件畅快淋漓的事？

"将士们，听我的令！今天我们上符禺山来，中了埋伏，是天要亡我，不是我们自己的过失。现在我们要做的最后一件事，就是拿出勇气来，要么懦弱地惨死，要么骄傲地战死！"

他的士兵们一个个抬起头来，一双双恐惧的眼睛缓慢地清亮起来。

鼓的大军此时已至山脚下，却按兵不动。以浩浩大军对付区区几十人，他知道太不合算，于是只派出了一支两百人的轻骑兵，狂风一般奔袭上山。

获将他的手下分为十人一组，各自交代好命令。鼓的骑兵刚到山顶前的最后一个拐弯处，忽地从两边灌木丛中放出一阵乱箭，接着两支人马从后方杀出，骑兵转身太慢，被杀个措手不及。

获的士兵手持圆月弯刀，专砍对方马的小腿和前蹄，骑兵被绊、被砍，跌下马来摔死、被他人的马砸死的，不计其数，仅剩的几匹马眼见势头不妙，连忙飞奔下山，一路上血光满地，尸首横斜。

一场恶战下来，获清点人数，发现五十人中，还剩三十一人。

第二波如洪水般冲向符禺山顶的，是鼓的一千步兵，两侧各带着五十骑兵。

"要是我，我也会这么做的，"获咧嘴轻笑，转而看了看自己身边的缇昙。他的狼仍旧在与叱罕的龙、马周旋，三方都已如困兽犹斗，精疲力竭。

叱罕人勒马等待，龙、马二兽跃跃欲试，而鼓的第二波大军已经近在咫尺——

缇昙似乎等不下去了。它抬起头来，让获最后拨一拨它润重的华发，然后独自跃上符禺山最高的峰顶，抬起前腿一声长啸，一时银光满布，天地如凝。七年前的昆仑山绝云顶，四星绕月，金、木、水、火四方之气汇于中央之土，造就了今日的它和他们；七年以后，缇昙用出生时一样的长啸，再次呼唤东之苍龙、西之白虎、南之朱雀和北之玄武四宿，一时生灵浮摇晃动于混沌之中，人兽皆迷，分不清左右东西。

就是这五蕴混沌的一刻，获一个跨步，骑在缇昙身上，高高跃起，冲向鼓浩浩荡荡的大军。身后的神龙与骏马霎时也从迷茫中清醒过来，连忙扑向缇昙，可那时的狼与获已融为一体，谁也赶不上他们如电如光的速度。

那一刻，符禺山上风云变幻，土石飞走，鼓的队列严密整齐、严阵以待。就在获接近他们的那一刻——缇昙忽然四脚腾空，带着获一同飞起，接着忽然展开四肢，调动起风中弥散的五行之力伸展蔓延，符禺山上的浩荡数千人尽数被它用力一揽，揽向苍穹的顶点，然后急转直下，跟着它一起坠下山崖。

"缇昙、缇昙……这样我们都得死！"获大叫，他们一同朝着那无底的深渊极速地往下坠，死亡只是一眨眼的距离——然而说时迟那时快，当土地已在眼前，呼吸凝滞在嗓尖——缇昙忽然仰起头、毛发张开、长吼一声，从脖颈往下剖开一条裂缝，在落地前的一刻将自己的心魂托起，用最后的力气奋力往上一掷。

一股巨大的冲击扑向获的心口，如同一股气流洞穿了他的心窍。这气流带着他飞升、飞升，愈来愈远离山脚下即将燃起的地狱之火。

"不、不不、你回来——"获徒然地伸出一只手拼命向前抓着，可他极速后退的眼瞳里，只映出符禺山下轰然的爆炸。

神龙骏马接连扑地、数千士兵撞向山石，最后一只白狼坠地，顷刻如成千上万的碎石同时爆炸，从山谷窜起一股熊熊烈火，转眼就烧得火光满目，直冲云天。原本沉寂的暗夜也被这火势带起，顿时烧红了半边的浮云。

获"哇"地大吐一口鲜血，放声号啕大哭。缇曼死了，他觉得自己也死了一遍。缇曼转身剖开自己的心胸，将整颗心悠悠地浮起、交与他的那一刻，他才看清那一双和自己一模一样的狼的眼睛，他们眼里倒映的只有彼此——

他不该怀疑缇曼，不该让他上山独战群兽。到这一刻缇曼已死，形神俱碎，他才发觉自己五脏六腑都揉碎了一般生生地疼。缇曼死了，清清白白地，把全部的智慧、能量和记忆完完整整地交给了他这个并不称职的朋友，可他宁愿不要。他宁愿不要这完整的灵魂。

"缇曼应是女娲娘娘当日汇聚五行造人之时，一同出生的天狼魂下世。可狼魂先天不足，需得于会稽苍玉之林中修炼七百年方可出世。今我观之，缇曼是修炼了六百九十年便出生，差了十年，又将人身献与大王，自己只得狼形。大王而今已得其全魂，不可不留意这最后十年的修炼从何处取得，方能得造物主所赐的形神之精髓，到那时功力自不可限量"居奇在临去符禺时说的一番话而今翻上他的心头，十年……他在意识里默默念了一遍，就好像缇曼还在他面前似的，我去哪里寻那属于你的十年呢？

继续下落。获只觉得浑身轻飘飘，身旁的风鼓起巨大的呼啸，好像时间的旋涡。

二月的雪薄如絮，三月飞雪如泪珠纷纷，五月天长而雪静，十月雪卷西风、吹不散头顶苍天的阴霾。他已经记不得是什么时候开始下的雪。从眼前晃过的每一刻，都好像如符禺山上最后的一刻那样短，来不及反应，世界就已经换了模样。

时间翻回七年前的昆仑山，绝云顶上重生的那一刻，重获新生的异常和神奇都无法让他兴奋起来，他看着脑海里回忆中刚刚出生的小狼仔，忽然从心中生出一种厌倦。

厌倦？他仔细琢磨着这两个字的滋味，顿时对这个词汇生出一阵陌生和好笑。他原本就是一只狼，谈不上对人世的厌倦。可是那一刻，大玥国英俊孔武的继承人忽然对于他的国失去了热情：他的子民如蚂蚁，殿宇如石窟，保卫王冠的战争和权谋如一场空虚的海啸，而钦定他继位为王的天地神祇，也不过一阵无来无往的暴风，看起来威力卓著，其实又有谁知道、有谁看见，又可曾为谁停留过？他做了王，季儿就陪了葬，击退了叱罕人，缇昙就死了。他曾以为自己的命运属于大玥、属于他与生俱来的尊贵地位，现在才发觉从九岁以后，还不如就做一只山林间无拘无碍的狼，这才是他最真实的命运。

无聊透了，这一切都无聊透了。伴随着最后一个念头，荻站在山崖边上，沉沉地垂下眼皮，纵身一跃，消失在峡谷的迷雾之中。

第十章　埠丰别传

有些事情，最好是直接从我口中说出来，才能说得明白。

我与北沐瑶的第一次见面，她肯定不记得。那时她刚刚出生，确切地说是出生之后的第五天，她父亲第一次将她抱来给我看。一个很小的婴儿，带着初生的欣喜和无知，像一个圆圆的肉球。当时站在我旁边的林逸端详了片刻，开口说北沐瑶继承了她母亲的机灵和美貌，不是恭维就是自我安慰。

林逸是林樨的长兄。他们是天狐族一支，刚刚成为南边青丘的新盟主。我们之前似乎见过几面，但是没有说过几句话。

于是我向他微微作揖，"我很抱歉。"我对他说。

我们此程并不是来看北沐瑶的，我们是来参加林樨的葬礼。林樨嫁给北埠凝之后的第三年，死于为他生下第一个孩子。

林逸点点头，表示心领了我的致意。"谢谢你，"他转头看看自己亲妹妹的棺木，"我知道你也一样伤心。"

"当然。大嫂很受六合族人的尊敬，这是我们所有人的损失——"

"我知道你也爱她林逸抢过我的话，生硬地冒出一句突兀的话。突兀，但确实是真话。他目送着林樨的棺木被六个少年抬走、送去昆仑山顶的墓穴，"如果她嫁的人是你，或许就不会有这么一天。或许你不会在她生产的那一刻还躲在齐物轩里研究六合剑谱；或许她会在她的丈夫心里有一席之地。"

如果她选择的人是我，她一定不会有这么一天。我在心里说，我一定会拼尽全力保护她，她将会是我的全部。

林逸的那番话，为林樨悲剧的一生盖棺定了论。好在在她死去的那一天，北沐瑶来到了世上。这是那一天唯一的安慰。

然而天母把昆仑山给了哥哥，而我却成了一个扫花侍童，于是我无缘看着北沐瑶一天天长大，只是偶尔路过去拜访埠凝时，顺便瞧她一眼。北沐瑶长到十一二岁的时候，长得越来越像她的母亲。

所有人都说，天狐族的女人是世上最美丽的女人，就连六合人见了都要心生嫉妒。在继承的血统这一点上，没有人比北沐瑶更得天独厚。她继承了林樨亮而大的眼睛、小巧的鼻子和嘴唇，甚至连身段神态，都和她母亲越来越像，几乎要变成两个重合的背影。

最糟糕的是，林樨难产而亡，唯独把她那一根筋的傻气留给了北沐瑶。相传天狐一族感情专一，认准一个人就一生一世不肯改变，不知道林樨死去的一刻，是否心底也会有一点后悔？

"丰叔，为什么人人都有母亲，就我没有？父亲说我是他在影川上掉了一缕头发，隔天从水里浮起来、被他捡回去的，真有这回事？"北沐瑶长大了，开始怀疑一直以来北埠凝为她编织的谎言，然而每个人都有秘密，就像我的双身——两种相貌、两个名字、两个完全不一样的人，就连北埠凝也从未见过，直到他临死的那一天。

可我不是一个爱戳穿别人的小人。于是面对沐瑶，我只有严肃地报以答话，"你父亲说的没错，但如果你确实有个母亲的话，那她肯定是天底下最美的女人"。

她是林檩唯一的女儿。我对她当然是真心实意的好，她那个只知道练功的亲爹恐怕都没有我这样的心。昆仑山上仙风蕴逸，她出落得像一朵天真纯粹的芙蓉花。

怪不得妙行灵草在她的体内存活生长得这样好，我甚至都后悔将灵草交给她交得晚了，她们根本是天生的绝配。

北沐瑶样样皆好，唯独有一点是败笔：她的武功，我怎么看，都觉得太像她父亲。我在昆仑山的芦苇丛中，看过她持着一把细如银针的六合剑，轻盈随风，不像习武，反倒像是在读书绘画，和北埠凝的致命弱点一样，缺少一味狠毒。

不毒的武功，怎么杀人？

这是这些乖小孩习武的通病：他们从小学的是漂亮、体面、高尚的武功，但是高尚并不能让人活命。看看她父亲就知道了。

当年天母要我们兄弟两个在昆仑山和做她的侍童之间选择，北埠凝不出所料选择了昆仑山。后来又一次天母寿辰日他回来，告诉我说，"昆仑山上风调雨顺，人心仁厚不争，是世间极洁净、极纯粹的一块圣地。"

我听了，没有忍心回答。北埠凝的迂腐令人作呕，要知道，我在天母宫中也窥得了一个秘密，但当时我没有启齿，我想，也许应该让他再心满意足一阵子，尽管真相总是那么不堪入目。

但谁知那竟是我们之间最后一次正式的"见面"从那以后我喝了圣水从天母宫中出走、立青庐观炼丹修法，再到稻谷峰上再相遇，到他临死，我到底没找到机会告诉他。以至于他咽气的那一刻我甚至有点懊恼，我冲上去扶着他的头，真想把一句话从他的耳朵灌进去。

昆仑山，不是那么洁净和纯粹。可是或许像北埠凝这样一个聪明人，他早已洞彻了其中的奥秘？那他临死之前……是否告诉了他唯一的女儿？

"丰叔，我要下山。"几个月前，我在北埠凝不幸丧命之后首次返回昆仑山，在他的碑前吊唁一番，问了问他死时的境况。而我问到末了，北沐瑶忽然话锋一转，提出要离开昆仑一段日子。

"为什么？"

"我……有一件重要的事，需要我去做。"北沐瑶嗫嚅，"非得我去不可。"

呵，必然是因为那个小子的缘故了——他叫什么名字来着？我不在昆仑山的时光里，她喜欢上了那个陪她练剑、不知名的毛头小子。可是人家忙着自己的事没空管她，她还是这么死心塌地地念着他、帮着他。

这是这些贵族小孩的另一个通病：自作多情。

啊，我想起来了。岳凌飞——他叫岳凌飞，一个锋芒毕露的名字。岳凌飞也未必是什么好人，我看他上昆仑山、接近北沐瑶，必定是为了妙行灵草、为了以灵草为引，取地宫的五行真气。然而北沐瑶与妙行灵草合为一体，我以为她会不顾一切地跟着他下山去，那小子却又故作姿态地阻止她。

然而到底北沐瑶是我的乖侄，到最后等了没有几个月，还是生磨硬泡要下山去。

"你要往哪里去？"于是我问沐瑶。

"我下了山要往东去中土……中土的五行地宫。"

"你想好了？是那小子先抛弃了你、自己要往中土去，你还是要帮他？"

北沐瑶沉重地点一点头，然后回答我说，"我想好了。我是恨他，曾经是。他是我人生中唯一一个拒绝了我的人，我当然有理由痛恨他。可是一旦他真的走了，我再想他临别时所说的话，反而又觉得他做的是对的。"

天真的姑娘。"他离开你是对的？"

"他说他是人族的最后一个孤儿，他有光复人族的使命，而我一个六合仙女无法理解这么沉重的想法。我的确有不能理解的地方——到现在我依然认为昆仑山是他最好的选择，他可以无忧无虑、他可以拥有一切，可如果他决定这些不是自己想要的，那他当然有权利选择自己要走的路。"

"就算他要走的路不是和你一起？"

北沐瑶摇头。"他以为我不能理解他，可是……我也会慢慢改变。我想通了，他选择了自己的使命，我就选择陪他一起、风里雨里，需要的时候助他一臂之力，不需要的时候就在旁边陪伴他。况且——"北沐瑶说着低下头，看了看自己尚且平坦的小腹，"我现在已经不是一个人。我想这个尚未出世的宝宝，也想每天都感受到父亲的存在吧。"

这是一个让人怎么也意想不到的拐点——她竟然有身孕了，我的小林樨！虽然现在她看起来还是原来的那个北沐瑶，可那肚子会越来越明显，就像一头笨拙的大象。我想是因为我从源头上排斥这件事——一个不再纯粹无瑕的北沐瑶。她曾经是那么一个冰清玉洁的姑娘，而现在，一个孩子，将要变成一个妇人，和当初的林樨走上一模一样的路。

对于这一切，我只感到一种由衷的恶心和遗憾。

当然，这一切都不足以使我改变计划。"那你可知道去地宫的路？"于是我佯装好奇地问她，"地宫离这儿有多远？"

沐瑶惭愧地低下头，轻轻摇一摇。"我不知道，"她淡淡伤心，"只知道在中土，还有父亲留给我的一张地图，只好碰运气找一找。"

"这地宫我也听说过，"于是我回答她，"你把地图给我看一眼。"我说完这句话，目不转睛地盯着她的面孔和表情，没有放过一丝一毫的神态和动作。

聪明的姑娘。"喏，在这里，"她没露出片刻的犹豫和怀疑，径直把怀中的地图展开，递到我面前。

"喏，丰叔可以带你去地宫，"我两只眼睛一扫，立刻把图中的路线方位记得清清楚楚。于是用一种商量的口吻告诉我的侄女，"不过……"

"您真的能带我下山？"北沐瑶惊喜地抬高了声音，"不过什么？"

愚蠢的姑娘。你已是妙行灵草，不需要任何一个人"带你"了。尽管如此，我仍旧告诉她，"不过地宫险恶，我已受了你父亲的重托保你周全，你得跟我寸步不离，不然万一出了什么岔子，我没法向六合族人交代。"

北沐瑶自然点头答应。

去地宫的路途漫长遥远，我却走得很是愉快，每一步都在逼近那个终极的答案。我们经过了崇吾——没错，就是那座曾经名震天下、然后一夜之间枯萎的死城。我们登上断裂的城墙站在高处往下俯瞰，一片比匕首更残酷更不堪的景象，蠕虫般痛苦扭动的活死人，构成一幅奇异瑰丽的、梦幻般的伟大场景。

我想伏帝与蜗母创世界之初的景象，大概也就不过如此。传说他们先造出仙界的六族，六合人守护众生、烈羽族展翅撑天、麒麟护卫大地、龙族镇守四海、天狐天狼观复日月，各司其职。后来大地生机勃发，又生出战界的阿修罗，各成一部瓜分世界。除了高大好斗的阿修罗，又将牲畜、鸟虫归入旁生道；至于再往下的饿鬼、地狱则恐怖异常，生生世世不得生也不得死。

造出了五界，伏帝和蜗母还不满意，于是最后才有了人——据说人族有一点仙界的灵根、一点战界的热血、一点野兽的生猛，还混入了一点饿鬼和地狱两道的贪与邪，伏帝对人类一族并不欣赏，唯独蜗母却很是满意，还把中土的大片土地赐给了人。

可是人类还没在这世界里站稳脚跟，就速速地自取灭亡。按说他们曾经有机会，当年大玥的王储和六合人的公主订下婚约，原本是他们接近仙界的一条通路。可是几年之内大玥的一切急转直下，到三百年后的今天，麒麟族被贬出仙界永无归路，而浩浩人族就剩下一个岳凌飞。

就快接近地宫的时候，我们果然遇到了岳凌飞。不止他一个人，还有一个通身白袍、瘦得成精的年轻人，我们发现他们的时候，这两个人倒在烈日炎炎之下，手脚冰凉。

北沐瑶连忙扑上去眼泪涟涟，我先看了看那个白衣人的伤，确实伤得不轻。不过足以让他撑到五星连珠那一天，他一时半刻还死不了。

至于岳凌飞，他的伤就更奇怪些。好像有两三年左右的旧伤、有两三天左右的新伤，还有前一刻刚刚发作的中毒反应。

他们来地宫这一路都去了哪里？我呲摸着嘴想，若是我身上没伤，能否抵挡住他们这一路遇见的艰难险恶？

这还真不好说。几年前我从鹿台山下经过，一不小心遭遇了伏击：那是我人生中最耻辱的篇章。鹿台山间湿气繁重，两个青少年佯装问路，紧接着竟出其不意使出阴阳大法。

当年我看了蜗母绝书、喝了蜗母宫中的圣水自立青庐观，又以腹中的圣水并人间七十二珍禽内丹，苦苦炼制四十九个昼夜炼出七颗丹药，服下三颗，方修得阴阳大法，天上人间除我之外无人能比。谁知那两个青年人竟然也合力使出阴阳大法，我当下便心知是两百多年前破我青庐观的那两个臭小子。

他们不仅破了青庐观，还偷走我藏在那里的两颗丹药，迫不及待地学起我的阴阳大法。当然我还有两颗，谁也不会知道我把她们藏在哪里。

只有两颗丹药的阴阳大法勉强而赢弱，可是他们有两人，又攻我不备，我霎时被击中颅顶，被阴间的饿鬼啄食，啄去五脏之三。

我失去了心、肝、肾，又吞了一颗丹药，可还是要待以数年才能重新将五脏长全。五脏不全者，只能用外力，用不出内力。恐怕十年之内，是回不去那个功高盖世、大杀四方的北埠丰了。

接下来的每一天，都是我恨恨地算着日子度过。可是这个叫岳凌飞的小子的出现似乎让我看见了机会：北沐瑶中意他，也许借他的手取五行之力，比自己亲自取还来得更加合算。

也就是说，他现在还不能死。

我蹲下身仔细端详了他一番。岳凌飞的双目紧闭，手掌心一团黑斑，顺着经脉灌入手臂，看得出是蛇毒。除了蛇毒之外，他的气息紊乱，吐纳微弱，神意涣散，几乎和被阴阳大法摄魂之后的症状一模一样。

可是世上除了我，还有谁会用阴阳大法呢？

远处有风声和脚步声。我霎时回头，只见走来一男一女两个人。其中走得稍稍靠前的那个人——那个黑衫黑袍的男的——就是他！我一直记着他那双上挑的眼睛和像纸一般薄的嘴唇。

还有那一对不可一世、充满了戾气的眉毛，令人讨厌。我攥紧了拳头，在心里默默设想着捏断他脖子那一刻的场面，然后站起身来，慈祥有礼地迎接了他们。

从远处走来的女人似乎求得了一种解药，急忙给岳凌飞和那白衣人服下，眼睛忽闪着，一会儿偷瞄一会儿躲避。

她也喜欢那小子。这个女人身段纤细有致，凤眼樱唇，看不出年纪，但处处透着聪明伶俐，不像北沐瑶那样涉世未深。

他的艳福不浅。

后来的岳凌飞与北沐瑶相互猜心、你也不说我也不说，这些小儿女过家家的那一套我实在懒得回忆。不过他最后照旧丢下她，跟那三个人一块往地宫去了。

但岳凌飞显然勇猛有余，脑力不足。他把沐瑶留在织禁山，却正好把她留给我让我带着她下地宫，等他们前边的路探好了，两败俱伤了，我们再跟在后面穿越五殿，坐享其成。

当然，北埠丰不是一个坐享其成的人——我最讨厌占人便宜。要不是当初青庐观被偷袭、我藏匿其中的功力损耗了大半，我才不需要这么一群娃娃替我开路。我一只手先把他们都砍了，然后再对付地宫里的阿修罗兽都绰绰有余。

于是我隔了两日，在沐瑶的苦苦央求之下——地宫危险重重，丰叔真的很不愿意下去，好吧、就当陪你——随她也到达了地宫门口。五星连珠之夜来临的时候，我们就跟在那四个人身后，只相隔了半个时辰。

"我们就离他们远远的，跟在后面，"我向北沐瑶建议，"青腠、丹腠只能指引方向，唯有你的妙行灵力能在暗中帮助引导着他们走过一重一重关卡。但是你一出现，大家还要分心、行动更慢。你放心，有丰叔一个人保护你足够了。"

北沐瑶对我言听计从。

当初那黑熊尔朱死也不肯告诉我地宫的位置，可青熊族不过是阿修罗，尔朱自以为身负重责要守住地宫的入口，却想不到有仙界的六族在上，中土地宫的机密，怎么可能会交给一个战界的阿修罗兽？真正的秘密是妙行灵草，尔朱并不知道，而她不肯告诉我的一切，妙行灵草都会一五一十地向我展开。

啊，对了，还有一件事我忘记说了。地宫不是那么好走，尤其走到太极殿，左右太极门机关重重，而那一群蠢蛋毫无预警，我尽量不让他们死得太难堪。

第十一章　地宫五行

第一回　太极之隐矣，不辨东西

夜是一片漆黑无垠的幕布，而今夜，有六双眼睛齐齐盯着它的黑色，等待他们所期待已久的一刻。

"快看！"北沐瑶第一个指向东边，只见一颗暖红橘色的星正冉冉升起，周围绕着几颗小星，主星打头，其余如尾状跟随，十分壮观。

同时，从西边地平线也蹿上一颗发白的星星，纯澈的白色光芒与东方的暖橘遥遥相对，交互上升。

而在北方，也有一颗个头极小，却是无比明亮的淡蓝色星，悬挂在半高的位置，看似不动，实则正斜方向往头顶攀升。紧接着，由南方的地平线上跳起一团火，火势猛烈，呼啸着直奔天庭而去。

四颗星各自出现，都奔着头顶升高，有慢有快，两个时辰过去，都升到苍穹的至高之处，四种光芒彼此照耀、彼此调和，奇异景象妙不可言。

"第五颗星呢？"茹青仰着头问。

"别急，离子时还有半个时辰。"冷火冷静地回答。

果然，离子时不到一刻的时候，原本平静漆黑的天之幕布，忽然之间如同幕后兴起了风浪，一时间如风云骤变，波涛汹涌起来。而在那汹涌幕布的最核心处，如同无中生有般，渐渐明亮起来。

一颗淡黄色的星，越来越亮，越来越大，带着一圈瑰丽闪耀的星环，出现在他们的眼前。

最大的这颗星一出，东南西北的四颗星便如百鸟朝凤，都向那天空中央飞去。"快了、快了，"岳凌飞盯着头顶，伸出左手，与冷火相握，北埠丰与北沐瑶、茹青、淳于紧随其后，嗖嗖地登风往五星的正下方而去。

五星连珠投射下耀眼的光芒，光芒之中是一方安静的湖，湖心一个小岛，岳凌飞登上小岛，只见中央有两颗青白色的石头。

天上的五颗星星，一同高悬着，衬着漆黑的夜，逐渐铺排开来，就快要连成一条线。岛中心一棵幼嫩的树苗，被两颗灵石夹在中间。北沐瑶刚至湖心岛，那两颗石头便忽然微微摆动，彼此碰撞出丁丁的响声，接着就在五星连珠的一刻，两颗灵石渐渐分开，树苗迅速地长大变粗，它繁密的根茎带出地下的碎土石块，而树根的中心渐渐裂开，形成一个两尺宽的洞口。

"入口开了。"

十三岁起萌生的念想，十六岁得知的真相，十七岁立下的志愿，到此时此刻，终于裂开一条通向终点的路。

"等着我。"岳凌飞回头看一眼北沐瑶，留下最后一句话，接着毫不犹豫地、第一个跳进了地宫的入口。

点亮第一支火把时，眼前的地面逐渐开阔起来。

深重的青色又有点带褐的底色，由一块块石头垒起成凹凸不平的地。岳凌飞将手中的火把举高，四下寻看，只见四周皆空阔无边，无一梁一柱。

"你看这儿——"身后冷火将火把放低，引得其他三人都看向他脚边的地上。

地上一道浅沟，似乎内有一泓水流，却寂静无声。岳凌飞见那浅沟内莹莹飘动，蹲下身来用手轻轻试探，惊觉一阵冰凉的气流。

"这流的不是水，是气！"岳凌飞忙道，"而且冰冷，先别去碰它。"话音未落，只听身后猛地一声，好像两扇门同时关上的声响。

"这里哪里有门？好像我们右边有声音。"淳于说道。

"去看看。"冷火持着火把，带头第一个往右方深处一步一步探去。岳凌飞跟在他身后刚抬起脚步，忽地只听耳边响起啜啜的声响，好像是人压低的悄语，连忙回头寻着声音的方向望。

"怎么了？"茹青问他。

"你们刚刚在说话吗？"岳凌飞悄声问。

茹青和淳于对视一眼，都摇摇头。

"这里有人，"于是岳凌飞低声说道，"我听见了。"

"我也觉得，那门后一定有人。"淳于说道。

"不是，就是我们这里，"岳凌飞说完停下片刻再侧耳细听，刚才的人声却听不见了。他狐疑地犹豫片刻，然后说道，"我也说不清，但我觉得我刚刚听到别人说话了。"

"你们快来！"不远处先行探路的冷火的高声传来，这边三人连忙依次跟去，走了二三十步，忽然看到一点光亮，从头顶照来。

"原来是一处天井。"冷火说着，再往前走，就好像进入了一座圣坛，地为圆，宽不过十丈，围墙却垒砌得高耸望不见头，四周壁垒森严，没有一丝缝隙。

而在天井的正中，是一尺见方的石砖，砖上灰土满满，砖下似乎压着一个圆形的印记。

"这里有人来过，"茹青审视着围墙，转而又看看石砖上落得厚厚的灰，"虽然那石头上和地上都落了一层灰，围墙上却有手抓和攀岩的痕迹。你看——一定是轻功绝顶之人，顺着这天井的围墙往上去了。"

"——那石砖上落的灰，也不是经年累积。你看那灰看起来厚重，其实颇不均匀，左边厚，右边轻，显然是人为洒上去的。"

茹青说得句句在理，淳于于是最先伸手抹了一把石砖上的灰，空中点点银片浮动。岳凌飞望望空中再望着天井中央的那块石头，心里只觉一阵激荡不安，好像一种难以预料的谜团正在迫近，可是身边的另三个人却毫无察觉。

于是他再往前走一步，右手已握紧了腰间的妙北剑。

"天呀，看！"茹青忽地小声惊呼，紧接着那面前的石砖似乎微微发亮，一双圆眼漂浮在上方眨了一眨，显现出来。

众人盯着那一双凭空出现的眼睛，正自惊愕，那眼睛周围渐渐显出一张猴王的脸，接着是猴身，然后才是猴屁股和尾巴。那猴子的身子小而灵巧，毛色金黄，金发白脸，只有眼珠极大，几乎占满整个眼眶。

"这应该就是猴王填星。"茹青用极细极低的声音向岳凌飞耳语。

"谁在说我？"猴王抓抓自己脸上的毛，纵身一跃，出现在石砖上，随身所带的气息将周围的灰土一扫而空。

四人见猴王现身，不由得纷纷退后一步，气氛稍许紧张。猴王在石砖上坐稳了，眨眨眼睛看着对面几人，却什么都没看见似的，仍旧自顾自地摆弄着自己的头毛。

岳凌飞把那猴王端详片刻，忽然心内一动，上前拱手抱拳说道，"猴王是否四年前到过鹿台山下的一片冷杉树林？"

猴王停下手中动作，转而目不转睛地望着岳凌飞。"哈哈，是你。"填星接着两声长笑，"冷杉树林里的小孩是你。几天不见，你已经长这么大了。"

"地宫一日，世上一年，猴王的几日不见，我那里已过了四五年的光阴了。"岳凌飞朗然答道。

"冷杉林一别，你今日是来找我的？你怎么找到我的？"猴王又问。

"因为今夜……今夜五星连珠。不过我们入地宫，不是来惊扰您，是来寻找我的母亲和同族。"

"你母亲？你母亲是谁？"填星匪夷所思。

"我的母亲……是蓬莱洲的龙女。"

"嚯，了不得。"猴王忽然抬高声音，"你的母亲是蓬莱洲的龙女，那你可知你的父亲又是谁？"

岳凌飞低声答说："我没见过自己的父亲。"

填星停顿半刻，似乎在思考，接着郑重地说："你这个中土之王的独子，也真倒霉。"

什么意思？岳凌飞一愣。

"你没见过的父亲鼓、中土的最后一个王，要是没有他，兴许也就没有后来的事，龙女不会成为你的母亲，也没有人此刻站在我的太极殿里，愣头愣脑地来送死。"

这边的四人彼此交换个眼神。

"我不明白您为什么这么说，"岳凌飞答道，"可我寻地宫寻了好几年，此番不见到母亲，我是不会走的。"

天井里片刻之间，鸦雀无声。冷火听完填星的话，神色不由得蓦地一震，面上顿时蒙上一层石灰似的僵硬。他薄薄的嘴唇发出轻微的冷战，手心不知不觉攥成一个紧紧的拳头。

然而下一刻，他放松了自己的手心，声音恢复了平静。"没错，"他往前一步站出来说道，"不救出龙女和凌飞的同族，我们是不会走的。"

"这话又奇了，你上这里来找你的同族？这儿能有你的同族吗？"

岳凌飞朗声答道，"中土人族生灵涂炭，只有地宫里的五行灵力才能救他们。他们都是无辜的平民百姓，为何要遭此等大罪？"

填星一撇嘴。"你懂什么，"他盘腿蹲在石砖上，扭头望着别处，"伏帝老头都没办法的事，你能奈何。

"伏帝……试过令人族重生？"

"天上地下数得出来的大神大仙都试过啦，可你知道，中土的人族丧失智灵，可不是一朝一夕的小事。那五毒咒何等厉害，流向中土，第一个先侵袭人族的智灵，可五毒咒不止要加害于人，更泛滥四方，六界的无数生灵都要遭殃，唯有把被五毒啃噬的人族智灵永镇地宫，才能保世间六道万物的安全。从此中土之人丧失了智灵，才一个个无智无心，不生不死。"

原来如此。地宫之中不仅藏着不知名的灵力，还镇压着致命的五毒。"那请问猴王，这五毒咒究竟是哪五种毒？"

猴王一笑，"贪、嗔、痴、慢、疑。"

原以为五毒是五种毒药，不想竟是贪、嗔、痴、慢、疑。这也难怪，毒药再毒，如何能瞬间传遍中土、侵入骨髓，又经久不褪？最致命的毒，必定是心毒。

"你们几个小毛娃娃来硬碰五毒咒，真是想得太多！之前怜悯人类的大神大仙也不是没有，可解五毒咒哪有那么容易，各路神仙乃至伏帝蜗母都干不成的事，我劝你们一句，青春短暂，你们别为这些力所不及的事苦恼啦。"

岳凌飞和冷火交换了一个眼神。"即使如此，可我来都来了，只好尽力一试。"他说道。

"真是不开窍。"猴王抿嘴，半晌又抓一抓头毛，眼睛使劲眨了几眨，然后从头顶轻拈一下，拔下几根金黄的头毛。

"五行地宫的门门路路，你都认得吗？"

逢上五星连珠才刚刚进入地宫，岳凌飞又没有地图，怎么可能认得？"我不认识。"他答说。

"傻瓜，我问的是她。"猴王填星往岳凌飞身后一指，正是茹青躲在他的影子里，不敢直面填星。

"我……还未认得。"

"呵呵，哈哈哈，"填星听完大笑，"我还以为这毛孩请了多厉害的灵兽。今日之事，你主人知道吗？"

茹青小声答："我没和他说。"

填星便说："我一猜也猜出来。算啦，我在地宫待了四千年，这里的门道才刚刚认清。听说龙女是被关在北边的太易殿，可是那鲍神晨星父子跋扈得很，我们都不怎么理他。"填星说到一半，接着摊开右手，递到岳凌飞面前，说道，"当年在冷杉林子里我遭遇不测又不能暴露真身，被卡在树干底下不能运功，你救过我一次。咱们今日算是两讫咯。"

岳凌飞走上前去，"这是——"

"小子，你以为五行地宫是什么地方。金、木、水、火、土相生相克，这里条条通路，进而退，退而进。我这头毛，是开启太素殿的灵匙，至于再往后的，我就帮不上你的忙了。你只需记着：相生为阴，相克为阳，此彼日月，逢时其光。"

填星一语说完，冷火、茹青几人都围上来，岳凌飞从填星手掌里拿过头毛，用手轻捻，只见三根金黄色的纤细毛发，在天井明暗交织的光线里闪烁不定。

"好一根漂亮的金发，"茹青小声赞叹，冷火、淳于也跟着点头。

岳凌飞一愣。再定睛细看自己的手中，左看右看，分明就是三根，忍不住试探地把填星的头毛移到茹青的眼前。

茹青连忙摆手，"你拿着，这么重要的东西，填星是交给你的"。

淳于也道："原来这猴王头上的一根毛，就能带人穿梭地宫。"

岳凌飞把视线从手中的金毛移到高处，生锈的四壁、头顶的雾气，还有盘腿坐在石头方砖上精明的猴王，一切都收进眼睛看得清晰。可是自己手中分分明明的三根头毛，他们怎么却异口同声说是一根？是他们看不清，还是自己的眼花了？

他狐疑地、小心翼翼地将头毛收进怀中，警惕地向四周巡视，好在这一次，并没有什么可疑的动静出现在周围。

"敢问填星大王，解除五毒，是否要动用五行真气？"茹青忽然问道。

猴王听到茹青这么问，先皱一皱眉头，两边的牙齿龇出来，显出一丝凶相。他一双白洞洞的眼睛直盯着茹青好一会儿，复而转过头来冲岳凌飞说道："在地宫里想活命，还有一个诀窍，你想不想知道？"

岳凌飞当然说："想。"

猴王伸手指一指天上，"从这里出去，现在我就可以送你走"。

岳凌飞脸色一变。

"多谢您的美意，我不能走。"

四人从猴王填星的天井退出来，重新回到初来时经过的大殿时，整个空间已灯火通明，有如白昼。岳凌飞此时方看清楚，四周辽阔堂皇，两旁立着青铜、寒铁所铸的钟、鼎、刀、兵，迎面是一围宽大的帘幕，幕前一幅黑白相间的大理石图案，旁边写着"太极"二字。

"这正是太极殿没错！"茹青四处审度一番，"果然我们先到的是太极殿。地宫里以金、木、水、火、土五行为基，分成了五个空间。五个空间彼此并不通行，一个殿的神兽和守卫，除非有极罕见的状况，是百年千年也不会到别的殿里去的。"

"怪不得昆仑山的书上说只有五星连珠才得入地宫，是天上的五星将五殿串联，彼此之间才连起一条通路。"

"那刚刚猴王给我们的头毛——"岳凌飞摊开手，谁知自己怀中一根金黄的毛发竟然兀自升起，在空中飘移起来，岳凌飞下意识地将手伸进怀中，一时尚未摸到另外那两根。

"我们跟着它走，"冷火一见那金毛，连忙跟上一步说道："这是猴王在给我们指路。

冷火说完，第一个跟在金毛之后，茹青故意将岳凌飞稍稍拖后，悄声在他耳边说："若要使五毒归位，我想肯定得用到各殿之中密藏的真气。"

"什么真气？"

"我刚刚试探那猴王，提起五行真气，他的表情立刻大变。我原来听师父说过，我们说起来是镇守地宫，其实天下之大，哪里的地下不是地宫？我们镇守的归根结底，是一种五行真气。我之前在织禁山时，也听同族的姐姐说过，伏帝与蜗母开天地之后，为了防止有人再聚集起他那么大的能量，重新改换天地，便把当初开创天地所用的阴阳二力转化，分为五行，分别贮藏在地宫五殿的五个法器之内，这样任凭是谁，也不可能同时集起五样，去颠覆他的天上人间。"

"就连刚刚猴王说的，伏帝也办不到吗？"岳凌飞陷入深思。

"如果使五毒咒解除，要集齐五行真气，就不奇怪没有一个神仙肯去复兴人族了。"

"为什么？"

"因为五行真气重新汇聚、融合，不是在你我现在的时空中能做到的。'末日天启'上说，只有无界遁诀能带人穿梭时空，到达……另一个世界。无界遁诀虽然到现在无人能解，但各宫都知道它的破坏力巨大，一旦无法控制，后果难以设想，所以天上地下的神仙才没有人敢为了人类一族去冒这个险。"

岳凌飞听了，注视茹青片刻，默然点头。

"我已经走到这一步，无论如何都要尽力一试。不成功便成仁，我没什么怕的。"

茹青听说，忍不住轻轻握一握他的手，眼角眉梢仿佛有笑意。

"凌飞！我们在这儿。"远处淳于在呼唤两人，岳凌飞和茹青连忙赶上去。猴王填星的金黄头毛带着他们左拐右拐，终于带着他们拐进了一条死路。

此路初入还觉宽敞，越走越窄，越走越暗，到能看见前方一堵墙壁直立之时，已只有两个肩膀的宽度。

"墙上莫非有字？"站在最靠墙处的冷火伸手去触那墙，不料一伸手竟扑了个空。"随我来。"他低声向另外三人说道，"这不是一面死墙。"

另三人果然依次穿过，却被眼前的景象顿时镇住：穿过狭小昏暗的窄路，眼前豁然宽敞，面前延伸铺开的，是长长一段土砌的台阶，一级级往上垒着。台阶一眼望不到尽头，仿佛越往高处越宽，尽头似乎已变成了金黄色。

光从台阶的尽头照下来，众人一时不由得眯起眼睛。刚刚引领着他们的那根填星的头毛，也在那金色的光芒里融化了，再寻不着。

"出太阳了。"茹青轻声说道。

岳凌飞回头，疑惑地看她一眼。

"地宫的时间与世上不同，一夜已经过去，这里与刚刚填星的地盘也不同，我想这里的时间……会比刚刚快一点。你看，太阳已经完全升起来了。"茹青继续说道。

岳凌飞肯定地点头，四人携行而上。这台阶倒是与平时的略有不同，虽然阶数众多，登起来却丝毫不觉得累，拾级而上就如顺流而下一样轻松。四个人越走越快，几乎不出半刻就攀上了最后一级台阶。

一座高耸庞大的三角形塔出现在目光的尽头。众人徐徐前行，只见那塔通身金黄，全是一块块金砖所砌，方圆千尺，高耸入云。

"原来这就是太素殿，"茹青小声赞叹，"想不到五行地宫之大，竟有这么气派的地方。"

三角塔耀眼夺目，岳凌飞和众人一起围着它绕了半圈，终于在一个转角发现一处豁口。他回头和冷火交换一个眼神，自己率先而入。

一入塔内，空气顿时凉下来，光也骤然暗了，唯独能感觉到塔内的空间之大，几乎都能听到呼吸的回声。岳凌飞这时忽然想起母亲留给他的两颗明珠，忙从怀里掏出，得以照见四周的些许景物。

原来此塔内四处皆是明镜，镜中水银流动，彼此交相辉映，明亮更胜台阶之下。

"这里的镜子，照出的影子全不一样，"冷火看了几面镜子之后说，"你看这个，照出来的不是我们刚刚走过的窄路？"

果然，"这里的镜子，照出来的兴许都是塔中的各个角落，看清了这些地方，对我们再往下走一定大有帮助。"淳于肯定地说。

"我师父说过，太素殿有法器，是一只缶，名常住。"茹青悄声在岳凌飞耳边说道。

岳凌飞扭身，忽然被一面镜子定住了目光。

不、不不不不不。

第二回　太素之明矣，魂不守舍

她的面孔隐约浮现在水银镜里，无邪又带着一点迷失，岳凌飞只觉得登时一股刺骨的寒意，顺着自己的脊梁倒灌下去。

一张属于北沐瑶的天真脸庞，独自站在一片好像烧焦过的黑土上，又像一堆倒塌的废墟，她的脚下散布着石块瓦砾，背后有暗红色的光芒升起，正逐渐布满她头顶的天空。

岳凌飞的心"咯噔"一下，全身的血液顿时涌上脑袋。她在哪儿？这不是昆仑山，不是他们刚刚经过的太极殿，也不是遇见猴王填星的天井，更不是沐瑶送别他的湖水岸边——不论是哪里，这不是她应该在的地方。

"你在看什么？"茹青也凑到镜子前面，向里面望了望，转而问，"这里照的……是什么地方？"

岳凌飞转过头来看了她片刻，接着伸手指向镜中的北沐瑶，"你看这儿，认真看，你看这儿有什么吗？"

茹青再凑近一寸，答说，"这是一片焦土，有几只……大石头？你指的是石头吗？还是再后面横着的，好像是一条掉下来的横梁？"

岳凌飞收回了手。

她看不见镜子里的北沐瑶。只有自己能看见——这个想法在他的心里激起一个冷战——自从下地宫，他总觉得自己有什么不对，他总是听到、看到和他们不一样的什么。这里头的原因他无从、更无暇细想，可是北沐瑶确实在那儿，岳凌飞确定自己看到的不是幻觉，他看到的一切必定有什么原因。

早知道就不该把她带到地宫的入口。岳凌飞心里升起的懊悔几乎变成了对自己的痛恨。明明知道地宫危险重重，明明知道自己不一定有去有回，他有什么资格把北沐瑶带到地宫的入口？明明只是渺小到不行的一介凡人，他有什么资格祈求昆仑山上六合仙女的帮助？他有什么资格和她分享同一个命运，又有什么资格置她于未知的险境？

说到底，他有什么资格与她相爱，就凭自己想要爱她的心情吗？

"地宫里的幻术复杂多变，足以乱真，你不能相信自己眼见的一切，"俄而冷火的声音传来，可他的话丝毫不能让岳凌飞心安。沐瑶是怎么到那里的？她在哪儿？万一她有危险——他都不知道她在哪儿，又该怎么救她？

岳凌飞心急如焚，忽然又后悔把北沐瑶留在地宫的入口。早知道这一刻，还不如一路上紧紧牵着她，还不如每时每刻和她一起。遇到危险能保护她，遇到困难能替她分忧，总好过现在这种未知的恐惧。

"什么人？敢动我的弥勒镜！"岳凌飞内心的焦灼无法向人言说，忽然只听当头一声喝令，似乎是从头顶传来。

背对光线升起一个高大的影子，站在一排台阶之上，向着四人的方向缓步走来。只见来者身长如玉树，青衫白领，须发尽白，但面容朗阔，俊逸不凡。

那人在远处昂首挑眉俯视众人，右手稍曲放在身前，左手握着一只硕大的酒葫芦。

岳凌飞等人连忙迈步走向他时，对方却一个转身，背对着他们。

"行了，别再往前了。你们是什么人？谁遣你们来的？"

众人止步。"我们……从中土而来，为了了结一件中土之事。"冷火说道。

"中土的什么事？我管得着吗？"

"这件事……确实与地宫有关。"冷火接着说，"地宫关押了无辜的东海龙女，又使中土五毒横行，我们到此，就是为了这两件事而来。"

"哈，世人都说我太白狂妄，没想到天下之大，竟然还有这么一群狂徒。"对方仍旧背对众人，"我今日心情正好，饶你们不死，快快走开。"

"我们不能走开。"冷火又往前走了一步，拱手抱拳，"我们无意冒犯您，只想求借您的金行真气一用，再往别的殿去。"他说着，下意识地迈步接近太素殿的守兽太白。

"早说了，别再往前一步！"太白忽然瞬间转过身来，一把长剑直冲冷火的肩膀，架在他的脖颈上。

后面一阵窸窸窣窣的响声，一只灵巧的小鹰飞进来，胸前挂着一只闪亮亮的钥匙，双眼一青一红，莫非是昆仑山上一面之缘的灵鹞阿吉？

"那鸟儿是只鹞子，是穿梭于地宫与人间的信使，这个太白老头，想必就是太素殿的守兽鲐神。听说他气性很大，为人暴躁疯癫。"茹青在岳凌飞耳边悄悄说。

那小鹰飞到近处，落在一个木台上。木台的构造看着奇特，三条腿，台面下圆上方，岳凌飞不禁也探过身去看，绕到太白的身后。

可是他正要研究，背身的太白却冷不丁发话，"无知小子，我本是不想杀你的，"说完太白的后背正中央忽然亮起一束光，一只瞳孔赫然出现。

原来他背上有第三只眼！岳凌飞心中一惊，忙收回手，面上恭敬不改。他说，"我实在无意冒犯，只是入地宫、救我母亲，是我一早笃定的事，恕难更改了。"

"那就别怪我不客气了！"太白右手一松，酒葫芦骤然砸地，碎片飞裂，酒花四溅。太白脊背上的眼睛眨了几下，突然瞳孔由深变浅，由小变大，映出凌飞母亲垂死的倒影。

岳凌飞难以置信地看着太白背上的硕大眼瞳，自己的母亲、十几年未见的母亲正倒在一围井口，摇摇欲坠。

"不、不要！"岳凌飞脱口大喊，不料太白的长剑一挥，已直抵自己的喉咙。

岳凌飞武功尚未复原，只得尽力去躲，茹青、冷火二人见状，同一时间飞扑上来，联手替他招架。其中冷火离太白最近，只见他黑袍一甩，带起周围一股旋风，掀翻十几件银镜、铜架、银梯。

风云之中，唯太白不为所动，他砸地的酒葫芦的碎片瞬间爆炸成无数把尖刀，却不是所有都直冲着他的对手而去，反而纷纷弹向四周的墙壁。墙壁上满满皆是金底黑墨的壁画，可酒葫芦的碎片所至，岳凌飞才发觉那不是墙壁，而是一扇扇转门。碎片击中转门，弹出墙壁之外，转瞬之间又从另一边的另一扇转门里呼啸而出，速度只增不减。

他发现碎片不仅速度在加快，甚至每穿一次转门，就会分裂成更小更细更尖锐的碎片，以至于几乎小如银针。一根银针之中，唯有太白的身体半斜着在空中蹬出三五步，悬空倒立，须发皆垂，然后从右手手掌缓缓推出一团气焰，给自己的周身围起一层薄薄的气泡。

气泡看着薄而透明，却刀刺不破，枪撞不破。太白安居其中，后撤两步，然后背靠着一面七棱的水银镜缓缓下落，最终盘腿坐在镜前，不知从哪里又伸手拿来一只葫芦，洋洋自得，手舞足蹈斟饮起来。

岳凌飞与茹青、冷火交换一个眼神，几人一面分离抵御碎片的攻击，一面想移动方位，寻找破绽，不料忽然听得空中一声爆炸似的巨响，原来是淳于竟将自己藏在了气泡之中——

淳于从高处伸开两臂，向下俯冲，太白顿时眼冒火星，勃然大怒，推出手中一把纸扇直奔淳于。

"我太白多知多觉，天下无人不知无人不晓，你倒以为自己聪明来取这个巧了。"他说着，凌空大跳，单腿向天，与淳于缠斗起来。

那边缠斗正紧，灵鹞阿吉也向太白飞来。阿吉两只眼睛，左为青螣石，右为丹螣石，离太白很近时眼睛忽然左右转动两圈，接着从双眼中牵出两条烟丝，烟丝在眼前汇成一股，铺开成几个奇形怪状、看不懂的字。

"原来阿吉是这么传信的，"茹青在一旁看了，明白过来，"他将密信存于两颗螣石之中，面见收信人时再解开。"

凌飞听见茹青这么说，忽然心内一动，再看看母亲留给他的两颗白色的珠子，那两颗珠子似乎也和阿吉的眼球大小相仿，在太素殿的满满金光之下泛起不凡的光泽。

"等等，我好像……"他拿起珠子，用手掌将两颗碰在一起，瞬间只觉天旋地转，耳边嗖嗖风过，两颗白珠忽然发亮，在自己的面前照出一副半透明的画卷——

繁华的城中之巅，高大的宫宇和饱满的雕饰，十几级台阶之上的年轻君王，压抑着不满的嘲笑和充满怒火的喊声响彻大殿。

"我没见过天帝，也不知道他是谁。"

"偏偏我要娶一个女人，竟然不得了了！"

"我就是冲撞了这个、唐突了那个又如何？"

接着仿佛时空幻变，却还是那同一个大殿和君王，这次阴云满布，殿外淅淅沥沥下着雨，殿内阴沉凝重，中央横洒着一摊鲜血。

大殿上的王青筋暴起，左手持箭右手持弓，点燃着火苗的紫色长箭穿破长空，落在石阶下面点起熊熊大火。

火苗倒影在王的瞳孔里燃烧，他毫不迟疑大喝一声，"等我带十二勇士，先冲上昆仑山，再下东海，任他什么天王老子，都给他赶尽杀绝！"

沾满鲜血的双手和土地，永不停止的喊杀和呻吟……岳凌飞抱住脑袋，头痛欲裂。

"我全都要、我全都要、这天下就只有我不想要，没有我百胜王得不到的东西！"

滔天的洪水，北方吹来的冷风，从地下漫延到地上的赤、金、黑、绿、褐色五种烟气，裹进风里瞬息将路过的城市和乡村都冻结成冰，一幕幕的画面如回溯的记忆一样从他眼前飞快地划过。

紧接着，直冲自己飞来的火箭，刺耳的雷声和大地的狂震，岳凌飞忽然脑中轰隆一声，彻底醒了。

也许母亲给他的两颗珠子，和阿吉的双目一样，也是从前什么人的一双眼睛？他眼见的崇吾、人族的怒火，还有无助无依的母亲，都存在这双眼睛里，只是自己竟从未认真去看。

"想不到在这儿又见到你，"岳凌飞还在疑惑，阿吉此时已离他只有几步远，语气中满是敌意，"原来你也想入地宫盗取五行真气。你利用沐瑶利用妙行灵草为你做引子，你个卑鄙小人——"说完已拔剑向岳凌飞而来。

"不是这么回事，阿吉哥哥先听我说！"茹青见状，连忙开口赶来，"北沐瑶没有随我们入地宫，是岳凌飞不让她来的。"她说着，目光飘向岳凌飞给他一个理解的神色，急忙忙地接着说，"是他怕她有危险，死活不让北沐瑶跟来。他是真的时时处处在为她想着，他是真的……爱着她

茹青说完，自己眼里好像蒙上一层雾气，连忙低头不再开口。阿吉听完她一番话，暂时收了手，没好气地盯着岳凌飞，"北沐瑶没入地宫？"

岳凌飞迟疑片刻。"我们在地宫入口分的手。"他回答。

阿吉这才眉毛一挑，接着眼珠一转，忽然扫见岳凌飞手中的两颗珠子，讶然问道，"你手里是什么？你从哪里偷来的？"

"不是偷来！这是我母亲留给我的岳凌飞本能地反应激烈，反手将他们收回紧握，做出防御姿势。

"那明明是当年信使葆江的双目，如何就落到你手上了？"

"葆江是谁？"

"是传说中三百年前穿梭在地宫、中土的昆仑山神鸟，后来……不知所终，才有的阿吉来代替他。他的记忆也是秘存于双

目之中，只有见到收信者才能读。茹青在岳凌飞身旁耳语。

原来中土人族被五毒咒所诅咒的原因……是因为中土的王杀了葆江？

"葆江只不过是只大鸟。可当时他从昆仑山上携来信息时，五毒侵蚀人族还未入骨髓，只要人族晓得自己能以大爱之心分离五毒，以妙行灵草的灵力还能来得及将五毒封印。可是鼓先杀了葆江，是鼓断了自己最后一根救命的稻草。"阿吉回答。

"———旦五毒咒侵至众生骨髓，就是上神上仙也救不回去了，况且我看你身受内伤，功力散尽，何必要做这自寻死路的事？趁我师父不注意，你赶快走吧。"阿吉说道。

可岳凌飞不甘心。"那我的母亲呢，她又做了什么伤天害理的事？"岳凌飞像是陷入了死胡同，"为什么要把她抓来关在这里？"

"因为她生下了你。"阿吉板着脸，不动声色地回答，"五毒咒洗劫中土，人族被夺去智灵，行将就死，无法再有新生儿出生。东海蓬莱洲的龙女怀胎还未足月，就带着你投入凉河，将自己冰冻在凉河河底三百年，从上游一直躲到南方的下游，终于偷个机会，躲过五毒的诅咒，才把你生了下来。"

岳凌飞听了，口中喃喃，心下一片仓皇。原来自己在凉河底下足足存在了三百年，靠着母亲的坚韧和体温。可是自己活了下来，她却为此要付出永久的代价……

原来母亲当年临去时，喃喃告诉他"要做一个真正的人"，竟有这样的分量：那是母亲忍辱负重三百年中唯一坚持的希望。

"岂有此理，这水行太易殿，我闯定了！"岳凌飞此时终于明白了母亲和往事，救她出来的心只有更增十分的笃定。

此时正与冷火和淳于相斗的鸵神太白分出一只眼目瞄向凌飞

和阿吉，迟疑片刻之后，忽然径直扑向了自己的义子。

他的双手做枪，功力尽出，阿吉当然没料到师父竟然会来对付自己，躲闪不及，被太白击中。岳凌飞和茹青二人也大吃一惊，不知太白为何举动大变。难道……

"难道有人将鲐神摄魂了？"岳凌飞猜测。

中土虽大，可以懂得摄魂术又能用得炉火纯青无孔不入的，就只有青庐观庚天一个。

"他在哪儿——"冷火被岳凌飞一语点中，显然他们都想到了一块。他警惕地看向四周，时刻准备迎敌。

太白还在癫狂中大打大杀，阿吉连忙闪躲，又因为是师父，不敢还手，渐渐招架不住。岳凌飞只好拔剑帮忙，"让我杀退了庚天再说"接着以迅雷不及掩耳之势，拔剑刺向太白腹中，太白被岳凌飞与冷火从前后夹击，无处躲闪，被岳凌飞一剑刺中，昏倒过去。

岳凌飞此时收回六合剑，而冷火已悄悄绕到下圆上方的木台旁边，不过背着身子，看不出来他的动作。一会儿只见他突然抬头，扬声大喊，"你们看！这台面上画的，是他徒弟脖子上挂着一只金钥匙。说不定这钥匙就是我们进入下一殿的灵匙。"

凌飞和茹青听说，四目相对，各自点点头，接着兵分两路，直扑阿吉。阿吉身形轻巧，轻功极高，与茹青的青云功不相上下。

"岁星传你青云功，你却用它来帮着这个外人闯地宫！"阿吉见茹青拼命帮着岳凌飞，怒不可遏，使出自己的看家本领来。

说时迟那时快，阿吉连着三个跟斗，蹿了三丈余高，从大殿的侧柱上取了一支长枪，红色的枪头，铁色的枪身，阿吉握住后端，枪头左右摆动，看得人眼花缭乱，近不得他的身。

　　岳凌飞和茹青无法近身，阿吉出其不意，忽然发起攻击。他一个俯冲，身子束成一道亮光，好在岳凌飞眼疾手快，右脚猛一蹬地，真气在胸中一起一落，接着双掌做斧，眼看就要接近他的脖颈之下——

　　只听头顶"噗！"一声，阿吉忽然从人形变作鹞身，张开两翅，挡住茹青伸出的胳膊。鹞子身体虽然小巧，翅膀却有一人之高，羽翼丰满结实，难以刺穿。

　　"诶，倪玲怎么来了？填星竟然放你出来了？"茹青向前探头一张望，阿吉心下一惊，下意识地回头去看——就在那时，岳凌飞会意，右掌朝着阿吉的脖颈一劈，茹青向前一跃，从灵鹞的颈上抢过金钥匙，掉头就飞。

　　茹青拿了钥匙在前，岳凌飞断后拖住阿吉，让他不得脱身。"钥匙我已拿到，我们快往下一殿去是要紧！"茹青在前面大喊。

　　岳凌飞听言，却没立刻跟上，反而迟疑着又回头，用眼睛去寻方才殿前的那面水银镜。可目光所及之处，只见碎屑一片，恐怕是早已毁于刚刚一番恶战。

　　至于冷火，他还在那只下圆上方的木台旁边，岳凌飞余光好像看到他拿了一只金铜色的两耳小壶，塞进怀中，并未声张，忽然想起茹青曾趴在自己耳边说的，五行殿内各有一个法器，其中封存着五行真气，日后也是十分关键的宝物。

　　只是他虽然有所猜测，却来不及细想，更不愿意妄自揣度他人。他心里一半都记挂着那镜中的北沐瑶，自身所处之地、所历之事反而不太往心里去了。

　　"怎么了？"茹青见他迟迟不走，连忙发问，冷火与淳于也早已在等待，只有岳凌飞一人还在与阿吉周旋。

他再次看一眼太素殿前的狼藉，张张嘴巴想说："我看见北沐瑶在镜中"可是北沐瑶到底在何处，那镜中景象又是否是自己的幻觉，他又怎么能说清。

于是他停顿片刻，说，"我觉得庚天老妖也在地宫之中。从我们在五星连珠时下来、进入太极殿起，我就觉得这殿中还有别人。"

"那你是打算盘腿在这里坐着，等着庚天带着他的斧子砍过来？"淳于不耐烦地向岳凌飞的方向走过来，语气听得出很不客气。当然，在地宫越久，危险就越大，人人都能理解，在这些特殊的时刻需要特殊的处事方式。

他说得很对，岳凌飞无法否认。于是他取了灵鹞阿吉颈上挂着的钥匙，那钥匙如有翅膀，直接带领他们到太素殿最大的一面镜子前，正是方才太白盘腿静坐的那一面。

另一边，阿吉见自己的灵匙被夺，赶着去地宫的其他殿去报告，他临走前看岳凌飞已走到穿梭下一殿的入口，忽然发狠抬高声音说道："你们使诈骗了我的灵匙，算你机灵，可岳凌飞你也别得意，你体内早已中毒入骨三分，你是别想活着走出地宫了！"

岳凌飞听见阿吉的话，可是情境已来不及让他深思。"别理他，他正恨我抢了他的东西，所以说这些话来吓唬我。"他对茹青报以一个安慰的眼神，接着伸手去触他面前的镜面，只见镜中泛起涟漪，他抬腿迈入，蹚破镜子，果然穿过镜面，又是一番不同天地。

相生为阴，相克为阳，此彼日月，逢时其光。岳凌飞这时忽然想起填星留给他们的四句话，放在心内仔细琢磨起来：五行之中，土为阴，而土能生金，所以他们刚刚才经由土殿进入了金行太素殿。金者为阳，口诀中说相克为阳，而金能克木，这么说来，下一个就该是木行殿了。五行之中木者在东，因而四个人携着钥匙向东而去，果然有一扇转门见钥匙而转开，四人鱼贯而入。

第三回　太始之惧矣，无问前程

早已想过这一天的无数种光景，茹青一步步穿过转门来到太始殿前的那一刻，仍旧从心底生出一种冰天雪地般的恐惧。

不只是恐惧，太始殿确实比太素殿更冷。他们从太素殿的转门出来，经过一条极长极窄的台阶，再定神时，忽地面前径直铺展开的就是她所熟悉的一切：郁郁葱葱的丘陵和山林，大大小小的土坡和水潭，一条穆河蜿蜒流过，而藏在密密的林叶之后，那座离地两丈零七尺、广十二丈、深十丈的空中木殿，就是她一直生活的太始殿。

以前她只知道地宫广阔无边，五殿之间界限分明、互不干涉，老死不相往来，可是主金的太素殿原来竟离他们这么近？这和茹青在太始殿当一个小徒弟的时候所想象的大不一样。

"原来太始殿是悬在空中的。"冷火抬头望去。

"我师父岁星为人随和，让我先去和他讲清来龙去脉，说不定他会理解，把藏着木行真气的真如蕴借给我们用。"茹青一面带路往师父的太始殿走去，一面向自己的同伴们建议。

"我和你一同去。"岳凌飞毫不迟疑，语气坚定，茹青没有再反驳。

于是四人商量好，冷火和淳于先在树林中稍候，茹青和岳凌飞则去谒见岁星，一旦情况有变，则两处还能相互照应。

"刚刚太素殿的法器，我看见被那两人拿去了。木行真气，你一定得自己收好。"两拨人马刚一分开，茹青和岳凌飞噌噌两下蹬地飞上殿去，她悄声对他说。

"太素殿的法器长什么样？"

"我不知道，"茹青答道，"但我看见冷火从那个造型奇特的三脚架底下拿了一个物件，一闪就过去了。"

"是不是一个扁扁矮矮的，金铜色，带两个耳朵的壶？"岳凌飞在太始殿缓缓落下脚跟。

金铜色、带两个耳朵、矮矮的壶……"没错，那就是了！是藏着金行真气的缶，我师父原来说过，名叫常在。"

"原来你们地宫里的每个法器都有这么好听的名字，这个叫真如，那个叫常在。"

"当然，还有太初殿的法器，是一只妙明炉，水行太易殿的叫周圆敦，猴王填星手里还有一只不动簋，据说在太极殿里藏得严实。你可小心着，这里的真如甂不能再落到'他'手里。"

"'他'？"岳凌飞一时茫然不解，"怎么了？"

"我知道你不相信，但我一直觉得，那两个人和你不是一条心。"茹青边匆匆走着边说，"冷火的身世应该不像他说的那么简单，而淳于那个人，我们对他根本就一无所知。"

岳凌飞没有赞同也没反驳，只是默默地往树林里走，没有回答。

"到了。"茹青停下脚步，面前现出一排高高的土灰色的墙，下宽上窄，墙头亦是一片绿色，郁郁葱葱。

光线忽地明亮起来，走进墙内，空气里有陈年木材的奇异香味。眼前是随意摆放的木桩和石头，茹青绕过草木，探个头，大殿内空无一人。

"师父，我知错了，以后再也不贪玩，一定好好练功。"茹青清清嗓子，开口说道。

大殿上还是寂然无声。岳凌飞跟随在茹青后面，似乎也想开口，却先被她阻止住了。她做了一个"嘘"的手势，侧耳细听动静，果然再往前几丈余，师父岁星正单腿独立，闭目站桩。

大殿之内本来就草木繁杂，师父还站在一棵繁茂的海棠树下，不走到近前是看不见的。茹青独自上前两步，离师父还有四五个人宽的距离的时候，师父睁开了他一双锋利的眼睛。

"回来了？回来就好。站桩。"师父说完，又要重新闭眼，茹青却先在师父面前跪下了。

"嗯？"岁星眉头一皱，发现了她身后的岳凌飞，"后面是谁？"岳凌飞于是也前来拜见。两人对视片刻，岳凌飞忽然说，"您原来是我的师伯！当初在鹿台山上，是您提着酒来给师父贺寿？"

"十三岁的小娃娃，长得倒快，"岁星抹一抹胡子，"凫溪这老头可好？"

"我师父……事实上，我十三岁就离开了鹿台山，已经三四年没见过他老人家了。"岳凌飞答道，"不过我办完了这件事，是一定会去鹿台山看望师父的。我受师父的恩惠，当年离开时还未体会得全，这次再去，才能真正感谢他老人家的苦心。"

"你要办什么事？"岁星聪明绝顶，一下就听出岳凌飞话中有话。

茹青向岳凌飞使个眼色，自己上前回答师父："师父可听说过，三百年前一场飓风，冰封了中土，从此中土的人族被吸走智灵，生不如死？"

师父暗自点头。

"三百年前，有一位东海的龙女，身怀六甲。她为了躲避五毒，独自潜入凉河，自沉三百年，才将腹中的胎儿生下。可就算她已等了三百年，天帝仍旧不依不饶，将她抓走，囚禁在了北边晨星守卫的太易殿。"

"哼，是吗？"

"确有此事。您面前的岳凌飞、凫徯师父的徒弟，就是龙女当年生下的孩子。"

可是岁星并不显得惊讶，甚至连一丝好奇都没有。难道岳凌飞的师父凫徯早就跟他说过……

"你来地宫，就是为了来看看龙女？"

"嗯——"茹青刚要答话，却被岳凌飞抢先一步，他说，"不是看看她，是要带她出去。我的母亲没有错，也没招惹地宫里的任何人，为什么要这样惩罚她？"

岁星抬起眼皮。"你的心倒是不小。可是你看看自己，中气虚弱，恐怕连我的徒儿也打不过，北边的晨星老怪岂是你能惹的。"

"所以我们……才想借师父的真如瓯……的真气，反噬五毒。"茹青这时答说，"这样或许能解救囚禁于地宫的龙女，而三百年来，受尽折磨濒临灭亡的人族或许也能得以复兴。"

岁星起初还默默听着，听到茹青说"借师父的真如瓯"，又说"人族复兴"，忽然抬起头瞪眼，指着茹青高声道，"人族生不生、死不死，关你什么事？你给我去橡桦槛后头站着，站两天两夜。"

岁星很少生气，就连她每一次偷偷褪下一层假皮、偷偷从地宫溜走回来，都没见过师父大声训斥。茹青心里吓得不轻，两条腿哆哆嗦嗦地，却没有去后面的橡桦槛。她硬着头皮走到师父跟前，颤声说"我求您了。"

岁星盯着岳凌飞看了好一会儿，目光又扫到茹青脸上，沉声开口问"你要帮着外人来劫自己宫中的法器？"

茹青无法说"是"，但也辩解不出"不是"只好低头不语。

"我再问你最后一遍，你到底想怎样，直说就是。"

茹青低声说："茹青想借太始殿的真如蕴一用，用完立刻还给师父。"

"你不必还了。等这小子集齐五行真气、练就无界通诀改天换地，到那时候，连我们这些兽面灵尊、连地宫还在不在都未可知呢。"岁星说得轻描淡写，茹青一时摸不着头脑，却眼见他的手已经背过身后——不好，师父是要拿七弦琴出来了——

"不好了！"正在这时，一只小山鸡跌跌撞撞奔入大殿，大声疾呼道，"不好了！有两个人，一个黑袍一个白袍，在下头硬闯树林，打伤了我们许多兄弟，眼见着就要打上空中大殿了！"

"你们做梦！"岁星从牙缝里挤出最后一句话，背过身去的右手猛地一拨，一把古琴凌空弹起，他快走两步就地盘腿坐下，古琴正好落在他的腿上。

"捂住耳朵、别听、千万别听！"茹青急忙大叫，冷火和淳于都依言捂上耳朵，唯独岳凌飞打了一个趔趄，重心不稳，要捂耳朵的时候琴声已然传来，直灌进他的胸中。

师父的七弦琴，有七首杀人之曲，外人把它们叫作"七杀曲"七首曲子调性节奏各有不同，但无一例外的是弦弦快如刀锋，音音割喉歃血，只要触到耳廓分毫，就连身为弟子的茹青都难以承受，更何况其他人。

岳凌飞果然被岁星的第一个角声击中，弹出几丈之外，撞在榆木桩上，接着又是两声商调，岳凌飞身体如不受控制般，在大殿的空间上下左右翻滚乱撞，毫无招架之功，更无还手之力。

按此下来，不出第一曲，岳凌飞必定非死即疯。茹青不顾一切跪在师父脚下求他放过，被岁星胳膊一摔，推开十丈远外，空了一个音再来对付岳凌飞时，却见他正自己倒挂在头顶的横梁上，面色平稳，双目紧闭。

岁星提起中气，一番摘、易接着一串大轮指，向岳凌飞轰炸而去。岳凌飞双腿一勾，从横梁上将自己抛起，飞入空中，不多时左闪右躲，仿佛扭转了一开始的劣势，招架得游刃有余起来。

"放心，我师父也教过我几天琴，要弹琴论道，或许我也能论上一把！"岳凌飞向自己的伙伴们说着，在大殿中飞身俯冲，忽上忽下，口中念念有词。

岁星的杀人之曲不停，忽地调性陡增，由商变羽，一组激愤高昂之音勃然欲发，岳凌飞自言自语说，"这是慷慨歌"连忙身子蜷缩，双臂上下延展，接住音律趁势翻腾。

俄而岁星的曲声皆尽骤停，转作轻抹慢捻，绵里藏刀。岳凌飞又说，"这是无逸调"说着全身伸展，双臂双腿向四面张开，飘飘忽忽浮在空中，以丹田之气灌至四肢，掌下足下暗暗生风，抵御岁星的琴声之侵。

如是反复几次，岁星的七首杀人曲弹完，岳凌飞竟毫发无伤，重归地面与岁星盘腿对坐，面色从容。

茹青的眼睛一直未离开岳凌飞，心里暗暗替他叫好，转而瞥见一旁的淳于面色凝固，说不上是因为惊呆，还是什么别的情绪。不过此时多想无益，既然岳凌飞已吸引了师父的全部注意，正是自己偷偷绕到殿后、偷取法器的绝佳机会。

真如蕴就在橡桦门后的井中，茹青偷溜过去，撬开井盖，把手探下去摸索一番——

是空的。她的心"咯噔"一下，把井盖拖回去盖好，直奔淳于要去质问他。可她走到一半，忽然听岳凌飞在那里大叫一声，"我知道了！"

"知道什么了？"冷火离他最近，赶上来询问。

"去下一殿的方法！"岳凌飞声色欣喜，说道，"岁星的七首杀人曲，就是密匙。七首曲子分别以宫、变徵、商、徵、角、羽、变宫为调，五声与五行方位相对应，他每一首曲里又有两三种指法，那么以音调对应方位、指法对应步法——跟我来。"

岳凌飞一面说，一面用力向上一蹬地，先向后翻一跟斗，然后向左跨三步、跳两步，正落在一块活木上。他顺着木头的灵活向后连着空翻三下，踩住一处机关，空中横着移来一截木梯，接着只见岳凌飞往右跃三步，再向右一滑，噌噌两步攀上木梯，最后凌空一跃，正好从木梯尽头的正上方揽下一个方布囊。

岳凌飞将布囊握在手里，落回地面，解开布囊一看，原来是一截琴弦。岁星眼见自己的曲阵被破、宝物被抢，哪里肯罢休，他踢开自己的古琴，张开手从腰上抽出一根长鞭，直扑岳凌飞而来。

小心！茹青眼见师父与岳凌飞相斗，虽于心不忍，却只能帮着凌飞。她也抽出自己的长鞭，化为蛇身，加之自己通体曲伸柔韧，渐渐与长鞭合一，与师父岁星纠缠起来。

茹青、岳凌飞二人联手，且战且走，茹青问："你拿到下一关的灵匙，可知道通路怎么找？"

岳凌飞将大殿环视片刻，说："我刚刚取琴弦时，梁上有一个空房间，或许是一个暗道？"

他的话音刚落，冷火已登梯上梁，茹青也飞身随同去看，果然有一个矮矮的小道，尽头有光。

"就是这里！"茹青大喊，"你先行，我断后。"

岳凌飞拔出六合剑，对岁星的招式来者则挡，接着抓住空当陡然向前一冲，点住岁星头颈后部发际下两指，岁星立刻身躯僵硬，动弹不得。

"快走，"岳凌飞忙道，"我已点住他的哑门穴，半个时辰后便可自动复原。"

岁星身子动弹不得，说话却不妨碍。"当日从织禁山上，不想带回一个无父无母、无情无义的叛徒。你今日离开，再不要回来，也别让我看见你！"

茹青心中酸楚，比自己预想中更加难过。可又确实是她对不起师父在先，岁星大发雷霆，无可指摘。

"我当日念你是未成形的人族胎儿转世，想着你在地宫潜心修行一阵，说不定能得机会修炼成人。你本是人族皇宫中的死婴，若潜心修行，兴许可以投胎到仙族做个公主。可这机会你自己不要，这世上就没有你的去处了。从今往后，我见到蛇，见之杀之。"岁星最后说道。

茹青听见师父说自己是未成形的胎儿转世，又说什么"人族皇宫"大吃一惊。原来这就是师父在织禁山上挑走自己的原因？怪不得她从有记忆起，总冥冥中对于人类有种说不清的向往。人蛇积怨深重，她却对于人世充满好奇和期待。时至今日她知晓了自己的身世，同时也知道自己这一世的命运早已落定，心内不禁霎时灰了大半。

"你不用担心，"岳凌飞从后方赶来，推着她的背将茹青带到梁上的通道口。他信心满满地转过头来告诉她，"不用怕，往后的路还长，你永不用愁没有去处。"

茹青苦涩地轻轻点头，跟着冷火、淳于爬过通道，不出所料，眼前又豁然开朗，又是一条往上的台阶。

岳凌飞拿出从太始殿取得的琴弦。一般的琴弦都是蚕丝制成，可他手里这一个，却坚硬光亮，不似一般。

"这就是师父的琴弦，"茹青把弦拿在手里端详片刻，"师父的琴弦是以极细的天山玉树藤丝，漆以紫金所制，所以威力倍增。你收好吧，有了它，就是再厉害的吼功、琴功，也近不了你的身，以后就算万一猴王反悔，拿出他的玉箫来对付我们，你有这根琴弦便也够了。话说，你在鹿台山，竟还学过琴功？"

"不算琴功，学的时候以为只是学的抚琴，丝毫没摸到武功的影子。唯到今日才知师父当年教我盘腿、坐定、呼吸吐纳，都是功夫最要命的根基，再加上我师父与你师父是亲兄弟，我多少算是略懂一点他的门道，不难想出如何破他。"

第十二章　埠丰又传

　　菩提根是个好东西。相传远古时期菩提树的垂条在地上扎根，隔了三百个春天之后，长出来的便是妙行灵草。我一直以为这是谣传，可亲眼见到北沐瑶刚登上湖心岛，菩提根便有如神助般地生长，将地面撕裂出一条五尺宽的地缝，我这才开始相信妙行灵草和菩提根的渊源。

　　早年在蜗母宫中，我曾听人说起，菩提根深入地下几百尺、纵横数千尺，五行地宫的结构就是沿着菩提根所造。若真是如此，那妙行灵草的用处可就不只是打开地宫的入口。菩提根贯穿地宫，若有妙行灵草随时与它的母根相接相应，岂不痛快？

　　岳凌飞到底是个年轻的傻小子，他以为妙行灵草替他打开入口就万事大吉，我却有妙行灵草时时陪伴在我左右，寸步不离。

　　况且我们来到冰潭中央、五星连珠之下、菩提根之前，还有一个意外的收获——菩提可以疗愈，它今夜汲取天上的五星光华，效果更增百倍。我当年五脏受的损伤，两个时辰之内已恢复了两三成，这真是出乎我意料的惊喜。地宫入口的一棵菩提根尚且有如此异能，地宫之内的无限能量、荣耀、机密和法力，只怕要超出所有外人的想象。

　　这个念头让我的血液开始沸腾。我注视着一旁安静的北沐瑶，她的担忧、不解，对岳凌飞和自己未来的困惑我都看在眼里，一个困惑的、执着的、怀孕的女人，现在正是她最脆弱的一刻。

于是我向她建议，"我们先在湖心岛上稍等片刻，看看他们下去之后有什么动静？"

我的话当然正合北沐瑶的心意。她恨不得此时就要跳下地宫去找岳凌飞，尽管那小子一路上……并不怎么理她。我想岳凌飞疏远她，多半是为了让她远离自己和地宫，可他怎么知道她已怀胎五个月有余？往常的北沐瑶或许还能猜到他的用心，可她现在一心只想找她的情郎。她想寸步不离地跟着他，她要证明他还爱自己，而不是移情别恋了纤腰细身的茹青。

时间在一刻一刻地流逝。头顶的五颗星从正当空的位置开始往西斜了，菩提根的裂缝中一丝声音都没传出来。再过半个时辰东方就要发亮，五星连珠走到这一刻，光芒开始渐渐褪去，相互之间的吸引也在减弱，很快就要彼此远离。

地宫的入口不会开很久了。现在再不下去，就得再等九百年。我转头瞥一眼北沐瑶，她终于也转过头来，犹豫地向我开口说："丰叔，我知道您必定会反对，但我请求您既然已陪我走到这里，就再放任我去做一件事。"

我说："你想跟下地宫去？"

北沐瑶沉沉点两下头。她的目光伸向地宫，好像还在寻找那里的影子，"我求求您让我下去，妙行灵草能帮他。我求求您，您替我回昆仑山、执掌六合好不好？"

我长叹一口气，说："傻孩子，丰叔哪能放你一人以身涉险。"

北沐瑶却说："我不是一人！岳凌飞……还有他的同伴们都在底下。"

"所以我说你是傻孩子，"我走上去扶住北沐瑶的肩膀，盯着她的眼睛，"这天下除了丰叔，还有谁能说是肯定、完全、绝对跟你一条心？"

北沐瑶轻轻呼气，呼出她的失落和不甘心。她对我点点头，于是我挡在她身前，一脚跨入地宫的时候回身接过她的手，诚心诚意地邀请她说，"走吧。"

北沐瑶到地宫入口时，已怀胎五月有余。可是世上一年，地宫中不过是一日，五个月大的凡胎一旦到了地宫，半天的时间就会成熟，到那时，这个婴孩的降生指不定会给妙行灵草和北沐瑶带来什么麻烦，在北沐瑶临盆前留给我的时间实在不多。

"我们得赶快先跟上岳凌飞他们。"于是我与北沐瑶刚进来，我便对她说。

她却将一根手指放在嘴前"嘘"了一声，接着快步往前走去，不时左右扭头四顾，好像在寻找着什么。

"我看见他们了，"北沐瑶回身指一指前头，"那边有个天井，他们刚刚就在那儿和一只金猴说话。"

妙行灵草竟然能看见地宫里发生的人和事？！我心下又惊又喜，连忙再问我的侄女，"那他们现在到什么地方了，你能看见吗？"

北沐瑶紧紧闭上双眼，眉毛微蹙，接着她说，"他们从一个悬在空中的丛林花园离开，然后沿着台阶、好多级台阶上去——那儿的守神有一只虎、一匹马，打起来了！我看不清他们在哪儿，那里有一个巨大的白色大理石的宫殿，下面四四方方，上面是个圆顶，周围四角各立着一只尖细的高塔。"

"——哎，不对，那只虎原本是人类，他是被囚禁地宫才变为虎形的。他是——他是中土曾经的王，他是岳凌飞的父亲！小心！"北沐瑶的惊叫脱口而出。我当年在蜗母宫中看过一小段五行地宫的走势和各殿模样的描述，依据她的形容，心想他们必定已到了属火的太初殿。太初的守神是一匹名荧惑的马，听说它暴躁骄横，被关在那儿肯定不好受，等等，岳凌飞一直说自己下地宫来寻母，难道说他的父亲、母亲都被镇压在地宫中？

这世界愈来愈有趣了。

"我看见了，那里写着'太初'二字，而我们现在这里是'太极'五行地宫若有五殿，他们定是在太初殿中。我们赶快过去，岳凌飞还不知道那老虎就是他父亲呢！"

北沐瑶正说着话，从她身后一窜一窜地跳出一只浑身金黄的猴子，想必就是传说中的猴王填星。填星的武功在地宫的众多兽面灵尊中位居第一，要是让它靠近，我就算功力恢复到十成也未必有把握，除非有妙行灵草在我的掌握之中……

"咦，丰叔，你看那是刚刚和岳凌飞他们说话的金猴。"北沐瑶转身，猴王见到北沐瑶瞬间一愣，几乎已停下脚步，最好的机会来了——

说时迟那时快，我将两手藏在背后默默聚力片刻，接着瞬间伸出两臂，驱动阴阳大法。中阴的殿堂里狂风怒卷，成千上万的恶灵小鬼得到阳间的召唤，各个争先恐后着，旋风般扑向地宫里的妙行灵草。

"丰叔、丰叔！"北沐瑶瞬间被恶灵小鬼包围，一时间竟然不知道到底发生了什么，还傻傻地叫我。而我驱动阴阳大法必现真身，转眼间慈爱的丰叔已变作猖狂的青庐观庚天，我趁她不备用阴阳大法将她包围，而猴王填星就在附近，见到妙行灵草被困也冲过来，以为自己有本事出手相救，可阴阳大法不是普通的武功，只有从外部攻破，却无法从内部杀出去，填星不过是自投罗网。

妙行灵草留着将来有用，我不会伤它。可填星有我此刻需要的东西——中阴的鬼魂已围得猴王不能动作，接着我飞身到它的身后，一举从它的腰间夺下光子梭。

光子梭是一只小小的金色光球，猴王填星镇守太极殿，同时还要兼理四方，光子梭是他自由穿梭五殿的神器。我一手紧紧抓着光子梭，金、木、水、火四殿的通路逐渐在我的四周展开，而我在快速旋转中看准时机，一举跨入火行太初殿。

"丰叔，庆天老妖在这儿！"北沐瑶的惊叫已被我远远甩在后面，看来一时她还难以接受我的双身。不过难以接受并不要紧，丰叔只是离开一刻，况且中阴的小鬼已领了我的命令，它们只将北沐瑶和猴王填星团团围住，在我回来之前，不会伤妙行灵草一寸肌肤。

第十三章　相遇不见

第一回　太初之乱矣，今是昨非

木为阴，得木而生火，四人拾级而上，想必进入的便是火行殿。

"我们从冰土中央落入地宫时，可有跌这么深吗？"冷火有些狐疑。

岳凌飞心中也有此一问。每一次至下一殿中，都要经过一条极长极阔的台阶，每上一层，反而觉得比下一层的空间更大更开阔，如同行走在一座倒立的山。

他一定是昏了头了。岳凌飞自己也觉得太异想天开，"或许我们跌落地宫之深，不是我们自己能丈量的吧。"茹青开口一说，岳凌飞想想也觉得有道理。

四人沿着石阶刚走到一半，岳凌飞的额头已隐隐渗出汗珠，另外几人也是一样。"果然是火行宫，还没到跟前，已经这样热起来。"他抬头看着石阶之上。

"你们仔细听，"茹青停下脚步，侧耳再细听了片刻，"那上面听着好像有人在吵架，是不是？"

果然有，离得很远，听不清内容，但只听到不只一个声音，狂呼咆哮着，忽地一声金属的碰撞，紧连着木头的断裂，和什么别的碎裂声。然后是更多的咆哮和打斗。

"据说镇守火行殿的神兽有两个，一只虎，一匹马。那马我们还见过，"茹青向冷火说道，"当日在织禁山上和阿姊打起来的，就是那匹名叫荧惑的马。"

"若是这样，既然荧惑有这么大个地宫的火行殿归他管，干吗还要上来和一群蛇争抢一片光秃秃丑陋的山？"冷火道。

"它不是为了织禁山，是为了织禁山上的一只蓝蛙。蓝蛙本是荧惑的宠物，自己贪玩不知怎么就跑去了织禁山上，还吞了蛇族最宝贵的蓝若丹。荧惑要捉蓝蛙回去，阿姊当然不让，双方又都好怒好斗，于是就这样斗了起来。"

"不管他好怒还是好斗，我们闯过火行殿，就差最后一个北边的水行殿了。母亲肯定就被关在那里！先闯过它再说。"岳凌飞自言自语，下定决心。

果然，四人还未登上最后一级台阶，先从殿中蹿出一只花纹斑斓的老虎，在台阶旁来回踱步巡视。

老虎的个头比山间的野虎大不少，花纹深浅相间，精致漂亮，毛色油亮，威猛异常。众人见了老虎，都稍稍却步，盯着老虎看它的动静。

老虎显然也看见了这一群不速之客。它低下头，发出一声悠长的虎啸，可它的吼声却不似别的老虎的攻击态势，反而低沉缓慢，近乎一只受伤困兽的低吟。

岳凌飞仿佛被这一声虎啸震慑，一时间竟忘记了害怕。他看着台阶顶上的庞然大物，恍惚中竟然觉得油亮的毛发似乎透着温顺，甚至有一点点的……温情。

这不是一只普通的兽。等等，可是镇守地宫的神兽个个身怀绝技、凶煞威猛，眼前的这一只猛兽……怎么可能？

岳凌飞苦笑着摇摇头，否定了自己心里的企盼。它怎么可能同情自己的身世，不闻不问地放自己过去？别傻了。

然而老虎看了他们一会儿，始终没有发出攻击，反而兀自掉头走了。老虎走后，四人便相互默许，一起又往台阶顶上去。

"看来这儿不仅有好斗的马，还有一只老虎，估计是一个险关。"冷火说道。

"可不是么，不过别的殿都是主神有一，并有副神、徒弟、义子，这火殿看起来，马与虎，谁也不像是谁的副手，竟是一山容下了二虎？"淳于也道。

"一山能容二虎就怪了，我倒要看看，他们两个到底是谁听谁的。"茹青说时，正好登上最后一级台阶，顿时觉得这里的宽广高远，更胜前面三个。

"这里真的越往上越宽敞，难道走到最后，就是茫茫无边的中土大地？"岳凌飞小声自言自语，一旁的冷火听到，默默点了点头。

"我也是这么想。这地宫的设计真是精巧高明。"

头顶的骄阳炙烤，火行殿原来是一方纯白色大理石的圆顶高塔，四个角各立着一支高耸的火把，照得四下里到处都耀目异常。四人初入火行太初殿，面前径直一口大铜锅，里面不知是水是油，咕噜咕噜地滚得热闹。从铜锅再往后边，是一株顶天立地的芭蕉，宽厚的墨绿色芭蕉叶垂下来，叶面上冒出的水珠滴在地上，瞬间蒸发干净。

冷火上前，撩开芭蕉叶，露出后面两个烫金的草书，"太初"炎炎烈日之下，那两个字渐渐笼上一层黑影。

黑影高大健硕，四人转过头去，只见是一个孔武有力的大个子，一件白色的内衫，褐色的马夹，头顶上两侧毛发全无，只有中间留着一撮暗红色的头发，在火烧的热气里飘着。

他恶狠狠地吸一吸鼻子，眯起眼睛在四个人中间扫视一圈。

"你们就是大闹太素殿的那几个小混混？"

岳凌飞刚要答话，却被茹青使个眼色推回去。"我看你才是混日子的呢，太初殿的守神是谁？我们有话和他说。"茹青仰起脸来问。

"守神？哼哼，众人皆知这太初殿的守神除了我荧惑，还能有谁？"

茹青四周瞥望一番。

荧惑见状，怒而回首，头先他们所见那只老虎，正毫不在意地趴在沸腾的铜锅后面，一副懒得搭理的样子。

荧惑于是说，"看来你们刚刚已经见到我的部下东冥了，"转而又瞪一眼老虎，"你早该把他们咬死在外头石阶上，怎么竟让他们毫发无损地进来了？"

老虎依旧漫不经心，扭过头去并不理会荧惑的发号施令。

"你这蠢货！"荧惑怒发冲冠，"要你有什么用！"说着"砰"一声脚下蹬地，径直跃过开滚的铜锅，四肢回收，落地转身就是一掌，直戳东冥脊背。

东冥张开血盆大口沉声吼叫，身体重心向后一撤，接着后腿支撑，前腿蹿出一人之高，直捣荧惑的左边膝盖。

荧惑见东冥竟然来真的，更加激起好战之心，因而二话不说，摆开架势，就要厮杀。

茹青看着马、虎二兽相斗不休，向岳凌飞使个眼色，他立刻明白过来，坐山观虎斗，他们正好坐收渔翁之利。

事不宜迟，四人趁马虎相斗，赶快分散开来，各自寻找火行殿的法器。岳凌飞的直觉告诉他，大殿中央那口沸腾的铜锅颇不寻常，而二兽打打杀杀已远走，他便偷偷接近，只是离得还有七八尺远，已经被扑面而来的热气熏得满头大汗，无法再靠近。

可越是不能靠近，岳凌飞就越不能放过这口锅。他想脱下上衣来蒙住口鼻，刚脱下来，却忽然摸到衣裳的下摆有一块硬硬的东西。他把衣裳翻过来仔细一看，是刚刚在太素殿穿过最后一面镜子来到下一殿的时候，挂在衣服上的一块镜子的碎片。

岳凌飞急中生智，将镜面朝外，举在自己前面，果然反射掉了大部分袭来的热量，接着小心谨慎地一步步接近沸腾的铜锅。

就在他离铜锅还有两步之遥的时候，忽然间不知是有人从后背推他，还是铜锅发出的引力，岳凌飞全身不听使唤，跌落一般朝铜锅摔去，想回身逃开已经来不及，他硬着头皮只想拼尽全力向右闪躲——

当！他的头撞上铜锅的一瞬间，金星四冒，一时间好像失去所有的感知。再回过神时，铜锅已经消失，取而代之的是自己坐在地上，右手边就放着一只青铜色的小手炉，只有一个拳头大小，从内部一会儿明一会儿暗地燃烧着光亮。

岳凌飞一骨碌爬起来，跪在地上，单手撑地，另一只手伸上前去，试探地接近烧红的手炉。

可是手炉并不烫，有一种奇妙的、带着致命吸引力的温热。小小手炉被岳凌飞抱在怀中，四周似乎凝起一种气，从手炉的中心升腾萦绕。

原来地宫的法器，是这样一种东西……岳凌飞心想。

"你拿到妙明炉了？那我们快找出口，我们已经穿梭了四殿，只差最后一个水行殿了！"一旁茹青眼见岳凌飞取得法器，十分欣喜，连忙追上他，耳语一句。

岳凌飞对她点头，起身寻找出路，不料刚刚站起来，忽然从东面飘来一阵黑烟，定睛一看，黑烟之后，影影绰绰露出北沐瑶的面容。

还有她身边的叔叔……不，是庚天。

"沐瑶！"岳凌飞急忙向浓雾奔去，一面向她伸出手……

一阵号叫般的尖声大笑，伴随着滚滚而来的迷雾裹住了他。看似轻飘飘的烟雾，岳凌飞一踏进去，却忽地如同陷入了流沙的旋涡，他转身四顾，忽然间已伸手不见五指。

"沐瑶！你也在这雾中吗？！"岳凌飞在其中大喊，"茹青！冷火！你们还在吗？"

俄而，黑烟的尽头似乎冒出一点光源，像是顾长洞穴尽头的天光。岳凌飞下意识地向那光亮走去，耳边忽然"嗖"的一声，一切的飓风和咆哮都停止了，只剩下安静，近乎真空的安静。

那远处的光亮包围了他。岳凌飞的视线重新透明起来，紧接着，不远处走来一个袅袅婷婷的影子，正是昆仑山上的北沐瑶。

是她，可又不像是刚刚的她：她一丝表情都没有，仿佛一个冰封的神像，浑身散发着宁静的冷色光晕。北沐瑶站在那里注视着他，好像刚刚哭过的眼神在述说自己的怨怼和失望。

"沐瑶——"岳凌飞在错愕中茫然失语。这真的是她吗？他想念她、担心她，却又感到害怕……她是他最想快点见到却又最不想在这里见到的人。

"真的是你吗，你在哪里？"视线中的北沐瑶好像蒙了一层透明的罩子，骤然隔开了距离，而岳凌飞四顾左右，才发现不管自己怎么转，眼前都是一个北沐瑶的身影，久久不散。

眼前的北沐瑶冷眼看着他打量一番，仿佛伤心，又仿佛漠不关心起来，只见她的头低垂着，然后一甩袖子，转过身，决绝地背对着他离开了。

"沐瑶、你别走，沐瑶、对不起……"岳凌飞的呼唤如泣如诉，北沐瑶曾经留给他的背影，是他在这世上最不能接受的景象。他见过生灵涂炭的崇吾城，经历过青庐老妖设下的陷阱，走过无数峻岭险滩，可是所有的那一切，都比不上北沐瑶的一个决绝离开的背影。

那是他的责任、他的瑰宝……他不能抛弃的感情和信念。他的胸口再次爆发出难以忍受的绞痛，舌尖已尝到自己咳出的腥甜，可一股无法抗拒、旋风般的力量驱使着岳凌飞，他强行按下疼痛提起大步去追赶沐瑶，可是他走得越快，沐瑶反而离得越远，他走得脚下生风几乎要跑起来，却还是怎么都追不上她。

他累得气喘吁吁，不肯放弃。正在这时，忽然从不知何处冲出一个庞然大物，岳凌飞定睛一看，竟是他们刚刚在太初殿门口遇见的东冥虎。也许是刚刚初遇时老虎没有表现出什么恶意，岳凌飞对它的戒心比对地宫里其他的灵兽小很多，他愣愣地看着东冥片刻，东冥扑上来，爪子蒙住他的双眼，后腿猛蹬他的腿，岳凌飞这才回过神来，哪里肯由他，连忙奋力一搏，推开东冥，一拳击中他的脊背侧面。

东冥受这一拳不轻，岳凌飞自己也被击打的冲击弹出两三人远。可是东冥并不罢休，还没站稳就反扑，张开大口叼住岳凌飞的小腿，力大无比，不由分说就把岳凌飞往反方向带走。

"不……不能……"他口中喃喃，四肢无力，脑袋昏沉模糊，只还念着北沐瑶，直到东冥气喘吁吁把他往地上一扔，坚硬的土地顿时将他拍醒过来：四周仍是炎热的太初殿，只是清净异常，刚刚的黑烟全然不见踪影。

"沐瑶呢？！刚刚是怎么回事？"岳凌飞一骨碌站起身来，用袖子抹去嘴角的血丝，"其他人呢？"

"他们还被困在摄魂阵中，"一旁的东冥开口。这是它第一次说话，声音沉闷，"就和你刚才一样。"

摄魂阵——岳凌飞一听就觉得这名字耳熟，紧接着就想起了自己在哪里听过。是戾天老妖！当年他初到昆仑山，亲眼目睹稻谷峰一战，摄魂阵就是那戾天使出的看家本事，一股浓雾顷刻击败了昆仑山上的六合阵。

"可是……我刚刚在浓雾中，真的看见了北沐瑶，她还在那儿吗？"于是他说。

"最高明的摄魂阵里，每个人看到的幻觉都不相同。你们每个人看到的幻觉，都是隐藏在心里最大的心结。你对北公主的不舍和愧疚，就是在摄魂雾里绊倒你的魔咒。"

岳凌飞仔细回想，东冥的一字一句从他的耳廓灌进，如醍醐灌顶。自己对北沐瑶的离别、愧疚，一路以来折磨着他。后来再见到她时几乎就像做梦，可她每离地宫近一步，就离危险和自己无法磨灭的噩梦靠近一步。他想抱紧她却要把她推开，明明看她难过却不肯解释……这一切的一切，就算他试图说服自己不去想、不去看，这念头也早已深入骨髓，变成他永远无法脱离的一部分。

"可是我在太素殿的一面水银镜里，也看见她了！就是她，站在一片黑色的焦土之上，那也是幻觉吗？"

东冥摇头。"那是太白老头的弥勒镜，是透视未来的镜。传说是伏帝开创天地时，梵界佛祖所赠的礼物，后来又被伏帝转交于地宫，存于太白的宫中。"

岳凌飞为之一震。"那我看到的她在哪里？当时茹青也在旁边，她怎么就什么也没看到？未来是……主观的吗？"

东冥沉默不语。人只能在弥勒镜中看到自己未来将要看到的景象，其他人看不到未来的北沐瑶，自然是因为……没有活到那个未来。东冥心知肚明，却没有说话，只是摇摇头，接着又将视线转向摄魂阵的浓浓黑烟。

"既然沐瑶不在雾中，她又到底在哪儿？"岳凌飞还要问。

东冥虎却伸手一指，"就在这雾中。"

"开什么玩笑？她还在黑雾中，你却生生把我拉出来？"

东冥虎扭头，岳凌飞跟着他，走到殿幕后面一个狭窄的小门。"只有下决心和幻觉告别，才能走出迷雾。"东冥说，"冲破心底的愧疚、恐惧、不忿、贪婪，比生不易，比死更难。"

岳凌飞毫不犹豫，跨入小门，一阵冷风嗖嗖从脖颈后灌进，他眯起眼睛迎风辨认前方。

"沐瑶！你在哪儿？"他在浓雾中大步向前，接着精神忽地一振，转而又喊，"冷火！茹青！你们也在这里吗？"

面前最先出现的，却不是沐瑶。岳凌飞定睛一望，一团浓重的黑色笼罩之中，面前竟是一个躺在地上流血死去的自己，血泊中不只有他，还有一条幼嫩的青蛇，垂死扭动着自己的身子。

"别怕，跟我来！"岳凌飞眼见茹青在那幻觉中惊恐奔跑，连忙高声喊她，她却丝毫听不见。他情急之下只好快步追上，不由分说死死钳住她的手腕。

她惊恐地转过身来。"不、不、你走、你快走……"

"别怕，跟我来，"岳凌飞急忙打断她的话，"你看我不是好好的？你不也是好好的？不用怕，我们都不会死，我们长命百岁，离死的那一天远着呢。"

茹青瞪着两只眼睛，惊魂未定。

"看着我，除此之外的其他那些，都不是真的。"岳凌飞一字一句，笼罩在他们头上的浓雾如同被水一点，随着他的话音落下，渐渐烟消云散。

"还有冷火、淳于他们两个，你在这儿等等，我把他们两个也救出来。"岳凌飞说完转身，茹青却从后面叫住他。

"等等，你的妙明炉呢？"

岳凌飞看看左手又看看右手，这才发觉妙明炉丢了。"十有八九是被戾天在摄魂阵中拿走了。"他回答道，"先救人，再把妙明炉夺回来！"

冷火的装束豪华刺眼，一身金色的长袍，发冠束得整齐，居高临下。这打扮似乎在哪里见过，岳凌飞陷入沉思。

冷火高坐一只宽大的椅子中央，忽然晴天一个霹雳，一只燃着火苗的长箭刺破天空，箭头直冲冷火的额头而来。冷火惊呼一声"叔叔"接着被击中，与他华丽的椅子一并燃烧成熊熊烈火。

他想起来了！岳凌飞如梦初醒。冷火那一身装束，和他从葆江的眼睛看到的，自己父亲的装束一模一样，而最后射箭击中冷火的那个人，分明就是自己的父亲。

"我在找的不是一件东西，是一个人，三百年前中土的王子。"

"受人陷害的王子，则主动请缨去北漠戍守抗敌。"

"朝中风云突变，有人弑君篡位，又里通叱罕人，让王子在北漠腹背受敌，最后没入深山，从此不知所终。"

"我九岁的时候，被一只狼叼走，从此离家千里，再也没踏上中土的一寸土地。"

岳凌飞在交织的记忆中，似乎明白了什么。如果那个弑君篡位，并且差点夺走冷火性命的人，就是大玥最后一个王，自己的父亲……他又该如何抹平冷火心中难以平息的愤怒？

他面对陷入迷雾困境的冷火，忽然被一种无形的力量束缚了步伐。

他犹豫了。如果他是冷火，他该有多恨自己的父亲，又该有多恨自己？可是他却一路追随着自己，到底又是为了什么？

正在岳凌飞迟疑不前的当口，忽然一只银色的大鹰破空而来，俯冲叼住冷火脖梗后的衣领，然后突地跃起，将他拉出黑雾。

一股羞耻感漫上岳凌飞的心头。他一直以来自以为勇敢和正直……到头来却不肯伸手救一个快被摄魂雾吞噬的人，就因为他的王位曾经被自己的父亲夺走？岳凌飞呆呆地立在太初殿里未回过神，忽然听见背后马的急蹄声，忙回身去，果然见到戾天老妖左手拿着妙明炉，右手握一团黑色的煞气。岳凌飞大吼一声，冲向戾天，戾天却不与他正面冲突，你进我退。

"就是戾天没错，他就在这儿！"岳凌飞此时急于与戾天一决雌雄，他一声大喝，戾天也瞬间露出两颗獠牙，如匕首如闪电，接着大笑起来，一会儿变作昆仑山上的叔叔，一会儿又变作北埠凝长老，一会儿变作火红的玄鸟，在他眼前晃来晃去，让他心惊意乱。

好在此时冷火、茹青等人已围上来，后面又有荧惑追来见到戾天手中的妙明炉，自然也不肯放过他，故而几方人马，围绕着妙明炉各自拉开架势，各不相让。

荧惑从远处奔来，先发制人，岳凌飞先以一式六合"卧虎"接招，一腿虚一腿实，侧身接过荧惑的猛力，再屈腿一蹲去吸引了它的注意和攻击力，正当荧惑再一招倒钩时，伺机已久的冷火忽然从岳凌飞的背后跃起，一把短刀抛向空中，落下时旋得愈来愈快，眼看就要碰到荧惑的头顶，戾天老妖却从暗中使出阴招，重重长呼一口蓝红相间的气，将冷火和岳凌飞瞬间击开十几步之外。

十几步外是一片高地，两人跌落，而荧惑毫不迟疑，稍稍将前蹄收回聚拢片刻，跟着就是猛一踩地，大地震颤，俄而大地中央竟左右晃动，接着裂开一条四尺有余的地缝。

地震所引来的飞沙走石，霎时迷了荧惑的双眼，再睁开时，只见地缝深不见底，岳凌飞与冷火双双跌落，朝着那看似永无止境的地下坠去。

岳凌飞奋力仰头，裂开的一线天正飞快地远去，冷火就在岳凌飞的侧上方，好像在注视着自己。

风声和地下空洞的回声从耳边响过，岳凌飞脚下渐渐找回一丝把握，于是张开左臂，同时气至丹田再沉至双腿，奋力一蹬。轻功是岳凌飞在鹿台山上最先学的，也是师父凫徯唯一教过他的武功，日日夜夜练了成百上千个时辰，就连睡梦里都不会忘的功夫。此时他脚下生风，身子趋于平稳，接着不降反升，沿着地缝的狭长隧道嗖嗖两步，轻功便已运成。

他猛跨两步到冷火身边，用肩膀托住对方的腰，两人先顺势一坠，很快回升方向，接着往上大步跨去。

地缝之上大风飞旋，岳凌飞趁着风势猛然一跃，跃至荧惑的斜上方，接着身体一翻，俯冲向下，对着荧惑的脖颈就是狠狠一剑，接着另一只手腾空了，从侧面斜着一劈，荧惑顿时仰翻在地，怎么挣扎也起不了身了。

“好轻功！”冷火还未站稳，由衷敬佩道。

“小心！”此时茹青与淳于还在与戾天混战，两人一见，连忙也赶上去相助，四人重新在太初殿前各以东、南、西、北的四方位站定——

冷火领头竖项，眼似观天而非观天，身似熊出洞、虎离窝；淳于曲膝坐腰，一腿实一腿虚；岳凌飞外形似乎还无动静，其实精神已暗暗提起，可是此刻一阵痛楚从心脏传来，岳凌飞按住呼吸，心中连忙默念一阳生口诀按住疼痛，手足心内吸，脊柱微弓，将真气从四肢回纳于丹田；茹青则足尖外摆，丹田下沉，劲含于中。

戾天自恃他的阴阳大法无人能及，所以面对四人夹击丝毫不怵，反而尖声大笑三下，双目一闭一睁，睁开时眼珠已变成极清极浅的灰白色，双臂横展，两掌之间聚起一团黑色。

岳凌飞一个箭步上前，六合剑凌空劈向戾天两掌。戾天向后一跳，躲开第一劈，第二劈却已从他头顶而来。

被破了阴阳大法的戾天气急败坏，咧嘴大吼一声，十个指头的指甲骤然变得恁长，往前猛扑，将岳凌飞击飞老远。冷火、淳于搭档前来，冷火在前，淳于靠后，一低一高，各持一柄短刀。

淳于先发制人登空一跃，双臂狠力向前扑来。冷火深蹲出腿横扫，上下齐力。戾天躲过空中的一击，却没躲过冷火那一腿，顿时滑退几步，撞在后面一丛竹竿上，沙沙压倒了一片竹子。

此时冷火、淳于双刀合力，向戾天扑来。只见戾天站定了，向那四人不急不慌，咧嘴狰狞一笑，接着噌噌两下攀上一支竹竿，接着从背后生出两片铁缠的羽翼，和昆仑山上在稻谷峰夺仙草的那日一样，发出一声震耳的嘶鸣，一股黑色旋风从口中喷出，袭向对面四人。

冷火和淳于一低一高，直扑旋风，刚一碰到旋风外沿，却如疾风拔草，全被旋风卷去。岳凌飞在二人身后，心中默念着当年昆仑山上的老头给他指点的"头悬住神，神内敛，以心控意"六合剑似已融在掌中，手腕下翻，纵剑直戳旋风中心。

飓风烈而燥热，燥热之中又有一重阴森森的寒气逼人。岳凌飞屏气凝神将那阴气挡在自己身外，却未料风中忽地生出无数只手，无数只眼，无数条腿和无数缕头发，全都伸向他而来。

"岳凌飞，别动！"隔空传来茹青的一声大喊，他这才发觉那些黑暗中生出的眼手腿发，原来都是随着自己的动作而动，他向前，他们便跟着他，他发力，他们便追得更紧，他逃，他们便紧追不放，唯有他不动时，他们才静止于空中。

于是他停下动作，已经适应了黑暗的瞳孔环视四周，小心翼翼地寻找对方的破绽：我不动则敌不动，可是如此相持下去，又如何才能逃出这境地？

"岳凌飞，你还在里面？你不要动！"茹青的声音似乎是从脚下传来。

"你别过来，你快走，离得越远越好！"他情急大喊。

话音未落，一只青色的长鞭蜷曲着穿过黑色的浓雾，从脚下伸出，如蛇一样环住他的两只脚，接着猛一发力，岳凌飞如失足坠崖般，从飓风中心抽离出来。

他穿过震耳欲聋的旋风飞速地下跌，冥冥中睁开眼看时地面已向自己冲刺而来。岳凌飞身体蜷缩，在地上顺势滚了好几圈卸了力，方才彻底睁开了眼。

自己摔在一块硬石上，不远处是一样摔下来的茹青，他看见她时，她也看见了自己。

"岳凌飞，你要不要紧？"她自己还未站起身来，先向他大喊。

"我没事！"他连忙高喊。戾天去哪里了？岳凌飞抬起头张望，四周却忽然间宁静得很。没有喊杀、没有焦黑的浓雾、没有阴阳大法，也没有荧惑和东冥。

一旁的茹青还未起身，只是愣愣地抬头四顾，岳凌飞自己也被眼前所见给愣住了：这里不是别处，却是他们刚入地宫时进入的太极殿。屋内高大的柱子、两旁收集着武器与法器的铁架，分明就是太极殿。

只是这时太极殿内的光线十分昏暗，岳凌飞轻轻起身，巡视左右，接着把茹青也拉起来。她在自己耳边小声问，"我们怎么到这儿来的？"

岳凌飞摇摇头不知怎么回答。

第十三章 相遇不见

435

第二回　太极之重回矣，相遇不见

太极殿和第一次来时毫无二致。昏暗的空间辽阔依旧，青铜、寒铁所铸的钟、鼎、刀、兵一字排列，一围宽大的帘幕，幕前一幅黑白相间的大理石图案，旁边写着"太极"二字。茹青也不明白他们是怎么又重新回到最初的位置，幸好岳凌飞在她身旁。只见岳凌飞从怀中一掏，掏出两根金色的毛发在昏暗的空气中发亮，她顿时心头一震。

"怎么回事？"她问。

岳凌飞说："这是猴王填星给我的呀，他给了我三根头毛。"

茹青这才不再说话。两人在大殿中停顿片刻，茹青接着说："天井那边好像有人。"

他们彼此对视，正要一起往天井去，可刚迈了几步，忽然侧面一道闪光，耀目异常，两人都连忙抬手遮在眼前。

一种奇特的、说不上来在哪里却又仿佛无处不在的气场包围了他们。空中微弱的气流划过，留下若有似无的杂音，好像在呼唤，又像在驱赶，还有猛然能闻到的一丝稍纵即逝的香气。茹青四下寻找这奇异动静的来源，瞥见岳凌飞也愣愣地对着空气若有所失，因而小声开口说："你也感觉到了吗？"

岳凌飞点点头。他的目光好像游离在身体之外，一只手在空中徒劳地试探。他的眉头微微皱着，肯定地说："这里还有别人……

我能感觉得到。"

"谁？是谁在那儿，快现身！"茹青抬高声音，可是整个太极殿静默无声，她的问话没有收到一丝回音。茹青还在琢磨，忽然只见旁边的岳凌飞"扑通"一声，双膝跪倒在地上，身子歪向一侧，因为疼痛剧烈地抽搐起来，她立刻着了慌，连忙奔过来跪在他身边，抓住他的肩膀和手臂。

"你怎么了？岳凌飞！岳凌飞！"

"我的心……好痛。我受不了了。"岳凌飞侧躺在地上，身子因为疼痛而向内蜷缩，他的口里还念念地说着什么，茹青着了慌，连声问他，"怎么了、怎么了？你哪里受了伤……"

而岳凌飞的牙齿紧咬，下一刻忽然捉住她的手，扣在自己的心上。

"对不起，对不起，我……我是爱你的。"

他的表白突如其来，茹青握在他心口上的五指瞬间僵硬。一股旋风般的震颤袭击了她的全身，好像有一只无形的手卡在她的脖颈上，她已不能呼吸。他说"对不起"，是因为离开了北沐瑶，还是因为无法回应自己的感情？他说"我是爱你的"，是说给自己，还是他魂牵梦萦的昆仑仙女？

可这时已经没有时间留给她浮想联翩。岳凌飞还在虚弱地发着抖，汗珠从他的额头大颗大颗地滚落，紧接着他口中发出闷闷的咕嘟咕嘟的声音，暗红色的液体随之从嘴角涌出来。茹青见到他口吐鲜血，再也抑制不住眼泪哭出来，边哭边用自己的手去擦，可是血却越擦越多。

这样下去，他会死的啊！

"岳凌飞！岳凌飞！"她抬头祈盼当初帮了他们一把的猴王

填星会忽然出现，又渴望师父还没被自己给完全得罪，能到太极殿中救救他，又或者，即使是冷火和淳于在，也许都能有什么办法。可是四周空空，哪里搬救兵？

偌大的太极殿中一丝动静都没有，她还能去意识到这一点，茹青反而定了定神，收起眼泪，竭尽全力把岳凌飞的身子扶正，然后盘腿坐在他的身后。她不知道这么做行不行、能不能成功，可他要是活不了……她心里想着，将自己的真气从五脏缓缓抽取、注入两掌，接着小心翼翼地从后背推进岳凌飞的身体。

她不过是一条蛇，修为很浅很浅，这已是她迄今为止修炼的全部。她将自己的所有真气尽数给了他，他要是还不好……也罢，若能维持一时就一时，岳凌飞要是死在这里，她随时心甘情愿陪他一块往阴曹地府去。

幸好就在这时，岳凌飞身子一抖，空咳了两声，接着向前倾斜、两手撑住地面，然后就睁开了眼睛。

"这是……谁的血？"他睁眼看见前头的地上一摊暗红，连忙回头。

茹青这时刚刚起身，她蹲在他身边轻轻摇头。"那不是原本就有的血迹吗？"她回答，"你刚刚吓死我了，突然那样昏倒过去。"

岳凌飞一手扶着头，艰难地想站起身来。"真不好意思，"他勉强笑笑，"我一点都不记得了。我是突然就摔倒了？"

茹青说"是"又问，"你晕倒以后，看见谁或什么了吗？"接着又补上一句，"这里的气场有异，我想你若忽然间失去意识，或许会和那看不见的存在……产生一点连通？"

岳凌飞很认真地开始思索。他也觉得自己一定是遇到了什么、错过了什么，可是他的头脑中空白一片，一句话、一个片段都想不起来，好像那些时间被吸进了真空，他只觉得茫茫然若有所失，好像有一个秘密近在咫尺，他却不知道自己在寻找什么。

"我一点都想不起来了，我们还是赶紧离开这里，"他接着说，"冷火他们还在太初殿和庚天对战，我们赶快过去。"

岳凌飞说着，从怀中拿出当初猴王填星留给他的头毛，头毛在空气中飘飘荡荡，却没有引着两人到上一次离开太极殿的地方，反而向着相反的方向飘去。

茹青和岳凌飞四目相对。"先跟着它走吧。"她开口说道，接着转头瞥一眼远处的天井，那里好像已经升起些微的亮光。

"我想……马上就要天亮了？"她于是说。

"嗯？天亮了就怎么了？"岳凌飞问。

"地宫中与世上的时间不同，甚至各个殿宇之间的时间快慢也不同。当初猴王填星说相生为阴，相克为阳，而此时若天亮便已是阳时，而土克水，现在太极殿所通的路，说不定是引向北方的水行宫太易殿。"

而水行宫，就是囚禁岳凌飞母亲的地方。

岳凌飞深深呼吸一口气。"那太好了，"他回答，"我们穿梭这么多地方，等的就是水行宫。我要看看囚禁我母亲的，到底是怎样一个地方。"

可是他的身体……茹青没有将担忧说出口。她的真气不知道还能支撑他多久，也不知道水行宫中又会遇到什么艰难险阻。可是她会陪着他、她要陪着他，他就是她全部的希望和意义。

然而水行宫比他们想象中的还要近。两个人跟着填星的头毛没走几步，四周尚且昏暗，耳边却忽然只听滔滔水声，一浪翻过一浪，只觉得那水声已近在咫尺，甚至已经能感到湿气灌进呼吸……

"你说的没错，这就是水行宫了。"岳凌飞转过身来，扶了扶茹青的肩膀，面露欣喜。茹青也回报以浅笑，可她说不出为什么，越接近岳凌飞母亲的所在，自己心里的担心越沉重。她知道他等这一刻等得太久，期待太多，总怕一朝行差踏错。

"沉住气。"她的千种心思汇成一句话。

岳凌飞心领神会地点点头。四周仍是黑漆漆的墙壁，她侧耳细听，跟着水声再走出不远，两边的墙壁不知从哪里开始，突然断了。

一方无尽的汪洋。光从汪洋对岸射来。

第三回 太极之围矣，不可阻矣

她现在好像渐渐明白过来了。是庚天老妖劫持了丰叔，还是丰叔劫持了庚天？又或者……庚天和丰叔本来就是一个人？北沐瑶想到此处不寒而栗，想到自己朝暮相处、和蔼体贴的丰叔如果就是庚天的另一个面貌，那这世上她所不知道的秘密、邪魔，又该有多少？

当初在稻谷峰上父亲的死，原该是点醒她的第一个提示。父亲与庚天在相持中露出的对彼此的了解、仇恨，甚至还有一点惺惺相惜，绝不仅仅是对一枝妙行灵草的争夺。可是父亲临走前为什么不告诉她？这么重要的秘密、事关昆仑山上最重要的宝物和他的亲生女儿，父亲为什么不说？

北沐瑶想不通。父亲明明有时间把妙行灵草打入她体内，还有时间告诉去齐物轩取六合剑，为什么偏偏就没告诉她自己的叔父北埠丰和青庐观庚天是同一个人？

一种后知后觉的、忽然明白自己被利用的恐惧笼罩了她，那种害怕更胜过此时此刻被庚天释出的阴阳大法包围。他要利用自己、利用妙行灵草，就不会伤害自己，可是她却刚刚告诉了庚天，岳凌飞他们的所在……

糟了！北沐瑶倒抽一口冷气，心中着起急来。庚天老妖冲他们去了！自己若不冲破小鬼们的包围，他们恐怕还蒙在鼓里。北沐瑶想到这里，从背后抽出自己的六合银针，决心无论如何也要破开一条路，赶快去找岳凌飞，与他会合。

可是她刚一动，围住她的小鬼们也开始群起而动，无数个头、无数只手、无数副张开的牙齿尖叫着冲向她的周身。北沐瑶挥剑去砍，每砍掉一个小鬼却从旁又生出一个，砍来砍去周围的小鬼只增不减，她又怀胎数月，渐渐体力不支，却还是拼着一口气不肯退让。

"你快停下。你不动，小鬼自然就不动了。"不远处一个清脆的声音传来，北沐瑶回头一看，竟是刚刚在幻觉中所见的金色毛猴。她下意识地揉揉眼睛，一瞬间不知道是真是幻，金色毛猴又接着开口说："女娃娃，你不认识我了？"

北沐瑶一愣，接着想起来了。他是自己第一次遇见岳凌飞的树林里，被埋在倒塌的树干下那一只受伤的猴。"在树林里，我想起来了。你……你是谁？为什么戾天也要用这些小鬼把你封住？"于是她问。

"我叫填星，管这一半的太极殿。"填星仿佛并不着慌，"戾天拿了我的光子梭，让自己任意穿梭五殿。不过他的本事也一般般，根本不是地宫里那些兽面灵尊的对手。他不过是用了一点巧劲，骗了你，以阴阳大法打开中阴的殿堂，那里饿鬼和地狱两道的鬼畜见到阳间的一点光亮，全都你争我赶地窜出来。可是它们一出来就立刻被阴阳大法控制，替戾天卖命。我那时正要赶来救你，也一并被困在了其中。"

"那我们怎么办？我们怎么冲破这些中阴的恶鬼？"

"最好的方法是等着，"填星略一沉思，"我刚刚已说了，我只管着夜太极。等我的同胞哥哥昼填星来了，救我们出去便是。"

"那怎么行，"北沐瑶此时心里急着赶去岳凌飞那里，一刻都等不及，"我们肯定有办法现在就出去。"

"有是有，不过——我建议你最好不要。"填星回答，"你的灵力不是无穷无尽，况且你该知道自己怀中有胎儿，万万不能这么鲁莽。"

"什么意思？"

"意思是，你的妙行灵力何等珍贵，若你此时拼尽全力驱赶中阴的小鬼，倘若到了真的需要妙行灵草的时候……你的灵力耗尽，就无法发挥妙行灵草的作用了。我看你本身怀胎七成，能量已受了损耗，你现在赶快摒弃一切感知、保存灵力为上。"

"真的需要妙行灵草……"北沐瑶想一想猴王所说的话，"妙行灵草难道不是打开地宫入口和引路用的？难道它还有什么别的用处？"

"你竟不知道？"猴王一瞪眼睛。"那你可知道魔界的存在？"

"魔界……世间六界，从仙、战、人，下至旁生、饿鬼、地狱。魔界难道是六界之外的存在？"

猴王一听，自言自语道："这也难怪，六合人虽然寿命长，却也不过两三百年的光景，出了这年头，记得那件事的六合人恐怕基本也死光了。喏，世间有六界没错，可天外有天，六界之外还有梵界与魔界，梵界乃是佛祖菩提所居，而魔界则被弥天姥姥所占。梵、魔与六界泾渭分明，彼此从不往来，除了三百年前那一回。我想你的人族朋友们……就是那场大劫的遗孤。"

"三百年前到底发生了什么？我在昆仑山上的明渊镜前看到过，中土那么可怖的景象，是因为魔界吗？"

"是弥天姥姥的五毒咒。五毒咒里有贪、嗔、痴、慢、疑，

只有梵界佛祖的菩提密咒可以降服弥天姥姥，而六界之中只有妙
行灵草是在梵界受了一百零八万年菩提密咒的浇灌，在创世之初
被伏帝与蜗母借来调和五行，然后就留在了六界之内。三百年前
五毒咒悄无声息地侵蚀了人间，烈羽族的首领葆江带着妙行灵草
可解五毒咒的秘密去找人族的王，可没等传递真音却遭屠戮，那
时五毒咒就已经吞噬了人类王族的心智过半了。"

"所以五毒咒继续泛滥人间，以至于现在中土人族失去智灵
之后的惨象，都是因为五毒？"

"是，但也不全是。五毒作祟，先吸食人族的血肉骨骼，接
着就吞噬智灵。只有妙行灵草的菩提光能封印五毒、将其镇入魔
界。但那时五毒已将人族的智灵牢牢吮吸，于是唯有将智灵也一
并封印在地宫太极殿，才能保护天下众生不再受五毒咒的威胁。
此处太极门便是此世梵界与魔界的岔路口，所以才会流传出说法，
说人族智灵是被镇于地宫。可他们也不想想，我们在地宫里自由
快活，要人族的智灵有什么用呢？"

北沐瑶这才明白过来。"所以三百年前妙行灵草封印了五毒，
那么现在……如果要将人族的智灵放出来，再与五毒咒分离，就
需要它再封印一次？"

填星没有说是，也没说不是。"妙行灵草在封印五毒之后大
受折损，需要在六合人的守护之下在昆仑圣坛吸收天地精华慢慢
恢复，而昆仑圣坛上的圣水与蜗母宫中的圣水是同一源头。这样
过了一百多年，妙行灵草才渐渐恢复，世间总算平稳下来。其实
灵草使者就是大爱之力，慈悲之心的化身，人族如果早早得到妙
行灵草的灵力加持，便可以清净自身抵御五毒的侵袭。"

"所以五毒与人族智灵一并被菩提光封印，若想放出智灵，

岂不是将五毒的诅咒一并放出？"北沐瑶又问。

"没错，"填星答说，"所以这三百年中才没有人敢动人族的智灵，否则一旦五毒释出，天地秩序又将大乱。而若想分离五毒与寄生体，唯一的办法，只有无界遁诀。"

"无界遁诀……是什么？"

"无界遁诀是无界不入的心法口诀，只有它可以汇聚五行灵力，颠覆宇宙再造乾坤，随意穿梭六界、梵界、魔界。可是三百年来，还没有人真的修炼成过，也没有知道无界遁诀到底该如何达成。在那一天来临之前，妙行灵草暂时还用不上。"

北沐瑶心中默默记住"无界遁诀"四个字，忽然对岳凌飞充满了希望。如果真有那么一个人能修炼出这样的神功……那只能是他。人族覆灭而唯他独活，这其中一定有什么原因，他能活下来、能来到地宫，无界遁诀必定是他将要完成的使命。

到时岳凌飞修成无界遁诀将五毒从人族智灵中分离，自己就抓住时机再次以灵草封印魔界的老妖怪……原来如此！北沐瑶一直以来心底的疑惑不安此时都好像有了解答，她的心中正渐渐铺开一条路、一个圆满的答案，这是他和她命运里注定要在一起的一部分。

嘭！正当这时，骤然一道闪电划过，接着两个黑影不知从哪里滚落下来摔在太极殿中，北沐瑶定睛一看，竟是岳凌飞和茹青。"凌飞！"她尖声地惊叫一声，"凌飞！我在这儿！"

岳凌飞好像此时刚刚缓过神来，转头去和茹青开口说着什么，北沐瑶如同被关在一个真空的笼子，一丝声音也听不见。

"凌飞！"她再次叫他时，已经又拔出了自己的六合银针，岳凌飞就在那儿，她说什么也要出去与他相见，她有这么多这么多话要告诉他，万一他还不知道……

"女娃娃你别白费力气啦，他们看不见你。"一旁的填星开口说，"阴阳大法召唤中阴殿堂的小鬼里，有一种隐怪，只要它们在，所有的小鬼在路人眼中都可隐形。这是小鬼们穿梭六界用来自保的一种能耐，使被他们围的人不被发现，于是难以获救。不过魔高一尺道高一丈，等我哥哥昼填星来了，用太极殿的天灯一照，隐怪失灵，他们就会现出真身。"

可是下一刻，岳凌飞忽然倒地，浑身发着颤抖，口中喃喃，她看着他的口型根本分不出他在说什么。北沐瑶这时自知已经等不及昼填星来救，她要出去、她现在就要出去，岳凌飞的使命、妙行灵草的使命，还有她腹中早已蕴藏的小希望，她现在通通就要告诉他。

"多谢您的美意，可我不能再等了。"于是北沐瑶右手拔剑，将自己浑身的气力聚于一处，屏息凝神正要出击，忽然腹中一阵剧痛，她手中的剑差点没握住。

疼。一阵痉挛般的剧痛从小腹向她的全身蔓延，北沐瑶支撑不住跪在地上，忽然想起很久以前父亲说过"地宫一日，世间一年"的话。北沐瑶算算自己下来地宫也有好几个时辰，恍然间发现自己的肚子已经涨得发圆。

饿鬼嘶嘶的尖叫、岳凌飞毫无生气的背影、腹中的剧痛交织在一起，北沐瑶强行清空思绪，感受妙行灵草在自己的体内生长、发热，接着在心中默默念说：请带我去中阴的殿堂。

既然填星说阴阳大法召唤的小鬼们是从中阴的殿堂来，那就只有这一个办法了。

中阴的殿堂黑暗、寒冷、疯狂，她就把光、温度和平静带去那里。北沐瑶收起六合银针，化作一道光束将自己的神魂送往中阴，紧闭双眼，奋力将自己体内的六合灵力抽取、汇入掌中，接着双掌摊开，两团光球即从她掌中飞出，顿时照得中阴明亮一片。

嘶嘶的尖叫瞬间减弱、中阴的小鬼在照见光的一刻好像都停止了动作，紧接着被光亮铺满全身而渐渐化作金色的烟雾，散入空中。而另一边的太极殿内，北沐瑶大口大口喘着气，她就要、她就要……

婴儿马上就要诞生，可岳凌飞刚刚站起身来，看样子随时就要离开——

等等我呀！随着北沐瑶一声撕裂般的尖叫，新生婴儿的啼哭，中阴的小鬼"嗖"一声尽数散去，可岳凌飞的背影也在同一时刻，消失在她的视野。

第十四章　舐犊情深

第一回　凉河成冰矣，语成谶兮

三百年前，崇吾城。

她的心内曾如此满足甜蜜。一个和他一样、浓眉明目的小小少年的梦想，在她的心里发芽滋长如春天雨后的藤蔓。这喜悦该足够让他回心转意了，她想，他们的第一个孩子，值得在一个风调雨顺、日光缤纷的崇吾城里长大。

当天夜里，润下睡得半昏半醒。和蓬莱夜晚的宁静不同，中土的风声时急时缓，时急时迟，天上云影月影互相遮蔽，一会儿明一会儿暗，她反反复复，直到恍惚听见城门打更的钟声，才发现不知不觉已是三更天。

润下向右转个身，平躺在床上，然后转头望望自己身边的男人。英挺的鼻梁，锋利的剑眉，棱角分明的颧骨和脸颊，活脱脱一个沉睡的人间美少年。她摸摸鼓的脸颊，用同一只手又摸摸自己的肚子，刚要再合上眼，却忽然听见门外好似有极轻的脚步声，像是什么人正在门外踱步。

她侧耳再听，越来越确定那就是人的脚步声。于是润下悄悄起身，披了一件罩衣，蹑手蹑脚走到窗边，擎着一盏烛火往外看。

门外站着一左一右两名守卫，殿前的台阶上则是一个穿深色袍子的人，后面跟着两个银色盔甲的武士。深色袍子在台阶上左右踱步，看得出是在掂量要不要入殿禀报。

值得考虑在这深更半夜惊扰大王的事，必然是一等一的大事。润下想着，吹灭了蜡烛，没有穿鞋，走到门口轻轻推开了门。出了内室的门还有小小一间外室，里面两个守夜的小姑娘正打瞌睡，听见脚步忽然惊醒，吓得失声就要叫。

润下连忙止住了她们，只说："别出声。"自己依旧往门外去了。

推开门一看，那踱步不止的深色袍子，竟是鼓的右侍卫闵黎。闵黎一见润下也大惊，连忙上前说："润姑娘怎么出来了。"润下便把他叫到屋檐底下，开门见山，"这么晚了，出什么事了？"

闵黎起初还犹豫，润下便说："我看你在殿外逡巡，犹豫不决，想必是什么事，难以直接向玥王开口。你告诉给我，我兴许还能帮到你。"

闵黎这才开口，"刚刚巡城的将士来报说，小黑死了"。

"小黑……死了？"她深深一惊，怎么也猜不到是这个答案。那个皮肤黝黑的男孩眨眼时眸子里的水灵光泽，还有第一次见她，稍微有点怯生生却又有点调皮的神情，一幕幕浮现在她的脑海里。他是这么一个招人怜爱的小孩，她叹息，可还有点不甘心似的问，"确定是真的……死了吗？"

闵黎点点头，"尸首都找到了，就在谷林峰底下。估计是学了射箭，到山上捉鸟儿玩，抬着头没看脚下，一不小心摔下来了"。

"现在就停在伯牙殿的偏殿里头。"他小声补充。

润下听了，先一愣，思忖片刻，抬起头来问闵黎，"小黑到底是谁？"

她知道自己问得突兀，也知道这其中大有蹊跷。她见到小黑的第一刻就看出来，小黑对于鼓的重要，甚至不下于他身边最亲最近的人，不可能只是一个远方表兄家的孤儿。

闵黎支支吾吾地不回答，润下便接着说："这小孩生得皮肤古铜，五官凹凸有致，看起来不像是中原人的模样。"

闵黎神色一变，也许没想到她已察言观色到细致入微，这才和盘托出："小黑、小黑是呼韩奴将军的儿子。"

润下用眼神示意他继续讲。

"呼韩奴……是叱罕的统领大将军，前、前统领大将军，和大王在北漠的时候就厮杀多年，各有胜负。八年前叱罕大军汹汹来犯，领头的就是这个呼韩奴——后来在姚泽被大王大败，大王亲手一枪结果了他的性命。也就是姚泽一役之后，大王从叱罕俘虏中领走了呼韩奴唯一的儿子，给他改了名叫小黑，外称是自己娘家表兄的儿子，带回了宫中。"

"大王对小黑……很在意。"闵黎斟酌了许久，补上这一句。

她没亲眼见过八年前那一场昏天黑地的中土大战，只零零碎碎地听飞来飞去的鸟儿和蓬莱宫中的小童说起过，叱罕人骁勇善战，自以为取大玥如探囊取物，而大玥这边节节败退，中土的王几次易主，直到最后一个上位的王，忽然剧情反转，旋风般地就打败了叱罕，将他们杀的杀，埋的埋，剩下的远走西荒。这个叫呼韩奴的叱罕将军和鼓打了这么久，各不相让、你死我活都是常事，可十几年的敌人也不是说做就做得了，势均力敌的对手之间，难免要生出一丝英雄之间的惺惺相惜？

英雄惜英雄，是比英雄爱美人更加亘古不变的常理。润下想着，向闵黎又凑近了一点，"小黑的事，我想，不如暂且不要告诉大王"。

"这……能行吗？"

"太久肯定行不通。现在只说是走丢了在找，过几日找到了，大王心里至少有个缓冲，不像现在这么硬刺刺地扎人。"

"这……"闵黎看得出是一贯谨小慎微，不然也不可能在这动荡的朝堂上稳居多年。

"我只是怕大王为了小黑太过伤心动怒。你眼见过葆江……"润下说到这里，收住语气不再往下说，闵黎最终点了点头。

"我想这样也是最好的办法了。"他退下去的时候说。

润下反身回到内室，坐上床边的时候，鼓翻了一个身，半闭着眼睛问她去哪儿了。

"我睡一觉醒过来，发现窗边有一支蜡烛还烧着，我去把它吹灭。"

"睡吧。"鼓一只手横着搭在她的肩上，自己昏昏地睡过去。

润下也侧身背对着他躺倒。夜色幽深，钟鼓迟迟，她合不上眼。小黑死去得太突然，她才刚见了他第一面。润下前前后后想不通，就算是天地要惩罚什么，也不会这么白白让一个无辜的小孩去送命。要是父亲还在身边就好了，什么不懂的，问问他就一通百通，她想。

"什么？失踪？失踪了是什么意思？"第二天清晨，鼓穿好衣裳刚刚跨出卧房，外殿里已经跪了一排人。润下躲在卧房的门后透过门缝往外偷看着，有侍卫闵济、闵黎、随从，还有崇吾城的守城将军、值夜的兵士十几号人，全都战战兢兢跪在地下。

"小黑昨天练箭，傍晚的时候又甩开随从一个人去练，直到天黑了也没回来，明觉宫的侍娘才派人来告诉我。现在……现在已发动了全城的兵士在找。"

"昨天晚上失的踪，现在才来告诉我？"

"昨天、昨天实在夜深了，况且守城的兵士在找，若是没走远的话，兴许一两个时辰就找回来了，便不用惊动您。"

"说得倒好听，"鼓双目圆睁，撑在膝盖上的双手止不住地微微颤抖，"快找！通通都去，把崇吾城翻遍了也得找，找不到就提着自己的脑袋回来，懂吗？"

底下的十几号人哆哆嗦嗦地退下，鼓的右手握着王座的扶手，不觉间已捏出一层细碎的汗。他噌地站起身来大步往回走，润下就立在内室的门边迎接。

"我都听见了，"她走上来挽上鼓的手，"小黑会没事的。他是一个如此纯良又活泼的小孩。"

鼓转过头来望着她，许久点了点头，"是的，他是一个最纯良的小孩。"他拉着润下到轻榻边坐下，替她洗了洗手，用一块绸子悉心擦干，"你知道，小黑不是什么远房亲戚，他是我从战场上捡回来的孤儿。"

润下点点头，鼓励他接着往下说。

"其实，他也不是什么随便捡回来的孤儿。"鼓忽然笑了一声，"说也好笑，呼韩奴打不过我、死在我的剑下，自己没本事赢我，却让他的儿子来赢了我的心。"

"你对他的儿子视若己出。"

"其实我并不欠他。战场上本来就没有什么怜悯之心，况且——大家都以为是我杀了他，可是姚泽边上杀得天昏地暗，他损兵折将，走投无路的时候，我放过他一条生路。"

"嗯？"

"我让他过河、远走高飞，只要他永远不再来中土，我就不杀他。可他没走，就在姚泽边上结果了自己的性命，尸首倒在河水里，一直被冲到下游。"鼓说完，又补上一句，"我是真心想让他活的。"

"所以你就抱回来他的儿子，教他骑马狩猎、挥刀使剑？"

"那时候他才一岁都不到，不会说话、不会走路。可他有一个不寻常的父亲，他骨子里流着一个将军的血，我不能让他骨子里的血被辜负。"

"那他知道自己的父亲是谁吗？"

"总有一天会知道的，"鼓站起身来，望着窗外正升起的晨光，"他要是想来找我报仇，我随时等着，我一点都不会觉得他做得不对。"

小黑是他一步步看大的仇人的儿子，可也是他得意的杰作，润下在心里苦叹一声。小黑突然的死亡，将给她面前的君王和他的崇吾，蒙上一层彻骨的灰色。"他也许是躲起来了，"润下走上去，和鼓并肩立在窗前，"他是一个过于耀眼的生命。"

果然，这一天迟迟缓缓地走到接近傍晚的时候，小黑的尸体就送到了伯牙殿。

众人畏首畏脚地躲在放尸体的推车后面，闵黎上前一步跪拜说："是在独崖下面找到的，手里还握着他的木弓。估计是在崖上放箭玩耍，不小心坠下山崖摔死的。"

鼓走下王座的台阶到尸体前，掀开了蒙在他身上的白麻。

一个小小的身体，脑子裂开一截，满脸是血。身上的衣裳被撕得烂了几处，两只脚丫冻成深深的青紫色。润下从远处望一眼，别过脸去不忍再看。

鼓拿起放在小黑身边的小木弓，木头的中央仿佛还有因为羽箭的摩擦而日积月累下的凹痕。他端详了小黑片刻，替他合上双眼，完全不顾沾了满手的化脓的血污。

"把他送出城去，埋在姚泽边上。"鼓转过头去看着满殿的卫士，话语里的怒气已不可遏，"派一队人去就行。其他人就在崇吾原地肃整，天亮了，我带所有人，先杀上天宫找他伏帝算账！"

"小黑的死是个意外。"

"他一个人从独崖跌下去、就在我杀了那大鸟葆江之后，你告诉我是个意外？你觉得我会信吗？"鼓甩开润下的手，拿出了自己珍藏多年的铠甲，"他根本就是恨我。他觉得杀了我还不足以折磨我，才杀死了小黑。"

"他？他是谁？"

"天、天母，还有你那该死的父亲——我不管是谁！这就是你所说的仁慈的上帝和仁慈的道？就是这么仁慈地来报复我的？我不管他是谁，都得预备好看我的宝剑！"

"他……"润下语塞，不知道此时还能说什么阻止鼓。"能不能不要去，"她说，"我求你了。别去、别再杀人，好吗？"

鼓看一眼跪在地上的她，提步走出了门。"等我回来。"他说。

那是鼓留给她的最后一句话，在他穿好了铠甲、集结起中土的十二武士杀上昆仑之前。润下知道凡人当然入不了天宫，但他可以上昆仑。昆仑是凡间最接近天宫的地方，但这是伏帝和蜗母创世之初给凡间留下的恩惠。从此历代众生都以此向天神祈福，而今却被鼓当作报仇的捷径……她跪在伯牙殿，面向西边跪了一整晚，祈求伏帝和蜗母的怜悯，可是在那之后的第三个夜晚来临的时候，噩梦还是飓风般地来了。

以及真实的飓风也来了。午夜里地壳内部喀喀几声巨响，中土大地，瞬时刮过一阵冰风。巨大的旋风从西北袭来，所到之处霜结遍野，空中的水汽也瞬间凝成一把把锋利的冰刀，在多数的惊叫声发出之前就已经划破了颤抖的喉咙。

龟裂的土地，荒废的山丘，顺着冻僵的颍川和姚泽迅疾地南下。润下最后一次登上城楼的时候，一众兵士恳求她"赶快下来"她问，"下来？下来又能去哪儿呢？"

兵士说，"可以躲进地下行宫和暗道里，等冬天过来再出来，"接着又保证，"暗道里有足够的粮食可以撑过一整个冬天。"

润下摇头笑了。这不是一个普通的冬天的风，不是挖个地洞把自己埋起来就能轻易躲开。这种严寒是仙界各路神仙齐力对战魔界的魔王，并且强行将智灵抽离人类躯体才会有的风暴，不知这一场硬仗之后，仙界又要遭受多少折损。

再会了，她在心里说。在守卫士兵的惊诧目光中独自走出城门的时候，闵黎匆匆忙忙追出来，远远地说："润姑娘，您要去哪儿？"

她说："去北边。"

闵黎还不解，"去北边？北边听说早都冰冻千里，尸骨遍野了，请您随我们即刻入地洞避难吧，兴许还能躲过去"。

"这寒风所来的原因，你不是不知道吧？这是天帝动怒，乾坤震动的大劫。我必须得亲自去看一眼。"

"润下姑娘！"她抬步要走，闵黎忽然跪在地上，"我知道您是东海蓬莱洲龙王的女儿，求求您有什么办法，我家里还有妻儿三个和七十三岁的老母，我们一家五口人……"

她犹豫了。暴风雪就要狂呼而来，她该怎么回答这个承载着一家老小命运的、老实的国王侍卫？"把家人聚在一起，紧闭门窗。"润下蹲下身、扶起跪在地上的闵黎，眼睛认真地直视着他，"相信我。不要出门，等大王回来。"

这是她所能说的最慈悲和最善意的告别了。她早上辞别了崇吾，不出中午就越过姚泽，到了江北的冢绥。冢绥的城门大开，她经过外城的一片农田，发觉那寒风的冷，不只是冷——那是一股没有温度的风，从一座城上掠过，不仅仅带来冰霜，更足以带走些什么。

润下走进去的时候，只见城池完好，却没有一个走动的活人，整座城安静得吓人。有几个穿布衣的百姓靠在城墙上，眼睛发白、望着天，整个身体哆哆嗦嗦，发出轻微的、老鼠一般的响声。润下走上去仔细一看，才知道这是被吸走了智灵的人类，七窍无神无感，四肢无力无觉，头脑无意无识，智灵被抽走以后的人，不过是一个空空如也的架子，在浑浑噩噩中逐渐迈向注定的死亡。

冢绥已成了一座死城。下一个，就是崇吾。

怎么办？润下摸一摸自己的小腹，这样彻骨冰寒的世界里，自己还不一定能生存，又该如何保全这还未出世就受到五毒鞭挞诅咒的婴孩？

她一直往北走。躲是躲不掉了，她溯洞而上想找寻这冰风的源头，或许就能去到一个被宽恕的国度，可是走了两天，终于栽倒在凉河一望无际的冰面之前。

"这一冻，至少得冻三百年。你做不了什么，他也活不下来。你只当做了个大梦，梦醒了，就回家来吧隔空传来的似乎是父亲的声音。

她站在凉河边站了整夜。半夜刚过，忽然听得一阵嗒嗒的蹄声，只见浓黑的夜雾里，从远处走来一只通身银白的麒麟兽。

"麒麟君？"她小声试探。

麒麟兽一个字也没说，它只是轻轻垂下头，接着只听"咚"一声，一只银色发光的麒麟角从它的头上滚落，骨碌碌地滚到润下的脚边。

"麒麟君！"润下瞬间明白过来，巨大的感激、惊喜化作潮水涌上她的眼眶。

银色的麒麟兽并未回应，它见她捡起了麒麟角，便速速转身，瞬间又消失在了黑夜中。润下此刻心中已完全明白，麒麟角是麒麟一族最重要的宝物，而它正是启动潮汐之力唯一的密匙。

天亮的时候，浓雾包裹的太阳还没完全从遥远的地平线上升起来，凉河边一只巨龙腾空跃起。她在冰面上盘旋了几圈，然后就在第一缕阳光终于穿过空气的浓雾打在身上的时候，冲向高空，直破青云，然后毅然掉转头，径直冲向凉河的冰面。

接着是喀剌剌一阵巨响，凉河的冰水飞溅，巨龙落入河里，背部竖起的鳞片划开坚硬的冰层，还在不停地往下沉。她一直沉、一直沉，沉过水里的鱼虾，沉过墨绿的水藻，沉过空气和光能穿过的距离，就这样向千万尺漆黑的河底沉下去，身体蜷缩如一个未出世的婴孩。

第二回　太易之会兮，乍合乍离

一浪接一浪的潮水在眼前翻腾，声浪的巨大回响摩擦着他的耳廓，岳凌飞忽然想到还落在太极殿的琴弦。

"给你这个，"茹青从身后走上来，与他并肩而立，伸手递给他的，正是岁星的那一根天山玉树藤丝。

岳凌飞左右看看，这里无处可绑，便将琴弦一头拿给茹青，自己拿着另一头，飞身几个跟斗，将弦绷直。茹青站在七尺之外，双手一前一后，将琴弦拴在自己腕上，小臂直立，向他大喊，"现在你怎么办？"

岳凌飞将琴弦另一头也绑在手上，接着一个侧翻，琴弦从右手到左手，再到左脚和右脚，如同线圈般围着他张开的四肢裹了一圈。再一个空翻，又接一个空翻，琴弦在他周围裹了五圈，岳凌飞说："你别动，看我的了！"

岳凌飞最后屏息片刻，记忆回到七八岁时第一次听鬼傀师父抚琴的时候。宫、商、角、徵、羽，顿时在他脑海中化作拳拳生风的劈、崩、钻、炮、横。意气已至，岳凌飞克住胸中的隐痛阵阵，左手捻弦，右手摘、剔、挑不断，一曲豪迈激昂的《广陵止息》，以五圈琴弦的五倍之音放大了，排山倒海般袭来，正面撞向面前的海浪。

海浪随着岳凌飞的琴声愈发上涨，岳凌飞说："现在该用你的青云功了！"茹青会意，脚下噌地一蹬，与运起轻功的岳凌飞一起飞升，和汪洋上的海啸拉开架势，针锋相对。

海啸的尖叫和怒吼，一拨又一拨被岳凌飞凌厉的琴音击破又卷土重来，再击溃再卷土重来。如此有三十几个回合，海啸的声势开始露出疲态，岳凌飞也气力耗损九成，可对峙到此关头已不能退，只要稍一退海啸便得势，顷刻之间吞噬他和茹青的命。唯有一口气坚持了，说不定还能扛过对方，岳凌飞想到此处，高声喊道，"站稳了！"接着将最后全部的精、气、神在周身通一遍，然后注入手脚，四肢同时发力，《广陵止息》最后一个音爆发而出。

霎时间，琴弦从四处崩裂，火花四射，巨大的回音成倍外扩，与一层层的海浪短兵相接，又一层连着一层将巨浪震碎。紧接着岳凌飞抬手拔剑，跳入海浪之中，口里默念"蛟龙惜羽，斜立纵天"使出六合剑中的"行龙"一招，霎时间劈开波浪、直冲天际，周身的水珠顿时分崩离析化作颗颗粒粒，浪潮这才逐渐褪去。

大浪崩塌，飞溅的水珠中夹杂着一个暗红色的亮片，以迅雷不及掩耳之势向岳凌飞袭来，他此时已用尽力气，脑中眩晕不止，手脚仿佛都不是自己的，眼睛一侧的余光刚瞥见那亮片，根本来不及挡，亮片便如剑一般插进他的胸膛。

岳凌飞应声倒下。

"岳凌飞！"

茹青此时拨开水浪匆忙赶来，岳凌飞歪着身子，倒在刚刚退去潮水的沙滩上，呼吸微弱。

茹青用手按住他受伤的胸口。"你、你，怎么办？"她焦急得手足无措。

"别动，让我来。"身后响起一个沉静的女声。

茹青回头，岳凌飞勉强睁开眼睛，不远处一片郁郁葱葱，一节节嶙峋的山石，通向一个微型的山峰，山崖上随处长着一种蓝紫色的草，迎风飘动。蓝紫的野草之间，正快速飘来一个身材颀长的女人。她一身白袍，宽大的袖子迎着山间的风，自由地轻抚过那些细嫩的草。

岳凌飞的眼神在那一刻凝固了——多少年的期待和疑问、数千里的跋涉和艰险，不就是为了这一刻？只是终于穿越重重艰难险阻见到了母亲，自己却身负重伤，又怎么救母亲出去？

"我的儿子！"母亲在他三步开外落地，两步奔到他面前，双膝跪下抱住他的肩膀。

"母亲，我、我不行了。"岳凌飞困难地开口，"我本想——"

"别说话，"母亲用手制止他，将岳凌飞平躺地上，然后连忙从怀中拿出一只银白色闪闪发亮的麒麟角。

"别说话，也别动，"母亲一面说，一面用手轻抚他的眼睛，"闭上眼睛，只要一刻就好了。"接着她自己也闭上双眼，双臂拢圆，两手上下扣住掌中的麒麟角，一手上抬一手下沉，两个掌心之中浑然生风，形成黑白相交的阴阳圈，迅速旋转起来，掌中的麒麟角也跟着一同转起来，越转越快如飞旋的陀螺。就在麒麟角已转到极致、人眼完全看不清的一刻，忽然一声爆裂，一整只麒麟角在空中碎成粉末，而母亲双掌向前，将闪着奇异光芒的粉末用力推入岳凌飞胸中，岳凌飞整个人周身一震，接着上身忽然撑起，"哇"一声口中喷出一摊深紫色的血。

茹青赶快上前扶住岳凌飞，用自己的袖子去擦他的唇角。润下逐渐收回双掌，也上前来扶住岳凌飞的肩膀。"你被鼍兽的鳞甲所伤，麒麟角有解毒活血之功，你现在可感觉好一点？"

岳凌飞被大力击中，又吐了几口血，抬起头来第一刻只觉得眼冒金星，稍稍镇定片刻，自觉好像又找回了五脏六腑的知觉。缓慢地、从容地，仿佛气血通着整个人的精神，又将自己连成了一个完整的人。

"我……兴许死不了了。"岳凌飞开口说道，唯有心口的疼痛依旧，但他自己心知那是早就有的内伤，不是鼍兽的鳞片所为。此时岳凌飞已撑起上身，凝视母亲片刻，山海间的凉风不时吹过，他看见潮水漫上母亲的眼角，便径直扑向母亲的怀抱。

"我来晚了，"他说，"您在地宫受苦了。"

母亲也把岳凌飞的头搂在怀中，轻轻摇头。

岳凌飞转而脱离了母亲，仔仔细细地审视母亲上下，有没有受伤、有没有枷锁，可是母亲浑身上下一派自如，完全不似被监禁的模样。

"原来他们把您关在这儿，我现在就救您出去。"岳凌飞斩钉截铁地说道。

"岳儿，没有人把母亲关在这儿。这里是蓬莱洲，是母亲要生生世世守护的地方。"

什么？！岳凌飞头脑瞬时僵住，好像惊雷闪过。"不，您还不明白，这里是五行地宫，我们穿过了土、金、木、火才找到您的，我带您出去，出去您就自由了。"

"岳儿，你看。"母亲扶起岳凌飞的上身，也冲茹青示意，"你看前面。"

岳凌飞定定神眺望前面，蓬莱山高耸入云，前面云霞瑰丽，隐隐又见得山下的水波涌动，恬静迷人。

"蓬莱才是真正的仙山，"茹青忍不住开口叹道，进而又转向龙女，"您是心甘情愿留在此处？"

"可是他们说……您是被囚禁于此，因为三百年前的灾难……"岳凌飞说道。

母亲一瞬间的表情很是复杂。有一点懊悔、自责却又夹杂着一种异常的勇敢和决绝。"十几年前丢下你，一直以来日日夜夜折磨着我，"她低声地开口，"我想把一切都告诉你，可是命运留给我的时间太短，我该如何把所有的故事讲给一个五岁的孩子？我带着你穿梭丛林和野地，终于在鹿台山的那一日，让我遇见了隐居数百年的凫傒。"

"什、什么意思？"

"岳儿，你不要怪我。五行地宫是你的使命，我知道你历尽艰险，也一定会来这里找我。"母亲轻轻叹气，接着把手抚上岳凌飞的头顶，"我迫不得已放你独自一人，磨炼意志和武功，经历挫折和灾难。我想对于那时的你，寻找母亲的信念远比拯救世界的信念来得坚定。"

"而我出生便封为蓬莱仙子，龙王统领四海，蓬莱是其中最好的一方圣土。我作为守护神，本就应守护蓬莱，可是为了岳儿你，离开了三百年。离开三百年、冰封凉河河底我也不后悔，可是我得用自己余下的生生世世，留在蓬莱、看着自己的海与山。"

"所以三百年前——还有十几年前，到底发生了什么？是您把我交给了凫傒师父？"

母亲点头。"你一路上应该早已了解，从三百年前中土大劫，而你是唯一一个活下来的人类。"她接着说，"当初我沉入凉河躲避的并不是天兵天将的追捕，而是五毒的诅咒。伏帝与蜗母视你为三界众生唯一的希望，当年还特别派麒麟一族舍命救我，令我冰封河底三百年躲过了五毒的诅咒从而保住你元神不受半点损伤，后来又命隐居多年功力深不见底的凫徯成为你的启蒙师父，传授你武功修为，单说到头来，无论是我的三百年还是凫徯的十几年，不过都是你命运里的一小段附注。复兴人族的使命，早已注定了要落在你的身上。"

岳凌飞脑中顿时如五雷轰顶，来龙去脉渐渐在他的脑海中清晰起来。

"人族合族遭遇灭绝，龙族将宫邸沉入东海海底自此不在凡间出没，那时我只有带着你在荒野间流浪。"母亲接着说，"直到遇见凫徯。他愿意收留你，我知道自己的使命已尽，只能陪你到那里了。"

岳凌飞当时年幼，母亲离开的那一天甚至还不明白到底发生了什么，连伤心都还不懂，可是母亲离开自己……他联想彼时，母亲的肝肠寸断、忍痛决绝，现在他终于明白过来。

于是他匆匆从怀里拿出母亲留给他的两颗明珠，托到她面前，"这是您临走留给孩儿唯一的宝贝，孩儿一直带在身上"。

母亲低头看看两颗珠子色泽圆润，剔透闪亮，拉起了岳凌飞的手，迟疑片刻。"岳儿，母亲很对不起你，"她握住儿子的两只手，"我把你生下，却没有留给你一个太平的世界，陪你长大。"她说。

岳凌飞连忙摇头。"您拼了命把我生下，可地宫之上的中土……和三百年前并无两样，甚至比那时更凄惨荒芜。您生下了我，我却没能带您回中土，回到父亲身边。"

岳凌飞提到父亲，龙女的眼中仿佛有泪光。"我想你应该已经见过他了。"

"谁？"

"鼓。大玥国最后一个英勇暴躁的王，开拓了大玥无边的疆土，最后又将它全部葬送的王。"

"什么？没有，我没在地宫见到任何一个人。"

"他已没有人形。"龙女低声说道，"你经过火行宫太初殿时，是否见到一只斑纹丰满的巨虎？"

"东冥虎？就是我的父亲？"岳凌飞这时想起第一次，东冥高居在石阶上，望着他的温顺目光，还有从戾天老妖的迷魂阵中不管不顾将他救出……忽然明白了一切。

"你的父亲一犯东海，二犯葆江，三犯昆仑。当初五毒横行，侵入人族骨髓，人族倾巢被剥去智灵。唯有你父亲，也不知是幸是劫，他吞食了从叱罕进贡的一颗仙丹，是叱罕人从北漠的仙泽中炼取，致使智灵与身体不会分离。然而他已是人族最大的罪人，又身携五毒，因此便被夺去人形，化作一只兽，名为镇守，实为囚禁。"母亲说完又哀叹一声，"早知今日，当初何必……"

"不、不，中土是有救的。如果我能重新控制五毒，复兴中土人族，父亲的罪是否就能赦免？"岳凌飞忽然想到自己来中土的第二个缘由，"我知道复兴中土的办法，就在这地宫里。只要集齐五行宫里的五种法器，聚集五行真气，就能……"

"就能修炼无界遁诀。"母亲替他把话说完了。

"无、无界遁诀？"

"你们来到蓬莱洲，是否经过太极殿？"

"是。"

"可见到了猴王填星？"

"见到了。"

"那你见到的，应该是夜填星。太极殿的猴王是孪生两只，日出之后、日落之前为阳生，名昼填星，日落之后为阴生，名夜填星。夜填星温顺慈悲，昼填星暴躁乖戾，而只有阴阳交替之时，两只才会同时出现，也是有机会接近无界遁诀的唯一时机。"母亲字字珠玑，"太极殿后有一道太极门，只有日出和日落时分，阴阳交替可以打开，打开之后，无界自现，这是光复人族的唯一途径。"

母亲只说到这里，岳凌飞心领神会，而一旁茹青犹豫片刻，似乎欲言又止。

"小姑娘，你有什么话要对我说吗？"母亲于是问她。

"我有一个疑问，不知道能不能问？"茹青开口。

"当然。"

"三百年前，五毒泛滥中土，新生儿无法出世。您是如何将自己冰封冻结，等了三百年再浮上水面？"

龙女和蔼的面容忽然收缩，眼神有一瞬的飘忽。"这是一场不可能的交换，绝不能再发生第二次。"

"您用什么交换了三百年的时间？"茹青问。

龙女被这么一问，目光稍微低垂。"当年我投入凉河，是麒麟族帮助我，以一只银麒麟角让我得以在极寒之处保全腹中胎儿，就是我刚刚打入凌飞体内的那一只。麒麟一族和我想的一样，都以为人族的命数不该断绝，可是妙行灵草要复原灵力，一等就是三百年，麒麟王失去了麒麟角，功力尽失，根本等不了那么久，郁郁而终。"

岳凌飞一听，说道："您说的是琼林里麒麟一族的麒麟角？

我也有一只。"

母亲点点头。"不过这都是曾经。当年赠我麒麟角的麒麟王已死,现在的麒麟一族,恐怕早已没落,不是曾经的琼林之王了吧。"

"没错。我在昆仑山下的千鸟湖旁遇到过一只麒麟兽,可她形容枯槁,羽翼无光,她还褪下了她的一只麒麟角,送给了我。"岳凌飞说着,也拿出自己所得的麒麟角。

母亲目光低垂,轻声叹道:"这都是我的错。"

"不、不是这样,"岳凌飞正色道,"麒麟族高尚磊落,将来的世界一定有他们的一片天地。"

"你的身体中有内伤,内力不顺。麒麟角有解毒之用,将来你在地宫中必遇强敌,你自己的那一只务必要留好了,也许用得着。"母亲接着说道。

母亲的话正好说到岳凌飞的心坎上。"我身体中的隐疾……是先天的不足吗?有什么可以根治的法子?"他因问。

母亲被他一问,反而略显惊讶,接着又说,"我不觉得是先天。你在我腹中受麒麟银角庇护,虽然等了三百年,但你的一体一肤都是完好的。我想你的疾并不是伤,而是毒。从跟着鬼傒师父起,你可中过毒、吃过什么不同寻常的东西?"

"那大概……"岳凌飞心想应该是织禁山上的褐尾蛇。可是茹青在侧,而褐尾蛇毕竟与她相连,岳凌飞不愿多提。何况最后阿姊把解药交予茹青给他和淳于解了毒,岳凌飞心想阿姊若要存心害他,又何需给他解药?

然而淳于中了和自己一样的毒、吃了一样的解药,却恢复迅速。难不成是蛇毒专门为人类而设,所以自己中毒深些?然而早在中毒之前、从昆仑山上的时候起,他已经自知身体有异,可见又未必和褐尾蛇相关。

　　岳凌飞此时心中百般思索，却没有开口直言。他忽然想起遗世谷里隐师父曾多次嘱咐自己喝下的疗伤用的白松露汤，又暗自觉得不该怀疑救过自己又传授了自己绝世武功的隐大侠，可是一股莫名的不安却不由自主地悄悄浮上心头。

　　然而从走下昆仑踏上地宫之路的那一刻起，他就已决意将生死置之度外，而母亲刚刚提起的无界遁诀……只希望自己能撑到那一刻。不，他必须得撑到那一刻。

　　"不管您现在在哪里、将来在哪里，您都是我的母亲。"于是他转过头来郑重地开口，眼睛涨得发红，"我现在就去太初殿救出父亲，然后再来找您。"

　　母亲的眼里闪烁出瞬息而逝的海啸。

　　"我会把父亲带到这儿来的。"岳凌飞毫不迟疑，补上一句。

　　"不、不不，"母亲眼中现出惊恐，"他不能来。水火不容，他身上已受了火行殿的烙印，在这里一刻也活不下去。"

　　"那就等我练就无界遁诀，待中土复兴，将你们一起带回中土。"岳凌飞此时精神已恢复满满，他将适才击中自己的鼍鳞拿在掌中巡视片刻，自信地轻挑嘴角，"待我速去速来。"

　　"我送你一程。"母亲说着，左掌平躺，右掌倒扣，口中无声地念了几个字，一股磅礴的气流在她的周身循环往复，紧接着，岳凌飞与茹青面前的海面上渐渐卷起巨大的旋涡。

　　"这是潮汐之力，月亮与大地，天空与海洋，是驱动五行真气再造时间的神力。我已将它给了你，你今后默念'满溢而没，盈亏不溃'便可驱动潮汐之力，带你到任何地方。太极殿此时日头已升，你先避开昼填星，让潮汐之力带你穿越太极殿，直接去太初吧。"母亲的声音正在节节后退，几乎远得快要听不见，而茹青跟在岳凌飞身后，向他使一个眼色。

"我想潮汐之力就是修炼无界遁诀的必经之路，"她说，"你看，前面就是火行太初殿了。"

第三回　重回太初兮，隐而生变

那日将青庐老妖追到鹿台山下，是他们通往地宫之路上最意想不到的机遇和转折。

当时穿过那一片冷杉林，淳于的目光敏锐地游向远方，搜索着庚天的影子。林里草木交杂，可谁也没预料到，从那一片乱糟糟的废墟之中，他看见远远走出来两个人。于是倏忽之间淳于摇身一变，化作秃鹰之身，径直往那林子上空去，低低盘旋了几圈之后，看清楚了那两人：一个走在前头，是个十几岁的少年，后背斜挎一只瘪瘪的行囊，左腰间一把粗糙的短刀；跟在少年后边一点点的，是一个年纪相仿的女子，比他稍稍高了一寸，白衣轻袜，行动时周身带着一股仙风，暗流涌动。

这两人当然不是庚天。可是……敏锐的直觉告诉自己他们非同寻常，淳于耐心地听起二人的对话。

那少年先说自己要找什么橞树给师父入药，两人走到山谷的溪潭边上洗了一把脸，然后那女子出其不意地开口说，"你的家乡应该在中土，兴许那里还有最后的人族"。淳于从高处听见女子这一句话，又瞥见女子手里拿着刚刚少年随便塞的一颗作为礼物的珠子，顿时从空气里嗅出一丝警醒的气味。

眼见着那女子飘然离去，淳于略一思忖没有再跟。

他回到冷火身边，恢复了人形，把冷火拉到了几丈远外的草丛里。

"找到老妖了吗？"

"没有，"他低声说，"倒有一个意外的收获。"

"嗯？"

"我适才亲眼所见，有年轻的一男一女从冷杉林子里走来，那女子应该是守护昆仑的六合族仙人，"他说到一半，见冷火惊讶地瞪起眼睛，赶忙接着说，"不过那青年男子更奇。他说，他要去中土的地宫，去那里……找他的母亲。"

"你听清楚了，他真的说了中土的地宫？"

"淳于的千里鹰眼和逆风千里耳，从来不会错。"

冷火突然被这么一个消息撞上，一时好像有点蒙，胸口起起伏伏地喘着气，眼睛轻眨两下在思考。

"我也不确定，可他还送给了那女子一颗白色的珠子，有桃核那么大，自己还留了一颗。那珠子表面暗暗的如同裹了霜，内里却有一种金黄光泽，我虽还没看出它从何而来，却想必不是普通的珠子，一定大有来头。"

"你接着说。"

"我看那小子年纪尚小，身手一般。我若想杀之而取那明珠，是易如反掌的事。"淳于伸出一只手，手心朝上，眼神一动之间，手腕跟着轻轻一翻。

"嗯，"冷火刚要点头，却话锋一转，"且慢。明珠是什么来头，我们还不得而知。可是你刚才清清楚楚地听见了他也往中土去、往地宫去？"

"是。"

"他知道地宫的入口在哪儿？"

"他没说。可看那样子，一定也是不知道的。至于他身边那个女子……如果真是仙界的六合人，或许日后还有不少有用的地方。"

二人相对，一时谁都无言。这倒是天助我们，淳于思忖着，如果冷火心里想的和自己一样的话……

"你刚刚说，他不会武功？"冷火问道。

"身形瘦小，没有显露出什么身手，"淳于答，"他倒是说了自己有一个师父，但就只教他抚琴。可我看他骨格不凡，脚步轻巧，莫非是内功有藏？"

冷火轻轻一笑。"他有志往中土地宫去，我倒要会一会他，看看到底是高手还是白丁。"

"依我看，他是有些天分却初初入门。不如……我们趁他还未发育，让我教教他那十二路鹰爪番子，顺便种一粒隐毒在他体内。将来入了地宫周旋能为我们所用，我们不想再用了，随时——"淳于边说边用一只手做了一个横切脖颈的手势。

"好，"冷火微微颔首，"那我们分两头行事……"

淳于将耳朵凑近了，听完也压低声音补充道，"前方这座山是射孤山，绕到山北面，上山二十里，向东有一条小径往山下去的，路过一片梅林。梅林中央夹着一株千年不生不灭的幼苗，往下直通即是遗世谷。遗世谷是我师父出生之地，后来在此练就了绝世的鹰爪劈。师父过世多年，而今那地方只有我一个人知道，旁人断断找不到的。"

冷火点头，拍了拍他的肩膀，转身往桃林的方向去了，淳于看他走远，忽地一变，从原本的人身变作一个老头的模样，飕飕几步遁入射孤山中。

他也有几十年没来遗世谷，几十年间听说发过一次洪水，水退了之后冲上来不少新奇特异的种子，第二年纷纷散漫不羁地生根发芽。淳于一步一寰上了山，只见一路上除了他早前见过的冷杉，果然还杂了不少其他品种，远的好像是梧桐，近的还有梨花和海棠，交交错错，倒有一种古怪的美。

当年自己离开时，冷火或许还未出生。待冷火再称王时，也不知自己还能不能陪他到那时候。此番入世想必艰险万分，可淳于已抱定决心，不惜生命也要保他周全，助他成就大业。淳于一下遗世谷，先经过师父的坟头。当然，师父真正的所在，应该在穹湾——凡是他们鹰族修成出世的，最终都经由昆仑，化羽登仙。遗世谷的小小土坡，不过只是寄托他一个人的怀念罢了。

冷火和那说要去中土地宫的小子上射孤山，再下到遗世谷，少说也得两三天。不知他能不能成功碰到那小子，可他确信，只要冷火能碰到，就一定有本事把他带到遗世谷。淳于寻着旧路一面走一面想，不知那小子有没有什么深藏不露的功夫，不过他既有时间，干脆先去后山看一看，那里有世代秃鹰培植的白芹草，不知今年的花什么时候开。

白芹是一代代秃鹰先祖培植杂交而成的奇花。它的根深而叶窄，数千年安安稳稳长在遗世谷中，每年的花期飘忽不定，开出幼嫩无辜的白色小花骨朵儿。

可是世间人都管那白色小花叫作情毒。白芹的花瓣本无毒，可吃了它的人一旦动情，白芹花毒便在心房发作，情深则毒深，直到受尽折磨、心力交瘁而死。"白芹这样被动的毒，并不算真的毒。"所以师父当年这样说。

淳于没想错，那个叫岳凌飞的小子果然落入遗世谷，后来的事顺理成章。他们一路上难关不少，可是真正濒临暴露的险境却未有过，可说是顺利得异常。直到后来不知什么原因又来了一个茹青，精明古怪，言语锐利，淳于担忧的心又悬起来。

除掉她。这是最好的选择——他甚至已经想好了万全的办法，不着痕迹地除掉这条半路冒出来的小青蛇——可是冷火却拒绝了他。不止一次。

"再等等吧，她一条小青蛇能知道什么，威胁不到你我。"冷火这样回答。

不知道是出于什么原因，冷火对于小青蛇的出现，表现出了超乎寻常的容忍。他默许她跟随他们一路下来地宫，尽管茹青不止一次、毫不含糊地表示自己从头至尾只跟岳凌飞一条心。

冷火的回答一锤定音，没有商量和回旋的余地，淳于的担忧却并未消减。他无法猜测冷火对茹青的心思，只能日日夜夜随时盯着茹青的一举一动。她是一个持久要爆发的隐患，如果有一天，她要敢对他们不利——

可是他们在太初殿与庚天正僵持之际，忽然空中一道闪电，淳于立刻觉得哪里不对——他私下里警惕地扫视一番，发现已经找不见岳凌飞和茹青的影子。

"岳凌飞和茹青都不见了！"他连忙呼唤冷火。

冷火正与庚天对垒，忽然听见淳于一声呼喊，两个人的动作都停了一瞬。冷火回过头来问他，"他们去哪儿了？"

淳于摇头。十有八九是那小青蛇捣的鬼，他的心头一阵痉挛。这自作聪明、多事又该死的小丫头，总有一天，腾出手来就收拾她。

"还有，你觉不觉得，太初殿里荧惑是守神，那东冥虎却有些蹊跷，它一见我们全无凶色，甚至还暗中帮着我们——"这时荧惑冲向戾天也去夺妙明炉，冷火便暂时撇下他俩，来到淳于身后，悄悄向他耳边说道。

淳于沉吟点头。"它是暗中帮着岳凌飞，"他将脑海中的记忆仔仔细细检索一番，"它和那小子，似乎有什么渊源。"

"它就在那儿，"冷火目光指向太初殿中央，"想知道还不容易，待我用摄魂法。"

一语提醒了淳于。于是二人分开，淳于独自引开荧惑和戾天，打斗成一团，冷火则躲在东冥虎身后，出其不意，暗中操动摄魂术，忽然袭击了毫无防备的东冥。

太初殿霎时风卷残云，天昏地暗，戾天见冷火使出自己的看家本领，顿时大惊，荧惑则紧紧收住四脚，不敢轻举妄动，只有淳于知道发生了什么，紧咬戾天不放，而戾天牢牢守着妙明炉边招架边退，两人相持不下。

摄魂之术穿梭记忆和时间，而东冥本身又已在地宫，与中土的时间已然成倍不同，故冷火只在摄魂中去了一刻，倏然乍离，东冥几乎察觉不到发生了什么。

冷火回来时，眼神一沉，淳于就已看出些端倪。

"东冥是岳凌飞三百年前的父亲。是他串通叱罕的二世子，杀死自己的兄弟和叱罕的大将军，然后做了中土的……摄政王。"

冷火的最后三个字说得艰难，显然不愿称他这个篡位的叔叔为王。淳于听他这样说，猛然回头望向东冥，而东冥似乎也认出了冷火——他曾经的侄儿、后来被自己逼上绝路的大玥王子。

三百年前的王子和王叔四目相对，沉淀许久的怨怼和不平在彼此短短的一寸空间里蔓延。冷火的面容涨红，胸口起伏，激愤难平，东冥则黯然伫立，似有悔意。

老虎长啸一声，接着抬起爪子在地上画了几笔，写到第三笔已经看出是一个"悔"字。

冷火盯着东冥片刻，转过脸去，心神激荡不能平复。"原来是你，"他从牙缝里挤出一个一个音符，眼睛漫上充血般的红，"真想不到还能再见到你，叔叔。"

东冥仰起头对着天发出低沉的吼声，眉毛低垂，抬起一只爪子仿佛伸向冷火，而他再迈一步走到它跟前。"你——"冷火犹豫片刻，背后握着九道木长枪的右手更紧了紧，接着却话锋一转，"想不想和你的儿子岳凌飞相认？"

突然柔和的语气，突然放松的面容。冷火向一旁挟着妙明炉的戾天一指，"只要把那老妖手中的妙明炉夺回来，便有办法恢复你的本身，不再做地宫的囚徒。"他淡淡地说道，"也能重新光复中土的人族。你我之间要争，至少也要等到大玥复兴，到时候再争个你死我活。"

冷火讲得有情有义有理，东冥垂首片刻，忽然全身毛发竖起，猛虎出动，大吼一声，直奔僵持中的戾天而去。

机会来了！淳于跟随冷火多年，两人早已心有灵犀。只见东冥上身直扑戾天小腹，戾天也不躲避，反而亮出青刀横在身前，左手推在刀背上，双颊鼓起用力前推，将东冥弹出三丈远。

东冥四腿急收，站稳滑定，反扑重来。他压低身子，后半身向右猛甩，老妖也跟着往前探身，谁知东冥却是声东击西，上身从左扑去，血口大张，正叼住戾天右腿。戾天吃痛大叫一声，打了一个趔趄，身子一歪，妙明炉从怀中掉出。

说时迟那时快，淳于眼见妙明炉从戾天怀中飞出，瞬间化作鹰形，贴着地面直冲过去，叼起妙明炉再猛一上扬，带着妙明炉冲上高空；而与此同时，东冥已咬住戾天不放，冷火忽然出现在东冥背后，合掌默念，"无生天地，无极生太极，至阴至阳，阴阳归一"两掌伸向虚空里的中阴殿堂去唤那里的饿鬼。

"青庐老妖的阴阳大法，快逃！"淳于眼见冷火、东冥与戾天三人缠斗不休，高声大喊，荧惑果然听他所言，慌慌远离，而阴阳大法的黑烟已将三人包围，淳于料定他看不出任何端倪。

顷刻之间浓烟由黑转淡，先是戾天老妖从黑烟中一窜而出，化作一团黑影从太初殿内遁去，浓烟渐渐散开时，只见到东冥的脖子已经僵硬，突兀地向前伸着，一双眼睛不甘心地圆瞪前方，眼中已经满是血红。接着一口浓黑的血从口中喷出，溅到站在旁边的冷火身上，然后身子僵硬地侧翻倒地，最终仰面朝上，直挺挺就要咽气。

冷火轻轻抹去脸上的血。他低头看了一眼东冥——它的身体正在迅速地僵化、缩水，最后老虎的皮毛皆尽褪去，在彻底咽气的那一刻变回了自己原本的人身。

冷火低头看着自己的叔叔，目光近乎怜悯。

"父亲，我来救您了！"东冥咽气没过半刻，忽然远远传来岳凌飞的呼喊和脚步，"父亲，我来了——"

冷火向淳于使个眼色，自己飞身去迎岳凌飞，在太初殿的门口拦住了他和茹青。

"凌飞兄弟，母亲可救出来了？"他先问。

岳凌飞说："见到了，可是母亲不肯离开蓬莱山。那只东冥虎呢？"

"——凌飞，你来晚了一步。"冷火仍旧用一只胳膊拦着岳凌飞，但是身体已经让开对方的视线。

"他、怎么……"岳凌飞见地上平躺的那个人，顿时觉得有无比强烈的引力和共鸣在激荡。

"你来晚了一步，"冷火低下头，平静地告诉岳凌飞，"我已知道你与你父亲的原委，只可惜……"

岳凌飞大步上前，一手扶起父亲的手腕，向他断裂的脉象看了片刻，与昆仑山上北埠凝长老死时毫无二致。岳凌飞的面容渐渐狰狞起来。"是戾天老妖，"他恨恨地说，"就是戾天老妖。"

冷火默不作声，但是点头默许了岳凌飞的判断。岳凌飞斩钉截铁地站起身来，"杀我父者，我一早说过，我与那老妖势不两立！"

淳于此时火急火燎地赶来，由鹰身收回人形，气喘吁吁向众人说道："戾天已先我们一步，往太极殿去了。"岳凌飞赶忙答说，"好，我们就跟着他。"说完横着抱起父亲鼓的尸体，右脚尖点地，用力一蹬，在地上挖出一个九尺的大坑。

岳凌飞将父亲埋葬，却见大坑中原本还埋着一个什么物件，刨开土石，原来是一把漆着紫金的巨大的弓。

"这是父亲最凶猛的武器，随它一同埋了，正是天意。"岳凌飞叹口气，又自言自语地跟上一句，"假若当初没有这把神力无穷的弓，父亲或许未必有今日。"

"我们现在就杀去太极殿。"冷火替他说出了心里的话，"为东冥报仇。"

岳凌飞点头，低头看着父亲，正要将父亲埋葬，可身后忽然一阵乒乓巨响，两个身影正在交战，细一看竟是卷土重来的戾天老妖和一位顾长的白衣女子。茹青最为眼尖，惊叫一声，"龙女神尊……水火不容，您怎么到这里来了？"

原来那女子就是岳凌飞的母亲，传说中冰封三百年才诞下他，随后被捉进地宫的龙女润下。

"我既来了，先结果这老妖的命！"润下一声喝令，岳凌飞连忙飞身，与母亲合力，淳于与冷火交换一个眼神，"先别动"冷火轻轻在他耳边说道。

戾天前一刻刚被东冥重击，咬伤一条腿，可他用另一条腿在空中闪转腾挪，灵活不减。

"母亲！您怎么能下来火殿——我不是让您在太易殿等我杀退妖魔、炼就无界遁诀再救您出去？您快走、快走——"岳凌飞一面以六合剑法与戾天相持，一面心急让母亲不要在此久留。

"戾天拿了太极殿夜填星的光子梭，我正好在太易殿与他撞个正着，一路追来这里。我想这是我命中注定，让我助你一臂之力。"润下答说，"我还以为见不到你父亲了。"

母亲提起父亲，岳凌飞的心中忽然升起绞痛——糟了，又来了——这次的疼痛旋风般地击中了他的心脏，如同千斤的车轮碾过。岳凌飞大叫一声，几欲爆炸，给了戾天一个偷袭的空当。

霎时间只见戾天张开大口露出猿牙，两只胳膊伸出青黑的爪子，伴随一声嘶哑的尖叫，径直扑向岳凌飞的脖颈。岳凌飞此时已痛彻心扉动弹不得，就在戾天扑向他的一刻，龙女润下从侧面化作一条十尺蛟龙，龙身蜷缩，铸成一只耀眼的光球，撞向戾天。

嘭！撞击的一刻如山崩地裂，金色的光球与乌青的戾天扭成一团，接着在空中轰然解体，龙女重重摔下，而戾天嘶叫几声，最终变成一只小小的玄鸟，两只翅膀都烧焦了，跌在太初殿的一个土坑里，呼哧呼哧垂死挣扎。

岳凌飞第一个扑到母亲身旁。

"听着，我的孩儿，"岳凌飞扶起母亲的头，手上已是一摊鲜血，润下摇摇头叫岳凌飞不要说话，接着开口说道，"三百年前五毒泛滥中土、迫使我自沉凉河，而五毒并非无因自起，而是起于弥天姥姥的五毒咒。我想你迟早要面对他，还是现在就把一切都告诉你的好——"

"五毒咒……就是三百年前侵蚀人类智灵的东西？弥天姥姥又是谁？他也在地宫中？"

"弥天姥姥是魔界的魔王。当初弥天姥姥在魔界锻制万磁石成功，并以它打开魔界与中土之门，便开始在中土播下五毒、寄生于人族。我们龙族所属的仙界并非不可与人族通婚，只是当时五毒已侵蚀人类，为保全仙界众生，伏帝才要求我父亲对鼓拒婚，并派神鸟葆江前往，向鼓传递妙行灵草能封印万磁石的秘密。只可惜一切都已太晚，五毒咒终究先一步侵入人族骨髓、控制了王族的全部心智，所以最终为保全六界众生的幸存者、让五毒咒无法再破坏世界、也是为了保护最后的人族幸存者——你，只有一并封印了人族智灵与五毒。"

"——只有无界遁诀能带人进入无界世界，分离五毒与人类的智灵，再以妙行灵草的灵力封印弥天姥姥的万磁石，这是拯救人类的唯一方法。"润下说到此时，岳凌飞只觉得自己臂上母亲的身子正在变轻——她已经变得很轻、很凉，母亲从指尖开始，正在化作一缕缕青烟……

"您怎么了？母亲！"岳凌飞惊慌无措。

母亲脸上露出和刚刚见到他时一样的微笑。"庚天已功力尽失，我穿梭至此本就没想着再回去。"她说着，身子已软得像指缝里挡不住的流沙，可是母亲最后仍带笑地看着岳凌飞，"我早知有这一天，"她说，"我一直盼着这一天早点到来。"

润下说着，身体已化作漫天灰烟，在天空悬浮片刻，接着如初春的雪片般，朝着鼓的方向缓缓下落。"我知道水火不容，我只想临死前再见你父亲一面。我们生不同衾，总算死可同穴。"母亲最后的声音穿过灰烟而来，她的碎片落在鼓已经发冷的躯体上，终于拥抱了自己的爱人。

与此同时，远处被重伤、被打回原形、翅膀烧焦的戾天在土坑里，原本已奄奄一息，却趁润下死去的空当，竟然勉强长出一只小翅膀，歪歪斜斜地从地上飞起，迅速化作一阵黑烟想要逃跑。

众人连忙追赶，可是戾天毕竟拿着夜填星的光子梭，岳凌飞又绞痛万分无法驱动内力，只得眼睁睁看着戾天逃走。玄鸟业已飞走，随后一个声音却隔空传来——

"我以为自己已经机关算尽，想不到有人的阴险还在我之上。你在阴阳大法中穿梭自如，变作秃鹰劫走妙明炉，接着又对东冥虎暗下狠手，那才是真正的阴险小人呀！"

淳于听见戾天开口刚说几个字，脸色瞬间转得阴沉，等戾天说完，岳凌飞与茹青，齐刷刷地将目光抛向他时，他反而面上露出一丝微笑，双眼狡黠。

淳于知道时候终于到了。"你早在射孤山上喝下的白松露时，便已中了我的绝情毒。白松露即是白芹花水，你日后只要稍动感情，诛心之痛日夜累加，终有一日要你的命。"他面露得意，接着长舒一口气，瞬间变作一只银灰色的秃鹰，冲上天空盘旋两圈，又飞快地低头俯冲下去。

他的头压得很低，宽大的羽毛拢在身侧，锋利的长喙已做好所有的准备。而岳凌飞的心思仿佛还未回转过来，眼看淳于就要一剑挑破他的脖颈……

"小心！"茹青尖声的惊叫划破空气，可是已经来不及了——淳于的脸上浮起最后一抹如归的微笑，将全身之力聚于喙上，轻轻拨转羽翼，径直扎向岳凌飞的心口。

岳凌飞措手不及，心口被刺中，大叫一声，回身挑起六合剑刺向淳于。然而淳于一心顾着刺破岳凌飞，只想着越深越好，丝毫没有躲剑的念头。六合长剑迎风挥过，淳于顿时被劈中弹开，重重砸向身后一根参天的铜柱。

铜柱开始晃动、碎石掉落，一阵轰隆隆的响声由远及近……砰！啪！轰隆隆隆……

一声巨大的爆炸将淳于高高摔向空中，铜柱被炸得四分五裂，碎石如雨砸向地面，而中心露出一个三尺宽的洞口。然而淳于已经失去控制，重重砸地的时候奄奄一息。

他的眼瞳开始褪色。从最深的褐色渐渐消散，变成无边无际的灰。他的眼睛还睁着，脑海中记忆的画面却比任何时候都看得更加清楚——

他从遗世谷仓皇出逃，跌落幽谷冰坛被他救起；

他们没日没夜地比武练功，树下的飞叶漫天；

他跟随着他，获，中土的王子，第一次深入青庐老妖的道观，第一次共同穿越时间和生死……

他的记忆如断片回闪，回到第一次练就阴阳大法从中阴的殿堂返回，就在早已破败的青庐观门口遇见小燕子倪玲的那一天。"你知道，要是那自称是地宫飞来的小燕子说的是真的，那世间的高深大法，可就不止这一个阴阳大法了。"那日从小燕子口中听说了地宫的五行灵力和无界遁诀，冷火忽然开口向淳于说道。

淳于点点头。

"而世间法术所能及的事，也就不止是找一个老妖报仇那么简单了。"冷火接着又说。"你我二人，也服过戾天的丹药。若是我们先老妖一步，入中土地宫，取其灵力，那岂止是杀一个戾天老妖，整个世界都得对我们俯首帖耳。"

他好像明白了什么。

然后冷火放低了声音，悄悄告诉他，"有一件事，我从没告诉过任何人"。

"嗯？"

"你知道，我曾经是中土唯一的王。如果……如果之后没发生那么多肮脏的勾当。不过！"冷火说到此处，话锋忽然一阵，"我们若是取了那地宫的灵力，夺回的就不止是中土了。你明白吗？"

当然，他当然明白。淳于望着面前长身而立的玄袍公子，就和自己第一天跌落冰潭谷，被他拼命救回来的时候一模一样，恍惚间好像已经和他同生共死了三百年。

于是淳于上前一步，冲动中单膝跪下，握住冷火的双手，亲吻了他的手背。"你在冰潭谷救我的时候，"淳于一个字一个字地说，"我就发誓，不论以后你做什么，只要你需要，都要助你一臂之力，万死不辞。现在你要入地宫取五行灵力，我必定奉陪到底。"

以至于他就快走进死亡之域的那一刻，仍旧匍匐在冷火面前，将他的耳朵拉近自己口边。

"找北沐瑶……"每一个字带着寒战，"找到妙行灵草，我的王子。世界就在眼前了，我的王子。"

淳于的身体逐渐冷却，他的眼睛还睁着，眼瞳却开始渐渐褪色，原本浓重的深灰色正在变浅，接着好似染上了湖水一样的蓝，到最后，竟露出一双和冷火一样的灰蓝色眸子。

冷火此时就蹲在淳于身边，霎时被那双熟悉的颜色所击中——他自己眼睛的颜色，是缇昙给的，而淳于……怎么……

"天狼缇昙死时魂飞魄散，而我当时亦在符禺山下被叱罕的魔师重创，是我吸了它的魂魄才得以延续。我想这是命中注定，我继承它的魂魄和记忆，注定要和你相遇，帮你完成你想做的事。"

"你、竟然……你怎么不早说？"

淳于此时身子已经冰凉，四肢完全动不了，只有两片嘴唇发出最后的一丝声音，"缇昙陪你走了一程，我亦陪你走了一程，之后的日子，是获王子一个人的了。我的王、永远的王……"

第十五章　大结局

上

　　他的世界好像沉入了浑浊的海水。风声、水声、海底的涌动裹着泥沙和石砾，咕咚咕咚灌进他的耳朵。

　　淳于竟然会伤他？！

　　震惊和疼痛同时向岳凌飞袭来，说不清哪一个伤他更深。他忘不了淳于向自己俯冲而来，那陌生的、决绝的、好像不认识的眼神，不能说没有一点线索和怀疑，可是他当真要以命夺命，那突如其来的瞬间还是超乎了岳凌飞的想象。

　　鲜血从自己的胸口殷殷而出，岳凌飞一瞬间仿佛脱离了躯体，像一个旁观者看着将死的自己。不能睡、不能放弃，他站在一旁给挣扎中的自己拼命打气，接着眼前一晃，竟然看见——

　　"凫徯师父？"岳凌飞叫出了声，以为自己看花眼了。难道自己真的就要死了，这是临死前自己人生的一幕幕闪现？

　　然而凫徯师父出现在眼前，却并未闪离，反而笃定地向岳凌飞走近了，接着开口对他说："好久不见，小子。"

　　"凫徯师父，真的是你？"一种做梦般的感觉升起，岳凌飞此时仿佛离自己的身体更远了，他的灵魂跟随着师父，完好无损地站在师父面前。

"我是在做梦吗？"他开口问。

"不是你在做梦，是我在做梦。"师父开口答说，"不过在无界世界里，你做梦还是我做梦，也没有什么分别。

"这是……无界遁诀的世界？"岳凌飞喃喃地问道。

"真正的无界世界，谁也没有去过，谁也不知道是什么样。我不过是飘浮而来，和你说两句话就走。"师父答说，"世人皆知我的轻功极高，可离无界遁诀还差得远哩。轻是武功的上上品，无界遁诀就是轻功的极致。当人完全摆脱了身心的一切重量，就能进入无界世界。无界世界里，一切质量、时间、空间都不再存在，甚至是自己。"

凫徯师父的几句话如谜语，岳凌飞甚至都不知道自己是否听明白了。"质量、时间、空间都不再存在是什么意思？我又在哪里？"凫徯师父正在远去，岳凌飞连忙追着师父发问。

"五毒在哪里，人族的智灵就在哪里。智灵在哪里，你就在哪里。"凫徯的声音洪亮辽远，"当年在鹿台山上，我还生怕认错了你。而今看来我没错，穿过太极殿的隐仙门，只有无界遁诀能带你进入极细极微的缝隙，将人类的智灵与五毒的诅咒断绝。"

"无界世界里极细极微的缝隙，到底是什么样？"师父正在远离，岳凌飞紧追不舍。

"我早说啦，没有人去过、没有人知道。当然啦，确切地说，是没有人去过又返回来。就像死亡，有人能告诉你死是什么感觉吗？"

师父消失在视野尽头的那一刻，岳凌飞睁开了眼睛。冷火和茹青都还在，可是周围却冷清开阔，不远处有一方小小的天井，难道说他又回来了……

"沐瑶？"

她站在离他三步远的地方，脸上苍白含泪，长长的衣袂垂向地面，几缕凌乱的散发粘在脸颊。她的面容憔悴至极，地宫昏暗无光，可北沐瑶站在那里，依然是全天下最美丽的光。

她一只手轻轻垂下，而另一只手里——

一个婴儿？！

北沐瑶这时才向他走近，她的一双眸子里倒影着他的惊讶、茫然和突如其来的惊喜，在岳凌飞大步奔向她的时刻。

"你离开昆仑半月有余，我已发现自己有身孕。"她的一双眸子注视着岳凌飞，有期待有紧张，"可我不想因为它、因为我自己给你负担和压力，追到地宫入口都没说出口。谁知地宫半日，世上已是数月而过，我刚下来太极殿内，他就迫不及待地出世了。"

北沐瑶说到此处，低头看一眼怀中的婴儿，眼角浮起一种微笑，"我理解你，"她轻声说，"我知道你为了地宫放弃了多少。我只想帮你。"

"我爱你！"岳凌飞此时奔向北沐瑶，紧紧把她抱在怀中。他的告白来得直白而坚决，四下里寂静无声，仿佛都在注视他们的重逢。

"你别这么用力，抱太紧呼吸不了啦，别伤着他。"北沐瑶欣喜娇嗔，推开岳凌飞，低头去看自己怀中的婴儿，脸上泛起羞涩的霞光，"他才刚出生几个时辰，你看。"

岳凌飞凑上去注视着北沐瑶怀中的婴儿，婴儿睡得安稳宁静，仿佛和这阴险复杂的地宫完全没关。他小心翼翼地用手背轻轻贴上婴儿的脸颊，满心激动不能平复。岳凌飞紧紧拉着北沐瑶的手，不知道该怎么说话。"我、沐瑶……"他语无伦次，"早知道、我真的……早知道，我一步都不会离开你。"

"我知道。"北沐瑶点头时露出一抹浅笑，"我也爱你。"

岳凌飞小心翼翼地接过沐瑶怀中的婴儿，抱在臂弯之中，仔细端详了片刻，正要亲亲那粉嘟嘟的小脸蛋，北沐瑶开口说道，"正因为我们是如此的爱彼此，我们才更要同心协力。"她说，"我还知道了妙行灵草真正的灵力。三百年前中土大劫，最后是妙行灵草封印了弥天姥姥的万磁石、将五毒的诅咒永远锁起。你若要将五毒与人族的智灵分离，我便要在那一刻重新封印弥天姥姥的万磁石，让他永远无法在六界现身。"

"你一直在太极殿？你刚刚也在这儿，见到我师父凫篌了吗？是他告诉你的？"岳凌飞听北沐瑶如此说，连忙问起自己的师父。看来那不是他的幻觉，师父真的来过、真的告诉了他无界遁诀的奥秘……

北沐瑶却摇摇头说，"是填星告诉我的。当时我与猴王填星一同被庚天的阴阳大法团团围住，他要我保存灵力、不要乱动。我还看见你了！你当时就在这里——而你却看不见我。"

原来如此！冥冥中总觉得有人注视着自己，岳凌飞此时心中恍恍惚惚，好像正明白过来什么。原来北沐瑶紧随自己走下地宫，不过——"等等，你的叔父呢？"他忽然想起。

北沐瑶被岳凌飞一问，深深地呼一口气。"北埠丰和庚天是一个人。"她说，"从小看我长大的丰叔，就是天母宫中偷喝圣水逃向凡间的青庐观庚天。是我将他带入地宫，这是我的错。"

北沐瑶的声音低沉，忽然又着急说道："他可飞去太初殿阻击你们了？"

"有。但现在我想你不用担心他了。庚天已受重创，拼着一口气逃之夭夭，我想他再恢复个几百年，功力也恢复不到五成。"冷火这时走上来向他二人说道："而今助你一臂之力、修炼无界遁诀要紧。"

岳凌飞点头。北沐瑶环视左右，又问，"与你们一起的那位白袍的公子呢？"

众人一时都语塞。岳凌飞只答说，"说来话长，"接着便说，"凫傒师父告诉我，需在太极殿中，穿过隐仙门，就是无界世界。"

茹青当时站在岳凌飞身后，听见他说"隐仙"二字，登时脸色一变。可是当下里没有人看见她的表情，岳凌飞只是紧紧牵住北沐瑶，环视太极殿内、绕过高大耸立的三排铜柱，太极殿的尽头露出一座拱形的高大石门。

石门分左右对称的两扇，刻着不对称的暗纹，两扇门之间密不透光，也看不出有多厚，仔细看去，中间正好拼出一个"隐"字。

岳凌飞站在隐仙门前，回身轻抚北沐瑶的头发。"你们在这儿等我，"他说，"我师父说，隐仙门之内，就是无界世界。"

"不行，我们陪你一起进去。"冷火第一个开口，自己也往前一步，"说好了的，不管去哪里、谁生谁死，我们同进同退。"

"先推开这道门再说吧。"北沐瑶此时看一眼自己怀中的婴儿，再看向前方紧闭的两扇石门，最后将目光落在岳凌飞身上。

于是他轻轻点头，然后双眼低垂，沉息片刻，接着忽然双眼一瞪，左掌平躺，右掌倒扣，口中念说"满溢而没，盈亏不溃"一股磅礴的气流顿时从岳凌飞的身后酝酿、升起，自下而上、自内而外在他的周身往复，随着他身子内聚集的真气而快速地涌动，在隐仙门前带起一阵呼啸的狂风。

潮汐之力已经汇聚，岳凌飞将双掌徐徐回收，忽地大喝一声，两掌从怀中掏出，直扑向门前的石门。潮汐之力如电如雷，击中隐仙门的瞬间石块飞溅、灰烟冲天。

岳凌飞以潮汐之力重击隐仙门，自己被反作用力推后几尺，稍稍站定，冷火已第一个穿过浓烟走入石门。

"小心！"岳凌飞连忙跟上，北沐瑶和茹青亦尾随，等浓烟稍微散去，几个人都跨入石门，发现隐仙门后初看并没有什么神奇之处。

刚刚崩塌的石门之内，往右露出一条铺着碎石子的小路，路窄而短，走了不十步已是尽头——而尽头处，竟是一扇和刚刚一模一样的拱形石门。

四人在同样的门前收住脚步。"难道隐仙门不止一道？"冷火猜测地说道，"这扇门与我们刚刚穿过的那扇毫无区别，连花纹都一模一样。"

岳凌飞上前仔细查看这第二道门，转而又回头，望一望刚刚走过的废墟。"我也不知道，"他说，"我们先把这道门也破了再说。"

于是他继续调息运气，可是心中脑海却难以平静。他的心口又升起难以抑制的疼痛，而与疼痛同时出现的，是一个声音……一种模模糊糊的影像正在升起。岳凌飞奋力甩甩脑袋，接着在第二道石门崩塌的一瞬，眼前忽然看见了自己的父亲和母亲。

——年轻的、相爱的父亲和母亲。只是一瞬间的幻觉，岳凌飞在石门碎裂之后第一个扑上前去，然而幻觉早已消失殆尽，脚下延伸出的小路尽头，依然是一道隐仙门。

路径曲曲折折，回头已望不见来路。过了一道门又是一道，永无止境的隐仙门，出不去进不来，几次三番之后，茹青第一个察觉他们陷入了一个没有出口的循环。

"这是昼填星布下的八卦阵图。"她走在最后，此时终于鼓起勇气开口，"地宫里众所周知，夜填星温柔慈爱，而昼填星暴躁乖戾，八卦阵图是他设计的迷宫，据说昼填星全知全能，他的阵图中藏着所有人身世和前世的一切秘密。"

岳凌飞恍然大悟般双眼发亮。通向无界世界的路途，充满了忘却的记忆和无处不在的曾经，他要尽力地想起，又要尽力地遗忘，父亲和母亲、迷惘的童年、日极则仄的大玥国——一切都铸成了此刻的自己。他要闯、他要走到隐仙门的尽头，那是他一路上唯一的使命，是他生命中唯一的终点。

直到下一道隐仙石门又出现在目光的尽头。

"等等，先别去！"茹青在他的身后，忽然抬高声音，"这一道门不一样！"

"嗯？"

"这一道门，和前面所有的石门正好是反的。你看左右两扇的花纹和中间拼成的'隐'字，之前的所有石门，都不过是这一道门的对镜。所以这才是真正的隐仙门！"茹青急忙忙地说完，到最后脊梁一颤。

她想起以前听师父说过，隐仙门是地宫里最碰不得的存在，那背后……

"太好了!"岳凌飞一听,一门心思直愣愣就往石门前赶,却被茹青一抓袖子给拦住。

"别去,先别去……"她焦急地开口,"等昼填星退去,换夜填星来时再去破开隐仙门,或许就能避开他。"

"避开谁?昼填星?"岳凌飞不解。

"对,昼填星。昼填星的武功凶煞歹毒,不是一般人能想象。我们穿越他的迷宫、攻破他的隐仙门,他必定早已埋伏好,使出最凶狠最毒辣的报复。现在离天黑也不过个把时辰,我们不差这一时一刻……"

"你说要我们等着?"

"你就这么贸然去闯,要送命的!"茹青大声回答。

岳凌飞回头看一眼北沐瑶和怀中刚刚出世的婴儿。"你要我带着沐瑶和婴儿在这没有退路的迷宫里止步不前?你疯了。在这里多待一刻都是危险,我早一刻进入无界世界,就多一分希望保所有人周全。"岳凌飞难以置信地瞪着茹青,在那一刻,他又感到诛心的疼痛正在升起,他知道自己若此刻再不闯开隐仙石门,恐怕就来不及了。

于是岳凌飞强行甩开她,斩钉截铁地冲向前方,在接近隐仙门的时候将双掌收在胸前聚合——

母亲,请帮助我,母亲……

四周的空气开始旋转聚拢,大地左右摇晃,隐仙门的门框震得咣当响,岳凌飞屏息凝神,聚集起一切心意、信念、力量和决心,双腿根扎于地,将潮汐之力在掌中最后酝酿片刻——

一声轻微的、什么东西正在折叠的声音传入他的耳朵。岳凌飞睁开双眼,只见被自己击中的隐仙门并未碎裂,而是吸收了自己的全部力量,石门的两侧开始熔化、变形,整扇门正极速地收缩、凝结,直到聚拢成一个拳头大小的光球,悬浮在他的眼前……

"嘭!"

一声震耳的爆炸,空中的光球以前所未有的姿态四分五裂,可爆炸中四溅的不只是光,也不只是石块和瓦砾,那碎裂的瞬间一股剧烈的热气和火焰从光球里喷涌而出,好像已经在背后积攒了几百年的力量、暴躁和野心,终于得到机会冲破阻碍。熊熊的烈焰霎时向岳凌飞扑来,而他的两掌尚未收回,已来不及反应。就在烈焰快要挨到鼻尖的那一刻,说时迟那时快,忽地一个青色的细瘦身影,从岳凌飞的背后蹿出,如翅膀一般张开臂膀挡在他之前,扑向那浓浓烈火。

那个青色的影子扑向火光的那一瞬,他眨了眨眼,觉得那一刻很长。

岳凌飞的眼睛血红,他手里的长剑刚刚拔出,"咣当"一声掉在地上。那在梦里见过无数次的场景——吞天的烈焰、长衣和纱袍,被火光和烈焰吞噬、替他去死的纤细背影,他怎么今天才记起,那背影竟是一身青色的袍子?

"我背叛师父、欺骗手足,犯了地宫中不可饶恕的重罪,早就知自己命已不久。隐仙门后,昼填星埋下的火种,必须以一个地宫生灵的肉身生祭才会熄灭。我这样死,就值了。"茹青以自己的身体拥抱着火焰推向远处,她的声音从熊熊大火里传来,岳凌飞向火焰奋力一击,想伸出手拉她一把,茹青却话音一毕,早已无影无踪。

"茹青!你怎么——"岳凌飞甚至没能说完一句完整的话。他撕心裂肺般大吼一声,身心炸裂般一抽。疼……熟悉的诛心之痛又漫上他的胸腔，熟悉的腥甜又涌上他的嗓子。

冷火此时已紧跟着飞身上来，大喝一声，运起全身真气将烈焰顶开，只是茹青已经连影子都被吞没在火里。岳凌飞登时站不住脚，哇地大吐几口绛色的浓血，好像被关进了真空中喘不过气。

他倒在隐仙门的焦土之上，有一瞬间的晃神，只觉得眼前的一切都不真实。他伸出手去触摸被烧焦而刺鼻的地面和墙垣，脑子里一片空白。

……织禁山上他身中剧毒，茹青为他出生入死，早说过自己等不到回报的那一天。

……当日在太始殿中，岁星咬牙切齿、将她赶出太始殿时，自己答应她"不会让她无路可走，不会让她无处可去"她只是报以感激而绝望的微笑。

……太初殿里庚天老妖布下摄魂雾，她的幻境里就只有死亡。

……到最后她临死前，他对她说的最后一句话，却是愤怒和埋怨。

原来她早知道自己活不长。离开地宫活不长，不离开也活不长，原来她早已想好在太极殿的烈焰中飞蛾扑火。

岳凌飞做过无数次、拼了命去躲避逃离的噩梦，还是在此刻变成了现实。他的生命里经历过失去，也经历过痛，可是现在茹青死了，他反而头脑呆呆，连悲伤都察觉不出来。与当年下昆仑山辞别沐瑶时的悲痛不同，他此刻只觉心中空虚如满篇空白。

北沐瑶是他的生命、他的根和信仰，为北沐瑶而死，他可以毫不迟疑，以命抵命，连眼都不会眨一下。但是现在——这条小青蛇突然走了。他聪明的、卑微的、毫不重要却无处不在的小青蛇，就这样瞬息之间葬身火海，连挽救都来不及，岳凌飞霎时觉得整个世界空空如也，连时间都空了，剩下来大段大段的漫长人生，想不出该怎么度过。

她真的，就这么死了？

中

　　"茹青！"烈火烧过之后的废墟之上，哪一寸灰烬是她？

　　冷火将脸转向凹凸不平的侧壁，双手撑在墙面上，整个人因为愤怒和绝望而发着抖。"你回头吧，"这是茹青飞身扑火时留给他的最后一句话，冷火的拳头攥紧得发颤，指甲在掌心勒出一道道血痕。

　　她就是季儿。她就是他想保护，但无论如何挽不回的人。他是个懦弱的王子、不称职的背叛者，他以为马上就要接近那强大到无所不能的自己，却还是在这途中丢失了他所在意的一切。

　　如果他掌握了一切……无界遁诀能带她回来吗？冷火的嘴唇抑制不住地颤抖，他要用这天下独绝的武功、用地宫里贮藏千年的五行灵力主宰世界、重置生死。对！就现在——

　　她死了，他没有必要再掩饰。冷火仰头震天一吼，两只眼睛烧得通红，"我这就用五行灵力给你报仇，重新开天辟地、穿越生死、把你带回来！"他发狠地从牙根里挤出一句话，接着噌噌两步，越过废墟就往隐仙门中冲去。

　　岳凌飞吃了一惊，霎时间还伸手去拦他，"你、你要干吗？"

　　"人族灭绝是罪有应得，他们根本不值得拯救！"冷火向岳凌飞大吼，接着又转作癫狂地大笑，"只有我、只有我主宰的世界，才是值得存在的世界。"他说着，从背后拔出九道木长枪，敞开黑色的长袍，周身霎时旋风滚起，周圆敦、妙明炉、真如缊、常在缶、不动簋五只法器依次飞出，紧紧地悬在他的四周，"来吧！让五行地宫的珍宝不再隐藏，让这强大的灵力为我所用！"

五只法器高速飞旋着，彼此好像正在连通而发出吱吱的响动。岳凌飞一看，来不及多想，先一个劲步扑上前去，伸手已经快触到不动簋……

"轰！"冷火余光早已瞄到他，暗中将九道木从右手换到左手，在岳凌飞靠近时从下往上一挑，岳凌飞那时早已被潮汐之力耗尽内力，登时被挑开五尺远，接着冷火横着再是一掌，径直朝他的人中打去——

"你做梦！"北沐瑶此时就在岳凌飞身侧，眼见冷火的一掌横来，妙行灵草不由自主被激发灵力，瞬间化作一道光束，正面接住冷火的一掌，将他推开，自己也被击中肩膀，身子一颤。

"你的妙行灵力不是无穷无尽，不要浪费在不够危急的地方。"北沐瑶此时忽然想起夜填星的苦口婆心，心知这一掌，恐怕已耗损了灵力的大半。

可是岳凌飞耗尽内功驱动潮汐之力，又从诛心之痛里稍稍解脱，刚恢复了几分精力，他怎能再接这一掌？

冷火被妙行灵力击中，晕眩片刻，便重新站定了，即时就要卷土重来。他处心积虑了这么久，为了这一刻几乎放弃了人生的所有快乐，现在终于等到回报的这一刻，他要做五行灵力的新主人，他要在自己主宰的世界里将他失去的一切加倍夺回……

隐仙门内，以至于整个地宫，在那一刻万籁俱寂。紧接着只听"啊"一声狂呼，又一声好似巨石砸地，只见冷火身边的五只法器之间，忽地从微弱的吱吱声转为炽烈的火星，五只法器耀如电火，在空中打出一只闪电般的强光，接着瞬间失色如同五块废铁，而每只法器中又猛然扑出一只毒兽，快如闪电，无声无形间从四面攻向冷火，冷火瞬间被击倒，脸颊漫上青紫，而口中狂呼，几近发狂。

接下来的一刻，无数的阴间煞鬼不知从哪里冒出来，扑向已经神志癫狂的冷火，冷火拔枪砍去，煞鬼一遇刀锋即变作一阵绿色的浓烟，刀锋一撤就又聚合成形，更加凶狠地与冷火残杀起来。

"这是他自己不得要领，催动了地宫的五行法器，召唤出的阴间煞鬼。我看他撑不了多久了。"北沐瑶看着汗如雨下、脚步狂乱的冷火。果然，绿色的烟雾越聚越浓，而冷火忽然高叫一声"啊呀！"接着手中的长枪"咣当"落地，身子直挺挺地向后倒在地上，面色青紫。

"哈哈哈，世人都晓地宫的五只法器，法力无双。可你们只知它们贮藏真气，威力无穷，却不知法器皆有双身，就是为了保护五行灵力不落入他人之手。现在这五种极阴极寒的电、光、波、动、振，全扑在身上，疯癫而死不好受吧，啊哈哈哈……。"

头顶响起一阵尖锐的笑声，一听就是昼填星那恼人的嗓音，他从隐仙门内的一条漆黑的暗道走上来。冷火已倒地昏迷不醒，昼填星也笑完了，探进一个脑袋来，见岳凌飞还在门内呆立，轻轻地倒抽一口冷气。

"噫！你这小子，怎么还在这里？"昼填星说着，语气已从惊奇转为恼怒，也不等岳凌飞回答，"噌"一下蹿过他的头顶，接着"喀"一声嘶叫，伸出一只爪子，直奔岳凌飞的双眼。

昼填星满脸金毛，个头矮瘦却手长脚长，肩膀隆起，头微微向前探出。岳凌飞一个钻拳从怀中掏出，击飞昼填星的爪子，昼填星此时身子微倾，一脚点在右边墙上，用力一蹬，眼睛斜睨着岳凌飞，龇牙，摸须，敛扣，接着一只脚已抵在岳凌飞的小腿上。

岳凌飞吃痛，惊叫一声，原来昼填星的脚上插着细细密密的小针。"小心他有暗器！"他连忙提醒身后抱着婴儿的北沐瑶，"你们赶快躲远！"

北沐瑶哪里肯离开，她将婴儿换到左手，右手拔出"银针"挡在身前，而岳凌飞全身微弓，脚下暗暗往前蹭出两步，忽然猛然提速，腿上用力一蹬，如饿虎扑食，向昼填星头上劈去。昼填星侧身一躲，摇头晃脑，此时岳凌飞已腾空，腿上飕飕生风跨向昼填星身后，接着回身肩膀一抖，手中的妙北剑直抵昼填星下巴。

昼填星这时身子回缩，如若无骨，用爪子抓一抓侧脸，接着顾左而向右，嘶叫一声，爪子一放，齐刷刷几只极小的银色弹珠从它掌心弹出，撞在侧壁上却更增势头，岳凌飞应接不暇，被击中眉骨和小腹，裂开两道血淋淋的口子。

"呵呵哈，由静则动，由动则明，由明则变，由变则化，由化则空，万化皆空，万法归一。"昼填星身子向后微仰着，得意地高声大笑几声，念了一句口诀。

昼填星全身上下皆是暗器，岳凌飞眼看己处于下风，他沉息片刻，腿上载了十二分力，忽然用力一蹬，双腿腾空，身如飞龙在空中旋转三圈，飞至最高处转身面向昼填星方向，不动声色地将真气推至右手，接着借着降落之势一掌劈下，穿过太极殿内的灰烟，以迅雷不及掩耳之势击穿昼填星的胸肺，直接将它打飞出两丈以外。

昼填星着着实实吃了一亏，猛然回头一走，手中变出一团金粉，当空一撒，金粉在空中的反光晃得人霎时睁不开眼，他就趁着这一瞬一溜烟，消失在隐仙门内。

岳凌飞的第一反应是追击，可是他余光一瞥北沐瑶面色苍白，冷火全身青紫僵硬，犹豫片刻，返身走回来握住北沐瑶的两只手。

两个人彼此相望，有短暂一刻的无言。他的心开始剧烈地跳动，扑通、扑通……下一刻他才发现是怀中母亲留给他的那两颗珠子正按捺不住地颤抖，忙把它们拿出，托在掌心。

目光的尽头飞来一只大鸟，深浅棕色相间的羽毛，头颅低垂。

"葆江？"岳凌飞此时方意识到自己面前的鸟儿是谁，这时大鸟也抬起了头颅，露出两个空空的眼眶。岳凌飞手中的珠子飞向大鸟，重新填入葆江的眼眶中，葆江一时恍如复活般，仰起头颅扇动翅膀，空中飘起飞落的片片羽毛，每一片都是一段三百年前的记忆碎片——

崇吾城内，十六岁的荻王子被自己跋扈剽悍的叔叔鼓夺去所有，跌落冰潭，从此隐姓埋名；扬南茂盛的树林内，母亲与刚刚成为大玥新王的鼓初次相遇；蓬莱山上，鼓的挑衅与争吵，母亲的眼泪和龙王的怒火；伯牙殿外划破云霄的紫火飞箭，桀骜不驯的夸口，永无休止的屠戮……

漫天的碎片裹着三百年前的记忆，点醒了岳凌飞迷茫的神经。母亲口中连年的征战和屠杀，疯狂蔓延的冤魂和恶鬼，膨胀、漫溢而终于再也不受控制的、砰然爆发的五毒咒，冲破地宫的层层封印，流向人间，如饿鬼般吞噬了人类的智灵。

而来自昆仑山的使者葆江，曾是人族最后一棵救命的稻草。它带着天帝悲悯的好意，却被鼓一箭断送了生命。自鼓死后，无知无觉，无生无死的行尸走肉成为人类的代名，慢慢灭绝是等待他们唯一的命运。

虽然已听母亲说过，可岳凌飞此时终于看清这场大难。葆江在纷飞的羽毛中隐去了行迹，羽毛渐落时，岳凌飞的面前只剩下一面顶天立地的明镜。镜中有岳凌飞自己，而自己在镜中的身后，浮现出两条硕大的黑和白，团抱在一起。

隐仙门的废墟、怀抱婴儿的北沐瑶、一动不动的冷火都纷纷离自己远去。不对，岳凌飞回过神，意识到他们都没有动，正在远去的是自己。

他的身子好像变得很轻、变得透明，不再有诛心的疼痛，不再有无法痊愈的伤口。他隔着顶天立地的明镜，注视着镜子里的自己，而那个岳凌飞正缓缓倒在地上，瘫软得像一条蚯蚓。

岳凌飞的灵魂离开身体飘向隐仙门内，而北沐瑶抱住岳凌飞瘫软流血的身体，惊恐地感知他正在渐渐地冷却。

"你怎么了？"她失声惊叫，可是自己的体温也暖不回岳凌飞正在消失的生命痕迹，北沐瑶以为他要死了。

"你别走、你别走……"她拼尽全力抱住他的肩膀，想用妙行灵草的最后一点灵力将他唤醒。那一刻她真想把无界遁诀、封印五毒咒都统统甩在脑后，只想用妙行灵力救岳凌飞回来。

"我只想你活着——"她的心情如泣如诉，泪水混着岳凌飞殷殷的血迹，弄脏了自己的衣衫。"什么光复人族，守护天地，说到头来与你又有何干系？我只想跟你一起，生生死死和你长相厮守，不可以吗？"

"我猜他也想活着，他也想生生死死跟你长相厮守。"转而一个沉沉的老声从北沐瑶的背后响起，她抹抹眼泪转过头，见是一个瘦瘦的老头，长须长发，削肩直背。

"您……认识岳凌飞吗？"

"岂止是认识。他还没认识你的好几年前，早在鹿台山上就认识我了。"

"您是他的师父？"北沐瑶反应过来，好像突然间得了救星，眼中露出由衷的祈求。"凫傒师父，您一定有办法救救他……"

凫傒定定地盯着北沐瑶看了一会儿，开口说，"你就是昆仑山上的新继承人、北埠凝唯一的女儿？"

北沐瑶点头。

凫傒又问，"你就是妙行灵草的化身、将要以妙行灵力封印弥天姥姥的人？"

北沐瑶迟疑片刻，又点头。

"那你哭什么？"

她语塞。她是昆仑山上的仙女，也是妙行灵草的化身没错，可她也有心，也有快乐和忧愁，有自己无论如何都不想看到、无法接受的事，有自己的爱和私心。

于是北沐瑶说，"可我也想做一个快乐的人。我想和岳凌飞永远在一起。"

"这也难怪凫傒仿佛现出一点微笑，"每一个人都有自己想要的东西和不能放下的人。你觉得岳凌飞是为了谁、为了什么才来到地宫，他为了什么宁肯放弃自己的快乐、生命，甚至是自由？"

北沐瑶的眼泪还挂在脸上，听了凫傒的话，眨眨眼睛，好像就要被唤醒的模样。

"因为他爱你。他不是以一颗狭窄的心去试探，而是以一颗宽广又平静的心爱你，所以他决定了把他人生中最珍贵的东西交给你，和你分享：他的使命。你们的命运早已相连，整个人类赋予他的、妙行灵草与六合族赋予你的使命，早已是同一个。你还害怕小情小爱不能长久、生生死死不能共度？"

北沐瑶此时如五雷轰顶，怔怔不知如何作答。她怀中的婴儿好像已感受到母亲的决心，忽然扬声啼哭起来。

北沐瑶抱着岳凌飞冷却的躯体和哇哇大哭的婴儿，内心悲痛却打起精神，她已做好了最坏的打算，封印魔界已迫在眉睫，每一刻都可能是她的最后一刻，现在，必须要和她刚出生的孩子诀别了——

"孩子、我的儿，娘知道，你已没有了父亲，这样无情地把你独自丢下，是件多么残酷的事情，可如果娘此刻顾忌自己性命而不去完成这个使命，却真是枉费了你爹的牺牲。这天下的人族乃至所有下界众生对于我们这些守护他们的神仙而言，也都好比我们的孩子，他们的生命也需要我们的守护与陪伴，看着三百年来他们这样失去智灵的躯体在黑暗中受尽折磨生不如死，娘亲不敢想象若未来的某一日，这样的事情继续发生在你身上，那会是多么的惨烈。此刻我也只有暂且抛下你去奋力一搏，倘若为娘此番不能平安归来，你也一定要把爹娘守护世界与六界生灵的使命继承下去……"

她怀中的婴儿奇迹般地在北沐瑶话音落下的一刻停止了哭号。他的脸色又恢复了平静，两只清亮的眼睛盯着自己的母亲，眼角眉梢带着婴儿特有的天真和欣悦。北沐瑶看着自己的孩子，再次悲从中来，而冷火就倒在离沐瑶不到五步的距离，他好像是被婴儿刚刚的啼哭唤醒了一丝神志，勉强睁开眼睛斜眼看着新生的婴儿，也许连他自己都未察觉出自己目露隐恻。

那是最好的一刻，他们离他近在咫尺。本该在那一刻杀死他，可是婴儿柔软天真，又或许是茹青之死还未从他的心头褪去，冷火在那一刻竟然犹豫了。

那一瞬间击中他的感情，是悔意吗？

他来不及再想。冷火被地宫中五只法器的剧毒反噬，经脉尽断，他知道自己此时不过是回光返照，命不久矣。就在他再次沉沉合眼之前，远处却忽然浮起一个模模糊糊的影子。

岳凌飞？

真的是他。一个模糊不清、几近透明的影子，在他的眼前铺展开来。冷火知道自己已经无望再和岳凌飞对抗，他轻叹一口气，顺从地闭上了眼睛。

"你动手吧，快一点。"他祈求道。

可是岳凌飞没有立刻动手。他从自己的怀中拿出一只五彩的麒麟角，放在眼前注视片刻。

冷火三百年间的经历已尽被他看到，他们两人原是同族的堂兄弟。五毒已从发肤深入冷火的脾脏骨血，要驱散他身上的戾气与五只法器中的剧毒，非如此不可。于是岳凌飞将麒麟角在空中托起，默念一阳生的口诀，以内力击碎了整只麒麟角，注入冷火体内。

冷火还闭着眼睛等待死亡的一刻，却听见自己体内十二脉一支一支被接连打通。他难以置信地睁开双眼，难道岳凌飞在知晓一切之后，还肯出手把自己救回来？

"你救我？"

岳凌飞望着他，面容平静。"当初在千鸟湖畔，我受赠这麒麟角，第一个想的便是你若在浓雾中遭遇不测，我就正好用它相救。如今看来是命中注定，而我亦是命中注定，要把属于你的一切都还给你，荻王子。"

下

葆江离去的那一刻，他听见自己耳根底下一声缓慢的琴音。

剔挑一按一散，尾音落在徽声。

左手忽然作起，名指按弦大指轻拨，右手抹、挑，尾音又是归于一声寂寥的徽音。

岳凌飞的脑壳蓦地一震。《广陵止息》——四年前离开鹿台山的傍晚，经久以来伴随他左右的琴声——岳凌飞合上双眼，迫不及待地在空气中伸出双手，像第一次学琴时那样，虔诚地复制着《广陵止息》里的每一声每一顿。

曲调从第三段由慢转急，铿锵而上，几带起，几拨剌，岳凌飞四周的空气开始跟着他的手指发出微微的振动，这振动给了他力量，也给了他勇气。

他感觉自己正在腾空。他目视着自己的元神———一个一模一样，只是失去了颜色而接近透明的自己——离开伤痕累累的躯体，重量开始消失，空气变得稀薄，除了自己以外的一切，开始变得静止。

他的疼痛一下子全都消失了，但紧接着他发现消失的不是痛觉，而是全部的感知。必须将五毒咒与人类的智灵分离，他告诉自己，不管自己变成什么样，这都是他必须完成的使命。

一股冷冷的阴风不知从何处而来，岳凌飞眯起眼睛，他几乎已经能感知到弥天姥姥来临的预兆，那个末世的魔王、挟着超越六界的魔力和诅咒，他已下定决心和他决一死战。冷风吹着，接着忽地由缓而急，随风而来的是……

一条金色的河流？

一条金光粼粼的、动人的河流。黄金如流沙叠起，源源不绝，一眼看不到尽头，河床里的金沙攒动不息，中间似乎还裹着更加闪亮的光点，如同一颗颗蓝色的宝石。宝石裹着诱人的尘世的欢笑，金沙荡漾着永不停息的能量和动力，仿佛人生的一切渴望、一切需求，皆尽将在那里得到满足。

要穿透一切虚妄的幻影。岳凌飞此时心情平静，磊落前行，行了没几步，那金色的河流反而也朝着他向前涌动，岳凌飞的双眼直视着金沙，眼睁睁地看着那诱人的金色铺展在自己的面前。他身子微弓，伸出一只手掌立在身前去接那金色，就在触碰的一瞬间，金沙霎时飞散，化作空气里灰色的粉末。

岳凌飞收回自己的手，向手心里看了片刻。瞬间，感知又回到了他近乎透明的元神，一种奇异的、冰冰凉凉的感觉从他的手筋流过，灌入血液和骨髓，岳凌飞一个激灵。

灰色的粉末逐渐散去，恐怖的寒潮跟着袭来。恼人的尖刻的嘶声，涌动的蠕蛆和飞虫，眼泪、鲜血不停滚动而碾压一切的巨大车轮迎着他飞速地袭来——

"你骗不到我，也吓不到我！"岳凌飞的信心反而增了十倍，"弥天姥姥只有这种腐朽的把戏，就想颠倒世界、囚禁众生？"

"哈哈哈哈哈，当年我在天母行宫的圣水坛中撒入一点磁粉，本想将灵草滋培、为我所用，谁知闹了个大乌龙，灵草被伏帝小儿藏去了昆仑山，我反而养了戾天这样的废物，"一阵尖刻的笑声紧接着岳凌飞的话音响起。

"不过乌龙也好，要不是有这么多乌龙，今天站在这儿的也就不是你了。这乌龙能把你送来，真是人算不如天算。"

随着那老迈、尖锐又粗糙的声音，岳凌飞视线的远处飘来一袭瘦长的绛红色的袍。风吹过袍子掀起一角，袍子里只有一具白色的骨架。

然而绛红色的袍子之上，却顶着一顶精致的帽，四周垂着玫瑰色的薄纱。红袍、白骨、玫瑰色的头纱叠成一个恐怖扭曲的影像，好像一个被恶鬼劫持的、曼妙的女郎。

冷火死而复生，刚刚恢复清醒的他在麒麟角留下的光晕中呆坐片刻。他恢复了本性的善良，回想自己之前被邪恶与欲望左右了灵魂，痛悔不已。

"不好，你快看那石头！"冷火忽然瞥见碎裂的隐仙门口露出一块水仙头状的灰色石头。这石头有两人合抱之大，在隐仙门昏暗的废墟之中突然爆起几道裂缝，接着"喀嚓"一声，从顶上自行裂开。

裂开的石头中长出一株细嫩的幼芽。也许是积攒了太多年的能量和决心，幼芽一经破土，便疯长起来，而与幼芽一同从石块中冒出的，还有无数丑陋、凶煞、矮小的妖魔鬼怪。

"魔界已经开了！"凫徯此时捡起地上的九道木扔给冷火，"这些都是魔界的小鬼，不能让他们冲上人间！"

冷火应声奋起，与凫徯相背而立，奋力击杀魔界的鬼怪，然而隐仙门口的石块仍在开裂，方才的幼芽瞬间已长成高丈余的粗壮的花茎，最高处一朵红色的花苞已经露出。成百上千的小鬼还在拼了命地向外涌，冷火与凫徯已渐渐招架不住——

看到红色花苞的那一刻，北沐瑶心底也开出了纯白的彼岸花。

"妙行灵草从彼岸花根长出，与蔓珠莎华是同根草，灵草如白玉无瑕，蔓珠如赤泪啼血。然而妙行灵草通向梵界受菩提浇灌，而蔓珠莎华通向魔界为魔王驱使。魔王手中的万磁石即是开启蔓珠莎华的密钥，也只有妙行灵草可以封印万磁石，让蔓珠莎华永不开放。我想这一对双生之花，是注定要永远纠缠、角力，彼此相生相克的。"父亲死去的那个晚上托梦带给自己的话清晰得仿如昨日，北沐瑶忽然痛悟，蔓珠莎华开放，代表弥天姥姥的万磁石已经冲破封印，重启磁力，弥天姥姥马上就要来到六界之内，自己封印磁石，已迫在眉睫。

她低下头，看着怀中失去元神的岳凌飞的身体发出轻微的颤抖，而新生的婴儿清澈天真，还不知道自己将要失去什么。

"你不会失去，你会永远拥有……"北沐瑶含泪扯下一片袖子，将婴儿放在袖衫上裹好，抬头向凫徯说，"这个孩子，就拜托您了。"紧接着飞身扑向已经盛放的、绛色的蔓珠莎华。

"你要自己永入魔界……"冷火一声错愕，北沐瑶已用尽自己的全部力气冲上蔓珠莎华妖艳繁复的花蕊。她被戾天老妖的阴阳大法所围，诞下孩子用了五成灵力、替岳凌飞挡开冷火一掌再用五成，耗尽灵力的北沐瑶知道，自己已无法将灵草从体内分离，去阻止蔓珠莎华和弥天姥姥的万磁石。

"你以为无界遁诀是什么好东西，可以凝聚元神自由往来三界六道？无界世界根本是有往无回，比死、比失去一切都可怕万分！"玫瑰色的头纱之后，传来一个干瘪的、老太太的声音，"但是如果我们联手，想想看——弥天、岳凌飞、妙行灵草三方联手，制霸三界六道，乃至六道以外的整个宇宙，我们就生生世世永享无疆，想什么有什么——"

"不。"岳凌飞打断他说，"不必了。

弥天撩开玫瑰色的纱幕，一张苍老而丑陋的脸上露出由衷的难以置信，他不相信岳凌飞会拒绝他的提议。"你不仅是人，你还是龙的后裔。人类灭绝的这点破事，根本用不着你多管闲事。"弥天姥姥张扬地再次开口，"你口口声声要复兴人族，可你自己难道就只是人？放着蓬莱龙女高贵的仙族血统不要，却非要认同一个生不如死、如蠕虫般低贱苟活的人类，要不是亲眼所见，我真不敢相信这世上竟有这么蠢、这么不开窍的脑袋！"

"你害怕了，"岳凌飞一声冷笑，"这是我的使命。

弥天姥姥接着说，"哼，傻小子，伏帝、蜗母看起来是选中你光复人类，好像赋予了你无上的使命和荣光。其实还不是让你替他们冲锋陷阵、为了他们三百年前的一场失误送死？这根本是把你往火坑里推！你根本无需接受这样的命运，来吧，凌飞，来我这里，让他们为自己的贪婪和愚蠢送死去吧，你干吗要承受和他们一样的无聊的命运，干吗替那些无耻的神仙们卖命，干吗给一群贪婪、嗜血又软弱无情的人类续血？"

弥天姥姥的话还在空中回旋，岳凌飞思忖片刻，抬起头来，与弥天对视。

"因为这是我的选择。我决定了要这么做——只有当我选择时，我才是一个真正的人。"

岳凌飞一字一句地回答。他说完，好像忽然间一切都放松了下来。接着，他的元神从一个极小、极浓缩的光球渐渐向外扩散，搅动四周的空气循环，又在涌动的空气里无限地膨胀。他的每一丝神经的每一个触角伸向永无尽头的世界的边缘，一层一层轻易地穿透弥天姥姥的诅咒、幻境和一切虚妄的光影。岳凌飞自由地、随着自己的意识游离穿梭，人类的智灵已近在眼前——

贪、嗔、痴、慢、疑五种毒咒像吸血虫一样寄生在人类的智灵，岳凌飞毫不费力地穿梭在他们之间，在轻轻触碰五毒咒的一瞬将它们剥离、化开，和自己周身的空气，甚至与自己融为了一体。

弥天姥姥的脸色极速地由红转白，他绝望地高声大叫，"北沐弥，你不希望她活着？你不希望永远和她在一起？"

岳凌飞元神中延伸的触角暂时停了下来。他的眼前又出现了玫瑰色的美好雾气，在那里，白衣的淳于不是他的敌人，而是他亲密的朋友；黑袍的冷火没有经历一次次被剥夺而失去所有的惨痛；在那里，茹青没有死去，她依然是一条快乐的小蛇；那里的北沐瑶……

隐仙门的废墟之下浮现出一块巨大的灰色石头，石头裂开一条深邃的缝隙、里面长出一株血红色的蔓珠沙华。等等——

这不就是当初在太素殿的水银镜中，北沐瑶出现的地方？

就是这里没错！岳凌飞的心下忽地释然，一切都连成了一条再清楚不过的线。岳凌飞注视着他的爱人、他最珍贵而无法拥有的瑰宝，忽然发觉自己的眼睛发酸，接着滚下几颗滚烫的眼泪。

"我意已绝，别无他法。"他盯着远去的风，好像要微笑，接着合上了自己的双眼。

"你——你竟然——你拒绝我？"一声最凄厉的尖叫从弥天姥姥的口中发出，接着一道耀目的闪电击穿了蔓珠莎华，是北沐瑶用自己、用自己的身体挟着灵草，在接近穹顶的时候胸口忽然绽放出一朵亮闪闪的白色彼岸花。一瞬间，细长的白色花瓣在太极殿内疯狂地滋长蔓延，铺天盖地充斥着整个空间，无处不在。

接下来，旋风般的白色扑向红色的蔓珠莎华，在交织的一瞬，北沐瑶的身体也化作一束电光，照亮了整个地宫。

蔓珠莎华娇艳的红色迅速变得焦黑，弥天姥姥好像忽然被什么点燃了心口，在绝望的号叫中快速地消失、化作四分五裂的黑烟。

"我等了这么久、这么久呀！岳凌飞，你若改变主意，不想再在无界世界的虚无中成为泡影，我的不灭源镜随时能找回你的一切。昆仑山上的明渊镜和太白宫中的弥勒镜，都是由不灭源镜里的一束灵光所铸，它们的功能虽不及不灭源镜一成，不能令灵魂永驻，不散不灭，尚且有看到未来，预知过去的神力。你来见我时，已是穿过不灭源镜而来，岳凌飞！你想好了、想好了——"

这是弥天姥姥留下的最后话。

蔓珠莎华血红的花瓣被电光瞬间烧成焦黑，迅速地蜷曲萎缩，转瞬又收进乌灰色的石块中去，而白色的彼岸花在最后一刻裹住弥天姥姥的万磁石，封在隐仙门的废墟之下，封印在魔界、人世和梵界中间。

四周亮如白昼。空气里的尘埃，连同空气本身都正极速地被抽干。没有质量、没有温度、没有时间、没有距离，一切的参照正在飞快地消失。不对，参照没有消失，消失的是他自己。他不知道自己是在极速地膨胀还是萎缩，不知道自己已经死去还是活着。岳凌飞的意识开始像一滴墨水坠入深潭一般消散，他开始忘记，然后又忘记了自己的忘记，直到彻彻底底遁出一切感知的边际……

"只有真正伟大的力量，才能如不灭源镜，不生不灭，无始无终。"岳凌飞的身体彻底冷却，北沐瑶的眼泪也已哭干。她飘飘然的灵魂浮在三界交界的虚空之中，耳畔忽然回响起父亲的话，当初的自己怎么没有追问父亲，关于不灭源镜的由来呢？也许，这会是她和他从无界世界返回此世的唯一希望吧。北沐瑶的眼神由绝望凄凉转为希望坚定，"也许一切都没了，还有它能找回我的挚爱"。

过去，现在，未来；前世，今生，来世，不管在哪里，不管他是谁。

传说彼岸花，开一千年，落一千年，花叶永不相逢。禁锢因牢记，救赎后忘却，他与她相会无期，但总好过从未相遇。

番　外

　　"一直听说你在六界之内，上至飞鸟，下至蛆虫，四方生灵都安排得井井有条，久仰久仰！"

　　"哪里，我不过是六界之中的一个小卒，六界之内再繁华，哪里比得上梵界一棵稻草？我不过是借您的光，在小小世界里捏造一番，效仿真正广阔的大梵天。"

　　我偷偷溜进仙界、接近飞霞宫的窗户时，那两个人刚刚相见，还在彼此吹捧称赞。一个恭喜另一个创造了六界万物众生，另一个则竭力推崇对方广阔的能量和本事。

　　没有人注意我。我也是远道而来的客人，按说比大梵天都更远。可是魔界好像从一开始就不被施以青眼，这伏帝老儿大宴宾客，五洲四海乃至大梵天的贵客都请来了，偏偏就是不请我。我等他的请帖等了大半个月，最后决定不请自来。

　　顺便说，他们都管我来自的地方叫作魔界。这并不是一个合适的称呼，魔界事实上山石叠起，秀美异常。而那里的一草一木，每一丝声音每一个动静，都在我的牢牢控制之下，丝毫差错都不可能出。而我虽然来自魔界，却并不是魔，我只是个慈祥的姥姥。

　　我喜爱这世间一切奇异、有趣的物件，而大梵天的佛祖今次带来给伏帝当作贺礼的，就是这样一个伟大的物件。

不灭源镜。

这是我迄今为止还尚未见过的一种神奇的力量，一种我尚未品尝过的珍馐。它包含了佛祖老头灵光乍现的智慧，也包含了这个世界固有的、奇妙的巧合——不灭源镜是这个世界的起点，也是终点，它穿透过去和未来，在广阔的世间和空间里自由摇摆，它将使我成为天地间最自由的人。

而不灭源镜，只有我能激发它无限的潜能，它在我手里，将成为天地间最伟大的奇观，最至高无上的宝物。我们渴望着彼此，而命运给了我们相互接近的机会，就是现在，就是今天，当我将它收入囊中，一个新的魔界就从此诞生了。

"姐姐，那里面怎么还不开始，是在等谁吗？"此时的我化身成一个粉色衣裙的侍女，在窗户底下问旁边的姐姐。

旁边的姐姐摇头，"是梵界的佛祖去拿贺礼了，传说是六界之中都没有的东西。"

"是哦，"我礼貌地作个揖，转身跟在一列小厮的最后，接着趁人眨眼的工夫，一掌贴上前面小厮的后心，将他的身魂一吸，把自己调换成了最后一个小厮。

小厮被调换成宫女，瞬间震惊难堪溢于言表，我抢在他发出第一声惊呼之前用两指向他的双眼一戳，小厮的记忆与意识便一扫而空，两眼无神，从此安安心心地做他的侍女。

我如法炮制，从侍女变成小厮，又从小厮变成看守后门的卫士，最后终于变作给客人们上酒的膳师。

然后我看见佛祖老头走出飞霞宫，走出宫前的廊子，站在太阳底下，然后仰起头直视着正午的阳光。

"嗖！"极轻、极迅捷的一声响，一缕阳光被他收进眼睛，接着他转身返回宴席，然后摊开手掌，那掌心渐渐浮现出一面如水如银的镜子。

"不灭源镜，送给你。"佛祖说。

伏帝接过来，大喜过望，不灭源镜很小，只比手掌大一丁点，镜子的下缘垂着一条线，串起两片钻石般的小颗粒。伏帝把它捧在手心观看良久，接着把它绑在自己繁复的金色长袍上。

我知道机会来了。我高高把酒壶端在一侧，向伏帝的桌子走近。佛祖老头正回头讲话，我三步并作两步快走上来，弯下腰给半满的酒杯添酒。

"嗯？"佛祖此时刚好回身，忽然一声喝斥，说时迟那时快，我当下掀翻酒壶，接着抢过伏帝腰间的不灭源镜，在空中一串空翻，飞跃过一片糊涂的宾客和狼藉的宴桌，夺空而出。

"看掌！"佛祖老儿在身后一句低沉的吼声，一掌出击，却不是向我而来，倒是朝着不灭源镜下的垂绳。我手握着镜子，垂绳霎时断了，两颗钻石当空飞起，只听佛祖老儿高声唤道，"明渊、弥勒！"两颗钻石便如领命般向他飞去。

情势紧急，我已顾不上那两颗石头，我挟着不灭源镜跨出飞霞宫，接着飞出仙界、飞出六界，眼看就要穿梭时空，彻底脱离那佛祖老儿的手掌心……

一阵巨大的红光迎面扑来，一朵妖娆的红色彼岸花不知从哪里开出来，带着纤细颀长的花瓣迎风摇动。我心底的预感已觉不妙，连忙掉转过头，往隐仙门去。隐仙门是魔界、梵界与人间的三岔路口，我暂且到魔界一躲，那里没人能管得了我，哪怕是佛祖也休想染指。

"天地有法，法作六界。无界之遁，遁入无门——"身后一阵低沉洪亮的念白，我正极速地落向魔界，可从背后忽地刮起一股旋风，在我的脑后猛地一敲，我身子往前一抖，万磁石从口中吐出。

万磁石是我来往三界的钥匙，原来那佛祖老儿失了不灭源镜，却使出阴招来夺我的万磁石，然而我仍在急速下落中的身体已无法停，倘若我再去夺万磁石，则不灭源镜都可能不保——

那一刻我咬咬牙，下定决心破釜沉舟，万磁石被封印在隐仙门，说不定还有机会夺回，不灭源镜却只有这唯一的机会。于是我抱紧源镜，退入魔界，果然万磁石被佛祖老儿收去，封印在隐仙门内，断了我的出路。

"我将弥天的万磁石封印于隐仙门，你将隐仙门沉入地下，牢牢把守，他定无从逃脱，而不灭源镜的垂绳上挂着的明渊、弥勒二石亦可为镜，好生保管。"隐仙门封上的时刻，我听见佛祖老儿最后的声音。

可是他们都低估了我的耐心。我在魔界与不灭源镜相伴相生，打发时光，随随便便一千年过去快得很。我等到过，也错失过，可是有一日我正睡得昏昏沉沉，忽然一道惊雷，我从梦中惊醒坐起身子，扭头就朝镜里看去——

漆黑一片的子夜，中土的凉河忽然无来由地卷起一阵波澜。一个女人的身子从水中的旋涡里浮起，一只手高高举过水面，手中托着一个婴儿。那新生的婴儿握着两只幼小的粉色拳头，然后生平第一次睁开了双眼。

我的心头轰然一颤。我等了这么久、这么久，他终于来了。

后记一

我想讲的一个主题思想就是"规矩"——传承武学规矩，弘扬民族精神。

我们传承的形意拳、八卦掌等中华传统文化、传统技艺的一个核心思想是什么？就是大国的"工匠精神"我们做手艺的传承技艺的"大国工匠精神"首先就是要讲"规矩"。

今天我们传承的形意拳、八卦掌技艺是我们先辈一代一代传承下来的，凝聚着一代一代先辈的泪水、汗水、心血和智慧。先辈一代一代总结传承下来的中华传统文化，不能在我们这一代人手里丢掉。我们都快是七十岁的人了，大师兄都快八十岁了，你们年轻人一定要把形意拳、八卦掌这些宝贵的技艺继续传承下去、弘扬发展。首先就是技艺"规矩"这里包括形意拳一招一式的规矩，八卦掌一掌一势的规矩，这是基本条件，要严格按照师父口传心授的来，这就是拳理、拳法的技术要领、技术规矩。这是其一。

需要传承下去的另一个"规矩"是什么呢？就是文化精神的规矩。大家知道，在八国联军入侵北京的时候，我们无数先辈奋起抵抗，共御外敌，为民族而战，为祖国而战，为尊严而战。八卦掌宗师程廷华先生就是在抵抗八国联军的斗争中牺牲的，他是伟大的民族英雄，是我们永远的骄傲。李存义、耿继善、张占魁等形意拳人也纷纷走向战场，参加了抵抗外国侵略者的斗争。这体现了什么？体现的是我们习武者的精神，也就是我们伟大的民族精神。抗日战争爆发的时候，长城抗战中奋起抵抗、血战喜峰口的二十九路军将士中大都是练过形意拳的。在抗日战争中，我们有很多形意拳的前辈在军中效力，用形意拳训练士兵，将形意刀法应用于战场杀敌。那时候我们国家贫穷落后，我们前辈拼着一腔热血，走上前线，奔赴战场。这里体现的也是我们习武者以"爱国主义"为核心的伟大的民族精神。在中国特色社会主义进入新时代为实现"中国梦"而努力奋斗的今天，我们更需要弘扬这种中国精神。这种精神要代代相传、发扬光大。

我们一代一代的技艺传承者，技术规矩要传承，民族精神也要传承，"精神"比"技术"更重要！我们恩师许繁曾先生，武术世家、家学渊源、八卦掌、形意拳都师承嫡传名家，传承有序，并受当时多位名士指授，武学大成。他对传授过自己技艺的每一位老师都衷怀铭刻，永生不忘。这是什么？这就是"规矩"这就是"精神"这就是"传承"昨天，我带着弟子去祭拜许繁曾先师，就是要学习许繁曾先师的这种精神，传承本门的"规矩"。

我有一个学生，他 1992 年就跟我学习，是国家级专业散手冠军。二十年后他见到我，强烈要求我给他补帖，我听了他的话非常高兴。我们之间二十多年没有联系，他在武术馆、在网上宣传都是"随武汉陈崇喜老师习练形意拳""是陈崇喜老师的学生"这是什么？这就是中国武术、传统武术的"规矩"这就是"道德"。

我上个月去香港，与霍震寰先生再次相聚，我们非常高兴。霍震寰先生执掌霍英东集团，担任亚武联主席、香港中华总商会会长等职。他的父亲霍英东先生，大家肯定非常熟悉。霍英东先生是杰出的社会活动家、著名的爱国人士，香港知名实业家，为国家发展和现代化建设做出了重大贡献。霍英东先生乐善好施，热心公益慈善事业，倾力支持国家的教育事业，不遗余力地支持国家的体育事业，将个人命运与国家民族的兴衰融为一体，他为人谦厚，处世低调，生活简朴，胸襟品格令人敬佩，处处体现了中华民族传统美德和"规矩"他的一生就是传承弘扬以爱国主义为核心的伟大民族精神的一生。霍震寰先生秉承家族传统和规矩，同样积极从事社会公益事业，大力支持祖国的教育、体育、文化、慈善事业，和他的父亲霍英东先生一样是伟大的爱国人士、伟大的慈善家。我们去年见过面，他为人也非常谦和。跟我谈起来，一论形意拳，他就说咱们是师兄弟，是一辈儿的人，他的师承确实和我们非常近。这次香港聚会，我徒弟们给他敬酒，我就跟徒弟们说，"大家喝酒！喝！一家人高兴，喝醉了没关系！"我们形意拳人都是一家人，走到天边儿都是一家人，相见非常亲切。不是因为对方是一个大官，是一个有钱的人，就点头哈腰去"高攀"不是这样！是什么？这就是"情意"这就是我们祖上一代代传承下来、传承有序的"规矩"。

当然，现在社会上出现了一些乱象、一些非常怪的现象，忘记祖宗，丢掉规矩，失去道德，欺师灭祖。这种事情我们大家都知道，这里就不多说了。以后，希望后辈不能再出现这种事情。我今天在此就是要告诫我们形意拳、八卦掌后人，一定要铭记、要传承我们祖上的规矩，弘扬我们的民族精神。

后
记

陈崇喜

后记二 侠之情怀

请允许我以意识流的形式描述此书的创作灵感与动机，因为一切也许都不过是个巧合；但另一种可能是，一切都是使命的召唤。

如果本文要写的重点是从《无界不灭》到《源空间》系列小说的创作之初。当然，也许大家认为《黑鹰不死》是"源空间系列丛书"的第一本，可是从我们的创作过程看来，其实《无界不灭》才是一切的开始。

那么就需要先从我对男人的一点个人见解之——男人为何修炼了内功就会变得性感——说起。

本人自幼便是武侠爱好者，对于众人皆知的武学秘籍《易筋经》也是略有研究。此经里有"内壮神勇、外壮神力"的说法。其"内壮神勇"提到练习该功法之后，"从骨中生出神力，久久加功，其臂、腕、指、掌，迥异寻常，以意努之，硬如铁石，并其指可贯牛腹，侧其掌可断牛头"这些都还只是"小用之末技"；"外壮神力"练成之后，"手托城闸，力能举鼎"都算不上奇异了。

这里便带出了本文的关键字——彪悍，更精确地说应该是骠（piào）悍！

把这个词结合上述《易筋经》中所提到的心法来解释，感觉就非常到位了！

　　那么，何谓彪悍呢？是神！是正气！是由内而外迸发的骠悍的小宇宙！

　　在这里，不得不提到有记载以来中国历史上男人们最为骠悍的年代——汉武帝时期。PS：本人总以为自己的灵魂是从西汉穿越到了现代，虽然习惯了各种现代人类的生活方式，可骨子里的情感触觉，却固执地残留着大汉年代的记忆。那是中华民族最为光辉的历史时期，那是古今几千年来，汉族男人绝不亚于匈奴人、女真人，甚至日耳曼、凯尔特和斯拉夫人，最为骠悍的时期！汉武帝时期按照等级高低：第一为大将军，第二为骠骑将军，第三为车骑将军，第四为卫将军，再往下就是前、后、左、右将军以及杂号将军（比如李广利的贰师将军）对一些立有大功劳的高级军官或者重臣，皇帝会给予大将军或骠骑将军的称号，以示尊重，实际还是皇帝的高级顾问或代理人；并非一定掌握军队，比如卫青、霍光等。后来大将军逐渐成为常置官职，相当于全军总司令。汉武帝还特别为卫青重新恢复了大将军一职，为霍去病设立骠骑将军一职，皆在三公之上。

　　与此形成巨大反差的是当今的一些社会现象。

　　让我们以一个小段子为例，记得那是在 21 世纪之初，唐师曾先生的《我在美国当农民》里面有段话，至今仍记忆深刻，虽具体的措辞已说不确切了，但大致的意思是这样的：

　　唐先生住在美国印第安保留区的时候，时常看着印第安部落里的男人们唱着熊的歌跳着鹰的舞，十分震撼，感慨这彪悍的雄性群体，是强大的民族精神的载体，于是不禁想到当代中国正流行并且在街头巷尾人人都会哼唱的歌曲，赵传先生的"我是一只小小鸟……"着实为中国男人们汗颜啊！

每每想起唐师曾先生的这段描述，我心中就有种说不出的滋味儿，既哭笑不得，又有点内心隐隐的痛。我们当今的骠骑精神去了哪里呢？

古时，没有发达的工业，也没有方便出行的交通工具，为了生存，男人们需要熟练掌握骑射的技能，以获取生存的资源并保护自己的家园。因此，便有了"骠悍"一词来形象地诠释雄性的气质。在我看来，骠悍，并非泛指外形看上去高大威猛的男人，而是描述一种气概，一种神态，一种由身体内部发出的雄性的正气！一种侠骨柔情，能够给女人以安全感的性格！古今中外的文艺作品里被一直崇尚的大侠、剑客气概，应该就是骠悍的，甚至外表可以是文弱书生，不那么强悍的，但临敌时刻，那正气十足由内而生的强大气场却必然是迫人的！

其实，只要我们随性地跟着自己感觉走，就可以寻到人类血脉里流动的恒久不变的共通点。就拿大家热爱的影视人物来说，《来自星星的你》里面成功塑造的都敏俊男神形象，都教授，万人迷，孤傲清冷文弱书生的外表之下，隐藏着一颗骠悍的心；他既博学多才又身怀绝技，性格沉静而低调，但是，当面对自己心爱的女人被恶人所要挟之时，便不顾生命危险与恶势力战斗到底！

勇敢无畏，正气凛然，谓之骠悍也。

再来看金庸老先生笔下大侠的代表人物：

"我辈练功学武，所为何事？行侠仗义、济人困厄固然乃是本分，但这只是侠之小者。江湖上所以尊称我一声'郭大侠'，实因敬我为国为民、奋不顾身的助守襄阳。然我才力有限，不能为民解困，实在愧当'大侠'两字。你聪明智慧过我十倍，将来成就定然远胜于我，这是不消说的。只盼你心头牢牢记着'为国为民，侠之大者'这八个字，日后名扬天下，成为受万民敬仰的真正大侠。"

智勇双全，保家卫国，谓之骠悍也。

如果说骠悍精神是可以被外部感知的，那么侠肝义胆便是其原动力的内核！

现今的小男生们已不同于21世纪，多懂得去修炼强壮的外表，来吸引异性的注意，但却可能忽略了一个重要的前提：内在的强大才是根本，正所谓武学里最为经典的一个要领：一胆，二气，三招式……只有正气、胆气与力量并存，才能升华身体外在的强韧！

说到这里，我们就来谈一下"武侠"的概念。因为提到骠悍，人们往往会联想到侠客形象。

何谓武侠呢？"武"与"侠"结合的开始，早在先秦春秋时期，由"士"化分而出，即所谓"文者为儒，武者为侠"在这一方面，儒家的对立面——法家的创始人韩非子在《韩非子·五蠹》中叙述得很明白："儒以文乱法，侠以武犯禁"话虽有其偏激之处，却一语道破了"武侠"与"儒家"同出一源的事实。它们之间互相抗衡，互相影响。然而，分久必合，两种文化的融合点逐渐扩大。从"武"可以健身看，与"儒家""道家"的长生不老，修身养性，就不谋而合。至此，"武"再也不是上古时代单纯的用招术、用兵器互相格斗了。它已经成了一种伦理，一种文化，已经上升为一种"侠"一种精神，甚至成为一种民族的象征，一种独特的集体潜意识的人格崇拜，一种追求人格完美的中华民族的民族情结。

当今社会竞争越来越激烈、欲海横流，武侠小说以其古老的伦理重义轻利、重亲情讲友爱、互助互利的精神，为从古至今的中国人提供了一个从精神上复归传统的最便捷的途径，提供了一个传统道德上的乌托邦。它发展到现在已成为中国人的道德乐园，保持了强大持久的生命力。

而我国的传统文化一直以"入世"和"出世"思想为主导，不"入"则"出""入""出"结合，"武侠"正好可以做到两者的完美结合。于是"武侠"在新旧交替的时代便成了幻想救国的出路之一，也成了自古文人的共同喜好。

因而，从某种层面上看中国四大传统文化可归为：武侠""儒""道"。

最后，我们回到《无界不灭》一书中非常引人注目的元素，东方神秘文化不可或缺的组成部分——中华内家功夫。

用一张阴阳图来解释三大内家拳法的关系最为到位，大家所熟悉的柔中带刚借力打力的太极拳，其套路和练习形态在图中以S形表示；刚柔并济直来直去的形意拳特点则以两点来表示，最后一个是韵律规整的八卦掌，其步法以外围的圆圈表示。三种拳术内法皆遵循阴阳五行相生相克的原理，互为补充与依托，也有说法是要把点和圆的拳术修习精通后方可游刃有余于点线之间，既为S所代表的太极拳法的境界。这也就是为何那些能称得上太极大师的人，一定是具有几十年甚至上百年的内家拳功底的老者！正所谓武学界常见的一个说法"太极十年不上身，形意三年打死人"三种拳法招式和套路也是各有千秋！

内家蓰生，外家不养生。古代道家多是医生。炼丹打坐，观察天地万物，一代一代下来，对人体结构任何细微的部位都了如指掌，研究透了。无数人，无数代的发展，创出了各种各样的养生之拳术。中国武术有三大内家拳体系"太极、形意、八卦"。其中形意和八卦为同一门。太极拳的理论体系《十要论》是在心意拳《九要论》基础上的添加，形意拳是心意拳的另一叫法。因此可以说，形意拳是中华内家拳的始祖，也是目前国家级非物质文化遗产传承中历史最为久远的文化之一！

"一气、二仪、三节、四梢、五行、六合"，心意拳的理论体系和训练体系是中国武术中最早建构的内家拳体系，其典章著作是中国武学文化中的宝典，起着主导性的作用，诸多武术门派的产生、发展都受其影响而获益匪浅。

内家拳相对于外家拳而言，是阴阳学说的又一实践，最大的不同是对身体理解与运用的不同。阴阳二点之间的线性关系分出内、外家拳系的不同，在两点之间内里的运动关系为外家拳，其性像是电磁中的异性相吸，不跑两点之间的这根线，是我们常说的看后打前。像射箭、斧劈……靠的是惯性，多用的是人体中的收缩肌。在两点之间外撑外拔的运动关系为内家拳，其性像是电磁中的同性相排斥，运动在两点之外，看前打后，像钉子与锤子的关系，靠的是另一点的给力，多用的是人体中的膨胀肌。这就是心意拳为什么有三节、四梢理论的原由，梢节像钉子，中节像锤子，根节像锤柄。四梢中的肌肉管人体的负重与轨迹，筋腱管人体的连结与连续，骨头管人体的蠹立与撑拔，气血管人体的发力与加速度，所以中国的内家拳体系在世界功夫之林中唯中国功夫所独有。

　　说回来，按照道家阴阳的理论，男性为阳主上升趋势，女性为阴主下沉趋势，只有二者动态的结合不断往复循环，才能使宇宙阴阳平衡，因此，想要民族更加强大，骠悍张扬的男人气概是不可或缺的，而在这强大的气场之下，使其勃勃生机的则是侠肝义胆的内核，即我们中华民族千年传承的侠义精神！

　　修炼内功，生根拔颈，已是刻不容缓；以内养外的时刻，正是现在！小鲜肉，老腊肉，男神们，都跟随我们的《前迹·无界不灭》一同燃起来吧！

　　燃烧吧！属于源空间的小宇宙！

桐仪

2018 年 4 月 30 日 于北京

后记三

　　桐仪小姐跟我说我也应该写一篇后记。我想：我有什么可说的呢？确切地说，是在写完一整本故事，在一切成长、相遇、变质、毁灭之后，我还有什么可说的呢？

　　我想，我只好再说说岳凌飞。《无界不灭》的整个故事是为他而起，而他自己的经历，如果有一点能体现我对于人类童年的想象，那必然是孤独。

　　丧父丧母这些自不必说，岳凌飞童年的孤独，很大一部分来源于他的弱小。现在生活在城市森林中的人类不经常有这种感受了，但是我们的先祖当年没有钢筋水泥、没有长枪短炮的保护，他们和野兽一起杂居在大自然之中，其实是很恐怖的一件事。

　　那时的人类，每天要思考的，就是在危险中活下去，多活一天是一天。他们时时刻刻担惊受怕，东奔西窜，他们生活在猛兽的边缘，片刻的放松都可能是灭亡的前兆，被吃掉、被砸死、被风刮走、被水淹死都是常见的死法，更何况，躲避危险还不是活下去的唯一条件。为了活命人类还必须捕猎，随时面临饿死的危机。偏偏人的身体能力和野兽们相比，又实在很弱，飞不起来，跑也跑不快，跳不了多高，四肢也不够灵活。

　　人类能从那个时候一点一点摸索着，作为一个种族生存下去，以至于在宇宙中建立自己的世界，真的很了不得。然而岳凌飞没有那么幸运，他作为一个孤独的人类，看着别的飞禽走兽那么强大，却没人分享他心里对自己深深的不满和怨怼。

他想成为一个武功高手、想成为一代大侠，可是没人做伴，更没有偶像作为先例。没有人告诉他"人"是什么，岳凌飞的路，全是靠他自己摸索出来。后来他遇见昆仑山上的仙女、遇见同是人族后裔的中土王子冷火，可是他给自己选定的那条路，依旧是一条孤独的路。光复人族是一件没有人知道怎么达成的事，他为了这个未必能成功的事业，放弃了很多。

譬如他可以快乐地和北沐瑶留在昆仑山上，他可以到地宫中找到母亲就出来，做一个无忧无虑的人，甚至于到最后，他终于直面弥天姥姥的时候，依然还有别的选择。

可是孤独的路，也让岳凌飞飞快地成长。他告别温柔、快乐，告别父亲母亲，一心参悟为人的真谛，到最后一刻终于明白过来——

人比野兽强大，不在于四肢的力量，而在于内心的意志。是他的选择，让他成为一个真正的人。当他的自我意识觉醒，并且清醒地、践行自己的意志的时候，他就完成了自己人生中最大的蜕变。

这就是我想写的岳凌飞。

何满子

2018 年 5 月于波士顿